dtv

»Müde ist sie, das Bett ist schon bereitet. Der Kopf ist das Bett. Sie zieht sich hinter die Augenlider zurück. Die schlaftrunkene Erzählerin in Brigitte Kronauers Nachtbuch schläft ein, um wachzuwerden. ›Troposphäre / Stratosphäre / Ionosphäre / Exosphäre / Interplanetares Medium‹ sind die Worte, mit denen sie ihren Kopf in den Schlaf redet. Fünf Zeilen, ›ein gnädig kurzer Rosenkranz, um das Gemüt in Form zu bringen, in Bettkastenformat‹. Fünf Zeilen, die das Buch eröffnen und gleich zeigen, was es will: alles. Die tiefen Urwälder, die weiten Meere, die schöne Elbe, Himmel und Erde. Die ganze Welt. Das hat schon lange niemand mehr gewagt. Dabei scheint es nicht schwer zu sein. Man muß nur die Blickrichtung ändern. Und die Augen schließen. Die Schläferin in den Kissen erzählt, was ihr durch den Kopf zieht ...« (Iris Radisch in der ›Zeit‹)

Brigitte Kronauer wurde am 29. Dezember 1940 in Essen geboren. Sie studierte Germanistik und Pädagogik und war einige Zeit als Lehrerin tätig. Heute lebt sie als freie Schriftstellerin in Hamburg.

Brigitte Kronauer

Die Frau in den Kissen

Roman

Klett-Cotta
Deutscher Taschenbuch Verlag

Von Brigitte Kronauer
sind im Deutschen Taschenbuch Verlag erschienen:
Die gemusterte Nacht (11037)
Berittener Bogenschütze (11291)
Rita Münster (11430)
Frau Mühlenbeck im Gehäus (12732)

Ungekürzte Ausgabe
August 1996
2. Auflage Januar 2001
Deutscher Taschenbuch Verlag GmbH & Co. KG,
München
www.dtv.de

Umschlagkonzept: Balk & Brumshagen
Umschlagbild: ›Frau im Spiegel‹ von Sigmar Polke
Gesetzt aus der Stempel Garamond 10/11,25' (WinWord 6.0)
Gesamtherstellung: C. H. Beck'sche Buchdruckerei,
Nördlingen
Gedruckt auf säurefreiem, chlorfrei gebleichtem Papier
Printed in Germany · ISBN 3-423-12206-4

»Sogleich sang sie das Lied mit allen Strophen, die auf verschiedene Gegenstände übersprangen«

Gottfried Keller
›Der Landvogt von Greifensee‹

Erstes Kapitel

Hier höre ich nichts als leises Fressen, ein gemütliches Flüstern. Im Elefantenhaus, wo man auch am hellen Vormittag nur döst und dämmert, fallen mir wieder die fünf Zeilen von gestern abend ein und nicht nur die. Fünf Zeilen vor dem Einschlafen, die man spielend lernen kann:

Troposphäre
Stratosphäre
Ionosphäre
Exosphäre
Interplanetares Medium.

Ein gnädig kurzer Rosenkranz, um das Gemüt in Form zu bringen, in Bettkastenformat. Das kam einer unmenschlichen Schwere am Anfang entgegen, einer Gedunsenheit am letzten Abend, einer laufenden Gewichtszunahme durch Anschwellen: Troposphäre, Stratosphäre, Ionosphäre, Exosphäre, interstellarer Raum.

Man schließt die Augen und schafft die Welt hinter eine schwach lichtdurchlässige Mauer, schafft sie ab. Ein Trost am Tage, ein größerer Trost allerdings in der Waagerechten, die Lider so leicht auf den müden Augäpfeln wie die Decke auf dem Körper, das Dach über dem Kopf, die Nacht über der Erdhälfte, der Weltraum um den Planeten herum, ein gütiges

System von Umschließungen nach der Erschöpfung bis zum Brechreiz. Als ließe sich die Erschöpfung so einfach der Außenwelt durch ein bißchen Gewürge übergeben!

Schon bald nach dem Aufstehen kann man sich wieder in den Schutz all dieser Schalen sehnen, jedoch statt endlich passend in die immer elegante Dämmerung zu gleiten, tappt man stumm, gequollen von Vorkommnissen in den Schlaf.

Mit nachdrücklichem Blick, jedes Wort aufschnappenden Augen zeigte man tagsüber Interesse. Auf diesem simplen Weg der Übermittlung versuchte man das Wichtigste einer Information zu erfassen, während man die empfindlicheren Ohren verstopfte. Auch gelingt das ja gar nicht. Man wollte nichts vortäuschen, hoffte aber, das Mitgeteilte würde in den eigenen Kopf überwechseln, ohne das Dösen, die Zuflucht am Tage, zu beeinträchtigen.

Die Welt aber, wenn man sich dermaßen von ihr abwendet, schafft ihrerseits den ab, der sie nicht wahrhaben will. Sie zählt nicht mehr auf ihn, vergißt ihn, gönnt ihm aber seine Geistesabwesenheit, seine provisorische Wiege, seine Hängematte. Das rechnet man sich aus, aber wohl vergebens. Angemessen ist dagegen der Schreck und die Frage, an irgendeinem Punkt im hellen Licht, wo das Vertikale vorherrscht: Wie soll ich die Zeit überbrücken bis zu der Stunde, in der man alle aufregenden Bewegungen abwerfen und die verlokkende Heimkehr ins Bett mit Anstand erfolgen darf?

Die von apathischen Zuständen ausgefüllten Intervalle im Tageslauf des sogenannten aktiven Lebens nehmen zu. Man erschleicht sie sich mit schnell wachsender Geschicklichkeit, ahmt das geschäftige Hin und Her nach und ist in Wirklichkeit nur anwesend mit dem Körper, sonst nicht, mit den Körperformen nur, hört deutlich und immer begieriger eine Stille und spürt am Übergang von Haut zu Luft ein freundliches Kribbeln, das sich zu unfreundlichem Jucken steigern kann, ein wimmelndes Austreiben von ersten Wurzelspitzen, der Anfang einer Vermischung mit der verführerischen, vegetativen Horizontalen.

Hat man nicht sein Leben lang den Wunsch verleugnet,

ohne sich zu rühren, ausgestreckt, schwebend vor Leichtigkeit und doch aufliegend, die Tage im Bett zu verbringen, zunächst durchaus unterhalten vom Rumoren der Familie und dem Orakeln der Flugzeuge bei schönem Wetter, vielleicht in einem von innen durchsichtigen Haus, in einem Glasschrein, einer Glasschublade oder ab Mai in einer natürlichen Wiese, um eine Annäherung zu erwarten: ein Erkalten des noch zu menschlichen Blutes, eine die Umrisse schließlich zerstörende Verästelung?

Endlich gibt man der Weigerung, immer zu sehen, nach, verkriecht sich hinter den geschlossenen Lidern, als könnte der gesamte Körper hinter diesem leichten Schutzschild verschwinden. Ausgestreckt im Bett, verwandelt man sich selbst in den schwarzen Untergrund einer Pflanzendecke, aus der sich kleine Gewächse drä ngen, ein Gewirr feinster Wurzeln macht sich sofort bemerkbar. Man muß nur still liegen und geschehen lassen, daß tiefere Erdschichten mit ihrer Einverleibung beginnen, und der im aufrechten Zustand elektrisierende Gedanke eines fließenden Übergangs zu Flechten, Moosen und ihren Bewohnern wird einschläfernd vor Selbstverständlichkeit.

Ähnlich passiert es in der warmen Jahreszeit, an Nachmittagen in einem Wäldchen, in einem zu dieser Zeit menschenleeren Heidestück. Beim Gehen fällt der Blick auf eine Gruppe von fünf Schafen, die knisternd fressen, weiß zwischen Birkenstämmen, und eröffnet die Aussicht, sich zu ihnen zu gesellen als das sechste. Die Möglichkeit, es könnte sich so ereignen, wird, während man in ihrer Nähe geduldig wie die Waldtiere ein Lager ausprobiert, um so wahrscheinlicher, je mehr man das Gesicht zwischen Armbeuge und Kraut, das man sein oder fressen könnte, vergräbt.

Im Registrieren verschiedener Beleuchtungen und Witterungen, nicht weit weg von Bauernhöfen mit Pferde- und Ponyvermietung, sieht man zugleich einen Privatbesitz: Vor sich selbst wird man entrollt und ausgebreitet in Maisfeldern, Dickichten und Tümpeln. Gegen Herbst, an den frühen, nebligen Abenden, geht man hier schlafen in seinen Körperwänden wie zwischen den feuchten Abtrennungen des Dunstes. Man betrachtet die eigene Dämmerung, kurz bevor man, im letzten Moment, das Feld räumt.

Dann, im richtigen Bett, in der alten Umzäunung, spürt man eine andere Art von Auflösung und auch diese mit Lust. Man empfindet nur noch die Anwesenheit seiner Knochen, wie sie unverbunden beieinanderliegen, ein zusammengekehrtes Häufchen, das kaum die einstige Anordnung ahnen läßt, aber doch zuverlässig begrenzt von der Bettschachtel und nicht blindlings verstreut.

Jetzt stellt man sich jemanden vor, der schon immer seine liebsten Stunden in Winkeln zugebracht hat, in höhlenartigen Gebüschen verborgen, nur die Blätterschatten auf hellerem Grund betrachtend oder die gepanzerten Tiere unter einem hochgehobenen Stein. Er hat hinter Schaufeln und Harken hockend in einer Gartenlaube erlebt, wie der Sommer durch das Holz zu ihm vorstieß und, an die warme Mauer eines zerfallenden Hauses gelehnt, den Geruch brüchiger Steine eingeatmet, ohne entdeckt zu werden. Er saß in einem kleinen hohen Raum auf einem wackligen Klotopf und sah durch das Fenster auf einen Kaninchenstall und in den Himmel. In den Himmeln düsterer Seitenkapellen schimmerte ein wenig Gold. Und doch, vielleicht lag er auch damals schon mit dem größten Genuß, besonders außerhalb der dafür üblichen Zeit, im Bett, von allem beurlaubt, für nichts zur Rechenschaft gezogen, in Flaum und Federn gehüllt und wußte, daß er viel eher eine Dicke Bohne in ihrer wattigen Schote war, ein Junges im Fell der riesigen Eisbärin, als ein Mensch.

Der Aufenthalt im Bett ist von allen heimlichen Vergnügungsstätten im allgemein abverlangten Leben die einfachste und beste Lösung: Das fällt ihm von Jahr zu Jahr rascher ein, umringt vom Tag. Im Schalterraum einer Bank, in einer Bahnhofshalle, an einem gedeckten Tisch überrascht ihn ein süßliches Ziehen, und jeder versteht, daß er in einem Nebenraum eine Weile ausgestreckt liegen muß. In einer Metzgerei klammert er sich plötzlich an die Theke und wird auf das Ledersofa im Hinterzimmer gepackt. In einer Menschenmenge fangen ihn manchmal Umstehende auf.

Manches beginnt er nun besser zu begreifen. Er hört von einem Landstreicher, der, verdeckt vom Laub, eine Witwe am Grab ihres Mannes in gewaltige Furcht versetzt. Sie glaubt, eine Leiche freigescharrt zu haben, als sie Platz für herbstliche Angebinde sucht und hat doch nur einen Schlafsüchtigen an seinem Zufluchtsort aufgestöbert.

All die Rentner aber, betont rüstig bei ihren akkuraten Tätigkeiten in den Vorgärten, erkennt er, pflanzen Stiefmütterchen, tragen die Hüte auf der Mitte des Schädels und hören pünktlich alle Nachrichten an, um die fast unwiderstehliche Verlockung abzuwehren, sich für immer zu verschanzen in einem vollkommenen Winterschlaf.

Er selbst fängt an, sich nicht nur nackt, sondern hautlos zu fühlen ohne das Gehäuse seines Bettes. Keine Kleidung kann ihn mehr vor der heranstürzenden Tageskälte schützen. Von seinem Bett aus jedoch, so fest verwahrt und verankert, spürt er in sich eine Kraft für die Regulierung der Welt.

Als dafür geeignetes Bett kommt zunächst nur ein bestimmtes in Betracht, das allerheimlichste nämlich, das von der Umgebung unabhängigste, das die Zurückgezogenheit, die es nach innen gewährt, pompös nach außen verheißt und verteidigt, ein mit Vorhängen wie mit Lidern versehenes Bett, fähig, sie weit aufzuschlagen und ringsum zu schließen. Eine solche Liegestatt hat vier geschnitzte Säulen und schillernde Falten. Immer ist es ein Stein des Anstoßes in seiner Heimlichtuerei, die es dramatisch in plötzliche Offenheit nach drei Seiten umwandeln kann, ein schamhaftes Nachthemd für Schläfer und Bett gemeinsam. Wer darin ruht, tritt der Welt als provozierend verpackte Überraschung entgegen, spielt sich selbst schon den Schlaf vor und kann doch die Augen noch lange wandern lassen in der wolkigen Schlaftruhe, Schlafschatztruhe. Von außen sieht man es wie ein träumendes Gesicht, das die Wimpern gesenkt hat als Raffung rings um den Matratzenrand. Es herrscht eine Neugierde von innen und außen, denn dem Liegenden ist die Welt kraß und abgeriegelt gegenübergestellt, und der Besetzer des Bettes ist das Rätsel im Verbot, der Kern im Apfel, das Fleisch in der Kruste. Ach, dieses mögliche Öffnen, Halböffnen, Aufreißen in Ungeduld! Man stellt sich von innen das Bett von außen vor und was man darin ertappen würde, ein Paar, einen schönen, schön hilflos Einzelnen. Daß man die Vorhänge, die leise wehen, zurückweichen und herandrängen, von innen betrachtet und von außen in Erinnerung hat, ist ein doppelter Genuß. Doch sind das nur die ersten Stufen des Vergnügens.

Die Schutzmauern dieses Schlaftabernakels, Allerheiligsten der Nacht, sind so subtil, daß man sie nur als Gleichnis begreifen kann, damit werden sie unverletzlich! Der, den sie umschließen, ist in den Kopf eines größeren Schläfers genommen, in den Traumkreislauf eines mächtigeren Körpers. Die Umgebung ist ungültig, ausgestrichen, aus der Welt geschnitten ist das Bett, die Welt auf das Innere dieser Falten, dieser schlanken, biegsamen Faltenstämme eines treuen Wächterwaldes reduziert. Die Vorhänge sind die Grenze, bis zu der das Pulsieren des Mittelpunkts reicht. So kennt der Schlafende weder Bewegung noch Reibung. Auf Batistflügeln, Veloursschwingen im üppigsten Fall, hat er die Freiheit aufzusteigen, unbelastet von allen ihm nun jenseitigen Details.

Er kann aufsteigen zur Höhe eines Elefantenrückens, der schaukelnd die Bettsänfte trägt, oder höher noch, zum durch die Lüfte segelnden Teppich des Mittleren Ostens. Das gemächlich wandernde und das fliegende Ruhelager haben eine rasende Entsprechung in der Wirklichkeit. Hier werden, meßbar in Stunden und Kilometern, eine Nacht und eine Strecke zurückgelegt. Still verhält sich der Liegende auf seiner platten Schlaffläche, saust durch quadratische Wälder und verzettelte Städte, und in der Finsternis sausen sie alle durch ihn hindurch und davon, die Lichtblitze und Rufe auf den Bahnhöfen obendrein. Wie wird er mit den anderen fortgerissen, weggeschleppt, welche Müdigkeit und Erleichterung, sich auszustrecken, sobald das Licht gelöscht wird, welche Intimität in diesem alleröffentlichsten, gefächert bevölkerten Bett, in dem jeder, als hätte man ihn mit schwarzem Seidenpapier gegen das andere, ebenso fragile Versandstück gepolstert, die Schlafvorhänge, eine empfindliche Glaubenssache, um sich unsichtbar aufstellt! Welche Vertraulichkeit im Kontrast zur Abteilhelligkeit und Dichte zwischen den Insassen noch vor einem Augenblick! Nun der dunkle, sich dehnende Raum. Jeder ist für sich, und doch sind alle in eine einzige, gemeinsame Schachtel gesteckt, alle voneinander abhängig in der gestaffelt einsetzenden Ohnmacht des Schlafs. In einen großen Ofen sind sie alle eingeschichtet, säuberlich auf ihren Backblechen backt sie die Nacht oder backt sie der Schaffner, die Schlafbrote, die vertrauensvoll zu atmen beginnen, geräuschvoll und spürbar manchmal den Atem anhalten, besonders die Genossen der Schlaflosigkeit, die bald einander erkennen, über die extremste kleine Entfernung hinweg, einer von ihnen singt heimlich unter der Decke, ganz leise, aber ununterdrückbar. Gruftartig knapp ist das Bett, es gibt keine Bequemlichkeit. Solch tugendhafte Strenge verhindert jedoch nicht den grellen Wechsel, das Aufreizende des Übergangs vom Fremden zum sehr nahen Beieinander, und dann, am Morgen – manche allerdings gehen und kommen unbemerkt schleichend während der Nacht, raschelnd und geschickt tastend, schlüpfend, entschlüpfend wieder – zurück zum höchst und offensichtlich Fremden, nach der Hochzeit, der schwelgerischen Vereinigung aller Schlafgerüche, die schließlich durch Fenster und Türen – eine Entgleisung, die man nicht wahrhaben will – schleunigst davongejagt werden. Nirgendwo sitzen die Leute so gerade am Morgen auf ihren Plätzen wie hier, nach der dumpfen, dampfenden Nacht. Bereits am Vorabend beobachtet man einander, vermutet Gewohnheiten, sieht einigen schon im Hellen an, wie sie im Dunkeln liegen werden. Es gehört sich nicht, ihre Gesichtszüge zu kennen, wenn sie in ihren Etagen wohnen, so still, so stillhaltend wie in einem aufgeklappten Haus vom Keller bis zum Dach.

Dieses Bett ist die Umkehrung des ersten und ihm doch ähnlich, natürlich. Es rast, es könnte durch Steppen und Wüsten rasen, durch Tunnel und an Gebirgsrändern entlang, es rast ganz allgemein durch die Welt, dieser eigentlich stabilste Heimatort, skandalöserweise, und ist zudem durch und durch zugänglich, dieser persönlichste Ort der Erde, ist daher ein irreales Bett und doch identifizierbar dem, der die Lider nach unten klappt, als Liegestatt.

Das vollkommenste Bett aber ist das Regen-, Nebel-, Schneebett, dem man in den Schoß fällt. Schnee, Nebel, Regen, wenn sie nur heftig genug hinter den Scheiben auftreten, verkürzen die Sicht bis zur Abschneidung, lassen die langen Gardinen eines Vorhangbettes sinken in endloser Fortsetzung des einen Monotonen bis an die Grenzen der Welt oder beschließen sie. Es kommt aufs selbe heraus. Es gibt keinen Außenblick mehr, das Bett hat alles verschluckt und sich anverwandelt, und man selbst ist bestattet in diesem Reich, das leer ist von Inhalt und Störungen. Jeder Aufruhr ist für immer befriedet, die umschleierte Ruhestelle kann sich mit Weltschlaf und nichts anderem füllen. Ein Bett ohne Erwachen, was sollte denn noch aufwecken? Was sollte noch folgen auf das Erwachen?

Es ist ein zutiefst harmloses, übersichtliches Königreich, es ist die Einfalt selbst, undurchschaubar, aber da es immer so weitergeht, vom Bettrand bis ins Unendliche oder gleich Beendete, wer könnte das sagen, gibt es ja gar nichts zu durchschauen. Dem Regen setzt nur ein neuer Regen nach. Zeitlich und räumlich, dem Nebel Nebel, dem Schnee Schnee. Was man sieht, ist schon die Welt von A bis Z, man kennt und hat sie auf einen Blick. Man muß nichts befürchten, nichts wird verschwiegen oder verdrängt. Selbst wenn man es wünschte, man könnte gar nicht wachbleiben angesichts dieser milden Realität, die alle Taschen, über die sie verfügt, entwaffnend nach außen kehrt. Es ist nichts drin.

Nicht jeder Regen, bestimmt nicht der niederschwebende, flüchtige Abend- oder Frühlingsregen ist geeignet, nur der, der durch seine Heftigkeit undurchsichtig wird und weiße Wassersäulen, einen nicht gepflanzten Stangenwald unentwegt prasselnd erzeugt. Er muß für diese Zwecke stets ein wüster, tobender sein.

Der Nebel steht still, steht auch schwankend still. Seine Erscheinungsweise vom Fenster aus ist die der Bewegungslosigkeit. Er lagert um das Haus herum, wartet und nimmt zu. Das könnte eine Beunruhigung verursachen, einen Spalt gewissermaßen in der welterledigenden Umwallung des Bettes. Es läßt sich ihm etwas Lauerndes anhängen.

Der Schnee aber! Er lauert nicht, er ist im Fallen, und er darf sacht fallen, denn er ist immer weißblättrig, weißwirbelnd, weißwandig. Er muß nur dicht sein, ein Schaffell. Seine Geste ist die der Beschwichtigung. Er fällt gelassen, unaufhörlich, als siegesgewisse Aufforderung und gutes Beispiel, ebenso die Lider zu senken, von oben nach unten zu bewegen, nichts zu wissen, unschuldig im unschuldigen Nichts eingewiegt, am Ende selbst ein Teil des Schneefalls, sich selbst zuschneiender Weltschnee zu sein.

Was sich jetzt aber einstellte, am gestrigen Abend, und so mußte es kommen, war ein schwarzes Flockengestöber, Rußfetzen aus dem Kopf, in den Kopf, ein Schneien, das mit Friedlichkeit erst am Schluß, bei der unvergleichlichen Besänftigung zu tun hatte: Der Funkenflug beim Gasschweißen, das mit der ganzen Fläche glühende, auf über 2000 Grad erhitzte Metall, das Erkennen und Beeinflussen aller Veränderungen beim Übergang vom festen in den flüssigen Zustand. Das blaue Leuchten beim Elektro-Lichtbogen-Schweißen, die Handschuhe, der Kittel in der Farbe des Werkstoffs, der Schutzschild gegen die UV-Strahlung. Die Berührung der Stahlstücke mit den rotierenden Schleifblättern, das Herunterkrachen des Reckhammers auf das jetzt rote, zu schmiedende Metall, das faltenlose, glänzende Gesicht, der kleine, ernsthafte Schnurrbart.

Das Herunterbrechen, das letzte, stürmische Rauschen der Urwaldriesen, aussterbende Rasse, abtransportiert die langen, glatten, entmannten Leichname, unkenntlich, nützlich, für alle Zeit stumm gemacht in Türen und Fenstern. Tropisches Hartholz aus Malaysia. Der Temperaturabfall der alten Leute, kälter und kälter wird es in ihren Zimmern, dämmriger unter den schrillen Deckenlampen. Unerträglich weitete sich inzwischen der Horizont, man soll die Schreie der winzigsten Tiere hören, die sonst entrückt, erstickt sind in schweigenden Ansichten. »Ein Held«, sagt plötzlich der Schweißer ohne Schutzbrille mit mädchenhaft schwellenden Lippen, die Stimme zittert vor Trotz oder Stolz, man weiß nicht, warum, »ein Held, der Pilot. Sie haben ihm Wasser statt Kerosin in die Tanks gefüllt, kurz nach dem Start führt er geistesgegenwärtig auf der Autobahn die Landung durch. Eine Brücke reißt ihm die Flügel ab. Ein echter Held! Orden sind ihm verliehen worden, zurecht!« Ein Mann auf einer Wiese neben der Autobahn, inmitten großer Maulwurfshügel wie in seiner sanften Herde der gute Hirt.

Die Freundin der Gorillas, ohne Freunde unter den Menschen, Dian Fossey, in den Bergen Ruandas, die Dreiundfünfzigjährige allein zwischen Menschenaffen. Fünf bis sechs Zentner Lebendgewicht, zwei Meter Höhe vom Scheitel bis zur Sohle bei den männlichen Exemplaren. Neue Schlafnester werden täglich gebaut, die Männer am Boden, Weibchen und Kinder auf niedrigen Bäumen, die Frau Nacht für Nacht in ihrer Wellblechhütte. Erlegte Tiere begräbt sie auf einem Friedhof bei ihrer Hütte, nahe dem Gipfel des Berges Visoke. Sie hat sie bei ihrem Namen genannt, wie man Menschen nennt. Kenntlich lassen die Tierjäger Köpfe und Hände der Affen als Aschenbecher und Zimmerschmuck. Auch die Frau, die Hexe, tötete man, wie man Tiere tötet. Die alten Männer mit ihren kleinen Hunden auf vereisten Bürgersteigen, zwischen Pfützen, an Baustellen, an offengelegten Zivilisationsgeheimnissen entlang, die Hunde stets kurzfristig zielstrebig, an zärtlich-zimperlich gehaltenen Leinen.

Öffentliche Toiletten und Toilettenräume der U-Bahnstationen, ein Stück Pappe im Winkel zwischen den Containern auf dem Bahnhofsgelände, Automatenwaschsalons, hin- und herpendelnde U- und S-Bahnen: unerlaubte Schlafplätze der Nichtseßhaften, so warm, daß sie nicht erfrieren, so öffentlich, daß sie hoffen, nicht zusammengeschlagen zu werden. Auf Bänken verhindert man ihr Einschlafen in ausgestrecktem Zustand, indem man einzelne Sitzmulden anlegt. Waschsalons führen nächtliche Schließzeiten ein, in den Zügen drohen Bußgelder und Strafverfahren wegen Hausfriedensbruch und Schwarzfahren. In den Toilettenräumen werden sie frühmorgens von der Stadtreinigung geweckt, freundlich oder gleich mitgereinigt: mit dem Wasserstrahl vertrieben, alles, was sie auf dem Leib haben, naßgespritzt und raus in den Winter! Die Obdachlosen, die nicht in den für sie vorgesehenen Heimen schlafen: manchmal abtransportiert von Polizisten irgendwohin außerhalb der Stadtgrenzen, egal, was dort mit ihnen geschieht, Abschreckungsprügel, manche Schutzleute dulden sie, manche bieten ihnen eine Zigarette an. Manchmal werden sie getötet, nicht Berufs-, nur Existenzrisiko. Die Nähe eines Heims für diese Rastlosen, Berber, »Bombenleger« ist noch wertmindernder im Immobiliengeschäft als die Stätten der »zur ewigen Ruhe« Gebetteten. Die meisten wünschen sich einen festen Wohnsitz. Eine hat einen kleinen Gepäckwagen und, wenn es geht, ein gefülltes Fläschchen, ist jetzt siebenundfünfzig, macht das elf Jahre. Sie nehmen zu, es kommt vor, daß sie aus ihrem Kauern, während der wilden, todernsten Kaufhausstunden, an die Mauern der Warenhäuser gedrückt, den Kopf heben, die Sehschlitze in den verkrusteten Gesichtern öffnen, auf die eifrig Vorübergehenden starren, begriffsstutzig, und plötzlich lächeln. Sie zeigen die schlechten Zähne oder gar keine oder auch ganz kräftige noch, immer mehr kräftige in letzter Zeit, sitzen da mit wäßrigen Augen, rotäugig und lachen sich halbtot, falls der Tag nicht zu eisig ist.

Eine Stadt, abends, im tiefen Süden Europas, die breite Straße, Bäume zu beiden Seiten, vom Laub glänzend geschmückt für den Augenblick, die glatte Straße, vom Wasser weg in das nicht sichtbare Innere der Stadt, aus ihrem hier verborgenen Herzen zum Hafen hinaus. Niemand geht zurück, die Straße gleitet, strömt nur in eine Richtung, der Mole zu, alle kommen entgegen dem einen, der die Mitte der Stadt aufsuchen will, den lebendigsten Punkt, er muß leer sein inzwischen, ausgelaufen, dem Einzelnen entgegengesandt alle Kraft. Glänzende Hitze auf den Blättern, den Stirnen der Männer, den nackten Schultern der Frauen, ihrer Frauen, in den großen Augen ihrer kleinen Kinder, auf den künstlichen Blumen, den bunten Ballons, die sie tragen. Sie reden alle, aber glänzen so sehr, der Fläche des Wassers entgegenflutend, daß man nur den Glanz wahrnimmt, ihn, die Blicke, den Geruch, den feierlichen Geruch des Schweißes, der aus den Hemden der Männer steigt und sich beugt über den geborgten Duft ihrer Frauen, der jungen, geschminkten Frauen in Sommerkleidern mit künstlichen Blumenwiesen und aufgedruckten Ballons. Die Blicke der Männer schießen wie aneinanderstoßende und anfeuernde Kugeln im Zickzacklauf zwischen den Bäumen dem Wasser am Ende der Straße zu. Die jungen, wohlgenährten, leuchtenden Frauen gehen mit ihren in Schweiß gesalbten Männern in der heißen Luft, sie selbst sind die Hitze, die die Luft erwärmt. Ihre kleinen Kinder begleiten sie als Abrundung, als Beweis und Triumph. So gehen die jungen Familien, atmende Architekturen, rollende Wogen in ihrer vollkommenen biologischen Pracht.

Die Kreise, Wellen, Schleifen, Schlangen, die Rauten, Quadrate, Bänder, marmornen Fußbodenmuster, der hochgewölbten Kirchendecke sehr fern, freigegeben und wieder verdeckt von dem sich auf Knien windenden Mädchen, den Madonnenhaaren, den ausgebreiteten, zuckenden Händen, dem unbekümmerten Hinterteil, das sie unter der Schwermut Marias wiegt. Als Gipfel der altertümlichen Szene die Leidenschaft auf den kalten Fliesen, die verräterisch sprechende Wahl des Ortes, wehmütige Jungfrau, die man nicht täuscht. Die fordernde, die südliche Reue, die Molligkeit in den engen Jeans, die Verzweiflung im hochschnellenden Gesicht.

Die eisengrauen, über die Bordsteinkante gerutschten Haare, Brille auf den Gläsern stehend mit aufragenden Bügeln, Gesicht auf den Steinen zur Seite gedreht, Farbe von Kartoffelschalen, der alte, den Körper mit Mühe zu einer gedrungenen Säule formende, braune Mantel, die Beine in undurchsichtigen Strümpfen, wie gebrochen und nebeneinandergeworfen. Da liegt die Frau am Vormittag, Autos schnell daran vorbei, die Fußgänger halten an. Ein Schlüsselbund, aus der Manteltasche gefallen, keine Papiere, kein Geld. Auch nach zehn Tagen kein Hinweis durch Anfrage, kein Fehlen, kein Vermissen, der Fall zu den Akten genommen, Alter und soziale Schicht erraten, der Name nicht. Tag für Tag aber saugt die wartende Tote heimlich den Lebenden etwas weg, verlangt einen Ausgleich in lautlosem Gerechtigkeitsdrang. Die einsamen Frauen, der überspringende, schmerzhafte Blick, auf der Lauer im kurzen Moment der Begegnung, die Ängstlichkeit der in den vier Wänden intim Gewordenen, sinnlos spazierengegangen, gestemmt einmal täglich in die schneidende Außenluft. Immer schlechter gelingt das Vermeiden von Indizien, ein nicht geschlossener Reißverschluß, der Strumpf verdreht, die Vergeßlichkeit vor den Warenregalen, das Sprechen zu laut, zu leise, die Unterhaltung mit sich selbst. Nur ein aufgefundener Gegenstand, aber kein Besitzer, keine Silbe zu Person und Straße, doch das Grundmuster bekannter Züge. Die läßt die Frau auch den Lebenden, mehr jedoch nicht. Das merkt man jetzt, das soll nicht sein, einzeln soll sie, mit Schicksal versehen, aufgebahrt von einem Lebenslauf sein! So wendet sich, nach eineinhalb Wochen, alles zum Guten. Ein Zeitungsfoto, ein aufmerksamer Hausmeisterneffe, ein Sohn in Sidney, die Tochter im Nachbarstadtteil der Mutter, ein Schwiegersohn und alle erschüttert. Eine Adresse, ein fester Wohnsitz, dort lebte die Frau über sechzig Jahre, nun wieder mit Namen und Geschichte. Vorname: Hilde, Nachname: Peters, Alter: fast 87 Jahre. Man wird es auf einen Grabstein schreiben, auf den ihres Mannes, der nur zwei Jahre früher starb, Schmied bei der Stadt. Die Geheimnisse sind alle gelüftet. Mitten im Gehen der letzte Schritt, wie ein Vogel hoch oben im Fliegen anhält, vom Schlag getroffen beim letzten Regen seiner Flügel, ohne Ausweis, Anschrift, Groschen, auf dem Bordsteinpflaster zusammengesunken, nach vorne gekippt, die Brille auf den Gläsern stehend, neben dem friedlichen Gesicht, der auf der Stelle, vor aller Augen, für alle Augen für immer in den Schlaf Gestürzten.

Welch ein Gepränge mit Schlüsselbund, Brieftasche und kleiner Scheckkarte. Das viel zu laute Sprechen, stramm stehen die wachsamen Verkäufer und geben Antwort, hin und her gehen die Frauen in charmanter Vergeßlichkeit zwischen den Warenregalen. Wie fegt der offen getragene Pelzmantel – eben nur aus dem Auto gesprungen – schnoddrig an teuren Konserven entlang! Welch ein Gepränge dieser verwöhnten älteren, nicht mehr wie einstmals geliebten Frauen! Sie können so kindlich männlichen Rat erbitten von jungen Verkäufern in weißen Kitteln, die alle wissen, wie weit die Vertraulichkeit gehen darf. Über größere Diagonalen hinweg rufen die Frauen sie auf der Suche nach einem Gewürz ganz in ihrer Nähe, nach dem passenden Wein, lesen rundäugig das Etikett und verachten zu aller Überraschung launisch am Ende das wortreich Empfohlene oder auch nicht. Ihre Tugend: das Beste zu verlangen, unerschrocken die Nase zu rümpfen, weil etwas zu rot, zu reif oder roh ist, alle Geduld auf sich zu versammeln. Ermutigt vom Lob, ein wenig verlegen von ihrer Kritik steht der selbstbewußte Geschäftsführer da, verschwenderisch sind sie, und plötzlich ist ihnen ein Preis zu hoch. Sie spielen herrisch ihr altes Spiel, die Artigkeit der Verkäufer ist käuflich, da wird nicht gefackelt. Hier wüten, koste es, was es wolle, die bitter auf ihrem Feld Verschmähten noch einmal mit düsterschelmischem Mund.

Die rote Tasche, die schreiend rote, riesige. Alles sieht zu ihr hin, nichts fällt so auf, kein Mensch, keine Plastik. Man könnte gleich ein Verkehrsschild aufstellen, eine Blinkleuchte, ein Feuer anzünden, einen Urwaldschrei ausstoßen. Wer weiß, möglicherweise gehört es sich gar nicht, mit solch einem gewaltigen Ding zwischen Männern und Frauen aus Marmor, Halbedelstein und Gold sogar, hier aufzutauchen (Figuren extra hergebracht aus einem anderen Land, über und durch die Berge, befördert, geschleppt usw., eingepackt, ausgepackt, versichert usw., aufgestellt, um bewundert zu werden, ein Urteil zu erzwingen, Gespräch, Kritik usw.), mit so einem signalisierenden, aber doch nur Blödsinn signalisierenden Apparat, der doch überhaupt nicht zählt in dieser

Umgebung der Kunst, nur eben brüllend rot und riesig ist, das ist wirklich alles, aber man kuckt eben hin. Die Augen werden unwillkürlich und wie verrückt gefesselt davon. Man könnte rufen: Es schickt sich nicht! Verboten! Raus! In den schönen Metallmuskeln und angespannten Rücken, die man streicheln möchte in Seelenruhe, ist natürlich nichts versteckt, aber die Tasche ist verschlossen. Etwas ist drin! Der Stoff wird ausgebeult von einem Inhalt, das also kommt hinzu. Man weiß nicht recht, wer sie in andere Zimmer verschleppt, befördert, ein Stockwerk höher, auf den Gang, nach unten. Man bemerkt sie hier und dort. Die vielen Menschen lenken nicht von ihr ab, sie ist immer am rötesten. Sie muß zu einem gehören, der anwesend ist, sonst sähe sie anders aus, nicht so zu! Unaufhörlich, unauffällig beschützt man sie, das ist klar. Das verewigte Fleisch zweier nackter Väter, das sehen alle an, so kann die Tasche wandern. Es gibt ein großes Gesicht unter den Zuschauern, dick, kahl, ganz weiß, die Lippen, die Augenlider, die Ohren, weiß, weiß, ein Sternchen im Ohr. Das Gegenstück zur roten Tasche. Es kann nicht verwundern, daß beide zusammengehören, das ist Berechnung. Da ist die Tasche geöffnet, ein Zimmerchen, abseits, ein Stativ, ein Fotograf bei der Arbeit, immer mehr holt er aus seinem Werkzeugbehälter, sein weißes Gesicht wird nicht röter dabei, das scheint unmöglich, es ist durch und durch bleich, der ganze Kopf. Man sieht hin, nun weiß man ein bißchen Bescheid, eine Tasche voller Apparate, eine Frage noch: Für wen er all die Fotos macht von den winzigen Frauen am Bronzemeer. Für sich, sagt der Geheimnisvolle, für größte Zeitungen arbeitet er, diesmal für sich, wird nicht rot dabei, das ist seine Stärke, darauf ist Verlaß. Seine Tasche rot, sein Gesicht immer blaß, für sich, er liebt die Selbständigkeit, die freie Arbeit, keine Diktate. Nur so ist das Schöpferische möglich. »Sehen wird man, was wird.« Die Methode: sich inspirieren zu lassen, nur keine Vorschrift, nichts Vorgefaßtes. Kreative Personen liebt er, die will er, will sie porträtieren, das Einzigartige ihres Wesens, dazu braucht man Ungebundenheit. Die Figuren stumm an ihren Plätzen, ein Besucher hört ihm noch immer zu, sieht das weiße Gesicht, die rote Tasche, hört, leise gesprochen: »Immer offen sein für den Augenblick!«

Der kleine Springbrunnen. Katzen werden nicht selten erschlagen, hier tut es ein Polizist mit der Stange, zweimal schlägt er zu. Die Gefahr ist gebannt. Eine Nacht braucht der kranke Kater zum Sterben. Neben einem kleinen Springbrunnen, neben einem kleinen Springbrunnen.

Das Pappschild neben dem Toten im Abbruchhaus, morgens von Bauarbeitern entdeckt. Schädel zerschmettert. Ein junger Arbeitsloser, Obdachloser, rasch identifiziert. Man sah ihn in der Stadt mit seinem Pappschild: »Erbitte Spende«. Auf der Rückseite: »Ich habe Hunger«. Vom Mörder keine Spur. Das Schildchen immer bei ihm, als letztes: »Erbitte Spende«. Wer hat diese Seite nach oben gedreht, das Opfer, der Täter, ein Bauarbeiter mit seiner Schaufel? Wie man es auch wendet, unvermeidlich ist der Witz.

Das vollkommen Ovale, ja, Mandelförmige eines Mannes, ein Mann in der Form eines perfekt gefeilten Frauenfingernagels, Gesicht, Hände, Füße, der Körper wiederum alles in allem, alles im sogleich einleuchtenden Verhältnis zum Gesamten, daher den Blick dermaßen auf die einzelnen Teile lenkend und das Gefühl des Gesamten so betonend, ein ausgewogenes, muskulöses Denksystem. Und jetzt der Frühlingshimmel, Frühlingshimmel wohl, sich auf einen einzigen, einzelnen Körper legend, ihn in die schlammige Erde drükkend, der Himmel, der aus den Hälsen der Wildgänse spricht, die von einem konsequent wehenden Wind vorangetrieben, allein aufgrund der Disziplin seines Blasens einen Keil zu bilden scheinen, die geknickte Tonleiter am Himmel, die Rufe viel näher, wie aus einem ganz anderen Zusammenhang.

Ein heller, pfeifender, wiederholter Tierschrei, ängstlich angehört am Saum der Wildnis nachts, der Schrei eines Kindes am frohen Morgen ins Dunkle hinter den Jalousien, pfeifender, wiederholter Schrei aus der Außenwelt, doch nicht mehr der eines unzugänglichen Schmerzes, also geringer. Wie der Kopf lauscht auf den grellen Einschnitt geahnter Katastrophen, verschwenderisch bereit, sich zu entsetzen und nie, in der entscheidenden Sekunde, darauf gefaßt!

Die Unverhältnismäßigkeit der alle Distanzen und räumlichen Einrichtungen leugnenden Polizeilautsprecher, über Häuserzeilen hinweg, vom Horizont her den Zuhörer ansprechend, als gäbe es nur diese Stimme und ihn. Die Welt dazwischen, nur deshalb kann die Stimme so laut sein, ist ausradiert: Das Unverschämte ihrer riesig an Hauswänden hochsteigenden Verkündigungen.

Die lange Gestalt, lange Latte, Fahnenstange, der längste Mensch auf dem Schiff. »Wie klein die anderen mit einem Schlag geworden sind!« sagt jemand unbeherrscht laut, muß sich setzen vor Verblüffung, noch mehr wächst die Bohnenstange empor. Fast alle sitzen, um besser zu staunen. Nur die Kinder scheuen nicht den Vergleich, besonders die Männer scheuen ihn. Wer so aufrecht in den Himmel ragt, an wechselnden Plätzen, doch immer stehend, gleich ist der Standort allen bekannt, nie die Größe verhehlend, am Geländer lehnend, an der Bar im Gedränge, ein schmaler Stab, niemals schwankend, den Kopf nie gebeugt, in den Schultern allenfalls leicht gekrümmt, was den Vorsprung der Brüste, der wohl ohnehin kleinen, vollends kaschiert, in steifem, sackartig fallendem Kleid, das ist eine Frau! Sie verbirgt sich nicht, Leuchtturm und Lauffeuer, lächelt beinahe. Sie lächelt unbestimmt herab, weiß längst, was von den anderen in den ersten Minuten ihres Erscheinens erst nacheinander gedacht werden muß, sie taucht auf und kennt die Gedanken im Umkreis. Die dünnen blonden Haare zu allem Überfluß hochgesteckt, die Kette aus Hanf reicht bis zur strikt verleugneten Taille mit schwarzen Kugeln, Zähnen vielleicht exotischer Tiere, goldenen Gliedern, wie Jagdtrophäen zum savannenfarbenen, harten Kleid, der Strohhut im Nacken. Darunter, fast im Ausschnitt verborgen, die zweifellos kostbare Perlenkette. Das helle Gesicht, ein wenig gepeinigt von der Sonne, der Neugier des gemeinen Volkes, ein Tropfen Schweiß auf der Oberlippe, die Nasenflügel sacht gebläht. Im Licht bei vollendeter Haltung ein feines, nervöses Nach-Atem-Ringen, das spannt den schönen, mondänen Mund. Dahinter, aufblitzender Garantiebeweis, die Reihe königlicher Zähne. Danach wirkt der Mund auch geschlossen anders. Die Füße in teuren, flachen Schuhen, an den Handgelenken, Oase auf halber, asketischer Strecke, dickliches Gold. Mit zwei Frauen spricht sie, die um sie sind, sie haben sich in den Kopf gesetzt, ihr flankierend Befestigung zu sein, schwätzen zu ihr in den Himmel hoch mit dem Besserwissen des lieben Lebens. Sie benötigt das nicht, duldet es aber, eine Gräfin aus Florenz muß sie sein, gewohnt von früher Jugend an, daß man über ihren Körper nachdenkt, ihn gliedert, zerlegt, das Sackkleid erschwert gleichsam spöttisch die Arbeit, das Gesicht hingegen in seiner Höhe, ein zartes Gegengewicht zum Sockel, erzwingt ein ganz besonderes Grübeln: das über die Art ihrer Phantasie.

Das Hotel in Südostasien, vielstöckig, hoch aufschießend, die Bank geöffnet im Erdgeschoß zur Zeit des Unglücks, plötzlich in sich zusammengekracht, wie vom Schlag getroffen, mitten im Stehen, hundert Tote, Ursache unbekannt. Kurz vorher, sagen Augenzeugen, an den Mauern ein Gewirr von Rissen, die Trümmer, als wären es dreckige Packeisschollen, aufplatzendes, berstendes Inneres, die Schale zerstört, kein Freigeben aber von Fruchtbarkeit.

Fisch ohne Flossen, das Ehepaar von hinten, leicht hinkend, das steife Bein links außen, das Bein des Mannes glücklicherweise. Immer untergehakt die zwei in der Öffentlichkeit, ob schnell oder schlendernd zwischen Kirche und Wohnung, vor allem grüßend, Freundlichkeit hin und zurück. Fisch ohne Flossen, Ehepaar Holz, dem immer das Wichtigste fehlt zum Glück. Sein Fehler: ein unverschuldetes, stilles Fehlen, Jahr um Jahr, das zum Himmel schreit. Was ist dagegen das steife Bein, mit dem er doch beinahe rennen, knien, Schreibwaren verkaufen und alles Eheliche kann! Herzlichkeit hin und zurück, kein einziges schlechtes Wort in der Nachbarschaft, nicht von ihnen, nicht über sie. Dieses Fehlen aber, als würden sie ständig die Luft anhalten, horchen vielleicht auf Verheißungen. Sie selbst sind eigentlich nicht vorhanden, die zwei Gestalten, das flotte Hinken, das runde Bauerngesicht der Frau, nur die Unfruchtbarkeit in ihren Zügen, die merkt man sich und fragt sich: Woran erkennt man sie? Sind sie hohl, wo andere kompakt sind, stets nur sauber, wenn andere schwitzen? Fisch ohne Flossen, etwas, das um Verzeihung bittet, die ganze menschliche Gesellschaft, die sich vermehrt: Wir geben uns alle erdenkliche Mühe, es liegt nicht an uns. Sie scheinen sich niemals anzusehen, so sind sie geradeausgegangen, gemeinsam ein Ziel am Ende der Straße, den Kirchturm fixierend, eventuell, oder beschäftigt mit Herzlichkeiten am Wegesrand zu den guten Bekannten, von denen ihre kleine Welt voll ist, die nur mit Wünschen zu helfen wissen, die aber nicht helfen. Die empfindlichen Beiden, nebeneinander in ihrem überaus redlichen Laden, zerbrechlich sogar, ein Blick des einen hätte den zweiten mit Schuld überschüttet, mit Vorwürfen nicht. Die Schuld wäre ihm aus den Augen gesprungen. Ein glückliches Paar, die Frau Holz mit Herrn Holz, und das wissen sie im Herzensgrund. Er kauft ihr ausgefallene Kleider, die sie, die schlichte, jedesmal lächelnd beiseite legt. »Nichts für mich! Nichts für mich!« Sie ist kein Luxusweibchen, der Gute, so muß er sie nicht zu trösten versuchen.

Unvergeßlich aber die Sterne, die leuchtenden Universumswolken, nahegebracht dem Betrachter, Wasserstoffgase, die ihn nichts angehen, die ihn entflammen, flammende Wolken am Grund, in den entfliehenden Gründen schwarz gedruckter Unendlichkeit.

Das Gesicht, noch fremd und schon aufgefallen in der Menge, die Locken dunkelrot, alterslos, tadellos. Das Gesicht bis auf die Augen braun gefärbt, überstrichen ohne Rücksicht auf das Gelände, alles Make-up-braun, Berg und Tal der Runzeln, die ganze Ackerlandschaft, anhaltend, ansprechend, zugewandt, vorgestellt durch Dritten, bekannt und schon vertraut, schon Witze gerissen und herzhafte Indiskretion. Zwischendurch verächtlich geworfener Mund zur Welt hin, im Gedränge sich behauptend, keinen Zoll gewichen, die Augen flink, eindeutige Spuren unklarer Laster. Der Pelzmantel raffiniert, alterslos. Dann der Mann, in den Winkeln des Passagenkorridors, aufgesucht der enge Laden, zuerst das Glöckchen der Tür, ein Zwergenhund hinter der Barriere, kläffender Wächter in der Stille, unbeeindruckt von den Fellen gewaltiger Tiere als Wandschmuck, zur Demonstration aufgespannt. Dann der Mann, zerzaust, aus dem Schlaf gesprungen, die dürre Gestalt, zerzaustes Gesicht auch, die scharfe Landschaft ausgeblutet, zurückgelassen. Solidarische Ruinenhaftigkeit des Paares, solidarische, veraltete Lasterhaftigkeit. Um sie herum, wie Teile ihres gemeinsamen Lebens, die Felle wilder Tiere, die herrlichen Hüllen geschmeidiger Räuber. Hier die Ideale der beiden, Gütesiegel ihrer Weltanschauung: die Qualität des Pelzes, zärtlich über den Flor gestrichen, die Zeichnung, das Wunder der Zeichnung, Bravour der Verarbeitung, versteht sich. Die großartigen Hüllen, in die sich die zarten Früchte, die vor der Kälte schutzlosen Körper begeben, schutzlos auch vor Nivellierung. Das ändern die beiden mit ihrer Ware, der im Vergleich zum späteren Inhalt unvergänglichen, auszeichnenden. Ihre Leidenschaft für das Schöne läßt sie grob werden bei unfähigen Kunden, das ist ein geschäftsschädigendes Opfer fürs Ideal. Wie sprechen sie, Feuer und Flamme, von edlen Tieren und meinen ihr Fell, das wie vom Himmel gefallene Fell nur. Die neue unverständige Zeit läßt sie verbittern. Verwitternde Oberflächen über einer anderen Zeit sind ihre Gesichter, der gewissen, einmaligen Zeit des Lächelns im Anstarren, im Wegsehen ohne Grund, des bewegungslosen, gegenseitigen Anlächelns, unbegreiflich und wie nichts anderes verwandt den Blitzen der fernen Sternengruppen.

Khartoum, mit Feuer und Schwert genommen, Raserei fanatischer Reinigung. Ebene, Schlammwüste, aus der Baumwipfel und Hausdächer ragen. Die Stadt verborgen darunter, sechs bis acht Meter tief, abgeschlossen für immer, Vieh, Schule, Theater verschüttet, verschwunden für immer in wenigen Minuten einer Nacht. Zwanzigtausend Menschen getötet, erwürgt von ätzendem Morast aus Wasser und Geröll. Die Stadt aufgefüllt bis zu ihren höchsten Erhebungen.

Einige Linien geben frühere Straßen an. Schwirrende Fliegen, viele Leichen in Schlafanzügen oder nackt. Die Leichen nicht zu bergen, man wird die Stadt einplanieren und zum Friedhof erklären. Die Beerdigungen haben stattgefunden. Am Abend vorher schwarzer Ascheregen, Schwüle vor den Fernsehapparaten. In der Nacht, sagen Überlebende, sahen sie das Feuer vom Himmel fallen. (»Sie aßen, sie tranken, sie freiten, sie ließen sich freien ... Desgleich wie es geschah zu den Zeiten Lots: sie aßen, sie tranken, sie kauften, sie verkauften, sie pflanzten, sie bauten ...«). Bevölkerung: größtenteils Landarbeiter, Viehzucht, Kaffee- und Baumwollanbau. Ein Massengrab, die Stadt, dicht geworden bis über den Kirchturm hinaus, die Einwohner ohne Unterscheidungen zusammengewürfelt, alle Merkmale ausgelöscht, die Merkmale beinahe ausgelöscht an den Lebenden: von zentimeterdicker, gelber und brauner Kruste überall bedeckt, Haut, Kleider, Haar, alles eingefärbt, wie aus einem Stück, die Augen als einzig Lebendiges, feucht und bloß und die Zunge im Mund, umgefallene Denkmäler aus brüchig gewordenem Material, Statuen mit Moos und Flechten überzogen, geborgen wie nach Jahrtausenden. Erst beim Abspülen des erstarrten Schlamms werden sie der Vergangenheit entrissen in die Gegenwart des lebendigen, im Kontrast so rosigen, zarten, abgeschürften, verletzten Fleisches, kenntlich geworden die Eigenheiten, aber doch den Toten ganz ähnlich gewesen, fast schon einverleibt dem Allgemeinen. Damals die Stadt Khartoum, hilflos im Ansturm von Feuer und Schwert, flammend, blutrot in fanatischer Reinigung.

Die lebendigen Passanten in ihrer Straße, die Einwohner an den Rändern, rechts und links in den kleinen Läden, Gemüse-Brillen-Blumen, alles einzeln und extra. Das alte Pflaster, auf dem sie gehen, schwanger, in silbernen Schuhen, Krumme, Schwankende mit Aktentaschen, Beuteln, schwarzen Hunden. Mädchen bieten auf den Steinen abgelegte Kleider von Puppen, abgelegte Bilderbücher zum Kauf, kichernd verborgen, als hätten sie bunte Fallen ausgelegt, sie selbst hinter einem in der Straßenmitte gepflanzten Busch, eine

Imbißstube, kein Spezialitätentablett gleicht dem anderen, hier halten die meisten an. Auf den Bänken, in den Büschen essen sie aus Fettpapier, trinken Bier aus Dosen. Hier sitzen ältere Leute, sobald es wärmer ist und gehen erst nach vielen Stunden weg, die jungen Mädchen zeigen ihre Schenkel in Netzstrümpfen, sie kaufen, sie verkaufen. Hier glaubt man an die Beständigkeit der Welt, hier geschieht das Wunder, daß man scheinbar längst Abgereiste, Totgeglaubte wiedertrifft. Plötzlich legen sie einem die Hand auf den Rücken oder sprechen von hinten aus heiterem Himmel in ihrem vertrauten gebrochenen Deutsch. Jeder, der hier geht, trägt sein Schicksal mit sich, es ist sichtbar, ob er es schleppt oder, als blanke Rüstung seinen Körper umschließend, zur Schau stellt. Hier wird unverhohlen laut der insgeheim sexuelle Streit zweier Frauen in einem Café ausgefochten. Die Gekränkte hat unter dem Auge eine Warze, direkt unter dem Wimpernrand wie eine erstarrte Träne. Das nimmt manchen, auch wenn er das Hautzäpfchen erkennt, für sie ein. Wenn die lebendigen Passanten ihre Straße verlassen, nur ein Stück durch den Bahnhof hindurch, verwandeln sie sich nach der großen Kreuzung in arme Würstchen. Da tappen dieselben Leute ohne Gemüt, ohne Kraft, als hätte eine Dusche in der Bahnhofshalle alles von ihnen abgespült.

Sie umarmen einander mit originellen Schreien, mit Küssen auf Wangen, Stirn, Haar in gegenseitigem Wettstreit. Manchmal, alle paar Jahre, treffen sie zusammen. Ein Konzert, ein Theaterschock, ein geheimnisumwitterter Film, ein besonderer Geburtstag hat sie angelockt, herbeigezwungen. Man kann die Augen schließen und sie wegdenken ins absolut Schwarze, sie versinken lassen in Vergänglichkeit eines halben Jahrhunderts. Dann sind sie weg wie nie gewesen, das Flattern ihrer Gliedmaßen, das Zucken ihrer Gesichtszüge weicht einer luftigen Anfangs- oder Endleere, die nun, bei wieder geöffneten Augen, als unabänderlicher Schatten ihre lebhaften, beleuchteten Figuren geradezu kräftigt und glaubwürdig macht. Wie hocherfreut sie über die Begegnung sind! Jeden Tag könnten sie einander sehen, kein Problem. Niemand käme auf einen solchen Gedanken! Alle horchen auf das höhere Gesetz ihrer höflichen Gymnastik, auf die nirgendwo notierte Satzung, daß von einem zum anderen Versammeln ein deutliches Lebensstück zurückgelegt sein muß, etwas, das die Gesichter aufquellen und einsinken, altern, aufwachen, erstarren läßt, bis die nächste, flüchtige Berührung erfolgt, jeder für diesen Abend so blühend wie möglich gemacht, so zerfurcht wie möglich manch einer, auch das als Gewitterblühen des Geschicks begriffen, dazu ein offen getragener Schal. All die Niederlagen, Krankheiten, die Lebenseinschnürungen, die einsetzten in wilder und wilderer Fülle, die Schnitzereien am einmal ausgelassenen Fleisch, die verräterischen Augen, die nachhaltige Blicke versöhnlich meiden. Es ist ein zierliches, spielerisch beherrschtes Turnen ohne Fehltritte bei so viel Personen, ohne Probe und deshalb wahrscheinlich so schwerelos, vom Augenblick selbst an die Hand genommen sie alle, ein altmodisches Affentheater, bei dem man sich gegenübersteht, die Plätze um eine Person verschiebt, zuschreitet in zügiger Feierlichkeit. Dieser kurze Moment in der Mitte, wo die Paare aufeinanderstoßen in wechselnder Zusammenstellung, ist der des Geheimnisaustausches, die intime Sekunde, in der man flüstert: Ich lasse mich scheiden! Keine Aufträge mehr! Zwanzigtausendmark Schulden, kein festes Gehalt! Vor einem viertel Jahr erster Herzinfarkt! Ein toller Mann, ich riskier's noch mal! Und schon entfernt man sich, lächelnd, intakt.

Ehepaar Holz, jeder für sich, getrennt, als Einzelfigur: unvorstellbar, obschon so gesehen. Das zählt aber nicht, den anderen ergänzt man unwillkürlich als fälligen Reim. Ahnen sie ihre Ähnlichkeit? Das würden sie jedenfalls schroff, diese Überfreundlichen, zurückweisen als Ehrabschneidung. Nein, er männlich, sie weiblich. Arm in Arm untergehakt marschieren sie diese eine Straße täglich rauf und runter, tun Gutes, wo es sich bietet zu tun, aber jeder ein Charakter für sich, selbst in der Art, wie sie den Kummer verbeißen. Herr Holz mit seinem linealgeraden, steifen Bein, so geschickt, so keinem Handgriff ausweichend im Sozialen, an den Regalen des Schreibgeschäfts, beim Bücken radiergummirot der Kopf, doch in einem unschlagbar (schon das andere macht ihm keiner, derart behindert, ohne weiteres nach): Er hat alle Finsternisse, totale, partielle von Sonne und Mond, in Deutschland sichtbare und nicht sichtbare, sowohl des Kalender- wie der Vorjahre parat. Es sind rührige Leute, immer bei der Arbeit, gewiß, und doch: Sieht man sie in Wirklichkeit nicht unentwegt, an den Armen ehepaarartig verschlungen, diese Straße zu ihrem Schreibgeschäftchen und darüber hinaus zur Kirche, vielleicht noch zur Bushaltestelle ohne Rhythmusschwierigkeit eilen, ja meist eilen? Niemand könnte sich melden, dem sie je etwas zuleide taten, sie tun Gutes und sprechen nicht davon. Die beiden gesunden Gesichter schließen sich jeden Morgen von neuem über der Trauer. Das ist klar. Aber er, möchte er nicht, wie ganz zu Anfang, sie in den Mittelpunkt seines Lebens stellen? Es gibt nämlich eines an ihr zu bestaunen, das Mediale! Sie glaubt nicht an den Zufall, nie, daher überrascht sie auch nichts, nicht im tiefsten Inneren. Dort hat sie jegliches längst gewußt. »Gewußt«, sagt sie mit betonter Stimme, das heißt, es ist ein anderes Wissen als das normale, ein anderes Ahnen, ein anderes Imvorausträumen! Herr Holz versucht sie manchmal zu foppen, es gelingt ihm zu seiner Beruhigung nicht. Selbst wenn sie die Verdutzte spielt, ein Lächeln in ihrem Bauerngesicht zeigt ihm ihre Seherkräfte an. Vielleicht, wenn er einmal wünschen dürfte, ganz heimlich für sich, rückte er damit raus. Sie sollte, im Kontrast zu ihm, nicht ganz so viel von Gott verstehen, statt dessen warm-hitzige Erde sein. Er müßte über sie zornig werden, kämpfen um sie, und sie würde die schönen Kleider tragen.

Spülsäume aus halben Dächern, Betten, Toten, ein nackter Toter neben einem Bett, in dem er nie geschlafen hat. Eine ganze Stadt, durch Schlammlawinen für immer den Blicken entzogen mit ihrem Inhalt. Persönliche Überreste, Matratzen, unbekleidete Körper dargeboten den Blicken aller Welt. Überlebende auf Dachgiebeln und in Baumwipfeln, auf Leichen stehend, von Haustrümmern eingeklemmt, Tag und Nacht sterbend Wartende. An Balken sich aufrichtend auf einer Insel aus Sträuchern und Baumkronen, aus Kaffeesäcken. Die Leichen, die man bergen kann, werden verbrannt, ob man sie erkennt oder nicht. Die Pferde, die stolzen, dampfenden Tiere, mißbraucht in den Schlachten, die qualvoll verdrehten, großen Augen, gestochen, gestoßen mit Eisenspitzen die glänzenden Leiber, nicht geschont, von ihren Herren in die Gefahr geführt, mit ihnen sterbend, im Getümmel vergessen und unübersehbar, von Kugeln gleichgültig getroffen, vergessen ihr allmähliches Sterben im schnelleren Todeskampf der Besitzer. Nicht hilft ihnen Schönheit, Rasse, Stärke, Treue und Geschwindigkeit. Verendet die Kriegsunlustigen, die Mordunlustigen, die Nicht-Gefragten, die Schmerzempfindlichen, den Krähen zum Fraß, weggeräumt. Im Schlamm der Todeskampf der Tiere, Pferde, Rinder, kein Rettungsversuch für die großen Geschöpfe, die allmählich, bebend, erschlaffend versinken, Tag und Nacht, ungewarnt und plötzlich den Tod erkennend, ohne Zuspruch, kein Gnadenschuß. In der kilometerbreiten Schlammebene die Toten, die auf Rettung Hoffenden, die Retter und die Plünderer. Ihr kundiges Auge, das Wertvolles vom Wertlosen rasch unterscheidet, zu hebendes Gut und das, was verloren zu geben ist. Ihr schnelles, kühles Auge, das den sichersten, kürzesten Weg erforscht, über Gegenstände, die Brücken bauen zu dem aus den Häusern nach außen Gekehrten, dem Schutzlosen ohne Namen und stumm. Ihr Räuberpfad führt über Verletzte. Um ihr Leben Kämpfende treten sie fester ins massig Zähe. Die Fledderer, woher sind sie so rasch an Ort und Stelle?, reißen den Leichen Schmuck vom Gelenk. Zu retten, was zu retten ist! Verkleidet als Retter, zum Rauben gerüstet, von Hehlern erwartet bereits in den verschonten Nachbarstädten. Auf Ertappte zu schießen, die Toten zu mehren, befiehlt die Regierung ihren Soldaten.

Die Gesichter der sich Versammelnden, miteinander lange Befreundeten, groß und klein werdend im Vorspringen und Zurückweichen, aufgerissen in der Sekunde des Kontakts, des Geständnisses, des geflüsterten, wie ein Geschenk überreichten Verschwörerbriefchens, eine Losung, Kennmarke, das Vorzeigen eines besonderen Personalausweises: Man ist ein

Mensch! In der Turnübung alles ungeschehen machend, fremde Unschuldslämmer. Konspiratives Augenzwinkern Eingeweihter gilt als – nicht vorkommende – Tabuverletzung. Das hat, ohne Zweifel, Methode, die sich an schwachen Gemütern austobt. Zunächst die hinterhältige Glätte der Umgangsformen, dann heranschießendes Großformat, das sich blitzartig ins überrumpelte Gedächtnis frißt, abgebrochen, ergänzungsbedürftig der Satz, das Schicksal, die gerunzelte Braue, die neuen Mundfalten, das unglückliche, schnell vertuschte Lächeln. Wie es später nach ausführlicher Betrachtung schreit! Jetzt, aus dem Dunkel heraus, verlangt alles nach behäbiger Darstellung von Ursache und Konsequenz, will alles auf einen Sockel in seiner Einzigartigkeit, eine heranwimmelnde, aus der Erinnerung auf den Wehrlosen runterschneiende Beute. Die Unverschämtheit, die Zumutung eines nicht lang, keinesfalls lang vor sich hintrauernden Rückens, abgewandt die Person, den Eindruck verstärkend, mit dem Rücken also jammernd, daß es hinterher nicht zu beweisen ist. In einem Heiterkeitsausbruch fährt ja sogleich das Gesicht herum, aber der Rücken, stellt sich nachher heraus, hat sein Ziel erreicht, eingraviert hat er sich in das Gemüt des Schwachen, der flach liegt, schwer atmet unter dem Ansturm scharf aufzuckender Details, Symptome der flüsternden, brüllenden, zum Geburtstag, um einen Komponisten, einen Film, ein beunruhigendes Bühnenstück sich Versammelnden, lange miteinander Befreundeten, diesen Wundern an Diskretion und dennoch sich entblößender Menschlichkeit, wenn auch in taktvoll knappem Ausmaß. Das Stammeln vor einem roten, breiten Gesicht, die anschwellende Zuneigung hinter der Stirn, hinter dem Brustkorb, immer dahinter und dort bleibend, nicht zu äußern, ein Händeringen nach Fragen, festhaltenden, das Entfernen verzögernden. Der Eindruck weg- und runtergespült, doch zurückkehrend das Versäumnis als Schmerz.

Der besonderen Phantasie einer langen, florentinischen Gräfin entsprungen? Ein Sakrileg! Daher ein durchaus berechtigter Verdacht. Ein Faktum in jedem Fall: Der Glatzkopf, eines Tages erschienen zwischen den Handtüchern als

Skandal, Hokuspokus, Sensation, sogleich bekannt, Leuchtturm, Lauffeuer, man sah hin und traute seinen Augen nicht, sah wieder hin, er nicht, er sprang gleich ins Wasser, kam gegen Abend gebräunt und weniger scheu schon zurück, der wimpern- und haarlos besonders Nackte. Ist das, hieß die allgemeine Frage, die Grenze äußerster Männlichkeit oder war sie zum Scheusal hin überschritten? Am nächsten Tag erste Worte wechselnd, nun wußte man, seine Stimme war tief, man atmete auf, schon in kühneren Shorts, der Muskelgigant, zutraulich geworden, einen Platz bei den anderen ins Auge fassend, zu jeder kraftfordernden Tat bereit, beim Boote-, Kanister-, Sonnenschirmschleppen. Was, so die gedachte Frage, springt als erstes ins Auge, Gesicht oder Körper bei diesem Mann? Man wußte nicht mehr, wie es begann, es schien nicht zueinander zu passen, der kahle Kopf, das mächtige Kinn, nach vorn geschoben, die kantige Stirn, die Augen schlicht in den Schädel gesetzt, Lippen kaum sichtbar: ein Kranker, mußte man soweit vermuten, vielleicht seit Kindheit Geschädigter, im Geiste womöglich, der Körper dagegen übergesund, übertrieben gebildet in den Stärke bezeugenden Partien, goldbraun inzwischen, es paßte nicht, wie ein Menschenkopf nicht auf Tierleiber paßt, ein Tierkopf nicht auf Menschenleiber, und paßte zugleich, man begriff es bald, vielleicht sofort bei seinem Auftritt, so vorzüglich wie in Mythen und Märchen, in Götterlegenden und Heldensagen. Ein Zwiespalt natürlich. Das Gesicht betreffend fühlte man Mitleid, die Figur darunter war zu bewundern, zu wild, um sie lächerlich zu finden. Man konnte nicht beides immer fühlen, man mußte sich endlich für eines entscheiden: für Mitleid oder Bewunderung, mußte Kopf auf Körper als eines begreifen. Alle behandelten ihn freundlich, offen sprach man zu ihm als dem Hilfsbereiten, aus den Augenwinkeln fiel der Blick auf den massigen Schädel, die riesigen, durchtrainierten Schenkel, die Lenden, die Hüften, die überaus golden-empfindlichen, aus der Nähe sah man feinporige Haut. Unterhaltungen hatten zudem bewiesen: Der Verstand war in Ordnung. Ein Wundertier für die lange Gräfin!

In der Kindheit, Küchenwand im Rücken, Hände gegen den Tisch gestemmt, die chinesischen Hungersnöte, der Versuch, Essensverweigerung durchzusetzen. Schmeckte das Essen nicht aus Mitgefühl für verhungernde Asiaten? Sollte das Fasten Mitgefühl als Verpflichtung erzwingen? In den Militärbasen von Bogota, Cali und Palanquero treffen auf dem Luftweg tonnenweise gespendete Lebensmittel, Impfstoffe, Blutplasma ein, Zelte und Decken, außerdem weiteres Hilfsmaterial für die Opfer des Vulkanausbruchs von humanitären und kirchlichen Organisationen vieler Länder. Ein Aktionsausschuß aus Vertretern der Regierung, der Streitkräfte des Roten Kreuzes, der Zivilverteidigung erklärt das Gebiet 180 km im Umkreis des Vulkans zur Notstandszone. Die gesamte Helikopterflotte wird zur Katastrophenhilfe beschlagnahmt, kein privater Land- und Luftverkehr gestattet, militärische Aufsicht für das ganze Gebiet. Wenige Tage vor dem Ausbruch sollen Meßinstrumente zur Beobachtung des seit Monaten wieder aktiven Vulkans aus Kostengründen außer Betrieb gesetzt worden sein. Die endgültige Grenze, wo Leidende und Zuschauer getrennt werden. Noch die Augenzeugen, der die Verwüstungen überfliegende Pilot, auch heftige Beziehungen zu einem Toten können die Linie markieren, verrücken. Allen anderen, für die es kein Schmerz, vielmehr eine Nachricht, ein Schrecken ist, eine Erschütterung vielleicht des erst soeben gefaßten oder älteren Weltbildes, wird es, was sollen sie machen, ein Exempel. An den viele Tausende bedeckenden Schlamm denken sie, beschützt von ihrem guten Bett, wie an etwas Abstraktes, wenn auch ausführlich Geschildertes, etwas Prinzipielles, ein Argument. Augenblicke lang allerdings die Halluzination eines echten Entsetzens, als würde man plötzlich bis dorthin reichen, zu den an Seilen in vergeblichem Versuch an Hubschraubern aus dem Morast Gezerrten, dem Schlamm gleichgemachte Generationen, Familien, wider Willen einsgeworden, unter sich. Das dauert nur einen Moment als Gefühl, die Abstraktion dauert an: negative Heimat, unverschleierter Wahrheitsaspekt. Die zur Masse Gehäuften, Zusammengeschlämmten, durch das zu gewaltige Schicksal alles eigene Schicksal ausgetilgt, getilgt Umriß und Name, Gegenteil der Ekstase, die unterste, nackteste Nüchternheit. Alles noch aufgeschoben hat die gnädig große Distanz. Es ist passiert, doch noch ist man nicht gemeint, nur ein Erschauern der Prinzipien diesmal.

März, nicht der abstrakteste, aber der leerste Monat. So viel Licht und noch keine sichtbare Erwiderung der Erde. Kleinste Regungen fallen nicht ins Gewicht, der Platz ist den kalten Schatten geräumt.

Sarawak, Ostmalaysia, Nordwesten der Insel Borneo, Dritte Welt, alternativer Standort für umweltbewußte Industrienationen, lockt mit preiswerter Energie für Aluminiumschmelzen aus Erdgasquellen. Die Regierung verspricht außerdem Wasserkraftwerke. Zwei Stauwerke sind ausgeschrieben und werden 750 Quadratkilometer Land überfluten, fast die Hälfte Dschungel, Urwald. Fischarten des gestauten Stroms werden vernichtet, der Ausfluß nach dem Damm ist nährstoffarm, zunehmen wird die Uferflora, auch Typhus, Ruhr und, hier als Novum, die Bilharziose. Die Ibanvölker, fast die Hälfte aller von Sarawak und über 90 Prozent seiner Armen, leben von Fischen und jagdbarem Wild. Sie werden nicht fischen, nicht jagen, kein Trinkwasser haben, wo sie es hatten, mit den Jagdgründen zugleich sind die Gräber der Vorväter ausgelöscht, kein Schicksal, keine Vergangenheit, eine Zukunft nur nach der Umsiedlung. Doch die Dammgegend ist ihr verbürgter Besitz. Mit Haus und Land an anderer Stelle verführt die Regierung, sie köderte andere, hielt ihr Versprechen aber nicht, ließ die nicht Entschädigten verschulden. Wenn alles klappt, wird der Staat, das Festland, viel Geld einsparen und das Ibanvolk beieinander siedeln. Das ist ihnen neu. Man scheucht sie aus ihrem verstreuten Dasein, überwacht ihre Bildung, holt nach und auf. Medizinisch wird man ihnen nutzen. Die Ahnen unter dem neuen Wasser, wie würden die staunen, wenn sie die geschulten Enkel sähen und das Land, für viele Dollars viel Dollars abwerfend, industrialisiert dank der Regierung, dank der Konzerne aus aller Welt, dank schneller Hilfe von Ingenieuren aus Ost und West. Die Urwaldriesen, ohnmächtig in ihrer Stärke wie die Büffel vor den Kugeln der Gewehre, die Fanatiker des Mahdi vor der englischen Armee, zum letzten Mal mit ihren eigenen Blättern rauschend, herunterkrachend in den jungfräulichen Gründen, bald vom Wasser versiegelten Gründen der Vergangenheit.

Die Gesichter der guten alten gleichgültigen Freunde, vorspringend und zurückweichend. Ein Kalbshaupt, der weiße, kompakte Kopf eines Kalbes, seit vielen Jahren, immer schon, das Zusammenspiel aber der kälbischen Flächen, der eis-blauen Kalbsaugen und des jederzeit alle Zweifel, Fragen, Trauerfetzen beiseitegrinsenden, im größten fremden Unglück seelenruhigen Kalbslachens, das Zusammenspiel oder -arbeiten dieser Kalbskomponenten, weiß und rot (die Gedrungenheit! der Bluthochdruck!) hat sich verändert, besser: selbst karikiert, eine dem Träger, der Trägerin des Kalbshaupts vielleicht unbewußte, sonst gewiß unwillkommene Verdoppelung von etwas ursprünglich bereits darin Angelegtem, eine damals noch in zartem Maße ungehindert blühende, nun in die zähneknirschenden Züge gefurchte, in unsauberen Windungen eingeschraubte, daher nicht verschärfend, sondern verschwommen sich äußernde, wütend unterdrückte Lebenslust. Andere Veränderungen in einem anderen Gesicht, ein Rotwildgesicht. Man hat aber gelernt, in der Stadt zu leben, man trinkt und raucht, ansonsten sanft-braunes Rotwildgesicht. Nichts ist verschwunden darin, aber etwas taucht langsamer auf, das Lächeln, zum ersten Mal, hinkt nach, kommt zu spät, um Sekunden, ganze Sekunden verzögert, für den Anlaß, immer erst das Besinnen, daß ein Grund zum Lächeln genannt worden ist. Die Augen, sanft-braun, finden den Anschluß nicht mehr, müde-braun, ein ungewöhnlicher Farbton in diesem Gesicht, sie rühren sich nicht aus der Stimmung fort, die müßte man mindestens Kummer nennen, verweigern dem guten Willen den Dienst. Kein Zweifel, sie weiß es nicht und könnte, wenn sie es wüßte, nicht anders. Was ängstigt daran? Das endgültig, ein für allemal vollzogene Eintreffen an einem Punkt. Hier hofft man zu irren, es gab kein Verschwörerbriefchen, keine Mitteilung eines Unglücksfalls, um so schlimmer, natürlich. Ein anderer, aus dem Gestöber im richtigen Moment hervorstürmend, ein bleicher Wirbelwind, Männer und, stärker, versteht sich, die Frauen in einen kurzen Walzer reißend, so blitzschnell, daß niemandem die Musik dazu fehlt, dann ist es zuende. Der blasse Tornado ist weitergerast, doch zurückgelassen bleibt man ihm – verwüstet hat er ohnehin gar nichts – wohlgesonnen. Man hat eine herzliche Silbe im Ohr, ein Ansichdrücken ebbt nach und ab. Es zählt alles nichts, nicht der Walzerschritt, nicht das heftige Grüßen, aber stichwortkurz ein Glanz, den manchmal Umarmungen zaubern.

Die lange Gräfin und ihr Wundertier! Sie setzte – und wenn einer es ahnte, dann sie selbst – bei den Zuschauern Überlegungen in Gang. Angesichts sehr reinlicher, gletscher- und engelsauberer Frauen vermutet das Publikum, nur ein ungemein schmutziger, schon unvorstellbar dreckiger Mann könne so viel ungenierte, geschrubbte Unschuld erregen. Die Gräfin jedoch legte die Erwägung nahe, daß allein ein ebenfalls grotesker, vielleicht extrem kleiner Mann psychologische Tumulte bei der Paarbetrachtung garantierte. Nun war einer gefunden, eine Überraschung, aber genau der Richtige, das viel besser ergänzende, nämlich knisternde Gegenteil zu ihrer in die himmlische Bläue weisenden Dürre. Ein Kundiger, weiß Gott nicht das Wundertier mit dem kahlen Kopf, erkannte übrigens schnell, daß sie durchaus in der Lage sein würde, sich auf raffinierte Art verführerisch zu machen, aber nur im Zustand der Verliebtheit. Wenn der entschwand, entschwände sogleich der gute Geschmack. Bei anderen geht es oft andersherum. Sollte man diese Unbeständigkeit und den Radikalitätshauch, der sich in ihr verbarg, schätzen oder verurteilen? Ihre ästhetisch-sexuelle Sicherheit war etwas grundsätzlich Vorhandenes, gewiß, mußte aber, wie eine schlafende oder taube Stelle, mit dem Blut einer akuten Leidenschaft versorgt werden, um wirksam zu sein. Insofern war denkbar, daß sie eine erst annehmbare, dann mißglückte Ehe hinter sich hatte mit einem vielleicht sogar hübschen, jedenfalls durch das Absonderliche vor allem bei Frauen abzulenkenden Mann. Ein ständiger Ansporn, eine ständige Entmutigung für die Gräfin, die es eine Weile durchhielt, sogar, wenn es um Landschaften, Kunstwerke, Speisen ging. Sie wetteiferte mit ihm in der Bereitschaft zur dauernden Provozierbarkeit. Jetzt aber, etwa zum ersten Mal in ihrem Leben? wußte sie, über die gesamte Länge ihrer Gestalt hinweg, wie sie sich benehmen, wie sie reden, nicht reden, sich anziehen und aufstehen mußte, als hätte ein Gegendruck in der Luft ihr immer Raum und Radius vorgeschrieben? Verglich sie diesmal nicht mehr den speziellen Mann, den glatzköpfigen Muskelprotz mit verschiedenen Bildern von Männern in ihrer Erfahrung und Phantasie und bemerkte also nicht, wie bisher in erster Linie, die Abweichungen? Es war jetzt vollkommen, es war vollkommen anders: Dieser Mann, verbog er alle Bilder, verschwanden sie in ihm, vertilgte er sie?

Das faltenlose, glänzende Gesicht, der kleine, ernsthafte Schnurrbart des Schmelzschweißers. Überkopf bringt er an einem Rohr seine Rollnaht an, die nackte rechte Hand, ein Trauring ist schon erkennbar, hält das Schweißgerät, die linke, im Schutzhandschuh, führt den Schweißdraht, der nach und nach schmilzt und einen Wulst über der Naht bildet. Einen Beruf, eine Frau hat er, bald auch Nachwuchs, der junge Schmelzschweißer mit rosig, fettig-feuchtem Säuglingsgesicht, mit dem Glanzlicht auf Nasenspitze, Kinn und prallen Backen. Wie üppig rot die Lippen sind, etwas offen stehend! Am Schnurrbärtchen, dem einzig dunklen Strich in all dem Fleisch, wird man ihn herausfinden, auch trägt er einen gelben Helm, eine dunkle Schutzbrille und einen Schutzanzug. Der junge Schuster in seinem gut riechenden Laden, der alle Kunden bis zurück in die Kindheit verjüngende Geruch eines Schuhmachergeschäfts! Der junge Schuster, Schmied, Schlosser, Schweißer, wer von ihnen endet schließlich als bankrotter Kneipenbesitzer, wer von ihnen ist dieser ebenfalls junge, rosig zarte, fast bedenklich wohlgenährte Mann, der sich taumelnd von der Plakatwand abstößt? An der weißgelackten Plakatwand auf einem weißen Sommerkleid in einem Reklamebild für Mentholzigaretten wird ein ausgiebig verschmierter roter Fleck sichtbar. Der blühende junge Mann nähert sein Gesicht dem S-Bahnfenster, es ist blutüberströmt. Von den Haaren über das linke Auge rinnt es rot auf die Jacke, er läßt es laufen, er tut, als wäre nichts, sieht nur gereizt um sich, betritt den Wagen, hört die sogleich deutliche Stille an. Er ist der einzige, der steht, ein sehr gerades oder sehr geducktes Sitzen ringsum in der Bedrohlichkeit. Wo so unbehelligt Blut fließen darf, kann es leicht zu mehr davon kommen, das ahnt jeder, der sich auf nichts einlassen möchte. Aber ein höhnisches oder friedfertiges, wer kann das sagen, Gegröle, während die Bahn durch die schwarzen Röhren saust, dicht an den Wänden entlang, jetzt vom Ende des Wagens. Er geht darauf zu, er ist gemeint, Stimmen von Männern in seinem Alter. Er hört sich die Fragen alle an, sagt aber nichts. Er hat im Matsch gelegen. Am Bahnsteig geht er wieder auf und ab. Eine Hundeleine trägt er um den Hals, die dicken, weiblichen Schenkel in den engen Jeans, die sehr sauber und teilweise sehr verdreckt sind. Er ist der Verlierer in einem Streit, kein Zweifel, aber er läßt stolz sein Blut rinnen, der junge Schweißer, Schmied, läuft die Bahnsteige rauf und runter, zeigt seine Wunde, und jeder sieht die rosige, faltenlose Haut.

Über die Weide kommen mit wild pendelnden Schwänzen braune Rinder gerannt, sechs, immer schneller quer über die Wiesen an das andere Ende des Zauns, galoppierend fast, dorthin, wo jemand steht. Dort fließt ein kleiner Bach. Zwei Meter vom Betrachter entfernt, eine größere Distanz, als durch die natürlichen und künstlichen Hindernisse vorgegeben, halten sechs junge Ochsen an, gemeinsam, die Tiere mit den feuchten Augen und dampfenden, zart zuckenden Nasen. Ein so begeisterter Ansturm und jetzt die von einem Bein aufs andere tretende Erwartung! Man flüstert unwillkürlich beschwörend auf sie ein, hin zu den in feierlicher Wißbegier blickenden Augen, um sich nicht selbst als Täuschung zu empfinden vor solch andringendem Gefühl, bevor sie abdrehen. Als wäre es ums Fressen gegangen, so ziehen sie sich gewissermaßen taktvoll zurück. Köpfe gesenkt, und man nennt die Stücke ihres Fleisches Brustspitze und Feinrippe,

Bug und Brustkern, Quer- und Hochrippe, Bauchlappen, Filet, Kugel, Unterschale, Oberschale. Herunterkrachend, zum letzten Mal im Fallen den Schnee von den Zweigen werfend, die großen Bäume in hilfloser Kraft, heimlich gefällt, angesagt, durch Vergiften der Stammrinde unrettbar verloren, kein Hinweis auf die Tätertrupps, keine Spur von denen, die sie gedungen haben. Aber Licht und Luft erreicht nun die schattigen, mit dem Wachsen der Bäume verdunkelten Villen. Der Blick auf den Strom an den Hängen ist frei, sichtbar vom Fenster die schöne Elbe. Möglicher Baugrund von Hindernissen geräumt, eine kostbare Gegend mit vollendeten Tatsachen, die das letzte Wort von vornherein in der Tasche haben, komme was will, nämlich ein wenig Drohen und Fordern in den Zeitungen, Drahtzieher und Helfer zu entlarven, Ermittlungen in Gang zu setzen. Aufruft zu Schadensbegrenzung der Hauptausschuß der Bezirksversammlung, parlamentarische Anfragen im Senat finden statt. Man verlangt aus Herzensbedürfnis, ja aus Herzensbedürfnis nach Aufklärung des Skandals, niemals Hinnehmen ungerächten Natur- und Landschaftsfrevels, die Baumschändung von privater Hand soll nicht ungesühnt bleiben, nicht die Ausrottung der gezählten Plätze zum Überleben der Tier-, insbesondere Vogelwelt. Die Polizei, an anderer Stelle zum umgekehrten Schutz abkommandiert, soll hier einmal die großen, doch unwiderruflich Heruntergekrachten, zum letzten Mal den Schnee von sich stäubenden, jahrzehntelang unbeirrt Richtung Himmel Gewachsenen nachträglich verteidigen, als wäre wenigstens ein guter Ruf wiederherzustellen, als läge den Gefällten an einer Legende vor ihrem affektlosen Feind.

Durch den Ausbruch des Vulkans ist ein Dutzend kleiner Städte und Dörfer der Departements Caldos und Tolima, 200 Kilometer nordwestlich von Bogota im Aschenregen und in der Schlammflut vom Erdboden verschwunden. Die schon vorher stark angestiegene Temperatur des Vulkans ließ den Schnee am Gipfel tauen, 500000 Kubikmeter stauten sich hinter einem Damm aus Felsen. Bei Ausbruch schmolz auch die Schneekappe, das Wasser stürzte, vermischt mit Asche und Geröll, zu Tal. Zwanzig- bis fünfundzwanzigtausend Menschen fanden in Zusammenhang mit der Katastrophe den Tod, anverwandelt, wörtlich, der grauen Masse des Schlamms. Aber die Namen Überlebender werden bekannt gemacht. E. N., der alle Toten aus seiner Verwandtschaft nennt, die schwangere H. O., neunzehnjährig, der siebzehnjährige U. M., der zur Feuerwehr ging und sich wunderte, daß man die Sirene nicht heulen ließ. J. M., der Lastwagenfahrer. Aufgezählt werden Einzelschicksale in unterschiedlichen Reihenfolgen, die Wunden und Tränen eines Augenzeugen, die Klage eines Verlassenen unter zwanzigtausend Obdachlosen, der selbst herbeigeführte Tod eines Schwerverletzten mit einem Messer. Es weckt die Anteilnahme, die unbedingt geweckt sein will angesichts der großen Menge nicht vorgestellter Toten. Vor Augen geführt wird einer, der Rinder züchtete, eine, die ein Kind erwartete und ein rotes Hemd trug und in einer Nacht von Mittwoch auf Donnerstag versank mit Tausenden in einem alles auslöschenden, unanständigen Tod. Aus den morastigen Schichten gräbt man C. N. Der verstümmelte Körper wird durch den Namen bis zu seinen früheren Umrissen rekonstruiert, erstellt eine unverletzte Biografie, abgewaschen die schlammige Kruste des Massengrabs, so daß die besondere Fleischgestalt erscheint. So wird es exerziert in den Berichterstattungen und darauf geachtet, gegenüberzustellen das Intime einer Verletzung und das Öffentliche ihrer Bloßlegung, das Individuelle eines Schicksals und das Allgemeine der Summe, das Innen der Häuserausstattung und das Außen der Anschwemmungen und das Innere der Todesangst, das zum Allgemeinsten geworden ist.

Als Kind, gewiß als Kind und als kleines Mädchen zum letzten Mal hat sich die lange Gräfin zur Vorbereitung eines Auftritts vor Publikum interessante Ritzer, Schnitte beigebracht, eine Stigmatisierung am Daumen, am Knie, die niemand einfach übergehen durfte. Mehr als ihr lieb sein konnte, setzte dann, alles überwuchernd, das Längenwachstum ein. Um die Aufmerksamkeit der Zuschauer brauchte sie sich nie wieder Sorgen zu machen. Die zweifellos proletarische Herkunft des muskulösen Glatzköpfigen stört sie nicht im Geringsten. Abgesehen davon, daß es sie, ganz im Gegenteil, natürlich anzieht: Die hierarchischen Klassifizierungen der Gesellschaft hat sie immer eher als Kartenspiel aufgefaßt, König, Dame, Bube, Bauer, wobei ihr, von Kindheit an, die Tatsache, daß es sich vor allem um Dinge aus merkwürdig stabilem Papier handelte, bei denen die Uniformität der gemusterten Rückseiten so außerordentlich wichtig war, als das Entscheidende vorgekommen ist. Man fächerte sie auf und packte sie wieder alle zusammen in ein Kästchen, und manchmal dachte sie: Der Bube sieht am hübschesten aus! Also sollte man ihm die mächtigste Funktion geben. Aber ohnehin betrachtete sie genauer die eintönigen Rückseiten mit den unterschiedlichen Augen der Spieler darüber. Auch war ihr ein Bild immer im Gedächtnis, auf dem man in der Ferne, am Ende einer bräunlichen Landschaft ein Schloß mit blauen Dächern und orangefarbenen Mauern sah. Im Vordergrund blieben ein alter Mann und ein barfüßiger Junge stehen, um zu staunen als armes Volk: das Kind mit Haaren in der Farbe des Schlosses und einem Hemd im Blau seiner Dächer, das Schloß mit Mauern in der Haarfarbe eines Bettlerkindes, Schloßdächer, getönt wie ein Bettlerhemd. Die Träumereien der Gräfin verfuhren übrigens mit den Menschen derart, daß sie die ihr persönlich Bekannten, auch kurz nur Begegnenden sozusagen in Reihen hinter den schönen Tiermosaiken ihrer Villa aufstellte, nach Typen also geordnet: Tiger, Lämmer, Falken, Fische.

Die lebendige Katze, die auf ihren vier Füßen stehend neben einer bewegungslosen Person, diese nachahmend, in Starre verfällt, die Person, die erwachend aus ihrer Abwesenheit neben der regungslosen Katze, diese nachahmend, neu erstarrt. Wem gehört dieser Zustand der Körperstille, wie lange geht es schon hin und her? Die Stummheit, die gekachelte, zimmerartige Leere, träumerische Kahlheit der U-Bahnhöfe, die so ausdrücklich künstliche Luft mit den wenigen Einzelnen, die, jeder für sich, eine feste Position eingenommen haben, wodurch eine Unübersehbarkeit der Distanzen entsteht. Allen Anwesenden scheint es auf der Zunge zu liegen, wenn ihr gesamter Körper diese Gemütszunge wäre, die Abstände tätlich zu überspringen. Auf anzügliche Weise kokettiert hier jede Entfernung von anderen damit, zugleich eine Nähe zu sein, die in eine äußerste Nähe umgewandelt werden will durch Aggression. Beliebig, dem Zufall überlassen ist die Rollenverteilung, Angreifer oder Opfer. Entscheidung auf halber Strecke höchstens. Ein Stillstehen noch in den einmal beschlossenen Positionen, die Augen wandern, ein sich verstärkender, unerträglich sich verstärkender Zwang zum distanzverneinenden Überfall. In unerschrockenen Schleifen jagen schottergraue Tauben zwischen Säulen, tauchen in schwarze Schächte, schießen aus den Tunnels hervor. Eine Maus, das Fell in der Farbe der Taubenschwingen, unterquert eine Schiene und hoppelt weiter als ins Rollen geratener Stein. Im diagonalen Geradeausstarren, mitgenommen vom Zug in die enge Dunkelheit, links der klopfende Daumen einer Grauhaarigen unter ihrem Regenschirmknopf. Flatternd, zuckend der Stoff, vom Starrenden immer wieder versehentlich für ein Hündchen auf ihrem Schoß gehalten. Rechts, eine Sitzbank weiter, der auf den Boden schlagende Fuß eines Mannes, flankiert von zwei Entsprechungen also das Geradeausstarren. Der alte Ablauf, zwei Mädchen, ein Junge in einer Ecke, Paarungsvorübungen, mit ein paar neuen Wörtern rasch die Einigung über die erotischen Befugnisse und Pflichten der Darsteller, Hohn für ein einmaliges, relativ einmaliges Verliebtsein einer geradeausstarrenden Person, Beleidigung durch die zutage tretende Schematik, ein nachträgliches, kaum zu verwerfendes Urteil über einen Zustand, der allein ihr zu gehören schien. Doch da, im letzten Moment, zeigt sich das Gesicht des bisher verdeckten Mädchens, die Möglichkeit eines kleinen Geheimnisses in den schmalen, zu weit auseinanderstehenden Augen, eine übermütige Tücke, die das ahnungslose Mädchen vielleicht nur irrtümlich streift, Ornament der Brauen. Macht nichts, ach, wenigstens kärgliche Andeutung des undinenhaft Unauflöslichen!

Ein versiegeltes Paar unter den guten, lang nicht gesehenen, eiligen Freunden, das einzige derart gelassene, daß es fast mit der Tapete dahinter verschwimmt. Zwei endlich, nach erbittertem Kampf mit jeweiligen Gegnern in gleicher Entspannung, Erschöpfung, Verausgabung der Kräfte, im Bedürfnis nach Frieden Vereinigte: ein aufrecht stehender Fisch, silbern geschuppt für die Außenwelt, an der Schwanzflosse aus zwei verschiedenen Lebensgeschichten zu einer versiegelten Einigkeit zusammengeschlossen. Wer den Blick wandern läßt, verfolgt sie leicht zurück in die äußersten Spitzen, die noch voneinander wegstreben in ihrer Spreizung: die beiden in ihrer Vergangenheit als Einzelne, wie sie hier manchen Doppelgänger hätten, Mann oder Frau in verschiedenen Stadien, feixend fett der eine, noch ganz benommen von den Wonnen des vollzogenen Seitensprungs, dort einige Wochen später, beinahe zu Tode erschrocken, so kommt es ihm düster von den Lippen, von der Endgültigkeit der Folgen. Hier das Schlotterkörperchen einer, die längst trainiert ist in allem Verwirklichen und dabei trotzdem nicht schöner geworden. Neben einer Säule aber, doch die Säule an keiner Stelle berührend, so brenzlig unmittelbar daneben gestellt und bahnhofstaubengrau bis unter die Stirn die Unglücklichste und dennoch Eingetroffene, ja, fast scheinen ihr auch die Augenwimpern grau geworden zu sein. Kein Fetzchen Farbe mehr, nur der Pullover im schrillsten Verzweiflungsgrün, ein sicherer Griff im Aufruhr des Gefühls. Die Verlassene, die nicht daran denkt, es zu verbergen, die ihren Halt sucht in diesem einen Definitiven in brüchiger Welt, das sich fassen läßt in einem ruhigen Aussagesatz: Er hat mich verlassen, man hat mich verlassen, ich bin so verlassen usf. Alle Decken, Mäntel wird sie sich zuhause auf den Körper legen, Kissen auf den Kopf in ihrem grundsätzlichen Schüttelfrost, eine umgedrehte Prinzessin auf der Erbse. Um so tapferer, treuer, daß sie gekommen ist, um ihre kleine Aussage zu machen: Ich bin eine verlassene Ehefrau. Was sie nicht ausspricht: Hütet euch, meine Einsamkeit ist ansteckend, das merkt ihr, wenn es zu spät ist! Als Relief hat sie sich jahrelang gefühlt, plötzlich ist sie ohne Hinterland, Hinterwand, ob bisher Vogel- oder Schlangenmensch, Engel oder Teufel, auf einmal, ohne die nötigen Voraussetzungen in der Konstruktion, soll sie sich ablösen und in die Welt treten als überall, von allen Seiten zu betrachtende Vollplastik.

Die lange Gräfin – man könnte sie durch ein Nadelöhr fädeln – hat die sommerliche Landschaft aufgespannt als Netz, hat sie aufgeklappt zur Falle für ihr Wundertier, das scheue und zutrauliche, von ungläubigen Seitenblicken verfolgte, vor allem, was seine Lenden und Oberschenkel betraf, das sie riechen konnte, wenn noch ein ganzer Liegestuhl zwischen ihnen stand. Sie selbst war die Meeresfalle, sie war, während sie neben ihm lag, auch am Himmel, am Horizont. Wie sollte er ihr entschlüpfen, solange sie es nicht zuließ? Kurzfristig ging sie plattfüßig vor Glück, eine gestreichelte Katze. Nie wäre ihr in den Sinn gekommen, daß sie ihn in einem fort kränkte, auch wenn sie gerade nicht mit dünnen Händen über seinen außergewöhnlichen Brustkorb fuhr. Hätte sie seine stets rasch abbrechenden, in Stammeln endenden Sätze bestaunen sollen? Ach, nun hatte sie es doch endlich gefunden, das schiere Sein, die schweigende, ruhende Anwesenheit, die Trägheit, die alle möglichen Aktivitäten versprach, das eigentlich Erotische an den Männern also, das, was das angenehm Bedrohliche bei völliger Bewegungslosigkeit ausmachte. Er fühlte das, und es beleidigte ihn, er meinte, für unentwegtes Herbeibringen und Fortschleppen, Tragen, Heben, Reißen, Retten, Entdecken, Erfinden geboren zu sein, wie fälschlicherweise alle Männer, und nur darin wahrhaft gerechtfertigt vor ihr. Sie sollte nicht in erster Linie die dramatische Bereitschaft seiner Muskeln lieben, sondern das, was sie an Wichtigem getan hatten. Sie sollte mehr als seinen Brustkorb sein Herz, seine Seele schätzen, und wieder: Ach! hätte sie ihm zum zornigen Abschied noch sagen können, ich liebe das ja, aber eben das Muskulöse Deines Herzens, die so ansehnliche, absurde, maßlose Seele Deiner Muskeln! Statt dessen, als sie hoch zum Schiff winkt, seinem Gesicht mit den zusammengebissenen Zähnen, dem braungebrannten Schädel in der Besonderheit seiner Wölbung winkt, hat sie nur heimlich, fortgerissen von einer Erinnerung, geschluchzt.

Ansteckende Einsamkeit, man merkt es zu spät. Anstekkende Todesangst, nein, Überfall einer fremden Todesangst, finsteres Aufrichten einer Furcht vor dem Untergang, dem Übergang in die Schwärze, plattgeschlagen vom Ende, vom schrecklichen Hammer, niedergewalzt von eisernen Rollen, in den Boden gepreßt. Gedanken einer anderen, die zitternd in ihrer kleinen Küche sitzt, die Licht macht, das Radio brüllen läßt, einen Cognac trinkt in ihrem Grauen, die schwitzt in ihrem Frösteln vor dem dunklen, lichtlosen Schluß, Schwitzen, rinnender Schweiß, rasendes Herz in der Todesangst einer anderen. Kein Halt an den bunten Plastikfliesen, den frohen Kalendern, den Gewürzregalen voller Lebenslust, den Merkzetteln mit hoffnungsfreudiger Schrift voller Daten und Artikel, keine Ausflucht aus der kleinen Küche eines doch ganz anderen Menschen, die Angst, die fremde, die aufsteigt als trüber Dampf an den nahen Wänden, an den Hängeschränken hoch, über den Kopf weg, den eigenen. Wie wurde einmal gewünscht, leichtsinnig, zeigt sich jetzt aber, zu den lakonischen Listen über Todes- und Selbstmordfälle ein wenig Theatralik des Berichterstatters als Zutat, den Verstorbenen als letzte Ehre erwiesen. Ach, jetzt sind sie angekommen und nicht abzuweisen und nicht dem Eigentümer auszuhändigen, die Schrecken letzter Stunden, die vergehen werden, aber jetzt in diesem Augenblick so niederstampfend, Flut aus Asche und Geröll, Schlamm, alles erwürgend, mit sich reißend, brennend sie alle, erstickend, die Bankrotten und so herzlich Begrüßenden, die Ehebrecher und die Freien, die Verlassenen, die neu Vereinigten, Erfolglosen und Aufsteigenden und stolz Geschwellten und die in Verzweiflungsgrün. Wie sie um ihr Leben kämpfen in der Finsternis und Hitze, schweißüberströmt und behende trampeln auf die Schwächeren, nach Balken greifen und beiseite drängen, um den eigenen Atem ringen und hinsinken, Fassung und Weltanschauung längst verloren haben und das meiste des Lebens und sterben müssen und zuckend niedersinken an der unnachgiebigen Tür, zerrissen die vergiftete Lunge, die arme Haut, der gebrochene Schädel, die Absonderungen des Körpers, wie die Schreie verstummen, alles einen Augenblick, einen Augenblick lang ja nur, doch wie schon erlebt, und wenn nicht gestorben, so doch gealtert daran und nackt geworden.

Die am 13. November zerstörte Stadt soll aufgebaut werden an anderer Stelle, auf einer Hochebene, 25 Kilometer vom früheren Platz, weit vom Fluß entfernt. Sie wird 10000 obdachlosen Einwohnern eine Behausung bieten. Die Kosten: 300 Millionen Mark. Umsonst, so wurde es den Familien versprochen, eine neue Stadt, so ist es beschlossen. Die Überlebenden, die Retter, wie bleiben sie zurück nach Einbruch einer anderen, wütenden Wirklichkeit, so ausgebleicht die Geretteten und die Helfer mit ihren roten Kreuzen, ausgehöhlt, Oberflächen nur, von einem Anblick ausgezehrte Körper, mitgerissenes Inneres, blaß dastehende Schalen in einer zurückgelassenen Zeit, in einem schwächer atmenden Raum. Das alles nun erwähnt und bedacht, gefühlt und zum Schweigen gebracht. Von der Nacht für ihre Dauer beerdigt, eingeschläfert die Gesichter und Anrufe aus Kehlen und Augen, alle zum Abendgebet vereinigt auf einer Ebene flüchtigen, doch für Momente hergestellten Zusammenhangs. Nachtgebet der Vergegenwärtigung, keine Tröstung, doch für eine Sekunde vielleicht ein Glanz auf diesen so kurz miteinander Verbundenen allen, Utopie einer blendenden, stabilen Vernetzung, blendendes Blut, das sie alle durchpulst, Trost des Zusammenhangs, des Gedenkens, Nachtgebet in höchster Anstrengung bis zu Ende gesprochen und Absinken und Vergessen. Kein Flockengestöber mehr, kein Ruß, nicht der Funkenflug beim Gasschweißen, nicht das blaue Leuchten beim Elektro-Lichtbogen-Schweißen, keine rotierenden Schleifblätter mehr, kein Herunterkrachen des Reckhammers, kein Herunterkrachen der Urwaldriesen, sondern jetzt, an dieser Stelle des gestrigen Abends: die unvergleichliche Besänftigung.

Troposphäre, Ionosphäre, Exosphäre, – Stratosphäre vergessen, noch einmal, zur Konzentration immer nur aufs Straßenpflaster sehend, dabei nicht mit den Fußgängern zusammenprallen!, Troposphäre, Stratosphäre, Ionosphäre, Exosphäre, interplanetares Medium, aufgesagt am hellichten Tag, möglichst keine längeren Pausen dabei, damals, als Kind auf dem Weg nach Haus. Jede Störung kann eine ganze Luftzone verschlucken, dann fehlt eine Sprosse in der Leiter, der Witz ist weg, rauf und runter, vor und zurück, aufsteigen, sich niedersenken von den Himmelskörpern. Welche Anstrengung aber, von einer Schicht in die andere zu gelangen, ein kräftezehrendes Durchstoßen, Durchstoßen einer Denkgrenze, die geräuschlos platzt. Man befindet sich im Regierungsbereich eines anderen Namens. Schon an der Haustür wird der erstbeste Erwachsene examiniert, das ist der Sinn des ganzen Merkens, keiner hat alle Stufen bei der Hand, nur man selbst errichtet, einzig dazu fähig im Umkreis, die Treppe zum interstellaren Raum, steigt sie federnd hoch, Wort für Wort, und fliegt sie hinab als niederstürzende Nacht.

Aber dann das kleine Schwungrad, der schürfende Treibriemen, die eilig tretenden Pumps, die sich drehende Garnrolle, der wichtige, rätselhafte Metallkokon in der verschlossenen, gelegentlich geöffneten Gruft unter der Nadel, die Perlmutteinlegearbeit und der goldene Namenszug, der komplizierte Verlauf des Fadens, der Staub in den Ornamenten, die schwierige Koordination zwischen oben und unten, die Kunst, sich einzufügen in das höllische Sausen der Nähmaschine! Die Schwierigkeit des Einfädelns, das Gesicht der Großmutter dann ganz in der Nähe, seitlich weggebogen vom Nadelöhr, der Unterschied zwischen dem ruhenden und dem arbeitenden Instrument ist der zwischen Freundlichkeit und Bösartigkeit. Im Augenblick, wo man selbst nach langem Zögern vorsichtig das Fußpedal betätigt, rast die Maschine los, macht, ohne sich von der Stelle zu rühren, was sie will. Die unerbittlich stur geradeausnähende, rauf- und runterstoßende Nadel, nach deren Wünschen sich der Stoff zu verschieben hat, die gefährliche Nadel, die durch die Finger näht und nur darauf lauert, lebendiges Fleisch mit einer akkuraten Naht zu versehen!

Das Gesangbuch einer alten Frau, in Leder gebunden mit eingepreßtem Kreuz, so gefüllt mit schwarzgeränderten Totenzetteln, daß es sich kaum noch schließen läßt, ein transportabler Friedhof mit Heiligenbildern, bei deren Betrachtung man die Toten, denen sie gelten, vergißt, in dem man blättert wie eine Hochbetagte, sich Erinnernde, Zettel für Zettel.

Man träumt davon, schon jetzt eine Greisin zu sein, in lallend fallenden Schnee zu starren, nur noch die Augen zu bewegen, wenn man den vielfältigen Vögeln, den bunten Kindheitsvögeln beim Futterpicken zusieht, ein bescheidener Zoo vom Fenster aus, in die Flocken zu dösen. Keine Nachrichten, und seien es die des Weltuntergangs, treffen mehr bei ihr ein, ein hinausgezögertes, friedliches Einschlafen. »Die gefiederten Freunde« wurden sie genannt, als man ihre Bezeichnungen auf Schautafeln lernte. Jetzt sind sie die wirklichen, vielleicht einzigen Verbündeten geworden, auch wenn man weiß, daß sie im Frühjahr anderes im Sinn haben werden. Da lassen sie die Frau am Fenster im Stich, balzen wie verrückt in ihrer Treulosigkeit, in ihrer Vergeßlichkeit, kein Blick durch die Scheiben auf die Frau. Sie werden es sein, die noch einmal, in rekapitulierter Jugend, zu leben anfangen.

Trotzdem wird die Verlockung, zu ebener Erde einen Fensterausschnitt Wiese zu beobachten, nichts als das, unwiderstehlich. Die Drosseln rücken, hoch wie das Gras, als besonderer Gegenstand ins Licht. Man lernt ihre Gewohnheiten kennen, wie der Wurm sich bäumt und weigert, wie die Amsel nicht nachgibt, wie sie den Rivalen verjagt. Man kennt die Welt nicht mehr und hat sie ohnehin niemals durchschaut, kennt dieses Viereck aber so gut wie niemand sonst, hier weiß man, wie je nach Tageszeit die kleinen Schatten fallen, wie die Tauben als prächtige Tölpel vom Himmel klatschen und die Spatzen, welke Blätter nachahmend, in Wirbeln kommen und gehen, ein abgesteckter, immer nachdrücklicher zu ergründender Zusammenhang. Oder man sitzt mit dem Rücken zum Fenster und richtet im Wachsein die Augen auf eine weitaus stärkere Verkleinerung: ein Wellensittich im Käfig mit den Anzeichen der Fröhlichkeit, wie man sie allgemein aus Tönen und Gebärden schließt, eine hell gefärbte Beweglichkeit, bescheidene Überraschungen eines allzeit munteren Körperchens, die eigene Fassungskraft füllend bis zum Rand.

Geht der Blick jedoch auf die Straße, sieht man die Fußgänger auf dem Weg zu ihren Zielen. Man selbst ist schon dort angelangt und hat es bequem in seinem Sessel mit Lehnen an drei Seiten. Man errät die Jahreszeit nicht nur an ihrer Kleidung, auch an ihrem Gang und, wenn sie zu zweit sind, an ihrer Nähe zueinander. Das will man wissen oder auch nicht. Bisweilen möchte man aufgesucht, gefunden werden, aber sie gehen zu schnell in Höhe des Aussichtsplatzes, um noch rechtzeitig den Winkel zur Haustür einschlagen zu können. Und hat man es eigentlich gewünscht?

Man könnte Verwandte, Freunde eventuell besuchen. Ein paar sind noch irgendwo über das Land verteilt. Die Entfernungen zwischen den Städten jedoch empfindet man als Beschwerlichkeit. Nicht die Zugreise und die damit verbundenen Umstände sind das Unzumutbare, sondern die großen Distanzen an sich. Die vielen Kilometer stellen sich dar als nicht zu meisternder Widerstand, als ginge es bei einer solchen Reise aus eigener Kraft immer bergauf, als müßten Luftzonen durchbrochen werden.

So schält man sich lieber einen Apfel, betrachtet die eigenen Finger dabei, wie man Vögel beim Geschäft des Pickens studiert, und der lange Strom der Tage verfängt sich in dieser Handlung, wird für eine Weile massiv als Gegenwart.

Man ist ja jetzt eine von den gebrechlichen Alten, die mit zitternden Händen einander im schaukelnden Bus – wenn es unbedingt sein muß – beim Entwerten der Fahrscheine helfen und dann, in einem mit den Jahren zugeflogenen Ritual, eine kleine Lebensgeschichte erzählen. »Das hätte ich damals nicht gedacht«, sagt man stets gleich dreimal hintereinander mit Pausen für das eigene Staunen. Man gibt einen Rat für eine Medizin, gegen kranke Augen morgens, mittags, abends ein wenig Wasser aus Lourdes vermischt mit Schwedenbitter aufs Lid und hört seine eigene Stimme dabei. Liegt es an den Ohren oder den Stimmbändern, daß sie so fern, als spräche ein Fremder, klingt, ein uralter Mensch, den man in seiner Kindheit hörte?

Aber wir Alten wissen anderes als die anderen und verstekken es vor deren unverständigem Anstand! Den schlafenden Katzen vergleichbar, die eingerollt und ohne grobes Lebenszeichen ihrem Tagewerk nachgehen, der Produktion eines unsichtbaren Stoffs, der sich als ruhende Energie im ganzen Zimmer niederschlägt, erzeugen wir in unseren Polstern einen für das Gleichgewicht des Planeten und die Regelmäßigkeit seiner Umdrehungen unerläßlichen Extrakt, selbst wenn uns die Erde nicht mehr sonderlich kümmern sollte. Außerdem: Im Herbst, wenn das Gelb und Rot der Laubbäume auf die dunstige Luft schwach abzufärben beginnt, kommt die Zeit unserer heimlichen Offenbarung. Dann verlassen wir, im Freien sofort umschlossen von unserem einzigen Mitwisser, dem absolut taktvollen Nebel, das Haus. Nichts hält uns mehr zurück, seiner Aufforderung zu ungenierter Ausgelassenheit, zu einem unmöglichen Betragen, zum Verletzen aller Regeln der guten Sitte außerhalb der vier Wände zu folgen. Eine ebenso taugliche, jedoch raffiniertere Deckung bietet der Sturm. Da springen wir alten Frauen mit und ohne Krükken, aber keinesfalls mit einem Einkaufswägelchen, ohne irgendein Alibi, das unsere Würde – die uns anbefohlene Gemessenheit für die Jüngeren – garantiert, aus dem Haus. Wie der Wind unsere Haare, unsere Mäntel zerzaust, unsere zart gewordenen Körper verrenkt! Diesmal haben wir darauf verzichtet, ängstlich Frisur und Kleidung für den Ausgang zu kontrollieren. Jetzt wird alles dem stürmischen Wehen angelastet, Flusen und schiefe Nähte, wenn wir nicht mehr schnurstracks geradeausgehen, unser leichtes, hilfloses Pendeln, auch das, der krumme Rücken auch. Die Selbstgespräche, die wir nicht verhindern können, reißt uns unser wahrer Freund, der Wind, in kavaliersmäßigem Verschweigen von den Lippen.

Vielleicht hat man endlich ein Gesicht, auf das man stolz, und das gleichzeitig ganz und gar unwichtig ist, ein Gesicht, wie es früher gelegentlich in Parks aus den Schatten leuchtete. Es erinnert den, der sie je gesehen hat, sofort an schneeweiße Mittelmeervillen mit depressiven Fenstern, in der Nähe des Wassers, aber in einer stillen Seitenstraße, mit einem auf Abstand beharrenden Vorgarten, leerstehend, jedenfalls nicht mehr bewohnt von den barocken Familien, für die sie einmal erbaut wurden, schöne, bleiche Mauern um den unbeweglichen Tod in ihrem Inneren herum.

Denn sehr bewunderte man schon als Kind die Köpfe alter Dichter und Dichterinnen, deren aufgezählte Schicksalsdaten, Krankheit, unerwiderte Liebe, Armut bei ihnen, nur bei ihnen zunächst, trotz allem als sanfte, wenn auch strenge Flügel die Stirnen und Wangenknochen zur eindrucksvollen Modellierung gestreift haben mußten, so daß auch diese Unglücksfälle lediglich Instrumente zur Herstellung einer ausgezeichneten Schönheit wurden!

Das Wort »Greisenhäuptchen« hat man schon immer gekannt und benutzt. An einem breiten Fluß, einem Strom gibt es Wiesen, die, wenn der Löwenzahn verblüht ist, am selben Platz tausende der weißen Bällchen schweben lassen, eine Wiese über der Wiese, ein geisterhaftes Wolkenheer über dem grünen Grund und jede Wolke der anderen gleich, wie von einer Maschine gestanzt und doch so unbeständig, daß jede einzelne in ihrer Vollkommenheit unberührbar ist, ihre Rundung wäre sogleich durchlöchert, sie wartet ja darauf. Nie kam man je auf den Gedanken, in diesen, in solchem Zustand zerbrechlichen, sonst äußerst widerstandsfähigen Pflanzen eine Versammlung Grauhaariger, eine gewaltige Busladung von Senioren zu erkennen. Sieht man jedoch eine von uns Greisinnen – über dem zierlichen Körperstengel hält sie den Kopf aufrecht, durchstrahlt sind die weißen, schütteren Haare vom Gegenlicht –, entdeckt man einen menschengroßen, behutsam auftretenden Löwenzahn, die hellen Fallschirme alle bereit zum Abflug.

Die anderen sollen weiterleben, trinken, in Lachen ausbrechen und Karten spielen, sie sollen es ewig so machen auf ihren Stühlen um den Tisch herum, wünscht man sich, auf dem

Ledersofa liegend, nahe bei den Erwachsenen, aber ihnen den Rücken zukehrend. Es ist wichtig, daß sie nicht aufhören damit für das eigene Wohlbehagen. Sie nehmen ein bißchen Rücksicht auf das sich schlafend stellende Kind, doch man darf bei einem heftigen Geräusch nicht zusammenzucken. Wer zusammenzuckt, wird ins Bett geschickt ohne freundliches Gemurmel, das die Farbe Braun hat, in der Nachbarschaft. Sie ahnen nichts von der tatsächlichen Entfernung, nämlich daß man hoch über ihnen kreiselt und ihre gemeinsame Stimme von unten der Anker ist, der den Körper, unbedingt nötig für die gewagte Unternehmung, an sehr langer Schnur noch eben mit der Erde verbindet, ein Beweis nämlich, daß es das Leben noch gibt und eine jederzeit mögliche Heimkehr. Man ist ein kleiner Greis in seiner Schlafdecke, schwerhörig, blind, der sich nicht rührt, nicht mehr anwesend in der Existenz der Erwachsenen, von aller Teilnahme suspendiert, versunken und lauernd zugleich, aber im Licht ihrer Lampe gewärmt von ihrem Atmen.

Ihr grundsätzlicher Ernst, obschon man nicht sagen kann, in welchem Teil ihrer Gestalt er sich eigentlich ausdrückt, in ihren wulstigen Gesichtern, ihren Anzughosen vielleicht, verfliegt nie. Er steht vor und hinter ihnen, auch wenn sie spaßen, ach, gerade dann, wenn sie sich niederbeugen zu den Kindern und sie anhauchen voller Zuneigung, bereit zu einem Spielchen, einem Spendieren: Sie sind nicht nur umgeben, sondern durch und durch angefüllt mit ihm. Ihr Ernst ist der Ernst des Lebens, er ist das Leben selbst, das man kennenlernen wird. Das jagt einem große Schrecken ein, ihr beklemmendes Dasein, das sie bereithalten, so daß man nicht nur ihre, auch die eigene Ausgelassenheit als etwas lediglich zwischendurch Eintretendes oder den Ernst nur Aufschiebendes begreift.

In der Unmündigkeit, ob Greis oder Kind, gilt ein schönes Unverantwortlichsein. Das Kindliche und Kindische ist der Platz auf dem Ofen, das Winterschlaflager, erstrebenswerter als der zur vollen Vernunft erwachte Zustand der Männer und Frauen über Tag.

Das Bett ist die am Meeresgrund ruhende Kammer der Alterslosigkeit. Man liegt und ist das Kind der Sommernachmittage und die alte Frau der Sommernachmittage. Man muß sich dafür nicht verändern, schwimmt vielmehr in den Ausformungen der Lebensabschnitte, in einem überschwemmten Gebäude, steigt und sinkt durch unendlich viele Zimmer. Das Bett ist die am Meeresgrund ruhende Kammer der Altersfülle. Mühelos kann man sich, in der geheimen Substanz aller Einzelgestalten frei wählend, vor- und rückwärtsbewegen.

In den Schlaf begibt man sich endlich, in das weiße Sanatorium, in die Entmündigung des Lautlosen, Begrifflosen, weg mit den Wörtern und Rüstungen. Was uns jetzt augapfelweiche Wesen ausreichend festigt, sind die Wände des Bettes, gegen die wir uns bestätigend stemmen. Flüssig sind wir geworden, Milch im Glas, mit einer uns nicht zugehörigen, unverletzlichen Außenkontur. Man streckt sich und ist alle Krämpfe los, man dehnt sich und erforscht allmählich den Behälter, in dem man aufbewahrt wird, die Schwielen einer vertrauten Männerhand. Was ist das halbhelle, halbwache Leben des Tages dagegen, das halbherzige. Einmal hat man vielleicht zwischen Morgen und Abend und durch die Nächte hindurch eine vollkommene Wachheit erlebt, eine brennende Tageshelligkeit des ganzen Wesens, aber vorbei, vorbei. Könnte man sich ihr eher annähern als durch die unmittelbare Kehrseite, den tiefen Schlaf, den Schlaf suchend?

Im Schlafen begütigt sich die Welt. Wenn sie sich besonders unruhig zeigt, muß man sie durch dieses große, gute Pflaster besänftigen. Ausgestreckt auf der Matratze, fühlt man in sich die Fähigkeit, das Zittern und Schwanken derer, die noch eben durch das sich wehrende Gehirn stäubten, zur Ruhe zu betten, sie alle erhalten Platz im eigenen, bald beginnenden Traum.

Man befindet sich in einem Gleichgewichtspunkt, in dem man aller Nähen und Fernen, aller Vergnügen und Erbitterungen freundlich, zumindest gelassen gedenken kann. Man schwebt über ihnen, sie sind eine Landschaft aus Bergen und Abgründen geworden, eine Lage, die nur eine gewisse Zeitspanne über dauern kann, in der Nacht nämlich, in der nächtlichen, eremitenhaften Leere und Stille, in der überaus ebenmäßigen Entrückung von allen.

Nein, der Gemütsatmosphäre der Verstrickungen, der untersten der Luftzonen, die uns fesselt und gegen das kalte und strahlende Weltall schützt, sind wir nicht enthoben. Aber etwas Wichtiges hat sich jetzt, da wir uns dem Bett vorbehaltlos anvertrauen, geändert: Der dunstige, erdnahe Bereich ist durchsichtig geworden und gibt den Blick auf die ungetrübten, südlich großen Himmelskörper frei.

Das klare Firmament steht nun über allem herabgesunkenen Flockenwirbel. Über allen, die erzwangen, daß man sich ihrer erinnerte, entfaltet sich ein pathetischer Himmel, von Gestirnen strotzend. Die meteorologischen Launen des Tages haben sich verflüchtigt, und es zeigt sich das exemplarische Gewölbe der Nacht. Man sieht es durch die Zimmerdecke, durch das Dach hindurch prangen in mörderischer Größe. Hat man nicht an Sommertagen, an Winterabenden gesucht, als wäre dort etwas zu entdecken, ein Immer-höher-Steigen, -Schrauben der Augen, die etwas Endgültiges lesen, ermitteln, erbeuten würden, wenn es nur gelänge, schärfer und schärfer hinzusehen?

Mit den Augen eines sehr hoch fliegenden Vogels sähe man, wie es die östlichen Bergklöster anstreben, unter sich eine gewaltige Landschaft, in der Grashalme und Hügel, Pfützen und Wolkenkratzer miteinander in Verbindung stehen. Alles freundlich und zerstörerisch in wechselseitiger Beeinflussung, darüber die rätselhaften Wolkenzüge, verhüllend und Sichten abrupt freigebend: Leiden und Glück verursachende Witterungen, so denkt man es sich zur Befriedung des eigenen, aufgebrachten Gemüts, die sich aus dieser Höhe als unzutreffende, kleinliche Unterscheidungen herausstellen.

Es gelingt dann manchmal, das eigene Leben zu betrachten, wie es sich streckt zwischen den beiden verdämmernden Hügelketten von Kindheit und Alter, als hätte es eine einzige Richtung und zugleich, als wäre es, zweideutig, eine Verbindungsstraße.

Selbst die Liebe ist offenbar aus dem tief inneren Mittelpunkt gewandert und eine, wenn auch noch an magmatische Überschwänge erinnernde Erdkrustenerscheinung geworden. So blickt man auf Vergangenes als erstarrt Gegenwärtiges, auf einen Wüstenstreifen. Was noch lebt, ist unter dem Sand verkrochen, an keiner Stelle eine Person. Eine Landschaft – was doch nie hätte geschehen dürfen – neben anderen und von ihnen abgewechselt, andererseits auch nicht wegzudenken: das Wüstenextrem, mit dem man sich einmal schauerlich Auge in Auge befand.

Man nimmt sich noch vor, von Adlern zu träumen. Leicht vorstellbar ist schon das Wogen ihrer Flügel um den Leib herum, als würden Luftbrandungen sichtbar. Schon hat man gute Aussicht auf das steinerne Meer ihres Reviers.

Ausgestreckt auf einem Feld oder Feldbett hat man sich früher Gott als riesigen, sich im Spiel wälzenden Delphin vorgestellt, hoch über den Luftzonen. Wo man lag, konnte auch der Meeresgrund sein, man war ein Tier der Tiefsee, das bei hohem Wasserdruck und niedrigen Temperaturen in sonnenloser Finsternis leben konnte, ein Schlangenstern, eine Kronenqualle. Durch die nach unten regnenden, schneienden, hagelnden Zerfallsstoffe höherer Regionen bewegte man sich langsam dem sehr fernen, noch nicht erkennbaren Licht entgegen bei ansteigenden Temperaturen, wurde ein Geschöpf der abyssalen Zone, Druck der Körperflüssigkeit und Salzgehalt der Umgebung entsprechend. Riesenkraken blieben zurück auf dem Weg, man verließ Dunkelheit und Kälte, das erste Sonnenlicht drang durch immer wärmere, planktonreiche Wassermassen, Planktonbewölkungen. Als fliegender Fisch näherte man sich dem Wasserspiegel, durchstieß ihn voller Energie, hatte Flügel, die gewaltig wuchsen und sah, von Aufwinden getragen, noch einmal hinab auf das jetzt verschlossene Meer, schwang sich bis zum Äußersten seiner Kräfte, umgeben von Licht und sank wieder hinab, erschöpft in allen Zellen, berührte die Wasseroberfläche, die sich nachgiebig zerteilte. Was darunter war, nahm den Körper auf, mit Flossen fiel man durch Fischschwärme, fiel gemächlich nach unten mit den Nährstoffen durch alle Wasserzonen, zurück zur Kälte, weg von der Helligkeit, doch sich ihrer erinnernd, auf den Grund, so daß es nun schien, als könnte man vom Boden der Tiefsee durch die Schichten hindurchsehend, den Wasserspiegel durchbrechend, den Weg wieder und wieder nehmen, ohne sich vom Platz zu rühren, eine Kronenqualle, ein Schlangenstern.

Alles Gewicht gestern abend war abgeworfen, leicht bestieg ich die Leiter, Troposphäre, Stratosphäre, Ionosphäre, Exosphäre, interplanetares Medium, ohne Widerstand und sehr schnell.

Zweites Kapitel

Jetzt aber beuge ich mich, auf halber Strecke zwischen Meeresboden und Himmel, über die Wasseroberfläche. So beugt man sich über einen runden Tisch und stützt plötzlich die Ellenbogen auf, ein wenig von der scharfen Kreislinie weg nach innen auf die Mitte zu, wie ich hier, nach Verlassen des Elefantenhauses und der Besichtigung des schwarzbestrumpften Mähnenwolfs, am kreisrunden Tisch des Zoocafés: in mich gekehrt, gegen Mittag inzwischen, zur fälligen Ergänzung gedrängt. Besetzung des Tisches, Besetzung des Meeres. Tisch glatt, Meer wellenlos. Das Meer steht still am Horizont und an den Felsen. Man hört es nicht, man sieht eine lichtgraue Wasserfläche, nicht anders der Himmel darüber. Die einfachste Kulisse der Welt, zwei penetrant auf ewige Dauer anspielende Elemente, die, je länger man hinschaut, den unterhaltsamen Wirbel eines kleinen Schicksals verlangen, das Schälen eines Apfels im langen Tag einer alten Frau. Nun also, als hätte es ein riesiges Lid weggerollt, zeigt das Meer einen roten Pupillenpunkt, ein Zentrum auf einmal, ein Signal, den Köder: ein einziges Schlauchboot, alle Aufmerksamkeit, alle Gegenwart an sich fesselnd.

Ein Bett, ein Floß unter den im allgemeinen Tageslicht zurückgetretenen Sternen, in dem man die Augen schließen kann und nun doch spürt, wie das Meer nicht stillsteht. Auf der weiten Meeresebene reist man wie schlafend umher, hier- und dorthin geschoben von einem fremden Willen, dem der Strömungen oder eines sacht Rudernden, der die Absichten des Meeres mit geringstem Aufwand überwacht, sozusagen als stummer Diener einer träumenden Gräfin, die dafür von allen anderen entfernt nur ihm gehört, nur vor seinen Augen in schönster Passivität sich streckt. Ist ein solcher Ruderer nicht zur Hand, muß man auch seinen Part übernehmen, sich spalten in Schlafende und Wächter, was nicht unmöglich ist, wenn man nur eins nach dem anderen und beides voller Konzentration, egal wie lang das eine oder andere, betreibt. Umschlossen ist man und deutlich abgegrenzt durch die Bootswände von der großen Flüssigkeit und kann daher innerhalb des Bootes selbst wieder flüssig sein ohne Gefahr. In dieser öffentlichen und erlaubten Wiege hört man ganz fern die Geräusche der an der Küste Zurückgelassenen. Solange man sie wahrnimmt, ist man in Sicherheit, ein zarter Faden, eine hauchdünne Verbindung zu Land, Erde, Leben, Festigkeit, die dazu ermutigt, im Boot alle Besorgnisse, eine zeitweilige Auflösung betreffend, fahren zu lassen.

Die lange Gräfin aber, was wird ihr besser gefallen, als den Stimmungen des Meeres die Hauptverantwortung zu übertragen und sie nur selten und dann energisch zu korrigieren oder sie dem Gutdünken eines behutsamen Kapitäns anzuvertrauen, der, wenn auch unübersehbar das Boot zur Hälfte ausfüllend, mehr durch Breite als sie, die es der Länge nach zollstockartig durchmißt, um ihre Ruhe keinesfalls zu stören und so ein gereiztes Zucken ihrer schönen Lippen zu verschulden, im Hintergrund bleibt, so daß sie sich einbilden kann, es wären immer die Entschlüsse des mächtigen Meeres selbst, die sie bewegen. Oder würde sie, wäre sie allein, die eigenen notwendigen Kursänderungen durch Ruderschläge so gut wie praktizierbar vor sich verbergen, um sich die Illusion, die träumerische für die geschlossenen Augen, eines tatkräftigen Mit-Passagiers zu erhalten? Ob als Sklave oder Führer bliebe dann immer noch zu fragen.

Es ist nichts zu fragen. Das Boot dient den beiden, der Gräfin und dem Glatzköpfigen, als Doppelbett. Sie lassen die Arme über die Gummireling hängen. Die Gräfin rührt sich nicht und trägt eine große Sonnenbrille, auch vom überaus muskulösen Mann kein Laut. Es könnten zwei Tote sein, nur sind seine Augen ungeschützt vor der Sonne, die kräftigen Jochbögen wehren das Licht vielleicht ausreichend ab, und ihm ist zugefallen, manchmal zum Leben zu erwachen. Ein kaum spürbarer, richtunggebender Schlag, ein tierischer, ein Flossenschlag, stellt sich eventuell die Gräfin vor, die dann nämlich auf einem großen Fisch entführt würde, was ihr hinter der dunklen Sonnenbrille sicher kein unangenehmes Bild wäre, ein den Fischleib wendender Flossenruck also und wieder das floßähnliche Treiben der zwei Totenstillen über die lichtgraue Wasserfläche, die einzigen unter dem gewölbten, doch zu gleicher Zeit unerklärlicherweise – die beiden wenigstens spüren es – mit hohem Druck, als befänden sie sich auf dem Tiefseeboden, auf sie niederpressenden Himmel. So scheint es ihnen selbst wohl, daß sie nicht stillhalten, vielmehr gehalten werden, in eine Form gebannt, die Füße der Frau überkreuz auf der Schulter des Mannes, die des Mannes in der Nähe ihrer Achselhöhle.

Die Gräfin, ideale Bewohnerin eines Vorhang-Baldachin-Himmelbetts – nur schwach würden sich die Erhebungen ihres Körpers unter der seidigen Decke abzeichnen, die Länge aber würde ganz durch sie beansprucht, seine Höhe wäre auch für die Dauer ihres Ruhens in der Horizontalen ein immerwährender Hinweis auf die vertikale Erstreckung ihrer Person –, die Gräfin hat es als offensichtliches und ausgekostetes Zugeständnis an das kahlköpfige Wundertier mit einem ordinären Gummiboot vertauscht. Der zarte Burgwall sich bauschender Schleier ist brutal beiseite gerissen, die gesamte Zugluft der unendlichen Meereslandschaft stürzt ungehindert auf sie ein, weit und breit kein Begrenzung vermittelndes Gerüst. Ausgeliefert hat sie der tiefbraune Muskelmann einem total verzerrten, seinen eigenen abstrusen Dimensionen entsprechenden Verhältnis von Bett und Himmel: das Bett aufs Minimum geschrumpft, der Baldachin zu gar nicht mehr verfolgbaren Ausmaßen gebläht.

Da liegt sie, ein eingeknickter Zollstock, ein angebrochenes Paddel, läßt die Hände im Wasser schleifen, die Augen unter dem winzigen Schutzschild der Sonnenbrille, die zu groß ist für das Gesicht, aber viel zu klein, als daß sich der sanfte Beschirmungen, Abzäunungen gewöhnte Körper dahinter versammeln und eingefaßt fühlen könnte. Da liegt sie in der Helligkeit mit hellem Fleisch und doch in einer nicht zu unterschätzenden Entrückung. Die große Stille, Vereinzelung der Bootsinsassen, die Dichte des Himmels erzeugen einen durchsichtigen, aber fast betastbaren anderen Vorhang um die beiden Einsamen, eine Unerreichbarkeit, die man nicht plötzlich wie durch Zerreißen eines Stoffes null und nichtig machen kann, eben weil sie scheinbar nicht vorhanden ist, sich nicht zeigt, niemanden aufreizt. Vollkommen sicher liegt die Gräfin tatsächlich in ihrem besonderen Himmelbett, bewacht, verhüllt, abgeriegelt von der neugierigen Welt.

Abgeriegelt natürlich nicht vom Einfall der am Himmelsgewölbe wolkenartig auf- und abziehenden Gefühle, unberechenbare Eindringlinge. Je höher der Himmel, je stummer der Strand, desto gesetzloser, ohne den Filter handfester Anlässe, stellen sie sich ein, stoßen auf ihr untätiges, also durch nichts abgelenktes, also willfähriges, Nahrung bietendes Opfer herab. Wie einen Schlafenden die Träume, so belagern die schläfrige Gräfin die Gefühle.

Warum sollte nicht noch eben zum Beispiel die Gräfin eine Brombeerhecke in der Mittagshitze gerochen haben mit einem kurzen Schreckensstich, als hätte sie es gerade zum letzten Mal getan und es wäre nun für immer aus damit? Doch schon sieht sie eine Straße, wie ich selbst einmal eine Straße sah, vom Wasser weg in das nicht sichtbare Innere der Stadt, aus dem hier verborgenen Herzen der Stadt hinaus zum Hafen. Niemand geht zurück, die Straße gleitet, strömt nur in eine Richtung der Mole zu, alle kommen entgegen, dem einen, der die Mitte der Stadt aufsuchen will, den lebendigsten Punkt, er muß leer sein inzwischen, ausgelaufen, dem Einzelnen entgegengesandt alle Kraft. Glänzende Hitze auf den Blättern, den Stirnen der Männer, den nackten Schultern der Frauen, ihrer Frauen, in den großen Augen ihrer kleinen Kinder, auf den künstlichen Blumen, den bunten Ballons, die sie tragen. Sie reden alle, aber glänzen so sehr, der Fläche des

Wassers entgegenflutend, daß man nur den Glanz wahrnimmt, ihn, die Blicke, den Geruch, den feierlichen Geruch des Schweißes, der aus den Hemden der Männer steigt, und sich beugt über den geborgten Duft ihrer Frauen, der jungen, geschminkten Frauen in Sommerkleidern mit künstlichen Blumenwiesen und aufgedruckten Ballons. Die Blicke der Männer schießen wie aneinanderstoßende und anfeuernde Kugeln im Zickzacklauf zwischen den Bäumen dem Wasser am Ende der Straße zu. Die jungen, wohlgenährten, leuchtenden Frauen gehen mit ihren in Schweiß gesalbten Männern in der heißen Luft, sie selbst sind die Hitze, die die Luft erwärmt. Ihre kleinen Kinder begleiten sie als Abrundung, als Beweis und Triumph. So gehen die jungen Familien, atmende Architekturen, rollend, glänzende Wogen in ihrer vollkommenen biologischen Pracht.

Jetzt ist die Straße in einem feinen Sommerregen verschwunden, hat sich verflüchtigt im dekadenten Dunst, und die Gräfin grübelt über Einzelheiten, aus denen sich das alte Schauspiel wieder aufbauen ließe, bis sie merkt, daß es doch der regennasse, sommerlich beschattete Marmoreingang einer Konditorei war, in dem sie einmal einen Blick mit einem Fremden wechselte, der sie so erboste, daß sie sich in den längst getrockneten Scheiben mit den Kuchenspezialitäten dahinter, als sie noch einmal, eine Stunde später, zu ihrer Überraschung dort vorbeikam, mit ganz gegen ihre Gewohnheit ahnbar gewordenen Brüsten sah. So gerade ging sie in ihrem Zorn!

Der ihr gegenüberliegende Mann wird nicht erkennen können, wohin sie jetzt durch die sehr dunkle Sonnenbrille sieht: auf die schwarze Rose ihres roten Kleides. Es hat fünf oder sechs solcher aufgedruckten Blüten, aber diese befindet sich zur Zeit im Knick ihres Körpers, genau zwischen den Schenkeln, und ist dadurch eine unschuldige, wenn auch farblich nicht auf sie zutreffende Anspielung geworden. Es ist die Stelle, von der sie weiß, daß die Männer nach ihr, wenn sie aufrecht steht, unwillkürlich zu suchen beginnen, als müßten sie einen Orientierungspunkt, möglicherweise Schwachpunkt angesichts ihrer Länge ausmachen. Zur Strafe, aus Trotz zieht sie ihre klösterlichen, ironischen Sackkleider an.

Von dem Mann im Boot nimmt sie, da sie wieder die Augen geschlossen hat, nichts weiter als einen leichten, angenehmen Schweißgeruch wahr. Wenn sie blinzelt, bemerkt sie zwei herabrinnende, langsam herabsinkende Tropfen auf seiner Brust. Es genügt ihr, es gibt einen lautlosen Kreislauf zwischen ihnen. Sie schwitzt nicht, jedenfalls zu wenig, um sich gegen die Meeresluft durchzusetzen. Dafür schickt sie beharrlich einen kaum von ihrer Haut individualisierten Parfümduft zu ihm hin.

Die deutlichste körperliche Erinnerung an den Mann, wird ihr nun klar, während sie noch immer ohne Bewegung die Füße auf seiner Schulter ruhen läßt, ist die außerordentliche, Mut und Übermut einflößende Kräftigkeit seines Oberschenkels zwischen ihren Beinen. Von ihrem ersten Zusammensein hat sie im Grunde nur das behalten, für die Dauer der anschließenden Umarmungen hat sie sich hauptsächlich darüber gewundert, viel eher erstaunt als verliebt. Ungefähr so gesteht sie es sich ein.

Dabei fällt ihr wieder ein Spiel ein, mit dem sie sich als junges Mädchen allein auf der Schaukel ihres Gartens in der Sommerdämmerung beschäftigte. Das zunächst zufällig hochgerutschte Kleid gab ein Stück oberhalb der Knie frei, die sich eng neben- oder übereinander befanden, elegant, arrogant. Sie empfand es selbst und mit Vergnügen als hochnäsig dokumentierte Unnahbarkeit, was sich durch ein fast scheues Spreizen vollständig ändern ließ. Durch ein Öffnen von nur wenigen Zentimetern konnte sie sich in den Abendgerüchen steigern zu einer Ekstase des Lasterhaften und sie, wie nie dagewesen, sofort durch Wiederannäherung der Knie rückgängig machen.

Sie haben sich vom Strand entfernt, aber jeder, den es interessiert, hat sie noch im Visier. Man kennt den Inhalt des Bootes, und für die träge an Land Ausgestreckten ist es der einzige feste Punkt, die bei jedem Aufblicken neu gesuchte, brisante Stelle auf dem kahlen Meer. Die lange Latte und ihr

Wundertier. Das komische Paar, zwei exquisite Mißgestalten, die deshalb zueinandergehören. Soviel Absonderlichkeit, das war nur folgerichtig, mußte sich unweigerlich anziehen aus innerer Notwendigkeit und ebenso dem Druck, dem stummen Drängen der kombinierenden Zuschauer sich fügen. Es ist gekommen wie im Sprichwort, eine erotische Offensichtlichkeit: der adlige Leuchtturm und der Muskelprotz. Nun sollen sie der Strandbevölkerung ihren Traum erfüllen, indem sie ihn einander erfüllen, eine verschiedengeschlechtliche Abart von Dick und Doof.

Das, was sie und der Glatzkopf veranschaulichen, beschleicht die Gräfin, die die Phantasien der Strandgäste zu kennen glaubt, durchaus als mögliche Wahrheit. Wenn sie sich treiben ließe in ihren Überlegungen, wie sie es dem Körper nach im Boot duldet oder genießt, würde sie vielleicht sogar den Folgerungen der nach ihnen Schielenden gehorchen, wie das Boot den Entschlüssen des vom Rudern kaum gestörten Meeres. Allerdings sind die Gedankengänge des Meeres unberechenbar, die der Beobachter dagegen zahm in ihrer Kalkulierbarkeit. Dieser Unterschied gibt der Gräfin Kraft zum Widerstand gegen drei Hoffnungen der Allgemeinheit, und wird sie nicht unterstützt durch drei Geheimnisse in ihrem Eigensinn, von denen niemand außerhalb des Bootes etwas weiß, und die es also entrücken vor aller, sich an einem roten Boot festhalten wollenden Augen, entweder in die Tiefsee oder hoch zu den überstrahlten Sternen?

Das erste der Geheimnisse kennt nur die Gräfin. Sie hat Gründe, es unbedingt dabei zu belassen, und im vollen Umfang wird es ihr selbst erst jetzt wirklich enthüllt: Gewiß hat sie manchmal in ihrem Leben angesichts eines jungen Mannes – es genügte dabei, ihn von einem Café oder Liegestuhl aus zu beobachten für den Moment seines Vorübergehens – inbrünstig gedacht: Wenn sie doch diesmal ein wenig länger als gewöhnlich dauerte, die wunderbar sorglos sich zur Schau stellende Spannung, auf die er für alle Ewigkeit zu vertrauen scheint, nicht ahnend, wie gefährlich die pure Außenluft, die unbemerkt strömenden Minuten für den in seiner Stärke so anfälligen Körper sind! Zweifellos auch nimmt sie die fast betäubende Beruhigung zur Kenntnis, die ausgeht von den übersteigerten männlichen Wölbungen des bei ihr im Boot Liegenden, die eine auf das Psychische übergreifende Empfindung des »Alles wird gut!« erzeugen. Keinesfalls aber handelt es sich, wie die Strandbelagerer eindeutig aus dem Anblick des Paares lesen wollen, um die Erfüllung einer erotischen Zwangsvorstellung der Gräfin. Sie ist nicht am Ziel ihrer Wünsche endlich in Gottes Namen angelangt, sie ist längst dort gewesen! Der zur Zeit und auf engem Raum zur Verfügung stehende Mann ist lediglich Hinweis auf einen anderen und als solcher deshalb geeignet, weil er diesem früheren eben nicht gleicht. Das Groteske seiner gewaltigen Körperformen gerade macht ihn tauglich zur risikolosen Gedächtnisstütze. Es ist nicht das, was die Gräfin, ausgestreckt wie zuvor – im roten, schwarz geblümten Kleid verrutscht keine Falte –, so überrascht, daß sie kurz die Sonnenbrille abnimmt und wieder aufsetzt, als könnte sie auf diese Weise einen schnellen, hellen Blick in ihr Inneres werfen. Was sie bis hierhin weiß und will, ist ihr von Anfang an klar gewesen. Was sie dagegen jetzt ohne Verdunkelung übersieht, ist die frivole Tatsache des Geplanten, daß sie nämlich ihr Einverständnis in die Affäre nur gegeben hat, um sich aus der richtigen Entfernung durch annähernde Wiederbelebung leidenschaftlicher Aufwallung und offensichtliche Verschiedenheit der Personen besser erinnern zu können! Im übrigen würde sie in Briefen an eine Freundin weiterhin mit dem Gefühl gesicherter Unschuld schreiben: »Ich bin in etwas hineingestolpert.«

War aber das, wie die Gräfin ja meint, Einzigartige jener früheren Zeit vielleicht die Kompaktheit, in der sich Augenblick an Augenblick reihte, als hätte sie nicht nur das Vorwärtssehnen, sondern bereits alles zukünftige Zurücksehnen in sich gesaugt und wäre ganz aufgepumpt davon, eine unnatürlich rasch entfaltete Pflanze?

Etwas später brauchte sie nur von einem Zug in den Speisewagen eines daneben fahrenden zu sehen, zwei Plätze am Fenster mit einer Plastikblume oder dämmrigen Schirmlampe dazwischen auf schmalem Tisch, um dort den Abdruck eines solchen Moments zu erkennen, und sie wußte dann nicht sofort, ob sie selbst eben diesen Liebesschauplatz einmal belebt hatte oder nur seine besondere, höchst vertraute Witterung aufnahm. Und wie ist es mit diesem Boot? fragt sich die Gräfin. Ach, kann sie da antworten, diese Anwandlungen passieren mir doch längst nicht mehr! Richtig, jetzt geht es um ausdrückliche Beschwörungen.

Das Boot ist der Mittelpunkt, von dem aus sternförmig die Erinnerungen fortlaufen, wie der Platz eines Gebirgsdorfes, an dessen Steintisch sie einmal gesessen hat, die Ellenbogen auf die aus vielfarbigen Marmorstückchen in die Platte eingelegte Sonne gestützt. Von diesem Punkt aus senkten sich oder stiegen an in alle Richtungen die kleinen Straßen und Treppen, von ihrer Steinsonne weg in die weite Welt gewissermaßen, und indem ihre Gedanken auf diesen Wegen rennen, sieht die Gräfin, daß all diese dörflichen Ausfallstraßen in erster Linie münden, münden in das Zentrum des Platzes mit dem Tisch und der Windrosensonne, wie alle Erinnerungsstrahlen gebündelt sind in der einen heißen Erinnerungssonne.

Dieses Bild, müßte sie nun eigentlich merken, hat jemand mißbraucht bis zur Abgedroschenheit schon bevor es für sie in Kraft trat, ein viel früherer Mann. Widersinnig oder nicht, so ist es gewesen, noch eben hat sie den Dorfplatz für ihren gehalten, nun hört sie wieder die Stimme, die ihr vor Jahren in immer gut gelaunter Reumütigkeit ungefragt in regelmäßiger werdenden Abständen Ehebrüche beichtete, als wären sie ein Kompliment an sie, die Betrogene, die nämlich in der von der Stimme ins Gedächtnis gerufenen Dorfszenerie die zentrale Position, die Sonne also spielte, zu der ihr geständiger Mann, erfrischt von den Abenteuern wechselnder Liebesunterhaltungen, voller Bewunderung als zu seiner wirklichen Kraftquelle zurückkehrte. So hatte er es sich zurechtgelegt, und sie sollte sich geschmeichelt fühlen.

Sie aber, die Gräfin, ist sie nicht auf die eine, rauhe und rohe Konfrontation ihres Lebens zugegangen, wie man sich einem legendären Ort, einem berüchtigten Gebirgsdorf, einer berühmten Stadt zum ersten Mal nähert, den Kopf voll mit Information und maßlosen Erwartungen? Dann, als sie sicher war, daß sich vor Bergen oder Himmel die Silhouette der richtigen Stadt abzeichnete (und sobald sie die Türme sah, ließ sie sich nicht mehr täuschen), hatte sie das Glück, daß über die unbezweifelbare Identifizierung hinaus die hochfliegenden Hoffnungen keinen Landeplatz fanden. Es war innerhalb der Stadtmauern ganz anders, als sie vermutet hatte, so daß zur tiefen Ruhe einer Erfüllung immerfort, den Frieden begleitend, der Unfriede eines ständigen Verirrens kam. So wurde verhindert, daß sie in die Liebe fiel, wie man ein Ei in die Pfanne schlägt. Sie mußte mit sich das Kunststück bewerkstelligen, nach jedem Zerbrechen der Schale die Festigkeit einer neuen zu gewinnen.

Jetzt erst kam ans Licht, in welchem Ausmaß sie scharf, wachsam auf die kleinsten Zeichen des Männlichen reagieren konnte. Wie sie es unaufhörlich registrieren mußte im besonderen Ton einer Stimme, dem Recken der Arme, dem lockeren Liegen einer Männerhand auf Tischen und Knien und ihrem selbstverständlichen, leichten Schwingen im Gehen, dem Nachdrängen bei einem kaum angekündigten Nachgeben, im Besetzen und Halten gewonnenen Terrains durch einen einzigen Laut aus der Kehle, durch das Ausdrücken einer Zigarette. Eine Übersteigerung alles bis dahin Vertrauten und Genossenen, das dadurch isoliert wurde zu ruckhaften Sinneseindrücken, fixierende Altarbilder der Kindheit, das alles in so ausgeklügelt ergänzender Weise, daß allein durch diesen Umstand der Zufall getilgt war aus der Welt.

Ihre schläfrig-blasse Haut wurde verwandelt in ein Bläschenkleid. Es gab keine sichere Trennung mehr zwischen innen und außen, nur eine zischende, knisternde, durchlässige, kaum noch abgrenzende Zone, eine Schwächung ihrer von innen einmal gefühlten und für beständig gehaltenen Kontur. Sie schienen sich beide tief unter Wasser zu befinden, von einem bestimmten Punkt an wurden die Bewegungen schwerelos und schwerfällig verlangsamt, umspült von einem sie beide verbindenden Element. Ja ja, das schlechthin Männliche, Weibliche wurde zwar exemplarisch abgehandelt in ihnen, aber dann, um die Intimität furchtbar, wie es sein sollte, zu machen, wurden sie aus der beschützenden jeweiligen Geschlechtsgenossenschaft herausgerissen. Die Gräfin, die so gradlinig orthodox zu den Wolken hochgeschossene, begriff in ihrem Gebirgsliebesnest eine Widersprüchlichkeit nach der anderen.

In ihrem Boot ist ihr heiß geworden von der auf die Meeresebene herabbrennenden Sonne, aber noch wechselt sie nicht einmal die Lage der an den Knöcheln übereinandergeschlagenen Beine. Still bleibt sie wie der Glatzkopf in der totenstillen Mittagszeit, die ergraut vor Hitze. Währenddessen spürt sie wieder, wie sich, je schärfer er Ausschau hielt, Wirbel in ihr bildeten durch den Blick jenes Mannes, ja ein Wegwirbeln, spiraliges Aufsteigen zu kleinen Himmelskörpern fand statt, und verblüfft entdeckte sie, zurückkehrend von solchen schnellen Reisen, seine handgreifliche Gestalt, in der ersten Sekunde fast zu allem Überfluß: nicht ganz so groß wie sie, lächelnd, ein bißchen breitbeinig dastehend, vorhanden kurzum, stofflich wie dies und das, und lebendig.

Ach, wie ist jene Stille des Lächelns und auch diese hitzegraue Mittagsstille im Boot nicht vergleichbar mit der anderen, unerhörten, den erhofften Protest aus der Gräfin nahezu heraussaugenden Stille ihres beichtenden Ehemannes, des Selbstanklägers nach seiner Selbstanklage vor vielen Jahren! Sprach sie ihn nicht, nach einer schicklichen Frist, beschwichtigend frei, senkte er den Kopf und flüsterte ihr über den Tisch weg zu: »Ich habe ein wenig Fieber«, lauschte dann schamlos. Wenn sie immer noch schwieg, hob er den Kopf und siehe da, in der Zwischenzeit hatte er sich tatsächlich eine Erkältung geholt. Zu Recht nahm er nun sein Taschentuch, drückte es ungeschickt in seiner Hand und fuhr sich tupfend an die tränenden Augen. Diesem Anblick hatte sie lange nicht widerstehen können. Dann aber, eines Tages, wie eigenartig, erfreuten sie die Schaufensterauslagen, die schillernden Taubenhälse, die gefurchten alten Gesichter und vor allem der Gang der Männer in den Straßen, direkt neben ihm. Ach, mußte sie sich da aufwachend eingestehen, mit enormer Verzögerung, aber immerhin passiert mir das, weil er es schon seit Jahren längst wieder tut: das unaufhörliche Blickwechseln! Der Unterschied war nur, daß diese Entwicklung bei ihr nicht folgenlos blieb, jetzt nämlich, da der Stein ins Rollen gekommen war, gab es auch sofort nichts Stabilisierendes mehr. Kaltblütig folgte die Einsicht, daß es sie zwar beleidigt hatte, wenn er so selten zu ihr kam, aber glücklicher fühlte sie sich, wenn er wegblieb, freier vor allem. Es war plötzlich etwas Unauffälliges geschehen und nicht mehr rückgängig zu machen. Sie stand am Fenster. Draußen, wußte sie, blies ein heißer, grausamer Wind. Durch die Scheiben jedoch, wenn man sie nur geschlossen ließ, gab er das Bild eines kühl die Zweige bewegenden Lufthauchs ab oder des wirklichen Sommerwindes am Meer im Eukalyptusbaum, die Blätter wie kopfüber gehängtes Schilf, ausgelaugt, rasselnd, Tag und Nacht. Es war das ferne Erinnerungsbild einer luftigeren Zeit als der damaligen würgenden Gegenwart. Auf einmal fiel es ihr wieder ein, und da genügte es für den Schlußstrich in aller Gutwilligkeit. Sie verließ den Mann und seine, wie sie noch eben feststellte, interesselos gepflegte Villa, vor der man Tagetes und Petunien in peniblem Abstand in den gelben Boden gepflanzt hatte, um den Schein zu wahren.

Da sieht sie einen Gedanken herankommen, heranschwimmen, undeutlich wie ein Gegenstand, der sich lange Zeit bewegt auf dem Meer, und man verfolgt gespannt, als was er sich schließlich herausstellen wird, eine Szene, sich nähernd, ein Handkuß des anderen, des einzig zählenden Mannes, der spätere Thronansprüche einleitete. Klar sah sie den kaum kaschierten Angriff in dieser Demutsgeste, der sich aber doch offiziell tarnte als Respekt, also nicht abzuwehren war. Der Mann nahm ihr ein Messer, ein Buch aus den Händen, als wäre es das Kleid, das sie trug, und sie sahen einander nicht an, um verzögernd die Offensichtlichkeit der Anspielung zu mildern. Ein Ausdruck von Blödigkeit wird nun im Gräfinnengesicht unvermeidbar sein. Zu mächtig behauptet sich die Vergangenheit. Wie in ihrer Kindheit konnte sie die Zeit vor den Großartiges verheißenden Treffen nicht mehr genießen, wie in der Kindheit verkrampften und dehnten sich Eingeweide und Zeit, wie als kleines Mädchen wurde sie wieder hilflos glatt für die tiefen Einprägungen.

Beim Entgegenkommen schob sich die ganze Straße mit ihm auf sie zu. Er rollte sie ausschreitend auf und brachte sie mit. Schritt für Schritt stürzte ihr alles mit ihm zusammen entgegen, nichts blieb übrig darüber hinaus. Damals gingen sie nebeneinander her, zwei athletische Krieger, angeschwollen von ihren Eigenarten, versunken in die gegenseitige Betrachtung, nein, sie sahen geradeaus und wußten doch alles, und ihre Schritte wurden schwerer und steifer davon.

Gleichzeitig aber, in Anflügen, gab es ein Gefühl des Unseriösen in jener Phase, etwas brachte die bisherige Welt der Gräfin aus dem Gleichgewicht. Das Faktum, daß sich jemand so sehr für sie interessierte, war ein ungerechtfertigtes, vielmehr ganz und gar ohne Kontakt zur Realität, mußte flüchtig sein, entsprach nicht den Gesetzen der Wirklichkeit, da es so sehr ihrer heimlich wütenden Sehnsucht entsprach. Doch es existierten unleugbar die Augenblicke, in denen sie völlig reglos saß und er sie gewissermaßen umkreiste, überlegend und ausführend, was zu tun sei. Sie: leer, gelähmt, in Starre verfallen. Ihre einzige Macht bestand darin, die unausgesprochene Spielregel zu akzeptieren, sich zu begreifen als gehätscheltes Opfer schlechthin, dem etwas zustoßen mußte, wie schrecklich immer, darauf vertraute sie kühnerweise fest, zu ihrem schrecklichen Besten von einem sachlichen Gärtner, gewiß.

Ach, sagt sich die Gräfin und reckt sich so unvermittelt, daß sie das Boot zum Schaukeln bringt und der Muskelmann ihren großen Zeh kurz zwischen die Lippen nimmt, ach, jeden Vorwurf schluckte sie begierig, wenn sie nur in einer aufregenden Formulierung kritisiert wurde. Wie steckte sie dann, gekränkt, verletzt, unersättlich, seine Sätze anzuhören, in der Klemme! Und warum, schon trocknet der Zeh an der Luft, hat sie sich die anschließend wieder und wieder vorgesprochen? Weil die heftigen Empfindungen in Litaneien besser aufgehoben sind als in den erleichternden Naturlauten. Jetzt erst hat sie es begriffen.

Verblüffend, nein, in geheimnisvoller Weise betäubend geradezu war die Blindheit, erinnert sich die Gräfin hinter der das halbe Gesicht versteckenden Sonnenbrille, des zurückgelassenen Ehemannes gegenüber dem, was er anrichtete. Er hatte sich wieder einmal verliebt, so stellte es sich ihm dar, was änderte das? Allerdings, bei größerer Intelligenz hätte sie vielleicht erkennen können, daß es nicht darum ging, sich überhaupt so sehr mit ihm, dem diesbezüglich hoffnungslosen Fall zu beschäftigen, sondern mit der Fragestellung, die ihr durch ihn präsentiert wurde, mit der märchenhaften Prüfung zum Beispiel, sich nicht, als er vor ihren Augen einen Schrank ohne Erklärung verschloß und den Schlüssel mitnahm, von ihm abzuwenden, noch zu versuchen, das Schloß aufzubrechen. Aber, sagt sie sich andererseits doch rachsüchtig, mit graziöser Staksigkeit den Ruheplatz ihrer Füße von der einen Schulter des Muskelmannes zur anderen wechselnd, seine Liebe zu den gekünstelten Frauen war ja gar keine Sache des Ästhetischen. Die Affektierten blieben immer auf eine Bestätigung angewiesen, auf ihn und seine Ermutigung, und kamen nie dazu, bei ihrer Sehnsucht nach Vergewisserung, ihn selbst durchdringend anzusehen. So konnte er genießen, ohne erkannt zu werden. Die Gräfin rückt an der Sonnenbrille und lächelt aus Versehen den Glatzkopf an. Ein attraktiver Müßiggänger, der nichts so sehr scheute wie das, was sie suchte: die Konfrontation. Faßte sie ihn ins Auge, nachdrücklich, verschwamm er sogleich in einer Vagheit. Man verfehlte ihn. Nur aus der Ferne erschien er scharf umrissen.

Mein Gott, so schlau war sie nicht von Anfang an gewesen. Als sehr junge Frau hatte sie ihm aufs Wort geglaubt, sich anfeuern lassen von seinen Einfällen und Einwürfen zu ihrer langen, hochgradig fragil-wackligen Person, bis sie mehr und mehr und zunächst fast mit Verzweiflung entdeckte, daß er mit solchen Einzigartigkeiten bei allen Frauen aufwartete, verschwenderisch, beliebig, was sie, die Gräfin, peu à peu ungültig machte.

Sie setzt die Brille ab, kneift die Augen zusammen, um in die Vergangenheitsferne zu sehen. Sein trockener, aufpressender Mund schließlich und in der Mitte, am Ende des Aufpressens, die kleine Feuchtigkeit, nichts weiter. Das mußte immer bis zur restlosen Vollstreckung abgewartet werden. Zusätzlich oder dagegen, egal, sein wütendes Klammern an Belanglosigkeiten, wenn er einmal nicht verliebt herumsprang, ein bürokratischer Müßiggänger, so daß sie ihm fast, nicht mal gegen die eigenen Interessen, die Verliebtheitsperspektive wünschen mußte, damit Zügigkeit in sein Leben kam. Sie sieht ihn jetzt ein allerletztes Mal mit der Frage, ob er denn sie, die schwierige Gräfin, überhaupt jemals geliebt hat. Nun ja, so gut er konnte, sagt sie sich, und: Es geht nicht um eine Erforschung, sondern um die augenblickliche Intuition, die bestimmt, wie es gewesen sein muß. Und nun fort mit dem Ehemann und der trostlosen Villa für alle Zeit!

Dann aber, in der einzig wichtigen Zeit, hatte sie einer stets verschwimmenden, niemals kräftig vor ihren Augen zu überzeugenden Gestalten geballten Welt einen festen Gegenstand entrissen, eine in die Hände zu nehmende, zu bestaunende Maschine, der »Lebenshöhepunkt«, auch »höchster Punkt meines Lebens« von ihr genannt. Und was hat sie so unwiderstehlich angezogen an diesem etwas kleineren, auf dem Grund seiner Augen meist lächelnden Mann? Nichts, alles, muß sie da vergnügt antworten, wohlwissend, daß die Richtung seiner Absichtlichkeiten nicht etwa durch sie bestimmt war – darum hatte sie keine Sekunde Anlaß, übermütig zu werden –, vielmehr durch eine andere, nicht ausgesprochene Konzentrationsstelle. Sie, die Gräfin, streiften nur die Ausläufer, und es reichte vollauf und war das Beste so.

Bei jedem Abschied, im Auto oder Zug, entstand das Idealbild eines phantastischen Untergangs in ihr. Nur wenn sich dann das Tempo steigerte zur normalen Dauergeschwindigkeit, wurde die mögliche Katastrophe entrückt und die Angst vor der lakonisch gewöhnlichen Wirklichkeit trat ein. Denn sie, sie gehörte doch zu denen, die geboren werden mit dem fabelhaften Vertrauen, unter den vielen Freiern, die an den Hof kommen, gäbe es den einen, für sie zutreffenden, der das »Glück bis zum Lebensende« bringt. Und doch war gerade das Allgemeine, fast Anonyme seines Gesichts das, was sie so sehr fesselte, das magische Zeichen, die sacht andeutende Oberfläche über dem Meeresgrund. Einen Moment steht nun die Gräfin vor dem Durchbruch zu einer Erkenntnis, die dann doch ausbleibt. Vielleicht später, später wird sie es wissen, am Ende dieses Tages noch. Zunächst erscheint ihr dieser Mann wie immer, so unantastbar männlich, ja männlich, männlich, wiederholt sie sich, keinesfalls auflösbar auf etwas einfach Menschliches hin.

Nein, sie atmet mit leicht geöffnetem Mund im ungehindert auf sie herabstürzenden Sonnenlicht, einmal in ihrem Leben hat es diese Kraft gegeben, die alle Einzelheiten der Welt und ihrer Person in ein energisches, die Gräfin bis ins Letzte ergreifendes Muster zwang, so daß sie es daraufhin jederzeit ruhigen Mutes verlieren konnte. Sie hielt es und konnte es wegwerfen, wenn es verlangt wurde, das Leben. Während sie sich kopflos wand in einem Schmerz, sich von ihm entfernend zuging auf eine Autotür, einen Aufzug, steif vor Kummer und diese Starre ihr einziger Halt war in der Verwirrung, spürte sie, daß er sie beobachtete. Ach, wie weidet sich die Gräfin an solchen Glanzstücken, wie hebt es ihr nun sogar den besonders im Liegen kaum ausgeprägten Busen, wie tut es ihr noch einmal so gut! Mit Stolz, innerlich hoch aufgerichtet, wenn auch tatsächlich ziemlich platt und faul ausgestreckt, nennt sie sich den speziellen Tag, an dem sofort die Entscheidung fiel, daß er, indem sie ihn noch handelnd ablebte, eine unwiederholbare, aber auch nicht mehr auszulöschende Eingrabung sein würde, an dem schon zwölf Stunden später, als wären zwanzig Jahre vergangen, nichts mehr korrigiert werden konnte. So wehte über den damals eben aufgetauchten Nachmittag, der leicht und sogar spielerisch tun wollte, der erkältende Hauch des Endgültigen und straffte sie und entsetzte sie nicht.

Jetzt aber sieht sie der Erinnerungsstütze, dem Muskelmann, dankbar ins Gesicht, erschöpft von ihren Gedankenwegen und zieht vorsichtig, umständlich, eine Prüfung für das Geschick des Steuermanns, das Kleid mit den Rosen über den langen Körper, der heftig mit einem Mal geschaukelt wird, und über den Kopf, reißt sich selbst die Sonnenbrille dabei ab und fängt sie, was ihr kein Betrachter zugetraut hätte, in der Luft, schon über dem Wasser, aus reinem Zufall auch nur, auf.

Sie legt die Füße nicht auf die Schultern des Mannes zurück. Sie versucht sie anders, schräg über seine Beine und Hüften weg, ohne sie zu berühren, auf dem roten Gummiwulst unterzubringen. Dafür beginnt sie, ihren hellen, flachen, in die Länge gezogenen und so gar nicht in die Breite gegangenen Leib – jedes Jahr zerrte Füße und Kopf ein weiteres Stück auseinander – mit den Augen des Glatzkopfs zu begutachten. Könnte bei irgendeiner anderen Frau der Unterschied zwischen der angezogenen und der fast nackten greller sein?

Wie von ihrer eigenen materiellen Erstreckung sieht sie jetzt auch von ihrer Kindheit Anfang und Ende, kein Mittelteil, aber unter den Blicken ihres Wundertiers und nicht von ihm bemerkt, sitzt sie vor einem großen Spiegel und hat schwarze Strümpfe an. Die rollt sie sehr langsam, am Oberschenkel ansetzend, über das Knie bis zu den Zehen, einen Strumpf nach dem anderen und wieder zurück und neu. Es ist Winter, die Beine sind nicht gebräunt und müssen es nicht sein. Sie aber sagt sich leise, leise, damit es besser paßt, flüsternd während des Abstreifens all der Schwärze, des Wegziehens dieser äußeren schwarzen Haut jedesmal den einen Satz und weiß nicht, weiß auch jetzt nicht, im Boot, ob sie ihn gelesen oder erfunden hat: »Wie weiß muß ein Bein sein, wenn ein so schwarzer Strumpf von ihm abgeschält sein will!«

Ihr ohne den Zauber des Manierierten gelängter Körper verschwindet in einem anderen, der ebenfalls der ihrige ist. Es ist ein in seiner Rundlichkeit nichts ahnen lassender, in allen Einzelstücken ausgetüftelt lieblich zueinander gefügter, den sie von innen als Sorglosigkeit kennt, von außen als fotografiertes, katzenartiges Wohlbehagen, ein kleiner, alle frohen Erwartungen der Erwachsenen erfüllender Leib von verführerischer, dicklicher, Glück fest versprechender Normalität.

Die Hintergründe zu so viel versunkener Körperzuversicht bilden fast ausnahmslos die Nischen in den Gebüschen des elterlichen Gartens, Vergangenheitslöcher, und jetzt, so sacht wieder über das grau-lichte Meer gerudert, erfaßt sie der Wunsch, durch diese zu krausen, gezackten Grotteneingängen erstarrten Dunkelheiten zurückzustürzen, in die Totalität eines Geruchs, der, solange er anhielt, die ganze Welt ersetzte, damals, als womöglich alles gut war.

Da vergrößert sich plötzlich der arglose Wunsch zu einer Sehnsucht, zum tiefen Bestreben ihres Lebens überhaupt, zurückzustoßen in die kindlichen Herzen der Gartengebüsche, in einer Ecke den Kopf zwischen den Knien, ein Sommerereignis beobachtend, in die Dichte zurück. Dort muß etwas zu finden sein, etwas Richtigeres als ihre, der Gräfin unwiderlegbare Existenz bis zu diesem Zeitpunkt, ein Schlüssel, der eine Bedeutung in diesen Sträuchern und vegetativen Vertiefungen, von den Düften gehöhlt und gebauscht, das Leben immer begleitend, enthüllt. Sie wittert nur etwas, erhofft es von den durchfunkelten Nebeln im Garten dieser Jahre der fröhlichen Rundungen an Bein und Rumpf, Stirn und Wangen, ein verborgenes Signal vielleicht, das auf einmal alle Stationen der längst abgewickelten Biografie erleuchten wird.

Beinahe bläht sie, so direkt unter der Sonne und viel älter als damals, die Nüstern, um das versteckte Zeichen zu spüren, da kommt ihr ein melancholischer Gedanke in die Quere und macht die Nase wieder schmal. In jener Zeit weiß man nicht, daß sich die Dinge nie genau wiederholen, zumindest nicht in ihrem Zusammenwirken, das ländliche Licht auf den Blättern und der Geschmack auf der Zunge, eine Freundschaft bei Einbruch der Dämmerung auf Fahrrädern zu rotem

Kies. Aber man weiß ebensowenig, daß sich, zumindest im Groben, alles eben doch wiederholt, die Jahreszeiten, die Schmerzen und Ekstasen, alles. Alles Nachahmung.

Sie betrachtet den Muskelmann. Wie weiß muß ein Bein sein, wenn ein so schwarzer Strumpf von ihm abgeschält werden will? Weiter fällt ihr dazu ein: weiße Krokusse auf schwarzem Boden, die aufwühlenden Entdeckungen nach alten Wintern. So hat sie die Krokusse auch in anderen Augenblicken gesehen und gedacht, was sie aufwühlte, sei die Liebe gewesen.

Aber waren es nicht die Gärten hinter Mauern und Gittern, der eigene Garten, groß, daß er aus vielen sich gegeneinander verschiebenden, durchdringenden, sich abkapselnden zu bestehen schien, all die verborgenen, verschlossenen Wildnisse, die sie anzogen, die sie unfehlbar erspähte, wie gewisse Tiere schon in ihrer Jugend, bei eben geöffneten Augen, von dunklen Löchern unbedingt angelockt sind?

Sich erinnernd kommt es ihr vor, als hätte sie damals sicher angenommen, man könne sich einnisten und untergehen in den überschwenglichen Augenblicken beim Auftritt einer roten Sensationsblüte an ihrem ersten Morgen, dem Verdampfen der grünen Massen im Dunst, den Nachmittagen mit Aluminiumglanzlichtern und außer Rand und Band geratenen Schatten. Ja, untergegangen ist sie, hinübergewechselt zur Vegetation, ist nur eben wieder zum Vorschein gekommen aus Mitleid mit den Angehörigen, hat die vertraute Gestalt angenommen, um sie nicht zu verlassen auf Nimmerwiedersehen.

Die Gärten, die unübersichtlichen Reiche, die sich manchmal in ihr niederließen, die eintrafen und gingen, von den Besitzern niemals entdeckt, darinnen sie, die Gräfin mit kurzen Kinderbeinen und behaglichen Schultern, von der Außenwelt abgeriegelt mit unnachweisbaren Wänden, was sie unerschütterlich machte. Sie sah die Mauern von innen, doch niemand dachte, wenn er einen Blick über Gitter oder Hecke warf, hier könne eine Herausforderung auf ihn warten, hier müsse der Inbegriff der schlafenden Jungfrau erlöst werden nach Überwindung aller Hindernisse. Man ließ sie schlafen und wachsen wie Palmen und Kletterpflanzen.

Abends geschah etwas anderes. Da fuhr der Garten zu einer höchsten Sammlung, einer bewegungslosen Wachheit zusammen, wurde kleiner und härter, aufrecht und steif. Da rüstete er sich, die gesamte Nacht dem Weltall gegenüberzustehen, was ihn tagsüber, schwelgerisch in sich selbst versunken, nicht kümmerte.

Eine andere Art von Gärten, die sich immer genau zwischen dem feurigen Absterben der Tage und der Erwartung der festlichen Sterne befanden, zu jeder beliebigen Zeit, immer dazwischen und beides vereinigend in sich, waren die Kirchen. In ihnen herrschte ein Geruch, der aus einer einzigen, ungeschlachten Blüte strömen mußte. Man saß eine halbe Stunde vielleicht, man zählte nicht die Minuten. Licht, Geräusche blieben draußen, man dachte nichts, man atmete nur und sah, wie hier alles an seinem Platz war, Bilder und Blumen, goldene Schränke, Amulette und Kerzen, an seinem besten, unverrückbaren Platz, festverwurzelt wie die Pflanzen im Erdreich.

Eine aber kannte sie, eine Kapelle, ein winziges Zimmerchen in einer halbverfallenen Straße, aus allen Hausmauern bröckelte es, in der gab es weder Erwartung noch glimmendes Dämmern, ein Raum, ein Kasten aus Mauern mit morscher Tür und keinem einzigen Fenster, es gab einen Altar und eine Küchenbank, so mußte man es nennen. Sollte das bedeuten, daß vielleicht ein Idiot, ja, ein Blödsinniger, Schwachköpfiger, der nichts begriff, alles einfach imitiert hatte? In dieser Kapelle war kein Leuchten, kein Zusammenhang, man sah eine schmuddlige zerrissene Spitzendecke, Kerzen in Gläsern, graue, künstliche Blumen, wie von einem vergessenen Grab gestohlen, ein buntes Schränkchen und einen abgestoßenen Porzellanhund. Es sollte das Tabernakel sein, Heiligenbildchen, von jemandem an die Wand geheftet, ein ärmliches, dreckiges, unvernünftiges Häufchen, mit Sicherheit galt es gar nicht. Eine Heidenkapelle, eine Götzenkiste, Kistenkirche. Ein Irrer mußte sie sich hier eingerichtet haben, anders konnte es gar nicht sein. Sie erzählte lieber niemandem davon. Oft ging sie hierhin, kniete und saß nicht, aber stand an der Schwelle. Sie stellte sich den Schwachsinnigen vor, wie er in die große, echte Kirche rannte und sich Dinge merkte, wie er danach suchte, nach etwas Ähnlichem, um es hier einzurichten, und doch das Wichtigste schon wieder auf dem Rückweg vergaß. Eine schreckliche Kirche, alles tote Sachen, auch mit viel Weihwasser hätte man sicher nichts lebendig gekriegt.

Doch auch hier war alles an seinem Platz. Sie kam nie auf den Gedanken, etwas zu verändern in dem Gerümpel, selbst wenn Schutt auf dem Boden lag wie Stroh in einem Stall: Rühren durfte man daran nicht.

Durch die große Sonnenbrille, die ihr den muskulösen Bootsmann ein wenig verfärbt, nicht zu seinen Ungunsten, so wie Himmel und Meer in ihrer gegenwärtigen Fahlheit von dem getönten Glas ins Erträgliche gekräftigt werden, betrachtet sie den Körper des Glatzkopfs und stellt sich seine Einzelteile in lauter silberne, für gnädige Heilungen und Wundertaten an entsprechenden Gliedmaßen verwandelte vor. Und was hätte man, wäre ihre Bitte, nicht weiter in die Länge zu schießen, erhört worden, dieser oder jener Heiligen gespendet? Einen Zwerg? Eine Riesin? In Silber und mit ihren Gesichtszügen?

Als Kind, bei festlichen Familienversammlungen in einen Sessel gedrückt, malte sie sich etwas Ähnliches und doch Umgekehrtes aus, keine Rettung aus Gefahren für die Anwesenden, sondern ihr Unheil. Sie saß und sah der Reihe nach die hakennasigen und fetten Profile von Tanten und Onkeln an, und einer nach dem anderen wurde von allen möglichen ihr bekannten tödlichen Krankheiten befallen, Aussatz, Pest, Pest und Schwefel. Den Männern stießen Unfälle in ihren Sportautos oder bei der Jagd zu, Selbstmorde durch Verschuldung, etwas später auch hervorgerufen durch Leidenschaft für das Glücksspiel oder dämonische Frauen. Man fragte sie, warum sie so versonnen, so brav und niemals ungeduldig vor sich hinlächelte. Dann schlug sie die Augen nieder vor den gutherzig Forschenden und sagte sich, daß sie ihnen das Schlechte ja durchaus nicht wünschte, betete nur schnell und stumm um Gnade für die Unseligen, aber es würde natürlich auf die Dauer nichts nützen.

Den Tod ihrer Mutter hatte sie nie vorausgesehen, er war eingetreten, als sie noch ziemlich klein war. Man versorgte sie daraufhin gut, und sie konnte in ihrer Verborgenheit, die sie sich gerissen einrichtete, tun, was ihr beliebte. Manchmal wollte sich ihr Vater ihr ausdrücklich widmen, kniff mit zärtlichen Händen in ihre Wangen, so daß sie sich duckte, bis er aufhörte. Meist beleidigte sie ihn dadurch ein bißchen, es tat ihr kurz darauf leid. Ganz unversöhnlich aber, und in ihrem Drohen den allmählich länger werdenden Hals noch stärker reckend und das Kinn hochwerfend, war sie, wenn der schöne, vornehme, alternde Mann angesichts eines besonderen Erlebnisses seiner Tochter, wie es der Instinkt, die unbezähmbare Lust seiner Jahre zu werden schien, den Schluß auf das Allgemeine, auf ein Sprichwort, auf die Eigenart der beginnenden Jugend schlechthin zog. Nicht mit ihr diese Befleckung! Sie sah die traurigen Augen des Abgewiesenen und dachte trotzdem in der ersten Aufwallung: Du Schwein!

Der Muskelmann ißt einen Pfirsich in drei Bissen und befördert den Stein in hohem, kurzem Bogen ins Meer. Vorher hat er ihn ihr wortlos entgegengehalten, aber sie wollte nicht den Saft auf ihrer Haut spüren und winkte, ohne die Stille durch einen Laut zu stören, ab. Hinter der Brille sieht sie noch einmal grau-grüne Hügel, Zypressen in sachtem Regen und dazwischen in hellen, zierlichen Stücken den verfallenden Palast ihrer Verwandten mit den Steinkelchen auf stufenweise aus dem Hang stehenden Dächern, in denen Agaven wuchsen, und mit der unvollständigen Reihe gestikulierender Figuren an den äußersten Rändern, von denen behauptet wurde, es seien Vorfahren der Familie, die langsam aus den steinernen Gaumen fielen wie Zähne.

Es war bei jedem Besuch ein überraschend auftauchendes Schloß, es erschien mit einem Mal in seiner empfindlichen und düsteren Pracht, und man meinte, niemand würde sich mehr trauen, darin zu wohnen, man mußte es anfassen, um sicher zu sein, daß es wirklich diesmal wieder existierte. Sie liebte und bewunderte sein Äußeres. Das Innere mit den vielen verschlossenen oder unbenutzten, leeren und vollgestellten Zimmern lockte sie nicht, ebensowenig wie die Erwachsenen darinnen, die sich allenfalls zu dem Kind herunterbeugten, dem mutterlosen Schäfchen, das erst so mollig war und nun sich so unnatürlich zu strecken begann, sogar im Gesicht. Es gab dort viele Spiegel, immerzu wurde man, auch wenn man überhaupt nicht damit rechnete, verräterisch von einer spiegelnden Fläche in den Raum zurückgeworfen. Im Park war das anders, dort war man für sich und wurde bei nichts ertappt. Dort gingen die schwappenden Pfaue und betrachteten sie von der Mauer. Auch für sie konnte sie sich nicht erwärmen, ihre Köpfe waren zu klein, man hatte nichts von ihnen, aber sie brachten sie auch nie in Verlegenheit, darum mußte man sie den Erwachsenen vorziehen.

Im Park gab es sehr unterschiedlich hohe Buchsbaumhecken, zu Kugeln und Halbkreisen geschnitten oder zu niedrigen Einfassungen. Auch hier wuchsen die Pflanzenreihen nie gleichmäßig dicht. Auch den Hecken fielen die Zähne aus und wurden nicht ersetzt, wie die Steine, die sich aus den weißen Tempelchen und Torbögen lösten. Es kam ihr vor, als müßte man das alles geschehen lassen, man hatte keine Wahl, man durfte an nichts rühren. Es sollten sich die Menschen heraushalten, und sie taten es ja, aus Unbekümmertheit oder Faulheit, Melancholie oder Frömmigkeit wie in den Kirchen.

In diesem teilweise steil ansteigenden, erstaunliche Anblicke gewährenden, unerwartete Verwirrungen bietenden, wie der Palast selbst in manchen Bereichen von den Pflanzen verriegelten, vergessenen, in anderen Bezirken noch repräsentativ gepflegten, tatsächlich wie in einzelne Räume, Zimmer gegliederten Park hatte sie das Gefühl, letztenendes überall gleichzeitig anwesend, ausgebreitet zu sein, mehr noch als im väterlichen, von hier aus klein erscheinenden Garten, denn hier gab es, hier lockte: Gabriele.

Gabriele, der zwei Jahre ältere Vetter, stellte alles in einer Person dar, er ging, lief an ihrer Seite, und wie sonst nie wurden die Grenzen zwischen ihr und der Umgebung aufgehoben. Das merkte man erst richtig, wenn er nicht dabei war, dann nutzte alles nichts. In seiner Gegenwart näherte sich alles an, überall gab es ein lautes Herzklopfen, er war schneller, stärker, schöner und redegewandter als sie. Er hörte sie immer, auch wenn sie noch so leise sprach, er zeigte nicht jedesmal, daß er sie beobachtete, aber wenn sie es überprüfte, merkte sie, daß er sie auch im Rücken wahrnahm. Sie wünschte sich zuhause oft, er würde sie eines Tages auf den Mund küssen. Wenn sie bei ihm war, fehlte ihr nicht einmal eine Berührung.

Sie dagegen war die Gesündere. Das fiel zuerst nicht auf, dann wurde er in wenigen Monaten schwächer und stiller als sie. Eine Blutkrankheit, sagte man ihr. Seine Schönheit verringerte sich nicht. Im Unterschied zu allen anderen hatte sie kein Mitleid mit ihm. Sie konnte ihn nicht bedauern, denn schrecklicherweise bezauberte er sie, auch als sie nur noch vorsichtig dicht um den Palast herum, schließlich nur noch auf den Terrassen spazierten, immer weiter. Er konnte ihr nicht leid tun, denn sie spürte ja genau, daß seine wirkliche Kraft nicht abnahm. Noch immer stellte er alles dar in einer Person. Jetzt berührte er sie, er stützte sich auf sie, und sie genoß den leichten Druck seiner Hand auf ihrer Schulter. Es interessierte sie. Er zwang sie, den Park aufzugeben und nur noch in den Hallen, dann zuletzt in einem einzigen Zimmer zu sein. Sie vergaß den Park, das Äußere des Palastes, es war egal, er schwand dahin vor aller Augen, es rührte nicht ihr Herz, solange sie ihn nur sah. Die Krankheit verdeutlichte seine Macht.

Nach seinem Tod erübrigte es sich, je wieder dorthin zu fahren. Sie dachte an die nebligen Hügel und die stets so plötzlich aufschimmernden Steinfiguren wie an den Vetter, an den Vetter, als wäre er der helle, zerbrechliche Palast in dem so oft vom Regen besänftigten Grün.

Ihre Sucht, sich zu verbergen, verstärkte sich mit seinem Tod. Ja, jetzt begreift es die Gräfin genau. Es war gar nicht der Wunsch, versteckt vor Verpflichtungen und Erwachsenen unter irgendwelchen Gartengebüschen zu leben. Sie wollte auf Straßen, in Menschenmengen verschwinden. Je länger sie wurde, desto energischer behauptete sich das Bedürfnis, nicht bemerkt zu werden, sich zu verwandeln in etwas Unauffälliges, von keinem erkannt. Sie wollte ein Nichts sein, leicht, konturlos, nicht identifizierbar, eine anstrengungslose Existenz, die monotone Welle im gewellten Wasser. Sie lächelt, und der Bootsmann lächelt ein wenig einfältig zurück. Sie aber lächelt, weil sich dieses Verlangen mit einigen explosiven Unterbrechungen bis heute nicht geändert hat. Durchaus nicht, bekräftigt sie für sich und sieht mit neuem Verständnis auf die Meeresoberfläche.

Zugleich legten ihr allerdings ihre Empfindungen etwas ganz anderes nahe: Von diesem Zeitpunkt an, etwa mit zwölf Jahren, mußte sie, sobald ein junger Mann in ihrem Umkreis erschien, wenn nicht andere den entstehenden Zwischenraum füllten, die Augen senken. Sie konnte nicht weiter geradeausblicken, aber durch die Augenlider sah sie trotzdem alles und wurde selbst an den äußeren Schichten transparent. Es gelang ihr überhaupt nicht mehr, massiv zu bleiben und versperrt. Wandte sich ihr jemand gründlich zu, beging ihr Körper, der sie hätte schützen müssen vor Einblicken, einen noch kompletteren Verrat. Er wurde gläsern bis zu seinem zitternden Mittelpunkt. Es hing von der Annäherung des Fremden ab, nichts lag in ihrer Hand. Die Verstellung durch täuschende Schroffheit oder nervösen Gleichmut, worauf sie als letzte Rettung baute, war auch nur eine elende, weil ja gleichfalls vollkommen durchschaubare Strategie.

Ging sie nicht wieder und wieder mit anderen weiblichen Gestalten im Kreis auf einem Platz, umgeben von jungen und älteren Männern, ging mit heftig beschleunigtem Puls, denn eins war unausweichlich: Lenkte nur einer entschieden seinen Willen auf sie, mußte sie nachgeben. Sie würde nicht weglaufen können, sie müßte sein Besitz sein. Es sollte aber nicht geschehen, es mußte gelingen, durch nichts eine Aufmerksamkeit zu reizen. Etwas höher ein Dom: In seinen glaslosen

Fenstern stand der weiße Himmel, als würde etwas Abschließendes verhandelt. Gegen die anzüglichste von allen Lebensweissagungen, sie werde, auch sie, sich eines Tages für das andere Geschlecht interessieren, dachte sie zornig an: Als hätte ich das nicht schon immer getan!

Später, bei kleinen Zusammenkünften und größeren Festen, hatte sie meist das Gefühl, sich eigentlich mit allen Männern in einem einzigen Akt paaren zu sollen, aber mit keinem von ihnen ausschließlich. So spürte sie es auch bei Besuchen neben ihrem Vater in der Oper. Der eine, gesungene Ton war jeweils der Kompromiß, das Mögliche angesichts einer Unendlichkeit, die notgedrungen in diese eine, hoch herausgerufene Gestalt gepreßt werden mußte.

Ja, der großartigen Vision, für einen Einzigen eventuell prächtig geschaffen zu sein, stand diese andere mühelos entgegen: Sie liebte die Männer allgemein. In ihren Phantasien gab sie sich ihnen allen hin, ohne sie besonders zu betrachten, und ließ sie ihren Schrei hören, der jedoch, was niemand außer ihr selbst ahnte, ein vorauseilendes Echo war oder durch ein demnächst zu erwartendes Echo gespeist wurde: der Todesschrei des eben geliebten Mannes, wenn er noch halb im Triumphgefühl über ihre restlose Offenbarung von ihrem Bett durch eine Falltür in den Abgrund stürzte, einer nach dem anderen. In dieser Zeremonie zeigte sich die reinste Verwirklichung ihrer Liebe zu den Männern schlechthin. Aus den nach jedem Beischlaf entstehenden kleinen Rachegefühlen und ihrer Befriedigung schwoll an, gewaltig, reißend ihre große Leidenschaft für das Männliche, eine Note um Note zu singende Arie, solange es Opfer, Objekte dieses Geschlechts gab.

Wie weiß, ach wie weiß mußten die beiden Beine sein, von denen jede Nacht und immer neu so schwarze Strümpfe abgeschält sein wollten! Einer der Gründe, weshalb sie nicht lasterhaft wurde: Sie war einfach zu lang dazu. Eines Tages richtete sie sich unbarmherzig, um der Wahrheit ins Auge zu sehen, ohne Vertuschungen, ohne eingeknickte Knie oder gekrümmten Rücken auf. Wie eine Arie also mußte sie zukünftig aus jedem viel tieferen Menschengewirr hinausschießen.

Ungelenk, auf Stelzenbeinen ging sie in einer bis zu ihren Schultern zuckenden, vor allem aber in ihre Kniekehlen stoßenden Welt. Sie versuchte, einige Tatsachen zu erfahren, einige Geschicklichkeiten zu erlernen, aber halbherzig nur, sie brachte nie die rechte Konzentration auf für Zahlen, Sprachen, Werkzeuge, aber immer war sie gesammelt, durch ihre Erstreckung angeleitet, gezwungen und ermahnt. Das verlieh fortan ihrem Gang und den Lippen den ein wenig blasierten Schwung. Sonst hatte sie keine genauen Vorstellungen, vorerst genügte das rückgratverstärkende Gefühl.

Der Bootsmann nimmt ihre Füße an den Gelenken und legt sie rechts und links neben sich, mit den Sohlen kann sie seine Hüften umklammern. Sie streift die Träger ihres Oberteils über die Schultern, nimmt es aber nicht ab. In dieser Lage und im grellen Licht könnte der Glatzkopf ihre Brüste als mißraten empfinden. Das beschäftigt sie aber nur kurz. Sie steht noch einmal, um den kindlichen Teil ihrer Jugend zu verlassen, im väterlichen Garten, hört das Rauschen der sehr trockenen Blätter, die Laubbäume in der herbstlichen Nacht, und dieses Geräusch hat etwas leise Ziehendes, wie das Saugen durch einen Strohhalm, und sie, die Gräfin, ist die Flüssigkeit und wird unaufhaltsam, die saugende Öffnung sitzt direkt an ihrem Gehirn, bei fest stehenden Füßen in die unerwünschte Höhe gezerrt.

Dabei schwebte sie stets in Lebensgefahr. Sehr wohl war es möglich, daß es im nächsten Augenblick sie, die Gräfin oder die Welt, nicht mehr gab. So bewegte sie sich als komplizierte Latte durch die unbeständige Stadt, ein Zollstock, ein senkrecht angelegter Maßstab. Es hatte keinen Zweck, wegen dieser Bedrohung die Autos oder die Stadtbewohner scharf zu fixieren, sie paßte auf bei den Gängen und schweifte, in Gedanken versunken, ab. Manchmal sah sie bei Frauen ein kleines verwegenes Vorstülpen der Lippen, wenn sie trotz ungestümen Heranschnurrens eines Fahrzeugs doch noch rasch entschlossen die Straße überquerten. Sie selbst fand sich höchstens verdutzt mitten auf der Fahrbahn wieder, ein ruckartig errichtetes Verkehrsschild, dem die Autos hupend auswichen. Es kam vor, daß jemand vom Bordsteinrand aufschrie vor Schreck, es machte ihr nichts aus, fast genoß sie diese Momente des Umringtseins. Als jemand ihr sagte, auf einer Gartenterrasse, er habe sie am Vortag beinahe überfahren und sie habe es nicht einmal bemerkt, spürte sie eine angenehme Erregung, wie bei einer persönlichen Schmeichelei. Eine kräftige männliche Hand riß sie vor dem Betreten der Straße zurück, offenbar um sie im schon aufwehenden Sommerkleid vor einem dicht vorüberpreschenden Touristenbus zu retten. Als sie sich umwandte, um sich zu bedanken, sagten ihr zwei Frauen, es habe sich um einen versuchten Überfall auf ihre Handtasche gehandelt.

Einen Vormittag lang saß sie auf einer Parkbank. Daß es regnete, fiel ihr auf, als ihre Schultern schon naß waren. Sie stellte es fest an der Flucht dessen, den sie die gesamte Zeit über betrachtet hatte, einen Mann mit einer Zange, der, ohne sich bücken zu müssen, Abfälle auf Wegen und Wiesen in einen Plastiksack sammelte, ein Schlenderer von Papierschnitzel zu Papierschnitzel in frischer Luft und im Grünen. Ein schöner Beruf, hatte sie überlegt und nichts anderes, ein schöner Beruf, ein glücklicher Mensch, der in dieser angenehmen Umgebung eine leichte, Geistesabwesenheit erlaubende Tätigkeit verrichtete. Das hatte sie, die Gräfin, die überhaupt nicht arbeitete, bei sich erwogen und zwar aufrichtig. Sie sah auf ihre Hände, und es waren verwöhnte Hände, sie sah von den Händen zu dem Arbeiter hinüber und zu seinem mitgeschleppten Sack. Ach, wie standen die Dinge auf des Messers Schneide, es entging ihr ja nicht, die Verzärtelung, die hervorgehobene Einzigartigkeit jedes Fingers auf der einen, ihrer, und die grobe Zusammenfassung zu einer keines genauen Blickes gewürdigten Menge auf der anderen Seite.

Wie aber sollte sie an den ineinander versunkenen, auf den Bürgersteigen, an Hausmauern und Treppenenden Kauernden vorbei, an diesen Bettelnden, erschöpft in ihren Räuschen Schlafenden, Alten und Jungen, deren dünne Hälse aus den Jacken sich nach vorn beugten, als erhofften sie ein Richtschwert? Wie eine Heilige in Heiligenlegenden, die aus weitem Mantel Früchte hervorholt? Sollte sie daran entlangschreiten wie an den Widrigkeiten des Lebens? Kam es darauf an, das zeitgemäße Gefühl dabei zu haben, auch wenn man in noch so teuren Schuhen ging? Als Kind, da war es einmal einfach gewesen, da hielt ihre schimmernde Mutter sie an der Hand, die schöne Mutter ihrer Kindheit. Meist frisch einem duftenden Bad entstiegen, nahm sie das Kind und konnte nicht anders, als so gereinigt, gesalbt, gepudert, parfümiert, in ihrer Liebe, in ihrer Sucht, zu den Armen in den Winkeln, den finsteren Spalten und Schächten zu gehen, sich niederzubeugen, sie aufzusuchen in ihren Löchern, mit Wein, Kuchen, ein bißchen Geld; eine kleine frivole Frömmigkeit auf den Lippen, wenn sie später eins der dunklen Treppenhäuser wieder hinabstiegen, mit der sie nur schlecht eine, auch vom Kind geahnte, höllische Sehnsucht nach den Verlassenen in ihrer Finsternis, in ihrer wüsten Unordnung verbarg, sie, die allezeit Helle, Gepflegte, die für solche Besuche noch zusätzlich die Kontraste verschärfte, ohne daß sie je in der Dämmernis der Höhlen deutlich geworden wären für die Augen der Ausgestoßenen oder freiwillig dorthin Verkrochenen. Auf diesen Wegen passierten sie eine riesige Bronzeplastik, eine Frau, deren schweres Kleid in Falten, die eine alpine Oberfläche erzeugten, erstarrt war. In den derart sich bildenden Tälern versteckte eine Katze ihre Jungen. Näherte sich jemand, drückte sie die Kleinen in die Tiefe des bronzenen Kleides zurück.

Die Gräfin hat den Büstenhalter nun doch zur Seite rutschen lassen. Ohnehin läßt die Sonne jetzt keine plastischen Formen zu. Wie erträgt sie nur so viel Licht? Der Muskelmann betrachtet nicht ihre Brüste. Die Almosenbettler waren die Galionsfiguren der Dunkelheit, fast zu Gleichnissen entstofflicht. Sie ermöglichten die Harmonisierung der schroffen Stadt durch eigentlich symbolische Verrichtungen, die nicht die Kräfte überstiegen, anders als Spenden auch, die auf Abhilfe der Not zielten. Hier opferte man Göttern, wie man abergläubisch das geweihte Wasser berührt. Hier berührte man die bodenlose, niemals zu sättigende Bedürftigkeit schlechthin. Wer den Armen Gutes tat in so leichtem, schnellen Handeln, besänftigte die Götter des unbequemen Umsturzes.

Schon früh hatte sie sich Gedanken über den Müll gemacht. Wurde von bestimmten Menschen gesprächsweise behauptet, sie seien warmherzig, war es, als gäbe man ihr damit zu verstehen: Dein Herz dagegen ist kalt! Wie sollten die Städte mit der unaufhörlichen Müllnachlieferung und -vermehrung fertigwerden? Hatte sie denn nicht häufig Mitleid? Aber das mußte noch besser werden, begriff sie damals, im Verlauf ihrer Jugend. Sie begann, sich nach dem politischen Denken zu sehnen, sie suchte es und fand es nicht, sie hörte Leitsätze zu unklaren Geschehnissen und fühlte sich lächerlich gemacht. Das Politische an sich war erstrebenswert, etwas Stählernes, man mußte sehr geistesgegenwärtig sein, und sie schlich darum herum wie um den heißen Brei, nicht sicher, ob er wirklich existierte.

Wenn sie durch die Stadt ging, waren die Angebote und die fordernden Kassen der Geschäfte wie Lamellenfächer um den Stab eines Pilzes bei jedem Schritt, den sie tat, um sie angeordnet, verlangende, bittende Hände, Mützen, Blechdosen. Sie aber sprang, wenn auch keineswegs äußerlich, als Billardball zwischen den Banden der Schaufenster hin und her und ohne Willen. Die Stadt bestand aus einer Mischung von luxuriösen Angeboten – an denen ihr nicht wirklich lag – und mitten darunter die Almosen, die ausgeteilten, wie Pausen in einem Musikstück, ein Beichtsamstag zwischen den Sünden, der Winter zwischen den Sonnentagen.

Der Sultan Harun al Raschid mußte ein dickes Fell gehabt haben, Nerven wie Drahtseile, nächtlich die Grüfte der Armen aufzusuchen nach dem triumphalen Tagesleben in seinem Palast, aber wer weiß? Vielleicht regierte er gerade deshalb so unbefangen weise, weil er sich ständig überzeugte, wie es den Elenden des Reiches tatsächlich ging. Er mußte das nicht in seine Alpträume verbannen, sondern stellte fest, daß es mit denen gar nicht so schlimm aussah wie in seiner

Phantasie. Ihr selbst aber, der Gräfin in ihrer Jugend, so hoch aufgerichtet in der Anerkennung ihrer Außergewöhnlichkeit durch Länge, wäre es viel leichter gefallen, sich von vornherein auf die Seite der Armen zu schlagen. So konnte sie dem Metallischen der Politik entgehen und doch den in ihr rumorenden Ansprüchen genügen. Eine Weile malte sie sich ihre Zukunft als Entwicklungshelferin aus mit einem Tropenhelm. Dann ließ sie sich vorübergehend in der Krankenpflege ausbilden.

Sie sah faulende Knochen in den Beinen von noch lebendigen Männern und das verfallende Wasser der herbstlichen Parkteiche. Freiwillig übte sie den niederen und höheren Krankendienst, aber nur kurz. Das hatte ihr Vater von Anfang an gewußt und sie also gewähren lassen unter seiner spöttischen Beobachtung. Sie war nicht einmal gebildet, obschon sie Gedichte las. Aber sie las immer dieselben Gedichte, wenige und die immer wieder, jedoch ohne sie dabei auswendig zu lernen. Sie beruhigte sich nur daran, es waren ihre Häfen, in die sie einkehrte, ihre heimatlichen Orte, die sie aufnahmen.

Ach, sagt sich da die fast nackte Gräfin unter der Sonne, ist es auch so mit den Liebesreliquien, den Schleifen und Achten, die ich wieder und wieder nachfahren muß?

In den Museen sammelte sich vor den Gemälden das touristische Publikum, auch sie warf ab und zu einen Blick darauf, nicht nur, um ihrem Vater eine Freude zu machen. Doch wem hielten die Künstler in Wirklichkeit ihre Bilder hin? Diesen Leuten hier, dem Volk? Hatte sie nicht das Gefühl, sich beim Betrachten zwischen die bemalten Leinwände und etwas anderes, Unsichtbares zu drängen? Manchmal aber waren die Kunstwerke ohne Zweifel an sie gerichtete, das spürte sie sofort, und ungehindert stiegen Musikstücke, Bilder und Verse durch sie hindurch. Von manchen Schriftstellern ging die Anordnung aus, sich aufzulehnen gegen die bekannte Welt. Vielleicht setzten sie die Wörter anders zusammen. Sie versuchte auch heimlich solche Proteste, aber sie konnte sich selbst nicht in einem Punkt bündeln, der Körper war zu lang.

Der Anblick der sterbenden Männer war ihr nicht widerlich gewesen. Sie fühlte nur, daß ihr Leben nicht auf solche Mildtätigkeiten, Tapferkeiten, Frömmigkeiten des Beistands abzielte, und schon vergaß sie sogar die einfachsten Regeln der Ersten Hilfe. Ihr Vater, der gewiefte Finanzmann, ruinierte durch Spekulationen überraschend ihr Vermögen, das ohnehin nie den Vergleich mit ihren Verwandten hatte aushalten können. Sie feierte damals diesen Tag als Befreiung. Von jetzt an würden sie arm sein, ein armes junges Mädchen trat ihr im Spiegel entgegen. Diese Entscheidung nahm ihr das Schicksal endlich ab zugunsten der von Beginn an Benachteiligten. Jetzt stand sie auf deren Seite, hier mußte es sich doch zweifellos um einen politischen Vorfall handeln! Ihren Vater indessen, der zunächst tiefe Depressionen zeigte, erstaunte der unvermutete Gleichmut seiner Tochter angesichts der peinlichen Lage so sehr, daß er rasch neuen Mut schöpfte und mit Hilfe alter Freunde bald wieder auf die Beine kam und auf zuverlässigeren Füßen als vorher stand.

Wäre ein Partisan, ein Revolutionär gekommen, wie hätte sie ihn sofort geliebt, wie wäre sie ohne zu fragen mit ihm gezogen in seinen Freiheitskampf, bereit zu allen Diensten, wie hätte sie ihn umarmt, an jenem letzten Morgen vor seinem Tod! Dieser Widerstandskämpfer würde sie von fern an den sterbenden Vetter erinnern, aber aus der Nähe hätte er kein bestimmtes, allerdings ein entwaffnendes Gesicht. Etwas Glänzendes umgab ihn in seinem mit der Landschaft verschmelzenden Tarnanzug. Wie abstoßend waren die Reichen dagegen! Stumpfe eingesperrte, niemals frei atmende Wesen in ihrem elenden, einmauernden Luxus. Partisanen dagegen standen schön und starben gewaltsam. Die Reichen glichen den Politikern, die lange lebten, schnell alterten und viel zu selten an Anschlägen zugrunde gingen. Ach, wäre ein Widerstandskämpfer gekommen, hätte ihre Tür aufgerissen und sie mit einer einzigen Kopfbewegung – mein Gott, das hätte ihr damals besonders gefallen – aufgefordert, ihm in seinen baldigen Tod zu folgen, ins Gebirge, in den Dschungel, in den Untergrund der Städte! Keine Sekunde hätte man sie zögern sehen. Kein Blick zurück, ein Satz nach vorn, in die Fremde.

Niemand trat auf sie zu mit Anträgen dieser Art. Sie selbst jedoch konnte, so allein gelassen, zurückgewiesen von den Rebellen aller Erdteile, nicht von sich aus solche Schritte tun. Man hätte ihr zuerst ein Stück von den Beinen absägen müssen.

Bemerkte sie denn nicht an Schaltern, Kassen, in Geschäften und öffentlichen Verkehrsmitteln, auch wenn sie sich keineswegs prahlerisch kleidete, im unsinnigen Verhalten der Leute entweder Unterwürfigkeit oder Wut? Sie stand nur da, höflich, in aller Unschuld, und erregte doch Ärgernis um sich her, stachelte die Menschen auf, so daß sie abrückten von ihr, der nicht Geheuren. War es nicht ein bißchen anders, wenn sie saß? Empfand man sie dann nicht viel eher als seinesgleichen? Also lief alles auf eine Sache der Natur hinaus, diese ungewollte, ungerechte Einschüchterung, die zudem, was keiner vom anderen ahnen mochte, eine wechselseitige war?

Hätte sie sich geschichtliche Fakten aneignen sollen? Als Schülerin mußte sie sich die malerischen Taten großer Helden der Vergangenheit samt ihren überlieferten Gesten einprägen. Später zweifelte sie sehr daran, ob es denn einen Sinn haben könne, ein solches Wissen noch einmal ausdrücklich in ihrem eigenen Kopf verkleinert anzusiedeln. Es hatte die Französische Revolution gegeben und Mussolini, es gab die Demonstrationen, Streiks, Attentate. Wenn im Familienkreis der Faschismus zur Sprache kam, überzog die Gesichter der Älteren eine düstere Gewichtigkeit. Ein Kopfschütteln begann bei einem und steckte die anderen an wie ein guter Einfall, wie der beste zu diesem Thema. Gesprochen wurde dann eigentlich gar nicht mehr, es herrschte ein grüblerisch unklares Einverständnis. Einige der jungen Verwandten besuchten ab und zu die Lokale grau gewordener Partisanen, die mit dekorativer Ruppigkeit Gebirgsschnaps und Würste anboten. Manchmal rief jemand: »Die alten Zeiten!« in den Raum und hieb sein Messer in den Holztisch. Nur bei den Stammkunden hob der Wirt dann einen Mundwinkel an.

Die alternde Tante Maria war die einzige, die etwas sagte zu den Freiheitshelden. Zwei Dinge an ihr waren das Schönste, aber nur, wenn man es zusammennahm: Ihre Augen und der große blaue Stein ihres Ringes, der Blick mußte dazu immer hin- und herwandern zwischen beidem, denn die Augen hatten genau die Farbe des Steins, und diese Übereinstimmung nahm zu, je länger man hinsah. Sie konnte also ihre Augen auf den Stein zu verändern, denn der unabänderliche Stein konnte sich doch wohl nicht den Augen angleichen. Sie sagte etwas mit plötzlich einsetzendem vulgären Dialekt, den sie als drohende Vitalitätsbekundung in seltenen Fällen gebrauchte. Vielleicht hatte sie sich in ihrer Jugend in solchen Momenten zu einem aggressiven Decolleté entschlossen. »All diese mutigen Söhne und Töchter«, warf sie hin und riß ihre Augen noch weiter auf und sagte das Folgende nie über junge Soldaten, »hätten lieber daran denken sollen, was sie ihren Eltern mit diesem verdammten Mut antaten!«

Jetzt lebte sie noch immer. Sie mochte, während die Gräfin sich gegen den Bootsmann streckt, ungeduldig ihre Rosen maßregeln und, damit hatte sie seit einigen Jahren begonnen, der Familie Details ihres heraldischen Bildes versagen. Sie stickte nicht mehr, sie interessierte sich nicht für ihre Empfänge in imposanten Gewändern. Diese Enthaltsamkeit zelebrierte sie als kleine Weltuntergänge und erwähnte sie, damit sie nicht unbemerkt blieben, in dramaturgisch geeigneten Momenten als Vorwurf an die zusammenzuckende Nachkommenschaft.

Die Gräfin trauerte der einfachen Welt ihrer Kindheit nach, noch als Zwanzigjährige verfiel sie, auf dem Rokokosofa der Großtante zum Beispiel, der Erinnerung an die langen und schnurgeraden Blickbahnen der Kirchen aus den Dämmerzonen zum goldenen Fluchtpunkt der Altäre, in der durch solche steinernen Hinweise mit dem Besitz Gottes prunkenden Stadt. Auf manchen Kirchen reckten marmorne Engel Schwerter und Flammen in den, von ihren Flügelspitzen an, durch nichts mehr gezeichneten Himmel. Ach, welch schöne und kräftige Unterscheidung: Himmel und Erde! In den

Kirchen, den dunklen, festlichen Grotten stiegen die Gebete auf, unentwegt aus ruhelosen Kehlen zu Wolken über der Stadt sich ballend, um als allgemeine Atmosphäre wieder herabzuregnen auf Bewohner und Besucher, die rauhen Litaneien aus den grollenden Kehlen der alten Frauen, eine finstere Büffelherde, die Köpfe gegen den Priester vorn wie gegen einen Angreifer gesenkt. Sie weideten reglos in den Gründen der Kirchen, und ihr Gemurmel war kein demütiges, es wies eine hinter den dicken Mauern leichtsinnige Welt zurecht. Hier konnte man beten für die Stadt und ihre Armen, hier durfte man ausruhen von allem Argwohn. Hier begriff man die Stadt freundlich, denn man erleuchtete sie durch ein gemächliches, fromm träges Gedenken ihrer Ritzen und Schächte. Friedlich trat man danach ins Freie, ins plötzlich wieder verständliche Leben.

Die junge, aber äußerlich bereits erwachsene Gräfin auf dem familiären Rokokosofa erinnerte sich mit Eifer und Ernst: Gut, es mochte alles so sein mit der Historie, wie behauptet wurde, sie würde lernen müssen, die Vorkommnisse nach Standpunkten der Gegenwart zu ordnen, aber sobald sie sich nur ein bißchen in sich versenkte, was allerdings ungehörig sein mochte, wußte sie wieder, daß sich nichts geändert hatte: Die Erwachsenen riefen ihr mahnend die Uhrzeit, das Datum zu und störten sie, wie von Anfang an, mit Richtlinien bei ihrer offenbar zu keinem Zeitpunkt willkommenen kindlichen oder infantilen Anschauung.

Manchmal war es ihr in früheren Jahren passiert, daß eine Straße sich vor ihr boshaft verschloß durch eine Kurve, durch jähen Anstieg oder Abfall, daß eine Landschaft unangekündigt versperrt wurde durch ein hochstehendes Sonnenblumen- oder Maisfeld: ein angenehmer Schock. Jetzt nämlich schien die sichtbare Welt aufzuhören, um hinter der Barriere von etwas Unbegreiflichem, Unerforschtem, keinesfalls Festem abgelöst zu werden. Diesen wohltuenden Schrecken erhoffte sie auch für ihr Lernen. Sie würde nicht über mühsames Studieren und über Parteinahmen zu Welt- und Lebenserkenntnissen gelangen, nein, durch einen einzigen wunderbaren Augenblick, der alles mit dem Tageslicht einer ganz und gar eigenen Einsicht überfluten mußte! Vielleicht machten dann alle, was sie bisher getan hatten, jedoch wären sie ausnahmslos von ihr, der übertrieben hochgerankten, ansonsten in mancherlei Hinsicht ein wenig zurückgebliebenen Gräfin in ihren Handlungen zwischen Himmel und Erde, Gut und Böse, durch bloßes Hinsehen, ohne Anweisung und Ratschlag anderer, samt den Schatten, die sie so scharf und schwarz in der Helligkeit warfen, begriffen.

Die Gräfin hinter der Sonnenbrille erträgt das Mittagslicht nicht mehr und legt also zusätzlich den rechten Arm über die empfindlichen Augen. Dabei hebt sich die rechte Brust vorteilhaft mit an. Sie sieht nun nichts mehr, sie ist dem Muskelmann ausgeliefert. Er könnte, stellte er es ein bißchen geschickt an, alles Mögliche beginnen, bevor sie es bemerkte. Sie lächelt ihn unter der Armbeuge an und achtet genau auf die Bewegungen des leichten Bootes. Nichts aber weist darauf hin in ihrer künstlichen Dunkelheit, daß er ihr Angebot registriert. Alles ist wie vorher, das zähe Schaukeln, das diskrete Geräusch, nur ihre Neugier hinter dem Arm auf die Umgebung ist stärker geworden. Nun öffnet sie beim Lächeln sogar den Mund, wenn er jetzt nicht antwortet auf irgendeine Weise, muß er eingeschlafen sein. Die Gräfin liegt affektiert ausgestreckt in dem plumpen roten Boot, hält sich die Augen zu und lacht mit den schönen Lippen ohne Grund, aber nichts geschieht. Sie wartet gespannt, denkt allerdings nicht im geringsten daran, die Verdunkelung zwecks Überprüfung zu beenden. Hatte sie bei der für sie bestimmten Erhellung der Welt mit einem großen Glück oder Unglück gerechnet? Nichts dergleichen ereignete sich. Sie heiratete einen der ihr begegnenden anziehenden Männer. Mit anfänglichem Vergnügen lebte sie an seiner Seite, aber was hatte das mit ihren Hoffnungen zu tun? Sie vergaß sie einige Zeit, wurde noch erwachsener, kostbarer, wuchs nicht mehr.

Das Schicksal luxuriöser Gräfinnen, ob von Leben und Liebe enttäuscht oder nicht, so hatte sie einmal gelernt und seitdem immer geglaubt, erfüllte sich darin, daß ihnen der

Kopf abgeschlagen wurde. Diese Überzeugung hielt sie aufrecht während der Jahre neben einem dahingleitenden, sich annähernden und entschwindenden, von Monat zu Monat ungegenständlicheren Ehemann. Eines Tages kam jemand, sah sie ruhig an, und sie wußte augenblicklich: Endlich! Endlich! Das Exekutionskommando!

Wenigstens im Vergleich zu ihr, der Gräfin, konnte dieser Mann – dessen Vater Gemüsehändler gewesen und dessen Mutter bei der Geburt ihres elften Kindes gestorben war, der selbst als Steward auf Schiffen, als Schmuggler und Andenkenverkäufer gearbeitet, zwischendurch Politik studiert hatte (er mußte die Ordnung der Weltereignisse im Kopf haben wie Taxifahrer in großen Städten das Straßennetz), fließend sechs Sprachen sprach, an einem Reisebericht schrieb, einen kleinen Zeitschriftenladen betrieb – Proletarier genannt werden. Seine Haut aber war samtig, nur an den Händen nicht. Jeder Teil des Körpers paßte vollkommen zum anderen. Er war endgültig gekommen und blieb, bis er endgültig ging.

Hier traf alles das ein, was sie erhofft hatte: der Einsatz des guten Rufs, der Einsatz des ganzen bisherigen Lebens, die unwiderstehliche Anziehungskraft der niedrigeren Klasse in ihrer erotischsten Ausprägung, diese wunderbare Erleichterung und Süße des Abstiegs! Jetzt erkannte sie, daß sie sich, so stolzierend in ihrer müßiggängerischen Länge, angeboten hatte als Lockvogel, als hochgefährdeter Stab, damit man ihn unweigerlich zerbrechen würde. Kein wollüstigeres Geräusch konnte es geben als das Knistern, das flüsternde Krachen und Splittern der eigenen Person. Das war etwas anderes als der vergängliche Bankrott ihres Vaters! Jetzt machten ihr die Obdachlosen auf den Bürgersteigen nichts mehr vor. Sie ging mit Ringen und Kettchen und hatte doch kein Dach über dem Kopf. In gewisser Weise jedenfalls nicht.

Alle Dinge, zeigte sich ihr in seiner Gegenwart wieder und deutlicher, waren mit Fluchtlinien versehen, die sich im Unendlichen verloren oder vereinigten. Über die Regeln, die alles durchdringenden und ordnenden Gesetze der Politik, erfuhr sie nicht viel von ihm. Er ließ sich Zeit mit seinen Geheimnissen. Als er anfing, darüber zu reden, flog er aus nie geklärten Gründen mit seinem unscheinbaren Laden und dem mysteriösen Reisebericht in die Luft. Nichts blieb ihr von ihm zurück.

Nun aber sitzt die Gräfin einem ehemaligen Polizisten und inzwischen als Hausmeister tätigen Gummibootkapitän gegenüber, an einem Ort des Volkes, an dem sie vorzugsweise ein Sackleinenkleid trägt. Sind das vielleicht Akte, Maßnahmen der Reue, der Trauer, versuchter Vermischungen mit der Menge, etwas, das sie nachträglich als Notwendigkeit fühlt, eine Kur auch gegen die Einsamkeit, zu der es sie nach wie vor treibt und die ihr Element ist, seit sie zu wachsen begonnen hat, ohne danach gefragt zu werden? Hat sie sich, an diesem Vergnügungsort lebenslustiger Massen, selbst die Strafe verhängt, eine von ihnen zu werden mit Leib und Seele als ungeschickte Annäherung an die Ideen eines Toten?

Sie betrachtet den muskulösen Ordnungshüter am nicht sehr entfernten Ende ihres Schiffchens. Sie spürt seine trotzige, jederzeit beängstigend abrufbare Kraft, ohne ihn zu berühren. Fast könnte sie sich einbilden, er starrte düster an ihr vorbei gegen die Felsküste. Sie hat längst aufgehört zu lachen, er will ja nicht antworten, der feierliche, mürrische Glatzkopf, der Stellvertreter!

Plötzlich kommt ihr als rettender Gedanke der Einfall, das zu tun, was ihr schon einige Male früher als kurzes, verführerisches Bild vor Augen gestanden hat, und das sie noch nie in eine Handlung umgesetzt hat. Jetzt wird es eine Delikatesse unter freiem Himmel und eine keinesfalls ironische Zeremonie der, gut also, stellvertretenden Demütigung sein: Sie greift nach dem breiten Fuß ihres Hausmeisters, Glatzkopfs, fühlt mit den Fingerspitzen die schwielige Unterseite und legt ihn sich, die Höhlung des Fußes um ihre zarte Wölbung, auf die nackte Brust. So lange hält sie ihn dort fest, bis der Muskelmann mit einem überwältigend grundsätzlichen Erwachen aus seiner Begriffsstutzigkeit zu lächeln, zähneknirschend zu lächeln beginnt.

In den Monaten nach dem Tod des Zeitschriftenhändlers glich sie am ehesten dem dürren, sich verzehrenden Körper jener hölzernen Flamme, die nach letztem Auflodern zur trauernden Donatello-Magdalena erfroren war, ausgestoßen vom Leben, vom Fleisch, vom Kreislauf irdischer Hoffnungen. So immerhin empfand sie sich selbst.

Sie saß im väterlichen Garten. Er tat sich prächtig ihr zuliebe hervor und interessierte sie nicht länger. Sie sah seine nicht veränderte Schönheit, die bis auf den einen Umstand unangetastete, daß sie von der Gräfin, die in Wahrheit irreführenderweise ihre durch die Liebe so offensichtlich erlangten Reize zum eigenen Erstaunen gar nicht verlor, nun abgelehnt wurde. Die Gräfin war, zu einer Idee stilisiert, nicht ausgedörrt, sie blühte lediglich nicht länger.

Sie beobachtete das an sich. Eine Weile nahm sie sich viel kräftiger von außen als von innen wahr. Vielleicht gab es innen nichts. Dort existierte nur das bewußtlose Weichtierwesen, unter dem knackenden Panzerkleid, in dem sie sich, ohne es abstellen zu können – im Gegenteil, mit jedem Erkennen ihres Zustands verstärkte sich der Effekt –, rasselnd durch die Wochen bewegte. Sie hatte also das Gefühl, ein entsetzliches, höchst überflüssiges Insekt zu sein, während sie über ihre Wirkung auf die Außenwelt mit bisher unbekannter Präzision folgendes wußte:

Was sie verloren hatte, ablesbar für jeden Bekannten aus den vergangenen Jahren, war etwas Winziges und Wesentliches, und man mußte nicht wissen, was ihr zugestoßen war, um diesen entscheidenden Mangel zu bemerken. Sie natürlich, die Gräfin, sah, wenn auch gleichgültig, so doch weiter angestachelt, wie sie es alle an ihr feststellten. Es nutzte ihr zur Ablenkung von einem Schmerz, allerdings passierte das ohne ihre Zustimmung. Sie wollte ihn ja als den ihr einzig verbliebenen Raum: Sie hielt ihre Schönheit aufrecht in programmatischer, aber nicht mehr werbender, in tadelloser, aber nie zwischendurch von einem Mann durcheinandergebrachter, in tapferer, ziellos allgemeiner Weise. Sie besaß die Sicherheit einer gutaussehenden Frau, aber nicht mehr die besondere, erregte Unsicherheit einer Frau in leidenschaftlicher Verwicklung, die spezifische Anspannung, das ständige Flehen und Siegen durch Schönheit, nicht mehr die Durchpulsung, den Zusammenhang vibrierender Einzelteile. Ihre äußerste, empfindsamste Schicht war keineswegs zu beanstanden, die erfüllte sogar bewundernswert ihre Pflicht, nur durchblutet war sie nicht mehr.

Sanft preßt die Gräfin noch immer den Polizistenfuß gegen ihre Brust. Sie durfte sich, so lautete damals die selbst ausgegebene Parole, ihr Rettungsanker, nicht einer Verwahrlosung überlassen, es galt, mit soldatischer Sturheit die Stellung zu halten, den geraden Gang, die entschiedene Artikulation der Rede, die konzentrierten Auskünfte, sie durfte keinen Einfluß des Verunglückten oder Umgebrachten ungeschehen machen, sie mußte die gute Schülerin, die Grabwache, der Wachposten sein. Sie sah sich selbst beim Exerzieren zu, nein, innen gab es nichts, also wirklich keinen Schmerz. Aller Eifer wurde zur Absolvierung der Tagesordnung gebraucht. Solange sie der eigenen, munteren Stimme lauschte, war der Zusammenbruch fern wie der tiefe Schlaf. Noch nie hatte man von ihr so scharfe Gedanken in so schlüssigen Sätzen gehört. Sie hatte überhaupt noch nie so viel geredet und dabei so schroff begonnen und abrupt geendet, sie referierte über die Nachforschungen und Verdächtigungen, über den Reisebericht des Toten, sie erwähnte neue Fremdwörter und ehrwürdige Klassiker der Wissenschaft. Niemand hatte ihr das zugetraut, sie schien tagsüber zu sprechen und nachts zu studieren. Ihren Schmuck legte sie an wie militärische Orden auf Sackleinengewändern, man konnte ihren Körper betrachten, aber ihr selbst schien jedes Vertrauen in die Füllbarkeit der Lücken zwischen ihren Vorträgen durch die einfache physische Anwesenheit abhanden gekommen zu sein.

Was sie hartnäckig leugnete, schrie für alle anderen zum Himmel. Sie hatte nicht die Eleganz, aber die Trägheit eines geliebten Körpers verloren und seine Reizbarkeit, da ihn niemand berührend bestätigte. Sie verlangte plötzlich Bewunderung als eine dem Toten im nachhinein Gleichwertige und setzte dabei ausschließlich auf die Wörter, erwartete für jeden Satz die beste Zensur, nein, forderte sie mit zorniger Selbstverständlichkeit, sprang sprechend von Plateau zu Plateau und bot dabei das schauerliche Schauspiel monströser Trauer, weil alle natürlichen Dämmerzonen in ihrer Anstrengung fehlten, kein Stammeln zwischen Formulieren und Verstummen. Wie hätte sie sich auch, dem zu barschen Leiden ausweichend, irgend etwas Natürliches gestatten können!

Da sah man sie sich mit einem gut geübten, manchmal etwas über den Anlaß hinaus andauernden Lächeln ins gesellschaftliche Getümmel stürzen, unzweifelhaft entschlossen, der strahlende sogenannte Mittelpunkt zu sein, und beklommen fragte man sich, ob sie sich tatsächlich so stürmisch zu entwickeln begonnen hatte oder nur vertraute Seiten einstülpte und bisher nicht gezeigte hervorkehrte. Wenn sie so angeblich stabil auf beiden Beinen zwischen Leuten stand und todernst über soziale Verhältnisse, Wirtschaft und Kultur konversierte, betrachteten langjährige Freunde sie nachdenklich. War ihre Gräfin gegen alle Erfahrungen dermaßen facettenreich oder besaß sie nur ein Repertoire, aber keine Überzeugungen, ja, gar keine Wesenszüge, die in Kontakt mit solchen lehrbuchhaften Äußerungen standen?

Sie wußte das vor allem selbst, Verdächtigungen dieser Art lagen auf der Hand. Die Gräfin überschaute jedoch nicht, was sich bei ihr dahinter verbarg, konnte auch nicht aufhören, damit fortzufahren, es trieb sie dazu, als würde in ihr ein Stein stürzen und sie mitreißen: Sie äffte zwar nicht, ahmte aber doch den Toten nach! Sie versuchte, es drängte sie unwiderstehlich dazu, sich in ihn zu verwandeln. Es war die einzige Möglichkeit zu erzwingen, daß es ihn weiterhin gab und unvorstellbar blieb, daß es ihn nicht gab. Nur zur Entkräftung des Vorwurfs, ihn aufs Lächerlichste zu kopieren, trat sie in der glitzernden Tarnung von Schminke und Schmuck auf. Während sie nur ein klein wenig härter, mechanischer als sonst auflachte in einem geschlitzten Kleid, bekriegte sie inbrünstig eine leere Stelle in der Welt.

Jetzt, im heftig schaukelnden Boot und entschlossen zum Leichtsinn, den Abdruck der Männerschwielen noch um ihre Brustwarze herum, ist sie bereit, ihr Verhalten in diesen Monaten einfacher zu beurteilen. Sie hatte sich immer bemüht, letztenendes aus genießerischen Gründen, im Kontrast zu ihrem Gegenüber zu leben, besonders zu diesem, was zählte schon die Zeit davor! Da er ihr nun, als Inbegriff der Stärke, verloren gegangen war, bildete sie an sich in Eile alles Starke aus. Zu seinen Lebzeiten war sie die nachgiebig Unterschiedliche gewesen. Diese Rolle spielte jetzt, als Gegenpol, notgedrungen die vage, unentschiedene, schläfrig taumelnde restliche Welt.

Sie gehörte nicht zu ihr und scheute sich nicht, es zu bekunden. Das rückgratverstärkende Gefühl ihrer Jugend, der Wille, aufrecht über die gesamte anstößige Länge hinweg zu gehen, ohne zu wissen, zu welchem Zweck eigentlich ausgestreckt dabei, entdeckte sein Ziel: die Disqualifizierung der niedriger angesiedelten Welt. Jetzt endlich füllte die Gräfin das ihr so oft lästige Bild, die Drohgebärde, die penetrante Aufplusterung ins Vertikale mit Leidenschaft aus! Unbarmherzig lehnte sie sich auf und hinaus aus den Menschenmengen, die nicht anhielten in ihrer Blindheit, um zu trauern. Zum ersten Mal freute sie sich, so grundsätzlich von den meisten durch die Natur abgerückt zu sein. Dieser Verpflichtung wollte sie von jetzt an gern gerecht werden als die Hinterbliebene, als sperriges Ausrufezeichen, das in der wachsamen Senkrechten auf der Exklusivität der Erinnerung in dem sie umspülenden, bis zu den Knien allenfalls umspülenden Gewässer schnellen Vergessens beharrte. Wie witterte sie in den Gesichtern der übrigen die Flüchtigkeit von Glück und Kummer, scharfe Einschnitte, Verunstaltungen immer nur durch Sorgen oder Gewöhnungen, nie durch etwas, für das sich eine Verzerrung, eine Kerbe, Falte gelohnt hätte.

Diesem offen zur Schau getragenen Hochmut widersprach scheinbar ihre Bereitwilligkeit, des Toten bei kurzen Besuchen und zufälligen Treffen zu gedenken. Sie ließ sich, mit ein bißchen nach unten geneigtem Kopf höflich hinhörend, bei einigen dilettantischen Nachforschungen über die Gründe der Explosion helfen und nahm die Ratschläge der Polizei, bei Untersuchungen zurückhaltend zu bleiben, entgegen. Es fiel ihr nicht schwer. Die eigene, auch ihr selbst zunächst unbegreifliche Gleichgültigkeit, was die Aufhellung der wahren Todesumstände betraf, verstand sie bald als Desinteresse an einer ihr nicht genügenden Umgebung. Der Stolz gegen Freund und Feind war ihre pauschale Rache.

Wenn sie sich vertraulich in große, nichtssagende Nähe zu alten Bekannten begab, die verwundert ihre dunkelrot, allzeit frisch bemalten Lippen und das heitere Klappern ihrer Armreifen registrierten, spürte jeder von ihnen, eingehüllt in den Duft der Gräfin, ihren unaufhörlichen, stets verletzenden Vergleich.

Ihr glatzköpfiger Hausmeister hat sie für eine Weile verlassen. Sie sieht ihm nicht nach, wartet aber mit dem Erinnern, bis sich das Boot nach seinem Abstoß beruhigt. Sehr allmählich bewegt es sich auf den Horizont zu, und einen Augenblick erscheint er ihr als gewaltiger, unabänderlicher Additionsstrich, zu dem hin sich alle Lebensposten stauchen und von ihr gedacht werden müssen, während dahinter, verborgen noch, das Resümee ausgedruckt wird. Jeder über sie hinwegfliegende Vogel entdeckt, daß sie von einer Leere umgeben ist. Damals konnte sie sich nur noch an sich selbst halten, stocksteif im freien Raum, um nicht von der Übermacht des Nicht-Vorhandenseins erdrückt zu werden. Es war nicht möglich, einen Toten zu erwecken, indem man sich in ihn verkleidete. Sie stellte ihre Imitationen ein, las pro forma weiter Zeitungen, aber ihre Augen konnten die Buchstaben nicht als Hindernisse auf dem weißen Untergrund akzeptieren, die Wörter bildeten für sie kein schlüssiges und dichtes Muster vor der lauernden Helle des Papiers. Sie war geblendet von den Schnee-Ebenen, auf denen sich ein vager Zierat von Dunkelheiten befand, scheiternde Versuche, Spuren zu hinterlassen.

Eigentlich, durfte sie nun vor sich zugeben, hatte sie in den vielen Monaten nur ihre Einsamkeit überprüft und gehärtet, dabei keine ihr erreichbare Versuchung ausgelassen. Die Einsamkeit umschloß sie als sichere, keineswegs eisige, vielmehr geschmeidige, im Schutz einer Chamäleonfertigkeit existierende Provinz. Sie hatte tapfer probiert, sie zu durchbrechen, in der Stille ihres Gartens, in Menschenmengen, auf Sofas und Festen, indem sie lernte, indem sie sich belehren ließ. Die Einsamkeit hielt allem stand. Sie, die Gräfin, mußte sich nur noch zu ihr entschließen.

Zurückgelassen im Leben wider Willen, kam es ihr so vor, als hielte sie eine durchsichtige Kugel in den Händen, in der er vollständig, aber federleicht, rundum plastisch, aber nicht zu berühren, saß, oder auch als steckte sie in einem Ballon. Sie wußte, der, den sie geliebt hatte, umgab sie von allen Seiten, aber er war für immer außerhalb.

Könnte es aber sein – die Gräfin fährt einige Zentimeter hoch gegen die niederdrückende Hitze und fängt noch einmal in einem metaphorischen Überlebensreflex die beinahe ins Meer rutschende Sonnenbrille auf –, daß es dieses Gefühl schon zu seinen Lebzeiten gab? Empfand sie nicht oft, besonders unmittelbar nach den Umarmungen, Vereinigungen, Paarungen, daß er ihre Besessenheit mit Absicht und Methode in Frage stellte durch ein spöttisch verallgemeinerndes Ritual? Aber hier war sie es, die im Besserwissen gewann! Hatte er sich ihr nicht eingeprägt über sein Verschwinden hinaus, so daß sich jeder andere nur dann als Wahrzunehmender vor ihr rechtfertigte, wenn er sie durch eine noch so ferne Übereinstimmung mit diesem einen besänftigte, Jahre später noch, bis auf den heutigen Tag?

Als wäre der von einer Explosion zerrissene Körper in Bruchstücken wiederzufinden, wenn auch nie wieder zusammenzufügen, so doch als Wallfahrtsort oder Angelpunkt, als einzig erotisierende Zone im ansonsten bedeutungslosen Gesamtzusammenhang eines anderen Wesens zu entdecken, so forschte sie nach seinem Rücken bei allen von hinten betrachteten Männern, nach seinem Blick bei allen Entgegenkommenden, nach den überraschenden Wendungen seines Denkens in jedem Gespräch. Sie identifizierte es auf Anhieb.

Die ganze fremde Person leuchtete dann auf, sekundenlang nur von diesem einen Detail überstrahlt.

Sie sieht abwechselnd die Arme und das hin- und hergeworfene Gesicht ihres mächtig kraulenden Muskelmannes. Er tobt durch das Wasser, als müßte er einem Rivalen davonschwimmen. Darum winkt sie ihm begütigend zu. Er wird nichts davon bemerken. Hier, bei ihm, hat sie es noch einmal mit einem kompletten Mann versucht, nicht nur mit dem Erinnerungsglühen durch eine Wortbetonung oder einen Schulterschnitt, keine Rede davon, nicht im geringsten, ach, auf der ganzen Linie nicht, aber dieses eine Mal noch ein Bemühen, einen wirklichen Gegenwartsmoment zu erleben.

Wie die Überlegung: Auf welche Art kommt man am richtigsten an den Bettlern vorbei? trat irgendwann auch diese auf: Mußte man sich, solange man sich über der Erde befand, nicht auch schicklich irdisch verhalten? Gab es womöglich eine, von anderen beherzigte, unausgesprochene Anstandsregel für das eine wie für das andere?

Damals, in der Gewißheit seines Vorhandenseins, hatte sie beinahe zuviel Kraft am Morgen für den kommenden Tag besessen, fast platzte sie damals mit ungestümer Kräftigkeit aus ihrer Haut, aus den Montagen, Dienstagen, Jahreszeiten. Nach seinem Weggehen, nach seiner Verflüchtigung lag sie, vor dem Aufstehen, still und spürte schon, wie die Stunden, sobald sie stände, um sie herumschlottern würden. Das Leben war jetzt zu weit angelegt für das bißchen Fleisch und Vergnügungswillen, das zu ihr gehörte. Sie mußte sich mit Gewalt dehnen, um in Kontakt mit den eigenen Umrissen zu gelangen. Stand sie erst einmal aufrecht, würde die verbliebene Energie in ihrem Körper sinken wie die Flüssigkeit in einem Thermometer bei rascher Abkühlung. Ihre Figur verriet ihr Schrumpfen ja nicht.

Zu hoffen blieb nur auf die kurzen Entrückungen, die Zeitspannen außerhalb jeder Verflechtung mit der Gegenwart oder besser, des vollständigen Eintauchens in die Sekunde des Augenaufschlags, wo ihr Blick auf einen sich gemächlich höher schraubenden Vogel fallen konnte, auf einen weißen Marmorengel, der sich in den Himmel reckte wie der weiße Griffel in die blaue Halle einer umgedrehten Glockenblume. Frei war sie dann von allem Schicksal, aller Geschichte, eine Souveränin über allen Wolken, Dächern, Gewässern.

Zuverlässig aber war die Nacht. In der schwarzen Schutzhalle der Nacht war sie, die Gräfin, der starre Marmorengel, der weiße Griffel, hervorgehoben von der Beleuchtung jener anderen, vergangenen Zeit. Die Tage hatten sich geändert, nicht die Nächte. Sie waren vom Tod kaum gestreift. Die gepolsterten Träume in der Nacht empfingen sie als Teiche, kein Strömen der Minuten, keine Abfolgen. Hier durfte sie sich trösten am stillen Kreisen des bereits Geschehenen. Dunkel und lächelnd saß dann die Gestalt ihres Freundes wieder vor seinem tanzenden Feuer. Er betrachtete es die ganze Nacht hindurch voller Geduld, keine Zuckung entging ihm, hier und da dämpfte er es, ab und zu zwang er es, in dünnen Zungen hochzuschnellen, damit es sich zu seiner, des Feuers Befriedigung, erschöpfte. Wie sie die Gefühle der Flamme kannte, sie, das Feuer, die Gräfin selbst, die schmachtende, schmalzige Souveränin, nachts.

Sie beginnt, mit der Innenfläche ihrer rechten Hand über Ebenen und Rundungen ihres Körpers zu fahren, nicht regelmäßig, die zartesten Stellen offensichtlich bevorzugend, gedankenverloren, sehr zufrieden über solche Weichheit und Glätte, anhaltend mit ihren momentanen Liebhaberfingern. Was sie bei dieser schlaff, auch aufmerksam ausgeführten Tätigkeit mit all den Frauen der Bankbeamten, Ladenbesitzer, Büroangestellten am zurückgelassenen Strand verbindet, ist das Öl zwischen Hand und Haut. Erinnern sich diese aber währenddessen an die Ausdehnung der Lust, die als Licht, als zunehmende Gewichtlosigkeit sirrend das Fleisch durchläuft, das Haar, die Zähne, die Zehennägel, so daß der Körper eine gleichgeordnete Ansammlung von herrenlosen Teilchen wird, ohne Schwerpunkt, ein über den Bettrand quellender Teig in seiner Form, bis er erlöst wird aus dieser rückhaltlosen Zerstreuung, geschürzt auf das beinahe verlorengegangene, aufatmende Zentrum der systematisch in Aufruhr versetzten Nerven zu?

Der kahle Polizistenkopf, der umschäumte Polizistenarm, viele Wellenberge und Täler von ihr getrennt: Prärien, Wüsten, Urwälder von ihr getrennt. Könnte sie sich nicht eher in diesen Minuten hinter dem Felsvorsprung einer engen Bucht mit jedem der im Sand liegenden Männer, ach, der Bankbeamten, Ladenbesitzer, Büroangestellten in einem schnellen Akt vergnügen, als ausgerechnet mit diesem vorsintflutlichen Hausmeister? Denkt sie nicht plötzlich: Ertrink!? Sie kennt sich jedoch zu gut, um solche Aufwallungen noch ernst zu nehmen. Es ist ja nur der kurz aufflammende Haß auf die trichterartig zulaufenden, hinterhältig reusenähnlichen Umstände, auf das auswegslose, prototypische Annähern, nicht auf den demnächst heranschwimmenden Mann.

In der ganz anderen, späteren Zeit aber sah sie gelegentlich und so, als wäre es eine grundsätzliche, trichterartige Entwicklung, ihre Trauer ins Mürrische übergleiten und abrutschen. Das passierte, wenn es ihr vor dem Einschlafen oder entschiedenen Aufwachen nicht mehr gelang, für ihre Phantasien die eine, bestimmte Figur vor sich erstehen zu lassen. Hilflos, bange fühlte sie, wie der Brennpunkt der einen Gestalt sie verließ und zu einem allgemeinen Absterben verurteilte. Es würde bald die Zeit anbrechen, wo sie sich bei sexuellen TV-Szenen langweilte wie ein Kind bei der Lektüre von Landschaftsschilderungen, oder abwandte, weil sie, resonanzlos, den Attacken nicht mehr gewachsen war.

Ein Übergang aber nur, den sie mit kleinmütig vorausschauender Sorge überwacht hatte, in Wirklichkeit die Vorbereitung – wie die Gräfin (deren Hände jetzt die Wölbung ihrer Brüste fassen, eine der Begegnung mit den Fußsohlen vorhin nicht vergleichbare Empfindung) nun erkennt, als würde eine Geldbörse vor ihr entleert –, die Vorbereitung eines unverschämten Dammbruchs: eine Überflutung ihrer Person durch die nicht länger auszusperrende, die Abgeschlossenheit ihrer Konzentration, die heilige Taubheit ihrer

Sinne zugunsten der einen, schmerzhaften Vision mit einem Mal mühelos überrennende Welt.

Ein Überlebensreflex des Körpers, des Gehirns, eine automatische Reaktion wie das Aufschnappen der Sonnenbrille in der Mittags- und frühen Nachmittagshitze. Es war ja gar nicht so gewesen, als hätte sie sich, zur Nonne entstellt, enthaltsam durch eine verführerische, aber abgelehnte Welt bewegt, vielmehr führte sich diese vor ihr als abweisende, grau gewandete Klosterfrau auf. Sie, die Gräfin, hatte monatelang nur die eintönigen Falten von deren Ordenstracht wahrgenommen. Jetzt, mit einem Ratsch, riß sich die eisern Verhüllte ihre vereinheitlichenden Stoffbahnen vom Leib. Dieser Leib allerdings zeigte sich nicht in Form gespannter Körperoberflächen, keine »Frau Welt« trat ihr entgegen, sondern ein Gewimmel auf sie zustürzender, dann vor Nachdrücklichkeit aufstampfender Einzelheiten. Sie hörte plötzlich wieder, und kein Laut entging ihr, ohne Trauerkommentar: das Schreien eingesperrter, verliebter oder hungriger Katzen, das Flüstern der Leute, die Krawatten und Kassetten verkauften, den rasselnden Atem eines Banknachbars. Sie sah, und kein Schweißtropfen auf einer Matronenoberlippe und kein Schweißfleck unter der Achsel eines duftenden Schalterbeamten entging ihr, sie roch, sie roch mit geschlossenen Augen am Morgen das Wetter, sie fühlte im Gedränge das gleichmütige Nachgeben einer Frauenhüfte und die Abwehr einer harten Jungenbrust, gegen die sie sich fallen ließ, ohne die Gesichter der beiden vor die Augen zu bekommen.

Bei geschlossenen Lidern glühten in ihr die Nachbilder einer wütend jammernden Zigeunerin vor einer Hauswand, ihre patzig verzogenen Lippen, die man sich so leicht als küssende vorstellen konnte, mit ihrem etwa vor zwei Jahren gezeugten Kind, das vielleicht eine vermummte Stoffpuppe war, und eines dunklen, moosigen, fast quadratischen Mauerlochs daneben und an einer weit davon entfernten Stelle das Bild einer Möwe, der sie von einem Turm aus auf die schattenwerfenden Flügel sah.

Sie registrierte gewissenhaft, unwillkürlich Ding für Ding,

aus einer Fülle strömte die Welt über, ausgleichend, in ihre abnehmende Leere. Sie erkannte jedes Objekt wieder, alles hatte einmal als Hinweis auf den Gegenstand ihrer Begeisterung gedient und war nun – sie betrachtete, überprüfte es ruhig – erblindet, aufregend immer noch, aber der verheißungsvolle Hintergrund blieb endgültig gestrichen für sie.

Sie fügte sich mit Gelassenheit, wohl wissend, daß es sich dabei nicht um ein Erlebnis beginnender Weisheit handelte, vielmehr um den Beleg dafür, daß sie sich zutiefst einverstanden erklärte mit dem Erbleichen des Lebens. Von nun an steckte der Tod, noch schamhaft zwar, in ihr selbst. Die Gewißheit, daß sie eine bestimmte Person, auch wenn sie auf der ganzen Erde nach ihr Ausschau hielte, in Städten und Wolkenkratzern, in Kriegsgebieten und verborgenen Landstrichen, zum Beispiel der Polargebiete, dennoch niemals, nie fände, ließ die Länder und Straßen erlöschen, machte sie schattenhaft, unwesentlich und zu nicht nachgebenden Tatsachen.

Aber wenn sie das Suchen trotzdem nicht lassen konnte? Mußte sie dann nicht eine Landschaft mit ihren Lücken und Höhlen erforschen, wo sich Erinnerung zu Gegenwart entwickeln konnte, zur aufblitzenden Erkenntnis des längst Geschehenen? Mußte sie nicht notgedrungen die Bereiche der unumstößlichen Vermessungen in Metern und Daten umpflügen? Stand diese Änderung nicht noch aus? Oder, fragte sich die Gräfin in kapriziöseren Momenten und fragt es sich noch und hat die Antwort eigentlich schon auf den Lippen: Konnte unter den Männern noch einmal einer, aufgrund Gott weiß welcher Eignung, für sie die Welt so umwandeln, daß auf jede Berührung ein Aufzischen folgte?

Sie beugt sich über den Bootsrand und versucht, durch die schwach bewegte Meeresoberfläche hindurch tiefer in das Wasser zu sehen. Dabei spürt sie eine sich verstärkende Anziehung durch jene mittelpunktlosen Räume, in denen es aufsteigt und hinabregnet. Der Blick stürzt wie in der Geistesabwesenheit einer Erinnerungsstarre, stürzt in die diesigen Wassermassen voller Gestalten: Tang, Schwämme, Würmer, Muscheln und Schnecken, von den Strömungen hin- und hergetriebene Einzeller, Quallen, Larven. Gar nicht lange ist es ein Vorstellen, bald findet sich wieder die vergessene Fähigkeit, bis auf den Grund der hier nicht vorhandenen Tiefsee vorzustoßen, durch die Wasserzonen bis auf den kalten, aber nicht unbelebten Grund. Sie fühlt sich nun zuhause, während der Blick unbegrenzt wandert, nicht verankert, willen- und steuerlos, Plankton, dann wieder zielbewußt, unbeirrbar vordringend, viel erfolgreicher als an den heißen Tagen ihrer Kindheit, wo sie am Himmel entlang, über die Horizontschwelle hinaus bis zum Äquator und an nebligen bis zum Nordpol sah.

Beide Männer sind jetzt abwesend, der Muskelmann und der, den er durch seine pure männliche Gegenwart für die Gräfin noch einmal beschwören soll. Den Blick weiterhin in die hellen und finsteren Bereiche des Meeres gerichtet, erscheinen ihr die beiden gleich entrückt, gleichermaßen verlassen von ihr, wie man stets neu die Jahreszeiten in Einzelheiten verliert und die unauffälligeren Züge eines Gesichtes, damit dann das Bruchstücke hervorkehrende Ins-Gedächtnis-Holen die Welt dramatisch verfälscht: die Situation ist die bisher günstigste für einen Vergleich.

Sie glaubt, damit Zeit zu haben und löst sich nur sehr langsam von zufächelnden Quallen und schwerfällig winkenden Hummern, von den zuckenden Fischen und den Seesternen, von den hochempfindlichen und mit wüsten Waffenkleidern versehenen Bewohnern, Reisenden, Umhertreibern, Jägern des für sie so durchsichtigen, gewaltigen Wassers, kilometertiefen Wassers unter ihrem lächerlichen Gummiboot, des Wassers mit Gebirgskämmen und Spalten, Vulkanen und aus der Tiefe über den Meeresspiegel hinauswachsenden Inseln. Nur allmählich sinken Krabben und sich ringelnde Krakenarme aus dem Lichtschein ihrer Zuwendung in die Schwärze zurück, um den Raum freizugeben für die gedachte Anwesenheit des einen und des anderen Mannes.

Eins weiß sie sofort: In der Nähe beider Männer fühlte oder fühlt sie sich eindeutig als das grundsätzlich in allen

Ausmaßen Nicht-Männliche. Das ist ein Unterschied zu den Zuständen, in denen sie sich sonst befindet, eine angenehme Gewißheit, eine Bekleidung um eine nervöse Nacktheit herum, beides außerordentlich spürbar, die Entblößung und die zusammenhaltende Schutzhaut, die nach außen die wetterfeste, gültige weibliche Modellierung abgibt, ein Aufenthalt, der fixierend ist und fern jeder Zerstreutheit, als würde ihr aus vier Himmelsrichtungen ständig die simple Tatsache ihrer Geschlechtszugehörigkeit versichert als das Entscheidende. Der Polizist liefert ihr die Bestätigung durch unübersehbare Muskeln, der Zeitschriftenhändler jedoch tat es durch nichts Beweisbares.

Sie beugt sich ohne Pause über den entleerten, von allen ablenkenden Erscheinungen leergefegten Wasserraum unter ihrem Boot. Wie verlockend, wie verwandt und nun ansaugend beinahe ist der leicht wogende Dunst der Gestaltlosigkeit! Sie starrt mit nicht mehr lichtscheuen Augen in die jede Festigkeit auflösende Masse und erkennt sie wieder. Sie selbst hat, trotz schroff aufragender Länge immer, ob in einer Bar, einem Taxi oder neben einem Müllsack wartend, in solchen konturverwehenden Schwaden eine Tarnkappenexistenz geführt. Dieser eine, andere Mann zwang sie als einziger, das heimliche Ausgebreitetsein in der Verborgenheit aufzugeben und die Last eines geradezu militanten Umrisses auf sich zu nehmen. Der Muskelmann andererseits traut arglos der von ihr vorgegaukelten Oberfläche und ahnt nicht, daß sie auf Reisen ist, durch die Luft- und Wasserzonen, unentwegt in weiten Gedankensprüngen.

Verloren ist man mit diesem Glatzkopf, diesem kraulenden Hausmeister in jeder trüben Beleuchtung, in jedem wehmütigen Regen, in jeder Mittagsgräue. Was soll er mit seinen großen Körperkräften auch dagegen tun! Jener früher Geliebte schien die Stimmungen eines Zimmers, einer Straße, eines Himmels zu prüfen und entschied, ob sie herrschen sollten. Wenn nicht, stellte er eine neue, sie und ihn umschließende her, durch eine Handbewegung, ein zärtliches oder grobes Wort. Übertreibt sie? Nein, sagt die Gräfin.

Die Gräfin bemerkt im Hochsehen, mit Erweiterung des Sehfeldes am Ende der Wasserfläche, das auftauchende Gesicht des Muskelmannes. Feststeht, daß sein Umkehren ein prinzipielles ist. Er wird nicht mehr zu gedachten Zielen schwimmen, er hat den Heimweg zu ihr angetreten, also schon damit begonnen, die Gleichgewichtslage der gerechten Entrückung zu stören. Sie ahnt über die große Strecke hinweg seine Entschlossenheit, sich ihr zügig, erschrocken über den vor ihm liegenden Abstand, anzunähern. Ein Unterschied, sagt sie sich, natürlich auch hier. Ganz üblicherweise sucht er, nach notwendigen kurzen Unterbrechungen, in der Liebe die lange Berührung. Der, dem sie nachtrauert, spielte vor allem mit den Distanzen. Er probierte zu seinem Vergnügen aus, wie weit der Radius der kontaktlosen Erregung reichte. Das Anfassen war der Sonderfall. So kam es, daß er sie auch an den unsichtbaren Grenzen, von denen sonst keiner wußte, ergriff.

Die Tropfen eines starken, von keinem Wind aus der Bahn zu bringenden Regens, die Satzketten, die Ausdehnungen von Geschehnissen verengte er, er sammelte, kürzte ab, versuchte alles in ein einziges Bild zu schnüren. Übertreibt sie noch immer nicht? Nein, sagt die Gräfin. Ihr Polizist dagegen, wenn er einmal den Mund öffnet, breitet eine unendliche Ebene mit dauerhaften Einzelheiten aus, kein aufgetürmter Berg darin, kein entsetzlicher Abgrund zur Abwechslung, eine Landschaft vielmehr, deren hauptsächliches Gesetz die Addition ist, nicht das Straffen, sondern das gleichmäßige Abschreiten, Verweilen, Abzweigen. Wenn er spricht, gibt er seine, wenn auch abstruse, körperliche Autarkie auf. Sie wird abgelöst von einer Arbeit, die ihn zum Keuchen bringt. Sie kann dann den Blick nicht wenden von den Zuckungen seines unter dem Joch des Formulierens verunstalteten Gesichts. Auch das Reden wird bei ihm zu einer Sache der Muskeln, im beschränkten Kasten seines Kopfes diesmal, und während sie, die sich zu Recht weder für klug, noch schön, noch jung hält, ihm das Wort »Wald« zurufen möchte, freundlich, erlösend, sagte er »Baum« und nach einer Weile »Baum«, sie muß seine Qual betrachten und darf ihm nichts verraten um seines Stolzes willen.

Grüßt er sie nicht gerade mit mächtig geschwungenem Arm als endlich halbwegs von Lebensgefahren Zurückkehrender? Seine Hand beschreibt den Bogen des darüber stehenden Himmelsgewölbes und fügt sich unbefangen ein, die überdimensionale Schulter- und Oberarmmuskulatur in den überdimensionalen Bedeutungszusammenhang der sich wieder verschärfenden Bläue darüber und darunter. Die Gräfin aber muß erneut, um die Waage ihres Vergleichens zu halten, in das neblig schwappende Licht des Wassers sehen.

Wie deutlich er da vor ihr erscheint, der braune, kahle Schädel, die Augen ein bißchen tiefliegend, etwas zu eng beieinander, die wuchtig hervortretenden Gesichtsknochen. Zu schmal der Mund, der Körper aber vor allem, der Körper eines Lastenträgers, eines Sklaven oder Schaustellers vielleicht, eines Ringers, immer ein zu mietender, denkt man auf Anhieb, ein Körper, der den Blick unbedingt auf den Kopf lenkt mit der Frage: Was für eine Miene wird zu solchem leiblichen Geprahle gemacht von der Person selbst? Sind, sagt sich die Gräfin, ihre Erinnerung und Phantasie stark genug, so daß ihr Hausmeister nur stillhalten muß, nur die physische Versicherung des Männlichen abgibt, keine direkten Widersprüche verursacht, damit sie ihre wirkliche Liebe noch einmal, ein letztes Mal in die Gegenwart rufen kann?

Oder ist er derjenige, der sie unverhofft noch einmal, noch ein letztes Mal für die Dinge der Welt entflammt? Wäre es denn möglich, überlegt sie wahrhaftig mit einem kleinen, kalten Erschauern, daß die endlose Fülle der Bilder zurückfände in eine einzige, belastbare Figur, daß sie alles, was sie begriffen hat über die Liebe nach dem Schlag des Entrissenwerdens, daß dieser riesige Schirm sich zusammenfalten ließe in die eine, ihr geschenkte Person mit dem starken Nacken und dem Stammeln, damit sie alles wüßte und erkennen würde und doch ganz versinken dürfte, ohne Minderung der Verwirrung, in, noch einmal also, der Liebe selbst, im Vogelflug darüber und mitten darinnen in derselben Sekunde?

Die Gräfin erschrickt jetzt bei einem Gedanken, den sie aber nicht vertreiben will, oder handelt es sich schon um mehr als eine erwogene Möglichkeit: um ein Gefühl? Sind nicht die Erinnerungsbilder in Gefahr, wegzusacken angesichts der zitternden Belebung ihres Blutkreislaufs? Ist es nicht, bei der Aussicht auf eine noch einmal sich, noch einmal mit ihr, an Ort und Stelle ereignende Erregung, als wäre ein Federkleid über sie geworfen, das sich mit allen seinen zarten Gliedern bläht, um, samt der Gräfin, der beschwerenden Vergangenheit rasend schnell davonzusegeln, ehe sie sich versieht und besinnt und schreien kann?

Wird ihr Polizist sie etwa schwankend machen, weil er den Augenblick, den Schweiß, den Geruch, den Druck seiner Hände, die ganze Leibhaftigkeit für sich hat? Er nähert sich ihr, immer noch weit entfernt von dem roten Boot und der langen Passagierin, doch unaufhaltsam, eine großartig funktionierende Schwimm-Maschine. Fast bildet sie sich ein, über die breite Meeresfläche hinweg die Entschlossenheit seines Gesichts auszumachen, bevor es sich, zu dieser und jener Seite, im Wechsel in die um ihn sicherlich krachenden Wasser stürzt.

Was für ein lächerliches Wettrennen in ihrem Kopf! Ein Aufflackern war es doch nur, ermattet ist sie für den Rest oder, und wieder regt sich der Körper mit einer hartnäckigen und noch so kleinen Hoffnung, muß sie nur die Nerven trennen von der Legende, egal, welche Abenteuer sich das bißchen Fleisch über ihren Knochen erschleicht?

Der Weg des Schwimmers wird ein langer Weg sein. Sie ist mit dem Boot ein beträchtliches Stück abgetrieben und ändert nichts daran. Sich eine wirkliche Versuchung vorzuspielen, gelingt ihr nicht, aber sie hat kein Risiko gescheut, auch nicht das der muskulösesten Umarmungen, für den Beweis: Nein, der, von dem sie endgültig verlassen wurde, der sich weder nähern noch entfernen kann, ist unverwischbar und tiefer als alles andere eingeschnitten in sie selbst. Das ist erwiesen, sagt sich die Gräfin und kriegt nicht genug von diesem Triumph.

Sie schließt die Augen und fühlt sich umgeben vom eisernen Ring eines, wenn auch wäßrigen, Horizonts, eine kreisrunde, gleichförmige Platte, deren Mitte sie ist unter der kaum schwächer gewordenen Sonne, eine vollkommen kahle, zu bevölkernde, bis in die letzten Winkel, nein Falten übersichtliche Welt, ein grausamer Raum, der ihr Leben abschließt, der sie von allen Seiten mit tückischer Kraft bedrängt. Daher bleibt ihre Position, wie sie ist, keine Vorwärtsbewegung, kein Ausweichen oder Davonstehlen, auch wenn sie ruderte wie wild. Besiedeln muß sie die Scheibe ringsum, und will nicht und kann nicht anders, als mit den in sie eingeprägten Wappen der Vergangenheit.

Schlägt sie aber die Augen auf, zeigt sich sogleich, daß der Raum in seiner Ebenmäßigkeit verletzt wird von einem energisch arbeitenden Schwimmer, die Arme nach vorn werfend als doppelt signalisierende Willenskundgebung. Er zielt als Radiusspur direkt auf die Mitte des Meeres, die Mitte des Bootes, die Mitte der Gräfin.

Die Szenen der Erinnerung – sie muß die Augen schließen oder ins schaukelnde, glasige Wasser richten – entfalten sich strahlend, gestanzt für alle Zeit, die kurze, restliche Zeit. Sie entkommt nicht deren Herrschaftsbereich. Sie kann nur in die Tiefe stürzen, nicht seitlich, ergänzend über die Umrisse der alten Bilder hinaus. Wenn sie wuchern will, einen Kuß verdoppeln nur, zum Mundwinkel hin verschieben, wird sie von der Eindeutigkeit des Geschehenen zurückgesaugt, ein Kodex, eherne Gesetzestafeln! Schicht auf Schicht kann sie nur legen in der Rekapitulation als immer weitere Verfeinerung, Meßopfer auf Meßopfer häufen nach dem festgelegten Ritual, aber mit sich schärfender Sicht. Die Umstände eines Blickwechsels, eines kurzen Streits, der Bahn seines Handrückens von ihrem Hals zu ihrer Brustspitze: neu gelesene Gedichtzeilen, sich überschlagende Gedenktage.

Egal, ob man es überhaupt konnte, durfte man denn so leben? War es denn erlaubt, alles, was einem noch zustieß, an dieser Art von Sprichwörtern aus dem Privatschatz zu messen? Oder, die Gräfin berührt mit den Wangen fast das Wasser, lockt es an mit ihrer Haut, muß man es etwa? Ist es die einzig mögliche Tugend danach?

Sie hebt nun den Kopf und sieht, weg vom unermüdlich sich herankämpfenden Schwimmer, dem lauter und größer werdenden, in die andere Richtung zur leicht schimmernden Felsküste, die jetzt seidig überspannt zu sein scheint an ihren senkrechten Flächen, nicht aber unten, an den spitz ins Meer stoßenden Gesteinsbrocken, die das Wasser zwingen, sich in vielfältigen Aufbäumungen zu artikulieren. Sie jedoch, gebeugt über die winzigen Brustwarzen dieses einen, verlorenen Mannes oder mit dem Nacken in seiner Ellenbogenbeuge: Wie hat sie die vorher nie so geahnte Konfrontation mit einem fremden Element in jeder Regung von der Kerbe der Wirbelsäule nach den beiden Seiten des schön gewölbten Rückens erlebt, in jedem aufsteigenden Duft der hellen Achselhöhlen, angreifend und betäubend, wie hob sich dieses allgemein Männliche immerzu von ihr ab, ein Glück, dem am besten ihr eigener Tod gefolgt wäre. Wie schnitt es ein in ihr plötzlich so nachgiebiges Fleisch und zwang sie zu Form und Gestalt!

Die Felsen haben sich geändert während ihres Aufenthalts in dieser Gegend. Im Hinsehen bilden sich die Schalen ihrer Zustände vor ihr ab, die anfänglich idiotische Plattheit, der eine Stummheit, ein Verweigern, ein feindseliges Verbeißen des Sprechens sich anschloß. Später aber, mit fortschreitender Vertraulichkeit, kam lallend, unbeholfen ein vor Kraft fast berstendes Brüllen aus ihnen, das schließlich zu schöner Klarheit geschliffen sich äußerte und am Ende, jetzt vielleicht, summen und flöten sie. Sie singen melodisch aus der zu leuchten beginnenden Dichte ihrer Gesteinsmassen. Sie kann es nicht zuende anhören und muß den Blick abwenden von solcher Gewalt.

Auch wird ihr die Zeit knapp, denn noch dieses eine, letzte Mal muß alles anwesend sein, bevor es als Erzgang in ihr verschlossen wird. Wie hatten sich ihre Körper erkannt im allerersten Moment, wie maßen sie sich, gehässig beinahe vor Besitzanspruch mit ihren eigenen Augen, wußten alles, verbissen sich schon ineinander mit Metern dazwischen und waren sich einig über den Handel und wie sie zu spielen hatten mit Verstand und Vernunft, planten eilig die Überredung, damit die Gehirne, die rechthaberischen, als ihr Werk ansahen, was längst unterhalb der Schultern abgesprochen war!

In vielen Stunden, solange dauert alles noch mit Sicherheit, wird der erste, harte, kaum erkennbare Stern am Himmel sie an eine jener kleinen, unempfindlichen Brustwarzen erinnern, aber die andere Zeitspanne, die bis zum Eintreffen des Polizisten dauernde, die jetzt so wichtig gewordene, schrumpft im Rhythmus der stürmisch schaufelnden Schwimmerarme.

Sie flüstert es sich nun vor, wie er, wenn sie sich anlehnen wollte, zurückwich, ausgerechnet in ihrem schwächsten Augenblick. Sie war darauf gefaßt, in seine Arme zu fallen, aber er hatte sich woanders hingestellt. Schwankend mußte sie gerade in einer solchen Ohnmacht ein Gewicht suchen, daß sie zusammenhielt, wenn sie nicht auf den Boden hinschlagen wollte. Und siehe da: Sie lernte schon für seine Abwesenheit. Sie war standfester auf diesen kuriosen Beinen, als sie je geraten hätte. Sie mußte ihn gar nicht gründlich betrachten, um zu wissen, daß sich hinter seinem Desinteresse ein Lächeln der Zufriedenheit verbarg. Er beobachtete, was sie lernte. Ach, wie sie noch immer bei sich feiert, daß er es tat!

Sie kann nicht länger sprechen oder murmeln, die Lippen erstarren, als würden sie, blödsinnig vor Schrecken, über einem Abgrund offenstehen, über einer herzlosen, unvermittelten Schlucht. Was war das für eine beharrliche Qual gewesen, an einem Tisch mit vier Beinen, doch ohne Beständigkeit, auf einer Straße, asphaltiert, doch ohne Beständigkeit, zwischen den muffigen Stapeln von Zeitschriften, deren Ränder sich vollgesaugt hatten mit Katzenurin, wenn seine Zigarettenasche über ihre Arme rollte: als liebte eine Häßliche einen Schönen, eine Alte einen Jungen, ein Mauerblümchen einen Frauenhelden, und es traf doch alles nicht zu. Ihre gemeinsamen Wege schienen immer bergauf zu gehen, nie verschwand ein damals unerklärlicher Widerstand. Sie verließen mit jedem Atmen und Schritt ein Bild und fürchteten es insgeheim. Etwas wurde mit allem, was sie taten, für alle Zeit zurückgelassen, jede Gegenwart war angefüllt von stechendem Abschiedsschmerz unter den sausenden Sekunden. Sie spürte es, aber wußte nicht warum.

Der Kämpfer mit seinen rudernden Armen, den sie hört über das Meer weg, das kleine Meer inzwischen: Welch ein hoffnungsvoller, sich fortlaufend zur Gewißheit steigernder Anblick! Nein, die Gräfin sieht weg.

Manchmal verschwimmen die Situationen, die Reminiszenzen der Gräfin im Wasser wie die grauen Vögel mit den grauen Felswänden, in denen sie Unterschlupf finden, verschwimmen, ein flatterndes Abheben bald darauf, eine Absonderung der Steine: die sich entfaltende Vogelgestalt. Hier wird die Gräfin gestoppt durch ein störendes Bild, das sie erst jetzt versteht. Am Morgen hat sie geistesabwesend ihre Armbanduhr nach einem Zeitungsfoto beim Frühstück gestellt, eine belebte Straße mit Uhr über der Apotheke im Vordergrund, früher Vormittag dort wie auch um sie selbst herum. In der Liebe aber, das bringt der alberne Irrtum für sie zutage, bei diesem einen Mal, war es, als hätte die Welt ihr eigenes Alter, das Alter der Gräfin. Sie und die Welt mit ein und derselben Geburtsstunde! Es gab kein »jünger« oder »älter« wie sonst von Kindheit an. Einmal dann das strömende, dunkelgrüne Wasser eines Flusses unter ihnen und ihr Wunsch, den sie nicht aussprach, es aufzuhalten, als wäre etwas gewonnen damit. Im Hinsehen stemmte sie sich gegen das kränkende Sausen und änderte nichts, und er, neben ihr, pfiff, pfiff vielleicht dagegen an, machtlos wie sie. Kein Wort wurde gesagt.

Die Kinderangst, ihre Eltern könnten nicht die echten sein – sie probte den fremden Blick auf die beiden Fremdlinge, die liebevollen Pflegeeltern, Betrüger trotzdem, beim Abendessen –, wurde abgelöst von der Befürchtung, sie könnte vom wirklichen Leben ausgeschlossen sein. Jemand maß ihren Blutdruck und sagte statt des Ergebnisses einfach, sie lebe ja gar nicht. Aufgesprungen war sie vor Verblüffung. Dieser eine andere, jetzt Unerreichbare aber versicherte ihr mit seinem Erscheinen bereits, ernst, als wäre es ein Schwur oder Fluch, daß es sie gab.

Sie liegt, ohne sich zu rühren, im Boot des Polizisten, mit geschlossenen Augen und ausgestreckten Gliedern, eine Tote oder wenigstens Schlafende unter dem riesigen Himmel. Und doch läuft sie und hetzt, so still die Ankunft des Schwimmers erwartend, um die Frist, die ihr bleibt, zu nutzen für die Vergangenheit.

Damals aber war es, allen Prophezeiungen zum Trotz, gewesen, wie sie es als Kind schon gewußt hatte beim Anhören sich im Jubilieren überschlagender Vögel im sonst lautlosen, angefeuchteten Garten. Ein Auffliegen, ein endlich gelingendes Schütteln des Gefieders, ein Kreisen in Bögen, die sich mit dem maßlosen Horizont zur Deckung bringen ließen. Damals hatte ihre Liebesangelegenheit ihr ganzes Leben mit einem Innenraum versehen, so daß sie aus der eigenen Üppigkeit auf die nun zu deutlichen Ansichten geformte Welt sah.

Das glatte, gleichmütige Meer unter dem Himmel ist jetzt noch einmal sein leise lächelndes, in sanfter Explosion zu den Rändern entgleitendes Gesicht. Auch die Erinnerungen, weiß die Gräfin, besitzt man nicht zuverlässig. Manchmal gewähren sie den Eintritt, als handelte es sich um die herzklopfende Gegenwart, oder sie sperren den Bewerber aus und posieren unerreichbar, gelangweilte Zootiere in ihren Gehegen.

Da wird sie fast aus dem Boot geworfen und klammert sich mit dem vom Verursacher erhofften, verrückten Schrei an die pralle Reling. Der Muskelmann hat sich auf den letzten Metern unter Wasser herangeschlichen, dann auftauchend, sich mit Schwung bis zur Taille über die Brüstung geworfen, tollpatschig, schnaubend vor Anstrengung und Erfolg. Sie zieht die Beine ein, sitzt kerzengerade. Ab jetzt gilt ihr Blick dem nassen, mit ausgebreiteten Armen regungslos, aber schnaufend ihr zu Füßen Eingetroffenen.

Vor ihr liegt er als Schiffbrüchiger, der sich über ein rettendes Floß wirft oder als Angreifer, der gerade das Schiff entert. Er liegt dort als beides zugleich, Mitleid und Furcht einflößend, aber die Gräfin verkleinert sich den mächtigen, nackten Männerkörper zu dem eines Kindes, das, auf den Boden hingestreckt, von einer durch das Geschrei der Spielkameraden herbeigerufenen, ungeduldigen Mutter, die schon am Morgen die Klöße für das Mittagessen ins Wasser wirft und bei der Suppe die Bluse aufknöpft für den Mittagsschlaf, gefunden wird. Das ohnmächtige Kind liegt zwischen Tomatenstauden und Hortensienbüschen in einer kleinen Anlage, die zu einem Haus am Alpenrand gehört, ein Haus mit teilweise aufgemalten Fenstern, flankiert von zwei Straßen in beträchtlichem Höhenunterschied. Die untere wird durch eine Blumenhecke, eben die blauen Hortensien, vom Gärtchen abgetrennt, die obere durch eine Mauer, von der Pflanzen hinab in den Garten ranken, der je nachdem einer hinter oder vor dem Haus ist. Auf jeden Fall besteht er aus zwei gleich großen Abteilungen, und da, wo eigentlich das rote Gummiboot ist, sieht die Gräfin ganz deutlich die beiden, durch einen schmalen Weg gesonderten Bereiche. Der untere ist bis zur Hortensienhecke ein Gemüsegarten mit spitzfindig geometrischen Beeten, der obere ein Ziergarten mit einem Buchsbaumrondell in der Mitte, so daß man sich wünscht, sein innerster Mittelpunkt, und sei er winzig, eine Konservenbüchse nur, wäre ein Springbrunnen. Dort ist aber nur dumme Erde. Die Anlage ist bescheiden, jedoch ein Schmuckstück und wird von freundlichen Wanderern aus dem Norden im Sommer bestaunt, im Winter übersehen. Sie betrachten die so wohlgeordnet wachsenden und fruchttragenden Pflanzen aus den Fenstern der dem Haus gegenüberstehenden Pension, die nur durch die Breite einer von der oberen zur unteren Straße führenden Treppe von all der braven Pracht abgerückt ist und aus denen des Hauses selbst, in dem sie zahlende Gäste sind und ihre großen Wanderschuhe auf die Fensterbänke zum Auslüften stellen.

Der Junge kommt in den Armen der Mutter schnell wieder zur Besinnung. Er blickt um sich und weint eine Weile. Danach geht es ihm gut. Der Muskelmann der Gräfin, noch immer über der Bordwand des Schiffchens hängend, dreht ihr das Gesicht zu. Es ist naß, die Augen sind gerötet, der Oberkörper befindet sich in einer scheinbar theatralisch schluchzenden Erschöpfung.

Da treiben sie noch immer, als müßte es so sein, auf dem Meer unter wolkenlosem Himmel zwischen der harten Küste und dem eisernen Horizont, die Gräfin, der Glatzkopf, ein Paar, zusammengedrängt von gewaltig leeren Flächen.

Völlig ausgeruht, mit einem Satz, schwingt er sich zu ihr ins Boot, schüttelt kalte Tropfen über sie und küßt ihre nicht ganz geschlossenen Knie. Er lächelt sie an wie einer, der viel erlebt hat, aber darüber noch schweigen will, der zuerst das Nächstliegende tut, nämlich seine Pflichten als Tatkräftiger erfüllt. Sie würde ihre erhitzte Haut jetzt gern mit seiner kühlen in Berührung bringen, aber: Nun erst das Wichtigste, steht in seiner Miene, nahezu finster vor Eifer, geschrieben. Er packt die Ruder und treibt das Boot kühn auf eine schattige Zone hinter einem Felsvorsprung zu. Das geschieht natürlich um ihretwillen. Sie hat die Sonne vergessen, er rettet als erstes seine Gräfin vor drohenden Bränden und Schwellungen.

Sie sitzt still, sie rührt sich nicht, sie beansprucht so wenig Platz, wie es eben geht. Er dagegen setzt den ganzen Körper ein, alle Muskeln sind beschäftigt für sie. Jetzt lösen sie ihr ständig herausposauntes Versprechen ein, als hätten sie, jahrelang trainiert und gestählt, nur gelauert auf diesen Moment. Was über seine zum Platzen gewölbte Brust rinnt, ist Salzwasser, aber schon wirkt es auf sie wie ein feiner Strom von Schweiß, der aus ihm herausdrängt und ihr dargebracht wird als Opfergabe des furchtlosen Kämpfers, des stolzen Knechts, der durch stumme, schaffende Leibeskraft vornehmlich zu seiner Herrin spricht. Sie will das weiß der Himmel nicht, kann es aber nicht ändern in diesem glücklichen Augenblick. Vor Dräuendem wird sie bewahrt von ihm auf eine Weise, für die niemand geeigneter wäre als er, Hausmeister und Polizist, der von Sagen der Vergangenheit träumt, von Heerführern in heroischen, alles entscheidenden Kriegsgetümmeln, beschirmt und gestützt von gehorsamen Streitern wie ihm, durch Treue, durch stets verläßliche Stärke. Ein Wächter ist er jetzt mit Helm und wehendem Mantel, er rudert nicht in Wirklichkeit, er trägt Lanze und Schwert. Mein Gott, sagt sich die Gräfin noch einmal, vielleicht sitzt er auch nicht mit mir in diesem lächerlichen Boot, er reitet womöglich!

Schon ist eine geeignete Schattenzone erreicht, von der aus man ohne Anstrengung auf das wieder zu leuchten beginnende Blau der übrigen Welt sieht. Der Muskelmann befestigt das Boot, indem er das Plastikseil seines Schiffchens mit der Endschleife um einen Felszacken wirft. Das Seil strafft sich, und ein leichter Wind sorgt dafür, daß zumindest die Frau sanft verdunkelt ist. Das alles passiert im Handumdrehen, der treue Gefolgsmann hat die Gefahr erkannt und seine Dame vor Schlimmem bewahrt, die Gräfin sieht ja das aufgepflanzte Banner salopp um die noch vor Entschlossenheit gerunzelte Stirn flattern. Wenn sie jetzt lächelt, muß sie es sehr vorsichtig tun, die Minuten nach einer zur Zufriedenheit beendeten Unternehmung sind festliche.

Also überläßt sie ihn noch eine Weile den letzten Korrekturen, in die er sich um einer ihr nicht verständlichen Perfektion willen vertieft. Spürt sie denn nicht angenehm das kühlende Dunkel hinter dem Stein, und liegt das Gummiunding nicht auf dem Wasser wie für alle Zeit? Auch darf sie ihn jetzt nicht zu genau ansehen, er könnte sich durchschaut fühlen von ihr. Eigentlich ist die Gräfin die Wächterin, Hüterin, nämlich Augenzeugin seiner Taten. Er selbst, und darum ist ein Blickwechsel zwischen ihnen jetzt nicht gestattet, glaubt nicht an sie! Zu ihrer Überraschung stellte sie fest, daß er ihr von den großen historischen Vorkommnissen, die er sich sehnsüchtig eingeprägt, von den glanzvollen Begegnungen der Könige, deren Kronen und Waffen er in vielen Schatzkammern von Schlössern und Kirchen bewundert hat, deshalb so schwärmerisch erzählt, weil er nicht im geringsten der eigenen Wichtigkeit traut. Der Glatzkopf kann sich nicht ernstnehmen, aber möchte sich so gern auf Unerschütterliches berufen. Etwas, das ihn betrifft, meint er, kann niemals zu den Ereignissen gehören, die wirklich zählen. Der Muskelprotz begreift nicht, daß er längst ein Erwachsener ist. Er spielt bei ihr den routinierten Bootsmann und weiß, es ist ein albernes Gefährt. Beobachtet er die anderen Männer in gleichen Booten, bemerkt er, daß sie überzeugend bei jedem Handgriff, mit dem sie sich entfernen, Abschied nehmen von ihren Familien am Strand und zurückkehren in gravitätischer Manier. Er macht es ihnen nach, aber schüttelt innerlich den Kopf. Er hat es der Gräfin gebeichtet, die dennoch so tun muß, als hätte sie es wieder vergessen. Ein Diener möchte er sein, ein Kind. Er sieht über sich die Unendlichkeit, unter sich die gigantische Erdkugel. Was ist er dazwischen? Ein Pilz, ein Kiesel.

Krasser für sich allein als hier könnten sie nirgendwo sein. Also gut, sagt sich die Gräfin und bringt ihre Brüste in die günstigste Position. Wie wird er damit anfangen, jetzt, wo es nicht mit einer beiläufig streichelnden Zartheit getan und keine Bettdecke in Sicht ist, sondern Geste für Geste im hellen Schatten sich abzeichnet? In dieser gewissermaßen laut sprechenden Situation wird ihm erstaunlicherweise schwerfallen, was er vorhin ganz unbefangen erledigt hat, das Küssen ihrer Zehen, das Packen der Beine am Fußgelenk. Die Gräfin erpreßt ihn keineswegs durch eine Anzüglichkeit, aber erleichtert ihm auch nichts durch Worte. Sie schweigt. Man hört nur kleine Wellen gegen die Felswand tupfen, der Polizist schleudert die Wasser- oder Schweißtropfen mit den Handflächen vom Oberkörper weg, gewissenhaft, als hätte er ein gerittenes Pferd zu striegeln. Er läßt sich, rührend ausweichend, Zeit. Die Gräfin hält den Atem an.

Fast fürchtet sie den Beginn seiner heiklen Annäherung. Ohne weiteres könnte es passieren, daß er mittendrin zu kichern anfängt, aber sie sind schließlich Mann und Frau, bei einem kindischen Spiel, gut, nicht jedoch zwei Kinder, die sich vormachen, die Gepflogenheiten der Älteren schon probieren zu können und dabei von der übrigen Erdbevölkerung amüsiert inspiziert werden! Auch in den Posen, den Betätigungen der Liebe bringt er es ja nicht fertig, wirklich ernsthaft bei der Sache zu sein. Immer scheinen seine Hände, Lippen, Augen etwas Vorgeschriebenes, zumindest im Alter

Höhergestellten Abgelauschtes zu erfüllen, über das er sich jederzeit wundern kann, ehrfurchtsvoll in der Vorstellung, daß es der Lauf der Welt ist und andere es ohne mit der Wimper zu zucken ausüben, verlegen dagegen im Zusammenhang mit sich selbst. Auch die Gräfin wird notgedrungen in diese Verjüngung mit einbezogen. In jeder Umarmung fragt er mit über die Schulter gewandtem Kopf heimlich einen hinter ihm Stehenden, eine sexuelle Respektsperson vermutlich, ob ihm das bereits zustehe.

Er sitzt ihr gegenüber, in Sonne und Schatten schaukelnd, offenbar auf seine Tat konzentriert. Ob er dabei extra die Lippen zusammenkneift, kann sie nicht wissen. Sie sind so dünn. Unterzieht er sich etwa ständig einer enormen Willensanstrengung oder ist es Natur? In den Lippen verrät sich der geradezu stählerne Entschluß seiner Anatomie, mit einem voluminösen Körper vor die Welt zu treten, denkt die Gräfin, der aber bekannt ist, daß diese Schultern, über die Licht und feine Dunkelheiten wehen, schmeichelnd fast, wie Helfershelfer für eine Verführung hin- und hergleitend, Muskelwölbungen durch ihren betonten Wechsel auffällig machend, kein Geschenk des Himmels, auch nicht der Hölle, überhaupt kein Geschenk sind. Ein übertriebenes Götzenbild, ein Männlichkeitsidol für Steinzeithöhlen, dem man einmal die Füße oder Gott weiß was küßte! Die Gräfin spürt wieder den Abdruck der Fußsohlen auf ihrer Brust. Er sitzt da, überaus stumm, gesammelt auf seine Entscheidung und immer noch, im Bemühen, ihn nicht zu bedrängen und auch gar nicht interessiert an dieser oder jener, ohne Not aufregenden Unternehmung im Grunde ihres Herzens, betrachtet die Gräfin durch die Wimpern hindurch seinen widersprüchlichen Körper, den sich nicht nur der Glatzkopf selbst mit Ausdauer erzwungen hat, der vielmehr auch durch äußere Kräfte, durch einen vielleicht verhängnisvollen Zustand der Atmosphäre zurechtgeschoben wurde. Beinahe kann die Gräfin nun sehen, wie einerseits das vollkommen Athletische, die Formerinnerung an griechische Idealisierungen als Kraft in dieser Gestalt aufsteigt und etwas anderes, ein hartnäckig böser Wille aus einer anderen Richtung das Prinzip bekämpft und alles Vollendete, wenn auch nicht auslöscht, so doch ins Unproportionale verbiegt. Welch ein urtümlicher, grundsätzlicher Streit ohne Gefechtspause an der Oberfläche des so stillen Mannes! Das ändert sich jetzt, die lange Gräfin wußte es eine Sekunde vorher. Gut also.

»Ist es hier besser?« Er hat den Mund aufgetan und diese kleine Frage gestellt, kostbare Frage. Bevor die Gräfin – und natürlich verzögert sie den nun erlaubten Augenaufschlag, atmet vorher genußvoll ein, um dann wohlig auszuatmen, so etwa plant sie schnell nach seiner Eröffnung – zu einer Antwort kommt, hat er, seiner Sache sicher, hinter sich gegriffen und packt aus einem Plastikbeutel allerhand Proviant aus, holt auch eine Weinflasche, die an einem Band im Wasser versenkt war, dazu.

Also nicht. Gut! Er sieht ihr freundlich in die Augen. Er hat keine Ahnung von ihrem Verdacht. Sie entspannt sich sofort ohne Bedauern. Wie er die Flasche öffnet mit großer Geste! Das und nichts anderes ist das bevorstehende Abenteuer. Aber eine fintenreiche Aktion ist es zweifellos, dieses Entkorken, strategische Überlistung eines Feindes, dieses Greifen nach Brot und Käse. Hebung eines Schatzes, Austeilung ans Heer.

Zwischen die maßlosen Ausdehnungen von Himmel und Erde hat er gezielt seinen wuchtigen Körper gebaut, um nicht erdrückt zu werden. Gegen die eigenen Zweifel macht er sich durch Betätigung seiner Muskeln bemerkbar unter dem Weltall und stemmt sich ab von der milliardenfach bewohnten Erde. Er reicht ihr einen gefüllten Becher und schneidet eine Tomate auf mit gerunzelter Stirn, eine gewagte Selbstbehauptung, so ausdrucksvoll folgt eine Bewegung der anderen, ein verspätetes Mittagsmahl, wie ein letztes oder von nun an immer in der gleichen Weise zu wiederholendes. Er sieht zufrieden in die Runde. »Es schmeckt!« stellt er fest. Er ist der einzige Mann in weitem Umkreis, ohne Vergleich. Er handelt, bequem in seinem Boot hockend, bei diesem Zeremoniell augenscheinlich stellvertretend für einen ganzen

Volksstamm, beißt mit großen Bissen, kaut mit starken Zähnen, trinkt mit durstiger Kehle. Die Zivilisation ist viel weiter weg, als die Gräfin dachte, aber sie sind auch nicht in der Wildnis, vielmehr in der Feierlichkeit. Sie weigert sich nicht, sie hofft nur, daß sie alles richtig macht.

Während er noch andauernd ißt – kein Wunder nach dem ausführlichen Schwimmen und doch ein Wunder für die Gräfin, die alles in ihm verschwinden sieht und selbst schon längst fertig ist damit –, erscheint er ihr ausstaffiert als Verkehrspolizist. Fast sprengt er an Schultern und Brust die Uniform. Auf einer Kreuzung steht er, an der es keine Ampeln gibt, oder wenn, sind sie ausgefallen. Weiß strahlt seine Gestalt aus dem Getümmel der Fahrzeuge, und er steht felsenfest auf beiden Beinen. Seine Arme aber weisen mit wütender Strenge in wechselnde Richtungen, unerbittlich und in bewundernswerter Eindeutigkeit, unterstützt von seinen Blicken, die Blitze schleudern. Kein anderer könnte respektheischender die Befehle erteilen als er, der, wie sie weiß, bei jedem herrscherlichen Strecken der Arme die tiefsten Zweifel hegt, die jedesmal zu überrennenden, am so unwahrscheinlichen und doch nicht verwehrten Gehorsam der in ihr rasselndes Kettenhemd geduckten Krieger.

Jetzt hingegen ist der Polizist fast nackt, und seine Verfügungsgewalt bezieht sich allein auf die beachtliche, von ihm herbeigeschaffte Menge Proviant, die er ruhig und nicht ohne Geräusche vertilgt. Er schmatzt und schlürft in der freien Natur, wie die Möwen ohne Scham schreien und die kleinen Wellen in den Felsritzen gurgeln. Einmal hat er, auf den mit Menschen angefüllten Strand weisend, gerufen: »Es gibt keine Unschuldigen! Es gibt keine Unschuldigen!« Die Gräfin hörte es und dachte dabei an Straftaten, die ihm aus seiner Polizistenvergangenheit bekannt sein mußten, vielfältige Verfehlungen, die man zu Protokoll nehmen konnte, auch an die Gespräche über Geldgeschäfte im elterlichen Haus, im Salon ihrer Verwandten, die oft von verschwörerischem Blinzeln begleitet wurden. Gefragt hat sie den Polizisten nicht, sie hat ihn rufen lassen im Erstaunen über seine alte Passion.

Als sie ihn nun aber so unbekleidet bis auf die nasse Badehose beim unbekümmerten Zerreißen von kaltem Geflügel sieht, so heidnisch versunken in das gründliche Stillen von Hunger und Durst, erscheint ihr zumindest der Muskelmann als Unschuldiger. Vielleicht ist es das, was ihn von allen Urlaubern hinten in der Bucht am meisten unterscheidet. Ja, die Gräfin ist nahe daran, ihn, ohne dabei zu erschrecken, ein etwas gedrungenes, gutartiges, nicht unintelligentes Halb-Tier zu nennen. Der Gedanke gefällt ihr sogar, er macht ihr den Glatzkopf zu ihrer Verblüffung vertrauter.

Kann ihm ein feiner Instinkt ihre Überlegung verraten haben? Warum räumt er in diesem Augenblick, was noch nicht zuende gegessen ist, beiseite, wirft einen Teil ins Meer? Will er ihr rasch das Gegenteil beweisen? Er spricht ja! »Mein Gott«, sagt er, »da war«, er weist zum Horizont und läßt die Arme eine Weile ausgestreckt, spreizt die Finger, die also einen ganzen Bereich, nicht nur einen Punkt markieren, »da war ein, ein solcher, ein Ding!« Er zeigt mindestens eineinhalb Meter Spanne mit den Händen vor seinem Brustkorb an. »Ein Fisch«, er schüttelt sich und stößt Entsetzenslaute, Laute des Stolzes aus. »Keine Ahnung, was für 'ne Sorte, ein Teufelskerl«, kommt dann ganz schnell und wieder: »So ein, Teufel, dieses, na, Ding, so ein Biest!« Die Gräfin hat gelernt, vor seiner großen Anstrengung nicht den Kopf zu senken, vor diesem stammelnden Bemühen, ein Bild, in Wirklichkeit ein Bild, keinen Satz, nach außen zu stülpen. Er will alles gleichzeitig hinauswürgen zu ihr, wie das Erlebte gleichzeitig war, die Reihenfolge der Wörter hat nichts mit ihm zu tun.

Sucht er nicht einen Weg, seine Abenteuer in langen und kurzen Vokalen aus sich zu heulen, zu zischen gegen die schwarze Lücke nach jedem Wort?

Ohne den Kopf zu drehen, nur mit einem Anheben des Blicks kann sie die Felswand, die gleich neben ihnen bis zum Himmel ansteigt, studieren. Wie eben nimmt sie dabei die Haltung einer Zuhörerin ein, aber nun sieht sie die unregelmäßig gezackte Linie, wo sich der direkte Einfluß des bei Stürmen hochleckenden Wassers und die von ihm unberührte Vegetation darüber trennen. Hier beginnt ein struppiger, niedriger Bewuchs, der unempfindlich sein muß gegen Salzwind und Wetter, mit hartnäckigen, ja, sie denkt, schlauen, flexiblen Wurzeln in das bißchen Erdreich verzahnt, das ihm bleibt in Nischen und auf schrägen Flächen. Größtenteils vergilbt ist er schon von der Sommerhitze, mit verdorrten Blüten und versteckten Früchten, die ihren Samen streuen für die unauffälligen, geflügelten Felsbewohner und das eigene Fortexistieren, für das Behaupten des einmal besetzten Gebietes. Manchmal wird die Front vom hochzüngelnden, hochpreschenden Meer, manchmal von den vorrückenden Pflanzen verschoben. »So ein Fisch nämlich!« ruft der Polizist, und sie wiegt mütterlich staunend den Kopf, greift auch, immer noch hochsehend, nach seinem Fuß und läßt die Hand dort locker liegen, als wollte sie ihn besänftigen.

Ihre Augen wandern über die grün-braunen, drahtigen Gewächse, die sich dramatisch gegen den jetzt deftig blauen Himmel recken, und hört dazu sein Brummen, Stottern und dazwischen die wie Befehle, wie knatternd ausgestoßene Spruchbänder sich entfaltenden Sätze, in Fetzen gerissene. Sie betrachtet die Felsvegetation und merkt, daß sie währenddessen eigentlich ihn ansieht, nicht innerlich, sondern im Blick auf die Pflanzendecke über ihnen. Moose, Flechten, ein unentwirrbarer Zusammenhang der ruppig kurzen Gebüsche. Er will, daher sein Stammeln, die Verbindungsgeräusche. Ganze Flächen, Landschaften sollen entstehen, weil es in ihm selbst so ist, auch wenn sein Körper das Gegenteil vorgibt. In diesem Moment hat sie es besser begriffen. Deshalb besitzt er keinen zusammengeballten Kern: Er ist ausgebreitet, hier und dort, er ist überall auf einer weiten Ebene verteilt und tritt ihr darum nie gebündelt entgegen, was seine Muskeln so sehr vortäuschen wollen. Im Observieren der trotzigen, sich wechselseitig gegen die feindlichen Wirkungen von Himmel und Meer stützenden, dornigen Gewächse erforscht sie ihren Freund, den Hausmeister.

Sie könnte jetzt über diese Dornen, über die so verteidigungsbereit, in scheuester Drohgebärde ausgestreckten Stacheln lächeln wie über seine Muskeln, die schon im Ruhezustand für bevorstehende Kämpfe gerüsteten. Ihr kommt der übermütige Einfall, auch über die Pflanzen, ohne sich von ihrer abschreckenden Tarnung beeindrucken zu lassen, hinwegzustreicheln. Ihre Hände würden deren nachgiebige Haut, die ihre in Wahrheit weichen, fleischigen Häkchen und Zapfen umgibt, entlarven, so daß sie, in ihrer Wehrlosigkeit überrumpelt, daständen als lediglich gerunzelter und gefältelter Felssamt, samtiger Felsüberwurf. Der Untergrund, die Steine selbst haben sicher Nerven, trotz ihrer Ausbuchtungen und der zweifellos harten Spitzen und Kanten vor dem Blau. Sie ist nicht zu hintergehen von den finsteren Grimassen der überhängenden Brocken, vom heruntergestürzten Geröll.

Der herausforderndste Teil der Umgebung aber ist der Mann, vielmehr jener Teil der Landschaft, der die Umrisse eines nahezu nackten Mannes angenommen hat, der mittlerweile wieder schweigt in großer Gründlichkeit und friedlicher atmet. Selbst sein Fuß beweist ihr nun die säuglingshafte, hochgefährdete Glätte des ganzen unbekleideten Leibes, der sich so großspurig der Welt mit allen Oberflächen ausliefert. Rundum kann er getroffen werden. Wie er zusätzlich durch seine Entblößung eine geradezu provozierende, zum Angriff reizende Beute abgibt!

Die Erstreckung ihres eigenen, so strichdünnen Körpers schützt sie im Gegensatz zu dem des Polizisten. Durch so viel offengelegte Zerbrechlichkeit streitet sie sich nahezu selbst ab. Sie ist kaum vorhanden, verlockt allenfalls dazu, ihr ein Bein zu stellen, Attacken weicht sie durch ein Schwanken, ein Verbiegen aus. Auf sie zu zielen ist schwierig, ein Quadrat, eine Kugel, ein Rechteck sind leichter zu treffen als eine Gerade. So stark überfällt die Gräfin das Gefühl einer Hochempfindlichkeit außerhalb der eigenen Physis, daß sich ihr alles, Himmel, Erde, Wasser, Pflanzen und Mann und Stunde verwandeln in etwas, dem mit äußerster Zartheit zu begegnen ist, damit es nicht bricht, schrumpft, blutet, schmilzt, austrocknet, platzt. Nur sie selbst würde alles überdauern.

Da erwacht sie aus Dösen und Schwärmerei und stellt fest, daß sie keineswegs auf die Felsenhänge, sondern längst auf sein deutlich unter dem Stoff sich abzeichnendes Glied den Blick gerichtet hat.

Mit einem Ruck hebt sie die Augen zu seinem Kopf, dorthin also, wo das zweite, diesmal nur ihn betreffende Geheimnis steckt, in seinem, wie von Hammerschlägen zurechtgehauenen, unverhüllten Schädel, dessen Leiden aber, dem Anschein äußerer Einwirkung widersprechend, von innen kommt, jene Krankheit oder Absonderlichkeit, die eine Veränderung vom Polizisten zum Hausmeister erzwungen hat, vom öffentlichen Ordnungshüter zum privaten. Ein einfach entworfener Kopf, der so Unberechenbares umschließt!

Wieder sieht sie das Kind im Garten liegend, besinnungslos, zwischen Blumen und Gemüse, zwischen zwei Straßen, in einem Ort am Alpenrand, zwischen weg- und herbeigelaufenen Spielgefährten, und sie sieht auch die aus dem Haus stürzende Mutter, die von vornherein einen Rächerblick auf die Umgebung wirft, auf Hortensien und Tomaten, auf Fahrräder und Autos oben und unten, auf die nun in tiefer Stille abwartenden Kinder. Wenig später war das alles fast vergessen, der Junge wuchs heran. Die Ohnmacht aus heiterem Himmel wiederholte sich nicht. Ein kräftiger Sohn wurde aus ihm, mit großer Lust an körperlicher Betätigung und doch einer Neigung zu mädchenhaften Verstimmungen, Kopfschmerzen, gelegentlichen Krämpfen im Gehirn, die er, ganz für sich, in dunklen Ecken und mit vielen Tränen, die von allein flossen, ohne Grund und ohne, daß irgend jemand etwas davon ahnte, durchstand. Ein guter Schüler war er nur in Intervallen, es konnte nicht anders sein, mit einer Begeisterung für das zu Lernende und dann, von einem Tag zum anderen, manchmal kippend von einer Minute zur nächsten, allmächtiger Apathie, aus der ihn nichts aufzurütteln fähig war. Er verbarg auch das, so gut es eben ging.

Den Beruf des Polizisten übte er mit würdevollem Eifer aus. Oft genügte seine pompös redliche Erscheinung, um alles Unrechtmäßige in seiner Nähe unmöglich, ja undenkbar zu machen. Er versteckte die Angst, man könnte seinen Anweisungen nicht Folge leisten, tief in seinem vor Stärke strotzenden, durch die Uniform herausgeputzten, mit dem Siegel der Amtlichkeit versehenen Körper, aber die Anfälle einer unkontrollierbaren Geistesabwesenheit nahmen zu. Auf dem Weg zu einem Tatort geriet er ins Trudeln, bei der Aufnahme des Protokolls in eine friedliche Absence, die nicht durch Zähnezusammenbeißen, durch Erlasse an sich selbst zu vertreiben war. Das häufte sich, es beendete seine Karriere. Man untersuchte sein Gehirn, diagnostizierte eine schwache Form von Epilepsie. Er quittierte den Dienst, weil ihm nichts anderes übrig blieb. Als Hausmeister in einem eleganten Mailänder Mietshaus konnte er einige Jahre später, nachdem er seiner noch rührigen Mutter bei der Führung der Pension geholfen hatte, bis eine Schwester mit ihrem Mann das Haus übernahm und vieles erneuerte, den nebligen Landstrichen seines Kopfes dann müheloser nachspüren.

Der Tag hat sich verändert. Ein Wille, ein unbezähmbares Vergnügen an der Präsentation aller Kontraste sind in Himmel und Erde gefahren, ein Aufblähen plötzlich, ein Vertiefen, ein Bersten um ein Haar vor aufsteigender Lebenslust, selbst in der entschieden bewegten Wasserfläche. Was noch vor kurzem irritiert, nahezu kränkelnd die Gräfin umgab, trompetet nun, selbst wenn es gar keinen Mund aufmachen kann, zum vollen Durchbruch des Nachmittags in unsinniger Freude am Vorhandensein, am Sitzen, Stehen, Liegen, am Schwimmen, Klettern, Fallen. Im Handumdrehen ist alles wieder von seiner eigenen Unverletzlichkeit überzeugt.

Auch die Gräfin und ihr Glatzkopf müssen das spüren, das leichtere Atmen, das schlichtweg größere Behagen, am Leben zu sein. Wir spüren es und spüren es doch nicht, sagt sich die Gräfin, jetzt gibt es vielleicht sogar einen automatischen Drang zu sprechen oder zu flöten, aber daß wir es, wie in den Stunden vorher, kaum tun werden, daran rüttelt auch die nachmittägliche Brise nicht. Zwischen uns ist alles ab- und zuendegesprochen.

Es geht um das dritte und gemeinsamste Geheimnis der Bootsinsassen. Drei Geheimnisse gegen den geheimnislosen Augenschein, nicht drei Rätsel, deren Beantwortung errettet oder erlöst, sondern ein dreifacher Einspruch gegen das Offensichtliche, eine dreimal dem so einleuchtenden Bild widerstrebende Wahrheit. Die lange Adlige und der muskulöse Polizist, durch die plumpe Plastikreling zu einem Liebespaar zusammengezaubert und weithin annonciert, für die am Strand nur noch ein Signalpunkt, nun, außer Sichtweite, sogar nur ein glühendes Erinnerungspünktchen in ihrem Gehirn, das sich aber jederzeit an diesem Tag noch in ein mit jedem Ruderschlag wachsendes, leibhaftiges Paar und Liebeswahrzeichen zurückverwandeln kann, wenden in Wirklichkeit bei allem, was sie tun, mit jedem Luftschöpfen an diesem an ihnen vorbeiströmenden Tag, den Beobachtern, den letztlich immer anwesenden, den Rücken zu. Auch mit der dritten, unbekannten Tatsache also. Der Polizist fiebert nicht auf geradem oder begierigstem Wege einer leidenschaftlichen ersten oder zehnten halbblaublütigen Vereinigung entgegen. Er ist todmüde von einem Fluchtversuch zurückgekehrt.

Um sie herum könnte, es fehlt nicht viel, ein zweiter Morgen ausgebrochen sein, auch hier hervorgerufen durch eine geringfügige, aber wesentliche Änderung des Sonnenstandes. Ein Anfang voller Erwartung zur Unzeit, ein Jahreszeitenbeginn, ein mitreißender Schwung zwischen Horizont und Strand. Und ob die Gräfin den spürt! Es kommt ihr vor, als wäre sie sogar auf ein bestimmtes, unwiderstehliches Kommando versehentlich ein Stück mitgerannt, um nach einigen Metern zu entdecken: Es gilt Dir ja gar nicht!, oder als hätte jemand ihren Namen genannt und sie hätte den Kopf herumgerissen und dann bemerkt, daß eine andere Person wohl mit gleichem Namen gemeint war. Nein, für sie und den Hausmeister gelten Assoziationen aufgrund des erstarkenden Nachmittags nicht. Das Bild der stürmischen Wiederbelebung hat nichts mit ihnen zu tun. Insgeheim könnte man sich nicht besser dagegen abheben als sie!

Andererseits sind beide, jenseits aller täuschenden Aufschwünge, zutiefst verbündet mit der Tageszeit, die nämlich das längst beschlossene, wenn auch noch sachte Neigen formuliert. Ihre gemeinsame Geschichte, gut, ihretwegen auch: Romanze, strebt nicht einem Kulminationspunkt zu, sondern ist durch den Umstand seines Wiedererscheinens vom Muskelmann auf ihren Ausgang hin gebogen. Sie, die Gräfin, sieht ihm zu. Ihre Affäre ist eine Eisenstange bei diesem Schauspiel. Mit beiden Händen und knirschender Erbitterung krümmt er das nachgebende Metall zu einem Bogen. Es kann ihnen nichts mehr geschehen, die Kurve ist gezeichnet, die Möglichkeit der wildesten Ausuferung überschaut. Ihre Geschichte ist in Sicherheit, sie muß nur noch zuendegebracht werden.

Er sitzt vor ihr mit Gebirgsschultern und starrt sie aus Panzersehschlitzen an. Hätte sie ihn, über die vielen Stunden hinweg, nicht anders betrachten müssen, eben als Flüchtling und Heimkehrer? Hat sie es aus den Augen verloren, beiseite geschoben, bis dieser, das Ganze so definierende Umstand an der Reihe war? Die Gräfin weiß nicht recht. Ihr ist so verspielt und unerschrocken zumute. Ist der Hausmeister, Polizist, Glatzkopf dadurch ein völlig anderer, als sie sich für die Bootsfahrt und ihre Schicksalsandacht zusammenreimte? Ach, an den genauen Abfolgen, da sie beide entschieden haben, diesen einen Tageslauf todernst zu nehmen, hält sie sich nicht mehr auf.

Er starrt sie aus seinen Panzersehschlitzen an. Das nutzt ihm nichts. Im Gegensatz nämlich zur Gräfin, die ohne Geheimniskrämerei, ohne Schleier und Vernebelung gar nicht leben könnte, die ein Enthüllen höchstens gegen zwei neue Verstecke tauscht, besteht der Ordnungshüter, der ehemalige, darauf, für sie durchsichtig zu sein ohne Rest. Was er in sich überfliegt, Hügel, Tal, Tümpel, daran soll sie teilhaben. Er will keine Widersetzlichkeit unbehelligter Bereiche in sich dulden.

Eines Tages, er war schon Polizist und assistierte in seinem Urlaub der Mutter beim Beherbergen sommerlicher Wanderer, hatte er an den blauen Hortensien des exakt in zwei Hälften geteilten Gärtchens gestanden und zur oberen Straße gesehen, zufällig, während seiner Gärtnerarbeit. An einem heißen Vormittag hatte er in die Richtung der Mauer, von der Blumen zu ihm herabrankten, gesehen und die nur schwach gebräunten, beinahe noch rosigen Beine einer Frau entdeckt, auch die Füße waren rosig und besonders nackt. Zwischen den Zehen mit rotgelackten Nägeln steckte ein Riemen, auf dem eine große, gelbe Plastikchrysantheme saß. Die Beine mit den Sandalen bewegten sich nicht schnell, nicht langsam, graziös, aber doch auch ein bißchen achtlos, schleifend. Das schwarze Kleid reichte bis zu den Knien, aber er sah durch den Stoff hindurch das ganze Bein, nicht nur, weil es sich unter dem engen Rock bei jedem Schritt abzeichnete, der Stoff mußte sehr dünn sein, er hielt den Blick überhaupt nicht auf. Es war ein schlanker, aber auch fülliger, oder in erster Linie fülliger, aber an den nötigen Stellen auch wiederum schlanker Körper. Träger führten über die Schultern, und so sah man viel von ihrer Haut, die reizbar und überaus fleischlich wirkte. Er hatte das Gefühl, ihren Duft über den Abstand, während ihn die Frau gewissermaßen umrundete, also die Schräge der oberen Straße abschritt, dann die Treppe hinabstieg und schließlich allmählich auf der unteren Straße seinen Blicken entschwand, wodurch er also das innere Auge eines von ihr beschriebenen Dreiviertel-Kreises bildete, ihren wunderbaren, ihren verführerischen Duft, den Duft einer eben der Badewanne entstiegenen Frau wahrzunehmen.

Tatsächlich stürzte alles auf ihn in einem einzigen Moment ein, ihr feuriges Haar, ihr Gesicht in denkbar zarter Rundlichkeit, bei dem die kußverwöhnt angriffslustigen Lippen so glücklich die puppenhafte Lieblichkeit unterbrachen, die verschwenderische Art, mit der sie die Welt anlächelte, also, wahrhaftig, auch ihn.

Er versuchte, sich weiter mit den Pflanzen zu beschäftigen, es mißlang. Aus Verwirrung ging er ins Haus. Als er einige Zeit später wieder in den Garten trat, stand die Frau mitten auf der Treppe und lachte dort mit dem Apotheker. Der

Apotheker ging weg, die Frau stieg zwei, drei Stufen hinauf, da begegnete ihr ein ihm fremder Mann, vermutlich ein Gast aus einem der höhergelegenen teuren Hotels. Sie begrüßten sich vertraulich, bis die Quartalssäuferin Pieroni ächzend über die untere Straße bei ihr ankam. Die Rothaarige bot ihr den Arm, und so setzten die beiden Frauen den Weg nach oben fort, während der Hotelgast »Bis bald! Bis bald!« rief, ihnen nachsah und sich, wie der Polizist bei den Tomatenstauden, gar nicht losreißen konnte.

In den nächsten Tagen entdeckte er sie alle paar Stunden irgendwo an einer Straßenecke, einen Korb, der sich kaum füllte, am Arm, immer begrüßte sie jemand oder verabschiedete sich. Sie schien dauernd unterwegs zu sein, ohne Eile, gerade von einem duftenden, sanft massierenden Badeschaum freigegeben an die Welt. Ihr Gesicht war dabei stets beunruhigend lebendig, wie frisch geschält, als hätte sie unmittelbar vorher sehr gelacht oder sehr geweint, geliebt oder getobt, etwas Dramatisches, ein Gefühlsaufruhr mußte, wenn er sie traf, gerade durch sie hindurchgestürmt und nun vorüber sein, von dem sie, noch wohlig erschöpft, sich mit neuem Interesse der Umgebung zuwandte. Er bemerkte, daß nicht nur er es so empfand. Sie entzückte alle, mit denen sie redete, man konnte meinen, es würde so eingerichtet, daß man ihr begegnete, um sich an ihr zu weiden, wie sie die Haare schüttelte und in ihrer anmutigen Trägheit sich räkelte und kleine Schritte machte, vor und zurück, und ihre Hüften und Brüste keineswegs versteckte unter dem mal schwarzen, mal grünen Kleid. Plötzlich führte ein roter Faden durch den Ort, der plötzlich ein anderer, fremder Ort geworden war. Ja, es kam ihm nun so vor, als könnte er sich ohne das sich abspulende rote Knäuel gar nicht mehr zurechtfinden an dieser Stelle, wo er doch geboren und aufgewachsen war.

Ihr Lächeln galt auch ihm. Sie traf ihn, sie sprach mit ihm, er spürte in ihrer Nähe die allgegenwärtige Nacktheit ihres Körpers, der kein Stoff etwas anhaben konnte. Sie war die Schwester einer Frau, die vor zwei Jahren einen Einheimischen geheiratet hatte, einen Wasserwerksangestellten. Gegen

Ende seines Urlaubs machte der Polizist der Rothaarigen einen Antrag, im voraus schon verzweifelt über ihre Absage. Sie nahm lächelnd an.

Natürlich kennt die Gräfin auch die Fortsetzung seiner Geschichte viel besser, als er sie jemals hätte begreifen können. Die schöne Rothaarige sagte Ja!, die Mutter des Polizisten stampfte in der Küche auf, sorgte aber für eine prunkvolle Hochzeit, so als müßte dieses eine, unbeschwerte, bombastische Mal, dieses allerletzte Mal nach Herzenslust gefeiert werden. Der starke Polizist schloß seine weiche Frau in die Arme. Sollte sie dieses eine, dieses allerletzte Mal ruhig allen Hochzeitsgästen, den Frauen und Kindern, den Hunden, Katzen und besonders den Männern, den alten und jungen, ihre lieblichen, zärtlichen Blicke zuwerfen! War sie nicht das fleischgewordene Idol der Bereitschaft, einer immerwährenden nämlich, was andere höchstens dann und wann sein konnten? Und fühlte er sich nicht kraftvoll genug, besser als jeder andere ihre Wünsche erfüllen zu können?

Als seine Frau ein knappes Jahr später eine rothaarige Tochter zur Welt brachte, zeichnete sich die Trennung schon unausweichlich ab. Schwanger oder nicht schwanger: Sie konnte von ihren saumseligen Wanderungen durch die Straßen nicht lassen, nicht, weil sie vor der Arbeit im Haus davonlief, sondern weil sie auch in der Kleinstadt, wo der Polizist arbeitete, möglichst viele Menschen an jedem Tag anlächeln mußte. So wollte er es sich in der ersten Zeit erklären. Liebte sie ihn nicht? O sicher, mehr noch, sie brauchte ihn! Er verstand so viel von den praktischen Dingen des Lebens, an seiner Seite konnte einem fast nichts passieren, auf ihn war Verlaß, er war die Treue selbst, eine feste Adresse, ein je nach Jahreszeit, wie man es gerade ersehnte, warmes oder kühles Zimmer, in das man, wenn man wollte, hineinschlüpfen konnte und das man verließ. Ach, sie bewohnte ihn wie ein Weichtier sein starres Haus, sie nahm Platz in seinem schlichten Gemüt, in seiner mit groben Werkzeugen getischlerten Seele. Sie hing daran, ja, warum nicht, sie liebte sein Wesen, seinen Charakter.

Seinen Körper liebte sie nicht. Die sich scheinbar jeder Berührung Entgegenschmiegende benötigte ihn nicht für ihre körperlichen Freuden. Nach der Geburt der Tochter, mit wieder flachem Bauch, tat sie sich keinen Zwang mehr an und fürchtete nicht seine Eifersucht. Schließlich liebte sie an ihm das Wertvollste, sein Herz! Es kam nicht zu einem Gewaltakt seiner Muskeln. Damals begannen verstärkt die Zustände seiner Geistesabwesenheit. Insofern trug er mit Schuld, daß die kleine Tochter bald an einer Blutvergiftung starb. Damit war das Ende seiner kurzen Ehe entschieden. Später hatte er oft das Gefühl, sie vergessen zu haben.

Jetzt hält die Gräfin, an diesem Punkt ihrer Überlegungen, den Moment für geeignet, das Boot samt Kapitän zu verlassen. Die Tatsache, daß sie sich vorsichtig vom Wulst der Reling abstößt und ins Wasser gleiten läßt, hat nichts mit dem Knick im Lebenslauf des Polizisten zu tun, jedenfalls ist er wieder einmal ahnungslos. Sie dagegen will genau an dieser Stelle eine kleine Trennung probieren, eine Scheidung für kurze Zeit. Sie schwimmt ihm gewissermaßen als vollkommen modellierte Rothaarige davon, auch wenn er ihre Bewegungen verfolgt, als wären es die der Gräfin. Sie schwimmt ein bißchen gouvernantenhaft, mit hocherhobenem Kopf, ziemlich schnell, aber ohne Ziel, einfach nur hin und her, es langweilt ihn trotzdem nicht. Sie täuscht harmlose Fluchtversuche zum Horizont vor, sie kennt seine Angst, sie würde sich auf einmal für immer entfernen. Er denkt dabei nicht an die Rothaarige, aber die heftige, kindische Furcht, die ganz unbegründete, geht auf den alten Verlust zurück. Das weiß die Gräfin viel besser als er, und so genießt sie es, unsichtbar in einen anderen Umriß zu tauchen, mit einem fremden Leben verwickelt zu werden durch seine Unruhe, und doch als Gräfin mit den langen, dünnen Gliedern gemeint zu sein, wenn er besorgt nach ihr Ausschau hält, als würde sie sich allmählich, während sie Beine und Arme von sich streckt und einzieht, in Fäden auflösen, die umhertreiben, herrenlos, und endlich hinabregnen als Nahrung für die tiefer lebenden Tiere. Sie lacht leise, das Kinn immer ein Stück über dem Wasserspiegel. Immer wenn sie zu ihm hinsieht, hat er ebenfalls den Kopf zu ihr gewandt und winkt. So viele Gesten wie jetzt hat er bisher im Boot nicht gemacht, er hält es dort allein nicht aus. Sobald sie zurück ist, wird er reglos und stumm dasitzen, weil alles in Ordnung ist und an seinem Platz.

Wie sie ihn durchschaut! Er ruft ihr Komplimente über das Meer hinweg zu. Im Brüllen kommt es flüssig von seinen Lippen. Er will sie mit seinen Schmeicheleien herzwingen, sie soll keine Augen mehr für den Horizont haben! Das alles ist lächerlich angesichts der fortgeschrittenen Tageszeit, aber ein erstaunlicher, illegitimer Lebensfunke. Sie klettert mit seiner Hilfe und sogleich zitternd ins Boot: ein erstaunlicher, vergeblich erstaunlicher Lebensfunke.

Anstatt sie aber nun eilfertig in warme Tücher zu hüllen oder – und sei es noch so artig – wenigstens ihrem Hantieren beim Umziehen zuzusehen, löst er sofort das Boot vom Felszacken und rudert aus dem Schattenreich in eine funkelnde Lichtzone. Sie rollt ihr Bikiniunterteil über die Beine zu den Füßen, er vergeudet keinen Blick daran, natürlich, natürlich, er hat Wichtigeres zu tun, schon wieder. Sie bedeckt ihre ungewürdigte Blöße und denkt, daß es vielleicht eine Art Strafe ist, wenn auch unbewußt von ihm vollstreckt, daß er so gar nicht die Situationen mißbraucht.

Eines Tages hat sie ihn vom Liegestuhl aus entdeckt, das Muskelungeheuer, wie es blaß im Meer verschwand und viele Stunden später zuversichtlich und schon getönt ihm wieder entstieg. Etwas Derartiges aus so großer Nähe hatte sie noch nie gesehen, und die Leute um sie her wurden sogleich unwesentlich. Alles, was an diesem Mann anders war als bei ihr, war mit einer maßlosen Forciertheit herausgestrichen. Sie prüfte es zentimeterweise, alle Schwellungen und Vertiefungen, mit den Augen nach, mit einem leichten Beben des Zwerchfells allerdings, ein Schwanken zwischen Bewunderung und Lachanfall. So, sagte sie sich, wie man auch mich betrachten muß, nämlich beeindruckt von den vertikalen Ausmaßen, als Leistung eines zum Wachsen wild entschlossenen Körpers und amüsiert darüber, wie er über seine Verhältnisse dabei lebt. Zum Ausbilden gepolsterter Ruhepausen bleiben ihm keine Reserven. Insofern war ihr noch mitten in der Verblüffung klar, daß sie und der Kahlkopf miteinander zu tun haben würden oder schon hatten. Sie waren direkt, ohne Umschweife, offensichtlich für die übrige Welt, aufeinander bezogen, das große A und das große Z, Sonne und Mond, Dick und Doof, Romeo und Julia.

Also überraschte sie nicht seine Annäherung. Verdammt, sie hatte sich alle erdenkliche Mühe gegeben, ihn zu ermutigen. Schließlich konnte er gar nicht anders, als den Weg zu ihr einzuschlagen. Sie achtete darauf, daß sie vor ihrem Liegestuhl zusammenstießen, sie stieß mit diesen ungeheuerlichen Muskeln zusammen und erkannte mit Dankbarkeit, daß ihr das Experiment Vergnügen bereiten würde. Er selbst wiederum erfuhr, ungläubig wie bei der Rothaarigen schon, daß die Gräfin, hirngespinstdünn aber leibhaftig trotzdem, einfach die Arme ausbreitete und ihn nahm, sein Staunen dauerte noch an, als er in ihr versank.

Wieder besser bei Sinnen, sah er ihr restlos zufriedenes Gesicht – die Augen aber hielt sie beharrlich geschlossen – mit noch größerem Mißtrauen. Was wurde in diesem Fall von ihm gewollt und was zurückgewiesen? Seine Liebe zur Gräfin war von Anfang an begleitet von zweifelndem Stirnrunzeln. Diese Frau, wohlhabend, bizarr, verweigerte sich ihm nicht im geringsten. Wie eigenartig, als er sie am Strand hatte sitzen sehen, wirkte sie doch eher wie ein Gestell aus lauter Zaunlatten, ein mißglückter Palisadenwall zur Abwehr von einem Nichts in der Mitte. Nie hätte er gedacht, daß sein Körper, aus dem er durch sorgfältige Übungen das Beste herausholte, von einer solch adligen Bohnenstange derartig, so mußte man es nennen, gefeiert werden könnte. Es kam ihm manchmal so vor, als wollte sie durch ihr zärtliches Flüstern und Beschwören seiner großen Kräfte, durch das streichelnde Nachfahren seiner Oberflächen von der eigenen, fahnenmastartigen Figur ablenken. Dann wieder lag sie neben ihm, berührte ihn stundenlang nicht, und wenn er die Augen aufschlug, vielleicht hatte er sogar eine Weile tief geschlafen, beäugte sie ihn bei ein wenig aufgestütztem Kopf, und er erkannte, daß sie es schon lange tat und nun fast verdrossen war, daß ihr stilles Bewundern – als wäre er eine lebensgroße Holz- oder Metallplastik, ein brauner Sommergötze, der bloß dazusein hatte, und das war schon die hauptsächliche Befriedigung, die man von ihm erwartete – durch seinen argwöhnischen Gegenblick ein Ende fand.

Er brauchte gar nichts zu tun, und das reichte schon, mehr wollte sie nicht. Es gab keine Notwendigkeit, ihre Liebe zu verdienen. Er zeigte ihr verborgene, nur ihm bekannte Winkel in den Bergen, er ruderte sie in Buchten, so klein, daß sie sich erst in unmittelbarer Nähe herausbildeten, er erzählte ihr von den Verwicklungen seines Inneren und seiner Vergangenheit. Mühe gab er sich, zu ihr in richtigen Sätzen zu sprechen und ihre Aufmerksamkeit zu fesseln. Sie wies das alles nicht zurück, aber er spürte doch die grundsätzliche Überflüssigkeit seiner Handlungen. Am liebsten hätte er seinen Körper vor ihr verschanzt. Sie liebte augenscheinlich nur den, den wollte sie und nicht sein Gemüt, nicht das Wertvollste, sein Herz!

So begreift die Gräfin eine vollkommene Parallelität, eine Symmetrie, deren Mittelachse der Muskelmann bildet, gefangen von der Rothaarigen auf der einen, von der Gräfin auf der anderen Seite. Immer noch zitternd, von der spätnachmittäglichen Sonne nicht mehr rasch genug gewärmt, sieht sie den Rudernden an. Die eine reißt ihm seine Seele, die andere seinen Leib weg. Sie muß recht haben mit ihrer Vermutung, was sonst könnte seine Flucht erklären und ihr Winken und Weinen von der Kaimauer hoch zur Reling des Schiffes? Vor allem aber, wie anders wären sonst Faktum und Art und Weise seiner Rückkehr zu verstehen?

Einen Tag nach seiner als endgültig betrachteten Abreise stand er, endgültig zurückgekommen, plötzlich vor ihr, als sie nach dem Frühstück das Hotel verließ. Bei den ersten Schritten ins Freie hatte sie ihn nicht gleich entdeckt und ein leises Schwanken gespürt, nun wieder ganz auf sich allein gestellt, der ewig gefährdeten vertikalen Erstreckung, die ohne weiteres zu einer horizontalen werden konnte, wenn sie stolperte, hoch bewußt. Das stabilisierende Gewicht an ihrer Seite fehlte. Sie trug die große Badetasche, und ohne ein Wort zu sagen, griff er danach, als ließe sich dermaßen schlicht der Faden vom vorvorigen Tag wieder aufnehmen! Sie sprachen beide nicht, auf dem gesamten Weg zum Strand sprachen sie nicht, aber mit unter den Wimpern festgehaltenen Tränen der Erleichterung oder zornigen Freude sah sie seitlich blinzelnd, daß er sich geschlagen gab. Er kam weder reumütig noch strahlend zurück, er kam wie ein bereits Getöteter, wie einer, der sich weder auf sein Fleisch noch auf seine Seele verlassen konnte. Er war zurückgekommen als Zeichen für etwas Schreckliches, Unabänderliches. Er selbst hatte, allein auf dem Schiff, schlagartig oder langsam heraufdämmernd, das Koordinatensystem, die Parallelität, den Prägestempel auf seinen Verhältnissen, seinem Leben, er hatte, und dann sogleich ohne Widerstand – es wäre eine sinnlose Verausgabung gewesen – sein Schicksal erkannt.

Die Gräfin zittert nicht mehr. Alles ist jetzt in der Waage und wird diesen Zustand nicht verlassen. Schlag und Gegenschlag. Es ist die absolute Ruhigstellung erreicht. Diese Ausgeglichenheit ist nicht die Liebe, sondern ein erfülltes Muster, ein befolgtes Gesetz.

Sie wirft einen Blick auf die Welt ringsum, in der jeder Gegenstand im tiefen, noch ungestümen Leuchten seiner Färbung bloßgelegt ist, auch die Haut des Mannes. Die wirkliche, in Gang gebrachte Vereinigung mit ihm ergibt sich aus dem Resümee ihrer drei Geheimnisse. Sie haben sich verständigt über die Notwendigkeit, einen bestimmten Schluß zu ziehen an diesem, zusammen mit diesem heutigen Tag.

Noch einmal aber, während sie sich schon die Nacht vorstellen kann, fragt sich die Gräfin und verfällt in ein nach außen nicht verratenes, aber um so schlimmeres, weil nicht abgeleitetes Zittern, ob nicht ihre Geschichte eine andere Konsequenz verlangt, eine, in der sie sich und den Mann unbedingt retten müßte. War diese, ihre Ersatzliebe, nicht doch eine mögliche Entfachung des alten Feuers in neuer

Kontur? Ergreift sie denn nicht angesichts dieses aus trotzigen Panzersehschlitzen starrenden Exemplars die Sehnsucht, noch einmal die Verschwendung aller Kräfte, Besitztümer zu erleben, die Transformation? Es packt sie fünf Sekunden als barbarische Forderung. Liegt sie nicht, in Leugnung ihrer Pläne, auf der Lauer nach einem sehr lebendigen Verbrennungsschmerz wider besseres Wissen, den sie nämlich schon hinter sich hat, um die bereits absolvierte Erfahrung in der betastbaren Gestalt zu rekapitulieren?

Sie zittert und lächelt schon über sich. Ein letzter, nicht ernst zu nehmender Aufruhr! Es ist ja längst von ihr bedacht. Für die zwischen ihnen beiden abgesprochene Verflüchtigung ist auch ihrerseits der richtige Moment gekommen. Was sie mehr und mehr zu fürchten gelernt hat, ist der Abstand zu den Liebesszenen der Vergangenheit, der sich mit jedem Tag unerbittlich und irgendwann folgenreich vergrößert. Vielleicht hat es, der Wirkung ihres Parfüms ähnlich, die volle Entfaltung erst nach Zerstäubung der von ihr geliebten Person gegeben, aber gilt dann nicht auch, daß man, noch versunken in das Einsaugen des Dufts, zunächst gar nicht merkt, daß er begonnen hat zu verfliegen? Man glaubt, ihn noch wahrzunehmen und erinnert sich doch nur noch, bis man in einer, durch keinen Zauber mehr verformten Welt erwacht. Werden dann die versteiften Erinnerungen zu touristischen Sehenswürdigkeiten, oft genannt, immer weniger empfunden, umkreist von einem immer gegenwärtigeren, in nichts mit jener Zeit verwandten Straßenverkehr? Nein, die Gräfin wird die Bewegung in umgekehrter Richtung riskieren, in die Zukunft dieser Nacht, auf die Vergangenheit ein für allemal zu. Ihr und dem Polizisten bleibt nichts als das Verschwinden.

Die Sonne, bemerkt die Gräfin, die sich, inzwischen in Kleid und Pullover, für die bevorstehende Tageszeit wappnet, die Sonne hat sich, während sie an lauter kleinen, erloschenen Buchten entlang der Felsküste fahren, sang- und klanglos und zu früh in einer trüben Zone über dem Horizont davongemacht. Sie schaukeln jetzt dem Strand entgegen, ein letztes

Mal der Öffentlichkeit ausgesetzt, das abstruse Liebespaar, einer für den anderen geschaffen – wie wenn sich zwei leicht Debile finden – im roten Schlauchboot. So sah man sie am Vormittag davonrudern, so kommen sie, nach Gott weiß welchen Erlebnissen im Unsichtbaren, zurück. Die Öffentlichkeit aber ist nun, da sich die beiden zeigen, nicht anwesender als tagsüber, wo sie sich verbargen. Der Strand ist leer bis auf ein paar Gestalten, vermutlich in Erwartung eines Rendezvous und also an nichts weniger interessiert als an ihnen. Wer jetzt ihr Boot noch sieht, nimmt nichts Besonderes daran zur Kenntnis. Niemand wirft ihnen einen aufmerksamen, gar erkennenden Blick zu, das weiß die Gräfin, auch wenn sich neben den aschgrauen, von den Menschen verlassenen, wie ernüchterten Steinen nur winzige Leiber mit ahnbaren Köpfen abheben. Es ist ganz gleichgültig, ob dieser Strand besetzt ist oder nicht, belagert, übervölkert oder vereinsamt, rein gewaschen vom Abend. Er muß für den Mann und die Gräfin herhalten als das große, andauernde, beobachtende Gegenüber, als die vieläugige Gesellschaft der anderen, denen sie nicht mehr angehören, wie sie es insgeheim niemals taten. Endlich haben sie diesen schmerzhaften Sachverhalt theatralisch und damit genießbar gemacht.

Was sie jetzt spüren, was sie umfängt, und sie sieht es ihrem Polizisten, Hausmeister, Kahlkopf, ihrem Freund, in seinem steingrauen Zeug schon fast der Gräue ringsum anverwandelt, ihrem Wundertier sieht sie es an, ist die mit nichts zu vergleichende Wohltat einer Müdigkeit, die kein Auflehnen, keinen Widerstand des Lebens mehr erlaubt. Ja, es bestätigt sich ihr bereits als die einzig passable Art, die Zeit vom Anfang bis zum Ende zuzubringen: schlaftrunkenes Taumeln eines eben Aufgewachten, dicklich, wattiert vom Schlafflaum für viele Jahre, solange es geht und dann schon wieder todmüde, niemals quicklebendig geworden, eingehüllt für den Schlußteil der eigenen Geschichte in die dämmenden Kissen großer Erschöpfung.

Der Polizist hat im Laufe des Tages viel aus dem Plastiksack in seinem Rücken geholt. Fast sämtliche Vorräte, Eßbares und Wärmendes, sind nun verbraucht, ein wichtiges Fläschchen aber ist noch verborgen darin. Er wird den Inhalt mit ihr teilen, wenn die Zeit gekommen ist. Sie denkt aber schon daran, daß er mit der gleichen Geste, mit der er nun ein Päckchen zum Vorschein bringt, erst für sie, dann für sich eine Zigarette anraucht, in einigen Stunden diese andere Wegzehrung für sie beide gerecht halbieren wird. Es ist hell genug, um sich in die Augen zu sehen mit einem wechselseitig erkennbaren Lächeln, die Luft ist für Momente fast wollig um sie her und beginnt vorsichtig, wie jeden Abend, sich mit Himmel und Wasser zu verstricken. Auch wird, sagt sich die Gräfin, der fast immer ein bißchen zuckende Schmerz, hier oder dort, aber niemals überall gleichzeitig zu sein, ein Ende haben.

Wie zärtlich die Augen ihres Begleiters in diesem schwachen Licht auf sie gerichtet sind! Hat sie sich den Tod nicht schon oft, wie sie es auch gelesen hat, als raffinierten, aber auch grausamen – da es nichts mehr zu verhandeln gibt – Liebhaber vorgestellt? In so ansprechender Form wäre er keinesfalls furchterregend oder wenn, dann auf sehr angenehme, für den verursachten Schrecken gleich entschädigende Art. Sie sieht den graugekleideten, stillen Mann in ihrem Boot unbeweglich sitzen in seiner Aufmerksamkeit, der sie nicht mehr entlaufen kann, weg von der roten, auf dem Wasser treibenden Insel. Gut, von der Liebe hat sie stets den Tod erwartet und also vom Tod die betörende Gestalt eines freundlich Wohlmeinenden, Geliebten, was sollte sie beunruhigen? Vielleicht fühlt sich so eine Köchin, die nach langem Verrücken und Reinigen schließlich die Gegenstände ihrer Küche in bester Verfassung an den passenden Plätzen sieht und die Hände in den Schoß legt, mit einem Anflug von wirklichem Glück in die gelungene Ordnung nach so viel Anstrengung vertieft.

Inzwischen hat sie sich an die veränderte Temperatur und den Pullover auf der ein bißchen brennenden Haut gewöhnt, auch das ist jetzt vollkommen ausgeglichen. Es gibt einen senkrechten Gezeitenwechsel. Die niederpressende Tageshitze ist abgelöst worden von der zunächst nur sacht einsetzenden Ebbe: Erst nach Einbruch der Nacht wird der Sog des Weltalls am stärksten sein.

Gleichzeitig werfen sie, nur zur jeweils anderen Seite, den Rest ihrer Zigaretten ins Meer, als sollte hier zusätzlich eine Balance gehalten werden. Auch die Gräfin ist im ersten Dämmern zu einer grauen Figur geworden und offensichtlich wird, daß sie eigentlich viel eher als ein Liebespaar ein Geschwisterpaar sind. Damit wächst ihre Zuneigung zu einer schrankenlosen und unerschütterbar friedlichen. »Warm genug?« fragt der brüderliche Polizist und: »Geht es gut? Alles gut so?« Er erkundigt sich ohne zu stammeln, sie antwortet: »Ja! Ja! Ja!« und es klingt wie eine kleine Preisrede auf den ruhigen Tonfall seiner Stimme.

Der Zeitpunkt ist günstig, sich noch einmal an den Morgen zu erinnern, Himmel und Meer in zerbrechlichster Bläue, als zitternde Blase aus dem Maul der Felsenbucht weiter und immer weiter herausgewölbt, eine zarte Phantasie des harten Felsenschädels, aber vorhanden. Die Frauen liegen in ihren Liegestühlen, auf Handtuchrechtecken, die Schenkel geöffnet, die Augen geschlossen. Für jeden Mann in diesem Morgenlicht aber unberührbar, egal, wie sie ihre Nächte verbringen, jetzt sind sie hingegeben einem Einfluß, den sie eigentlich immer meinen. Wie wäre es auch möglich, bei so gespreizten Beinen unter dem männlichen Himmel etwas anderes zu denken. Es wird zugleich die Rettung dieses entsetzlich trägen Bildes, es ist nicht eins des dösenden Seins, sondern der neugierigen, jedoch äußerst scheuen Erwartung, eine Auslieferung an das, was durch alle Sinne auf sie einwirkt, sich vermischt mit ihnen, ein Zurücktauchen, ein mit niemandem geteiltes Auflösen in die helle Masse der morgendlichen Zusammenhänge, so daß die Frauen aufquellen vor Fülle und eine Weile unkenntlich werden, unerkennbar für die Besitzer ihres Fleisches, zu denen sie dann, in ihrer Vergeßlichkeit, alltäglich zurückkehren werden.

Wieder, so bald nach der ersten, zündet ihr der brüderliche Muskelmann eine zweite Zigarette an, die sie gehorsam, mit einem leichten Streicheln der Hand, übernimmt. Er reicht sie ihr, eine notwendige Stärkungsmedizin, und wenn er ununterbrochen so fortführe, sie würde sich fügen. Sie begreift, daß er nun ein priesterlicher Haushofmeiser geworden ist.

Die Verschleierung über ihnen aber, die Eintrübung zum Sonnenuntergang, stellt sich heraus als etwas Vorübergehendes, als geschickte Verzögerung vor einem Haupteffekt. Durch die Gräue dringt ein anschwellendes Leuchten von Westen her, die Gräue ist schon im nächsten Augenblick nicht mehr denkbar, war allenfalls eine dünne Scheidewand zwischen dem Tag und dieser Stunde, eine kurze Askese zur Steigerung des Genusses, und die Gräfin legt den Kopf in den Nacken unter dem kühlen, im Himmelsbogen gehaltenen und trotzdem herabstürzenden Feuer. Es ist, als hätte sie in den Minuten vorher durch die Verwischungen der Wasserzonen nach oben gesehen und nun die Oberfläche durchstoßen mit plötzlich ungemildertem Blick auf ein Lodern, das auch den Muskelmann an Händen und Gesicht glühen läßt. Eigentlich empfindet sie jetzt nur mit den Augen, den unverändert kindlichen Augen, die den alterslosen Himmel betrachteten von Anfang an. Kein Wall der Zeitlichkeit kann sie daran hindern, Körper, Jugend, die Belanglosigkeit der Handlungen, sie hat alles längst wieder abgeschüttelt.

Jetzt erkennt sie die wirklichen Bestandteile der Landschaft, in der sie den ganzen Tag zubrachte. Sie haben gedacht, ihr Auf- und Ab- und Hin- und Herrudern sei eins zwischen Strand und Horizont gewesen. Nun endlich identifiziert sie die Strecke, die ihre Augen von der Küste auf die verschwommene Ferne zu überspringen – und es existiert kein versöhnlicher Mittelgrund – als das furchtlose Ausschauhalten der Kinder nach einer von niemandem benannten, aber gewissen Versprechung, die alle Gegenstände stärker oder schwächer erhellte. Die alten Erwachsenen aber sind mit verrenkten Rücken und krampfhaft gereckten Köpfen bemüht, nur den Strand wahrzunehmen, Sandkörner und Kieselsteine, Einzelheiten, ein Plastikeimerchen, ein Hündchen, eine verlorene kleine Sandale vielleicht, das soll sie retten vor der schneidenden Abstraktheit des Horizonts.

Die Gräfin, die sich weder sehnt noch ängstigt, streckt sich bequem, gewissermaßen zwischen Kindheit und Tod, ist selbst die schmale Trennungslinie und läßt sich die Finger von der Zigarette verbrennen, während die Glut über ihr abschließend verbleicht.

Doch da, die aufrauschenden Blumenstände an den staubigen, naß gespritzten Straßenecken, dumpf schon der Geruch in der Hitze nach der Morgen- und Nachmittagskühle, das leichte, aus den Mittagsstunden mitgeschleppte Schwitzen, man fröstelt schon mit feuchten Achselhöhlen im Schatten der hohen Häuser, hervorbrechend Gelb und Rot, gebauscht, gestaffelt auf umgedrehten Eimern und Tischen im Donnern der Verkehrsmittel, der Duft und das Dröhnen des Frühlings, die hingehaltenen Sträuße von den allein unbetäubten Verkäufern in der Mitte des hektischen, des rasenden Blühens und das eigene klopfende, tausendfach wiederholte, im Freien schlagende Herz!

Unvorhergesehen die herzabschnürende, atembeklemmende Erinnerung. Noch einmal unflätig, herzaufreißend das Schauspiel direkt vor den Augen der Gräfin, die Stiefmütterchen, das dichtgedrängte, braunsamtige, kupfernpelzige Flattern in runden Rabatten, umbraust, umheult von Autos und Bussen, ganz still, rechteckig, quadratisch zusammengezwängt. Der Puls des Frühlings, vielfältig pochend, pochend die Schläfen der Gräfin selbst.

Die Luftwände, noch einmal das Zimmerartige mitten in der eine andere Architektur doch behauptenden Welt, der Stillstand um ein Leberblümchen herum, ein erstes, aus großer Nähe entdecktes im Garten von früher, der Kopf fast am Boden, die Augen kaum über dem Blütenkelch, der kleine, kastenartige Raum, der es überstülpt mit nicht gemauerten Grenzen, in dem es schrankenlose Herrscherin und Sonne ist.

Das nicht meßbare Fieber, die Frühlingskrankheit hinter geschlossenen Fensterläden, die dampfende Erde, aufplatzender Verrat. So fern der ausgestreckten Gräfin, die erkaltet über einem hüpfenden – doch da trifft sie das Lächeln des wachsamen Mannes –, nein, nur noch leise fächelnden Schmerz.

Schon verloren wieder die kindliche Alterslosigkeit der Augen. Beladen mit einer Unmenge an Jahren ist sie auf einen Schlag, sieht zurück, sieht zurück vom schwankenden Standort in der großen Wasserflut auf den Strand der Geschrumpften, der fernen Paare. Ein junges Mädchen im Streifenhemd plötzlich, unnatürlich vergrößert, trotz des Abstands vollkommen erkennbar die Gestalt, schlägt eisenkugelig, morgensternartig gegen die Gräfin. Das Boot merkt nichts von der Attacke, allein muß sie das Gewicht ertragen, den leichten Gang, die Haltung des Kopfes. In diesem Moment das besondere Lächeln unter schräger Kappe, die schwarzen Augen geschlitzt vor Vergnügen, die Linie des hochgeworfenen Armes, auf Steinen der seiltänzerische Gang, entrückend, etwas zu Ahnendes, Andeutung von Schönheit, Aufblitzen, Aufstrahlen einer Handbewegung. Warum muß sie es an diesem Abend sehen, so hilflos, so spät an der fremden Person, Signale vielleicht einer stürmischen Kraft, die schon untergeht in diesem Mädchen, die sich zeigt ein knappes, ein letztes Mal oder gilt für ein Leben.

Niemals, sagt sie sich und senkt schuldbewußt den Kopf, sie weiß nicht vor wem, hat vergessen, wer bei ihr ist und meint möglicherweise doch ihn, niemals ist sie, durchfährt es sie im Anblick des jungen Mädchens, ist sie unschuldig gewesen, zu keiner Zeit wie dieses Gesicht. Sie hat es versäumt, ist immer zu alt und zu schlecht gewesen, sie schämt sich nicht, sie schreit nur nach diesem weißen Fleck, den sie nie bewohnte. Der Muskelmann ergreift ihre Hände und läßt sie nicht los. Oder hat sie damals, mit sechzehn Jahren, auch einen so täuschenden, blendenden Schild der Unschuld gegen die Welt, die blindlings, weil mit bösem Gewissen, darauf hereinfiel, errichten können und sich dahinter die schönsten, finstersten Tage gemacht bei glatter Stirn und blanken Pupillen?

Sie riecht jetzt das Meer. Von seinem hier gar nicht vorhandenen Tiefseegrund durch alle Wasserzonen, umfangreicher mit jeder Schicht, schickt es, an Ungeheuern und mondänen Fischen vorbei, den Geruch zu ihr hin als Beschwichtigung. »Sempre caro mi fu quest'ermo colle / E questa siepe, che da tanta parte / Dell'ultimo orizzonte il guardo esclude«: Sie würde es gern laut sagen, wenigstens flüstern, aber sie fürchtet, den Polizisten zu erschrecken. Ach, wie hat sie als Kind, als Jugendliche so zuversichtlich geglaubt, all die Erwähnungen besonderer Orte, die Schilderungen kaum bekannter Gefühle seien Ankündigungen von etwas Wirklichem, das sie durch die Verse vorwärtslockte, dahin, wo diese Orte und Empfindungen auf sie warteten. Sie hat es für bare Münze genommen, als Belehrungen, eine ihr bevor- und zustehende Zukunft betreffend. »Ma sedendo e mirando, interminati / Spazi di là da quella, e sovrumani / Silenzi, e profondissima quiete / Io nel pensier mi fingo«. Zugelebt hat sie einmal auf die in Aussicht gestellten Leitbilder, die Wappen des Daseins, die verheißenen Fürstentümer, Glück, Ferne, Liebe das alles, sie haben sich alle aufgelöst. Das Boot dreht sich auf den schwappenden Wellen. Der Kapitän sucht es nicht zu verhindern. Manchmal hat sie die westliche Helligkeit im Rücken und sieht über den Hügeln, wie eine langsam zuklappende Schale unterhalb des Himmelsgewölbes, genau in dieses, das unverändert bleibt, eingepaßt, blau-grau, aber ein wenig glänzend dabei, die Dunkelheit aufsteigen, oder, das Gesicht dem offenen Meer zugewandt, den noch immer hellen Hof um die Sonnenuntergangsstelle, die jetzt der normale Zustand jener, in ihrer Reinheit immer stabilen äußeren Kuppel zu sein scheint.

»Così tra questa / Immensità s'annega il pensier mio: / E il naufragar m'è dolce in questo mare«, sagt sie leise zum Polizisten, und er nickt mit einem Lächeln, von dem sie nicht weiß, ob er das für ihre eigenen Worte hält und ihr zustimmt oder mit dem schnellen Ducken eines Schülers ihrem Gedächtnis eine verwunderte Reverenz erweist.

Sie rückt etwas näher auf ihn zu. Da spürt sie, wie sehr sein Gesicht auf sie wirkt. Er hat sie die ganze Zeit beobachtet und ihr aufsteigendes Zittern jedesmal begriffen, eingesogen in sich und eine Friedlichkeit an sie zurückgegeben, eingetauscht, so daß sie sich immer wieder besänftigen konnte, ohne daß Worte gefallen sind. So muß es gewesen sein, er hat ihre Gefühle gelesen und sie alle aufgefangen. Irgendwo zwischen den Sehschlitzen und dem unergiebig schmalen Mund konnte ihre Aufregung versickern. Sie merkt erst jetzt, so dicht bei ihm, im Bereich seiner Körperwärme, wie er sie gehalten hat in ihrer Schwäche.

Also ist gar nicht nötig auszusprechen, was sie zu ihm sagen möchte in dieser Minute. Von klein auf hat sie so sehr das Männliche geliebt, kaum war sie auf der Welt, spürte sie es schon, witterte die Freuden, wenn sie ihre Hände ansah, die tiefen Stimmen hörte, nahm das leichte Beben der Luft wahr, wenn sie sich zu ihr herabbeugten. Das war es, worauf es ihr ankam: daß die Luft zu vibrieren begann. Deshalb war sie angewiesen auf die Männer. Das Ergebnis, der Ertrag ihres Lebens ist vielleicht nur dies: Sie kann sich einige Gesichter, während sie hier auf die Nacht warten, beschwören, in denen das Männliche zusammenströmt zu einer Gestalt, in denen es sich sammelt und Augen hat und sie, die Gräfin, meint. Erst in diesem Moment weiß sie, daß der Muskelmann dazu gehört.

Wenn nun aber die Auflösung der Umrisse bevorsteht, kann sich die Gräfin versichern und schiebt die kalten Hände in die des Hausmeisters, muß sie sich nicht ängstigen vor einem Aufgeben, einer Trennung. Sie folgt lediglich jenem, in sanfter Explosion über den Meeresspiegel entgleitenden Gesicht.

Da beginnt am kaum mehr auszumachenden Strand ein Gelächter, die unvergleichlichen Laute einer beliebigen menschlichen Stimme, eine emporschießende gezackte Pflanze aus dem Verschwindenden, und rankt herüber über die Meeresfläche, ein ausgelassener Schrei, der Dunkelheit entsprungen, sprengt noch einmal die mächtige Stille beiseite, um die Gräfin zu treffen. Sie horcht, sie wartet auf Wiederholung, auf die Aufrechterhaltung der schnell konstruierten Luftbrücke hin zu ihrer Einsiedelei. Es kommt ihr vor, als hätte sie jeden einzelnen Laut des Lachens, das sich nicht wiederholt, gesondert wahrgenommen, etwas ihr Zufallendes, ihr freundlich Nachgeworfenes mit leichter Hand, leichter Kehle von nicht abzuschätzendem Wert. In Leuchtspuren steht es eine Sekunde noch, ein vergänglicher Bund, ein zerstobener Regenbogen zwischen dem Ufer und ihr.

Das Boot wiegt sie behutsam, sie selbst ist eine sacht schlagende Pendeluhr, immer sachter, oder die Welt ist es, die vor ihr, mit einschläferndem Zucken, in matteren Intervallen zu Bildern ausschlägt, dem kurzen Verharren im einprägsamen Stillstand. Es ist sehr gut so, mehr will sie nicht.

Als sie den Polizisten, nun umgekehrt, nach seinem Befinden fragt, feierlicher als beabsichtigt, muß sie nur die Lippen bewegen, um eine Antwort zu erhalten, so nahe ist sie ihm gerückt.

Diesen Tag über, an dem sie ihr Leben vor sich abrollen ließ, existierte er uneingeschränkt in der Gegenwart. An was sollte er denken! Er hat höchstens die Landschaft in sich mit der ihn umgebenden endgültig vermischt, ohne Anstrengung die Wand dazwischen zerrieben und jetzt, nach absolviertem Lebenslauf, erscheint ihr die Wasseroberfläche als verwandte Struktur, eine Ordnung, die nur aus weit verteiltem Heben und Senken besteht.

Aufbrechen werden sie nun zu den Wanderern ohne feste Behausung, zu den Scharen der Obdachlosen, zu Algen und Plankton, zu den sie erwartenden Vettern und Cousinen, zu den Eremiten in den landfernen Wüsten der See, auf den lichtlosen, tiefen Grund werden sie zurückkehren. Der Muskelmann packt seine Ruder und führt sie, energisch und keinem Zufall überlassen fort, aus dem schützenden Bereich der Küste hinaus in die Richtung der großen Strömung, des Horizonts.

Man weiß nicht mehr, wo der Himmel beginnt, wahrscheinlich setzt er in diesen Minuten ziemlich rasch über dem Wasserspiegel ein als unerwartete, beinahe atembeklemmende Wärme, als etwas Flaumiges, eine dicke Flauschigkeit, die

Himmelsmaterial ist, heruntergesackt nach der lange durchgehaltenen Tageswölbung. Nur die Sterne, noch sehr unvollständig, verloren in riesigen Abständen, sind immerhin Raum gewährleistende Anhaltspunkte im ansonsten maßstabslosen Dunst des Übergangs, einer wiederholten, einer zweiten Dämmerung, eine Schleuse ins Zentrum der Nacht.

Eine bisher mondlose Nacht, eine Nacht mit zierlichen, scharfen Sternen. Die Gräfin sieht kaum ihren eigenen Körper, die Dunkelheit hat sich über ihn hergemacht, er zerfranst und zerreißt an seinen Enden, und jetzt, da sie seine Umrisse nicht mehr überblickt, scheint sie ihn auch nicht zu besitzen. Sobald sie nicht seinen Konturen mit den Augen nachfahren kann, gehört er ihr nicht mehr, sie könnte nicht sagen, bis wohin er reicht. Ist er gewachsen, eingelaufen? Auf ihr Gefühl jedenfalls kann sie sich nicht verlassen. Sie weiß nicht, in welcher Weise Himmel und Meer zusammenstoßen, aber sicher ist, daß sie dabei kein Hindernis darstellt. Himmel und Erde treffen aufeinander, ohne auf sie Rücksicht zu nehmen, also durch die Gräfin hindurch. Sie fällt nicht mehr ins Gewicht, zählt zum einen wie zum anderen. Ja, in ihrer nicht mehr in Betracht kommenden leiblichen Person vermengen sich womöglich oben und unten und treiben sie auseinander.

Dabei ist ihre Position solide verankert. Sie liegt zwischen den Beinen des Polizisten, den Kopf gegen seinen Bauch gelehnt, ihre Arme sind verschränkt über ihrer Brust, ihre Finger fassen seine Oberschenkel. Diese Berührung ist das einzig Handgreifliche, das ihr von seinem Körper bleibt, und doch spürt sie, daß sie nun, wo die ungeheuerliche Übertreibung seiner Muskeln ihren Blicken entzogen ist, von ihm selbst umhüllt wird. An jedem Flecken diesseits und jenseits ihrer so unbegrenzt gedehnten Haut stößt sie an die nicht zu trennende Landschaft von Himmel und Erdkugel, Himmel und Meer.

Plötzlich, im fast träumerischen Dahingleiten, im schläfrigen Davonschießen zwischen der oberen und unteren Finsternis ein zögerndes Morgengrauen allein für die Gräfin auf eine einsichtsvolle Helligkeit zu, die zu tun haben muß mit der Freude – ja, nicht nur ein Mangel an Beruhigung, ein Genuß ist ihr das Zerfasern und Zerfallen in die Schwärze hinein – am Abhandenkommen der eigenen Umrißlinien. Eine erleichternde, erheiternde Erinnerung, sie muß sich nur noch eben gedulden, einige Hinweisschilder passieren eventuell.

Früher nämlich, bei sehr heftigen Aufwallungen, war es da nicht oft gewesen, als verschwände ihre leibliche Anwesenheit, als gäbe es sie gar nicht erkennbar für andere, als würde sie verrieseln, stumm und unbemerkt, und niemand nähme überhaupt Notiz von diesem Vorgang und ihrem anschließenden Fehlen in der Welt? Die Gräfin spürt etwas entlangstreichen an ihren Wangen, an den Fußsohlen, feucht und lau, in der Nachtluft. Aber daß sie es sich so erklärt, ist nur ein Rückfall in alte Vorstellungen, eigentlich geht etwas anderes vor sich, es kann ebenso gut am nicht sichtbaren Horizont geschehen. Der Horizont ist ja neben ihr oder auf halber Strecke zwischen ausschwärmenden Himmelspunkten. Überrascht war sie oft, unbelehrbar, immer wieder verblüfft und schon damals nicht jedesmal angenehm, daß sie kontinuierlich, auch dann, wenn sie selbst nichts mit ihrer Gestalt zu schaffen hatte, für alle anderen kenntlich blieb. Wer täuschte sich eigentlich?

Jetzt aber die siegesgewisse Freude, nicht mehr dazuzugehören, kein Schrecken mehr, keine unverhofft herüberschlängelnde Luftbrücke vom ausgelöschten Strand. Wie haben sie den Menschen den Rücken gekehrt, ohne länger hinzuhorchen auf ein rufendes Signal, abgeschüttelt die Verworrenheit von Tagesspannen, Kopfschmerzen und Schicksalskreuzungen! Wie fliegen sie in aller Ruhe über den Meeresspiegel! Der Triumph aber, der die Gräfin so mächtig erfaßt, den sie nun, sich des Anfangs erinnernd, aussprechen kann, heißt: Ich bin gar kein Mensch.

Ich bin gar kein Mensch, flüstert die Gräfin der schweigsamen Landschaft in Gestalt des Muskelmannes zu, ich bin gar kein Mensch! Sie möchte aufspringen, derart ergreift es sie nach so vielen Jahren der Vergeßlichkeit. Nie, nie zählte sie in

Wirklichkeit dazu! Im grellen Licht dieser Einsicht welken die letzten Überreste der Tarnung, der Überwurf, die Einkleidung in Menschenform von ihr ab. Nichts hat sie mit dieser Rasse gemein, nicht Eltern, Alter, Hirn. Eine Kundschafterin mitten unter ihnen war sie, nichts sonst. Es liegt hinter ihr. Sie ist befreit von Geruch und Kostüm des Menschlichen, vom Regiment der Silhouette, vom zweifelhaften Vergnügen der Belastbarkeit. Ein im Wasser seine Beute packender Vogel, ein springender Fisch, eine aufspritzende Welle, ein flackerndes Feuer, das alles war sie eher, wird sie eher werden, einer Heimat nun entgegenfiebernd, als ein Mensch.

Ein flackerndes Feuer. Einmal, mitten in der Verkleidung, ist es aufgedeckt worden. Es gab ein einziges Mal Augen, die sich nicht irreführen ließen von ihren Kopien. Das war die größte Gefahr, der wildeste Schmerz, die erbarmungsloseste Intimität ihres überflogenen Lebens. Dieser längst in alle Winde verstreute Mann, der anders als alle anderen ahnte, daß sie nicht eine von ihnen war, der nicht wegsah, der den Blick nicht wenden wollte, bis sie sich preisgab, bis er, lächelnd, ohne Schwanken der Stimme aussprach, was sie ängstlich vor sich selbst verbarg.

Das kleine Boot scheint über die Wasserglätte zu schleudern, vielleicht rühren sie sich kaum von der Stelle, aber es muß ein Sausen, Zurücklegen gewaltiger Strecken sein. Der Muskelmann braucht dazu keinen Finger zu krümmen, die Geschwindigkeit kommt allein von der Zauberkraft, der Elektrizität, dem stürmenden Motor der Gräfin, dort, wo bei den anderen die Seele sitzt.

Noch eingesperrt in die nun zerfetzte menschliche Gestalt, war etwas Eigenartiges zu erleben, etwas diesem Dahinrasen sehr Ähnliches, diesem Davonbrausen auf engstem Raum.

Die Gräfin spürt das Boot stillstehen hoch oben auf den vielen Wassermassen, auf den Schichten und Zonen, und darüber stapeln sich die Schichten und Zonen der Luft. Das Boot steht vielleicht in Wirklichkeit still zwischen den Sternen, schaukelnd innerhalb der Distanzen von Nachtsonne zu

Nachtsonne. In einem trügt sie ihr Gefühl ganz gewiß nicht. Wie es sich auch verhalten mag, alles spielt sich ab zwischen dem lächerlich kleinen Platz des Schiffchens und dem riesigen des Meeres, zwischen dem friedlichen Schwanken und einem Vorwärtshetzen.

Hat sie je für die fleischlichen Freuden, wie es bei ihnen genannt wird, genug Fleisch besessen? Haut und Nerven allerdings, die ihr halfen, vom Rechteck eines Bettes festgehalten, auf ein Ziel loszurasen in immer blinderem Vorwärtsstürzen, und kaum war dieser Punkt erreicht, stellte er sich heraus als Kreis, dessen Peripherie sie berührte, von der sie auf den Mittelpunkt der äußersten Steigerung losschnellte, von dort aber sogleich in die Tiefe einer wiederum besessenen Erschöpfung, in der es kein Ausruhen gab. War man einmal an ihre Grenze gelangt, stieß man im selben Moment an die sich regende, an die bereits wieder unverdrossen aufkeimende Außenwelt. Die fleischliche Erfüllung, die Erfüllung der Liebe sogar, wie sie es nennen, das, was in einen Schrei mündet vielleicht, sagt sich die Gräfin heiter und scharfäugig wie nie zuvor – werden nicht auch die Sterne daraufhin strahlender, größer, härter, zahlreicher? –, die himmelschreiende Umnebelung des Befriedigtseins (bezeichnen sollen sie das in ihren Städten, an ihren Stränden wie sie wollen) ist jedoch möglicherweise, möglicherweise sagt sie sich nur aus Höflichkeit, sie weiß ja, daß sie recht hat mit ihrer Vermutung, ist nichts als eine Schranke, Barriere, der Wassergraben oder nicht zu lüftende Schleier vor einer sonst ausbrechenden Erkenntnis. Verhindert nämlich nicht die gnädige Verwirrung des so bezeichneten Höhepunkts, daß man in seiner, einmal in Gang gebrachten orgiastischen Erhellung, in diesem grellweißen Tunnel an den wegklappenden Erscheinungen vorbei in die Unendlichkeit rauscht?

Immer strahlender, härter, kälter die Sterne, dichter und höher, die Wasserfläche aber dunkel übergehend in die Luft, die Gräfin am Oberkörper kräftig umschlossen von einer Reling aus den fühlbaren Schenkeln des Mannes, nur weiter abwärts das Verfließen mit der Nacht. Sie sieht an sich entlang und sieht es an wie eine sorgsam eingefädelte, überfällige Verwandlung, vergessen sind ihre Füße, die Aufteilung in zwei Beine. Sie betrachtet jetzt etwas als Selbstverständlichkeit, an das sie sich als aufregende, aber keineswegs begriffene Empfindung aus damaliger Zeit erinnert.

Es konnte sie im ruhigen Dasitzen überfallen, an einem wankenden Frühlingsabend auf einer kühlen Gartenmauer, in einem Liegestuhl unter den nichts ahnenden Augen der Schwimmer, Taucher, Angler, der Picknickenden und Eislekkenden. Hätten sie es erraten, würden sie es sicher als diffusen erotischen Schauer bezeichnet haben, die Gräfin hätte mit einem etwas beschwipsten Nicken zustimmen müssen. Was dann nämlich eintrat, ob durch die Sonne oder einen sehr direkten Lufthauch hervorgerufen, war etwas Schwänzelndes in ihr selbst, ein merkwürdiges Verbiegen, etwa von den Hüften an abwärts. Der Körper, schmolz er nicht ungefähr von dieser Höhe an nach unten weg, obschon er gleichzeitig überhaupt nur noch aus dem Gefühl dieses Glitschigen, Wegkurvenden bestand, der Rest kam nicht mehr in Betracht? Die Gräfin verhielt sich still an ihrem Platz, bemüht, nicht das geringste Aufsehen zu erregen und konnte sich nichts Angenehmeres vorstellen als das, was sie gerade erlebte: den scheinbaren Verlust ihrer gewohnten weiblichen Linien unterhalb des Bauchnabels schätzungsweise zugunsten eines Windens und sich Wendens, eines Schlingerns wie aus einem einzigen, sehr behenden Stück, eine peitschenförmige Bewegung, ein Schnellen durch die Wasserräume mit silbrigem, grünglitzernden Unterleib, der sich wollüstig rieb und drängte an jede Welle. Dabei verharrte sie ohne Regung, die Beine an den Fußknöcheln überkreuzt, so daß die Fußspitzen nach außen und auseinanderzeigten.

Irgendwann, vor jetzt auf einmal wie nichts wegtauenden Zeiten, muß sie das Wasser verlassen haben, kriechend und schleimig, aus Übermut oder unbezwingbarer Sehnsucht nach jenem anderen Bereich mit zerbrechlichen, starren Geschöpfen besiedelt. Eine feste, dauerhafte Haut galt es daraufhin anzulegen. Ausgeliefert war sie von nun an den Faustschlägen und Beilhieben eines kaum gefilterten Lichts und, schlimmer noch, den Einbrüchen menschlicher Gefühle. Sie war gefangen im fugenlosen Panzer einer Gestalt und doch tatsächlich nie hinausgekommen über die Stunde, wo Schlamm und Brandung sie widerwillig entlassen hatten in die Verwundbarkeit und den Eigensinn. Hat sie nicht stets, ohne es zu erkennen, das zarte Saugen und Ziehen der Tentakeln, Zangen, Mäuler des Meeres an sich gespürt und erst recht in seiner Nähe die verklausulierten Aufrufe zur Kopulation, zu Rückkehr und Versinken in die fließenden Gesteinsschichten, die Falten, die Verantwortungslosigkeit der See?

Höchste Zeit, dem Appell zu folgen, schon hält die Haut ja nicht mehr stand, zurück, zurück in die Zuflucht. Der Polizist, der schweigsame Fährmann hinter ihr, ist der Abgesandte, ausgeschickt, die Abtrünnige wiederzubringen.

Eine Stütze, ein Stab, eine Bohnenstange ist sie unter den Menschen geworden, ein Gespött und ein Pfeiler, der überflüssige Versuch, Himmel und Erde auseinanderzustemmen, der einzige Hinweis, wirksam und nagend, daß sie fremd war, sperriges Gut, anstoßerregend im Territorium des Abgezirkelten.

Eines jener fischschwänzigen Wesen ist die Gräfin, die aus dem Saum des Wassers fallen, sich aufrichten zu ihrer komplizierten, für solche Leistungen ungeeigneten Höhe, bis sie schließlich, von der eigenen oder der Untauglichkeit der Welt überzeugt, heimkehren zum düsteren Grund.

In Gestalt einer Frau hat sie ihr Leben zugebracht auf der festen Erde, den gepflasterten Böden, die vereinzelnd das Echo jedes Schrittes zurückwerfen, selbstverständlich wie ein Fisch im Wasser, und doch war es manchmal, unter den Blikken der Männer, als hätte sie sich weggestemmt von ihrer eigenen Oberfläche, sie den fremden Augen und Händen überlassen, selbst aber, unauffindbar, unsichtbar im nachdenklichen Betrachten, die Ellenbogen aufgestützt.

Ein einfaches Heben und Senken, eine eilige Welle war sie und mußte die eindeutig weiblichen Ausprägungen ertragen, um zu verstehen, was ihre Neugier erregte. Die Gräfin, sicher umschlossen von ihrer muskulösen Reling, lächelt und fährt mit den Fingern dem Mund nach. Die Blicke der Männer: ein Strand, eine Felsküste, gegen die man weich und jeweils anders verformt schlug, anlief und verformend sich schmiegte. Einmal hat sie auf einem Bahnsteig ein Mädchen mit schwellendem Gesicht gesehen, so dargeboten die Lippenpolster, so samtig lichtschluckend die Augen, so nachgiebig schon beim Hinsehen der Bauch. Doch auf und ab ging das Mädchen, herausfordernd, widersprüchlich gestrafft, den Aufruf der Hüften Lügen strafend durch die unverschämte Zielgerichtetheit der Stiefelspitzen! An anderer Stelle, in einem Labor?, eine Frau in weißem, streng an ihr hinabfallenden Kittel. Wie eine Strafe für das wild geschminkte Gesicht versteckte der Kittel den Rest von ihr. Aber hatte sie die nicht selbst über sich verhängt? Listig, aus freien Stücken? Ahnte nicht der, den der Angriff ihrer Bemalung traf, daß sie unter der hartherzigen Uniform sich verführerisch entschädigte? Lenkte sie nicht die Gedanken herrisch auf ihre Unterwäsche, die Heuchlerin?

War vielleicht der höchste Genuß, der geboten wurde in der Region der steinernen Böden, sich zu fühlen als die anrollende Welle am Widerstand der Klippen, heimlich flüssig zu sein, während man sich ein Bett aus den Blicken der Männer schuf?

Über ihr, distanziert, als gehörte die Erde nicht dazu, die Schleier der Milchstraße, unterschiedlich dicht. Früher hat sie gelernt, sich das Firmament gegen den Augenschein räumlich zu machen, indem sie die Sterne durch gedachte Namen zu staffeln suchte und sich selbst als Punkt innerhalb der riesigen Bewegung der Sternenspirale begriff. Es ist nicht mehr nötig durch das wieder hochgeschwommene und neu erkannte Gefühl einer nach außen verlegten Paarung, die an allen Stellen ihr Zentrum hat, eine im Körperinneren ausbrechende Allgemeinheit geht über in die Auflösung, in die Umgebung.

Noch immer liegt sie behaglich zwischen den Beinen des Meeresboten und zugleich ihres Ersatzmannes. Vergnügen und Verrat, die in der Liebe zu einem Einzigen bestanden, haben sich verflüchtigt zu den sie umkreisenden Elementen, die von oben und unten und allen Seiten mit der Einverleibung beginnen. Aber erst jetzt, durch das in sie eingeritzte Muster der Liebe zur Einzelgestalt hindurch, erfährt sie die Zerstäubung in den Zusammenhang von Wasser, Himmel, Luft als alles übertreffende Lust.

Die Lichter entfernter Schiffe rufen manchmal eine schwache Erinnerung an Horizontlinien wach, die gleich wieder verglüht vor den Augen der fast schon entschwindenden, ehemaligen Gräfin, die wie die Tintenfischaugen den menschlichen sehr ähnlich sind. Ihr Fährmann aber scheint auf der schwarzen Meeresfläche, die auch ein aufgerissener Abgrund sein könnte, wenn sie das Boot nicht noch immer trüge, mühelos die für ihn gültigen Straßen zu erkennen. Er weiß, wann er rudern muß, und wann sie sich treiben lassen dürfen. Sie hört, daß er hinter ihr eine Flasche aufschraubt und trinkt, ihr letzter, ihr entscheidender Vorrat. Dann legt er den Arm über ihre Schultern, sie spürt den sachten Druck an den Brustspitzen und seinen Kuß an ihrem Hals, seine Lippen fallen geradezu auf ihre Haut, als wollte er sich dort ausruhen von einer großen Anstrengung oder als hätte er ein letztes Mal den beschleunigten Schlag ihres Herzens erkundet und sie besänftigend mit einem Gewicht beschwert. Seine Hand allerdings hält die Flaschenöffnung unausweichlich an ihren Mund. Sie greift danach, um keinen Tropfen zu verschütten und beugt die Kehle weit nach hinten. Die Schleier der Milchstraße sind sacht um sie herum gebauscht.

Ähnlich wie die nicht abnehmende Wärme des Mannes sie durchfließt, laufen dann die Wellen durch sie hindurch, anverwandelnd, ein gleichförmiges Gleiten und Brausen der wankenden Struktur ihres Körpers, sie beginnt, während der Kopf in die Achselhöhle des Mannes rollt, den Sternennebeln auf dunklem, tiefen Grund entgegenzuströmen.

Vom Strand aus betrachtet sind sie, wenn sie sich überhaupt abhöben für ein gutes Nachtglas von der Finsternis, längst über den Horizont hinaus. Entschwunden sind sie den

Blicken als schlafendes Liebespaar, im träumerischen und ebenso entschlossenen Dahinsterben begriffen, ihrer Vollendung zum Wahrzeichen von eigener Hand zutreibend. Vom Strand aus betrachtet sind die ihrer Auflösung Entgegensinkenden wie nie zuvor gehärtet zur scharf umrissenen Gestalt. Legendenfiguren, der eine Tod ein Echo des anderen. Die lange Gräfin in den Armen ihres Muskelmannes, abstrus und für einander geschaffen. Bei anderen Lichtverhältnissen entständen sie neu als Sternbild, entrückt zur menschenfreundlichen Konstellation am Nachthimmel, zum funkelnden Paar – höchste Zeit, nach dem zweiten Kännchen Kaffee und der stets niederschmetternden Zootorte hier aufzubrechen, zurück zu den Tieren – aus der gedachten Verbindung verstreuter Punkte am tiefen Meeresfirmament.

Drittes Kapitel

Mich persönlich hat schon immer, auch bei besten Kräften und in zuversichtlichster Stimmung, mehr als in geschlossenen Räumen in der freien Natur, kaum setzte ich mich nieder an halbwegs bequemer Stelle, eine geradezu mitreißende Müdigkeit ergriffen, ein Ausgleiten und Hinsinken wie – um es noch verlockender zu machen – aus der Wipfelregion graugrüner Regenwälder in die erhitzte Tiefe.

Es ist ein wunderbar verzögertes Fallen, von einem durchlässigen Stockwerk ins nächste. Also handelt es sich jetzt nicht mehr um den sachten Sturz zwischen Sternbildern und Meeresgrund, sondern um die senkrecht verlaufende Reise durch ein Meer, das sich belaubt hat, es ist ein Sprung zunächst von Baumkronen, die ein kuppeliges Blättergewölbe hoch überragen. Ich sehe es unter mir, aufgerichtet im Sonnenlicht noch wie auf einer aus den Wellen stoßenden Felsspitze und werde gleich brausend ertränkt, kurz aufbrausend, von einer nach massigen Früchten riechenden Stille, ein grünes Aufspritzen, und schon bin ich versunken im Dachgestühl, unter dem Urwalddach, das mich von jetzt an verbirgt vor dem Himmel und dem Tag, der anfangs noch die langsam vorüberziehenden, vielgestaltigen Blätterwände und -wülste fleckt. Fast könnte ich hier bleiben, federnd, schwebend, so dicht ist das Geflecht aus Ranken, aus schmarotzerhaft umwickelten Zweigen. Mich aber zieht der ferne Waldgrund an, ich stürme der Dämmerung einer unteren Zone entgegen, an Blütenrachen, im Schnappen erstarrt, und baumelnden, in ihrem offensichtlichen Rettungsangebot von mir verschmähten

Luftwurzeln vorbei, der Tropennacht zu, dem sumpfigen, am hellen Mittag schon schwarzen Grund, werde empfangen von kaum noch erkennbaren Bäumen, Kraut- und Strauchwerk in schwammiger Wärme, aus der Kolonien kleiner Pilze leuchten, die unterschiedliche Höhen des von ihnen wuchernd besetzten Bodens markieren und ihn dann, ausbleibend, durch überraschende Lückenabgründe verzerren.

Ein Fallen, das nicht aufhören soll, ich brauche mein gesamtes restliches Leben dazu. Als reife Frucht bin ich aus den hellen Höhen in den nährstoffarmen Boden gestürzt, als losgeschüttelter Nektartropfen und schieße nun, aus dem Geruch faulender Vegetationsfetzen, aus dem nächtlichen Gestrüpp wieder hoch, ein dünnes, rasches Emporwachsen aus der Schwüle, aus der Dumpfheit der ersten Etage höher, an den glatten und verzweigten, mich begleitenden Baumstämmen entlang, aus der flauen Tiefsee des Urwalds schwinge ich mich, von übermächtigem Lichtbedürfnis hochgerissen, auf und lasse bereits die Gewächse der Nacht unter mir, sehe herab auf die jüngsten Bäume, die nicht Schritt halten können mit mir, dränge unaufhaltsam durch Regen, Dampf und Diesigkeit im windlosen Urwaldinneren den figurenwerfenden Orchideen zu, die aus Rindenspalten und Astgabeln hervorbrechen, sich ergießen in meterlangen Rispen, nicht beeindruckt von den schweren Nachmittagsgewittern, wie auch ich es nicht bin, immer weiter steigend, auf der sich allmählich verstärkenden Spur des Lichts, mich um Bäume schlingend, die wie ich, mich gezwungenermaßen transportierend, auf schnellstem Weg in die Höhe wollen. Schon drei- oder vierjährig mußte ich ja, kaum stellten sich große, starke Männer ein, unbedingt an ihnen hochklettern, um schließlich äffchenartig in die sich anbietende Rundung ihrer Schulter zu beißen.

Schneller bin ich als die Pflanzen mit gefiederten, lanzenförmigen und glänzend gebuchteten Blättern, unter deren Gewicht die umklammerten, als Wurzelhöhle benutzten Bäume zusammenbrechen. Noch befinde ich mich im Inneren des Waldes, noch ist das direkte Sonnenlicht nicht von mir erreicht, aber schon bilden die Stämme Äste und Zweige aus, entfalten sich zu Laubschirmen, durch die eine heitere grüne Glut sich ankündigt, zu der ich begierig hindurchjage, in Funken die Erinnerung an alles unterhalb des Laubwasserspiegels abschüttelnd. Über mir nichts als die einsamen Kronen der höchsten Bäume, sehe ich auf die flammend gesprenkelte oder grau dünstende Blätterwolkenschicht, ihr schon wieder entgegenfallend, noch zurück.

Es ist ein hin- und herschwankender Wunsch, sich auf die Erde zu werfen und aufzufliegen, Morast, Gebüsch und Schwerkraft hinter sich zu lassen und das Bedürfnis, sich an den Boden zu pressen, nie mehr davon getrennt zu werden, hochzurennen mit den Ameisenkolonnen zu den Beutezügen im Kronendach und heimzukehren mit ihnen in die unterirdischen Behausungen, so wie ich früher, flach ausgestreckt, Verse las, die aus den täglichen Verrichtungen sich reckende Stämme in die Welt pflanzten. Kirchturmartig verschwinden die Baumkuppeln im Nebel, so verlieren sich umgekehrt die Beine von Spaziergängern und Kühen in den Schleiern der hoch blühenden Abendwiesen, ein Geheimnis plötzlich, unmöglich können Anfang und Ende der Gegenstände in ihrer Vollständigkeit beschaffen sein wie sonst. Die Türme vereinigen sich mit dem Himmel, die Unterkörper mit dem Gras.

Das Steigen und Fallen geschieht in einem einzigen, eigentlich nicht gestatteten Urwald, unter mir höre ich die heimischen Eichenwälder der Vorzeit mit Rotbuchen, Linden, Ulmen und Ahorn, im Stürzen wird ein subtropischer Monsunwald daraus, ich versinke in feuchtheißen Tieflandwäldern, in Bergwäldern, immergrünen Nebel- und Regenwäldern, in den asiatischen, afrikanischen und südamerikanischen Waldlandschaften, in allen Äquatorialwäldern, gleichzeitig arbeite ich mich durch die Stockwerke hoch.

Ich trainiere das in der Waagerechten des Zoos: Jaguar, Nashornvogel! rufen mir die Schilder zu. Das sind herrische Winke, schon fliege ich durch die Etagen grüner Höllen, vorwärtsgehend, anhaltend als friedlicher Besucher, der allerdings manchmal vor einem Gehege für längere Zeit die

Augen schließt, ob aus Erschöpfung oder zur Konzentration kann keiner sagen. Die Laubmassen aber sprießen nicht aus den, von der Zooleitung als Anhaltspunkt gedachten, tropischen Gewächsen in der mir stets willkommenen, sorgfältig überwachten Treibhausluft, auch nicht aus dem kämpfenden Unkraut, das die Betonplatten durchbricht, sondern aus den Schreien, aus dem Brüllen und Pfeifen der Tiere allein schießt die Wildnis fruchtbar hervor und aus ihrem unerträglichen Duft!

Schon immer habe ich bei den Tieren Zuflucht und Bequemlichkeit gefunden. Man kann versuchen, sich von Stadt, Berg, See trösten zu lassen. Aber Vorsicht! Nie weiß man mit Sicherheit, ob sie der Trauer Widerstand leisten und nicht statt dessen, in ihrer Neigung, alles zu vergrößern, auch die Verlorenheit übertreiben werden. Auf die Tiere jedoch war in allen Lagen Verlaß. Ich lief in den Zoo und erwartete dort ein besonderes Glück, dort nämlich waren sie in noch viel stärkerem Maße Tier als die Fliegen am Fenster, die Amseln im Garten, die Hunde an den Straßenecken. Nein, kein Vergleich!

Wie unterschiedlich sie mich empfangen! Die meisten machen sich ein Vergnügen daraus, mich zu übersehen. Sie vertiefen sich scheinbar in die Nahrungsaufnahme, in das Produzieren imponierender Kothaufen, starren wie Felsstücke vor sich hin und beobachten mich heimlich unter den Brauen oder über die Witterung, durch die zuckenden Ohren. Käme ich allerdings als grüngekleideter Pfleger mit einem Schlüsselbund, einem Fahrrad, einem Eimer an der Hand, wäre es aus mit der Würde, da bilden auch die weißen Wölfe eine erstklassige Riege am Grabenrand, halten die Köpfe alle in eine Richtung, die reinsten Revuemädchen, und lassen die Augen wandern, gemeinsam wie ein einziger vielköpfiger Wolf, bis der Wärter entschwunden ist. Danach ist die Verlegenheit eine Weile groß. Unser Verhältnis aber erweist sich als ein künstlerisch-familiäres. Angesichts der Tiere wird die Welt einfach, sie teilt sich ein in Stockwerke und Reviere, vor allem aber: Für jede Stimmung gibt es den Umriß und Blick eines genau dazu passenden Exemplars. Man lehnt an einem Maschendraht, einer Glasscheibe und betrachtet dahinter die Gestalt seines momentanen Gefühls oder sein Gegenteil. Oft ist es der Büffel, der exakt das Volumen meines Gemütszustandes hat oder dessen, was mir gerade am meisten fehlt. Wie trotzig, gelassen und uralt der Bison vor mir aufgebaut ist und bald darauf durch seine ausgedehnten Weidegründe zieht. Fast glaube ich, daß die Luft des Zoos die Fähigkeit besitzt, zu meinen Launen die Form von Tieren anzunehmen.

Die exotischen Vögel, lärmende, unsinnige Einfälle im Urwaldgeflecht, sind mir ein Beweis, daß auch die bizarrsten Gefühlsnuancen einer Erwähnung wert sein müssen.

Manches geht aber auch hier verloren. Verlorengegangen ist mir seit 360 Jahren, gefallen im Dreißigjährigen Krieg, der Auerochse, das leidenschaftliche Wild von unbändiger Kraft, das kluge Nacht- und Dämmerungstier im Auwald großer Stromgebiete. Plötzlich, in meinem Zimmer – o ja, natürlich kommt es vor, daß ich dann von draußen, aus dem Dunkel ein Geräusch höre, einen ungezähmten Laut, und hochfahrend aus meinem Nachdenken überzeugt bin, daß die heulenden Wölfe unterwegs sind –, plötzlich, in der Stadt, ist es ein Unding, daß es Leoparden, Bongos, Kongo-Pfauen gibt. Zu welchem Zweck sollten sie vorhanden sein? Solche Anfechtungen rühren her vom Eingesperrtsein in die vier Wände. Draußen kann man sich mit der frischen Luft, der Welt und den Lebewesen mühelos verästeln. Es passiert aber auch andersherum. Vor der Enge im Freien flüchtet man sich in die Ungebundenheit eines kleinen Zimmers, nimmt Postkarten mit Abbildungen von Eichhörnchen, Rotkehlchen und jungen Löwen in die Hand und denkt sie sich in den Garten und die leeren Bäume. Welch beruhigende, zuversichtliche Bevölkerung!

Was aber könnte sich mit der Überfülle der Schautafeln messen? Dicht gedrängt sind hier, getreu der gedämpfteren Wirklichkeit, nicht bloß Insekten dargestellt. Nein, Falter, Schlangen, das alles, so grell und düster gemustert, wie man es sich nie hätte träumen lassen. In diesen gemalten Urwaldreichen wüten Harpyen und Jaguar als A und O der Tropenwildnis, als Kronjuwel der Affenadler, der schreckliche Jäger, hoch in den Lüften über dem Laub, der die Affen aus ihren Verstecken schlägt, der Jaguar in der Urwaldtiefe, der blutrünstige Räuber, geduckt, bereit zum erneuten Töten, wie damals, als er, wie uns Alexander von Humboldt erzählte, lautlos des Nachts die Doggen umbrachte. In der Steppe regiert die Horizontale, die Tiere treten gestaffelt auf, ohne Zwischenraum, Art an Art, wandern Nashorn, Giraffe, Elefant von links nach rechts, hier einer Wasserstelle entgegen. Der Löwe, die Hyäne jedoch! Doch zurück in die graugrünen Regenwälder!

Zurück in den Funkenregen, das Meeresleuchten der Falter, Frösche und Kolibris, ein knalliges Blütentreiben, zu Blüten, im Radschlag des Balzens erstarrt, zwischen Bodenschlange und Riesentukan.

Soweit ich mich erinnern kann, haben mir immer, im knochen-zweig-geländerlosen Luftraum der Gefühle, die winkenden Meeressterne, Leuchtbojen, schillernde Sicherheit bietenden Reime, Zweizeilenfaultiere, die glänzenden Schwanzfedern eines staubigen Gedichts eine Richtung vorgeschlagen.

Wenn die Vögel des Tages sich zur Ruhe begeben, ist die Zeit für die kleinen Säuger gekommen. In der Nacht ernten sie, die Großäugigen, laute und stumme, die gleiche Nahrung. Manche bewohnen ihre Heimatzone ständig, verlassen sie niemals, andere durchlaufen sie vertikal, im Fliehen und Jagen. Die Gleitflieger aber, unvermutet schräg, im Diagonalschnitt die Stockwerke negierend, sind die Überraschungspfeile des Urwalds, schießen sich selbst, den mörderischen, auch umständlichen Boden meidend, über den Abgrund der pflanzlichen Schluchten.

Jetzt spannen die Falter, festlich gepudert, die irisierenden Flügel auf, spielen Blume und Ungeheuer auf ihrem gefährlich segelnden Flug, modelliert in Farbe und Gestalt, unendlich schattiert in Lockungsbedürfnis und Abschreckungszwang, gestaucht, gebläht mit konturenauslöschendem oder -verstärkendem Ornament, wie der Urwald es fordert. Wie

Ereignisse, sage ich mir, wie die eigentlich grenzenlosen Ereignisse beschnitten und gezerrt werden zu Nachricht und Handlung, zu Verführung und Warnung für Auge und Ohr ihrer Empfänger. Als entsetzen- und lusterregende Schmetterlinge, Frösche, Insekten steigen und sinken nun Katastrophen und märchenhafte Glücksvorkommnisse im Philodendron des Tropenhauses.

Mein Blick fällt auf den Jaguar, auf Weißhandgibbon, auf Königspython, auf Tigerpython und Fledermaus, mein Blick schlägt Schneisen in die Urwaldgürtel der Erde und bestaunt und ist nie zu sättigen dabei, die Belebung ihres Grau-Grüns und die unermüdliche Post befreundeter und verfeindeter Botschafter zwischen Erde und schon zum Himmel zählender Luft.

Pavian, Steppen- und Felsenaffe. Ich falle tiefer, ich wechsle die Tierart, die Klimazone. »Das Fleisch ist Gras«, schon bin ich im Saft der moosigen Tiefe, wo sich ein Dunst zum Tier verdichtet und auflöst zur Pflanze im einwickelnden Zusammenhang von Würmern und Farnen, während ich von Käfig zu Käfig gehe. Ein Vogel stürzt als Geschoß in mein Blickfeld und breitet, eine allgemeine Beschwichtigung, seine Flügel aus. Strich ich nicht durch die Nacht als schreiend bunter Makifrosch, durch die feuchte, schrill melodische Nacht, durch meine Wildnis, wie durch ein befreundetes Inneres?

Der Vogel über den Gittermaschen, zwischen Wolken und Zoo, ein Stein, der sehr tief fallen will, dann die unscheinbaren Flügel ausbreitet zur streichelnden Beschwichtigung. Der Blick in die Höhe zeigt die schreienden, jauchzenden Langarmigen, die Körper dunkel ausgestreckt vor dem hellen Wasserspiegel des Himmels. Aufsteigen muß ich, verwandeln muß ich mich in ihre ins Freie scharf geschnittene Körperform, das sorglos freihändige Schwimmen zwischen zwei fernen Bäumen, die Brücke ohne Anfang und Ende, der Vogelfang mit dem Fuß im orgiastischen Zwölfmetersprung, im langsamen, überaus sorglosen Sprung. Die Luft hat hier ihr Geheimnis verraten, verschwörerisch, doch nur bei dem, der den Mut hat zu fliegen, den Übermut des Weißhandgibbons, der danach sich wie neugeboren fühlt, des Silbergibbons, der Affen und Fürsten im freien Raum, der Olympier hoch über den Schächten der Urwaldstadt.

Unter mir die hellgraue Stadt, von einem erkletterten, einem rasch mit Rolltreppen, Aufzügen eroberten Aussichtsturm betrachtet die Stadt, die ringsum den Horizont füllt. Übersichtliche Anordnungen plötzlich, harmlos, leblos in der Entrückung, alle kleineren Erhebungen vereinfacht zur Gleichmäßigkeit einer Ebene mit versteinertem Strauchwerk. Emporgeschossen daraus und auf einer Höhe mit mir die Überständer, die erlesene Gesellschaft von Kirchtürmen und Hochhäusern, massive Fahnenstangen, die Elite herrscherlicher Triumphe, von alten zu brandneuen Wahrzeichen mein springender Blick, der anders als auf dem gerechteren Faltplan, hier, in der Wirklichkeit, gar nicht anders kann.

Zurückgestürzt aber, schnell zurückgestürzt zwischen die in der Tiefe sich erschließenden Gebüsche der Häuser und die schnurgerade sich tarnenden Dschungelwege, forsche ich unter Z nach dem Urwald in jeder Stadt, nach dem Heimatlichen, das sich unbedrückt vom eben bestaunten, einzigartigen Panorama verwechselbar gibt.

Wie kündigt hier, und hält sein Versprechen, der steinerne Löwe am Eingang den echten, riechenden, brüllenden an! Wie faßt mich der Bär, er entdeckt mich auf der Fahrbahnmitte, hinweg über Autos, Mauer und Teich schon ins winzige, wiedererkennende Auge! Er muß mit mir gereist sein und wartet auf mich, um mich mit den runden Ohren zu locken. Wo der Bär, der Braun-, der Schwarz- und Kragenbär seine Zunge reckt, seine Tatze streckt, ist man stets bereit, mich vertraulich zu schlucken. Kaum studiert mich der Mähnenwolf beim nervösen Flanieren, die großen Städte verblüffen uns nicht, wenn wir wieder, nur durch einen Zaun getrennt, beieinander sind wie vor einem, vor fünfzehn, vor dreißig Jahren. Die uralten Tiere, immer in frischer, behender Gestalt in Gehegen, Revieren und Pavillons, sind die exklusivsten Stadtbewohner, Emigranten unter falschem Namen, angespannt in ihr Schicksal ergeben. Ich lausche ihrem Gedankenaustausch, verfalle ihm, sie dulden es. In der Nähe von Flugplatz und Einkaufszentrum sieht der Gepard seine Steppenferne und ich, den zerstreuten Jäger betrachtend, schlafe im Stehen, erquickt vom Herzschlag gemeinsamer Herkunft.

Mit geschlossenen Augen saß ich vorhin im Elefantenhaus, saß dort fast seit Jahrhunderten. Draußen verging vielleicht brausend die Zeit, aber ich hörte nichts als das leise Fressen der mächtigen Tiere, ein gemütliches Flüstern, das Klirren und Klingeln gesetzter Füße in ihren Ketten, ein Scheuern an gekachelten Wänden. Seit Jahrhunderten kenne ich die grünen Keramikkacheln, die Plaketten, auf denen die Stifter genannt sind, unnötig, noch einmal hinzusehen. Mir genügt die Narkose durch den Geruch. Ein Saal, in dem Heuwolkenballen vom Hallenhimmel zu Boden sanken. Wer im Elefantenhaus sitzt, der beobachtet nicht.

Mit geschlossenen Augen fühlt man das Seufzen verletzlicher Berge, felsenfarbener Leiber, immer im leichten Grau eines Nebels. Immer steigt ein wohlschmeckender Dunst an ihnen hoch und füllt den Raum an. Ihr Umriß ist mir bekannt wie der eines Straßenhündchens, in ihnen hätte ich viele Male Platz. Ich sehe sie durch die Lider hindurch als Zuflucht gewährende Burgen, Verfolgung abweisende Kathedralen, ein Meeresinneres, in dem ich anschwellen kann, bis ich nach sehr langer Zeit treffe auf die Innenkontur ihrer Gestalt, eine Ausdehnung im Dunkel ihrer Körper, dabei umschlossen von ihrer verwitterten Haut.

In diesem Haus ist man in jeder Stadt meist allein. Auch die Tiere sind oft nicht da, ein Stellvertreter ist hinterlassen, ein heikel gestimmter, abgetrennt, hinter der Zwischenwand nur die höchste Rückenerhebung. Wir halten uns aneinander nicht auf. Die mütterlichen Massen der großen Geschöpfe, der größten Landsäuger von allen, verdrängen auch in ihrer Abwesenheit die Luft, die sie wärmen, die von ihrem Atmen, vom Pochen des Blutes träge vibriert, so daß alles sich ihrem Rhythmus ergibt, die Kacheln, die Bänke, ich selbst, das gemauerte Elefantenhaus ist ein Elefantenwalkörper, der Augen überflüssig macht. Man döst und dämmert an seinem Platz, das Gewölbe umspannt uns, ein Himmel, der ausreicht, die Außenseite kennen wir nicht, in diesem Leib, der sich langsam in Bewegung setzt und, mich bergend, über Savannen trottet.

In Zoos finde ich zum Schluß nur mit Mühe, wenn geläutet wird, den Ausgang. In einem von ihnen gelingt es mir nie, ein Tropenhaus mit frei fliegenden Vögeln zu entdecken, von dem ich aber durch Fotos weiß. Dieser Mißerfolg ist angenehm. Es gibt ja auch ein kleines Naturschutzgebiet, in dem ich mich fast absichtlich jedesmal verirre. Dadurch vergrößert oder verhext es sich.

Wenn ich in den Tiergärten manche Orte nicht ausfindig machen kann, warum sollte es dann nicht möglich sein, daß auch ich dort unauffindbar werde? Ich wäre am Ende allein mit den Tieren, es würde Nacht, ohne fremde Geräusche, die Affen und Löwen wüßten von mir, aber zeigten es nicht, die Käfigstäbe verschwänden im Dunkeln, doch die Bären rührten sich nicht von der Stelle, sie prüften die Türschlösser nicht einmal nach. Nachts ist das alles ohne Bedeutung, nachts, wenn die Tiere unter sich sind, wuchert die stärker riechende Wildnis, springt wie ein Feuer vom Ententeich zu den Pinguinen, doch man bleibt, gelähmt vor Genugtuung, in den alten Revieren, am vom Wärter zugeteilten Ort.

In den Mietshäusern meiner Jugend war nie abzuschätzen, wann für Minuten oder Stunden das Licht ausging, Gänge und Treppenhaus in der Finsternis, es wurde noch schwieriger, die verabredete Tür zu finden. Tappend und horchend bewegte ich mich an den Wänden entlang, manche Türen wurden sofort, von mir unerwünscht, weit geöffnet, andere blieben, auch wenn ich klopfte, geschlossen, schreckliche und verzauberte Häuser. Ich aber hoffte in meinen Träumen, in den Zimmern wohnten sie, die Tiere. Wenn es gelänge, die Tür aufzustoßen, würde es sich dahinter dehnen. Die Architektur der Etagen und Fronten dürfte nicht gelten, vielmehr begänne hinter einer dem Flur nichts verratenden Wand das Reich der Lianen und Urwaldschreie.

In meinem ganzen Leben gab es den Zwang, nach einem

Tag im Freien mich einzusammeln aus der Umgebung, um in ein Haus zurückzukehren. Hätte ich mich nicht der Vernunft gebeugt, was wäre geschehen, ein Explodieren, Feuerschlukken, Feuerspeien? Wird erst mein Tod das große Ausatmen in die Landschaft sein? Mein Ziel also ist, den Ausgang zu verfehlen.

Die Wüsten des Himmels im November, die Steppen des Himmelsraumes, der zerschmetternd einbricht in die Laubkronen und von aller Vegetation nur noch die Gerüste übrigläßt, die Vögel, die man an einem blaß-grauen Januartag nur lange genug ansehen muß, um sie als meine Abgesandten zu entlarven! Sie gehen alle von mir aus, meine Kundschafter in die Welt. Der trockene, eisige Februarsturm, der alle Dinge zum Schrumpfen bringt, alles ist durch kalte Lücken getrennt, nur der Sturm rast von Gegenstand zu Gegenstand. Das übersteigerte Rauschen der Bäume im Herbst, etwas Glasiges, glasig Bedrohliches liegt in der Luft, weil das Gläserne sogleich in Stücke brechen kann. Für Sekunden dauert hier das Rauschen mit der Heftigkeit, Kurzatmigkeit, die man sonst nur von Zugluft kennt oder aufkommenden Böen. Es wirkt verkehrt auf die Nerven, die es erschöpft und anfeuert, Ausschweifungen zwischen Isolation und Zusammenhang. Hitze und Kälte der Städte: Betritt man ihre Zoos, wechselt man Jahreszeit und Erdteil, man versteht das Datum nicht mehr.

Die Tiere, Vertreter von Heimatländern, erscheinen mir in den Zoos nicht in topografischer Abfolge, wie die ihrer Herkunft entrückten Gemälde in den Museen nicht in historischer. Es sind fixierte Nuancen von Klimagürteln, gebannte und zur Auswahl überströmend füllig angebotene Stimmungen des Planeten selbst in globaler Vollständigkeit.

Also gehe ich von Käfig zu Käfig wie auf Planken, über auf- und niederschwankenden Gefühlswallungen.

Ich muß mich nur einmal versehentlich irgendwo im Kreis drehen, schon ist die Orientierung im Räumlichen verloren. Den Ursprung von Geräuschen kann ich nicht ausfindig machen, so schnell ist die Welt überraschend geworden. Sind die Augen leichtsinnigerweise, und sei es nur kurz, geschlossen, zeigt sich die ganze Unverständlichkeit. Dabei müßte ich doch den Plan und das Wichtigste einer im Prinzip bekannten Stadt endlich im Kopf haben, aber immer entfallen Verbindungsstücke, ich bin daran gewöhnt. Auf Gängen, nur der Nachhauseweg ist eisern, kommt mir die Verknüpfung der Landschaft, in der ich mich dann aufhalte, abhanden, und das ist erfreulich.

In den Tierhäusern gebe ich mich – wozu eigentlich wäre ein beherzteres Verantwortungsbewußtsein gegenüber den geografischen Verhältnissen dienlich? – dem Verirren hin. Ich versinke in den diversen exotischen Arrangements, ohne Absicherung bin ich dem jeweiligen arktischen, äquatorialen oder gemäßigten Bezirk ausgeliefert. Und doch wartet an der nächsten Biegung, hinter ein paar europäischen Gebüschen und dem Rad eines frei umherlaufenden Pfaus ein anderer, tausend Kilometer weit entfernter, durch Ozeane abgeschnittener Kontinent, dem ich mich mit einigen Schritten kaltblütig nähere, um dann von Herzen ohne Gedächtniseifer in ihm aufzugehen. Zum Schluß nenne ich diesen, unter seinen arglosen Wegen rhythmischen Bereich ganz gesetzmäßig »Zoo« und weiß doch, daß ich über eine zusammengeräumte und – geträumte – gekehrte Erde gewandert bin.

Vorhanden und doch wie aus einem solchen Traum herausgeschnitten, ein Ententeich mit eingefrorenem Laub im Mondlicht. Die Enten huschen dunkel als kleine Spione, als Naturattachés, in Lappen und Lumpen gehüllt und vermummt über die starre Fläche, oder sind es hölzerne, mechanisch zuckende Riesenmäuse? Das bißchen Licht ist fast schwarz, als fände das alles im Wurzelwerk eines gewaltigen Baumes statt.

Aber was ich hier gleichzeitig will und erlebe, ist die ordentliche, die gründliche Ausbreitung aller möglichen Landschaften in einem einzigen, anschaulichen Punkt. Das gesamte Tier- und Pflanzenreich soll um mich versammelt sein. Seite um Seite will ich es umblättern und betrachten, ein wahrheitsgetreues und plastisches Buch mit der gesamten Erde darinnen, dargestellt von Vögeln, Panthern und Pinguinen, selbst wenn sie ihre Ursprungsländer nie mit eigenen Augen gesehen haben.

In den Augen der Schnee-Eulen und Moschusochsen sehen mich die baumlosen Ebenen der Tundra, Sümpfe und Moore an, Weiten polarer Hügellandschaften, leuchtende Schleier des arktischen Himmels. In den gelben, plötzlich aufgeschlagenen Augen, im Schneewüstengesicht der weißen Eulen die Grasmulden und Feuchtwiesen der maßlosen Tundra, sieht mich an der hörnerne Verteidigungsring der Moschusochsen in ihrer schneegemusterten Wildnis.

In den Augen des Blauen Doktorfisches die Korallenbauten des Pazifiks, die Riffspalten, die entstehenden und schwindenden Bögen der Atolle, die verrückt geschmückten Wände und grün-fleckigen Wasser, im seitlichen Blick der Korallenfische Plankton, Muscheln, Polypen des Stillen Ozeans und vulkanisches Feuer.

In den Augen des Katzenbären, des bunten, unwiderstehlichen, in den schlaftrunkenen Augen des Kleinen Panda der asiatische Gebirgswall, Himalaya-Tannen, Himalaya-Kiefern, Nebel und Regen, der Kälte nicht achtend, die strengen, schwierigen Höhen nicht fürchtend, zwischen eisiger Felsenzerrissenheit und dem dumpfen Dickicht der tieferen Wälder stets in sich gekehrt: der Katzenbär.

Unter gesenktem Lid der Blick der Giraffe. Auf einmal, von Wüste und Urwald begrenzt, ein Savannenflimmern, Hochebenengrasland mit Einzelgängern und großen Herden auf Wanderschaft im offenen Raum, mit Steppen, Prärien plötzlich verschwistert, verbunden und um die Erde gewunden.

Wie die alten Elemente, wie die einfachen Himmelsrichtungen stellen die Tiere hier abkürzend standartenhaft ihre Heimatregion, stellen die Tiere hier bis in jede Windung von Horn und Schnecke, jeden Fleck in Flosse und Gesichtsmaske andeutend die Unzählbarkeit der Erscheinungsarten dar.

Sehe ich aus dem Fenster meines höchsten Zimmers, befindet sich rechts ein kleiner Friedhof, links ein Naturschutzgebiet, dazwischen also ich, die faktischen Abstände sind sehr verschieden, in meinem Kopf aber stehe ich genau in der Mitte.

Manchmal überkommt mich die Vorstellung, das in seinem Käfig solide gerahmte Tier träte mir schlagartig in seiner echten Landschaft entgegen, aus dem Urwald, den heißen und kalten Wüsten. Der Schrecken besteht dabei in der wilden Einbettung. Dort nämlich ist die auftretende Tiergestalt Ausgeburt und Manifestation der den Gesichtskreis füllenden Welt. Hier aber, während ich meine Strecken abwandere, weite ich einen Käfig größenwahnsinnig aus oder lasse die Herkunftsländer verdorren, zementieren, kacheln, verkleinere sie auf wenige Quadratmeter.

Also handelt es sich um die Erschaffung eines Tierparadieses: mit Schaufeln, Spitzhacken und Arbeitselefanten. 40000 Kubikmeter Erde wurden bewegt, Gebirgsformationen und alpine Felspartien mit Aussichtskanzeln gestaltet und Stallungen im hohlen Inneren.

Immer springt mein Blick zurück von den Käfigen in die Wildnis, nicht von den Eisbergen, den Mündungsgebieten großer Ströme in die Verengung der Gehege. Aber feststeht, hergebracht hat man sie, die hier Ausgestellten oder ihre Vorfahren. Im 15. Jahrhundert die tropischen Vögel, von Seeleuten erstmals über die Meere mitgeschleppt. Im 19. Jahrhundert geht es erst richtig los. Wildpferden und Antilopenherden werden die Jungen abgejagt und fast und oft genug zu Tode dabei gehetzt. Für die Wildfohlen stehen Stuten bereit, den Nachwuchs der Ammen tötet man. Was zählt, ist das lebende, das seltene Wild. Elefantenmütter, gerüstet, ihre Jungen mit dem Leben zu verteidigen, werden erschossen, Walroßbullen stoßen, von den Rufen gefangener Jungtiere herbeigezwungen, Löcher in die Bordwände der Harpunenboote. Die Entsetzensschreie der Tiere verfolgt man mit Lächeln, mit Rührung auch. Wie wird ein Walroßjunges erbeutet? Man tötet die Mutter und zieht sie nah an das Boot heran. Bald kommt ihr Kind aus eigenem Antrieb und klettert der stillen Schwimmerin auf den Rücken, so fängt man es lebend, eine bewunderte Kostbarkeit.

Kolonialwaren, exemplarisch versammelt. In diesem Jahrhundert schleppt man wieder Vögel auf Schiffen fort, Flamingos aus Afrika, Weltreisende hinter Gittern, Passagiere wider Willen mit hoher Verlustquote. Wohin fahren die Tiere? In einen Krieg. Manch Überlebender reist dem zweiten großen Krieg des Jahrhunderts entgegen, der auch die Tiere bombardiert, im Überschwang und in Windeseile. Aus Ozeantiefe und hohen Gebirgsetagen wird der Blick eingeschnürt auf den Überrest, das jeweilige Merkmal, das pathetische Tier in seiner Enge.

Dicht beieinander, wie sonst nur in tödlicher Leidenschaft, leben Eisbär und Robbe, Beutetier und Jäger, und leben doch getrennt, so daß Gier und Angst zwischen ihnen erloschene Gefühle sind. Undurchlässig sind die winzigen Reviere, konfrontiert und hintereinander geordnet die kleinen Freiheiten von Todfeinden, die nun verharren in lebenslangem Frieden. Die Leute vor den Käfigen tarnen ihre schwelenden Gegnerschaften unter freundlichem Menschenmengengesicht, bestaunen das vorgeführte, strenge Paradies und pfeifen dazu mit nachdenklicher Miene vorschnelle Weisheiten von sich, wie die Affen beim Geschrei, wie das Warzenschwein beim Tuckern.

In seiner Enge vor den meisten Gefahren der Freiheit gerettet ist das pathetische Tier, keine Dürre, keine Hungersnot, weder Feuer noch Erdbeben bedroht es innerhalb der Mauern und Zäune seines Parks, kein Verfolger, der ihm an Fleisch, Feder, Haut, Zahn oder Pelz will, kommt ihm hier nahe, der Schmerz wird gelindert, der Tod besänftigt. Friedlich lebt man und sorglos bis ans Grab und braucht nicht Kraft, List, Mut zu Angriff oder Verteidigung.

Unschuldiger noch als die Natur selbst ist das Fressen der Tiere, ohne Zutat und Mordlust von ihrer Seite. Sie haben nur eines, das immer neu Jungfräuliche: Appetit, und werden gefüttert zur Lust der Betrachter, es fällt vom Himmel, sie sperren die Mäuler und Schnäbel auf, schlucken die Fische, schleudern das Fleisch zwischen ihren Zähnen vor applaudierenden Menschenmassen.

Die Schnee-Eule allerdings schließt die Augen und rührt sich nicht. Sie verändert den Umriß, wie sie will, schmilzt und schwillt zur Dämmerungszeit, nimmt Witterung auf von der Nacht. Das Futter ist lange ausgebreitet, die weißen Mäuse, die vielen schneeweißen Leichname alle, der weißen Eule dargereicht auf einem Baumstumpf wie auf einem Tischchen. Sie wartet noch, um ihre Mahlzeit zu genießen, als müßten sie reifen, die kleinen Toten. Die Dämmerung muß sie erst überwürzen, durchtränken mit einer wilden Essenz, die ihr das Futter bekömmlich macht. Die Eule im schrecklichen Hochzeitsweiß ist ein triebhafter und philosophischer Freier. Erst wenn der Moment der vollkommenste ist, schreitet sie zum Fest und schlägt die längst Toten wie ihre Ahnen einst Lemminge schlugen in der arktischen Tundra, ein zweites Mal.

Ach, nachts, wenn die Tiere unter sich sind, wuchert die stärker riechende Wildnis, springt wie ein Feuer vom Ententeich zu den Pinguinen. In den privaten Abendstunden, wenn allmählich das Tierreich im Zoo beginnt, beachten die Luchse, Löwen und Leoparden die sortierten Genossen, die anders gefleckten, gestreiften Brüder, mit erwachendem Blick. In den besucherlosen, den menschenleeren Stunden der Nacht springt der Funke zwischen Robbe und Bär, den Affen und den exotischen Bäumen. Das Fluchttier erkennt verlangend den ihm versprochenen, ohne Schuld treulos gewordenen Jäger, den Jäger weht eine Verheißung an.

Durch die Käfigmaschen hindurch, durch die Gräben, durch die Schlösser und Entlüftungsschächte der Tierhäuser verdichtet und erwärmt sich die Schwärze, die Tieraugen wie die phosphoreszierenden Pilze des Urwalds, die Atemzüge, die Ausdünstungen verbünden sich mit denen der frei lebenden Verwandten, den Spatzen, Möwen, Würmern, Insekten, die kommen und gehen wie sie wollen, Verbindungsleute, stets unbeachtet. Wie mischen sich Geruch und Geräusch diesseits und jenseits der dünner und dünner werdenden, von der Nacht hauchdünn gefeilten Grenzen! In der Nacht, wenn im Zoo das Tierreich an Boden gewinnt, reichen die Gedanken der durch den Dschungel schleichenden Tiger, gefährlich überlebender, bis zu den Eingesperrten und zurück.

Die tröstliche Versammlung der Tiere, umringt von kahlen Baustellen und nachts und tags kreischenden Verkehrswegen, die Inseln der Tierwelt-Modelle, würgend zusammengepreßt, entwurzelt und ausgestellt, zu ihrem Schutz isolierte Kunstobjekte, beschränkt und umkreist von der Zivilisation, der gewitzten, der siegreichen, der mildtätigen, reservatespendenden: Werden sie nicht einmal ausbrechen, im Schutz verschwörerischer Dunkelheit, und sich vereinigen, alle Zoos der Welt? Übergreifen wird der Aufstand über die steinernen Wälle, eine schnelle Verästelung, Verklumpung, fieberhafte, hefeartige Wucherung des Weltzoos.

Eine Weltwildnis vielleicht wird beginnen, wie sie jede Nacht unbemerkt von den scheinbar beruhigten Tiergärten zu den Steppen, Wäldern und Ozeanen zu wachsen anfängt, eine Tag- und Nachtwildnis ohne Ende, die sich hier und da ein zerbrechliches Städtchen hält.

Das Gras ist Fleisch, das Fleisch ist Gras. Wir strecken uns ohne Kleinmut hin in die Vermengung, in das fruchtartige Gezwitscher der Vögel im Morgengrauen. Wüste Geruchsquader der Tiere in Zoo und wartender Wildnis, Absonderungen der Erdteile, zu einem einzigen Aroma gekocht mit unserem Atem, diesseits und jenseits der Haut.

Tundra und Taiga, Tieflanddschungel und Hochgebirge, Wolke, Sturm, Regen, wie sie um die kreisende Erde ziehen, strömender Regen des Zusammenhangs, Kraftkette, an der sich die Kühe, die Pferde und Schafe, täglich auf den Weiden ruhend und rennend, beteiligen, Kraftfeld, in das ich mich werfen will, stumm, verlängert von Habicht und Regenwurm, wie die Männer, als beständen sie nur aus wortlosen Rücken, am späten Nachmittag stehen, über Aschenbecher und Bier gebeugt, wie man liegt in der Umarmung eines männlichen oder mütterlichen Körpers, eine Nacht lang, ein

Austausch mit der Dunkelheit, im Verein mit den Inseln und Sümpfen des Amazonas, den brandroten Flechten polarer Zonen, in der Bräune alter Kuhställe und der Schrebergartenbude mit Samenperlen in den Ritzen der Fußbodenbretter und einem einzigen Fenster, durch das man, schärfer als draußen, auf dem Holz für alle Zeit ausgebreitet, den schläfrigen Himmel sieht.

Hier aber ist der imaginäre Wildnis-Ort, der unverletzliche, fast nur erdachte, erhoffte, befestigt aber, vertäut, ein unvergleichlicher, einzigartiger Kontinent außerhalb aller anderen, über alle anderen hinaus. Hier spürt man den finsteren Urwaldkern der Erde, wie ich ihre Wölbung spüre beim Streicheln des gerundeten Tierkörpers. Hier ist die abgehärtete, durch alle Prüfungen gegangene Wildnis, Wildnis der Anhaltspunkte, der auflodernden Anhaltspunkte, grünendes Modell der Universal- und Universumswildnis, Wildnis der Falltüren und Überständer, in der ich aufsteige und abstürze, pfeilschnell, zögernd, an allen Erscheinungen vorbei, an Jaguar, Gibbon und Doppelhornvogel und wieder zurück, aus der Höhe hinab zum Bankivahuhn.

Ihre Heimat, längst meine auch, sind nicht mehr die um ihr Leben zitternden Wälder, nicht die Steppen unter den Flugzeugen, nicht die Gebüsche unter den Netzen der Tierschützer, nicht die rund um die Uhr bewachten Greifvogelhorste, und nur mit einem Fuß, mit den Zehen nur noch sind wir an den Zoodirektor gebunden, der uns nährt und schützt, an den Tageszoo, den Zoo für die staunenden Besuchermassen. Wir gehören dem Inbegriff der Wildnis an, einem feurigen, nicht welkenden Grün, während wir scheinbar gleichmütig vor uns hindösen, lauschen wir ihren prasselnden Geräuschen. Luft und Boden reißen in Spalten auf und geben sie, an der insgeheim Herz und Seele hängen, für kräftigende Augenblicke frei.

Blaue Augen meines Großvaters, mit jedem Jahr seines hohen Alters ausschließlicher in die Ferne gerichtet, Augen, in denen manchmal Tränen standen und wieder verschwanden,

Augen, die sich nicht mehr auf die Gegenstände des Zimmers sammeln wollten, deren Blick sich nicht aufhielt bei den Enkeln und Urenkeln mit leicht verwechselbaren Namen. Man hätte sich an einen Horizont stellen müssen, um schließlich von ihm getroffen zu werden, Augen, die nur noch die gerade Allee – alles rechts und links davon in weißen Nebeln abstrahiert – zu einem unvorstellbaren Punkt der Vergangenheit zurücklegen sollten. Gleichgültig, was ihm den Weg versperren wollte, es bot dem Blick keine Rast, er prallte nirgends auf, stürzte durch alles hindurch und voran. Wenn man hinsah, in dieses gierig geöffnete, gealterte Blau, spiegelte sich darin der Flur ohne Dinge und ohne jemals zu enden. Mit jedem Jahr wurde diesem Starren das Ziel entrückter, hinter die Erdkrümmung gekippt, ohne daß er noch den Verlust registrierte in dem Tunnel durch die Nebelwände. Die Augen weiteten sich immer angestrengter im Ausschauhalten, anstatt sich zu verengen.

Nur eine besondere, auf- und niederzuckende Gestalt, ein gelbes, federleichtes, lautgebendes Körperchen war mächtig genug, für Stunden alles zu annullieren. Nachdem sich die großen Legenden seines Lebens gelichtet hatten und verflogen waren, erkannte er in diesem stets ruhelosen Vogelbällchen noch einmal den Repräsentanten der Welt, und plötzlich gezwungenermaßen hüpfend wie das Tier, verfolgten seine Augen, in denen dann statt Wasser ein wenig frisches Blau aufstieg, die grazilen Verformungen des sich streckenden und rundenden Leibes unter dem Flaum, die Figuren, die das Tierchen ersann im Auftrag der Welt zur Unterhaltung, Zerstreuung des alten Mannes in seinem Stuhl, wie eine wiedergefundene Liedzeile, ein Satz aus einem verlorenen Brief, den er murmelte, in der Nacht laut rief.

Die Zoobesucher aller Arten in den Gängen, zwischen den vergitterten Tieren, den Tieren hinter Gräben und einfachen Stangen, hier wollen sie keine Nahrung, keine Jagd, keine Nutzbarmachung tierischer Kräfte, nicht Haut, nicht Pelz, nicht Feindschaft, nicht Freundschaft. Was sie suchen, ist das Wilde, das Zarte, das Fremde, das Bunte, das äußerst Träge und äußerst Schnelle. Ein einziges wollen sie: die Kontur, die das Weiß erlösend zur Schnee-Eule oder zum Wal ernennt.

In der Nacht aber, wenn die Besucher als Schlafende oder schlaflos in ihren Betten liegen, kommen die Tiere zurück. Jetzt stellt die Schwärze sie zur Entfaltung frei. Man betrachtet sie vor den Gehegen nie lange genug, nie sieht man sich satt, man trennt sich zu schnell vom Panzernashorn der Zebus, des Guanacos wegen. Jetzt, in den verstohlenen Stunden erscheinen sie wieder, springen fächergleich in der Erinnerung auf, unmerklich dort eingebrannte Bilder, genaue Figuren auf schwarzem Grund, keine Umrißlinie phantastisch zitternd, ohne Zutat, ohne Verschwimmen, das Standbild des Tigers, der allmählich die Augenschlitze öffnet und wieder schließt.

Großer Hyazinthara! Im komplizierten Zerstören begriffen, in erlesenem Blau und Grau der sperrige Körper, grellgelb umkreist die dunklen Pupillen, ruckhaft wandernd die geschuppten Füße – Hände einer unruhigen Greisin – in Diagonalen durch die Luft, der Sichelschnabel zerrend und hakkend den Tagesproviant an Zerreißbarem, bei heftig bejahendem, stürmisch verneinendem, zartbefiedertem, herrischem Kopf. Aufsässig, in subtilster Tönung, nie zerfasernd, unentschlüsselt, erbitterte Arbeit in Kleidung wie auf alten Bällen, die den Zorn unbeschadet übersteht, vorgeführt an Schwanz und Flügeln aus allen Winkeln, in jeder Stellung, als würde, im Wechsel der Positionen, nur das der Sinn seines Eifers ein.

Grünflügelara, rotblauer Ara, blaugelber Ara, vervielfältigte Farben, an unterschiedlichen Stellen vereinigtes Rot, Auslassung des Gelbs, hinzugewonnenes Türkis an Bäuchen, Brüsten, Rücken, präsentierte Fahnen, Standarten jedes Familienmitglieds. In einer Sprache wird zu uns geredet aus nackter, mit Ornamenten geschmückter, in Streifen und Flekken, in Verdickung und Zierlichkeit lockender Gestalt. Signale aufglühender, insgesamt aufglühender oder nur an der Kehle glimmender, in der Spitze der längsten Schwanzfeder glimmender – Weltallsignale, Erdsignale, wiederholt, variiert als unendliche Buchstabenkette – matt überstäubter, sich spreizender Körper.

Wir Fremden, das liegt auf der Hand, verstehen die Tiere nicht, aber tritt nicht, im Dunkel unserer Nacht, die betörend geschmückte Greisin des Tages auf, in erlesenem, abgetöntem Blau, unverschlissene Schönheit bis auf Gesicht und Hände, dort, wo Gefieder und Flaum nicht decken, die herrschsüchtige Greisin, die bis in die Spitze des langen Schwanzes beharrt auf einstigen Triumphen, als wären es neue, sie, die gereizte, die Königin, wie ihre Schwestern, die bunteren Aras? Ruht nicht bleich, fast weiß in der Finsternis, ein Mondgebirge, das edle Zebu in seiner Schwermut, in seinem Großmut, tödlich blaß mit nächtlichen Augen? Das Guanaco, das blendende, junge, wie gefaßt der übermütige Körper, stellt es, indem es uns abschätzt, den Kopf im Nacken, nicht ohne Bedauern, ganz in unserer Nähe, Distanz zu uns her, die keine Bestechung, kein Verführen jemals wieder verkürzen kann? Der Leopard, mit wuchtigem Gang, beim Aufsetzen, beim verächtlichen, so lastend, als wollte der Leib darüber zusammenbrechen und im selben Moment so leicht vom Boden weggefedert, daß die Erde unter ihm muskulös wird, schleicht er nicht durch die schwarzen Wälder, macht die Schwärze zu Dschungeln des tropischen Jägers?

Das Panzernashorn, ist es nicht behängt mit Steinplatten, die das Meer jahrhundertelang gewaschen hat? Sein Zierrat sind die Kanten und Grate von Mulden, Wölbungen, alles hat die Zeit modelliert. Alte, von Menschenfüßen gehöhlte Stufen sind sein Vorbild gewesen.

Wir verstehen die Tiere nicht. Wir weiden uns an der nicht täuschenden, täuschenden Unverhohlenheit ihrer Oberflächen, den vielzüngig redenden. Anders wir Zoobesucher selbst. Wechselseitig müssen wir hoffen auf ein Inneres. Was hätten wir sonst?

Aus dem Boden geschossen und schon vollkommen vorhanden die lakonischen Pinguine, goldmarkierte Königspinguine, glänzend im nassen Gefiederfell, die Flossenflügel paarweise und einseitig angelegt oder angehoben, den Schnabel tief oder hochgehalten: Mimik, in der sie, jeder für sich, staunend, grübelnd, doch wie verabredet untereinander, wie heimlich lachend unter den Masken, erfroren sind. Bedeutungsvoll angeordnet die Kolonie, wechselnd manchmal die Formationen und wieder versteinert, vielsagend die Muster aus dunklen Rücken, feisten Bäuchen und Seitenansichten, schwarzweiß halbiert.

Dagegen besessen im geduckten Auf und Ab, im endlosen, gefleckte Strophen hersagenden Wenden und Umkehren, alle Möglichkeiten gepreßt, eingeschnürt in das Hin und Her, eine von ihm ausgemachte Strafe für die Schaulustigen, äußerste Askese permanenter Bewegung, unversöhnliche Beschränkung des rastlosen Körpers, die Gewalt großer Sprünge in sich fesselnd, der Leopard. Aber der Bär, Inbegriff des glücklichen Schläfers, Bär, der im Schlaf am glücklichsten lebt! Der Kranich daneben, hüpfend in schwappend-schlendernden Sprüngen, sich neigend bei festgewachsener Krone auf hohen, unzerbrechlichen Beinen. So wird mir der Kopf herumgerissen zwischen den Tieren auf schmalem Raum mit der trotzigen Pracht ihrer Stammeszeichen, so werden die Fremden dazu gebracht, im dichten Wechsel, doch stets von Grund auf, viele Leidenschaften zu absolvieren mit immer anderen Reizen, Waffen. Zwischen unseren Lieben auf engstem Raum rennen wir vor und wieder zurück.

Also vergleichen wir, bei ruckhafter Abfolge der Kategorien, die Charaktergestalten, die sich steigern und schärfen in der künstlichen Enge, Kunstwerk-Enge, in dieser exklusiven Gegenüberstellung, wie wir sie nicht kennen aus der freien Natur, wo sich der Kontrast, verdämmernd in Weiten und Buschwerk, verliert in der Landschaft.

Wir verstehen die Tiere nicht. Ihr ungewöhnlicher Umriß weist uns zurück. Die Tiere verstehen einander nicht, zu verschieden ist ihre Gestalt, zu deutlich ist eins vom anderen abgeschlossen durch Schuppen, Fell, Haut. Sie fesseln uns durch ihre Einsamkeit, die nicht zu erobernden Einzelwesen. Wie ist die Luft unversöhnlich um sie gestellt, ein Wind, ein Frost, jedes für sich. Ich weiß es ja, der Zoo ist ein Ort, wo man zur Zeit der Liebe nicht getröstet, aber doch unter seinesgleichen ist. Die Tiere, die extravaganten Geschöpfe, ihrer Heimat entnommen, in künstlichem Dickicht, mitten in der Stadt, wie stehen sie da, als wären es Gefühlsgewalten, abgeschnitten, grundsätzlich immer am falschen Platz.

Hier taucht die Erinnerung auf an eine Empfindung, an ein Zittern und Reißen in schöner Schutzlosigkeit. Die groteske Höhe des Giraffenbullen, der Bison, über die halluzinierte Prärie gebeugt mit dem dunklen, wilden Menschengesicht, sie bekräftigen Unvorstellbares.

Was ahnt der Giraffenbulle von seiner Einsamkeit? Vielleicht kennt er sie besser als wir, vielleicht zeigt sie sich nur aus einigem Abstand, den er selbst zu sich nicht halten kann, aber er und das Bison und der Kronenkranich sind Eckpfeiler des Exotischen, alles fällt hier auf, und das ist der Witz. Auch die Ziegen, Meerschweinchen, steinalt Vertrautes springt hier ins Auge als kleine Ungeheuerlichkeit, wert der Betrachtung, eingeschweißt für immer in die Unverwechselbarkeit ihrer Form.

Die Zoobesucher wissen Bescheid. Sie profitieren davon. Dieser Ort der Verdrehung zieht sie an, auch die Möwe zwischen den Mandarinenten und Flamingos ist hier verändert. Verändert sind die jungen Familien, die alten, rüstig wandernden Frauen, die Geistesgestörten, die so gern hier gehen. Eingeschummelt sind sie an den Ort der markanten Stimmungen, vielleicht merken sie es nicht, vielleicht sieht man es nur aus einigem Abstand, wie sie allein und ungewöhnlich sind und das Merkwürdige sich in ihnen behauptet.

Viereckig gefaßt von meinem Bett, labe ich mich an den Tieren, die aus dem Dunkel treten. An grauen Tagen erscheinen sie als Abbildung bei geringfügigem, aber den Aufenthalt im Bett rechtfertigendem Fieber. Ich blättre in den Büchern, laufe so von Käfig zu Käfig, ich liege still in der Nacht und blättre den Zoo auf und um, Bild um Bild. Amüsieren und erschrecken sollen mich die Baumstachler und die stachligen Tiere des Meeresgrundes, aber vor allem betrachte ich sie inständig, so wie man die geschwungenen Linien von Hügeln ansieht, damit ihre Tugenden übergehen in mich, damit ich aufgehellt werde und mein ängstliches Herz ausgetauscht wird gegen das schläfrige und dann plötzlich mit dem bösen Erdinneren verbundene Herz des Löwen, damit ich entzündet werde von der ernsten Glut junger Eulen, und angefüllt mit der Beständigkeit, der unbesiegbaren, der Wildrinder, des Wisents, Bisons, Watussirindes und Kaffernbüffels.

Als Omen schlage ich die Bilder auf. Was ich auch ansehe, es wird mich, wie draußen die Modellierungsarbeiten der Witterungen, nicht unangetastet zurücklassen. Schlagartig steht etwas nicht von mir, aber für mich Ausgewähltes da.

In der Nacht entfalten die Urwaldvögel die Koloraturen ihrer Gefieder vor den Augen erschöpfter Zoobesucher. Am nebligen Nachmittag, angesichts der trüben, entlaubten Welt, wende ich mich ab von ihrem kahlen Geäst, den Zeichnungen und Fotos von Wald- und Steppenvierfüßlern zu. Bisweilen treffe ich sie in ihren heimatlichen Landschaften, unter Baumfarn und Fieberrindenbaum, eingekesselt von strengen Horizonten im Viereck des Bildes, und ich, eingerahmt von meinem Bett und umfriedet, folge Rudeljägern und Einzelgängern, blicke gestärkt schließlich auf und respektvoll die blattlose Inbrunst der Bäume an.

Wie rühren uns Zoobesucher auf unseren Gängen zwischen Rindern und Aras die Verwandtschaften und besonders die stolz dargebotenen Unterschiede der Familienmitglieder, neben den Häuserreihen der Stadt, bei den Tierchen, den Fischen und Kolibris. Wie rühren uns, bei geöffnetem Fenster in der Nacht, die sich unter der Lampe versammelnden braunen und grünen Insekten, offenbar aus allen Himmelsrichtungen zusammengeströmt, balancierend und tastend. Das Mikroskop, eine Taucherbrille plötzlich, stößt vor in ein nicht mehr verschwommenes Gebiet, aus Punkten mit Augen versehene Flugapparate machend. Wir ahnen, daß es sich nun unendlich fortsetzen könnte bei der Verfolgung ihrer zierlichen Gestalt, von der Lupe angenähert und von unserer Vorstellung noch einmal vergrößert, nämlich nun auf Drachen- und Sauriergröße gebracht, und noch immer reichen die auf der Tischplatte vorgefundenen Wesen und ihre Organe aus, um die riesigen Gebilde auszustatten oder ihr Modell zu sein. Bald aber sind wir bei den tropischen Ameisen, bei den geränderten und gehörnten, den schrundigen und mit weit über körperlangen Fühlern ausstaffierten Käfern, bei den Fangschrecken, die uns winken und erwarten mit schön gefärbten, gezackten, mit den weit geöffneten, zur Umarmung erhobenen Mordwerkzeugen und den Augenballen im kleinen Gesicht. Wir sehen den blütenartigen Mondspinner des Regenwaldes, mondgrün die dahinschmelzenden Flügel mit Tupfern im Tapetenrosa alter Hotels. Wir sehen Froschlaich und Froschlarven, den Ruderschwanz und die Außenkiemen, die Kaulquappe mit Hinter- und Vorderbeinen wie in unserer Kindheit in Teichen und Gläsern.

Vor uns in der Dunkelheit erscheint der Schwarm der Amöben, der Einzeller, der unruhigen Wechseltierchen. Wir erkennen mit ihren Wimpern die Pantoffeltierchen, die Trompeten- und Glockentierchen und schließlich, ganz anders, mit seiner Geißel und den Pflanzen zuzurechnen, das Augentierchen, chlorophyllgrün bis auf den einen roten Fleck, auf dem es besteht, auf den ein jedes von ihnen pocht.

In der Nacht, wenn wir rechts und links der Gehege laufen, in bequemer Lage, um uns in den Wildnissen zu verirren und in menschenleere, manchmal sogar tierlose Zonen geraten, ahnen wir, daß der Zoo ein lebendiges Institut ist mit den festen Zentren der Tierkörper. Die Forschungsergebnisse der Mitarbeiter, die sich mit Haut und Haar ihrer Arbeit hingeben, werden rückhaltlos an die Öffentlichkeit weitergeleitet, aber nie wörtlich, nie in Zahlen, niemand kann die Signale in etwas anderes übersetzen. Sie existieren nur so, wie vom Pampashasen oder Flußpferd publiziert.

Ohne Verstellung gibt der Giraffenbulle das auf ihn zugeschnittene Geheimnis preis. Ohne ein Gegengeschenk zu fordern, verbreitet der Kronenkranich seine differenzierte Fachinformation für Groß und Klein von den Federkronspitzen bis zur Zehe, ein hochspezialisiertes Medium, eine Manifestation, gestaltgewordenes Resümee sonst unsichtbarer Ereignisse. Äußerst sensible Wahrnehmungsinstrumente sind das Zebu, der Kaffernbüffel, der Hyazinthara, deren gesamter Körper geformt ist von ihrer Erkenntnis über die Welt, aufgeworfen, gebuckelt, gesägt, geschliffen von den anbrandenden Kräften, die nur ihnen – und jeder Sorte anders, jeder Sorte aus der Summe aller Einwirkungen in ausgesuchten, jeweiligen Gruppierungen – spürbar sind.

Der Zoo, ahnen wir Zoobesucher, still in der Nacht ausruhend, die herrlichen Leuchtkörper der Tiere vor Augen, ist ein unerschöpflicher, zum Bersten gefüllter Speicher von Mitteilungen, eine Bank mit eindeutig fixierten Daten, das schon, doch spöttischerweise in einer unzugänglichen Sprache, in einem dem Auswertungsverstand den Rücken zukehrenden System oder Dialekt. Der Zoo ist eine Wahrnehmungs- und Verlautbarungsstation für seine Besucher, wenn sie lange eine Gazellenherde und ein leichtfüßig ausbrechendes Tier betrachten, sein Stehen im freien Raum, in die Luft geritzt, unbeweglich, Nachrichten aussendend, horchend.

So gebannt sind wir von unserer Entdeckung, daß wir uns in dieser Nacht die Tiere gar nicht in der unvergitterten Wildbahn denken können, in Gebüschen vor den Menschen verborgen, nur für sich selbst lebend, als Jäger, als Beute, die flammenden Fische südlicher Meere, atmend und sterbend, alles fern von uns, begrenzt nur von ihren Bedürfnissen.

Fast möchten wir das jetzt verhindern. Wenigstens träumen wir davon, uns ein kleines Paradies anzulegen, einen bescheidenen Privatzoo, von dem wir dann die Augen kaum noch wenden können, damit uns kein Bulletin entgeht, eine Voliere zumindest mit tropischen Tauben, Amadinen, Astrilden. Jederzeit sollen sie gegenwärtig sein für uns, die Überraschungen ihrer Gefieder nach Laune ausschütten und uns versagen, aber davonschwirren sollen sie nicht, nicht vor uns flüchten. Reden sollen sie zu uns in ihrer stummen Weise, die wir mehr und mehr begreifen und benötigen, damit sich unser Blick nicht verliert. Kleine Leuchtbojen sind sie uns geworden, und wie sollten wir je ermüden bei so vielen von uns zueinander gedrängten Rassen?

Nicht ausschwärmen in Meer und Himmel und ihr Revier

abstecken wie am Beginn einer Schöpfung sollen Fische und Vögel, nicht hinausstürzen, um ihre festen und flüssigen Ländereien zu besetzen, als gäbe es den Menschen noch nicht, versammelt sollen sie werden, eingeholt, wiedereingeholt aus der Zerstreuung in unsere zuschnappende Arche, wo sie Auge in Auge mit uns wohnen.

Unser Kanzler, Präsident und Prophet ist natürlich der heilige Franz, aber ein umgekehrter, ein von den Verhältnissen, vom jahrhundertelangen Gang der Ereignisse auf den Kopf gestellter, ein Franz nämlich, der, weil ihm die Menschen philosophierend und faselnd in den Ohren liegen, hingeht zu den Tieren, um sich von ihnen segnen zu lassen, um den, von seiner Bedürftigkeit angezogenen Geschöpfen – die also von überall herbeipilgern, so daß sich das gewohnte Bild ergibt – zu lauschen, ihrer schweigsamen Predigt, dem wortlosen Epos.

Da passiert es, da tritt der besondere Augen- und Liebhaberblick ein, wo sich wie eine Felswand der verschlossene Vogel öffnet und verrät, ohne die Miene zu verziehen, aber wir nehmen es wahr und vergessen es nicht, die plötzliche Helle des Vogels. Vielleicht hat man es bei einem schönen Friedhof erlebt, der endlich durch das Grab eines Freundes einen Kern, ein Herzstück bekommen hat, ein beschauliches Hausgärtchen. Unter den vielen Toten ist einer, durch den sich die Welt zuspitzt zu einem Leib und Gesicht, das ganze Landschaften anfüllte, so daß uns Hügel und schräge Wiesen aus dem Grabrechteck erstehen, und im März vor allem, wenn die Jahreszeit ihre Überfälle plant, kann man dort in die nasse Stille gehen, zu den Stiefmütterchen und den alten Frauen mit verspieltem Werkzeug und etwas zerzausten Haaren vom Bücken, und dem gefährlichen Frühling an einem solchen Platz direkt und beruhigt ins Herz sehen.

Nicht anders an einem kühlen, nach Wasser duftenden Sommermorgen! Man beugt sich über die Stachelbeer- und Johannisbeerschalen des Gemüsehändlers, als hätte man die Früchte seit seiner Kindheit nie mehr gesehen, und der Sommer spiegelt, nein, verkrampft sich darin, in diesen, beim

Kauf nachgewogenen 500-g-Schalen aus Pappe und blauem Plastik, so daß man ihn anfassen und in den Mund stopfen kann, und das ist das Wichtigste am Sommer.

Der unklare Sonnenfleck am Dezemberhimmel aber, die Lichtbefleckung der Wolkengräue, und schwarz die Äste und dürr, dünn, sind der Trichter, in den die Taiga, alles, was ich über sie weiß, einströmt und sich stapelt in einem Anblick und Punkt, der aufreißt vor Kraft, ein Schlitz im Himmel.

Aber wo steckt – und weiß ich nicht, daß auch ihr in den Nächten die Tiere der ganzen Erdkugel erscheinen, es muß so sein, da sie außerhalb des Zoos kaum noch leben kann –, wo steckt die alte Frau im Staubmantel mit Netz und Tasche und beides voller Grünzeug? Zu jeder Jahreszeit ist sie hier unterwegs, an trüben, einsamen Tagen lieber als im Gedränge, das ihr die persönlichen Freunde weglockt oder tief in die Winkel der Gehege vertreibt. Sie meidet Stellen, wo Besucher füttern, hemmungslos, ohne Zartgefühl, wenn Äpfel und Brot genommen werden: mit lautem Glück. Sie spürt die Blicke auf ihren Vorrat, man erhofft von ihr ein dummes Verschwenden, um ein Schauspiel zu haben. Niemals durch sie! Geizig, der Form halber, wirft sie ein Blättchen über das Gatter und spart den Rest für später auf, für den Regen, für die Zeit vor der Schließung, für die Esel, die keiner bewundern will. Wie haßt sie die plumpe Vertraulichkeit an den Käfigen, unpassende Namen, den derben Anruf, die Aufforderung, sich zu erheben, die Zähne zu fletschen, zu brüllen, all das Gedröhn des Publikums, das die Tiere nicht würdigt. Dann erkennt sie sich aber, oft kommt es nicht vor, in der Verblüffung Dreijähriger, sie bemerkt es gleich und reicht eine Gabe aus ihren Taschen, ein Pakt mit dem Nachwuchs.

Vergnügt allerdings, wirklich vergnügt wird sie vom Zorn der vielen Bewerber um die Gunst von Antilopen und Geiern, von Nilpferd und Affen, wenn die Tiere den Kopf nicht wenden, den Blick nicht richten, den Körper nicht aus den Höhlen rollen. Lächelnd sieht sie die strafenden Maßnahmen ihrer Freunde und die Bitterkeit ihrer Feinde an, deren Wut vor dem Hochmut der Eingesperrten, der Schönen, die nicht neugierig sind. Sie sieht junge Frauen von Bäumen besessen Zweige reißen, Mütter von fast erwachsenen Kindern, um der Zuneigung von Elefanten willen, sieht Raubkatzenjungen verstört in den Armen Fotografierter. Sie sieht überall den Zusammenhang, erzwungen, ersehnt trotz der scharfen Trennung.

Treffe ich sie nicht wieder in der U-Bahn, wo ihr Blick die Gesichter überfliegt und sich senkt und bis zum Aussteigen nicht hebt, zu den gekreuzten, ausgestreckten Fahrgastbeinen, zwischen denen ein verwahrlostes Hündchen hockt? Das betrachtet sie mit Energie und bestem Willen und enttarnt es schließlich als in die Stadt verwehten Wildnissamen. Die Kinder haben Tiere und die alten Leute, sagt sie sich, beide zu ihrem Trost. Wir lieben sie am Anfang und am Ende unseres Lebens am meisten, immer, wenn wir der Ewigkeit oder dem Nichts am nächsten sind, die Hunde, die Vögel, wer weiß, als was wir sie halten, als Verlängerung von uns selbst, nein, viel eher als das ausdrücklich Fremde, uns unaufhörlich Belehrende? Und während sie dasitzt und nichts betrachtet als den struppigen Mischling bei den Füßen, denkt sie an die Katze, die, ohne die Lage zu ändern, die Augen zu öffnen, unter ihrer Hand schnurrt und weiterschläft. Als die streichelnde Hand sie verläßt: schnarchend, zart grunzend, schmunzelnd wie davor.

Wie ein Meer, eine stille Flut, eine Brandung an das Land, so schlagen die Tiere, mit denen wir leben, an uns, ein nagender Zweifel, ein Überschütten und Zurückziehen, eine nie zur Ruhe kommende Befragung, wenn sie rennen, bellen, zwitschern, dösen, der Erwartung entsprechend, und dabei zugleich Unbegreifliches tun. Die Waldköniginnen, ihrem Hofstaat, Katzen und Eulen vor allem, symbiotisch verbunden, die Krummen, die Hexen, profitieren davon, die in schmale Zimmer vertriebenen, wo die Tiere ihnen die Treue halten und verschwiegen weiter ihr Reich garantieren.

Die Indianer Südamerikas sieht die alte Frau, die neben den Nutztieren Affen aufziehen, Papageien aus nicht berichtetem

Grund, zu ihrer Freude im großen Urwald, der voll ist von Wesen. In ihrer Umzäunung leben bei ihnen Tukane, die prächtigen, aus der Region des geschlossenen Blätterdachs, und manchmal – in früheren Zeiten zumindest –, solange er jung ist, ein Jaguar.

Seit ihrer Kindheit aber kennt sie das Bild des Nelkenmeisters, der dem Neugeborenen in der Krippe, dem Fremdling in kalter Welt, kleine Blumen und Gras in die Nähe gibt, zärtliche Nestfütterung, als engste Vertraute Ochse und Esel mit großen Köpfen zum Behauchen des Körpers. Weit ab die steifen Figuren der Eltern.

Vor langer Zeit gemalte Vögel der Paradiesgärten, leuchtend aus meiner und der Nacht der alten Frau tretend, singende Früchte der Bäume, wie die Kleider der Heiligen gefärbt und zu ihrer Heiterkeit geschaffen. Geräumige Voliere des Paradiesgeheges, in dem Madonnen in Gemeinschaft mit Dompfaff und Rotkehlchen leben.

Drei Bäume des Ölbergs auf goldenem Grund, drei schlafende Jünger, drei wachende Vögel, in jedem Baum ein einziger, das Laubwerk vom Schwanz bis zum Schnabel durchmessend, als Stellvertreter ihrer Zunft.

Fromme Löwen, Freunde der Einsiedler in ihren Gehäusen und auf ihren Wegen, Pfaue, Tauben und Hunde, den schönen Damen und eitlen Rittern zum Schmuck beigefügt. Die Ritter, die blinkenden auf ihren Rössern, die Rösser wie ihre Reiter verziert mit Schnüren, Panzer und Goldgeflecht.

Sankt Georg, lockig, unerschrocken und vorwärtsstürmend, begierig wie sein Pferd, sein Pferd in allem wie sein Ritter, dem höllischen Drachen entgegenbrausend, das edle Paar, einander vertrauend, zur Unterwerfung des Bösen gerüstet, das Untier verblutend am Stich der Lanze, das Ungeheuer, der Jungfrauenräuber, der ja kein Tier wie die anderen ist, wie das Roß, wie das zarte Windspiel der Dame. Bei ihm sehen wir das strömende Blut, den Todeskampf mit Behagen an, er ist kein Exemplar der Natur, nicht von ihr erfunden, nicht auffindbar in Wildnis und Zoo, das Nicht-Tier ist er. Am

Horizont erwarten schon das riesige Roß, den kleinen Reiter Hase und Hirsch, Frettchen und Reiher, hinter den Hügeln stehen erneut die freundlichen Zeichen des Lebens bereit.

Jahrtausendealtes Brüllen aus den Steinblöcken der Tore Hattusas geschlagener Löwen, aufrecht stehend noch immer, zum Schutz der untergegangenen Stadt. Geblähte Nüstern des Stiers, rollendes Auge des Vogels Greif an den Palästen von Persepolis, geflügelte Löwen, geflügelte Stiere mit lächelnden, bärtigen Männergesichtern, an Fronten und Ecken zerfallener Tempel, lächelnd in dreifacher Kraft.

Kraftvolle Grabwächter mit Mantel, Rüstung und Schwert, Menschenkörper mit Pferde-, Eber- und Affenkopf, Affe, kosmischer Wächter, in Stiefeln, bewaffnet, um königliche Skelette zu hüten. Elfenbeinerner Gott Ganesha, vierarmig, feistbäuchig, geschmückt an Hals, Kopf und Gelenken, Gott mit dem Elefantenhaupt, tanzender, achthändiger Elefantengott der Weisheit, zehnarmiger Bronzegott mit Rüssel und Elefantenohren, rosiger, gekrönter Gott mit Stoßzähnen, auf goldenen Kissen, Menschenkörper, gekrönt vom Elefantenkopf.

Früher einmal, als Kind, hat die alte Frau mit den Taschen voll frischer Gemüseabfälle davon geträumt, eine Herrscherin zu sein mit einer Krone und einem Thron, Königin über ein Volk, ohne König, Minister und Kardinal, weise Regentin ihres Reichs, lächelnde, unbezwingbare, vielarmige Wächterin ihres Landes, ihr Bett umstanden von ratgebenden Tieren, von Kraft, Klugheit und Schnelligkeit, von Bison, Schnee-Eule und Mähnenwolf.

Heute stellt sie sich etwas anderes vor, es macht sie nicht weniger glücklich, wieder versammelt sie ihre Freunde um sich. In ihrem derben Mietshaus ist sie nichts weiter als die alte Frau, aber in diesem winkligen Bau, in dem schlichten Gehäuse geht es zu wie in einem schlafenden, tief träumenden Kopf, fast verwechselt sie beides: Tag und Nacht. Aus den schattigen Zonen sehen sie all die Gesichter der Zootiere an, ihre Ratgeber, Würdenträger, die Schwärze der Ecken verdichtet sich, es gibt Raben, Lemuren und Pinguine, die mit ihr sprechen in guten Momenten, sonst die Katze, die alles auf einmal ist.

Ich selbst möchte gern irgendwann eine alte Frau der Vergangenheit sein, vor ihrem Häuschen auf einer versteckten Lichtung, wie ein Pilz, so unauffällig erhebt es sich aus dem Moos, eine uralte Waldschrumpelkönigin, auf meiner Schulter, im Schoß, an meinen Füßen die halbzahmen Tiere, aus der Ferne verschmolzen, im gedämpften Waldlicht zu einer einzigen Figur. Ähnlich geworden sind der Eule mein Raubvogelgesicht, meine Krallenhände, mein verschlissenes Kleid gleicht ihren Federn. Wenn sie auffliegt, ist es mein Schultertuch, das weht oder mein Haar.

In ihrer Kindheit hat die alte Frau, daran denkt sie selten zurück in der Nacht, selten vor den Käfigen der Leoparden, Panther, Jaguare, mit Schrecken die Dompteure geliebt. Die Ritter auf den Bildern paßten sich die Pferde an: mit geflochtenen Mähnen, umwickeltem Zaumzeug, im herrlichen Blau und Rot des Sattels. Der Dompteur aber tat das Gegenteil, beides war ein Wunder, das des Dompteurs das größere. Nicht die Dressur, nicht das Springen der Löwen durch Reifen, durch Feuer, das folgsame Heben der Vordertatzen, dieses Auf und Ab, das mühelos wirkte: Gut, wenn das vorüber war! Doch der Einmarsch der Tiere in die Arena im Gittertunnel und ihr Verlassen mit sachtem, aufsässigem Schritt und, wir erinnern uns beide, ich so gut wie die alte Frau, der Mann in der Mitte, der aufhörte, ein Mensch zu sein, ein Tiermensch wurde, der sich bewegte und fühlen mußte wie Tiger und Panther, der Laute ausstieß und halbnackt war, nackt aber nicht wie von Hemd und Jacke entblößt, sondern freigelegt seine Tierähnlichkeit, Glanz der gespannten, vielleicht ja geölten Oberfläche, furchterregende Wölbung der Muskeln in der Farbe von Löwen, die wir spürten, als hätten wir sie einmal berührt, als ließe er sich wie die Luft einatmen, mit dem Raubtiergeruch. Wir sahen die Schritte, nicht das Gesicht, doch den sachten, aufsässigen Gang. Wie kein anderer Mann, kein anderer Mensch glich er den Tieren. Wir nahmen an ihm wie sonst bei keinem die sehr unerlaubte Wildnis wahr.

Unerreichbar wie seine großen Katzen blieb der wunderbare Dompteur. Wenn ihn jemand streichelte, womit zu rechnen war, eine Frau nach seinem Geschmack, faßte sie in Wirklichkeit nicht den an, der sich den Tieren anverwandelte, nicht den Steppen- nicht den Dschungelmann.

Im Zoo, vor dem Mähnenwolf, als er seinen Regenschutz verläßt, steigen der alten Frau die Tränen in die Augen. Sie steht am Maschenzaun, sieht seinen leichten Lauf im Gras und kämpft gegen das Weinen, sie weiß nicht warum. Ist es die Sehnsucht? Wenn sie morgens an ihn denkt, kommt es ihr sofort vor, als hätte sie die ganze Nacht von ihm geträumt, er entzog sich, tauchte auf, verschwand, tauchte zum Abschied auf und verweigerte sich, sie aber konnte die Augen, das Herz nicht von ihm lassen deshalb, so wie sie vor langer Zeit von einem entschwundenen Liebsten träumte. Selbst die Katze scheint an solchen Tagen mit allen anderen Tieren eine zarte Front gegen sie zu bilden. Sie muß es ertragen, die Frau, es ist die Bedingung der Leidenschaft, und läßt sie nur immer stärker entbrennen.

Unerbittlich, felsenartig ruhen die Tiere im Zoo für Stunden. Vergessen sind von ihnen ihre treuen Bewunderer. Nur Hinweise wollen sie an diesen Tagen sein auf das niemals verratene Leben der anderen steinern schlafenden Dinge, denen sie näher als den Menschen sind. Eine Verwirrung entsteht unter den Besuchern, sie fühlten sich doch den Bären befreundet, den Eulen, den Affen. Jetzt aber zeigt sich das andere, das sie leiden läßt. Wie im Jahreslauf, wenn vom Frühjahr an Himmel und Erde zusammenwachsen und eines Tages sich der Himmel von der Erde löst, die zurückfällt und ihn, schrumpfend, nicht mehr halten kann.

Wie stärkt es meine Zärtlichkeit für die alte Frau unter dem Kastanienbaum auf der Hausbank, wo sie sitzt bis zum Frost, mit dem feurigen Gesicht einer jungen Eule, und die Leute mit den Einkaufstaschen mustert, mich anstarrt, daß ich sie unbedingt grüßen muß, doch sie, die Eule, gibt mir kein Zeichen, schließt höchstens ein Auge und klappt es auf.

In den Augen der Männer hat sie jedoch einmal, vor Jahren, vor einem halben Jahrhundert und länger als schicklich, vielleicht etwas gesucht, Lichtschlitze, ein helles, auf- und anspringendes Gelb. Wer aber die unstillbare Sucht nach Paarung mit dem Gras, dem wolkigen Raum, dem Raubvogel darin, dem Huflattich, Löwenzahn, Wurm, Lehm, Tümpel, Frosch kennt, der kennt Wucht und Tragik der wahrhaft großen, der einzigen, unglücklichen Leidenschaft, des zerrüttenden Eiferns, das immer zurückgewiesen wird, und darf sagen: Ach, die Gräfin mit ihrer Liebesanekdote! Was ahnen die Liebhaber von Personen von den wirklich Leidenden, wirklich unmöglich Liebenden, die sich Mann oder Frau nur wählen als Trost, Ersatz, als Stellvertreter!

Das Fleisch ist Gras, das Gras ist Fleisch, eine grasige Liebe, eine fleischliche Liebe, eine tabuisierte Raserei im feinen und groben Wurzelwerk. In uns, den nächtlichen Zoobesuchern, hat sich in uns nicht mehr und mehr, unterdrückt von uns und dem Tag und doch nicht bezwingbar, eine absurde Sehnsucht geregt, die nicht kompletter zu stillen ist als durch die Vermischung mit der Erde, die ich tagsüber begehrlich in den Asphaltritzen ansehe, im Schlaf?

Nicht länger rätselhaft ist die Zeit, die Rinder und Schafe stumm, fast ohne Regung auf den Wiesen verbringen, wenn auch am Leben. Ohne zu denken liege auch ich ja dort, in ihrer Nähe, und weide, grase und käue eine Substanz wieder, die ich nicht kenne, aber benötige.

Unmerkliches, dann kräftiges Anschwellen des Herbstlichts, aufbrandendes Rieseln, Flüstern, den Mond bestürmendes Rasseln der Bäume, weltbeherrschende Laubmassen, in denen das erste Gelb entsteht nach dem Vorbild heraufdämmernder Erinnerung, körperauflösendes Murmeln. Ein Moos wächst über den Rand der Gegenstände, über die Zoobewohner und ihre Käfige hinaus, verbindet sich mit dem tierischen Strauchgeruch, in den Besuchern selbst ein Entgegenkommen, das sie nicht niederkämpfen können, das alles mengt zu einem Wesen, das von der Erde zum Himmel reicht.

Als Unterhändler zwischen Flora und Fauna treten die Witterungen auf. In der schwarzen Nacht schleiche ich mich ein in ihr Bündnis und verschwinde schließlich ohne Forderung, aller Verantwortung entledigt mit lockeren Gliedmaßen und freigelegter Kehle zu einer lichtlosen, innen leuchtenden Stunde darin.

Auch die alte Frau, am Gehege des Mähnenwolfs, bei ihren auf den Boden gestellten Taschen mit Gemüseabfällen, weiß nicht, wie der Sexualakt mit Wiese, Raubvogel und Weiher zu bewerkstelligen ist. Wie überredet man das Meer zum Koitus, wie wäre die Zeremonie anzuzetteln von den Beischlafwilligen? Ein umgekehrter Sündenbock müßte gefunden werden, ein Deputierter der Land- und Meereslandschaft. Sie hat die historischen Rituale nachgelesen, doch was hilft ihr das jetzt? Zu Recht lächelt die Gräfin, die nicht mal venezianische, da aus ihrem Boot, in den Armen des Muskelmannes hinaustreibend, an ihrem Lebensende in geschmeidigem Triumph zum Ufer hin.

Die allein zählende Alternative zur Land- und Meereslandschaft ist das Bett, der Ankerplatz des Schlafs. Hier sauge ich die strudelnde Welt ein, hier pfeift, wälzt sie sich an meinen Innenwänden entlang, hier findet die gegenseitige Bemächtigung statt. Im Traum oder wachliegend paßt sich der Kopf von unten dem Himmelsgewölbe an. Eben noch fuhren die Schreie des Käuzchens bei seinem Nachtflug über das Dach, jetzt donnert das Flugzeug über das Haus. Hoch oben die Geräusche der Himmelskörper.

Ein System von Himmelskörpern, eine Bannlinie von Tierkreiszeichen ordnen die Kinder im Bett um sich an. Die Planeten, die als Schutzgeister in dichter Kette ihren Körper umgeben, sind die Tierpuppen, die Stofftiere mit Fell und Glasaugen, die schlaffen, schmeichlerischen Leiber, abgenutzt von den Nächten, kissenweich getarnt.

Adler, Greif, Löwe, drohend das Haupt erhoben auf den Königsthronen: kindliche Schlaftiere um einen Herrscher, Kinder in ihrem Traum, ausgestattet mit den Insignien der Königsmacht, mit der Zauberwirkung ihrer stummen Bettgenossen, die in der Finsternis, den Schafen und Rindern gleich, grasen.

Umgeben von lebendigen Tieren möchte ich die Nächte überstehen, bei den Greifvögeln und der Hirschkuh, ein leises Schnauben und Atmen würde mich umstreichen, als Wolfsjunges, als von Affen aufgezogener Findling würde ich teilhaben an ihrem leidenschaftlichen Ruhen, aus der Ferne vollkommen mit ihnen vermischt.

Säugling in der Krippe des Berner Nelkenmeisters, von der dicken Erde nicht verlassen, nicht umringt von den goldenen Stieren und glutzüngigen Drachen, gewärmt vielmehr von den Ausdünstungen der mildäugigen Stallbewohner. Kein Heiliger ist ihm so nah wie sie.

Die Zoobesucher aber, diejenigen, die nachts von den zurückgelassenen Tieren träumen, so daß sie in allen Tönungen ihrer Haare, Feder- und Schuppenkleider vor ihnen erstehen, sehen sich, wenn sie an den Zäunen wandern, insgeheim in Begleitung der von ihnen erwählten oder ihnen zugedachten Exemplare. Dicht an ihrer Seite oder an einer leichten Leine für alle Fälle laufen ihre Lieblingstiere mit ihnen, Tier und Mensch gepaart. Die alte Frau trägt die Schnee-Eule auf ihrer Schulter, gefolgt vom braunroten Mähnenwolf.

Zu jeder Jahreszeit, denke ich mir, zu jedem Monat, neu zu jedem Neumond müßte man sein eigenes, wechselndes Wappentier haben. Im Sommer wäre es die Silbermöwe, schreiend und schattenwerfend an den Felswänden, Ausschau haltend auf Felszacken, krächzend und miauend, dicht über dem Meeresspiegel dahinsegelnd, unverspielt wie ein Geschick.

Als wachehaltende Schlaftiere sollen unsere Freunde aus dem tierischen, pflanzlichen, mineralischen Reich uns umstehen ein Leben lang, Schneegans, Otter und Puma, Roter Habicht, Biber, Hirsch. Die kleinen Hunde der kleinen Frauen in den schmalen Zimmern jedoch, die Wellensittiche und Katzen haben im Sichtbaren alle Verpflichtungen übernommen, sie sind verwehte Samen der Wildnis, aus der sie stammen, und betrachten die Groß- und Urgroßväter, die stillen

Witwen, bei denen sie wohnen, unerkannt, mit schutzgewährendem Totemauge.

Den alten Frauen hinter den Gardinen und in der Abenddämmerung kommt es jetzt so vor, als hätten sie den größeren Teil ihres Lebens damit zugebracht, die Jahreszeiten zu betrachten und sich mit ihnen zu verändern, indem sie die Anfangs- und Endzeichen des Wechsels von Mal zu Mal besser begriffen. Eines Tages wird den Zoobesuchern im Familienverband, die im eiligen Defilee den Tieren rasch den abgelesenen Namen zurufen und weiter nichts und damit genug, aufgehen, daß in hastigen, wenngleich zähen Urlauben nicht die Streitereien sie in Atem hielten, die nervösen Ausbrüche hinter dünnen Hotelzimmerwänden. Die Mittage, Stürme, Brände der fremden Umgebung waren es, die sie massierten, höhlten, vervollständigten, allem zum Trotz.

Ich selbst am offenen Fenster, ich selbst in meinem Bett dehne mich bis zu den Horizontgrenzen, bis ich anstoße und mich scheure an seitlichen Felsen, umschlossen von dieser festesten Fassung. Was zwischen mir und dem Horizont wächst und rennt, wächst und rennt in mir. Das Geschnatter eines Eichhörnchens schneidet Zacken in den Rand meiner Erstreckung.

Im Zoo bin ich ausgebreitet über den ganzen Bereich und erst am Ausgang wirklich wieder zusammengefaßt in der einfältigen Gestalt. Ich hätte auch einkehren können in einen Vogel oder Bären, aber man ist zufrieden mit meiner vertrauten Figur. Die Tiere, was niemand außer mir wahrnimmt, stäuben währenddessen in alle Richtungen davon, die Affen, die Hyazintharas, und zerstäuben mich auf meiner stummen Heimfahrt in alle Richtungen. Dann aber, bei großer Beschleunigung auf einer Straße unter freiem Himmel, als rechts und links die Häuser, die Bäume wegstürzen, reiße ich den Mund auf wie im gierigen Verschlingen der herandrängenden Landschaft, und ich erkenne wieder die Bestimmung des Mauerseglers, ich bin ein Mauerseglerschwarm, der mit aufgesperrten Schnäbeln tödliche Schneisen durch den Insektenschwarm zieht.

Durch die Augen der Raubkatzen trete ich ein in die unentwegte Tageshelligkeit, in die helle Starre ihres Bewußtseins, in den wie von elektrischen Birnen alleenlang strahlenden Raum ihres Kopfes. Ich wende den Blick nicht ab, bis ich eingetreten bin in das gleichgültige, nie verdämmernde Licht hinter ihrer Iris. Dann drehe ich mich um.

Ich stehe in der Menschenmenge vor dem Käfig mit den Händen in der Tasche und den Beinen auf dem Boden. So sehe ich mich dastehen, aus dem Käfig heraus sehe ich mich in der Menge mit verzerrten Gesichtern, in lästigem Staunen, aufdringlich, eine häßliche, schlecht geschnittene, doch auch nicht natürlich wuchernde Hecke, die der Blick leicht durchstoßen kann, schattenhafte, übervorteilende, sentimentale Wesen, keine Jäger, vielmehr schwache, plumpe Besitzer sie alle. Keiner bietet ein Ziel für ein Kräftemessen, keiner reizt zur Anstrengung einer plötzlichen Aufmerksamkeit. In sich gekehrt, durchleuchtet mein unpersönlicher Blick die sich aufspielenden Körper. Laß sie zappeln! Sie lenken mich nicht ab auf meiner Wanderschaft über die endlosen elektrisch brennenden Chausseen meines Kopfinnenraumes.

Ich gehe durch den Zoo zwischen den Tieraugen, das zählt allein, nicht die Gräben, Gitter, Balken. Ich sehe mir zu mit den Augen des Seeadlers, unbeholfen setze ich Schritt für Schritt, spüre sogar eine lächerliche Schwere in den Füßen, als hätte ich mich Stunden über die Wege geschleppt. Ich beobachte ohne Erbarmen meine offen gezeigte Müdigkeit und könnte doch eigentlich fliegen und spüre doch in meinen kräftigen Beinen den Treibstoff für den Abstoß und schon die bereite Luft, die mir unter die Flügel greifen würde. Ich sehe auf meine Gestalt unter vielen und begreife sie so wenig wie die anderen, ich halte durch den Maschendraht Ausschau nach den Wolken, nach der Ferne, ich gehe immer weiter mit den erschöpften Füßen und schätze dabei Entfernungen ab. Das ist meine Gewohnheit, eine Neigung zur Mathematik, die mir aus den Adleraugen schießt, ein triebhaftes Errechnen, auch wenn ich es nicht für größere Flüge nutzen kann.

Die Beine wandern bieder voran, einem Instinkt folgend, den ich momentan verachte, er tut seine Pflicht, vertieft aber bin ich in die feurige Mechanik, in die Kunststücke meines Adlerkopfs.

Die kleine Frau dort hinten dagegen geht richtig, nämlich genau mit der asozialen Abweichung, die sich gehört für Leute ihres Alters und Geschlechts, die sich im Zoo herumtreiben. Sie schwankt und humpelt ein bißchen auf gekrümmten Beinen, denjenigen Tieren ähnlicher mit jedem Tag, die sich selten in geraden Linien über den Boden bewegen.

Leute ihres Schlags sind mir aufgefallen an einem trüben Abend auf dem Flur eines Krankenhauses, korrektes Alptraumlicht, braune Wände, ungefährlich stumpfer Kunststoffboden, ab und zu eine wankende Gestalt, tappend, tastend nach dem Ganggeländer, vor sich hinmurmelnd, ein leises Schmatzen, eine verlorene Seele nachahmend, die Füße nackt in Riesenpantoffeln, gestorbene, bleiche Fersen, Todesfersen, das Nachthemd an einer Seite versehentlich in den Schlüpfer geklemmt. In Abständen kamen neue Männer und Frauen, sie machten sich auf die Wanderschaft zum offenen Zimmer der Schwester, erbaten Tabletten, die sie nicht bekamen gegen Schlaflosigkeit, Verstopfung, Schmerz. Die wurden ihnen – sie wußten es doch! – später gebracht. Zu dieser Stunde, gegen 20 Uhr, begannen sie zu pendeln wie die Tiger kurz vor der Fütterungszeit. Vor der Nacht erwachten sie aus ihrem Dösen und verlangten nach spezieller Nahrung, belebten lauernd den Korridor. Die Raubkatzen, die auf den Wärter lauern zur festgesetzten Zeit, laufen hin und her wie die einsamen Alten, die auf Besuch hoffen, den sie nicht herbeizwingen können, wie alte Menschen, die Überraschungen der Post erwartend, auf- und abgehen hinter den Gardinen, horchend, spähend nach den gelben Postfarben wie die Tiere nach dem Tierpflegergrün.

Wie in Krankenhäusern huschen die Friedhofsbesucher hin und her in Staubmänteln in der Ferne aus den Seitenwegen quer über den Hauptgang, kurz vorüberschwebende Engel, wie die Kranken in ihren Nachthemden, die ruhelos, ausgehungerte Raubtiere, enge, immer kleinere Achten in ihren Käfigen ziehen, so schreiten die Alten, frei oder mit Krücken auf ihren Gewohnheitswegen oder an einer Hecke sich unauffällig stützend, die schnell schrumpfenden Wege des Lebens ab.

Das schimmerndweiße, totenbleiche Lebensinnere, dem sie selten und seltener fernbleiben, ist das Bett. Das Bett ist das zwischen Hölzer gebaute Federnest, Gefiederüberfluß eines arktischen Vogels, der uns zudeckt mit Flaumwolken, gefiederten Schneeflockenflügeln, mit auslöschendem Weiß. Auch am Tage umgibt uns dann und wann eine Daunenhöhle, eine Versunkenheit, eine wattige Fülle, eine Abwesenheit unter lauter Anwesenden, bis man unsere Unberührbarkeit mißachtet, wie man die der Tiere nicht respektiert, und wir schrecken hoch, aus dem Nest gestürzt, durch einen einzigen, zur Ordnung rufenden Satz.

Rücklings liegend, am Rand frischer Äcker, am Himmelsrand die neuen Enden alter Dörfer, in einer noch unbelaubten Welt, die jedoch sanft ist vor Diesigkeit. Nichts sonst zwischen Himmel und Acker als die diesige Helle, nur die Lerchen, unsichtbar mit ihrer kleinen Zutat, mit entscheidender Zutat die Lerchen, die Stimmen aus den Äckern wachsend, herausblühend und ich dabei, ein Lerchenschrei aus meiner Kehle, ich unsichtbar im sonnigen Nebel, an den Boden gedrückt in der ruhig dastehenden Welt, die angehoben wird, angenähert dem nicht auszumachenden Himmelsanfang durch unsere Laute, durch unser Geschrei, die Vögel und ich, wir stemmen die Äcker hoch, auf Rauchsäulen steigen sie kurzfristig, die Erde, die weite Horizontale, die Ebene hebt sich empor durch uns, mitgerissen muß sie werden, nichts anderes ist unsere Absicht, nichts anderes treibt und beherrscht uns, kein Gewicht, kein Körper, nur die pressende, über alle Kräfte gehende, sinnlos kräfteverschluckende Lust, mit nichts als Tumult die Landschaft ein Stück vom Platz zu verrücken.

Eine Eisenbahnböschung mit harten Unkräutern, Winden, wilden Wicken, Brennesseln, im Geruch der Schienen, auch das ein Ort für den Nestbau unter freiem Himmel, wo ich mich verstricken werde in die rostigen Farben welker Gräser und Stauden und überwechseln kann, endlich vollständig mich vertausche mit etwas anderem, wo ich ausschlüpfe aus der Menschenkruste und herauskommt und sich herausstellt: ein Nicht-Mensch.

In solchem Böschungsgrau und Böschungsbraun steigt eines Tages der Herbst schwarz aus dem Boden als dennoch schwach leuchtender Dampf. Ich selbst könnte mich in diesem Augenblick ganz in der Nähe der absterbenden und sich verkriechenden Wesen befinden, nur habe ich meine Augen nicht dem niedrigen Dickicht des Gestrüpps zugewandt, sondern rage mit allen Gliedern daraus, als etwas zu groß geratenes Tier für solch dürftige Deckung gegen zu erwartende Winterkälte, Rauhreif, Nachtfröste. Also suche ich hier nicht den Schlaf. Ich suche Grundsätzlicheres, den oft ausgemalten, jetzt vorstellbaren Tiertod, und schon beginnt es. Die großen Linien und Züge des Landschaftsbildes fangen an zu zittern, vor allem die friedliche, so reibungslos natürliche Übereinstimmung mit der Umgebung setzt aus, es setzt ein eine niemals zuvor geahnte Lückenhaftigkeit, es muß vom Wegfall einiger Sinneswahrnehmungen herrühren, dieses Auseinanderbrechen. Aber es scheint ja nur, es scheint ja nur ein Abrücken der trockenen Halme, der Wolken, der schiefen Böschungsebene von mir zu sein. In Wirklichkeit reißen die Konturen zweier Körper auf, die meines Fleisches und die alles anderen, mich Umschließenden. So wird der Boden bereitet für eine Verklammerung, eine schließlich vertilgende, mich Einzelgeschöpf vertilgende Verzahnung.

Oder, während ich mich aufrichte in meinem Tierleib mit letzter Kraft, wie es der Brauch meiner Art ist, durchstürmt mich, meine gesamte Person, ohne einen Rest von ihr übrig zu lassen, die schwarze Nacht, die Nacht, der keine für mich je folgen wird, eine Nacht durchrast mich wie der Orkan ein Haus am Hang durchbraust, bis zur vollkommenen, ich sage andächtig: vollkommenen Zerstörung.

Oder ich entferne mich. Noch bin ich unter den Artgenossen, aber ich sehe das Rudel, die Herdenmitglieder mehr und mehr als Hinterbliebene, ich gehe schnell, schneller von ihnen weg, der Zwischenraum wächst. Niemand hat mir diesen Gang befohlen, er steckt mir im Blut als übermächtiges Verlangen, ich breche auf in eine Schneelandschaft und lege Schneeschleier um Schneeschleier zwischen mich und die lebenslustige Welt.

Ein weißes Pferd jetzt, schwarzäugig mit isabellefarbener Mähne, der Kopf steckt tief in verdorrtem Kerbel und Wiesenbocksbart. Ich komme hierher, um es wiederzuerkennen, jedesmal erkenne ich es wieder, mal besser, mal schlechter. Es ist eine Frage, ein Problem der Vergangenheit außerhalb meines jetzigen Lebens, älter als meine Kindheit sogar. Ein Wiedersehen schon im allerersten Moment. Ich muß, sage ich mir, mit diesem scharfen, in mich eingestanzten Bild auf die Welt gekommen sein, wie die alte Frau mit dem des Mähnenwolfs, und ich habe außerdem bei meiner Geburt die Schnee-Eule, das Bison mitgebracht. Die Tiere, die streng wiederholten Bilder der Tiere hat es vorher gegeben, in meinen Träumen brannten sie unaufhörlich weiter, von klein auf sah ich die wirklichen Tiere an wie einen Knoten im Taschentuch, eine Erinnerungsstütze. Etwas mußte vielleicht ergänzt werden von Tier zu Tier. Ich sehe Kühe, Krähen und das weiße Pferd auf der harten Herbstwiese in Parkplatznähe, auf der abgegrasten, an den Rändern nur noch sperrig bewachsenen, ich sehe sie weiden, an guten Tagen in mir selbst.

Ja, aber Sendboten sind sie darüber hinaus, tapfer ausharrende Vertreter einer versunkenen Dynastie, deren Zeuge ich gewesen bin in einer anderen Zeit, die mit jedem Anblick neu ein Glimmen in der Erinnerung entfacht, weißes Pferd im grau-grünen Kraut, weißer Wachtturm, von dem eine chinesische Mauer läuft zum Raubvogel in der Luft und von dort zur Schafherde mit den dunklen Strümpfen, unsichtbare Schutzmauer um ein jetzt verbotenes Land, von dem mein Gedächtnis schlaftrunken die Erinnerungszeichen sucht.

Am Tage, beim Anblick des weißen Pferdes, dem die Mähne über die Stirn fast bis zu den Nüstern weht, so daß die glänzend schwarzen Augen im vergrößernden Schatten liegen, besonders aber nachts, wenn alles die Farbe dieser Pferdeaugen angenommen hat, mache ich meine Patrouillengänge an den Mauern um jenes vormenschliche Reich. Mehr gelingt nicht als ein Abtasten der Barriere, die nichts verrät außer dem sonst unbeweisbaren Vorhandensein einer Lücke in der Gegenwart, wenigstens das.

Möglicherweise ist mir jedoch die Zukunft nicht ganz so verschlossen. Ich verlagere also meine Wünsche in einen noch bevorstehenden Zeitbereich, der in mir schon zu keimen beginnt, vor allem nachts, vor allem angesichts des Pferdes, der immer beispielhaften Kühe, der Schafe mit den schwarzen Beinen eines allerdings stark verkürzten Mähnenwolfs.

Das Geheimnis der Tiere besteht darin, daß sie Laute abgeben, aber nicht mit uns sprechen. Ich spüre, wie etwas im Gange ist über die Diagonale der Weide hinweg. Sie verunstalten jedoch keine Wahrnehmung zu einem ausgesprochenen Satz. Der Versuchung, sich einzumischen in unsere Gespräche als Konversationsteilnehmer, hat nie eins von ihnen nachgegeben, »Schweigen ist Gold« lautet die unschuldige und vielsagende Predigt, sie halten das standhaft durch. Ich allerdings, in meinen Nächten ausdrücklicher als am Tage, wachse ihnen entgegen, ich schleiche mich ein, passe mich rückgratlos an, denn das Sprechen beginnt zu verstummen in mir, das Aufzählen der Dinge, die erzwungenen Kontakte, ein sehr ermattendes Bedürfnis. Ein gekünsteltes Verlangen von Anfang an.

So stehe ich geistesabwesend, äsend, grasend – zwischen Häusern, in öffentlichen Verkehrsmitteln – in Prärien, Steppen, Savannen und weiß es nicht, sitze nur da mit gebeugtem Hals, mit entblößtem, nacktem, hingegebenem Hals, den Lärm der Umstände mühelos überhörend, sitze an einem geöffneten Fenster in Sicherheit und spüre eine Zugluft, eine Deutlichkeit, Übertriebenheit meines Nackens, als befände sich, während alles andere an mir sanftmütig gestimmt ist, fast überhaupt nicht da ist, mein Genick in einer Erregung, einer hochschnellenden Alarmbereitschaft, die zusammenhängt mit dem kühlen, vielleicht auch röstenden Hauch, der darüber weht, ohne zu sagen, woher er kommt. Noch ein zweites ahnt der Nacken und ist aufgestachelt davon. Er wird beobachtet, er fröstelt, schwitzt, versteift sich und will sich ducken. Er wird professionell ins Auge gefaßt. Dieser so kundig zupackende Blick hat Konsequenzen, ist eigentlich schon das handgreifliche Zuschlagen selbst. Es ist der Moment, der oft, der zumindest einmal erlebte vor dem Ansprung, das Zubeißen des Geparden, Jaguars, Leoparden, und ich erwarte den vollstreckenden Biß, mein Genick sieht ihm entgegen mit Entsetzen und Lust, ohne Widerstand, weil es das ihm zustehende, auf ihn zugeschnittene Geschick erkennt, bewundert, will.

An anderen Tagen, die mit schlaffen Muskeln beginnen, im Verlauf von Stunden oder ein paar Minuten, versammelt sich alle Empfindung in Zähnen und Fingernägeln. Ich sitze wiederum still an einem Fenster, auf einer Bank diesmal, mit angehobenem Kinn aber, und alle Kraft, wer weiß, woher sie mir so heftig zuströmt, schießt in mein Gebiß und die Fingerenden, die Augen halten Ausschau, werden gefesselt im Auftrag meiner Kiefer von den Signalen des Wehrlosen, Weichen, von den findigen, spitzfindigen, erfinderischen Lockungen des Opfers, der Beute, von der ergebenen Nackenbeugung, von den kindlichen Rundungen des Fleisches. Meine Waffen, Zähne und Nägel, rüsten sich für das ihnen Bereitete, Maß nehmen sie an dem, was ihnen versprochen und dazu bestimmt ist, von ihnen durchdrungen zu werden mit tödlichem Griff.

Das sind Augenblicke. In den Pyrenäen dagegen, im Kaukasus, in Turkmenien und Belutschistan habe ich, in variierter Form, scheu und sinnenschlaff, in den Farben der Erde und der Felsen, ganze Lebensläufe hinter mich gebracht. Ich renne eilig eine Treppe aus dem U-Bahnschacht hoch, überquere eine eisig durchstürmte Straße, zielstrebig gesetzt jeder Schritt, keinmal umknickend, ohne anzustoßen im Gedränge und weiß: Es ist das falsche Bild. Das, was die Stadt von mir wahrnehmen kann, fliegt davon als Hülle beim ersten Windstoß der Nacht. Mein Körper, stellt sich dann heraus, ist beinahe vierschrötig, mein Kopf breitstirnig und voller Übermut, phantastisch gehörnt, rauflustig, wählerisch. Voller Freiheitsliebe bin ich, ein Bewohner der höchsten Gipfelregionen, nicht schreckt mich die Schneegrenze, hoch hinauf, immer höher zieht es mich, doch schätze auch ich, wie alle Ziegen, Geselligkeit. In Mimosenbäumen kletternd habe ich ein Leben zugebracht, streitend, mit oftmals blutendem Kopf, was mir eine Lust war, habe ich auf eisig überstürmten Felsplatten gestanden, ich habe hochgesehen, ich habe hinuntergesehen, ich habe geschrien und selten still gestanden. Ich bin meinen Launen gefolgt.

Schnell gehe ich zwischen hohen Häusern, immer wieder zu Pausen gezwungen, renne ich über die vielspurige Fahrbahn, aber ich steige und steige, vom Klettern besessen im zerrissenen Gebirge. Kein Schwindel befällt mich an fürchterlichen Abgründen, frech ist mein Tritt an steilen Wänden, gleichgültig überschreite ich die gefährlichsten Stellen, mich schrecken keine Klippen, keine Geröllabstürze. Da ich klug berechne, trifft mich kein Stein in der Menschenleere. Der Felsen ist mein Freund, mein Stein des Anstoßes, meine Himmelsleiter. Auf ihr tobe ich, geschickt und tollkühn, auf und ab bei jedem Wetter, ich prüfe unermüdlich ihre Festigkeit im wilden, felsenfarbenen Kleid.

Ich fresse, was ich will, ich fresse hier und da und das, was anderen schädlich ist. Ich fresse Wolfsmilch und Seidelbast, Schierling und Pfaffenhütchen, Fetthenne und Wicken, ich fresse Tabak und Zigarrenstummel. Ich verschmähe und fresse, ich rieche zu bestimmten Zeiten mit Vergnügen den großen, noch höher lebenden Bock.

Noch entschiedener wage ich mir darüber klar zu werden und notfalls auch vor Fremden einzugestehen, was mein Wesen ausmacht, seit ich erkannt habe, daß alles entschuldigt, formvollendet gebündelt und organisiert ist in einer Gestalt, zu deren Art ich gehöre.

Ich führe ein umgekehrtes Leben, ich lebe kopfüber, ich stelle die Welt, für mich allein, auf den Kopf, ich berühre den Boden fast nie, meine Haare wachsen andersherum, meine

Nahrung wuchert mir in den Mund. An dünnen Zweigen halten mich ohne Anstrengung meine Sichelkrallen bei Tag und Nacht. Wie die Schnee-Eule kann ich das Gesicht beinahe rundherumdrehen.

Ich falle nicht auf. Ich mache kein Aufhebens in einem ständigen Rumoren um mich herum. In einem Wetteifern der zügellosen Farben bin ich still und durch Algen in meinem Fell, alles in einem feuchten Urwald-Grün-Grau, verschmolzen mit dem Hintergrund. Verborgen vom dichten Blättervorhang lebe ich unbemerkt.

Ich, das Faultier, liebe den Schlaf. Ich schlafe tagsüber, ich lebe umgekehrt, ich bewege mich nachts, ich bewege mich wenig, ich bewege mich sehr allmählich, ich brauche für alles, für das einfachste Fortkommen viel Zeit, ich habe immer viel davon. Ich nehme nicht teil am öffentlichen Leben, ich verberge mich im Schlaf und in der unendlichen Langsamkeit. Wessen Geduld reicht schon aus, die so ungeheuer gedrosselte Geschwindigkeit meines Ganges, kopfüber durch die Luft, zu verfolgen? Ich genieße die wunderbar verzögerte Reihung aller Sekunden meines Lebens, das heißt nichts anderes als: Ich lebe in einer rasanten Ewigkeit, ich stehe zu niemandem in Konkurrenz, ich leiste nichts, ich existiere und gehe sparsam um mit meinen Möglichkeiten, der Welt Aufmerksamkeit zuzuwenden, ich besitze nicht viel von dieser rätselhaften Energie, aber ich verlange sie auch nicht. Im Gegenteil, mein Ziel ist das quasi Nicht-Vorhandensein, die grüne Anonymität im grünen Blattwerk, in der ich schlafe und schläfrig klettre, in der ich hangelnd faulenze, wie es mir aufgetragen ist. Ich gründle im tiefen Schlaf des Tages und im leichten der Nacht. Ich ahne nur, daß es einen Zustand wirklicher Wachheit gibt. Ein solches Erwachen, stelle ich mir vor, ist der Tod, ein solches Wachsein die Hölle.

Das Herunterbrechen, das letzte, stürmische Rauschen der Urwaldriesen, aussterbende Rasse, abtransportiert die glatten, entmannten Leichname, unkenntlich, nützlich, für immer stumm gemacht in Türen und Fenstern. Tropisches Hartholz aus Malaysia. Die Nutzholzjäger, die Bulldozer und Motorsägen der Holzfällerbrigaden schrecken mich auf in meiner träumerischen, schaukelnd sich fortbewegenden Existenz in den Blätterkronen, wie sie in der dunklen Urwaldtiefsee die Waldnomaden aufschrecken. Nächte- und tagelang dauern die Feuersbrünste südamerikanischer Rodungen für die riesigen Weiden zukünftigen Schlachtviehs.

Schwindende Wälder der Äquatornähe, einlaufend der Urwald Malaysias, der älteste, unberührteste der Erde, weggefressen vom wählerischen Holzhunger der Reichen, vom Brennholzhunger der Armen, vom Landhunger rasend sich vermehrender Armer, vom strategischen Landhunger der Konzerne Japans, Europas, Amerikas, wegfressend sie alle die Wildnis der Tiere. Zusammengerückt sehe ich die Grenzen der tropischen Feucht- und Trockenwälder, zerstört die großen Wasserkreisläufe. Ausgeräumt werden die letzten Verstecke, eine Erde ohne Achsel- und Schamhaar, kahlrasiert ohne Schlupfwinkel für Geheimnisse und Gerüche des Organischen. Ich bin ein Faultier im Blattwerk der Urwaldriesen, man nimmt mir meinen Schlaf, der komplette Planet wird versetzt in unentwegte, brüllende Wachheit. Sie schlagen die gegen das Weltall schützenden Kronendächer weg, vernichten die fruchtbaren Wälder des Schlafs und konversieren über Produktionsfläche und Rohstoff dabei.

Produktionsfläche und Rohstoff ist der ausgerottete Wald gewesen als Hintertür unseres Wachens, als Kindheit, als äußerste Zuflucht, gelobtes Land, als das nicht Entdeckte im pausenlos Angestrahlten, als das versiegelte Unbewußte. Im Schlaf des Urwalds, im Urwald des Schlafs war ich sicher, schuldlos unschuldig zu sein, entwaffnend wehrlos. Die Kolonisatoren, ausgezogen zur groben und raffinierten, fast immer konzessionierten Entwaldung, treiben mich tiefer in die Mitte der Urwaldnacht. Je schmutziger die Welt, desto wütender mein Bedürfnis, mir die Hände zu waschen im Schlaf.

Die Urwaldriesen, ohnmächtig in ihrer Stärke wie die Büffel vor den Kugeln der Gewehre, zum letzten Mal mit ihren eigenen Blättern rauschend, herunterkrachend in den jungfräulichen Gründen.

Lächerliche Nacktheit der Waldnomaden, Waldindianer, Pygmäen in den deflorierten Gründen, eingekreist und ans Licht gezerrt sind die Sammler und Jäger, deren Augen und Haut nicht gewöhnt sind an den Tag außerhalb ihrer Regenwälder, hinfällige, unmündige Hindernisse in den Weltgeschäften, in den Handelsabkommen Europas und Asiens, machtlos wie ihre Flora und Fauna und überzählig in der hellen Dynamik der Gegenwart.

Aufgeweckt für ihren Untergang werden sie aus Baumhütten und Hängematten. Pfeil, Blasrohr und Wurfkugel, das Gift der grünen Baumschlange, Auszüge und Absude aus Wurzeln und Rinden fürchtet nicht der vordringende, sachliche Eroberer.

Die bärtigen Krieger, die grünen Helden, gefällt, im Fallen schwächere mit sich reißend, die auf dem Schlachtfeld unziemlich verrotten, kein Grab, keine vielfache Auferstehung wie bei ihren Ahnen in den feuchten Schächten des früheren Urwalds.

Was nutzt der Schutz der Verzögerung, der Scheintod unendlicher Langsamkeit, die Tarnkappe grünscheckigen Fells, was helfen die Waffen der Duldsamkeit, tausendjährig erprobt? Wir suchen bei Anbruch der schrecklichen Sonnentage die Ritzen, die Baumhöhlen, wir fliehen vor den neuen Lichtungen, Licht der Vernünftigkeit, Licht der Sachlichkeit, verschone uns! Es verschont uns nicht, es meint uns nicht, es schiebt sich gleichgültig voran. Den Bäumen bleibt der Schutzmantel der Verblödung, sie verblöden in Containern und Türen, tropisches Hartholz für Rahmen und Furnierarbeiten, verblöden an den Fenstern hoher Häuser mit stammelndem Blick auf rasendschnelle Fahrbahnen.

Aufdeckung und Überflutung der Rätsel Sarawaks im malaysischen Borneo, mitten im Wellengang unterbrochener, den hoch fliegenden Vögeln sichtbarer Blätterspiegel, Lückentext, Wellenstaccato, Silbenrätsel aus Gedankenstrichen, Blätterleere.

Verwegener Plan im Kleingärtnergehirn: Anlage eines Urwalds en miniature, ausgedachter und in die Wege geleiteter Dschungel, der Natur überlassenes Gartengrundstück, eingezwängt zwischen Rechtecken des Vereinsgeländes, zwischen Beeten auf Zack und gedrillten Pflanzen hier plötzlich keine Angst vor dem, was man auf den Sitzungen anklagt und bezeichnet. »Bewirtschaftungsmängel«, »Pflegerückstand«! Wovon jeder Parzelleninhaber träumt, die grüne Hölle im Zwergenland, und sich nicht erlaubt, tritt hier einmal in Kraft. Ein Pächter läßt sein Gärtchen entarten. Das Gras wächst wild, die Bäume werden nicht mehr beschnitten, Gemüse und Obst nicht wie bisher als stolzer Ertrag an schönen Abenden vorgezeigt. Den Mann interessieren jetzt Erträge, die man nicht auf dem Fahrrad nach Hause bringt. Ein Bazillus in der Kleingartenordnung: ungezähmte Verwilderung, ein Dorn in den Augen der Schreberfreunde. Dem kleinen Wuchern wird gekündigt, den zarten Siegen beschworenen Urwalds. Der erste Glanz der Virginität wird unverzüglich schuldig gesprochen, der Urteilsspruch lautet: Naturgärtnerei! Der Verlierer schwingt sich aufs Rad mit gesenktem Kopf, aufgewacht und nun süchtig nach Schlaf, übergibt sich mit den Betrunkenen eine Nacht lang an jeder Kneipenecke.

Der Mann, über sein Erbrochenes gebeugt, starrt eine Stelle an, wo tagsüber, auf dem Asphalt gegen die Mauer gelehnt, ein Bettler sitzt mit einem Schild aus Pappe und drei gelben Hunden an einem Strick, die schlafen vertraulich an ihn gedrängt in Abrahams Schoß.

Haben wir nicht, erinnert sich die alte Frau am Morgen, und erinnern sich alle Zoobesucher, denen nachts die Tiere leuchtend in die Dunkelheit geschnitten erscheinen, haben wir nicht auch in unserer Kindheit schon schwermütig, insgeheim weinend vor den Käfigen gehockt, auf einer Höhe mit den scharrenden, sich rollenden Geschöpfen, und sie vor unseren Augen aussterben sehen und ihre Namen wiederholt, ein Versprechen an sie und an uns?

Chrysanthemenschwell- und Wasserkopf, exotischer Dauerfarn! Versetzt aus Burkina Faso und Nairobi, Guatemala und Kuba, Mexiko, Kolumbien in hängende, fliegende Gärten im gekühlten Frachtraum, flüchtige Gärten der Importeure, zum letzten Mal konzentrierende, Konzentrationsgärten der Floristen und Supermärkte Nordeuropas, Mitteleuropas vor dem Ausschwärmen, vor dem Hinwelken, zu den jungen Frauen, zu den alten Frauen.

Frauen zwischen makellosem Flieder und Orchideen, zwischen den Wellen und Wogen zu ihrer Erntezeit flammender Blütenmeere, zwischen den schnurgeraden Reihen in den Anbaugebieten vor der Trockenzeit, umgeben von aufblühenden Teppichen, gehegt von billigem, dort, wo man den Flieder in Vasen stellt, verbotenem Gift. Ihre Augen werden trübe, Leber und Nieren alt vor der Zeit, fahl und fleckig wird die Haut. Tot oder zu früh gebären sie die Kinder. Zehnmal neunhundert Stiele pro Tag wandern durch ihre Hände, sind reisefertig für die Versetzung dorthin, wo sie einzeln und kostbar und die Hüterinnen unbekannt sind.

Wenn die Hitze kommt, bleiben die Frauen, die Arbeitgeber ziehen dorthin, wo es kraftvolle, willige Hände gibt, wo der Boden gesund und käuflich ist.

Was wir anfassen, fällt uns aus der Hand, was wir gründlich ansehen, lassen wir fallen, ätzendes Gift, schließen die Augen. Wir suchen die Spalten zum lautlosesten Weltvernichtungsmittel, zum Schlaf.

Verwegener Plan im Kleingärtnergehirn, Zoo en miniature, Einrichtung eines Wohnzimmerzoos, ausgedachter und in die Wege geleiteter Dschungel, phantastisch belebter Raum unter Zimmerpflanzen, Arche hinter den Hauswänden, kriechende und hüpfende Urwaldbrüder, Affen, Aras, Krokodile. Paradiesgärtlein von eigener Hand, Kindheitserfüllung zwischen Klo und Gardinenstange, Tag und Nacht anwesende Kindheitserfüllung, nicht mehr die leuchtend in der Nacht stehenden Tiere der in Betten liegenden Zoobesucher, keine süß-bittere Mähnenwolfromanze der Frau mit den Grünzeugtüten, sondern Wirklichkeit. Der Eigentümer als Kind in der Krippe, Erwachsener auf dem Sofa, keiner ist ihm so nah wie die Würgeschlange neben ihm im Terrarium.

Eingezogen in die eigenen vier Wände sind Atem und Gefahr, Pracht und Geruch, Gefieder und Geschrei der tropischen Wildnis. Vergessen sind das Straßenverkehrsnetz, die Infrastruktur der Stadt, das System der Beförderungsmittel, die öffentliche Hand, der Bundeskanzler, das öffentliche Elend beim ersten leisen Schürfen, nach Dienstschluß, des Schlangenkörpers im magischen Licht. Gebündelt und gebändigt sind die Schrecken der Zivilisation, ausgesperrt die Weltuntergangsschlagzeilen beim Wiedersehensschrei des großen Aras, Wiedersehensarie des rotgrünen Aras, gefressen, geschluckt, verdaut das Straßenschild, Hausnummer, Treppenhaus, Nachbarn, sobald die Besitzerin, Bestellerin, Käuferin, auf Vermehrung der Artenvielfalt in ihrem Heim Bedachte, in das kleine, das glasige Auge des Kaiman blickt.

Die Träume, bei eiserner Entschlossenheit, lassen sich retten, die Welt läßt sich nicht trösten. Untröstlich trauern die Leguane, die Leguane mit grellen Aufbauten, deren Fleisch man in ihrer Heimat schätzt, die Mantelpaviane, die georderten und gelieferten Wildtiere, die noch einmal unter Einsatz ihres Lebens ihren Pflegern die Brücke zur abenteuerlichen Unendlichkeit bauen, die Blicke verlängern ins Urwalddikkicht, trauern, selber untröstlich, den Blick verkürzt auf Couchtisch, Teppich und TV.

Die alte Frau mit Grünzeugtaschen in beiden Händen, die alte Frau mit dem Gesicht einer sehr jungen Eule – so wirr steht das Haar, so inbrünstig starren die Augen, sobald sie geöffnet sind – beherbergt zu Hause nur ihre Katze. Von ihr ergreifen die imaginären Dschungelwesen, die Tiergeister je nach Laune und Mondform Besitz, schlagen aus dem kleinen Katzenleib wie Flammen, Blätter und welken in ihn zurück.

Im Zoo aber, im richtigen Zoo, ist alles bezeugbar. Die flüchtigen, aus der Katze, aus Träumen zuckenden Tiergestalten sind hier massiv, berührbar, stehen still und flanieren seelenruhig für die Frau wie für alle anderen, hier ist die wichtige Wirklichkeit, hier gibt es sie alle, hier ist der Beweis, daß man ein Recht hat, sich die Ungeheuerlichkeit von Giraffen, von Flußpferden auszudenken.

Hier, will und hofft sie, soll sich alles verzweigen zu richtiger Natur, hier könnten alle versammelten Exemplare einzeln und unnachahmlich werden. Sie möchte die Ohren verschließen, die Gedanken vor der Tatsache des hurtigen, ganz regelmäßigen An- und Verkaufs, der Ein- und Ausfuhr, des sachkundigen Austausches von Tieren zwischen den Zoos per Telefon und Fernschreiber. In einschlägigen Großhandlungen lagern jederzeit große Mengen an Beständen für Zoo und Zirkus als Tierverbraucher. Der Verschleiß ist erheblich, wen dürfte das wundern. Sie kennt die Preise für Elefanten, um die zwanzigtausend, indische teurer als afrikanische, ach, meine Brüder, ach, flüstert sie, ganz leise vor ihnen, die gleichmütig blinzeln, es könnte ein Weinen, ein Lachen sein. Sie sieht ihre Falten und Schwielen an, ihre Narben und Nägel, und schließt die Augen mit einem Mal, die brennenden jungen Eulenaugen, um den Preis zu vergessen, um ihn nicht auf der grauen Tierhaut zu sehen, schon fällt ihr die Frage: Was mag das kosten? bei den ehrwürdigen Bisons ein. Sie schämt sich, sie setzt sich vor einen Schwan. So was sieht sie auch an anderen Teichen, nimmt die halbvollen Tüten mit nach Haus, das merkt sie erst später. Der Zoo, sagt sie sich, der Zoo ist nur eine Zusammenstellung.

In der Nacht aber tauchen die Tiere wieder als Zusammenstellung auf und wieder als andere. Sieben Millionen Weißfische, Reiher, Raben, Bläßhühner, Pelikane, verendet bei einem Massensterben. Die Tendenz ist noch steigend, so viele sind bisher in diesem mäßig giftigen See, der giftiger wurde, nie gestorben. Man zieht die Decke über den Kopf vor der Übermacht, sucht die siegreichen, die aufleuchtenden Tiere der Steppe, man verlangt, in der Nacht wenigstens, den Triumph, noch einmal das Triumphieren der Tiere.

Schon bringt sich die triumphierende Natur in Erinnerung. Unverwüstlich, aus den Auslöschungswellen gestärkt hervorgegangen heben Baumwollschädling, Kartoffelkäfer, zählt sich die alte Frau lachend auf, hebt die Malariamücke, die unversehrt die wüstesten Angriffe überstand, ihr winziges Haupt. Gehärtet von den Feuern der Vernichtungsmittel, gesprühter, gespritzter Giftteppiche, die noch auf feinsten Wegen immer weiter töten, sehr langsam manchmal, sehr unaufhaltsam, haben über dreißig Insektenarten die Generalprobe für eine provisorische Ewigkeit glorreich hinter sich gebracht. Ha! sagt mit kalten Füßen die alte Frau. Während auf feinsten Wegen Pflanze, Tier und Mensch erschlaffen im Ausrottungskampf, wächst hier der Übermut mit jedem neuen Gegner. Die Natur läßt lässig ihr Werk vollenden. Die immunen Insekten reizen, hartgesottene Soldaten, scheinheilig verkleinert ist ihre Rüstung, täuschend auf Milliarden verteilt das kriegslistige Hirn, den plumpen, intelligenten Riesen, der nach ihnen schlägt und sich selbst die gefährlichsten Wunden haut.

Schön, denkt weiter mit kalten Füßen, mit Wadenkrämpfen und schlaflos die Frau in dieser Nacht, in der die Grünzeugtüten ungeleert in der Küche stehen, in dieser Nacht denkt die alte Frau, so gut sie es weiß, denkt, was sie weiß, bringt sich die triumphierende Natur beruhigend in Erinnerung. Ein eisiger Trost, eine gleichgültige Treue, weniger schlimm ist der rechtzeitige Tod.

Vielleicht weinen wir nun, ich, die sonst in die Tiernacht vernarrten Zoobesucher, die Frau, die Verehrerin besonders des schwarzbeinigen, langbeinigen Mähnenwolfs, weinen ein bißchen, und schon fällt uns ein, daß es untersuchte Tränen sind, erforschte Schmerz- und Verletzungsabwehr. Mit den Tränen waschen wir, haben wir gelernt, streßfördernde Substanzen aus, bald schon wird sich uns die Welt aufhellen, mitten in der Dunkelheit, nicht heilen wir die Wunden der Welt, um sie weinend, doch uns. Litte unser Körper, so würden wir ihm mit reichlicher, herzlicher Tränenausschüttung ebenfalls helfen bei der Gesundung.

Das haben die Ratten an unserer Stelle gründlich, systematisch erfahren, mit Wunden, gewissenhaft verabreicht, nicht blind wie das Schicksal wurde gewütet, vielmehr nach Plan zerschnitt man ihnen die heile Haut, doch sie weinten nicht über den schmerzhaften Schmerz, nicht über den wissenschaftlichen Schmerz, der sich anfühlte wie ein leibhaftiger, das mußte er auch. Sonst gälte das Experiment als mißlungen, weinten nicht, nicht aus Trotz oder Anstand nicht, verweigerten sich dem Tränenfluß, dem heilenden, bis man die Augen zu Tränen reizte, so lange, bis sich die Schnittwunden schlossen. Bei denen mit unstimulierten Augen heilten sie schlechter, man wollte das Resultat jedoch schlagend. Mit rausoperierten Tränendrüsen ging der Heilungsprozeß sogar zurück.

Wir Zoobesucher in unseren Kissen vermuten infolgedessen mit der Wissenschaft, daß die Tränendrüsen dem Blutkreislauf ein heilkräftiges Sekret zuführen. So trocknen uns also die Tränen angesichts der heller gemachten Welt, in unserem Bett, das nicht sehr geräumig ist, aber uns eng, schutzgebend rahmt.

Über- und nebeneinandergestapelte Lagerinsassen in abgezirkelter, gigantischer Geselligkeit, leidend, doch für ein Verbot ihrer Behausung nicht erheblich genug, in Tag- und Nachtbetten, in denen sie lebendig sein müssen.

»Wer bereitet dem Raben die Speise, wenn seine Jungen zu Gott rufen und irre fliegen, wenn sie nichts zu essen haben?« Wer hörte den kleinen exotischen Hahn, als er irre flog am Maschenzaun? In einem Gehege mit Damwild, Wildkaninchen und Enten hatte er für die Nächte ein buntes Haus, in dem unten im Heu die Böcke stumm ihre Mäuler verschoben. Er schritt, je nach Stimmung, vor oder hinter dem hohen Zaun, für die großen, im Recht des Stärkeren frei laufenden Hunde der Anrainer unüberwindbar gemacht, schritt auf und ab im irisierenden Federkleid und krähte dezent zu den Körnern hinunter, zu den fernen Wolken hinauf. Beim allerersten, zartesten Abendanbruch sah man ihn als feurige Frucht in einem Baum außerhalb der Umzäunung. Er hielt dort oben die Abendandacht, träumerisch und ins Auge springend nur dem, der ihn kannte. Er verhielt sich still, man ging unter ihm, zwischen Baum und Gehegedraht, ohne Verdächtiges zu bemerken, ohne Hinweis auf Märchenhaftes, das bereit war, sich eben jetzt zu ereignen. Blieb man unter ihm stehen, schnalzte er, den Kopf für die Formulierung hebend, dem Kundigen eine Parole zu. Vielleicht genügte es, an ihn zu denken. Wer rettete ihn, als er irre flog am Maschenzaun? Als er, von den Herrenhunden überrascht, vergaß, daß er fliegen konnte und kopflos rannte, keinen Durchlaß fand, kein Aufschwung war möglich zum Andachtsbaum, kein beschwörendes Wort. An den Draht gepreßt, mit aufgerissener, roher Kehle, gefleddert der kleine Federmantel, zum Kadaver verdreht, umgestülpt und aus der Traum.

Wir wenden den Kopf auf den Kissen, da liegt er an einer kühlen Stelle. An anderer Stelle, an einem Spätsommerabend, sehen hellbraune Kälber und ein weißes Pferd in eine schöne Berg- und Talwelt, in die freie Natur, die sie mit vagem Verheißungsduft umweht. Die Kälber sehen aus stehenden Waggons mit runden Augen so stumm durch die Ritzen der Bretterwagen, das Pferd steckt sein Haupt durch eine Lücke. Man weiß nicht, wohin es gehen wird. Alle Schnauzen drängen dahin, wo die Luft am frischesten ist, wo ein bißchen Luft ist. Nichts Gutes wartet am Ziel der Reise. Man riecht die Tiere und ihr Schicksal. Kein Rächer, kein Anwalt, kein Schutzheiliger im allerletzten Augenblick?

In weichen Sommernächten, die Arbeitspferde und Zuchtstuten auf der Weide verbringen, in Vollmond- und Neumond- und allen übrigen Nächten, Klee, Löwenzahn, Brennnesseln an den Rändern, selten, selten ein leises Wiehern, lokken zwei Züchter peu à peu über sechzig Pferde von ihren Plätzen, verladen die Tiere, die gutgläubig folgten. Jetzt ist es zu spät. Fahren los in Richtung Autobahn, verkaufen sie dort, die Hehler haben sich vorbereitet, die gestohlene Ware zur Schlachtbank zu führen, wo das schiere Fleisch zählt, nicht Kraft, nicht Schönheit, nicht Schnelligkeit.

Nicht Kraft, nicht Schönheit, nicht Schnelligkeit werden gefordert vom verstörten Pferd am Ende der Schlacht. Herrenloses, wie von seiner eigenen Seele verlassenes Pferd auf dem Schlachtfeld von Borodino, unfreiwillig befreit, zurückgefallen in den natürlichen Zustand, für den es nicht mehr geschaffen ist, tödlich getroffen durch die Entblößung, stehend entschlafen, ohne seine Gestalt zu ändern, nur den Kopf, den Falada-Kopf gesenkt in falscher Neigung, verbogen vom Krieg für alle Zeit. Nicht gesattelt, nicht gezügelt, unversehrt auf seinen vier Beinen, für das Leben nicht tauglich, verbogen der Hals vom Anblick des Krieges für immer in nachdenklichem Wahnsinn.

»... aber das Pferd der Königstochter hieß Falada und konnte sprechen.« Die Pferde, die stolzen, dampfenden Tiere, mißbraucht in den Schlachten, die qualvoll verdrehten, großen Augen, gestochen, gestoßen mit Eisenspitzen die glänzenden Leiber, nicht geschont, von ihren Herren in die Gefahr geführt, mit ihnen sterbend, im Getümmel vergessen und unübersehbar, von gleichgültigen Kugeln getroffen, vergessen ihr allmähliches Sterben im schnelleren Todeskampf der Besitzer.

Nicht hilft ihnen Schönheit, Rasse, Stärke, Geschwindigkeit, Treue, verendet die Kriegsunlustigen, die Mordunlustigen, die nicht-Gefragten, die Schmerzempfindlichen, den Krähen zum Fraß, weggeräumt.

Wildpferden werden die Jungen abgejagt und fast und oft genug zu Tode dabei gehetzt. Für die Wildfohlen stehen Stuten bereit, den Nachwuchs der Ammen tötet man.

In ihrem letzten Rückzugsgebiet, den südrussischen Steppen, lockten die Tarpanhengste manchmal, nachdem sie sich unter die zahmen Herden gemischt hatten, Hauspferdstuten mit sich fort. Nicht eher gaben die Tierhalter der Steppen Ruhe, als bis die wilde, graue Rasse endgültig ausgerottet war.

»Aber das Pferd der Königstochter hieß Falada und konnte sprechen.« Das hat ihm den Hals gebrochen, und es konnte immer noch sprechen, das abgeschlagene Haupt, das angenagelte, das so vielfach in der Kindheit beweinte. Schauerlich unter das Tor geheftet, »O du Falada, da du hangest«, o Falada, das Unglück der Königstochter, nicht das eigene beklagend, Falada, das Leid der Königstochter wendend mit deinen Antworten, nicht das eigene, kein Wort mehr über den Pferdekopf, als das Glück der Königstochter gemacht ist. Mit vielen Tränen bedachtes Märchenende, denn »... das Pferd der Königstochter hieß Falada und konnte sprechen.« Und doch nicht, denn »... das Pferd der Königstochter hieß Falada und konnte sprechen.«

Einmal, eines Tages, hat die alte Frau zum ersten Mal in ihrem Leben, »zum ersten Mal in meinem ganzen Leben«, sagte sie still bei sich, den Mähnenwolf gesehen, die hochbeinige, schwarzbestrumpfte, brennend rot gekleidete Gestalt, ein maßlos überdehnter Fuchs, wie ein Serval eine ekstatische Hauskatze ist, den hochstilisierten, vielleicht auch hochmütigen Läufer, ein verächtlicher Läufer, die bescheidenen Dimensionen, die Abmessungen seines Geheges, die im Verhältnis großzügigen, verachtend, lächerlich machend mit seinem nervösen Wiegen, das Savannen, Campos, Steppengras verlangte, der einzelgängerische Paßgänger, der lauschend mit sehr großen Ohren lief, als sollte mit jeder Bewegung das erhobene Bein fortgeschleudert werden, so lose schien es verankert in seinem schmalen Körper, so achtlos wurden die zerbrechlichen Stelzenbeine aufgesetzt.

»Ich kann meinen Blick nicht von ihm wenden«, sagte sich die Frau. Sie stand allein vor ihrer Entdeckung, die keine Notiz von ihr nahm, die schlenderte, schlenkerte und flanierte für sich allein, sich selbst mühelos die lockeren Buschlandschaften Südamerikas einredend, weil sie sonst auf der Stelle zugrundegegangen wäre. »Es war einmal eine alte Frau«, sagte die Frau und schüttelte den Kopf, wobei ihr der Mund ein bißchen offenstand, und sie merkte es und genoß die kleine, unbeobachtete Entgleisung durch Fassungslosigkeit. Etwas erzeugte eine Wärme in ihr. Sie sah das Tier an.

Der Mähnenwolf, der Wildhund, der übertrieben in die Höhe geschossene Fuchs blieb plötzlich, nicht ganz in der Mitte des umzäunten Gebietes stehen, er blieb, er konnte auf seinen eleganten, elegisch-eleganten Läufen gar nicht anders, stehen wie vom Blitz getroffen, wie angewurzelt, wie durch Zauberspruch festgebannt, mitten in der Bewegung. Nicht ruhig stand er, sondern erstarrt. Er sah zurück. Der alten Frau schoß das Blut ins Gesicht, so sehr übertraf diese schlagartige Aufmerksamkeit ihre Erwartungen. Sie konnte nicht in seinem Gesicht lesen, aber beide rührten sich nicht. Als er weiterlief, lief er wie zuvor, aufreizend, nicht für diese

Welt geschaffen. »Es war einmal eine alte Frau, die zum ersten Mal in ihrem Leben ein Wesen sah, das man Mähnenwolf nannte«, erzählte sie am Abend der Katze, die nicht mit der Wimper zuckte.

Keinesfalls ging sie am nächsten Tag schnurstracks auf das Reich des Mähnenwolfs zu. Was für ein angenehmes Herzklopfen auf den kleinen Umwegen! Ein scheuer Pampasbewohner, hatte sie inzwischen gelernt, der, nur auf kurzen Strecken schnell, vor allem Früchte frißt, aber auch Vögel, Eier, Kleinsäuger. Sie lächelte: Scheuer Pampasbewohner! Es kam ihr so vor, als wäre diese Scheu extra für sie gemacht. Er stiefelt, hätte sie der Katze sagen können, er stiefelt in engen, hohen Stiefeln und zwar immer über Wolkenballen weg.

Sie hatte oft genug den Stolz junger Väter beobachtet, wenn sie eine abstruse Fischsorte und die dazugehörende Bezeichnung ausfindig gemacht hatten. Geradezu als wären sie es, die in dieser Sekunde das erlesene Exemplar erschaffen hätten. Jetzt verging ihr das Spotten darüber, jetzt erging es ihr ebenso. Gleichzeitig war es schön, daß der Mähnenwolf nichts mit ihr zu tun hatte. Das war es ja! Er stand sehr entfernt von ihr und sah sie, den Kopf zurückwendend, an, fuhr sich, offenbar im Nachgeschmack eines Genusses, mit der roten Zunge über die schwarze Nase.

Er begann, wie am Vortag, in den Anblick der nur für ihn vorhandenen Savannenlandschaft vertieft, auf seine exaltierte Art zu laufen. Natürlich erkannte er sie nicht wieder, er zeigte sich von allen Seiten. Da bemerkte sie, daß er sich in Spiralen näherte, die gestrige Wärme stieg in ihr auf, sie errötete vor Vergnügen. Er blieb auf einen Meter Distanz vor ihr stehen, allerdings ohne ihr Beachtung zu schenken. Nie hätte sie gewagt, sich einen Namen für ihn auszudenken. Er rührte sich nicht, roch gut, roch wie ein Raubtier. Alles wies darauf hin, daß er etwas erwartete. Aber was? Unter der Schnauze war er weiß, und auch das Innere der Ohren war weiß. Er hob ihr die Nase entgegen, die Nase seines Fuchsgesichtes, und hatte sie jetzt doch erkannt. Er sagte: Duks! Was? fragte die alte Frau. Duks! sagte der Mähnenwolf, Duks!

Er sagte ein richtiges Wort. Mehr sagte er an diesem Tag nicht. »... der Mähnenwolf der alten Frau hatte keinen Namen und konnte sprechen«, sagte sie am Abend zur Katze, die sich die Krallen langzog, daß es knackte.

Die Jahre mit ihren auffälligen Enden und Anfängen, ihren Jahreszeiten und Temperaturwechseln waren ihr seit langem entwertet worden: Sie vergingen zu schnell, es lohnte kaum die Mühe, diesen Einzelheiten Beachtung zu schenken, schon mußten sie wieder ad acta gelegt werden. Was so schnell vorbei war, nahm man sich besser überhaupt gar nicht erst zu Herzen. Aber nun, wie überraschend, daß ein einziger Augenblick noch einmal so dauerhaft sein konnte. Daß es so etwas wieder, und sei es ein einziges Mal nur, in ihrem Leben gab. Ein Augenblick mit Jahreslänge!

Als sie sich nun dem Mähnenwolf zeigte, war sie sich ihres Alters und ihrer krumm gewordenen Beine bewußt, angesichts einer solchen Leichtfüßigkeit. Sie schämte sich und wollte schon, anstatt sich zu freuen, als er den Kopf in ihre Richtung hob, traurig und schwerfällig werden. Die Art jedoch, in der er in tänzerischem Wolkenhindernislauf die Steppe bis zu ihr hin durchmaß, in Schleifen natürlich, ließ sie hoffen, daß er ihr Alter und ihre Häßlichkeit nicht wahrnahm, es zählte für ihn nicht, er verglich sich nicht mit ihr. Das war es nicht, was er abschätzte, als er nun bei ihr stand in verwöhnter Hochbeinigkeit, nein, nicht geschaffen für diese Welt, die Welt nicht geschaffen für ihn. Eine mißglückte Welt mußte es sein in seinen Augen, aber er störte sich offensichtlich nicht daran, er lief durch helle Buschlandschaften. Er lächelte die alte Frau an, er sagte eine Weile nichts, er kam nicht so dicht an sie heran, daß sie ihn hätte berühren können, dann sagte er: Duks! Dabei schloß er kurz die Augen und öffnete sie wieder, so daß sein Duks! verschwörerisch klang. Da spürte die Frau, wie ihre Beine gerade wurden, das Rückgrat straffte sich, etwas durchglühte sie, sie fühlte von innen, daß in ihre Haut ein rosiger Schimmer einkehrte. »Der Mähnenwolf ist ein wundertätiges und listiges Tier«, sagte sie sich.

Als sie es am Abend der Katze erzählen wollte, gähnte die schon beim ersten Wort und drehte den Kopf weg. Die Frau ging um sie herum und lachte ihr ins Gesicht.

Sie hatte ja, wenn sie nur den Mut besaß, es sich einzugestehen, jeden Tag Zeit. Im Traum sah sie seine weiße Schwanzspitze um eine Ecke streichen, in großer Entfernung tauchte der Mähnenwolf auf, lief viel zu schnell an ihr vorbei, sie spürte es als Luftzug, aber nie gelang es ihr, ihn zu berühren. Am Morgen war es nicht viel anders. Immer hatte sie das Gefühl, er wäre soeben aus dem Zimmer gegangen. Die branstige Farbe eines Rotkehlchens, ein Wolkenumriß waren Hinweise, Beweisstücke für seine Nähe. Sie traute es ihm zu. Er konnte, wenn er es nur beabsichtigte, auf verschiedene Arten um sie sein. Aber hatte sie nicht jeden Tag Zeit, und besaß sie nicht gerade jetzt Mut genug, es sich einzugestehen?

Er präsentierte sich ihr am Nachmittag in geschmeidig gezogenen Schleifen, bewegte sich wie geistesabwesend, rasch und doch mit unerklärlicher Verzögerung auf den zu lang geratenen Beinen. Die Frau begann zu ahnen, daß er in Wirklichkeit etwas anderes war.

In der Mitte des Geheges, im Mittelpunkt dieses besonderen Ortes, blieb er stehen. Sie sah die Schwanzspitze über den schwarzen Läufen in sachtem, bedeutungsvollem Schwingen, einen rätselhaften Zeitablauf markierend. Als wollte er sie locken, so warf er den Kopf herum, blickte sie über den dunklen Pelz der Schulter an. Eines Tages würde eine unerwartete Gestalt unter dem Deckmantel seines Tierfells zum Vorschein kommen. Sie dachte plötzlich an altmodische Schulmädchenbeine, dünn, schwarzbestrumpft.

Es machte ihr überhaupt nichts aus, auf den verjüngten Füßen, mit dem aufrechten Körper eine ganze Stunde am selben Platz zu stehen. Niemand blieb so lange hier, ein Besucher kam und ging bald. Bei genauerer Beobachtung hätte er sich ausgestoßen fühlen müssen. Die große Schönheit des Mähnenwolfs war das Bewegende, das, was der Frau die Augen mit kräftigen, heißen Tränen, nicht von unkontrolliertem Alterswasser füllte. Das Verführerische jedoch war, daß er sie so lange warten ließ, bis er, schlaksig, dann aber kam, so absichtlich in ihre Augen lächelte, alles so vielsagend tat. Der Katze erzählte sie an diesem Abend nichts. Da starrte die Katze sie an, bis sie schlafen ging.

Stand also dem Mähnenwolf eine Verwandlung bevor? Am nächsten Tag machte sie wieder Umwege durch den Zoo, prüfte die Bären, Giraffen und Ibisse mit einer neuartigen Spannung. Mußten sie etwa alle erlöst werden, und wenn, in was? In einen Hofstaat oder eine Stadtverwaltung? Vielleicht lebten sie hier tagsüber als reißende und sanfte tierische Geschöpfe, um nachts friedlich schlafende Sachbearbeiter zu sein oder sich in Bordellen amüsierende oder gar von der Zuhälterei und Rauschgifthandel profitierende Gewaltmenschen zu werden. Was geschähe, durch einen Donnerschlag zu seinem ursprünglichen Wesen befreit, im Troparium mit dem neonhellen, hochtechnischen Rückgrat der Installation zwischen den dämonisch glühenden Fischaquarien und Schlangenkästen?

Zu dieser Jahreszeit und Stunde war sie fast allein im Zoo. Der Geruch der Tiere verstärkte sich dadurch. Sie spürte ein wenig Schweiß von den Achselhöhlen unter den Kleidern am Körper hinunterrinnen. Auch der Mähnenwolf benahm sich von vornherein, wie um etwas Besonderes anzukündigen, anders als sonst. Er hielt sich zunächst verborgen und erschreckte sie damit sehr. Sie hatte es ja morgens so empfunden: Er schien gerade vor ihrem Eintreffen das Gehege verlassen zu haben. Dann entdeckte sie ihn am unzugänglichen Ende in seiner nach vorne offenen Hütte. Sie blieb stumm und dachte so stark sie konnte zu ihm hinüber, bis er sich rührte. Als was würde er sich jetzt erheben? Natürlich noch als Mähnenwolf, sah sie gleich. Wenn sie einen Hefekuchen backte, hatte sie oft das Gefühl, und das war das Schönste daran, ein neues Tier im Haus zu haben, das sich schleunigst entwickelte, bis zu dem Moment, wo der Ofen geöffnet wurde und das nie ganz vorhersehbare Ergebnis zum Vorschein kam. Der Mähnenwolf hatte die Farbe eines wunderbar gelungenen, blondbraunen Kuchens. Er stellte sich, nach dem gewohnten Paradieren, vor ihr auf. Was muß ich tun, fragte die Frau. Duks! sagte der Mähnenwolf mit verschlagenem Lächeln. Was wollte er werden: ein Prinz? Ein Bruder, eine Schwester? Oder würde er sich in zwei Personen teilen? Der Mähnenwolf lief davon, als sollte sie ihm folgen. »Aber was wird dann aus mir?« sagte sie vor dem Schlafengehen zur Katze, die bloß wohlig seufzte und vorgab, weiterzuträumen.

Plötzlichkeiten schockierten sie meist. Die Verkäuferin in ihrem, ja ihrem Lebensmittelladen erklärte ihr, von der darauffolgenden Woche an würde sie im benachbarten Haushaltswarengeschäft arbeiten. Das war fast unvorstellbar für die Frau, nach all den Jahren. Zusätzlich erzählte die Verkäuferin, früher sei sie bei C&A tätig gewesen. Das gefiel der Frau nicht.

Diese Unbeständigkeit! Und nun, was führte der Mähnenwolf im Schilde? Ein Wunder, womöglich mit ihrer Hilfe?

Sie kannte einen Dom von früher, in dessen Gewölbe, dem sehr dunklen, lauter Mosaiksteinchen orientalisch schimmerten, zum Zeichen, daß in dieser Felsenhöhle etwas hauste, das auf seine Veränderung wartete, und noch auf dem Weg zum Zoo sah sie ein altes Paar, das auf eine Treppe zuging, sich dann trennte, so daß jeder einzeln, ein gravitätisch mißglükkender Tanz, mühsam am rechten und linken Geländer hinaufstieg. Sogleich hatte sie die beiden als exotisches, verliebt neckisches Tierpärchen erkannt, ohne ihren Namen zu wissen.

Der Mähnenwolf schaukelte gemächlich durch nur ihm sichtbare unermeßliche und lichte Landschaften, schritt über Vegetationshindernisse, die ihn glücklicherweise nicht verbargen vor ihr. Auf keinen Fall konnte sie zu ihm vordringen. Selbst nach Überklettern der Umzäunung hätte sie keinen Eintritt gefunden in seine eigene Wildnis. Er ging, in seinem brennenden Pelz, weit weg, in Gedanken versunken. Da sagte sie in ihrer Verzweiflung: Duks! Sagte es zum ersten Mal an diesem Platz und wiederholte es beschwörend, so daß der Mähnenwolf ein Einsehen hatte und sich in schönen Ornamenten näherte. Als er wieder aufbrach zu seinen Erkundungsgängen, hatte sie es begriffen. Sie war es, die sich gefälligst verwandeln mußte, es war ihre eigene Erlösung, die bevorstand.

»Ich soll ein Tier werden«, sagte sie zur Katze, die aus ihrem rundgerollten Leib ein Primaballerinenbein streckte, noch immer weiter vorstreckte. Sollte die ganze kleine Masse für diese Verlängerung aufgebraucht werden? Nein, sie schnappte zurück in ihre Rundlichkeit, ohne Kommentar.

Am nächsten Tag war sie krank, eine Schwäche durch die Anstrengungen der letzten Zeit, das stand gleich für sie fest. »Gerade jetzt!« sagte sie sich, wußte aber, daß es ein Aufschub war, den ihr Körper verlangte. Sie lag, schwitzte und fror, nicht eine grippekranke Greisin, sondern ein übererregtes Mädchen. Wenn sie die Augen öffnete, dachte sie mit Schmerzen an den Mähnenwolf, der sie vergebens erwartete. Wenn sie die Lider schloß, erschien er ihr auf seinen Patrouillengängen durch die südamerikanischen Ebenen, und sie war alle Sorgen los.

Hatte sie ihn denn tatsächlich richtig verstanden? Wollte er sie zu sich ins Tierreich hinüberziehen? War das die Befreiung vom bösen Zauber, in dem sie bisher durch eine Verfluchung gelebt hatte, vielleicht schon wirksam vor der Bildung ihres Bewußtseins? Sie lag mit zitternden Gliedern und frohem Herzen, ihr kam der Gedanke, sie müsse es vielleicht so anfangen, daß sie auf alles bisher Wichtige verzichtete, daß sie also, wenn sie wieder auf die Straße oder zum Zoo ginge, aufbrechen müsse ohne Personalausweis und irgendwelche Papiere, die ihre Herkunft und Identität unter den Menschen verrieten. Geld dürfe sie nur so viel mit sich tragen, daß es genau für die Busfahrkarte reichte. Ihren Mantel würde sie anziehen, aber war ihre Brille erlaubt?

Das Schicksal des letzten der sechs Schwäne! Der jüngste Bruder, für den die Schwester das Hemd nicht mehr fertig nähen konnte, und der fortan unter Menschen leben mußte mit einem Schwanenflügel statt des linken Arms, hatte sie in ihrer Kindheit fast so beschäftigt wie das Pferd Falada. Zum ersten Mal in ihrem Leben, so, wie sie zum ersten Mal vor einigen Tagen den Mähnenwolf gesehen hatte, überlegte sie, daß dieser sechste Bruder der Ausgezeichnete, der einzig Märchenhafte geblieben war. Die schönen Frauen mit den lasziven Hälsen hatten ihn deshalb leidenschaftlich geliebt, wenn er sie in den weißen, begehrlichen Flügel, in den zudringlichen, über die Wolken entführenden Mantel schlang.

»Und wenn ich nichts anderes als so lange schwarze Mähnenwolfbeine bekäme?« fragte sie die Katze, die keine Zeit hatte, weil sie auf dem Bett den besten Platz suchen mußte. »Oder was dürfte, falls mir das Mähnenwolffell übergeworfen wird, zurückbleiben aus meiner Menschenphase als Makel oder Zierde?«

Am Morgen, noch nicht wieder kräftig genug, um das Haus zu verlassen, wurde sie doch wach mit dem lästigen Wissen, daß es sich nicht so fließend würde abspielen, etwas lag in der Luft, etwas vor ihrer Verwandlung noch Ausstehendes, und das mußte eine Tat sein. In den Märchen gab es immer eine Nagelprobe, eine Prüfung der Menschen- und Tierfreundlichkeit. Bewähren mußten sich die ihr Glück suchenden Handwerksburschen und ausgesandten Köhlerkinder. Es sollte sich durch eine Handlung erweisen, daß sie den Geschöpfen ohne Hochmut zugewandt waren. Also erhärtete es sich: Sie selbst mußte den Übertritt in die Welt der Savannen und der Mähnenwölfe auslösen!

Sie lag mit heißer Stirn, sie richtete sich auf in den Kissen und zog die Knie an, sie sank zurück, als wäre schon alles getan und setzte sich wieder auf. War es nicht zwölf Uhr? Um zwölf Uhr am Tage schwollen die Geräusche ein wenig an. Sie erforschte nicht die Möglichkeiten ihrer Metamorphose, sondern versuchte, beinahe vor ihrem wachen Verstand verborgen, die Erkenntnis abzuwehren, die sich doch nicht unterschlagen ließ: Was gefordert wurde, war die Freilassung des Mähnenwolfs.

In ihrer Jugend hatte es wie zu Beginn ihres Alters das Gefühl einer starken Diskrepanz zwischen Empfindung und Erscheinung gegeben. In beiden Fällen hatte sie sich schließlich dem Bild gefügt, das sie der Umwelt lieferte. So war sie eine Jugendliche durch und durch und eine Greisin durch und durch geworden. Nun galt es das abzuschütteln. Jetzt wurde sie zur Kasse gebeten und wollte nicht davor zurückschrecken, unanständig zu werden. Sie würde mit einer Drahtschere den Zaun durchtrennen, hindurchklettern und den Mähnenwolf in die Freiheit führen. Die zweite abzulegende Probe war das Vertrauen, daß sich in diesem Moment alles zum Guten wenden würde, nämlich zum dritten, und das war das Wunder selbst, die Umwandlung des Zoos in eine rotbraune Steppenlandschaft mit zwei ebenfalls rotbraunen Mähnenwölfen darin.

»Morgen ist es soweit, schon fühle ich mich wieder gesund«, sagte sie zur Katze. »Morgen werde ich mich und ihn erlösen.« Die Katze stieß sich rücksichtslos von der Bettdekke ab und rannte zu ihrem Klo.

Und wirklich, am Morgen war es soweit. Sie stand auf, sie schwitzte nicht, sie fröstelte nicht. Sie nahm eine starke Schere, Fahrgeld und ihren Mantel, außerdem Brille und Schlüsselbund, streichelte gerührt die Katze, die zu schnurren begann, als begriffe sie nicht, daß es um einen endgültigen Abschied ging und stieß sich ab von der Haustür, wie die Katze sich abgestoßen hatte von der Bettdecke. Kein Blick zurück! Kein außergewöhnlich gründlicher Blick auch auf die Menschen und die Straßen, die sie durchfuhr. Vielleicht war das alles bald schon Steppengesträuch, für sie jedenfalls bedeuteten Stadtteile nichts mehr.

Zwei Besucher standen am Gehege des Mähnenwolfs und hielten sich dort lange auf. Der Mähnenwolf aber ließ sich nichts anmerken, als sie auftauchte, das war gut und klug so, nein, nicht das Geringste ließ er sich anmerken, und die Leute wollten nicht davongehen. Er stand in der Mitte der Wiese und leckte an den schwarzen Schulterhaaren mit langer, roter Zunge. Man sah ihm nicht an, so ausgezeichnet hatte er sich in der Gewalt, daß sie zwei Tage nicht gekommen war. Er stand dort wie beim allerersten Mal. Nur gut! Niemand durfte Verdacht schöpfen, die schwere Schere steckte tief in ihrer Manteltasche. Der Mähnenwolf fing an zu schlendern, die Leute entfernten sich endlich und aßen Erdnüsse dabei, der Mähnenwolf schlenderte und schlenderte immer noch, als sie außer Sicht waren. Er beschleunigte und lief hierhin und dorthin, die Frau beachtete er nicht. Sie verstand es zuerst nicht, sie holte die Schere hervor und hielt sie in die Luft, sie rief: Duks! mit dünner Stimme, in einem häßlichen Ton, über den sie zusammenzuckte. Der Mähnenwolf paradierte nicht und näherte sich nicht auf Umwegen. Er nahm sie nicht zur Kenntnis, auch nach einer ganzen Stunde noch nicht, es geschah nichts, es war alles vorbei.

Er war sehr schön. Er gehörte nicht zu ihr, er war einer von den Geiern und Eulen, den Schlangen und Unken, den Raben und Koboldmakis. Ein rätselhafter Abgrund, ein Tier, unerreichbar auf geschmeidigen Stelzen die Steppen durchquerend, die nur er erkannte.

Zuhause aber wartete die Katze schon, mit lächelnden Augen und sagte ein einziges, nur dieses eine Mal: Duks!

Geblähte Nüstern des Stiers, rollendes Auge des Vogels Greif an den Palästen von Persepolis, geflügelte Löwen, geflügelte Stiere mit lächelnden, bärtigen Männergesichtern, an Fronten und Ecken zerfallener Tempel, lächelnd in dreifacher Kraft. Kraftvolle Grabwächter mit Mantel, Rüstung und Schwert, Menschenkörper mit Pferde-, Eber- und Affenkopf, Affe, kosmischer Wächter in Stiefeln, bewaffnet, um königliche Skelette zu hüten.

Sechster Bruder, verführerischer, von den schönen Frauen mit Leidenschaft gesuchter Schwanenmann, jüngster, für immer unvollständig erlöster mit der tierischen, mit der entrükkenden Anspielung, Federbettarm, schneeweiße, immer zu Diensten stehende Liegestatt, wenn er den Flügel üppig spreizt, Versprechen für den mühelosen Aufstieg in siebente Himmel, voreilig erlöster Menschenschwan.

Gemischte, geflügelte Wesen, unerhört zusammengesetzte, künstliche, die Natur gewaltsam hervorkehrende Kombinationen und sie beschleunigend, springend, hüpfend beschleunigte Evolution, korrigierte, wiederholte, seitlich ausschlagende. Bedeutungsvolle, plötzlich bedeutungsvolle Naturwesen durch Zufügung, durch Kreuzung der Attribute, milliardenfache Flügelpaare, keines Blickes gewürdigt, an Stier und Löwe, am vielfach bekannten Stier und Löwen plötzlich Potenz des Magischen, bis in den Stein gesättigt mit Zaubermacht.

Drohende, beschwörende Erfindungen an Schlössern und Kirchen, Erfindungen in Wörtern, aus Felsen gehauen, auf Leinwand gemalt, Macht des Unnatürlichen, Macht des sich überschlagenden Möglichen, das Vorhandene mit sich fortreißende Entwicklung durch wuchtige, durch wenige, einfache und wuchtige Verschiebungen, geflügelter Stier, Vogelmensch, Vogel mit ungefiederten Frauenbrüsten.

Sechster Schwan! Mit federleichtem Makel behafteter, nicht vollkommen mit menschlichen Kleidern zu umschließender, nicht um und um zu umfangender, niemals ganz und gar zu besitzender, in der heißesten Liebe sich stets Verweigernder, die Liebe aufstachelnd, nie durch und durch erlösend, Fluchtbereiter, der Erde näher, der Erde ferner als alle Körper, die er streift.

Das neue Tier, die geflügelte Schlange, die grüngelbe, weißgefleckte, die ihr Opfer, den Vogel im Flug erbeutet, ihn packt und hält, würgt und erstickt in der Schlinge des Leibes, flüchtig gefiedertes Reptil, Todesfigur, Freßposition. Das A und O obendrein, Anfang und Ende, Urvogel mit Reptilienschwanz noch, doch schon ausgestattet mit Flügeln und Federn, die Eidechsenschuppen schon umgestaltet zu Federn, zum Fliegen. Grüngelber Vogel, zum letzten Mal flatternd mit beiden Schwingen, rechts und links der Schlangenachse, bald mit ihr verwachsen, wieder eingeschlossen ins Schuppenkleid.

Zarteste Horngebilde, schützende Daunen, formende Deckfedern, aufreizende Deck- und Schwanzfedern, zur Liebe hinreißend durch Farbe und Glanz, Pigmente und Federnstruktur. Sirrender Flug rasender Mauersegler, lautlose Jagd der Nachtgreife. Verführerische, von den schönen Frauen mit Leidenschaft gesuchte Farbenfederpracht, Häuptlingskronen, Federmäntel der Könige Südamerikas, Vogelfrauen, Vogelherrscher, mit Schwingen behängt, bedeutungsvoll und flugunfähig.

Leichtes, hohles Vogelskelett, vor der Versteinerung aufgelöst, fast spurloser Schritt, Flug ohne Abdruck durch die Geschichte der Lebewesen.

Grünflügelara, rotblauer Ara, blaugelber Ara, vervielfältigte Farben, an unterschiedlichen Stellen vereinigtes Rot, Auslassungen des Gelbs, hinzugewonnenes Türkis an Bäuchen, Brüsten, Rücken, präsentierte Fahnen, Standarten jedes Familienmitglieds. In einer Sprache wird zu uns geredet aus nackter, mit Ornamenten geschmückter, in Streifen und Flekken, in Verdickung und Zierlichkeit lockender Gestalt. Signale aufglühender, insgesamt aufglühender oder nur an der Kehle glimmender, in der Spitze der längsten Schwanzfeder glimmender – Weltall- und Erdsignale, wiederholt, variiert als unendliche Buchstabenkette – matt überstäubter, sich spreizender Körper.

Fächeraufschlagende Vogelkörper in den Volieren, zusammengepreßte Feuerwerkskörperkraft, rindenbraune Unscheinbarkeit, Packpapierschlichtheit, Nonnenschwarz, Fastenzeitviolett, Büßergrau, Erdklumpenbraun: Aufflattern, Aufschmettern, Aufreißen, Explodieren purpurner Innenfutter, Sekundenenthüllung, verdreifachter Vogel in der Luft, Sekundenschock grellroter Verschwendung, sich verschwendende Blendung, Farbenvöllerei unter der Kutte, Sekunde der Wahrheit, Verklärungsblitz und: geschlossen das Paradies, aufgerollt der Farbenschirm. Rechthaberei der rindenbraunen Unscheinbarkeit, des Erdklumpenbrauns. Paradiesboten, Paradieswächter.

Wenn sie laufen allerdings, wenn die unbefleckte Schnee-Eule auf dem Käfigboden geht, eilig und immer tückisch, laufend immer tückisch, Leisetreter auf der Erde, Heimlichtuer, der davonschleicht aus dem Tageslicht, aus dem Sonnenlicht, das die Wahrheit an den Tag zu bringen hat, schleicht sie fort, wie schwere Lasten schleppend, Diebesgut auf ihren Schultern, daß sie mühsam Fuß vor Fuß setzt, leise aber, Schutzpatronin aller Übeltäter mit Gewissenbissen.

Wenn sie fliegen allerdings, wenn die frei lebenden Vögel, Schwäne, Schnee-Eulen sich aufschwingen, mit energisch arbeitender Brustmuskulatur die Lufteinöden besteigen und durchstürzen, abdrucklos durchqueren, vermessen, bevölkern, beginne ich den Körper, der von mir bewohnt wird, zu verachten, sehe ohne Zuneigung darauf zurück, als hätte ich ihn schon verlassen, sehe mir die Augen aus nach ihnen, etwas ist noch da von mir, das den Umzug fordert und den Vogelleib besitzen will.

Das Erkennen der Luft habe ich an den Vögeln gelernt, das Hochsehen – die Vorbereitung, die erste Lektion – aber an den Bäumen. An den Stämmen wird der Blick schwindelfrei und lernt Schritt für Schritt zu setzen. Wie der Baum ihn packt und höher schiebt, wie der Baum auf einmal kurvt und pendelt, und mit allem Laub kreist der Blick im Wendeltreppensog hinauf. Blätterurwald, unentwegt im Licht gedreht, geläutert in der Lichtwäsche des Herbstes, Licht, das Vogelstimmen dirigiert.

Möwen, mit dem ausschwenkenden, Ausschau haltenden Raubvogelkopf, aber segelnd dabei, die entfalteten, stillen Flügel über die ganze Welt gebreitet in streichelnder Begütigung, mit jedem der leichten, der seltenen Flügelschläge die ganze Welt beruhigend.

Angemaßtes Segnen im Kostüm des Heiligen Geistes. Balz großer Vögel, großer Einzelgänger hoch in der Luft, tief in der Luft, Balzspiralen, Geländer dem haltsuchenden Blick, der sich nicht lösen kann, der neu die Hochämter der Kindheit sieht, die Priester im gebauschten Kleid festlicher Messen, ein Überwurf auf dem anderen, Samt auf Atlas, die balzenden Priester, der Tanz am Altar, ein Verneigen und Prunken, ein Bruderkuß, ein Tauschen und Werben mit Goldsymbolen.

Ekstatische Priester in der Luft, fliegende geistliche Würdenträger im vollen Ornat, im Federmantel, mit Käppchen und Mitra ausgerüstet zur jährlichen Feier, die heiligen Gebräuche vollstreckend.

Vor langer Zeit gemalte Vögel der Paradiesgärten, leuchtend aus meiner und der Nacht der alten Frau tretend, Paradiesvögel, pickende, singende Früchte der Bäume, wie die Kleider der Heiligen gefärbt und zu ihrer Freude geschaffen. Geräumige Voliere des Paradiesgeheges, in dem Madonnen in Gemeinschaft mit Dompfaff und Rotkehlchen leben.

Drei Bäume des Ölbergs auf goldenem Grund, drei schlafende Jünger, drei wachende Vögel, in jedem Baum ein einziger, das Laubwerk vom Schwanz bis zum Schnabel durchmessend als Stellvertreter ihrer Zunft. Tröstender Ölbergvogel mit dem Menschengesicht, Engeltrost aus grünschuppigem Wolkengewand. Leidenschaftliche, überirdische Hälfte der alten Gethsemane-Tafel.

Trogon resplendens, Pharomachrus mocinno, Quetzal, Quesal: gold- und purpurglänzender, smaragden schillernder, roter und grüner Paradiesvogel in langschwänziger Seide, heiliger Vogel der Maya-Kulte, nachgeahmt von aztekischen Königen durch den ihm entrissenen Federmantel, Urwaldengel, Paradiesvogel des zentralamerikanischen Nebelwaldes, Wolkenwaldes, fast immer unsichtbar im himmelhohen Blätterdach.

Auf die Schultern des Königs herabgezwungener, das Blätterdach durchstoßende Sehnsucht erweckender Vogel Quetzal, den Glanz Gottes um den Körper der göttlichen, der flugunfähigen Könige legender Abgesandter, zum Blickfang, zur stellvertretenden Anbetung aufrufend das flugunfähige Volk.

Aus den Wolken herabstoßender, über den Bäumen des Ölbergs, über dem in seiner Angst Blut ausschwitzenden Einsamen kreisender Paradiesvogel mit dem Menschengesicht, den göttlichen Glanz auf seinen Schwingen in Erinnerung bringender, aus grünschuppigem Wolkenlaub brechender, das Unheil nicht wendender, für das Grauen stärkender Trostvogel, Trostengel.

Zarteste Horngebilde, schützende Daunen, formende Deckfedern, aufreizende Deck- und Schwanzfedern, zur Liebe hinreißend durch Farbe und Glanz, Pigmente und Federnstruktur. Sirrender Flug rasender Mauersegler, lautlose Jagd der Nachtgreife. Erzengel, Cherub, Seraph im Tierschmuck, in Eulenschwingen, Raubengel im goldenen Flügelblitz. Rotkehlchen und Dompfaff mit Engelsgefieder. Lautlose und sirrende Beutezüge sich herabstürzender Raubengel. Feder des Goldfasans, Pfauenfeder, Faustpfänder der Zoovögel, Faustpfänder der himmlischen Heerscharen.

Engel schwingen, scharlachfarben, metallisch gesäumt, züngelnde Flammenfedern der Lichtboten: Abkömmlinge von Reptilienschuppen, Kriechtiervergangenheit der Engelausstattung, sublimierte Reptilienvorzeit. Giftiger Rotfeuerfisch mit Flügelfächern: gefallener, durch Verjährung unschuldig gewordener Engel des Ozeans.

Gefiederter Reptilienschwanz des Urvogels um nackte Schultern gelegt. Lästerlich-leichte Anspielung um den Hals bis auf die Stiefel entblößter, sich zur Paarung anbietender Frauen. Salonprostituierte auf allen Vieren im Tierschmuck, im Engelschmuck, geschmückt mit der blauen Schlange aus Federn, Federboa.

Das neue Tier, die geflügelte Schlange, die grüngelbe, weißgefleckte, die ihr Opfer, den Vogel im Flug, erbeutet, ihn packt und hält, würgt und erstickt in der Schlinge des Leibes, flüchtig gefiedertes Reptil, Todesfigur, Freßposition. Das A und das O obendrein. Anfang und Ende.

Das Engelsattribut, das vertrauenerweckende und furchteinflößende, das Kennzeichen, die himmlische Standarte ist das tierische Attribut, das Unwahrscheinliche der Engel und das Wirkliche: ihr Flügelgepränge. Das Unwahrscheinliche des Paradiesvogels, Eisvogels ist das Gefieder, der Glanz des Himmels, Glanz der Farbenunendlichkeit, Ewigkeit unendlicher Muster.

Leichtes, hohles Engelskelett, vor der Versteinerung aufgelöst, fast spurloser Schritt, Flug ohne Abdruck durch die Geschichte der Lebewesen.

Sechster Schwan! Mit federleichtem Makel behafteter, nicht vollkommen mit menschlichen Kleidern zu umschließender, nicht um und um zu umfangender, niemals ganz und gar zu besitzender, in der heißesten Liebe sich stets Verweigernder, die Liebe aufstachelnd, nie durch und durch erlösend, Fluchtbereiter, der Erde näher, der Erde ferner als alle Körper, die er streift. Halbengel.

Engel mit den Flügeln von Affenadlern, mit Schwingen, deren hochgeklappte Unterseiten das Perlmutt von Muschelschalen zeigen, Gott zur Hälfte und zur Hälfte Tier, Botschafter in einer Gegend, der sie nicht verwandt sind: Überschlagen ist bei ihrer Konstruktion der Mensch.

Kundschafter, Tröster, Streiter zwischen Himmel und Erde, Engel, die plötzlich erscheinen, in einem Lebensaugenblick fest umrissen, aufflammende himmlische Wappentiere. Festumrissen plötzlich nach langer Begleitung, nach unscharfer Anwesenheit in einer Empfindung, einem Gefühlsgewölk über Jahre hinweg, man weiß nicht, ob innen, ob außen, nur eine neblige Zuversicht, Dunst einer Gestalt, dann eines Tages aufreißend, erlösend: ein Satz, eine Landschaft, ein Gesicht, anspringend, fremd, und doch ist längst der Köder geworfen, das immer Geahnte präzisiert sich: Goldener Flügelblitz, Raubengel, herabstürzend in sirrender und lautloser Jagd.

Satz, Landschaft, Gesicht. Der Engel taucht auf, einen Augenblick, zu erkennen nach der ersten Blendung. Satz, Landschaft, Gesicht: Feder des Goldfasans, Pfauenfeder. Nur die Faustpfänder der himmlischen Heerscharen bleiben.

Überschlagen ist bei ihrer Konstruktion der Mensch. Engel mit den Flügeln von Affenadlern, mit Schwingen, deren hochgeklappte Unterseiten das Perlmutt von Muschelschalen zeigen. Gott zur Hälfte und zur Hälfte Tier, Botschafter in einer Gegend, der sie nicht verwandt sind.

»So soll Babel, das schönste unter den Königreichen, die herrliche Pracht der Chaldäer, zerstört werden von Gott wie Sodom und Gomorrha, und daß man hinfort nicht mehr da wohne noch jemand da bleibe für und für, daß auch Araber dort keine Zelte aufschlagen noch Hirten ihre Herden lagern lassen, sondern Wüstentiere werden sich da lagern, und ihre Häuser werden voller Eulen sein.«

Wohnen wird dort die Schnee-Eule mit dem stark befiederten Fuß, die Schnee-Eule im schrecklichen Unschuldsweiß, der Shelley-Uhu, der Gelbfußuhu, der Regenwald- und Kapuhu, Fischuhu, Nepal- und Virginia-Uhu, Düsteruhu und Mandschurischer Uhu. Mit beweglichem Gesicht wird sich die Schleiereule einfinden und die Waldohreule, die Sumpfohreule und die Sperbereule. Die Schleiereule mit den hohen Beinen und dem schönen, rätselhaften Mörderinnenangesicht, weiß und karamellgetönt. Es werden einziehen die Waldkäuze mit dickem Kopf und dem verliebten Totenschrei, dem Paarungsschrei, auch Brillenkauz und Steinkauz, Bartkauz, Habichtskauz und Sperlingskauz. Die Schleiereule aber wird maliziös Grimassen schneiden, auch die Masken-, Madagaskar-, Taliabuschleiereule. Aus dichtem Urwald, von grasigen Inseln, aus Schluchten und Höhlen kommen sie her, von den Inselketten und Kontinenten, in langen Zügen wandern sie ein und warten den Tag ab, weise, geduldig.

So soll Babel wieder Stätte und Burg der Getreuen, der Verbündeten, der Freunde, der wilden, der nächsten Vertrauten Gottes sein. Umgepflügte Stadt, von den Tieren entsühnter, von den Tieren neu geheiligter Ort.

Zum Brandopfer, zum Feueropfer, zum lieblichen Geruch für den Herrn nehme man ein männliches Rind ohne Fehler, Schaf, Ziege oder Turteltauben. Zum Dankopfer nehme man ein männliches oder weibliches Rind, Lamm oder Ziege. Zum Sündopfer soll ein junger Stier geschlachtet werden, ein Ziegenbock oder eine Ziege, ein weibliches Schaf, zwei Turteltauben oder zwei andere Tauben. Zum Schuldopfer nehme man einen Widder ohne Fehler. Das sind die als Schlachtopfer geeigneten Tiere.

Das sind, von den vierfüßigen Tieren und den Vögeln und von denen, die im Wasser leben und auf der Erde kriechen die, die man nicht essen darf, denn sie sind unrein; weil sie keine Wiederkäuer sind oder keine ganz durchspaltenen Klauen haben, auch ihr Aas soll man nicht tragen noch anrühren, weil sie keine Flossen und keine Schuppen haben oder oberhalb der Füße keine Schenkel zum Hüpfen haben oder auf Tatzen gehen oder auf Erden wimmeln, auch das Gerät, das ihr Aas berührt, die Speise, der schon bewässerte Samen wird unrein.

Kamel und Klippdachs, Hase und Schwein, Adler, Habicht, Fischaar, Geier, Weihe, Raben, Strauß, Nachteule, Kuckuck, Sperber, Käuzchen, Schwan, Uhu, Fledermaus, Rohrdommel, ein Greuel sollen sie sein als Speise, Storch und Reiher, Häher, Wiedehopf, Schwalbe und Wiesel, wer sie ißt, macht sich selbst zum Greuel, Maus, Kröte, Gecko und Molche, Eidechse, Blindschleiche und Maulwurf und was auf der Erde kriecht oder auf mehr als vier Füßen geht.

Auserwählt sind die Opfertiere und die unreinen Tiere, ausdrücklich genannt und eingeprägt, Haustier und wildes Tier, das Tier ohne Makel zur Versöhnung, zum Lobpreis, das Speisetier, überwacht und gehegt, und das Tier der Lüfte, das wilde und wüste Tier der Gewässer, das kluge, dem Menschen nicht unterworfene Tier, das schöne Tier Gottes, ein Greuel, wer sich an ihm vergreift, das Tier, das den Menschen nicht in die Hände soll, das kriecht und auf vielen Füßen rennt zur Freude des Himmels wie die unerkannt lebenden, unerkannt sterbenden Wesen des Urwalds, das dem Menschen nicht geopferte Tier!

Sechsfach geflügelter Löwe, Stier, sechsfach geflügelte Gestalt mit dem Menschengesicht, Adler vor dem Thron mit Augen außen und inwendig. Erwürgtes Lamm mit sieben Hörnern und sieben Augen, weißes Pferd und feuerrotes Pferd, schwarzes Pferd und fahles Pferd.

Drachen mit sieben Häuptern und zehn Hörnern und auf den Häuptern sieben Kronen. Tier aus dem Meer mit zehn Hörnern und sieben Häuptern und zehn Kronen auf seinen Hörnern und lästerlichen Namen auf seinen Häuptern mit dem Körper eines Panthers, den Füßen eines Bären und dem Rachen eines Löwen. Tier aus der Erde aufgestiegen, verführerisches Tier, das Feuer vom Himmel fallen läßt und redet wie ein Drache.

Weißes Pferd, dessen Reiter Augen hat wie Feuerflammen mit vielen Kronen auf seinem Haupt, angetan mit einem Kleid, das mit Blut gesprengt ist.

Erwürgtes Lamm mit sieben Hörnern und sieben Augen, das weiden wird die vielen aus allen Nationen und Stämmen, Völkern und Sprachen. Tier, das die Menschen weidet.

Große Walfische zu Anfang, wimmelndes Getier und gefiederte Vögel, Vieh, Gewürm und Tiere des Feldes, Tiere des Wassers, der Steppen, Savannen, der Tundra und Taiga, der äquatornahen Urwälder, der Trocken- und Kälteregionen, Tiere der Gebirge, Tiere unterhalb und oberhalb der Schneegrenze, Jäger und Fluchttiere, hetzend, schleichend, flüchtend, sich verbergend, Tiere des Anfangs, Tiere des Endes, Ochse an der Krippe, Krippenlamm am Thron.

Erwürgtes Lamm mit sieben Hörnern und sieben Augen, das weiden wird die vielen aus allen Nationen und Stämmen, Völkern und Sprachen. Tier, das die Menschen weidet. Lamm ohne Fehler, Opferlamm, Gleichnis. Zarte Frischgeborene, aus dem Boden geschossene Krokusse, überland bei ihren Müttern in der Lammzeit, großäugig, weiß und schwarz, liegend, auf einer Deutung beharrend. Jedes Knicken, jeder Sprung der hohen Beine ein für sich behaltenes, nicht frei gegebenes Gleichnis.

Tiere des Feldes, Tiere des Waldes: nicht übertragbare, sich selbst genügende, unergründliche Hinweise, aber Hinweise immer, wild gewachsene und symbolische Formulierungen. Tiere des Wassers und Tiere der Luft, Speise unseres Gemüts, das sich an ihrem Bild entfaltet und wetzt.

Fleischgewordener Hinweis, unergründliche Gestalt, verschwiegene Stellvertretung und Leibhaftigkeit, winzige Abhebung in der Landschaft von augenscheinlicher, von scheinbar begrenzter Dauer. Mich persönlich hat schon immer, auch bei besten Kräften und in zuversichtlichster Stimmung mehr als in geschlossenen Räumen in der freien Natur, kaum setzte ich mich nieder an halbwegs bequemer Stelle, eine verführerische, eine unwiderstehliche Müdigkeit ergriffen, ein Ausgleiten und Hinsinken. Jetzt ist die Erde gelbpulvrig oder rissig wie geplatzter Stein, aber trotzdem bewachsen mit einem Gras, gefärbt wie die Erde, aus der es kommt. Darin auftauchend plötzlich, schattengemasert, moiréseidig, kaschiert, fast verschmolzen, überall eingewurzelt in die Vegetation, gemessen schleichend sich fortbewegend die kleine Erscheinung, kaum kenntlich, und doch springt mit einem Satz alles Landschaftliche zurück, als sie sich zeigt, ein geringfügiger Hügel, ein leise wandernder Hügel, in Zentimetern zu messender Berg, vierfüßiges Tier, Tier auf Tatzen, wie eine Frucht aus dem Laub springt als konzentrierte Hervorbringung dessen, was sie ernährt.

Als Nachahmung der Halme, die sie überragt, und die sie im Näherkommen nur leicht zur Seite biegt, umgeben die Fellspitzen den Körper dunstig. So macht sie, stillstehend, mühelos die Abtrennung von der Landschaft durch Angleichung rückgängig. Von vorn wirkt sie jung, rührt sofort durch Kindlichkeit, ein kaum vom Boden weggestemmtes, licht- und schattengestreiftes, rundes Gesicht. Erst in der Seitenansicht, jedesmal unerwartet, übergangslos die Professionalität des Jägerinnenkopfes. Sie muß sich nur ein wenig drehen und macht eine rasante Entwicklung durch, ein gazellenhaftes Raubtier mit riesigen Geräuschtrichterohren, Wüstenfuchsohren und, zu den Pfoten dunkler werdend, beinahe dünnen Läufen. Sie verblüfft durch Proportionen wie der Mähnenwolf.

Der Bauch, von Schwangerschaften ausgebeult, betont zugleich die Schmalheit des Rückens, das Zierliche aller anderen Gliedmaßen. Amöbische Schönheit. Man verfällt ihr nach wenigen, distanzierten Augenblicken, immer neu erobernde Mischschönheit, deren Makel die Vorzüge spielerisch steigert und jede Gewöhnung durch den kleinen Schrecken einer partiellen Häßlichkeit verhindert.

Es ist eine Gegend, wo große Hügelwellen die freie Sicht nicht gestatten und damit zugleich, den Blick abriegelnd, hinter den Erhebungen liegende Geheimnisse in Aussicht stellen. Sie staffeln die Landschaft, Tag und Nacht Spannung erzeugend durch Verweigerung und Verlockung. Von der Nase der Katze, die zwischen zwei solchen Hügeln ihr Revier hat, ziehen sich rechts und links, an den schrägen Augen entlang, ansteigend zur oberen Kante der Ohren und fortgesetzt bis zu ihrer Spitze, zwei scharfe Linien. Es sind die geschwungenen Berglinien vor dem Himmel, das entrückte

Horizontrelief. Mit diesem Profil – amöbische Schönheit – besitzt ihre geringe Masse ein Gleichgewicht zu den gewaltigen Felsrücken aus Granit.

Ihre Läufe sind die Beine einer langen Frau in schwarzen Strümpfen, und natürlich kann man nicht zu ihr schlüpfen ins seidige Fell. Auch darin ist sie dem Mähnenwolf ähnlich, dem Mähnenwolf der alten Frau, die diesen einen erkannt hat, und der wie alle Mähnenwölfe stets das überraschende Maß seiner überdehnten Schritte einhält, jeder von ihnen tut es, in allen Zoos und Pampas, als wäre es immer ein und derselbe, jeder Mähnenwolf ein Mähnenwolf schlechthin, wie diese Katze immer Katze schlechthin, von allen anderen Wesen unverwechselbar unterschieden, eine unlösbare Wahrheit für sich, ein Schloß mit vielen Türen und mindestens einer, die nie unverschlossen bleibt, eine Katze wie die der alten Frau und also in Verbindung mit ihr, aus ihr sprechend an entferntem Ort diese eine, spezielle.

Diese eine, für unsere Augen einem Rotkehlchen vergleichbar, das vielleicht immer ein anderes ist vor dem Fenster der alten Frau oder auch immer dasselbe in der Offensichtlichkeit seiner Zeichnung, durch Jahrtausende dasselbe Stück im Moment des Ertönens ganz flüchtig, ein flüchtiger Lebenslauf.

Die Ähnlichkeit aller Hyazintharas untereinander, aller Rotkehlchen und Katzen weist hin auf etwas Allgemeines, auf die Bescheidenheit des Einzelexemplars. Auch diese eine, einzigartige Erscheinung zwischen den flach begrünten Granithügeln: das granitene Allgemeine und der dünne, individuelle Bewuchs. Auch wenn die Katze ihr Leben weitergibt an die nächste, es ist doch, eine Liebhaberstaffel, unbezweifelbar immer die Katze schlechthin, jedes Tier in seiner Art schlechthin, und sieht mich an und sieht die alte Frau an.

Die Katze sieht mich an in ihrer Alterslosigkeit wie uns alle Tiere ansehen. Ein Wunsch jetzt, es ihnen nachzumachen, nicht grau zu werden, nicht rissig wie die Erde unter den Jahreszeiten. Die Katze sieht die alte Frau an in ihrer überlegenen Alterslosigkeit des Allgemeinen, hingegen spürt die Frau eine zunehmende Aufgebrachtheit gegenüber den Abstoßungen fremder Hautoberflächen. Das wird mit dem Alter schlimmer. Woher das Recht zu solcher Unduldsamkeit? Sie weiß es nicht, aber unerträglich sind ihr die Menschen im Gedränge, der Atem der Nachbarin. Kein Wunder, daß sie kaum noch Bekanntschaften macht, kein Wunder ist die Einsamkeit. Sie hat die Alterslosigkeit des Mähnenwolfs gesehen und das Allgemeine der Katze. Dann fühlt sie sich am besten, und sie vergißt den Zwiespalt, jung und weiter jung zu sein und doch immer älter auszusehen und diese Lektion, die sie nicht begreifen will: die Jahre sind es, die Körper und Gefühl auseinanderreißen. Etwas löst sich ab, die Seele vielleicht, mit jedem Tag mehr. Die junge Seele wohnt unglücklich im alten Gehäuse.

Aber die Tiere? Wie erklärt es doch auch bei ihnen die Gestalt eines Flußpferds zum Beispiel, wenn plötzlich ein Maßstab, sein Junges, erscheint! Zucken die Zuschauer nicht zusammen und schreien auf? Haben wir nicht, sie und ich, die Verwandlung des Blicks bei den Kätzchen gesehen, den eben geborenen? Blind und zufrieden wie niemals wieder im Fell der Mutter und dann, verlassen vom Glück, öffnen sie die Augen, ins Leere starrend. Aber darauf und bald schon: unentwegt, fast sinnlos brennende Pupillen, bis dann, erst danach, die Alterslosigkeit beginnt.

Amöbische Schönheit, die in immer andere Standbilder verfällt. Am frühen Morgen, fast unsichtbar, auf dem ersten Sonnenfleck, eine kleine Lichtzone nur, wo sie vollständig mit dem Untergrund verschwimmt, alle Wärme auf ihren Körper zwingend, nichts anderes – allem anderen unzugänglich – als dieser von den Strahlen getroffene Bereich: lautlose Erde und Vegetation. Vor dem Rückzug in den Schatten aber, am Mittag, ist sie der vor Behagen zerfließende, vom Druck der Hitze Betrunkene, auf den Steinen von jeder Form befreit.

In genießerischer Langmut liegende Mutter mit Jungen über Bauch und Gesicht. Dann plötzlich Standbildwechsel, rücksichtslos den Nachwuchs abschüttelnd, einen Felshang senkrecht hochstürzende Jägerin, stromlinienförmige Eidechsenjägerin, Fanatikerin ohne Rest, für kein anderes Wesensmerkmal bleibt Raum. Sie ist die schöne, schmalzige Bettlerin, mit schamlos benutztem, bestrickendem Blick, nicht Mutter, nicht Jägerin, nur die Almosen stumm Erfragende, die den Rausch und jede Noblesse vergißt, weg mit dem Luxus, von proletarischem Geblüt, die das Recht auf ihrer Seite weiß und erschmeichelt, ein Kompliment für die Mächtigeren, wo es leichter, also klüger als kämpfen ist. Sekunden später schon unberührbar, horcht sie in unzugängliche Fernen, jeder menschlichen Nähe entrückt.

Plötzlich, vor dem Käfig des Leoparden, der weichen, pendelnden Maschine in trauernder Wildheit, nehmen die Zuschauer Haltung an, rühren sich nicht, senken den Kopf wie vor einem Denkmal, das sie bewegt. Der Leopard: Standbild, jedoch kein Standbildwechsel.

Die Märtyrer aber, in der Umarmung der wilden Tiere, der Raubkatzen, der brüllenden Löwen, die Märtyrer, wüst umarmt, von den Vierfüßigen in eine vieldeutige Allegorie gerissen in ihrem letzten Moment.

In manchen Momenten wird in der Landschaft – wie schlagartig unter den Spielereien einer Liebe das Knöcherne, grausam Schneidende zutagetritt –, in manchen Momenten wird in der Landschaft – in der die schattengemusterte Katze überall anwesend ist, so zart gegliedert, daß, wer ihr Fell anfaßt, ihrem Gemüt zu nahe tritt – der einsame Ehrgeiz der dicken Granitkuppen, schwere Granitbüffel unter dem dröhnenden Blau, zu einem Ausbruch sehnsüchtiger Gewalt: erstarrte Aufschwünge der Ewigkeitssehnsucht, atmendes Brustkorbheben des Gebirges. Für Augenblicke ein schwelendes Grenzfeuer zwischen Himmel und höchstem Hügelrand.

Wie auf Gemälden vergangener Epochen durch die Fenster oder Säulengänge, die noch zum Vordergrund eines Geschehens gehören, dessen Einzelheiten, Schemel, Töpfe, gefleckte Hündchen wir kennen, eine sich zum Horizont verlierende Landschaft durch ganz andere Beleuchtung ins Überirdische gerückt erscheint, so wird in diesen Augenblicken, während die Augen gerichtet bleiben auf die vertrauten Gegenstände, eine Übersteigerung sichtbar, eine Verdunstung und Kristallisation.

Nicht anders in einer Gegend, wo ich mit jedem Schritt über Blätter, Baumwurzeln, braune, mit zerfallenden Pflanzenteilen bedeckte Bodenerhebungen und den gedämpften Tierschreien über mir, versunken bin in die Zerstörung: Gleichzeitig spüre ich etwas den Naturgesetzen Entrücktes, den gemalten, utopischen, nämlich der Kindheit anheimfallenden Anblick zwischen den Säulen der Vordergründe. Keine Qual, kein Tod, keine unhörbaren Todesschreie mehr aus Wiesen und Gebüschen.

Auch die alte Frau, nach langen Regenwochen, sieht von ihrem Fenster aus am ersten Sommermorgen die Birken, von einem Tag zum anderen, von einer Sekunde zur anderen, in gesättigter, träger, wie seit Wochen schon leise wehender, endgültiger Beständigkeit.

Aus den uferlosen Nächten, aus ihren unbekannten Beutezug- und Freiheitsnächten kehrt die Katze morgens zurück auf den immer ein wenig verschobenen Sonnenfleck, auf den jedesmal neu zu besetzenden, vergewissernden Mittelpunkt, um den die vierundzwanzig Stunden von Tag und Nacht kreisen. Jägerin mit der Schwäche für das Dach über dem Kopf, ob Segeltuch eines Liegestuhls oder Sofawinkel. Die Wildheit will sich eine Weile verkriechen in ausdrücklicher Enge, tarnen in argloser Rundlichkeit.

Die in Gruben versenkten, von Gittern umschlossenen, von Käfigen überstülpten, eingekachelten und verglasten Zootiere in der nicht flüchtigen, nicht freiwilligen, sondern bis zum Tod andauernden, über sie verhängten Begrenzung, die Leidenschaft des Animalischen gebändigt in der Trivialität katastrophaler Abläufe, aus ihrem riskanten Berufsleben in ausweglose Friedfertigkeit entlassene Wildtiere, was verkörpern sie aber?

Trauernde Wildheit des Leoparden, gegen die Ungeheuerlichkeit der Prärieweiten und heranstürmende Blizzards gestemmte Bisons in ihren abgemessenen Rechtecken, in die

Schranken verwiesene Tropenfische und Urwaldvögel, feurige Einschlüsse in den Naturimitationen der Zivilisation: Große, bis an den Rand der Erschöpfung sich vervollkommnende, sich vollendende Gefühle, Feuerzungen der Arien, aus den Kehlen der in alltägliche Ränke und Geschäfte verwickelten Tenöre, Feuerzungen der mit Wucht bis zur Neige geleerten, ausgekosteten Passion über den Häuptern verwöhnter Damen und müßiggängerischer Edelleute. Halluzinationen der Inbrunst, aufsteigend aus den Leibern koketter Zimmermädchen und Strichlisten führender Lebemänner: verglaste Tropenfische, eingezäunte Bisons, pendelnder Leopard, vom Käfig überstülpte Schnee-Eule!

Jägerin, ausruhend in der Gestalt der Sanftmut, Haustier unter dem Liegestuhl.

Von ihrer Nase rechts und links, an den schrägen Augen entlang, ansteigend zur oberen Kante der Ohren und fortgesetzt bis zu ihrer Spitze, zwei schwarze Linien. Es sind die geschwungenen Berglinien vor dem Himmel, das entrückte Horizontrelief. Mit diesem Profil – amöbische Schönheit – besitzt ihre geringe Masse ein Gleichgewicht zu den gewaltigen Felsrücken aus Granit!

Aus den uferlosen Nächten, aus ihren unbekannten Beutezug- und Freiheitsnächten kehrt sie morgens zurück auf den immer ein wenig verschobenen Sonnenfleck. Wenn sie aber Junge hat oder ein Unwetter naht, Brände oder aufziehende Stürme, hinterläßt man sie deutlich der durch nichts abgeschlossenen Nacht, die tief in den felsigen Untergrund hineinreicht, die sich mit der Finsternis der Erdschichten verbindet und viel höher aufsteigt als der blaue Tageshimmel, nämlich bis zu unserer eigenen Milchstraße und den einzelnen, Kältestrahlen ausstoßenden Sternen. Der kleine feste Platz unter ihr scheint dann ihre letzte Burg zu sein, sie hält dort aus, dicht an der Hauswand in gesammelter Tapferkeit, gegen eine von allen zugigen Seiten andrängende Bedrohung.

Wird sie nicht, schon wenn sie die Flucht der Menschen aus dem Freien verfolgt bis zur Verriegelung des Hauses und ihrem Abkapseln darinnen, blasser? Erbleichend begreift sie, daß nun der Kampf gegen den Druck der gewaltigen Leere über ihr und um sie auszufechten ist. Die am Tage, wenn sie irgendwo ruht, meist geschlossenen Augen sind jetzt weit geöffnet in einem Schrecken, im Entsetzen über den bloßgelegten, hautlosen Raum, über eine bis zu den Sternenbildern wachsende, sich vermehrende Wüste, die sie mit Körper und Gemüt ertragen muß. Auch schlafend, zusammengerollt auf ihrem Ankerplatz, ist sie in solchen Nächten das einzig wachende Argument gegen die schwarzen, monolithischen Bestandteile der Welt und erfüllt gewissenhaft inmitten düsterer Ungeheuerlichkeit die Aufgabe der Gestalt.

Doch dann, am frühen Morgen, fast unsichtbar auf dem ersten Sonnenfleck, eine kleine Lichtzone nur, wo sie vollständig mit dem Untergrund verschwimmt, alle Wärme auf ihren Körper zwingend, nichts anderes – allem anderen unzugänglich – als dieser von den Strahlen getroffene Bereich: lautlose Erde und Vegetation. Vor dem Rückzug in den Schatten aber, am Mittag, ist sie die vor Behagen zerfließende, vom Druck der Hitze Betrunkene, auf den Steinen von jeder Form befreit.

Gegen die Erinnerung an die Nacht siegt ihre Fähigkeit, sobald sich ein Strohhalm bietet, glücklich zu sein, ohne Vorbehalt zu vergehen im genießerischen Einverleiben des Augenblicks. Sie ist entschlossen, und darauf beruht das Geheimnis ihrer elastischen Lebenslust, nichts als die Gegenwart anzuerkennen. Phasenweise wird ihr daher vermutlich absolutes Glück gewährt.

Unkränkbar und unermüdlich im sanften, graziösen Erstreiten der Wohn- und Futterrechte, gelassen im Dulden der Verwandten in bestimmten Grenzen, vervollständigt sie ihre Eignung für paradiesische Zustände in einer Gegend, die dafür nicht geschaffen ist. Alle durch ihre Gestalt hervorgerufenen Schmeicheleien beantwortet sie höflich, vollendet höflich sich entfernend wie leise weggeweht durch höhere Gewalt.

Vergegenwärtigende Meisterin der Gegenwart. Wenn er sich bietet, den Luxus liebend mit allem Ungestüm, nach Wochen der Entbehrungen im Überfluß zu Hause, geboren und wiedergeboren darin. Erfahren in der Lebenshärte, ist sie im Ergreifen der Lebenswonne die Königin.

Aus den für viele ihrer Genossen tödlichen Wintern in der entleerten Landschaft, wenig bewohnt und mit Ansiedlungen, die keine Zuflucht bieten für wildschweifend Verhungernde, kommt sie hervor, als lägen nicht monatelange Kämpfe ums Weiterleben hinter ihr. Aus unbekannten Wintern tritt sie in den Sommer wie aus den uferlosen Nächten als gewohnt graziles Wunder. Im Sommer gelingt es ihr, die Intervalle der Not zu tilgen. Sie läßt die Zeit den Buckel runterrutschen.

Indem sie ihr Katzenwinterschicksal verleugnet, in den Wochen der Üppigkeit auch vor sich selbst, indem sie sich schicksalslos der Welt präsentiert, steigert sie sich zur Verkörperung eines Widerspruchs: Die Ähnlichkeit aller Katzen untereinander weist hin auf etwas Allgemeines, auf die Bescheidenheit des Einzelexemplars. Auch diese eine, einzigartige Erscheinung zwischen den flach begrünten Granithügeln: das granitene Allgemeine und der dünne, individuelle Bewuchs. Auch wenn eine Katze ihr Leben weitergibt an die nächste, es ist doch, eine Liebhaberstaffel, unbezweifelbar immer die Katze schlechthin, jedes Tier in seiner Art schlechthin.

Gleichzeitig spüre ich etwas den Naturgesetzen Entrücktes als Zwangsläufigkeit, den gemalten, utopischen Anblick zwischen den Säulen der Vordergründe. Keine Qual, kein Tod, keine unhörbaren Todesschreie mehr aus Wiesen und Gebüschen.

Angrenzend die rasende Stadt. Bei den Bären und Eseln schneiden, immer hochaktuell, die Sirenen der Unfallwagen vorbei, über allem, über Flamingos und Straußen die Flugzeuge, Hubschrauber. Es zählt aber nicht, da man die Pflicht zur Zivilisation und zur Kenntnisnahme der Nachrichten zugunsten einer Vergeßlichkeit zurückgelassen hat.

Es ist die Vergeßlichkeit des Kindlichen, Senilen, Animalischen, es ist eine Versunkenheit, die alle Laute der großen und kleinen Herdentiere viel stärker wahrnimmt als die Warnlaute aus den Straßen der abgezäunten, der ausgeklammerten Stadt. Die Tiere bilden einen dichten Körperwall um mich, eine ein- und ausatmende Mauer ohne Lücken gegen Bau- und Bremsgeräusche von außerhalb, dämmende, moosüberwachsene Steine, lärmschluckend, den Lärm ganzer Wochen schluckend.

Die rasende Stadt und die rasenden Wochen auf Distanz haltend hier die Lichtung, auf der, eine wunderbare Darbietung zur Abwehr der Flüchtigkeit, der Nicht-Würdigung eigentlich leicht zu unterscheidender Einzelgestalten, jede Art auftritt in ihrem vollen Pomp und in allen Abwandlungen.

Hier also, im schon von weitem gewitterten Urwaldherzen der Stadt, möchte ich mich niederlassen für immer. Es soll mein Atlasgebirge und meine Felsspalte sein, meine Wüste und meine Säule, meine Insel und mein ewiges Eis, meine Einsiedelei, in der ich, ein unauffälliger Eremit, mich freundlich der Menschen erinnern kann, in der ich zu den Büchern mit den schönen Lesezeichen greife, zum Totenkopf und zur Mähne des Löwen, der Hitze oder Kälte nicht achtend, in der mich niemand abfragt nach den neuesten Handgriffen und Signalen zum Verständnis der Transportwege von Mensch und Geld, wo ich nicht veraltende Lehren begreife, Maximen und Reflexionen von Ziege und Faultier. Die Menschen fehlen mir nicht, es genügt, sich ihrer zu erinnern in sonst nie gelingender Gründlichkeit, so daß auch sie die Zoolichtung bevölkern, Dekorationen und Tiere vor meinen Augen.

Unberührbar, resistent gegen die eilige Stadt, breite ich mich hier aus für Stunden in kaum unterbrochenem Winterschlaf, werde so, kräftesparend, jahrtausendealt, kaum merklich reifend, unauffällig, keine Konfrontation provozierend, für tot gehalten, scheintot, vom Leben verlassen, in Wirklichkeit das Leben am zähesten in mir bewahrend für Verhältnisse, die freundlicher sind.

Ich nehme am schnellen Leben außerhalb nicht teil, ich blühe und welke nicht, den raschen, städtischen Atem nimmt man an mir nicht wahr. Im Schlaf und versteckt bei den Tieren fliegt mein Puls nicht mehr, eine uralte Flechte bin ich hier, nichts weiter als ein von der Natur bemalter Stein, versteinerter Busch, der seine Energie nicht verschleudert. Nur die Außenzonen sind, für den flüchtigen Blick nicht erkennbar, aktiv, das Leben habe ich delegiert an Einzelteile, ein Ast übernimmt die Arbeit für alles andere, taucht auf, schnappt Luft, schluckt Licht, das reicht.

Hier sterbe und wachse ich, treibe aus an unerwarteter Stelle und erlösche an anderer, unendlich langsam, unendlich widerstandsfähig, in die Erde, nicht in das Leben vertieft, überdauernd, nichts als anwesend, schläfrig, vorhanden.

Das Wachsein ist Sache meiner äußeren Wachstumsfront, die beweglich den Härten der Witterung begegnet und gnädig mein verstorbenes Ursprungszentrum verhüllt. Ich bilde Ableger, hier, zwischen den funkelnden Zootieren, die wie ich nichts weiter als da sind, aller Sorgen und Erregungen des Lebens entrückt, erstickt nur erreichen uns die Wellen der vergänglichen Freuden und Schrecken. Es ist die kaum zu besiegende List, einmal hier und dann dort zu sein, dort, wo man sein muß und nicht weglaufen kann, einfach zu entschlafen und sich auszudehnen in ungehemmter Kraft zu ganzen Ablegerwäldern im Schatten des Lärms, fortexistierend auf einem von der berstenden Lebenslust nicht beanspruchten Grund.

Mein Ziel also ist, den Ausgang zu verfehlen! Ich, das Faultier, wiederhole ich, liebe den Schlaf. Ich schlafe tagsüber, ich lebe umgekehrt, ich bewege mich nachts, ich bewege mich wenig, ich bewege mich sehr allmählich, ich brauche für alles, für die einfachste Fortbewegung viel Zeit, ich habe immer viel davon, ich nehme nicht teil am öffentlichen Leben, ich verberge mich im Schlaf und in der unendlichen Langsamkeit. Wessen Geduld reicht schon aus, die so ungeheuer gedrosselte Geschwindigkeit meines Ganges, kopfüber durch die Luft, zu verfolgen?

Mein Ziel ist, den Ausgang zu verfehlen! Bei den in sich ruhenden Tieren, wie Hügelketten ruhenden, möchte ich bleiben, die Büffel ruhen, die Ewigkeiten alte Schnee-Eule ruht in ihrem weißen Alter, die schwirrenden Kolibris ruhen im Schwirren und die Spatzen, die ein- und ausgehen im

Leopardenkäfig. Die Tiere leben im tiefen Schlaf. Sie rennen und schreien, und es geschieht im Schlaf, im klaftertiefen, von keinem Aufwachen zu verletzenden Schlaf.

Schon als Kind habe ich bei den Tieren Zuflucht gefunden. Im Zoo sinke ich in den Schlaf der Kindheit zurück, vertieft in die Erde, auf der die großen Rinder stehen, bizarre und doch selbstverständliche Bodenwellen, wiederkäuende Ausbuchtungen des Untergrundes, Wachstumszentren der zwischen den Exemplaren versteinerten Erde, selbst schon beinahe in Felsen verwandelt, geglättet von Erosionskräften und mit Macht modelliert.

Bei den auf ihren künstlichen Gebirgen versteinernden Ziegen will ich bleiben, ich beschränke mich auf das sachte und erfüllte Leben der Steine, die den Raubvögeln Spalten für den Tag bieten. Ausruhen will ich bei den sich selbst genügenden, mitten in der rasenden Stadt stehenden, in nicht klein zu kriegender Kindheit hausenden Tieren. Mein Ziel also ist, den Ausgang zu verfehlen.

Aber jetzt, was für ein Verdacht plötzlich, beim Betrachten des Brillenbärs mit dem barbarischen Gesicht, der in seine Betonhöhle geht, fort aus dem Herbstlicht, wo rotes Weinlaub über die Mauern fällt, der im Dunkel seiner kastenförmigen Höhle auf den Hinterbeinen sitzt in kurioser Menschlichkeit und mit den Vordertatzen trockenes Laub um sich scharrt, der zärtlich fast und immerfort die wenigen Blätter um sich häuft zum noch engeren Kreis, der sich vor aller Augen so sorgsam verschanzt, den nichts an der Welt interessiert als dieser dürftige Wall, was für ein Verdacht plötzlich, ein Wall gegen das Wachsein, ein Ring, in dem auch er die Zeit verschlafen will?

Und dort, die Löwin in ihrem Kachelgehäuse! Ein Holz hat sie, eine große Astgabel, mit dem Stamm auf den Boden gestemmt, beißt in eine Abzweigung, um das Ganze zu halten. Auf die andere hat sie die Pfote gestützt, den asketischen Kopf tief über die Prothese gesenkt, wie schlafend, wie überm Warten sehr müde geworden, nicht liegend, um nicht in Schlaf zu verfallen, dann doch, eingenickt über dem Holz, die Balance verlierend, es kippt die dreibeinige Stütze, sie mit, in gleicher Weise stellt sie es auf und steht, zum taumelnden Wachsein bereit.

Ich sehe die vor sich hinbrütenden alten Paviane, eisgrau starrend, daß es ein Abwarten verrät. Ich sehe das unentwegte Rennen und Hüpfen der kleinen und der Halbaffen. Ist es etwa ein sitzendes und rennendes Warten auch hier, in den Käfigen?

Ist das feierliche Wiederkäuen der Rinder nichts als ein zeitvertreibendes Kaugummikauen? Treten die feuerroten Ibisse ungeduldig von einem Bein aufs andere und die Eulen, borkig und steinähnlich, klappen sie nicht mit den Augen, mürbe vom nicht endenden Warten? Die Fische natürlich, muß ich jetzt fragen, die tropischen, für die fraglose Bewunderung geschaffenen Meeresbewohner: Schießen sie nicht etwa hin und her hinter dem Glas vor Nervosität?

Im Nachthaus beobachte ich die Fledermäuse und ihre zuckenden Schattenminiaturen: Das Innere meines hysterischen Schlafkopfs, begreife ich schlagartig, sieht mich an außerhalb meiner Person.

Die Raubkatzen, die auf den Wärter lauern zur festgesetzten Zeit, laufen hin und her, wie die einsamen Alten, die auf Besuch hoffen, den sie nicht herbeizwingen können, wie alte Menschen, die, Überraschungen der Post erwartend, auf- und abgehen hinter den Gardinen, horchend, spähend nach den gelben Postfarben wie die Tiere nach dem Tierpflegergrün. Wie in Krankenhäusern huschen die Friedhofsbesucher hin und her in Staubmänteln in der Ferne aus den Seitenwegen quer über den Hauptgang, kurz vorüberschwebende Engel, wie die Kranken in ihren Nachthemden, die ruhelos, wie ausgehungerte Raubtiere enge Schleifen, immer kleinere Achten in ihren Käfigen ziehen, so schreiten die Alten, frei oder auf Krücken auf kurzen Gewohnheitswegen oder an einer Hecke sich unauffällig stützend, die schnell schrumpfenden Wege des Lebens ab.

Nun aber ein Warten der Tiere, ein stilles oder lautes Pendeln immerzu, ein Lauern und Abwarten womöglich Tag und Nacht? Sollte, von mir bisher nicht erkannt, es bei ihnen sein – selbst im nur schwach beschwichtigenden Verdauungsschlaf – wie bei den Menschen, jung oder alt, egal, die unaufhörlich, von Kindesbeinen an, rennen in der flotten Zeit, die in Gedanken vorwärtsdrängend, von einem Bein aufs andere tretend, auf die Tischplatte klopfend, in Furcht oder Hoffnung die Uhrzeit erfragend, in Kalendern blätternd, Adventskalender öffnend, die Gegenwart überholen, die Gegenwart als stürzender Tropfen auf geradestem Weg durchsausen, ihren ausgebreiteten Raum nicht ermessend, einem Datum mit aller Lebenskraft zustrebend, begeistert vorangetrieben, vom Genuß des Augenblicks befreit durch weit im Jahr voranstürmende Prospekte, die Veränderung versprechen der gar nicht überblickten Gegenwart durch Landschaften in brüllender Sonne und zackigem Schnee, durch festliche Besitztümer und Zustände von blitzlichthafter Pracht?

In seinem kahlen Käfig das Orang-Utan-Weibchen mit seinem Jungen. Das kenne ich doch schon lange, das schwingt doch glücklich, das schaukelt am Seil, das lacht und prahlt mit seinem Kind und zeigt es vor und versteckt es, könnte doch an keiner Stelle der Erde mit seinem branstigroten Kind, das sich ins Fell der Mutter klammert, ein runzliges Frätzchen sehen läßt, könnte nirgendwo fideler sein. Aber jetzt, was bemerke ich zum ersten Mal?

Der Leib der Mutter, fern aller Friedlichkeit, in einem Winkel des Kachelkäfigs mit bemaltem Urwaldhintergrund, geklammert an den Körper des Äffchens! Sie hält sich etwas über den Kopf. Wenn es abrutscht, greift sie sofort danach, beschirmt sich erneut, macht sich winzig vor der Vieldeutigkeit, hat ein Dach, den Umriß einer Hütte, in menschlicher Pose Schutz vor den Sekunden, weil sich das Tier einfaches Tiersein suggeriert in der Deckung der roten Plastikschüssel?

Die in Gruben versenkten, von Gittern umschlossenen, von Käfigen überstülpten, eingekachelten und verglasten Zootiere in der nicht flüchtigen, nicht freiwilligen, sondern bis zum Tod andauernden, über sie verhängten Begrenzung: Wünschen sie, ungetröstet am Ort meines Trostes, den anderen Zustand? Warten sie, warten sie nicht in gefaßter Erbitterung auf die Freiheit? Lehnen sie, von heute auf morgen, die Rinder, Ziegen, weißen Eulen, meine besänftigenden Träume ab und phantasieren, im ruhelosen Lauf an der Maschenwand wie auch im trotzigen Stillstand, vom Ausbruch, wo ich den Ausgang verfehlen will?

Im unruhigen Lauf an der Maschenwand entlang sieht die alte Frau den Mähnenwolf. Muß nicht auch sie plötzlich sich eingestehen, daß er sie gar nicht verführen will mit exzentrischen Schrittlängen, daß ihm nur der Boden unter den Füßen brennt vor Ungeduld! »Armes Tier«, flüstert die alte Frau, doch ihr Mitleid ist nicht allzu groß. Viel zu froh ist sie ja, daß er da ist, jederzeit für sie festgehalten und ihr in ihrem Warten beisteht.

Auf dem Zooklo die Toilettenfrau! Was für dickes, weißes Haar ihr den Kopf umwölkt, in Schaumblöcken aus dem Schädel gewuchert, doch so blaß ihr Gesicht, so totenbleich die Frau in ihrem gelbweißen Raum, so weiß der Kittel, so schwarz die Augen, wenn sie die öffnet: schnee-eulenhaft. Still verhält sie sich, mit dem Lappen in der Hand bei den auf- und zugehenden Klotüren und den sich wiederholenden Geräuschen der immer nachströmenden Individuen. Sie scheint ihr Amt vergessen zu haben, hin und wieder vollstreckt sie es, traumwandlerisch mit dem Tuch über Klobrillen reibend, verharrt im Vorraum, den Kopf gesenkt, geistesabwesend, in brütendem Schweigen, die Minuten zählend, die Intervalle der klappenden Türen, der Wasserspülung, schnee-eulenhaft die Zeit abwartend.

Zwischen den apathisch und wie aufgepeitscht abwartenden Affen hinter Glas die Tierpfleger, so dünn, so lang, im Schaufenster der Küche selbst ausgestellt, ein Fenster unter anderen, hier die jungen Männer, die gesunde Nahrung in Eimer schnipseln. Sie stehen gebeugt, sehen Bananen und Apfelschnitzel zu Bergen vor sich aufgetürmt, sehen sie verschwinden und schneiden neue, so Tag um Tag. Sie lachen freundlich und wenden den Gaffern die Rücken zu, sie schätzen die Tiere, doch nicht die Betrachter. Sie sind von den

Affen auserwählt und freudig begrüßt und fegen den Kot weg und spritzen die Kacheln, schnipseln Bananen und warten, daß etwas vergeht. Es sind nicht die Termine, nicht Sonne, nicht Schnee, doch eine Geste soll der anderen folgen, man ist schon bei der übernächsten, die Zeit soll stillstehen und vergehen.

Haben die Tierpfleger etwa ihre Schützlinge infiziert? Was wissen die Tiere, die im Zoo seit Generationen geborenen, was wissen die Vögel, mit den Schwingen durch die Luft wischend, die rasende Maus in den Gewölben der rasenden Stadt, die ruckende Taube im U-Bahnschacht von einer anderen Verfassung, ob im Freien oder Unfreien?

Auf welche Freiheit warten die Tiere im Freien? Ist es ein Warten überall aus besserem, wenn auch blindem Wissen, ein dandyhaftes oder verbissenes Zeitvertreiben bei Mensch und Tier? Ruht die Natur keineswegs, kein Würmchen, kein Blatt, keins der nervös hervorbrechenden, nervös und eilig zerfallenden Blätter?

Spuckt mich die Erde in hohem Bogen aus? Erde, in tröstlicher Undurchsichtigkeit, zudeckende Erde, in der viele Wohnungen sind, verführerische Schlafnester, in die einzugehen ein Vergnügen sein wird. Lockerer Boden des Waldes, den die Fußsohlen fühlen als schmeichelnde Aufforderung, von dem jetzt mein Blick zurückprallt, was ein Versinken unmöglich macht. Aufglühendes Kraut in schräger Sonne, hochtrabendes Augenblicksleuchten: hochgestochene Ablehnung der einladenden Erde.

In der Nacht sind die Augen der Katze weit geöffnet im Entsetzen über den bloßgelegten Raum, über eine bis zu den Sternbildern wachsende, sich vermehrende Wüste, die sie mit Körper und Gemüt ertragen muß. Auch schlafend, zusammengerollt auf ihrem Ankerplatz ist sie in solchen Nächten – durch nichts abgeschlossene Nächte, die tief in den felsigen Untergrund hineinreichen, die sich mit der Finsternis der Erdschichten verbinden und viel höher aufsteigen als der blaue Tageshimmel, nämlich bis zur Milchstraße über uns und den einzelnen, Kältestrahlen ausstoßenden Sternen –, in solchen Nächten ist sie das einzig wachende Argument gegen die schwarzen, monolithischen Bestandteile der Welt, erfüllt, gewissenhaft und treu inmitten düsterer Ungeheuerlichkeit die Aufgabe der Gestalt.

Die Eulen, die Greifvögel, Rinder und Nashörner halten aus in ihrer typischen und wunderbaren Silhouette, eine Pracht stellen sie dar und das Durchstehen der Zeit in diesem einen, ihnen mitgegebenen Umriß. Die Nashörner und die Eulen halten die Fahne aufrecht, todmüde vielleicht schon seit Jahrhunderten und doch in unveränderter Form, todmüde vielleicht und doch immerzu eine Beschwörung des massigen und zarten Leibes, des gefiederten und eingepelzten, ein unwiderrufliches Ausharren an ihrem Platz.

»Denn es geht dem Menschen wie dem Vieh: wie dieses stirbt, so stirbt auch er, und sie haben alle *einen* Odem, und der Mensch hat nichts voraus vor dem Vieh; denn es ist alles eitel. Es fährt alles an *einen* Ort. Es ist alles aus Staub geworden und wird wieder zu Staub. Wer weiß, ob der Odem der Menschen aufwärts fahre und der Odem des Viehs hinab unter die Erde fahre?« lesen die Nashörner jeden Tag an der Decke ihres Hauses mit großen Buchstaben geschrieben, lesen die Besucher, die aufblicken, über sich.

Zarte Frischgeborene, aus dem Boden geschossene Krokusse, über Land bei ihren Müttern in der Lammzeit, großäugig, weiß und schwarz, liegend immer auf einer Bedeutung beharrend, hüpfend immer auf einer Bedeutung beharrend, jedes Knicken, jeder Sprung der hohen Beine ein für sich behaltenes, nicht freigegebenes Gleichnis. Im April, überall aus den Wiesen gesprungene Gänseblumen die Lämmer, darüber die sich dem Einverständnis verweigernden Schafsaugen der Mütter, kein Zweifel in dieser Milde, in dieser Frühlings- und Regenmilde, in dieser Dunstmilde, die voll ist mit Lerchenlauten: ein Abwarten, ich weiß nicht, ob es ein Erwarten ist, aber ein Warten, Ausharren, Durchstehen, ein Minutenzählen mit Sicherheit. Es ist keine Ruhe, kein Schlaf. Es ist etwas anderes, ich weiß nicht was.

Wohin ich sehe, im Zoo und außerhalb, in den Käfigen und

auf den Äckern, treten die Tiere in Wahrheit von einem Fuß auf den anderen, bis alles an ihnen vorbei und abgelaufen ist. Insgeheim rasender Zoo in der rasenden Stadt, rasend untergehender Dschungel, für heute abgeschrittener Zoo: Zoo der durchstürmten Urwaldetagen und der verkörperten Erdteile, Zoo der exemplarischen Tiergestalten und der wütenden Freundschaft von Mensch und Tier, Zoo der um mich erweiterten und mich in sich versteckenden Jagd- und Beutetiere, Zoo der gequälten und märchenhaft zu uns sprechenden Tiere, Zoo des sinnbildlichen und des alterslos im Allgemeinen ruhenden Einzeltieres, rasender Zoo. Ich sehe – drängt man mich nicht geradezu dorthin? – hinter den letzten Büschen den Eingang von der anderen Seite, das malerisch vielversprechende Kindheitstor, und ich habe keine Wahl.

Es ist aber, während ich langsam, jedoch ohne Zögern nun darauf zugehe, wie im Herbst, in der Zeit des Einschleichens, nämlich des Gelbs ins Grün, des Nachmittags in den Vormittag. Es ist die Kälte, die sich unaufhaltsam in die Wärme schiebt.

Viertes Kapitel

Aber wo sind sie denn alle so plötzlich hin? So ohrfeigenartig auf einen Schlag, so verabredet unangekündigt? Mich stört die Menschenleere auf dem Vorplatz nicht und nicht die Kinderleere auf dem Spielplatz gleich rechts am Aus- oder Eingangstor und nicht die Autoleere links auf den Parkplätzen, aber es erschreckt mich, wenn es so ruppig kommt. Eben sind sie noch aus allen Richtungen auf den Wärter am letzten offenen Portal zugestürmt und ich, die Nachzüglerin, hatte mich daran erinnert, daß ich als Kind manchmal dachte: Man muß nur gut aufpassen, daß aus dem Sommer kein Winter wird, man müßte alle Schleichwege zwischen Juli und Dezember kontrollieren und die unerklärlichen Veränderungen durch treue Überwachung unterbinden! Dann hatte mich das Bild eines kontinuierlichen, gräfinnenhaften Entfernens von einer lebhaften Küste abgelenkt, dann stand ich, ungeduldig herbei- und weggewunken von dem Mann, der endlich aus seiner Uniform wollte, draußen. Und hier draußen sind sie schon alle auf und davon.

Auf und davon in einer Geschwindigkeit, daß es bösartig wirkt, ein Verrat an unserem gemeinsamen Strömen als Tierfreunde auf den schönen Ausgang zu. Ich gehe den Leuten weiß Gott in der Regel aus dem Weg, damit ich ihnen möglichst lange freundlich gesonnen sein kann. Aber wenn sie da waren und um mich herum und ich zu ihnen gehörte in einer noch so flüchtigen Gruppe, und dann auf einmal verschwinden sie wie auf ein Signal, das nur ich nicht mitgekriegt, das nur ich verschlafen habe in meiner Schusseligkeit oder, schlimmer und wahrscheinlicher, das sie hinter meinem Rücken austauschten, wird mir schwindlig, und es ist ein Segen, daß sich meist ein Laternenpfahl oder ein Pfosten mit einem Verkehrszeichen zum Festhalten in der Nähe befindet, weil in solchen Momenten auf meine Wirbelsäule kein Verlaß ist. Durch mein Laternenpfahl- oder Vekehrsschildrückgrat gesichert, versuche ich die leeren Flächen zu überschauen, die Plätze und Gänge, wo die Leute alle nicht sind. Es ist alles steinig, das ist das Unangenehme. Ich will nicht das Geringste von ihnen, aber jetzt, wo sie sich so stickum verkrümelt haben vor niemandem, nur ausgerechnet vor mir, fange ich an zu frieren, die Kälte nimmt rasch zu. Es muß gehandelt werden und sei es durch Geradeausgehen.

An dieser Stelle stehe ich immer noch mitten in der Stadt, aber ich stehe auch vor der Stadt, der dicken Stadt gegenüber, und im Augenblick ist es so, als müßte ich mich nur fallenlassen, und schon würden mich die verschiedenen Straßen aufschnappen und voran ginge es in ihnen in der Horizontalen auf ein Ziel los.

Ich kenne in dieser Stadt zu meinem Glück, sonst könnte ich mir sie überhaupt nicht recht vergegenwärtigen, eine Reihe von Wohnungen, über das gesamte Gebiet verteilt, Stütz- oder Fixpunkte. Leute leben darin, die ich vielleicht nur einzweimal besucht habe, und das ist kein Fehler. Entscheidend ist, daß ich hier und da Zutritt zu immer wieder anderen vier Wänden hatte, die mir unvergeßlich sind. Diese Erinnerung an die hinter Außenfronten verborgenen Behausungen hält für mich die Stadt in den Angeln.

Es gefällt mir in diesen fremden, nur einen Nachmittag, einen Abend lang angesehenen, nicht einmal gründlich studierten, eigentlich nur so eben wahrgenommenen Wohnungen das Ordentliche aber auch das Unordentliche, das schneeweiß Angestrichene, Großfenstrige, Lichte, ja Kahle, aber auch das orientalisch Dämmrige, dunkel Verschachtelte, muffig Verzettelte. Was mir zusagt, ist das bieder Behäbige glatter Böden und großer, alter Schränke, doch nicht weniger das feuchte, modrig Improvisierte. Mir imponieren die stattlichen und kostspieligen Ausblicke auf Parkanlagen und städtische Wahrzeichen, aber nicht geringer schätze ich aus Dach- und Fabrikfenstern das Gerümpelpanorama für malerische Sherry-Stunden. Was mir überall und in jedem Fall am meisten und von Grund auf behagt, noch während ich sitze bei einem Glas Wein oder Tee, ist der Umstand, daß ich mich so mitten in meinem Wohlbefinden ganz und gar sicher weiß vor all diesen Zimmern, Küchen, Fluren mit ihren Tauben auf dem Fensterbrett und ihren Tanzlokalen im Erdgeschoß, mit dem renovierten Stuck an der Decke und dem Schimmel hinter der Sofalehne! Vergnügt kann ich mich, wenn die Zeit um ist, erheben und muß dort keine weitere Stunde meines Lebens verbringen. Aber gemerkt habe ich mir wieder einmal ein Inneres.

Los also, sage ich mir in der blödsinnigen Einsamkeit des Zoovorplatzes, auf in die dicke Stadt! Ich werde eine Schneise in sie schlagen durch einen Besuch. Spalten werde ich dieses steinerne Gegenüber durch meinen zielstrebigen Weg zu einer heimlich Verbündeten, zur alten Frau mit den Grünzeugtaschen, Grünzeugtüten. Das ist ein Einfall.

Das ist nicht nur ein Einfall, sondern eine Schlüssig-, eine Notwendigkeit. Es ist einfach das Logische, das, was jetzt folgen muß, so spreche ich mir Mut zu, denn ich merke, im tüchtigen Ausschreiten und mit wieder funktionierender Wirbelsäule und normaler Körpertemperatur, daß der Boden nicht recht zuverlässig ist, es sind nicht direkt Löcher darin, schon gar keine Abgründe, nein, der Bürgersteig und die Straße am Zebrastreifenstück sind hart und stur. Ich kenne doch die Oberflächen. Nur das System kenne ich nicht, und das System ist unsichtbar. Was ich spüre, ist eine tückische Widerstandslosigkeit, kein Abstoßen, kein Dagegenstemmen ist möglich. Es ist so träumerisch geworden, ein bißchen fahl auch, nachkriegs- und februarfahl. Ich sehe zum Beispiel hier eine schlichte Strecke von einem Gulli zu einem Laden mit einer Blechbrezel als Hinweis. Aber dazwischen geht es rund, zumindest, wenn ich nicht vorsichtig bin. Dieses Fallenartige einer Distanz traut sich nur hervor, weil keine Leute da sind.

Die Leute, könnte ich mir sagen, sind in den Häusern so unnatürlich verstaut, damit mir das Fallenartige droht, aber Humbug! Ich trage meinen Kopf hoch und erkenne zur Belohnung, daß es Anwandlungen sind in der Art, wie sie auf Bahnfahrten eintreten. Dort ist es ja wohl jedem vertraut. Man fährt dösend vor sich hin, durch einen knochenlosen Leib, durch eine Masse ohne Richtung, durch die Bundesrepublik. Nur an den ausgeschilderten Orten, an den Bahnhöfen verdichtet sich alles rechtzeitig zur ausgerufenen Stadt mit dem zugehörigen Namen. Danach löst es sich wieder auf und ist ohne Belang.

Die Häuser und Wohnungen aber, die alle die Abgrenzung der Familien voneinander kundtun wollen, sind beruhigend auf die schleimige Angelegenheit gestülpt, die sich dadurch zu Vierecken festigen kann. An frostigen Tagen werden undurchdringliche Kästen daraus.

Bei einem Gulli bleibe ich stehen und versuche, durch das Gitter in die Dunkelheit hinunterzusehen. Auch wenn ich nichts entdecke, habe ich was davon. Kriegt man etwa den Toten, als Toten oder Lebendigen, wenn man vor einem Grab anhält, zu Gesicht? Ich mache ein Weilchen Pause am Gulli und gedenke der Unterwelt der Stadt und meine in Wirklichkeit: ihrer eigentlichen Wahrheit, denn wird nicht das, was sie vergittert und versteckt, das Wahre sein? Erklärt man nicht auch sprichwörtlich den nackten Hintern eines Menschen und seine Todesstunde zur endlich sich enthüllenden Wahrheit? Über die Abwässerkanalisation macht mir keiner etwas vor! Ich starre der Form halber auf den Gulli und vor meinen Augen, in der Tiefe, erscheint ein verzweigtes Flußgebiet. Gut verpackte, lebensgroße Männer fahren dort in Booten, vielleicht gerade in dieser Sekunde rauschen sie unter meinen Füßen, unter dem Straßendeckel, durch ihr geheimnisvolles, übelriechendes Reich.

Die Leute haben sich in ihre Wohnungen verkrochen und verlangen für sich den Feierabend, aber ich habe die Grundsäulen des städtischen Gemeinwesens im Kopf, nämlich die Müllkippen, die Müllverbrennungsanlagen, gewaltige Zwei-

und Eindeutigkeiten, an die man sich kaum erinnern mag, wenn man die Auslagen in den stimmungsvollen Schaufenstern betrachtet vor dem Stoffwechsel.

Noch etwas, abgesehen von den Krankenhäusern: Die Schlachthöfe! Die Schlachthöfe sind riesig und grau, günstig plaziert, das liegt auf der Hand. Sie sind häßlich, aber diskret, die stille Wahrheit der Vielfraßstadt. Die Verbindungslinien zwischen den feinen Restaurants und den nach jeder abgefertigten Ladung frisch gespritzten Schlachtbänken sind zart und direkt wie die zwischen den Vorortvillen und den Bordellen der Innenstadt. Wäre nur nicht der Geruch! An Sommertagen, an einem schwülen Frühlingsmorgen hat ein Spaziergang entlang den Schlachthofmauern etwas Einzigartiges. Auch jetzt weht es herüber zu mir, ein – was gibt es Natürlicheres als Blut – ein so natürlicher und wahrer Gestank also und doch ohne Verwandtschaft mit der Ausdünstung der Tiere, die ich verlassen mußte, die man soeben vor mir verschlossen hat.

Jetzt aber, ich bin nach der Gullibetrachtung doch nur um die nächste Ecke gebogen, sind sie alle wieder da! Aus den Häusern auf die Straße geschnellt müssen sie sein und gehen hier in die eine, dort in die andere Richtung wie bei einer selbstverständlichen Tätigkeit, die nun auch mich fortreißt. Ich gehe wie von allein oder von ihnen mitgeführt, fast wie am Arm genommen. Sobald ich langsamer werde, um meinen Kopf durchzusetzen, störe ich schon, so flüssig läuft das hier ab. Es ist schön und scheußlich, dieses Gleiten auf eigenen Füßen mit fremder Kraft. Geradeaus, geradeaus, nur kein Stillestehen bis zur Querstraße.

In der Querstraße, die gleich wieder eine Hauptstraße ist, etwas anderes. Hier sind Leute mit rollenden Augen, kein freundliches Augenrollen, eher ein abwartendes, drohendes. Ich vermeide sofort, in diese schwarzen Töpfe zu sehen, um Bedeutungsvolles abzuwehren. Von den Ladeneingängen sind alle zehn Meter mindestens Hindernisse auf den Bürgersteig geschoben, Ständer mit Anzugjacken und dünnen Röcken, die zu schaukeln beginnen, sobald man leicht daran stößt, was unausbleiblich ist. Obschon es mich reizt, diese vielen Kleidungsstücke einmal anzufassen, vermeide ich auch das, wieder aus demselben Grund. Augenblicklich würde nicht Aufzuhaltendes passieren, da gäbe es so schnell kein Zurück. Es ist gar nicht wie im Freien, an der frischen Luft, sähe ich zur Vergewisserung zum Himmel, würde ich bestimmt so einen Kleiderständer stolpernd mit mir reißen und schnell aus Scham das Beschmutzte kaufen. Ich gehe mit schräg nach unten gesenktem Blick, um nicht in Hundehaufen und Ketchup zu treten, an den sich totstellenden, aber durchschauten Jacken, Kleidern, Schals vorbei. Dreimal habe ich nach einer Straße gefragt, jedesmal, mit einem Grinsen übers ganze Gesicht, wird der Name unverständlich wiederholt. Dann folgt ein Kopfschütteln, als hätte ich mich nach einem zu erwerbenden Gegenstand erkundigt, und man würde antworten, nicht mit dem Satz: »Führen wir nicht!« sondern: »Unfug! So was gibt's nicht, wird nicht hergestellt.«

Niemand läßt sich täuschen durch mein gekünsteltes Lächeln. Sie spüren die Verstellung auf Anhieb und erwidern aufmerksam meine Abneigung.

Und schon sind sie wieder weg. Eine Straßenkreuzung genügt, eine kleine Abzweigung, und sie sind alle vom Erdboden verschluckt. Keine Augen werden mehr gerollt, keine Gestelle in den Weg geschoben. Jetzt gibt es nur links ein nicht abzusehendes Gebäude, die Rückseite einer Behörde vielleicht, wo sich keine Menschenseele rührt, und rechts eine Fahrbahn mit einem niedrigen Grünstreifen, die nur Sache der Autos ist. Die nämlich existieren noch, und zwar in rauhen Mengen, aber sie fahren so schnell, daß man niemanden darin erkennt. Hier zu gehen, das wird mir stumm und tief überzeugend mitgeteilt, ist eine Sentimentalität, um die sich im übrigen keiner kümmert. Meine Sache. Hier kann ich gefühlvoll oder ablehnend marschieren bis mir die Beine abfallen, wenn ich nur nicht die Straße betrete. Dort allerdings rast und braust es, da würde man kurzen Prozeß mit mir machen, und es hätte seine Richtigkeit.

In der Ferne eine Brücke, dort entscheidet es sich, sage ich mir, aber nichts da! Ich selbst also muß ohne äußeres Signal stehenbleiben und mir zurufen: Schluß! Schluß machen kann ich nur, wenn ich umkehre bis zur Ampel, weit hinter mir. Es wird einen Sinn haben, daß man dort über die Fahrbahn darf, an diesem einen ausgewählten Punkt. Wie kränkend, all die Schritte ins Blaue hinein wieder zurücknehmen zu müssen, aber ich werde belohnt. Auf der anderen Straßenseite ist ein Spalt in der Häuserfront, eine keineswegs winklige Gasse, deren Name »Hummelgasse« vertraut auf mich wirkt. Die Gegend wird langsam die gewünschte, sagt mir das Schild. Vertraueneinflößende Hummelgasse! wiederhole ich ermutigt und verfolge nun gespannt, wie die schmale Straße ohne Biegungen, aber mit geradezu steiler Schiefheit auf einen Bahndamm zuführt, der mit der Brücke von eben zusammenhängt. Das geht so energisch vonstatten, daß ich regelrecht auf diese Böschung – nur eine lückenhafte Häuserreihe hat dazwischen noch Platz, asphaltierte Höfe mit Werkzeug, halben Autos, Geröll stellen die Verbindung her und geben die Sicht auf den Bahnkörper frei –, daß ich auf diese Böschung zugequetscht werde. Das muß ich geschehen lassen. Im letzten Moment der Durchbruch, eine Unterführung.

Ich erkenne es an der Farbe der Steine. Einem immer deutlicher werdenden Geruch vergleichbar, locken mich die Häuser in rußigem Backsteinrot, Backsteinbraun auf die Spur. Hier, hier erreicht der Ton, rostiges Frösteln nach einem Schwelbrand, seine größte Präzision, hier treffe ich ein, stehe schon in der Eingangstür des Mietshauses, drei Stufen bin ich gestiegen zur schwarzen Tür, auf die mit Fettstift Zeichen gemalt sind. Noch einmal wende ich mich um und sehe zurück mit einem Blick, der die Stadt und ihre Gerätschaften mit einem einzigen Schwung zusammenkehrt.

Im Flur scheint ein kühler Wind zu wehen. In der Dunkelheit des Flurs, muß ich mir bestätigen, weht ein eigenartiger Wind, der sich von oben nach unten bewegt, aber so riecht, als stiege er aus dem Keller herauf. Würde ich nur eine Leuchttaste, den Knopf für das elektrische Licht finden, wäre es aus mit dem willkürlichen Luftzug. Das erscheint mir plausibel, aber ich suche vergeblich an der Wand. Ein Flur, der bestimmt zehn Meter ins Innere des Gebäudes führt, ohne daß sich eine Tür zeigt. Es ist nicht direkt finster, aber der Boden: so glatt. Nur manchmal knirscht es. Ist das aus dem Mauerwerk gestürzter Mörtel unter meinen Füßen? Ich könnte denken: Hier wird renoviert, die Arbeiter haben die Schicht beendet, wie Arbeiter ihre Schicht beenden. Ich denke statt dessen: Ein Haus nach dem Krieg. Wer Steine braucht, holt sie sich hier. Der Mörtel ist locker. Unsinn aber, den Boden, man ahnt ja die Glätte, hat jemand kürzlich saubergemacht. Doch schon rieselt Verputz nach.

Dort, viel zu weit weg von der Haustür der Beleuchtungsknopf. Er glüht mich doch immerhin winzig an. Ein schwaches Licht nur, mir genügt es ja schon. Nur eine einzige Wohnung im Erdgeschoß, Hammel, Familie Hammel, a oder o, Hammel oder Hommel in der Hummelgasse, kann das denn sein? Ein Treppenhauswitz, ein Glücksfund in der Art von Volltreffer-Trauerannoncen: Frau A. Huhn, geb. Hahn, verwitwete Osterhase. Der Flur verliert sich hinten im Dustern, die Treppe, kein Aufzug, das Treppengeländer, schon erlischt das Lämpchen über mir.

Etwas mache ich falsch. Das Haus zieht sich zurück vor so viel Begriffsstutzigkeit. Man muß es anders betreten, anders die vielen Stufen nach oben steigen. Wie könnte die alte Frau sonst hier wohnen? Der fast schwarze Winkel am Ende der Treppe, sehe ich nun, ist besonders kompakt, gefüllt mit Festerem als Luft, Verschnörkelungen, ein Mauervorsprung als Relief. Ich taste mich vorwärts, bald muß der nächste Lichtknopf folgen.

Ein Paar, ein lebendiges Paar, bewegungslos, daher hätte ich es um ein Haar berührt. Ein Mann, eine Frau, kein Zweifel, warum nicht, kein Zweifel, dabei übersieht man nicht, wo ein Körper aufhört oder anfängt.

Ein Paar hat sich hier in die große Hausflur- und Treppenhausdämmerung gedrückt und verfügt über ein erstklassiges Rückgrat für das schwache Fleisch, die Wand, gegen die die

Frau sich lehnt, der Winkel, in den die Frau gepreßt wird. Keine Begrüßung, doch die Augen, ein Beleuchtungsknöpfchenquartett, glühen mich an. Vermutlich sind die beiden der Grund für mein Pech mit dem Licht, doch ich sehe an den Kacheln die Frau, davor, den weiblichen Körper einmauernd, der stockdüstere Mann. Sie sind schwarz gekleidet, nostalgische Diebe, doch weiß die Gesichter, weiße Schultern.

Längst bin ich vorbei, schwarzer Winkel also mit weißen Flächen, kein Geräusch, nur ein Atemanhalten. An die Lichttaste habe ich nicht mehr gedacht. Sie bewachen vermutlich das glimmende Pünktchen, verdecken es zum Schutz ihrer Nische. Sie besitzen nichts Besseres als diese, ja ich glaube, windstille Zone, oder haben sie es nicht mehr bis oben geschafft?

Kühle Kacheln zu meiner Rechten, die zweite Treppe, ein Luftzug wieder, ein schwacher Schein oder Schimmer, der kommt und wegweht. Bei der letzten Stufe in dieser Abteilung wird sich alles ändern, da wird von mir schlagartig Licht gemacht, und Wohnungen werden vorhanden sein, die biedere, freundliche Deutlichkeit eines ersten Stockwerks.

Richtig, alles picobello. Licht an, alles wie vorausgesagt: deutliche, freundliche Biederkeit in zwei Richtungen, zwei lange Gänge, das Holz des Bodens hoch-, die Wandkacheln moosgrünglänzend, der Korridor nach südlich würzigem Essen riechend, eine wohlig-leidenschaftliche Musik hinter den Gardinen der Glastüren, die ich nun rasch abgehe. Vielleicht ist ja diese Pracht ein Werk der Flurlampe und verlischt mit ihr. Ich lese die Namensschildchen neben immer anders geriffelten, gepunkteten, gewaffelten Gardinen der stattlichen Wohnungstüren: Himmelmann, Kummer, Hussel, Kasselberg. Diesen einladenden Gang könnte ich stundenlang abwandern, aber da ist es aus mit der Beleuchtung, ich stehe allein im rußigdunklen Flur, angeschmiert, die Leute haben kein Dielenlicht an, wieder ist der Windzug da, aber jetzt eher ein Dampfschwaden, Waschküchendampf oder Eintopfdunst der Sparsamen, und ich weit weg von meiner rettenden

Taste. Auch neben den Türen sind Schalter, Buckel, aber ich erkenne nicht, ob es nicht Klingelknöpfe sind.

»Mein Schweinecurry schlug ein wie der Blitz!« ruft eine im Überschwang nahezu jauchzende Stimme, heiser jauchzend aus dem Dunkel, männlicher Überschwang. Es wird aber nicht mir mitgeteilt, sondern einer staunend murmelnden Runde hinter einer der Türen. Dort ißt man vielleicht gerade ein anderes Curry oder, in stiller Wut, den Eintopf, der seine Schwaden schickt. Sie lachen donnernd, sehr verspätet zu dem Curryblitz. Wie baufällig, eng und kalt ist die Dämmerung, die finsternisartige Dämmerung, in der ich mich voranschiebe, als könnte es plötzlich direkt aus dem ersten Stock per Falltür in den Keller, in die womöglich schrecklichen Verliese des Kellers gehen. Dabei bin ich gerade gegen eine endgültige und offenbar unverputzte Barriere gestoßen. Also zurück.

Die alte Frau wohnt hier, die mit den Tieren sympathisierende alte Dame. In einem Haus mit garantierter Flurbeleuchtung würde ihr allenfalls ein Wellensittich zugestanden. Man muß das hier in Kauf nehmen, sage ich mir, da höre ich: »Morgen hau ich wieder mein Schweinecurry auf den Markt!«, die Tür öffnet sich und: »Zweiter Stock, rechts, erste Tür«, ruft der Mann im Currytonfall auf meine Frage, noch bevor ich ausgeredet habe, und verschwindet. Vielleicht hat ihn mein Schleichen gestört.

Er hat auch mit Kraft auf den Lichtknopf geboxt ohne hinzusehen. So gehört sich das! sagt eine solche Geste, und wieder lacht dieser Gang mich an, als könnte es niemals anders sein. Schnell die Treppe hoch, drei Stufen auf einmal, an der Kehre kein Paar und auch kein Licht mehr.

Da steht die Dunkelheit um mich und mir gegenüber wie die dicke Stadt. Ich lasse die Beine aber einfach im Drei-Stufen-Rhythmus weitergehen und flöte vor mich hin: Ein Zusatzgeländer! Allerdings komme ich nicht ohne Stolpern voran, kurzfristig daher auf allen Vieren. Macht nichts, ich ahne das Ende der Treppe, rechts, erste Tür, ein Windstoß noch einmal vom Keller hoch, noch einmal von oben, und angelangt bin ich, ich klopfe blindlings an das Glas, eine

Weile Stille, dann Licht, Geräusche. Die Geräusche höre ich erst bei Licht.

Die alte Frau blinzelt mich geblendet an, was keinen Sinn ergibt. Ich weiß nicht, ob sie sich freut. Sie trägt eine Hose, der Reißverschluß schließt nicht ganz, und eine Bluse, ein grasgrünes Jäckchen liegt auf den Schultern, halb runtergerutscht. Ich hatte sie nicht so blaß in Erinnerung. »Schön«, sagt sie, »das ist aber eine schöne Überraschung!« Klingt das nicht viel zu angestrengt, so mühsam entschlossen, als hätte sie sich nach dem ersten »Schön« einen Cognac genehmigt und dann, nur mit Hilfe dieser Beflügelung, das mit der Überraschung gesagt? Unsinn, sie geht ja schon, mir über die Schulter zuwinkend, voran, an vielen Tierfotos vorbei, in ein Zimmer, wo ein Kronleuchter brennt.

»So was!« sagt sie und lächelt verlegen. Sie zieht das grüne Jäckchen hoch. Warum denn verlegen? Sie nickt mir deftig-vertraulich zu. Solch eine Stimmung herrscht zwischen uns. Das begreife ich und setze mich gleich sehr bequem auf das Sofa, damit sie ungeniert zurück kann auf ihren Platz. Es ist ein Mittelding zwischen Küchenstuhl und Bett, hat vier Holzbeine und einen Schemel für die Füße, mit Decken und Kissen ausgepolstert, an der hohen Lehne zwei geschnitzte Wappen. Die Katze springt auf ihren Schoß. Da sitzt oder liegt sie, die Frau, ein bejahrter Säugling, eine Souveränin, wenn auch gebrechlich.

Das kommt mir so von allein in den Kopf, und man erkennt viel auf einen Schlag. Aber sie soll mir meine Verblüffung hier, unter dem bissigen Kronleuchtergefunkel, nicht anmerken. Zum Beispiel sage ich: »Ein Mann, in der Wohnung unter Ihnen, hat mir den Weg gezeigt.« »Mit dem idiotischen Bart von einem Ohr zum anderen? Natürlich, dem entgeht nichts in diesem verdammten Haus. Auch ein unglücklicher Mensch. Früher, vor dem Bart, haben wir uns beide gern über die Schlechtigkeiten unserer Katzen unterhalten.« Sie spricht, als wollte sie sich kindlicher, und lacht rauh, als wollte sie sich männlicher machen.

Die Wappen sehen von meinem Sofa aus wie Eulenköpfe. Die Katze auf ihrem Schoß will nichts als Frieden. Ich habe doch diese Frau vor einiger Zeit unter einem kugelig geschnittenen, wie verzauberten Kastanienbaum gegrüßt. Wie sollte das aber vor diesem Haus möglich sein? Verschiedene Tücher, Wolldecken in schönen Mustern, seidige Stoffe sind um sie her drapiert, so daß sie sich jederzeit, ohne den feudalen Liegestuhl zu verlassen, inneren und äußeren Klimaverhältnissen anpassen kann. Auf dem Tischchen eine Cognacflasche, Schälchen mit Trockenobst, Nüssen, süßem Gebäck, mehrere Brillen, Zeitschriften, bei denen überall der Programmteil aufgeschlagen ist. Der Fernsehapparat steht ihr direkt gegenüber. Wieso »auch ein unglücklicher Mensch«? Ich frage das nicht laut, aber ich frage mich selber, ob sie das extra gesagt hat. Möchte sie, daß ich nachforsche?

»Nein, in den Zoo gehe ich nicht mehr«, sagt sie, als hätte ich mich schon danach erkundigt. »Es zieht mich nicht dahin. Ich träume auch nicht mehr davon. Ich träume überhaupt nicht, ich nehme Tabletten, damit ich wenigstens ein paar Stunden schlafe. Diese Zoobesuche! Es hängt auch mit dem Gemüse zusammen. Ich esse kaum noch frisches, es wird so schnell welk. Außerdem sieht man das Füttern nicht mehr gern bei der Zoodirektion. Vor allem«, und nun holt sie eine himmelblaue Wolldecke mit Satinrand bis über den Reißverschluß zu sich heran, die Katze muß dabei nur ein bißchen Gleichgewicht halten, »könnte mir etwas zustoßen unterwegs.«

Sie wiederholt: »Sehr leicht nämlich könnte mir etwas Ernstliches zustoßen unterwegs.« Sie sagt es beleidigt, aber auch verspielt, sie scheint insgeheim hinzuzufügen: Daran hat doch niemand gedacht, an die Gefahr, in die ich mich begebe, während ich für alle die Frau mit dem Grünzeug war, bis ich selbst drauf gekommen bin.

Aber in ihrem Tag- und Nachtbett – wer weiß denn, ob sie nicht darin sogar ihre Nächte verbringt – macht sie einen zufriedenen Eindruck, auch mit der waidwunden Miene, das paßt erstaunlich gut zusammen. Hier ist sie ja hervorragend abgeschottet vor der Welt, wenn sie sich wirklich vor ihr verkriechen will. Die Überwürfe schützen gegen jegliches Frieren und in diesem Haus, diesem Zimmer vor jedem störenden Sonnenlicht.

»Nein, gehe selten nach draußen und erst recht nicht mehr in den Zoo!« Sie rechnet wohl mit Kälte, so schmiegt sie sich in ihre Kissen, und da fährt sie ja auch fort: »Mich braucht niemand bedauern, schon gar nicht die Jüngeren.« Das ist es also! Das hat sie plötzlich überfallen, davor ist selbst sie nicht sicher?

Ich erinnere mich willentlich an die Frau damals, mit den Futtertüten, wie sie, ihr Reich durchwandernd, unerschütterlich den eigenen Wünschen nachging. Nein, es kann ihre Art nicht sein, auf Bänken mit anderen Alten eine kleine Brandungsmauer zu bilden, gegen die geschwätzig, stark schäumend das Leben der jungen Vorüberflanierenden schlägt.

»Wenn ich aus dem Fenster sehe«, sagt die alte Frau, die blasse, von ihrem herrscherlichen Stuhl aus in ihrem frei gewählten Exil, »was stelle ich fest? Alle Bewegungen am Himmel und auf der Erde, auch alles Geschrei, Gezwitscher und Gedröhne stammt von viel Jüngeren. Es wird mir da draußen ständig, laut oder leise, gepredigt: Du gehörst nicht mehr dazu! Das lasse ich mir nicht hundertmal sagen.«

Einige der Decken wirken wie gerade frisch gewaschen, womöglich gebügelt, imprägniert, andere sind sicher seit Jahren allmählich verschmutzt. Plötzlich dreht sie es um. Sie lacht kindlich auf, bevor sie mit männlich rauher Stimme sagt: »Der Zoo, die Tiere, das, was sich auf den Straßen abspielt, die Stadt, es bedeutet mir alles nichts mehr. Das Allermeiste könnte ich überhaupt wegschenken, Geld, Kleider, Schmuck, es sind sowieso keine Reichtümer, aber wenn einer käme und wollte es unbedingt haben von mir, ich würde dem keine Träne nachweinen.«

Zweifellos hofft sie, daß ich darüber erschrecke. Sie hält es selbst für einen Weltuntergang, und ich erschrecke nur deshalb nicht sehr tief, weil ich ihr nicht glaube. Sie wirft das sicher nur so hin, um mich zu beeindrucken, um mich aufmerksam zu machen darauf, daß sie sich verwandelt hat von der treuen Zoobesucherin mit den leuchtenden Tierträumen in etwas anderes. Vielleicht erwartet sie jetzt auch massiven Widerspruch. Vorerst, um sie auf die Probe zu stellen, sage ich aber nur: »Sehr erstrebenswert, wenn einem der Firlefanz nicht so wichtig ist, wenn man ihn ohne Jammern weggeben kann.«

Darauf antwortet sie gar nicht. Sie sieht mich an, und es ist eigentlich nur ein Selbstgespräch, ich weiß es nicht, oder ein sehr leises Geständnis: »Ich weine dem allen keine Träne nach. Es tut nicht einmal weh. Es ist alles völlig gleichgültig. Bin ich etwa nur mit den verdammten Tüten durch den Zoo gerannt? Ich habe doch einmal mit Vergnügen in die Schaufenster gesehen. Manchmal habe ich Tage an einen Hut, ein Paar Schuhe gedacht.«

Sie lächelt mich an mit einer grundsätzlichen Trauer, auf die ich nicht gefaßt bin. War es nicht so, daß ich von ihr getröstet werden wollte? Statt dessen sehe ich sie, heldenhaft zu einem Schuhkauf entschlossen durch die Scheiben auf die Auslagen starrend, auf die leichten, staubfarbenen Sommermodelle mit kleinen Löchern im Oberleder und einem frechen Riegel, der sie einmal entzückt hätte, auf die trittsicheren, aber keineswegs plumpen Winterstiefel. Sie hat das Geld dafür in der Tasche, aber es nutzt nichts.

Nein, ermutigt werde ich hier, nachdem man mich aus dem Zoo wie aus leichten Träumen in schwerere geschickt hat, gewiß nicht. Oben das beißwütige Kronleuchterlicht, elektrische Geräte, Massagebürsten auf Ablagen an den Einsiedlerwänden, die Frau, die aus den Schalen Süßes und Salziges ißt: Trotzdem bin ich froh, hier zu sein und nicht mehr im Treppenhaus mit der unberechenbaren Beleuchtung und umlaufenden Winden. Hätte ich noch weiter in den zwischendurch ja fast schwarzen Gängen nach ihr suchen müssen, dann hätte es mich irgendwann eingezwängt. Augenblicklich, auf dem Sofa und in Sicherheit, wird es mir bewußt. Die Mauern fingen ja schon an, mitsamt der Decke einklemmend auf mich zuzuwachsen, vielleicht wäre ich nicht nur steckengeblieben, sondern sang- und klanglos in die Mauern übergegangen!

Sie aber, was geschieht mit ihr, und sie kann es nicht abwehren, zu spät, sie will gar nicht länger? Keine großen Worte wie in der Liebe, ein Sterben nicht aus Leidenschaft, ein Absterben vielmehr, ein mächtiges Erkalten des Blutes nach dem Willen der mütterlichen Natur? Eine Brosche aus ziseliertem Gold hängt schief an ihrer Bluse. Die Zeit, muß ich denken angesichts der Brosche mit dem Granatstein in der Mitte, die Zeit, die auswaschende, ausbleichende Demütigung der Fanatiker. Sie will aber nicht, daß ich sie so begaffe, dann hätte ich lieber wegbleiben sollen, sie bietet mir zur Ablenkung Nüsse an und einen Schluck Cognac. »Ich kann auch ein Glas für Sie holen«, sagt sie.

Es ist ihr also nicht gegönnt, und sie hat sich das Recht nicht genommen, wie die Gräfin mit einem Ruck und unwiederbringlich aufzubrechen. Die alte Frau muß sich unendlich langsam vom Ufer entfernen, mit einem von Tag zu Tag totaleren und daher, o ja, daher unmenschlicheren Blick auf das zurückgelassen sofort aufblühende Leben. Bis ins Letzte muß sie den Raum ausschreiten, den die jung und entschlossen Sterbenden nie kennenlernen, die eisige Dürre, die Kältewüste der umfassenden, alles Einzelne, Einzigartige widerlegenden Sicht? Sie wärmt ihre Hände am Katzenkörper.

Herrscherin mit einem Volk, ohne König, Kardinal und Minister, versuche ich zu denken, weise Regentin ihres Reiches, lächelnde, unbezwingbare, vielarmige Wächterin des Landes, ihr Bett umstanden von ratgebenden Tieren, von Kraft, Klugheit und Schnelligkeit, von Bison, Schnee-Eule, Mähnenwolf!

»Und die Tiere?« frage ich. »Interessieren Sie sich denn nicht mehr für die Schnee-Eule, die Bisons?« In einem widerlich weinerlichen Ton füge ich noch hinzu: »Ausgerechnet Sie?« Ich korrigiere das, wütend auf mich selbst, durch Wiederholung in disziplinierend gemeintem Hohn: »Ausgerechnet Sie!« Das verfängt aber nicht oder nur insofern, als sie sich kurzfristig verwöhnt fühlt und daher ratlos, aber auch kleinmädchenhaft empfindlich die Schultern hochzieht. Höchst wirkungsvolle Antwortverweigerung. Auch den Kopf legt sie schräg nach Katzenart. Das ist nun beinahe ein kleiner Flirt mit der Welt oder mir, dann läßt sie die Schultern kompromißlos fallen. Sie öffnet weit die Augen: »Die Tiere, ja, hin und wieder fehlt mir das.« Aber das sagt sie nur so, sie sieht sie nicht vor sich. Sie erscheinen ihr nicht. Was sie vor Augen hat, sind Fernseher und Fußboden. Es könnten auch Wörter aus einem Kindervers sein, Lirum, Larum, Löffelstiel.

Ihr Blick ist ausgefüllt von Fußboden und Fernseher, und wieder habe ich das Gefühl, daß der Tod als Hausfrau auftritt, die endlich alles verstaut haben will, alles soll einmal aufgeräumt und beruhigt sein. Die einzige Furcht ist die, daß schon so bald so viel nachgerümpelt ist und die gerade gesäuberte Welt verunreinigt wird von einem Nachschub. Das Leerste wäre das Befriedigendste.

Dabei: Geht es ihr etwa schlecht? Man müßte ihr die verbliebenen Vorzüge ihrer Lebensumstände aufzählen. Aber ich ahne es ja: Die Addition der glücklichen Tatsachen will für sie keine glückliche Summe ergeben! Soll ich da behaupten: Sie sind nicht arm, nicht ernstlich krank und dies und das? In ihrem Sesselbett ist sie die Herrscherin über ein kahles Reich, kahl ist es, kahl, denn der glühende Ton ist darin immer schwächer geworden. Es gibt keine Erwartungen mehr, die früher die Festen ihres Gesichtskreises haben erzittern lassen. Der Glanz der erotischen Pauschalisierung, fällt mir da ein, das ist es, der Glanz der winzigsten Erdkrümel: Vorbei!

»Nein, nein!« sagt sie abwehrend, begütigend und legt die Beine anders übereinander, hält dabei Decken und Katze fest. »Nein, nein! Es ist alles bestens, ist alles schön, ist alles wie bestellt!« Sie macht sich über mich lustig, sie lacht, bis ihre Wangen feucht sind und verreibt ohne Rücksicht auf die zarte Haut die Nässe, erbarmungsloses Gezerre zwischen Nase und Ohr. »Schnee-Eule, Bison? Nein, nein, alles bestens, glauben Sie mir!« Dieses Anzwinkern ist der reine Spott. Ich sehe die elektrischen, hochmodernen Geräte auf den Abstelltischchen, dem Teewagen an den Wänden. So plump täuscht sie mich nicht.

Da, wo sie Fußboden und Fernseher sieht, sehe ich eine Herbstlandschaft, immer weiträumiger, immer ungeschützter gegen Himmel und Licht. So leben die alten Leute. Die Freunde um sie her werden ausgerissen, ausgerupft einer nach dem anderen, immer dürftiger das Fell, das Gras, die dichte Wiese der Wahl- und Blutsverwandtschaften, und schließlich sind sie selbst die Übrigbleibenden, ganz und gar sichtbar, ungedeckt im schneidend Trockenen. Was wächst, ist die nach allen Seiten sich verratende Einsamkeit, die sich mehrt allein schon, indem sie sich zeigt. Sie empfangen irgendwann eine geringfügige Wunde, aus der das Leben sickert, und man spürt sofort, ob jemand sie schon hat oder nicht. Sie läßt sich nicht verbergen.

Im Augenblick scheint sie ein wenig einzunicken. Noch deutlicher erkennt man nun, daß in ihrem Gesicht ein Absprung geprobt wird. Die Lider, die Lippen, das Fleisch der feinhäutigen weißen Wangen können den Ausbruch kaum noch verhindern. Wie sollen sie mit ihren schwachen Kräften zurückdämmen, was sie verlassen will? Etwas Unweigerliches schiebt sich in die mir doch so bekannten Züge der Zoobesucherin, der auserwählten Tierfreundin, und löscht sie nahezu aus, eine weitverbreitete Ähnlichkeit.

Wie in eine erstaunliche Träumerei versunken hebt sie die Brauen einen Moment. Sind für sie die Jahre nur noch Wimpernschläge? Das auf- und zugehende Jahr, im Gegensatz zu den über das Land verstreuten jungen Familien, die Schritt vor Schritt setzen, freundlich umschlossen von der Eierschale eines stabilen Horizonts?

Ich lehne mich nur etwas entspannter zurück, schon ist sie wieder hellwach, wach, aber erschrocken über das kurze Dösen. Sie bemüht sich, ihre Gesichtszüge anzuspitzen zum Beweis uneingeschränkter Geistesgegenwart, schiebt alles ein Stückchen nach vorn und sitzt kerzengerade, weiß trotzdem, daß ihr Manöver zu spät kommt. Sie fühlt sich ertappt, hustet beschämt, ein Räuspern, ein Schlußpunkt hinter etwas Unstatthaftem: »Man verändert sich eben.«

»Man verändert sich eben«, gibt sie zu und steigert sich in eine zornige Aufgewecktheit: »So ist das mit uns Alten. So habe ich es mir nicht vorgestellt. Die Eltern sollen unverrückbar sein wie Marmorsäulen oder abtreten, die eigenen Kinder verlangen es, damit ihnen der Boden nicht wankt. Aber so geht es eben nicht.« Sie reckt ihr Kinn vor, gekräftigt von triumphierender Rachelust. »Gleichzeitig, während die Eltern die guten Eltern bleiben sollen, freuen sie sich taktlos, daß sie die Jungen sind und alle Rechte besitzen.«

Sie erneuert sich wirklich zusehends, sie strahlt vor Empörung: »Die jungen Eltern aber, die halten sich fett für den Mittelpunkt der Welt samt ihrem Nachwuchs, platzen vor Stolz. Wenn sie doch platzten! Und wehe, ein Großvater oder eine Urgroßmutter wirft mal die Namen der aufsprießenden Enkel durcheinander. Dann ist der Teufel los, dann heißt es zur Strafe: wird wunderlich oder Schlimmeres!«

Vielleicht könnte sie, gehätschelt in ihrem Polsterthron, Bilder von fernen Landschaften und Völkerstämmen ansehen, als läge die ganze wirkliche Welt noch dahinter verborgen, hinter solch vielversprechenden Andeutungen? So hat sie es doch bestimmt als kleines Mädchen gemacht. Zwei kleine Mädchen fallen mir ein, oben auf der letzten Stufe eines ländlichen Treppenhauses. Sie haben die Köpfe durchs Geländer gesteckt und mich zu sich gerufen. Ich bin, nicht älter als sie, zu ihnen hochgestiegen. Da saßen sie, am Ende der Treppe, und als ich aufschaute, hielten sie mir beide zwischen den angewinkelten Beinen als Überraschung ihr nacktes Geschlecht entgegen, zogen es auf Kommando mit den Fingern auseinander und darüber waren ihre Gesichter, genauso nackt und geheimnislos die Münder auseinandergerissen.

»›Spiel doch wieder Klavier!‹ sagt meine Tochter, nicht wie meine leibliche Tochter zu mir, sondern wie eine wohlmeinende Tochter zu einer lästigen Mutter, und ich antworte also: ›Jaja‹, wie eine wohlmeinende Mutter ihrer lästigen Tochter das schlechte Gewissen ausredet.«

Unter dem Kronleuchterlicht fängt meine Haut zu jucken an. Die nackte Wahrheit der kleinen Mädchen, die dummen toten Rinder- und Schweinehälften in den Metzgereien. Das Alter, sagt die Frau zu mir, ohne die Lippen zu bewegen, die wirkliche Wahrheit, das ganze Lebensfazit, wer sollte es denn besser wissen als wir alten Leute, brüllt mir die Frau stumm entgegen als Urteil und Bestrafung, das Lebensergebnis ist häßlich. Was davor liegt ist Illusion, ist Schmalz. Diese Einsicht wenigstens haben wir euch allen voraus.

Das Paar im Treppenhaus, im dunklen Winkel, so bewegungslos in seiner Versunkenheit oder Tarnung, weiße Schulter, weißer Körper, vor mir vermauert durch die zudeckende Schwärze des Mannes: Es fällt mir nicht etwa ein an dieser Stelle, vielmehr habe ich, die meiste Zeit vor mir versteckt, daran gedacht. Ich konnte fast nichts erkennen, aber das interessante Bild hat sich eingeschlichen. Unten im Haus werden sie immer noch miteinander beschäftigt sein.

»Hier oben habe ich es mir gemütlich gemacht«, sagt sie, »oft gehe ich weiß der Himmel nicht mehr nach draußen. Meine kleine Kühltruhe hilft mir weiter, und was brauche ich schon! Die Anstreicher müßten kommen, oder sehen Sie sich nur den Teppich an! Eine Reinigungsfirma, wenigstens ein Mann mit einem Handapparat sollte her, aber warum! Im Treppenhaus weht es eigenartig, es pfeift durch die geschlossenen Fenster, es saust durch einen durch, als wäre da gar kein Haus. Eine Schlamperei des Hauswirts. Letzten Endes gefällt es mir sogar. Es paßt so gut hierhin, diese Kälte, das Wehen, die Zugluft. Es hat, wie soll ich sagen, Pfiff!«

Sie wendet sich jetzt besonders freundlich den Schalen auf dem Tisch zu und steckt sich eine kandierte Frucht in den Mund: »Eine Todsünde. Streng verboten!« Sie lacht wohlig vor sich hin. Dann ein Schlückchen aus der Cognacflasche: »Schon wieder eine Todsünde: Was glauben Sie, was mir mein Doktor alles in Windeseile, eigentlich ohne hinzukucken, wegnehmen will. Ich habe eine Liste. Mir schmeckt das alles, auch gebratene Zwiebeln, gerade jetzt, im Alter, ausgezeichnet. Immer sehe ich dazu den kopfschüttelnden Dr. Weißmantel, Dr. Geldabschneider, bei allem, was in diesen Schälchen auf uns wartet.«

»Nein, kein Grund zum Bedauern«, fährt sie, nun wieder ohne Lächeln fort. »Man kann sich an das alles gewöhnen, man kann es, um es rundheraus zu sagen, liebgewinnen. Ich hatte schon immer eine Schwäche für Schneelandschaften, arktische Gegenden, ewiges Eis. In gewisser Weise passiert es nicht schnell genug, das ist das Dumme! Am liebsten würde ich in einem dichten Schneefall verschwinden, und niemand ginge mich mehr etwas an. Statt dessen habe ich nur meine Wohnung und die Rolläden um mich rum.

Greifen Sie zu. Jetzt endlich ein Glas für Sie! Noch nicht?« Man sieht, daß sie gern in ihrem Sessel bleibt. Sie hat auch gar keins für mich holen wollen. Während sie wollüstig in die Kissen sinkt, wird eine heikle und verkniffene Befriedigung an ihr sichtbar, eine Konzentration auf etwas, das vielleicht das Verlöschen der Lebenslust ist, denn wenn die abstirbt, wird man eventuell auch die Schmerzen los. Kann sie sich für diese Aussicht erwärmen?

Ein riesiger schwarzer Topf, denke ich plötzlich, anders als die Augen der Anzug-, der Rock- und Sakkoverkäufer, die mich unbeweisbar bedrohten, und mit denen ich den Kontakt durch behutsames Abwenden der Blicke vermied. In diesem Wohnzimmer kann ich nicht ausweichen, vielleicht überhaupt nicht mehr, nachdem ich einmal hier gewesen bin. Der Raum ist ein rabenschwarzer Kochtopf, ein zu Boden reißender Strudel unter stechendem elektrischem Licht. Die alte Frau hat beschlossen, die Welt von A bis Z darin verschwinden zu lassen, es kreiselt auf mich zu. Sie hat mit unschuldiger Miene eine fürchterliche Schüssel aufgestellt. Was sich über den Rand lehnt, kippt hinein. Sie singt eine Operettenzeile vor sich hin und sieht mich an. Soll ich mit einfallen in diese halsbrecherische Fröhlichkeit, die den guten Willen zum Leichtsinn des weltlichen Existierens noch einmal bekunden will? Natürlich hört sie gleich auf. Die Stimme bricht ihr von selbst und rührend entzwei. Was kann sie dazu? Sie hat sich alle Mühe gegeben, aber hier ist ein neuer

Beweis geliefert. Das Leben läßt sie im Stich. So ist es ihr recht.

Von der komischen grünen, immer halbwegs wegrutschenden Jacke hängt eine Kordel bis auf den Boden. Die nimmt sie nun in eine Hand und bewegt das bauschige Ende vor dem Katzengesicht. Die Katze gähnt, die Katze sagt keineswegs: Duks!, sie öffnet aber die Augen und hebt das Kinn an. Die Frau schließt über dem Kordelstück die Faust, die etwas zu dicke Katze setzt sich auf. Sie sitzt auf dem durch Decken flauschig gewordenen Schoß der alten Frau und greift schläfrig spaßeshalber nach dem neu aufgetauchten Kordelknäuel, das weghüpft, wegtanzt, antanzt. Sie schlägt jetzt heftig zu, verletzt die Frau am Handrücken, am Gelenk. Die Frau hält es wohl für das unerläßliche Opfer bei so wechselseitiger Begeisterung. Was mich fesselt, ist die Miene, die sie zum Spiel macht, vor allem, als sie sich die Kratzer mit ein bißchen Cognac desinfiziert, die nachgeahmte Emphase, die Erstarrung darunter, unbestechlich, wüst.

Ansteckende Einsamkeit, man merkt es zu spät, ansteckende Angst, nein, Überfall einer fremden Todesangst, finsteres Aufrichten einer Furcht vor dem Untergang, dem Übergang in die Schwärze, plattgeschlagen vom Ende, vom schrecklichen Hammer, niedergewalzt von eisernen Rollen, Gedanken einer anderen.

Unbestechliche, wüste Fläche, mir gegenübersitzende Todesangst, auf die ich einspreche. Nur aus banger Treue zur Erinnerung halte ich mich noch an die sich verflüchtigende, lebendige Schale, an die Eigenarten einer umschließenden Person.

Eine unverschämte Flut ist die trostlose Frau, die gegen mich drückt mit Macht, eine niederrennende Flut. Es bleibt nicht bei ihr, ausdehnen will sich die Trauerseuche. Unter dem angriffslustigen Kronleuchterlicht, das zugleich ein Zwie-, ein Zweideutigkeitslicht ist, werden die Überlebenden notgedrungen immer dünner, blasser, halbherziger atmend.

Sie amüsiert sich mit der dicken Katze und ihrer Operettenzeile, mit Nüssen und Kandiertem und feilt dabei heimlich an der Trennungswand zwischen Leben und Tod. Ich aber versuche unter Anstrengung, an die fleischig gepolsterte Haut der Jugendlichen zu denken in ihrem zusätzlich wolkigen, pastellfarbenen Zeug. Im Augenblick können mir gar nicht genug von ihrer Sorte einfallen, als wären es Ziegel, um die Trennmauer zu verstärken.

Was habe ich erwartet von ihr? Jedenfalls nicht einen solchen Verrat in der Zwischenzeit. Sie sollte die zeremoniellen Handlungen der Zoovergangenheit ausführen. Hier sitzt sie in ihrem eisigen Altfrauenabend, und ich bin zu ihr gekommen in heraldischer Stimmung. Eine passende Figur zu meiner Vorfreude sollte sie sein!

Jetzt hat es sich umgekehrt. Die Frau steckt die Hände unter die Decke, doch die Katze tut so, als würde sie von der Kordel weiter gereizt.

Ihre kleine Operettenzeile! Trauerte ich nicht auch als Kind dumpf zum Fenster hinaus, trauerte unentschieden vor mich hin, und plötzlich hörte ich: »Steht ein Soldat am Wolgastrand«, und schon fing sich alles Vage darin, ballte sich erst zusammen und konnte dann wunderbar verrauchen, verdampfen?

Werde ich denn auch eines Tages die Fähigkeit verlieren, durch einen zufälligen Anblick aufzuwachen aus einem Kummer, aus einer Verstocktheit, so daß mit dem Wechsel einer Himmelsfärbung sofort der einer Weltanschauung eintritt? Werden dann die Dinge nichts zu tun haben mit mir, und wird zunächst ein Schmerz kommen, weil sie sich nicht länger umsetzen lassen in eine Verführung, und soll nach dem Schmerz schließlich gar nichts mehr sein?

Wie kann diese zarte Gestalt eine so unmäßige Trauer ausdünsten! Erzählt sie mir etwa immerfort unselige Geschichten? Im Gegensatz zu ihrem zierlich gewordenen Körper aber können die Wörter »Schwermut«, »Verlassenheit« den trüben Inhalt nicht mehr fassen. Sie platzen unter dem Druck des aufgegangenen Gefühls.

Da sitzt sie, zurückgelehnt auf ihrem Thron in schlampiger grüner Jacke. Unter der Decke steht ihr die Hose offen, und ich fürchte mich vor diesem Resümee, denn ein Resümee ist die alte Frau und nicht ein Nachwehen nur. Sie sieht mich an, es ist ein tückisches Lächeln in ihren fest geschlossenen Augen. Wie die Katze auf ihrem Schoß, die sich beruhigt hat, lauert sie aus den Augenschlitzen auf den wunden Punkt. Sie hat ihn gefunden und weiß es längst.

»Ein Kaffee ist nötig«, stellt sie freundlich fest, schüttelt das Tier von sich, wartet keine Antwort ab, geht. Ich muß mich vor dem Übertreiben hüten, wird mir klar. Es ist ein Träumen gewesen. Von jetzt an will ich ihren tatsächlichen Umriß andauernd scharf betrachten. Mit diesem Vorsatz muß ich warten, bis sie wiederkommt. Die Katze richtet sich in der Sitzmulde der alten Frau ein.

Die Brosche an ihrer Bluse, die schief hängende aus ziseliertem Gold und das Blitzen der Brillantsplitter um den Granatstein herum, ein warnender Überrest, im Absturz begriffenes Mahnmal, wankendes Monument eines in alle Richtungen funkelnden Lebensüberschusses, letzter, beschützender Talisman vor der Finsternis, interesselos, aber immerhin routiniert putzsüchtig von ihr angesteckt. An der Wand elektrische Massagebürsten, zwei Höhensonnen.

Einmal ist sie also doch auch an den Schaufenstern entlanggestrichen, angelockt von den betörenden Kleinigkeiten, von Spiegeln und Kämmen, denen aus Perlmutt, Elfenbein, Horn, Opal, Perlen, Emaille, Broschen in Form von Blüten, Insekten. Auch sie hat jedesmal gehofft, mit dem Kauf einer billigen Kostbarkeit würde sich das Leben ein bißchen ändern. Und wenn sie nun bis an ihr Ende weiß, daß sie stets nur etwas erworben hat, um ihre Tage und ihr Gemüt nicht ändern zu müssen, was macht das schon? Hat sie nicht mit jedem Schwachwerden mindestens eine Neugier, kühne Metamorphosenneugier bekundet?

Ließe sich ihr Zimmer doch anfüllen mit dem Trost der verzierten Dinge, mit den schönen Prophezeiungen, mit der Regenbogentönung eines kleinen, materiellen Geheimnisses!

Da kommt sie mit einer Tasse Kaffee in der Hand und dem Operettenstückchen auf den Lippen. Sie rührt in der Tasse, es klingt sehr nett, wenn sie an die Porzellanwände mit dem Löffel stößt, so daß ich, als sie mir das Gefäß überreicht, damit fortfahre. Es ist ein Gefäß, kein Zweifel, eine dünne Teetasse, rotbraun, blau und golden gebändert, das Gold verästelt sich, wenn man genauer hinsieht, auch über die anderen Farbbänder. Ich rühre, und vor den Augen erzeugt die braune Flüssigkeit, erzeuge ich mit ihr ein Drehen, das auf die roten und blauen Ränder überzugreifen scheint, ein Farbensausen, ein fernöstliches Kreiseln in meiner Hand. »Instant Kaffee«, sagt sie schadenfroh, und ich antworte genauso schadenfroh: »Eine herrliche Tasse!« Doch sie liegt schon wieder in ihrem Stuhl und wirft nur hin: »Ja, ja.«

Gut, dann werde ich eben in diesen leeren Raum, in dieses leere Gemüt nicht die verzierten, sondern die Dinge des rohen Lebens einräumen. Ich gebe mich nicht geschlagen vor ihrem unentwegten Nein! und Nichts!

»Der Jaguar hat den Panther umgebracht. Ist das zu glauben? Ja sicher, und ob. Sogar vorauszusehen war das. Wand an Wand leben die Raubkatzen und einander gegenüber. Sie tun ja nur so, als nähmen sie einander nicht wahr. Eine Sekunde hat der Wärter nicht achtgegeben an der Verbindungstür. Schon ist der Mörder mit einem riesigen Sprung bei seinem Opfer gewesen und hat das Weibchen durch einen Prankenhieb getötet.« Sie schnalzt einmal höflich mit der Zunge. »Der Mähnenwolf übrigens«, beginne ich neu und diesmal, phantasiere ich mir vor, mit einer dreisten Anspielung. Sie antwortet schon: »Ja ja, der Zoo!« Ein abschließender Kommentar.

Dann etwas anderes. Eine wahre Geschichte, die weder im Zoo noch in der Wildnis spielt, sondern in den Straßen der Neuen Welt, in einer nordamerikanischen Großstadt, noch in den letzten Winkeln des Abendlandes ein Begriff, der aufruft zu fortschrittlicher Existenz, Detroit, man weiß warum. Eine Angelegenheit außerdem, die von einem kleinen Kind und einem Tier handelt. »Joseph Dablitz, ein junger Familienvater aus Detroit, ein liebender, ein begeisterter Familienvater, ist in Ausübung seines Berufes als Polizist, auf Streife, wie man es ja nennt, durch eine unscheinbare Seitengasse gegangen, wie es ihm die Amtsvorschriften ans Herz legten, als er eine schreckliche Szene sieht, wenige Schritte von ihm entfernt, so hat er es geschildert, ›schreckliche Szene‹, ›wenige Schritte entfernt‹, ein Schäferhund und ein nacktes Baby, blutverschmiert! Er muß sich selbst zur Ordnung rufen, bevor er genauer hinsehen kann: Der Hund hat sich um das Neugeborene, um das nicht von Wunden, sondern vom Geburtsvorgang noch blutige Wesen gerollt, wärmend um den schutzlosen Säugling geschmiegt und leckt ihn ab. Die zwanzigjährige Mutter hatte es ausgesetzt, nicht in einer Tasche, nicht in Windeln, ausgesetzt auf dem dreckigen Bürgersteig. Mit Fell und Zunge aber gelang es dem großen Hund, das Kind zu retten. Und noch etwas: Das Baby hatte die ganze Zeit einen kleinen Zweig umklammert, einen kleinen Zweig, umklammert.«

»Na so was!« sagt sie, »nun lassen Sie Ihren Kaffee nicht kalt werden, das lösliche Zeug schmeckt nur, wenn es heiß ist.« So hält sie mich nicht von den Weltereignissen ab! Also wieder etwas anderes, fröhlich, fröhlich drauflosschwadroniert: »Ab und zu muß man unter Leuten sein. Irgendein Anlaß zwingt sie herbei. Man steht in der Nähe und hört ihnen zu. Etwas ist mir aufgefallen. Vielleicht haben Sie es auch, zu Ihrem Ärger oder Vergnügen längst festgestellt. Viele Frauen neigen dazu, besonders in Konkurrenz zu anderen, Männer, die mit zu dem Kreis gehören, wo man plaudert, Wein trinkt, kommt und geht, die in diesen Minuten keiner gehören, mit Geständnissen über körperliche Abenteuer zu fesseln, in scheinheiliger Harmlosigkeit. Sie erzählen vom Stillen, wie diese Brust hier das Kleine säugte, das jetzt schon so groß ist, wie sie splitternackt im südlichen Tag an Terrassentischen Vorträge entwarfen, wie beim Baden die Fische kitzelnd, erregend fast, zudringlich wurden, an Schenkeln und Bauch schlüpften sie vorbei! Ein weißer, kahler Fotograf geht umher. Mit knallroter Tasche wandelt er auf verschwiegenen Pfaden.«

Keine Reaktion. Dann weiter, erst recht! »Ein Bildhauer ist da, zeigt sein Werk, daher die Leute, sieht aus wie der junge

Jack Palance, nur ohne ... ohne ... Hammerwerfer engagiert er beim Deutschen Sportbund, die werfen in Turnkleidung fachgerecht, sportgerecht Kameras für ihn von Brücken in Flüsse, an einer Angelschnur, versteht sich. Der Bildhauer will den Film, die Fotos vom gewaltigen Schmeißen. Wenn die Angelschnur reißt, müssen Froschmänner kommen. Ehrenamtlich forschen sie fachgerecht nach den teuren Dingern mit all den Fotos im Gehäuse, im Schlamm der Ströme. ›Flüchtige Plastik des Kamerawegwurfs‹, sagt da jemand zum Palance. Ich aber höre woanders zu. Eine blühende Frau bringt mit gurrender Stimme ohne Pause Anklagen vor, ein Mann fängt mit brummenden Bärenlauten wie mit spaßenden Tatzen die Angriffe ab. Er weiß, wo sie beide landen werden. Eine kalkulierte Prozedur, von ihm, von ihr: Ein Salzhering ist sie, den er in der Milch seiner Sanftmut badet, um ihn schmackhaft zu fressen.«

Ich spreche zur alten Frau, aber in diesem Augenblick sehe ich sie nicht. Auf ihrem Sofa sitzend bin ich unterwegs im Haus, bewege mich in den Luftzügen, in den sich vermehrenden, manchmal einer Helligkeit, manchmal einer schwarzen Mündung zustrebenden, auch zuströmenden Gängen. Während ich froh bin, ihr hier oben mit meinen Nachrichten beispringen zu können, zieht es mich in die andere Richtung. Ich spreche zur alten Frau, zu der ohne Scham in ihrem Diwanstuhl ausufernden, und gehe im Kellergeschoß herum, das vielleicht mit großartiger Beleuchtung, mit Wasch- und Bügelräumen ausgestattet ist, aber jetzt, zur Zeit meiner Ankunft, herrscht die reine Wildnis der Dunkelheit. Eine tiefstehende Sonne scheint es jedoch zu geben, die durch einen Schacht auf den Felswänden einen fettigen Schimmer hervorruft, ein häufig in Kirchen, den duftenden Hohlräumen, den versteinerten, über die Länder verteilten Blasen der Frömmigkeit gesehenes Licht.

Hier sind die Felsen in allen Zuständen der Erwärmung, des Siedens und Kochens, Aufwallens und Überschwappens erstarrt, in allen möglichen Momenten des Drohens, Stürzens, Zusammenbrechens. Sie stehen wie Messerklingen unter dem abendlichen Himmel, so daß die Welt zerschnitten, ab- und ausgeschnitten wird. Hinter den Graten muß sie zu Ende, hinter den Felswänden kann nur noch Leere in den Tönungen des gerade vorkommenden Himmels sein. Überall aber Löcher, Kavernen, aufklaffende und verschlossene Nischen.

Eine Höhle, wer weiß wie weit entfernt von den geordneten Stockwerken des Hauses, eine Höhle zwischen den verrutschten, schwach farbigen, farbig aufglimmenden, glimmersplittrigen Felsadern, in einem gewaltigen Atmen die Luft einsaugend und aus der Tiefe wieder hochschickend in die Flure, eine Höhle, die mich von allen Seiten verkleinern will, dem rosigen Gaumen, dem vulgären Muschelschlund am Ende entgegenpressen. Was mich aufhält, ist das Drückende, die Warnung durch den Stillstand der Luft, eine Grenze, dort, wo das Innere des Felsens, wo die Steinseele sitzt, die in ihresgleichen verwandeln will, ein Hauch, ein Übergang. So wird jede Höhle unter den strahlenden Wasch- und Mangelräumen sich fallenartig aufsperren und schluckend verengen, sobald man eingedrungen ist.

»So egal, so egal!« sagt gerade die Frau in ihren Decken und stülpt die schlecht durchblutete Unterlippe, auf Einspruch hoffend, nach außen. Also Einspruch!

»In Paris«, sage ich, »in Paris, Paris muß ich ausdrücklich erwähnen, weil das hier in einer Stadt spielt mit vielen Touristen aus aller Herren Länder, an einer Straßenkreuzung, wo die Leute müßiggängerisch herumstanden und auf etwas Pariserisches, auf etwas exzentrisch Gegenwärtiges jedenfalls warteten, das sie entschädigte für die ganze Mühe des Herkommens, auf dieser Kreuzung, auf der es überhaupt keine Autos gab, warum, weiß ich nicht, ich habe kein einziges Auto gesehen, nur parkende vielleicht, in der Mitte von den vier kleinen Straßen stand plötzlich ein Mann mit großem roten Gesicht und roten Haaren, irischrot, der bis zum Bürgersteig herüberstank. Er hatte sich Lappen um den Körper gebunden und zog einen hochbeladenen Leiterwagen hinter sich her, Bettzeug, Kisten, Lumpen, sein Hausrat. Er blieb in der Mitte stehen, ein Verkehrspolizist aus dem Untergrund, ein schwerer Mann, und ich sah vor mir den Fuß einer schönen Negerin, deren Fessel mit einer schmalen Goldkette umschlossen war, eine Anspielung natürlich auf eine Situation, wo dieser geschmückte Fuß in völlig anderer Position, aber nun in seiner Herrichtung erst zur Wirkung kommend, sich in äußerst günstiger Perspektive, einen Betrachter betreffend, befinden würde.« Das Letzte füge ich hinzu, weil ich in dieser Sekunde die langgezogenen Ohrläppchen der alten Frau entdeckt habe, die also früher einmal dort verführerisch deformierende Schmuckstücke getragen haben muß.

»Das Letzte habe ich hinzugefügt«, sage ich weiter, »weil der Mann, im Gegensatz zur Negerin, einen Fuß mit dreckigen Tüchern verbunden, den anderen, blaurot geschwollenen, aber nackt gelassen hatte. Er rief den Leuten, die sich nicht vom Fleck rührten, Sätze in unterschiedlichen Sprachen zu, vielleicht waren es auch unverständliche Dialekte, Vermischungen aus vielen Weltgegenden. Mit einem Mal holte er aus seinen Gewändern ein aus zwei Stöcken fabriziertes Kreuz und hielt es seinen Zuschauern entgegen, lächelnd, als handelte es sich um unanständige Fotos. Er lächelte zärtlich zu ihnen hin und verschmitzt. Er sah sie prüfend an, er wußte, daß sie sich schämten. Das war sein Wille. ›Mohammed‹, rief er dann deutlich, ›ist der Kumpel von Jesus!‹, und er zeigte sein Kreuz, die entwaffnende Überraschung, und winkte mit der anderen Hand freundlich, der stinkende, blauäugige Mann, wie man Kindern winkt, mit großer, sich für die Geste klein machender Erwachsenenhand.«

Ich will ihr diesmal keine Verschnaufpause gönnen. »Ein ehemaliger, in verschiedenen Berufen gescheiterter Boxer, ein schüchterner, in den Kontakten mit anderen Menschen, Berufskollegen wie eigenen Verwandten, gehemmter Mann, ein junger Sozialhilfeempfänger, der auch zeitweilig heroinabhängig war und unter Alkoholeinfluß zu großer Aggressivität neigte, ist vor kurzem zum Mörder geworden. Erst war er ein Kind, das unter dem häufig betrunkenen Vater litt, jetzt hat er sich, mit noch nicht dreißig Jahren, nach vielen Flaschen Bier und Schnäpsen, die er zu einem Horrorfilm in sich reingekippt hat, in einen Mörder verwandelt. Nach dem Videofilm hat er sich einfach ein Messer genommen und ist hinausgegangen, Allerheiligenabend, in eine Grünanlage in der Nähe. Was wollte er jagen? Er hat es in der öffentlichen Toilette gefunden, ein Opfer, ein Obdachloser in seinem nächtlichen Bau. Einen anderen hat man in einem Abbruchhaus erschlagen, er trug noch sein Pappschild: ›Erbitte Spende‹. Dieser, ein Mann zwischen fünfzig und sechzig, schlief hier schon jahrelang. Das Klo im Park war sein sicheres Heim. Der junge Mann hat ihn zu Tode geschnitten und gestochen. Der Kampf muß Minuten gedauert haben. Er hat sich von den zahlreichen Wunden, vom Blut des Sterbenden nicht erweichen lassen. Es genügte ihm nicht, er hat ihn taumeln und sich mit den verletzten Händen immer wieder an den Kachelwänden für den nächsten Sturz ins Messer aufrichten lassen. Kein Mensch hörte den Kampf des jungen und des alten Unglücklichen, des mordlüsternen und des friedlichen, dessen, der aus der warmen Wohnung seiner Eltern aufbrach zu seiner Tat, und dessen, der still in den Straßen der Städte lebte und ohne Vorwurf alterte, der in den nächtlichen Toilettenanlagen seine Heimat hatte und sein Reich.«

Ich will rütteln an ihr. Sie versucht, sich die schiefe Brosche geradezustecken. Ich könnte ihr von Dian Fossey und ihren Menschenaffen erzählen, von den schwarzen Gorillas in den Bergen Ruandas und ihrer dreiundfünfzigjährigen Erforscherin und ihrem Mörder, auch vom Ehepaar Holz, Doppelfisch ohne Flossen, Inbegriff betrauerter Kinderlosigkeit, vom Bauerngesicht der Frau, vom steifen Bein ihres Mannes, vom Schuldgefühl, das sie niederdrückt, von der solidarischen Lasterhaftigkeit eines anderen Paares, den gealterten Pelzhändlern zwischen ihren alterslosen Fellen, gekränkt vom Unverständnis der Zeit.

Und was ist mit der kleinen Frau im Warenhaus, einer Jahrgangsgenossin, Wüstenfuchsgesicht, eine ungefragt arbeitende Kundin, die sich die Tasche ruckzuck über die Schulter hängt und die schweren Einkaufswagen hinter den Kassenboxen zu mustergültigen Reihen ineinanderschiebt, die vergnügt und unbezahlt Ordnung schafft, daß es schon fast ein grober Unfug ist?

»Erinnern Sie sich an den Streit um die Teststrecke von Daimler-Benz im Main-Tauber-Kreis?« sage ich statt dessen, ich fange einfach so an, es ist keine Frage, rücksichtslos geht es voran, alte Frau!: »Ein von Naturfreunden und Bauern bekämpfter Plan, ein Landschaftszerstörungs-, ein Arbeitsplätze schaffender Plan, daher ein angegriffener und bejubelter Plan. Das Bundesverfassungsgericht hat entschieden, jubeln durften die Bekämpfer, Bäume und Land bleiben unberührt.« »Weiß ich doch, seh' ich doch, lese ich doch«, sagt die Frau. »Selten kommt so ein Sieg vor. Ja und nein, so oder so.« Sie wirft die Decke zurück und knöpft sich die Bluse ein Stückchen auf, mal ist ihr heiß, mal ist ihr kalt, die Zimmertemperatur ändert sich aber gar nicht. Eine Laune, eine Ungeduld. Das hilft ihr nicht. Weiter im Text:

»Der Pfarrer aber, der mit den Bauern gemeinsame Sache machte für die Rettung der Landschaft, ist von seiner Gemeinde verlassen worden. Konfirmieren, beerdigen läßt man im Nachbarort. Die Gemeindemitglieder sondern ihn ab. Die Befürworter strafen den Sieger. Der Stamm spuckt ihn aus durch Verweigerung. Der Oberkirchenrat spricht ihn nicht schuldig, hat aber sein Versetzungsgesuch verlangt. So geht es zu in der Welt, so geht es, verdammt noch mal, zu in der Welt!« »Ich wollte, Sie würden mir jetzt einmal kurz den Nacken massieren«, sagt die Frau.

Wie ein Kundschafter, dessen Nachrichtengaben alle verschmäht werden von einer gelangweilten Herrscherin, fühle ich mich auf meinem Sofa, doch sie schafft es nicht, mich zu entmutigen. Ich könnte sie erschrecken durch einen Hinweis auf die Frau mit dem eisengrauen Haar, die einen Schlüsselbund bei sich trug, aber keine Papiere und kein Geld, die mitten im Gehen zu Boden stürzte wie ein Vogel im Flug, ein überzähliger Gegenstand und ohne Eigentümer.

Hinter ihr stehend, nachdem sie den Blusenkragen weit den Rücken hinuntergeschoben hat, so daß der leicht gebukkelte Nacken frei vor mir liegt, auf dem ich nun ein wenig herumklopfe und reibe nach ihrer Anweisung, kehre ich wieder zurück zu dem dunklen Paar im Treppenhauswinkel, zu dem schwarz-weißen Paar, schwarzbemäntelt und weißfleischig, wie ich es vor einer Stunde etwa gesehen habe mit eigenen Augen. Aber es hat sich etwas verändert inzwischen, es ist so, als könnte ich plötzlich, durch Vertiefung in das Erinnerungsbild, mehr erkennen. Ein erweitertes oder schärferes Hinsehen ist das nicht so sehr, vielleicht ein Fühlen jetzt, ich fühle die Mauersteine und das Gewicht des Mannes. Also sind es die Empfindungen der Frau, die ich spüre. Aber zugleich habe ich das Paar gemeinsam im Blick, es ist ein sehr angenehmes und aufwühlendes Gefühl, das ich bald genauer benennen kann. »Sie müssen energischer sein, sonst nutzt es überhaupt nichts«, sagt die Frau im Zimmer mit gereiztem Lachen. Sie wittert meine Geistesabwesenheit sofort, und ich raffe mich noch einmal auf zu einem Anlauf der Finger, die verkrampften Muskelstränge und was nicht alles, Wirbel, Knorpelscheiben zu unterhalten.

Der Gedanke an das Paar erleichtert mir die Arbeit sehr, er beschwingt mich. Es ist nämlich so, daß ich die beiden in der düsteren Ecke wahrnehme aus der Sicht der Frau, mit ihrer Vorderseite und ihrer Rückseite, die, indem sie den Mann gewähren läßt, sich und ihn mit meinen Augen, als ich die Treppen hochsteige, betrachtet.

Neben der Höhensonne eine moderne Nähmaschine. »Für das tüchtige Massieren gibt es jetzt ein ordentliches Abendbrot«, hat sie gesagt und ist aus ihrem Stuhl gesprungen. Nun hört sie in der Küche beim Arbeiten Radio. Das kleine Schwungrad früher, der schürfende Treibriemen, die sich drehende Garnrolle, der wichtige, rätselhafte Metallkokon in der verschlossenen, manchmal geöffneten Gruft. Das höllische Sausen! Die gefährliche Nadel, von der es hieß, daß sie durch die Finger nähte und nur darauf lauerte, lebendiges Fleisch mit einer akkuraten Naht zu versehen!

Wie verwandelt, ja verzaubert kommt sie ins Zimmer zurück mit dem Schnittchenteller. »Etwas Schreckliches muß passiert sein!« ruft sie, bestätigt, sich sorgfältig für einen langen Abend in die Decken ihres Liegestuhls wickelnd: »Irgend etwas Fürchterliches. Ich habe nur noch den Rest mitgekriegt, das ist der Mist. Ich weiß nicht mal, was der Sprecher genau gesagt hat, die Formulierung. Aber der Tonfall, alles paßt zueinander: Etwas Besonderes, Sensationelles ist geschehen, hier oder woanders auf der Welt. Die meisten Leute wissen es jetzt, nur wir nicht. Aus dem Fernsehen? Aus dem Fernsehen erfahren wir das im Moment auch nicht, dazu ist nicht der Zeitpunkt, ist erstmal zu spät dafür. Ich habe es gern, wenn es dunkel wird und die Nachrichten kommen. Im Sommer mach' ich die Vorhänge so früh wie eben anständig zu. Man kriegt dann alles besser mit, wenn man von draußen nicht abgelenkt wird.« Sie prostet mir zu mit einem Wurstbrötchen, Mortadella. Ich grüße mit meinem, Leberwurst, zurück.

»Was kann das bloß sein. Erst in ein, zwei Stunden sind wir so weit wie alle anderen. Bis dahin müssen wir raten. Ich rate gern und oft, vor jeder Tagesschau rate ich: Was ist nun wohl dran? Heute sind nicht nur Akten verschwunden oder wieder aufgetaucht. Ich hoffe, es ist nichts Trockenes, kein politischer Skandal.« Die Katze klettert affig auf ihren Schoß und geht dort einige Male im Kreis, bis sie sich setzt. »Ich glaube, es wird uns von Grund auf überraschen. Es klang so, aus dem Radio klang es, obschon die Nachricht zu Ende war, noch immer fassungslos. Schon wieder Atom oder Umwelt? Ich tippe eigentlich auf etwas anderes, nur habe ich keine Ahnung, auf was.«

Die gesamte, halb vermummte, zierlich gewordene Gestalt ist aufgedreht, aufrichtig aufgekratzt. »Ein Hotelbrand? Einsturz eines vielgeschossigen Hotels vielleicht?« flüstert sie mit kindlichem Stirnrunzeln vor sich hin. Mich verblüfft, daß sie ihre Meldungen nicht im geringsten als Konkurrenz zu den meinen von sich gibt. Da existiert gar kein Zusammenhang. Ich kann sagen, was ich will. Was sie verlangt, ist die Bescherung durch den Nachrichtensprecher.

»Es ist schön, wenn es dunkel wird«, sagt sie noch einmal, »im Sommer mit den ewig hellen Tagen kann ich es nicht abwarten. Wenn die Tagesschau beginnt, soll auch richtiger Abend sein. Mich interessiert das Weltgeschehen!« Aber eben nicht aus meinem Mund, es muß ein offizieller Verkündermund sein. »Jetzt, im Alter, bleibe ich manchmal sogar bis in den frühen Morgen auf, um einen der schauerlichen Boxkämpfe zu verfolgen. Wenn es schon mal übertragen wird und diese schwarzen, dicken Boxer sich so abmühen. Auch Eishockey sehe ich ab und zu stundenlang an. Ich merke oft gar nicht mehr, daß ich hinsehe. Die Figuren gleiten hin und her auf ihren Schlittschuhen, ich verstehe ihr Spiel nicht. Schrei, Pfiff geht es immer. Aber vor den Augen bewegen sich die ulkigen Gestalten zwischen den Toren in Mustern so freundlich fast, daß ich dabei meinen Gedanken in Frieden nachhängen kann.«

Es ist nicht leicht, die Umrisse der alten Frau genau im Auge zu behalten. Sie schwankt immerfort in ihren Decken- und Kissenkonturen. Sie verschwimmt und schwillt an und ist dann plötzlich kaum sichtbar für mich, ein Eishockeyspieler innerhalb und außerhalb seiner Montur.

»Was für ein komisches Gefühl! Man sitzt in seinem Stuhl oder kocht sich was und denkt sich nichts Schlimmes, aber zur selben Zeit passiert eine große Katastrophe, eine, die sich gewaschen hat. Man sagt sich später: Als es geschah, hast du ahnungslos deine karierte Bluse gebügelt, und ist wie vor den Kopf geschlagen, denn man sieht es dem Sprecher schon an der Nasenspitze an: Heute ist er wieder ein Unglücksbote. Dann wirkt bei diesen Leuten der Hals besonders dick, finde ich. Draußen aber gehen immer noch welche mit ihren Kindern und Hunden herum und wissen nicht das Geringste, regelrecht abgehängt, wie wir beide jetzt.«

Der Teller mit vielen Wurst- und Käseschnittchen steht zwischen uns unter dem Kronleuchterlicht. »Ich hätte noch Dosen aufmachen können, aber ich wollte schnell zurück sein, um Ihnen das mit dem Unglück zu erzählen«, sagt sie, sehr überlegen zugleich essend und sprechend, dazu aber die halboffene Bluse mit der fatalen Brosche. »Ja, der Zoo. Sie erwähnten den Zoo. Das war einmal. Die Tiere alle, ich erinnere mich noch daran. Tagelang bin ich mit den Gemüsetüten da rumgerannt. Aber es ist doch anders mit den Wildrindern und Nachtgreifen und so weiter. Man ist ja doch alleingelassen.« Einen Augenblick legt sie eine Hand auf ihre Lippen. Um ein Zittern dahinter zu verbergen? »Nein, nein«, fährt sie aber schnell fort, »das frische Grünzeug macht mir zu viel Mühe. Ich will nur noch selten raus, man kauft für mich haltbare Dinge ein für den Kühlschrank, die kleine Kühltruhe, bequem, bequem. Konserven, Pulver zum Anrühren im Handumdrehen.« An dieser Stelle streckt die Katze sich ausführlich bis in die Krallenspitzen, stellvertretend für die Frau.

»Das mit dem Grünzeug sagte ich wohl schon vorhin? Ich frage mich, ob es ein Flugzeugabsturz gewesen ist, ein verheerender mit Hunderten von Toten oder vielleicht über bewohntem Gebiet. Das bringen sie ja neuerdings gern. Das wäre schon möglich, ein Fall, wo Staatsoberhäupter, wenn sonst nichts anliegt, zur Unglücksstelle fliegen. Nun ja, ich selbst bin nur zweimal in meinem Leben geflogen. Ein äußerst unangenehmer Eindruck für mich. Die Luft ist nicht mein Fall, wenn ich dort nicht mit eigenen Flügeln fliegen kann. Um mich in der Luft wohlzufühlen, muß ich wohl erst ein Engel werden.« Sie winkt mit einem Leberwurstbrot, ich bemerke, nun bin ich mit der Mortadella dran, daß wir ohne Absprache unser Kontingent genau überwachen. »Eine unsichere Sache. Ich flog ins Ausland, Kanada und Wien, aus familiären Gründen. So wenig wie damals habe ich mein ganzes Leben nicht geatmet. Das von mir zu verlangen, mir dafür die Flugtickets aufzuhalsen, war eigentlich eine Verrücktheit, eine Aufdringlichkeit der Verwandten, die nur ihr Jubiläum genießen wollten, in hundertköpfiger Umgebung.

Irgendwie kommt es mir so vor, als würden uns die Nachrichten zugeteilt. Dort, wo man die Meldungen ausgibt, weiß man natürlich, daß alles gespannt ist, denn erst, wenn die Nachrichten bekannt werden, stellt sich heraus, was das für ein Tag war, den man gerade gelebt hat. Dann weiß man auch den restlichen Abend über, was die Leute, die alle in ihren zugeschlossenen, nach außen dunklen Wohnungen sitzen, fühlen und besprechen. Das gefällt mir daran. Eigentlich möchte ich, daß alle, alle gezwungen würden, dasselbe zu sehen. Wegen dieser Einigkeit durch alle Hauswände hindurch.«

Die Katze sieht, daß der alten Frau ein Stückchen Wurst auf den Boden gefallen ist und springt ihm nach. Dann steht sie neben den Beinen des Stuhls, reibt sich die Flanke daran, läßt sich von den Stuhlbeinen, indem sie träge weiterfließt, die ganze Seite streicheln und kommt zum Tischbein, schleift dort entlang, von da zu den Heizungsrippen, wo sie besonders ihren Hals scheuert. Dann kehrt sie um, mit Aufenthalt an jeder eben berührten Station. So amüsiert sie sich im Hin und Her, tiefernst. Ein pflichtbesessener Friseur?

»Ein blutiger Staatsstreich? Ich bin nicht sicher, ob er ›Katastrophe‹ gesagt hat, aber ich weiß genau, daß ich, als der Schluß in dieser verdächtigen Stimmung durchkam, das erste Schnittchen schmierte, mit Emmentaler. Ein blutiger Staatsstreich vielleicht. Aber wo könnte das sein, nicht nah, nicht zu weit weg. In einem der vielen Länder, wo es bei solchen Gelegenheiten zu schrecklichem Gemetzel kommt. Ich bin in meinem Leben nicht viel gereist, bestimmt bin ich nicht in so einem Land gewesen. Wer kann das heute schon von sich sagen, wo sie ein-, zwei-, ja manchmal dreimal im Jahr in die weite Welt fliegen, in andere Erdteile, für vierzehn Tage in eine fremde Kultur, nur um nicht hier zu sein! Mich wundert, daß die Touristen nicht öfter in diese massenweisen Staatsstreiche, die doch häufig über Nacht und überraschend eintreten, verwickelt sind. Ich selbst bin immer gern an Ort und Stelle gewesen, nämlich hier, wo ich hingehöre, wo mir das Klima paßt. Auch haben zwei Kriege genügt. Die Berge und das Meer habe ich gesehen, wie gesagt: und Kanada, Wien, auch einen kleinen Ort in Frankreich, mir fällt der Name nicht ein. Mir fällt auch nicht ein, ob etwas in den Nachrichten auf einen blutigen Umsturz hinwies. Wie war nur die Wortwahl? Mein Gedächtnis, das ist das größte Problem.«

Jetzt, als ich zu ihr hinübersehe, zeigt sich die Ähnlichkeit ihres Gesichts mit einem Stadtplan. Endgültig die Furchenstraßen, ein- und ausschlüpfend, passantengleich die schnellen Schicksale, die auf- und wegtauchenden Gefühle. Lebensläufe oder Geschichten: Der Beginn ist effektvoll, vielversprechend. Aber spätestens in der Mitte verlieren sie ihr Rätsel, werden, wie die langsam sich fältelnden Gesichter, zwar skurriler, doch darunter tritt das Schema, der Totenschädel, unter der Schrulligkeit der einfache Prototyp hervor. Beide können die geweckten Hoffnungen auf das endlich Unerhörte nicht halten und laufen hinaus auf ein allmähliches Erkalten, Ernüchtern. Aus.

»Vor einiger Zeit hörte ich im Rundfunk von einer Untat mit zerfetzten Menschenkörpern. Ich hielt eine Flasche Selterswasser in der Hand. Ich wollte mir gerade in diesem Augenblick ein Glas einschütten zu meinen Tabletten. So erschrocken war ich von der schlimmen Nachricht, daß mir die Flasche aus der Hand zu Boden fiel. Sie ist dort auf den Kacheln zersprungen, noch Tage danach habe ich Splitter gefunden. Ich hatte ganz dunkelrote oder hellrote Hände nach dem ersten Aufsammeln. Ich sehe das noch genau vor mir. Das ist gut aufbewahrt in meinem Gedächtnis. Nur den Ort und das Drum und Dran des Attentats, das habe ich alles vergessen.«

Sie tastet unter ihren Decken, offenbar sucht sie ein Taschentuch. Was sie schließlich hervorholt, ist ein Handtuch, mit dem sie sich nacheinander an den vier Ecken die Nase schneuzt. Dann rollt sie es zusammen und läßt es unter den Hügeln ihres bettartigen Throns verschwinden. Zugleich aber zieht sie einen kleinen Spiegel aus den Kissen, betrachtet die geputzte Nase darin und verstaut ihn an seiner zufälligen oder ganz bestimmten Stelle. Dabei rutscht eine dicke Wintersocke aus den geknäuelten Überwürfen. Als ich sie ihr reiche, verschwindet auch sie wieder mir nichts dir nichts im Deckengewühl.

Ich aber bin plötzlich wieder unterwegs im Gewühl der tieferen Gänge des Hauses, bei den Fundamenten, die mit der Erde verklammert sind, in den Korridoren, den zarten Schrammen in der Erdkruste, wo Kristalle an den Wänden glitzern können als Hinweise. Hier ist die düstere Werkstatt des jungen Schmelzschweißers. Der Funkenflug beim Gasschweißen, das mit der ganzen Fläche glühende, auf über 2000 Grad erhitzte Metall, das Erkennen und Beeinflussen aller Veränderungen beim Übergang vom festen in den flüssigen Zustand. Das blaue Leuchten beim Elektro-Lichtbogen-Schweißen, die Handschuhe, der Kittel in der Farbe des Werkstoffs, der Schutzschild gegen die UV-Strahlung. Die Berührung der Stahlstücke mit den rotierenden Schleifblättern, das Herunterkrachen des Reckhammers auf das jetzt rote, zu schmiedende Metall. Überkopf bringt er an einem Rohr seine Rollnaht an. Die nackte, rechte Hand, ein Trauring ist schon erkennbar, hält das Schweißgerät, die linke, im Schutzhandschuh, führt den Schweißdraht, der nach und nach schmilzt und einen Wulst unter der Naht bildet.

Das Reich der Erz- und Kohlelagerstätten. Die Bergleute immer mit hellen, fiebrig glänzenden Augen in schwarzen Masken, die barbarischen Zähne. Schächte, Stollen, Tunnel. Druck und Hitze nehmen zu. Das Flackern der Grubenlampe, das gefahrenanzeigende, letzte Flackern der Grubenlampe, die furchterregende Dichte der Erde. Erde, die sich über den Bergleuten ballt, schlimmer als Gewitterwände, dräuendes Gestein, fernes Grollen in dem entlegenen, von allem schon abgeschnittenen Gang. Der Bergmann vor Ort, der seine Kinder meist schlafend sieht und selten das Tageslicht, schickt Signale aus einem Steingefängnis. Man findet ihn oder findet ihn nicht in versackten Gängen, die Nacht ist felsig. Erscheint ihm noch einmal das Grubengespenst, das verlorengegangene Grubenpferd, galoppierend im Berg? »Bergmann, Glück auf, der Steiger kommt«, singt man weinend, keiner hält dem Lied stand, bei seinem Grab an der Erdoberfläche und jetzt in der Nähe der Lebenden.

Aus der Tiefe des Hauses zurück unter die Wohnzimmerlampe. Die alte Frau hat inzwischen nicht geschwiegen. Ich höre sie jetzt von einer Geiselnahme sprechen, eine Angelegenheit in großem Stil. »Während der Übertragung«, sagt sie, »dramatische Szenen an den Fenstern des Gebäudes, ist ohne Ankündigung mein Apparat kaputtgegangen. Ich saß hilflos da.

Irgendwas ist schließlich immer passiert. Wenn sie nichts haben, bauschen sie eine Massenkarambolage zu was Riesigem auf, egal, ob es überhaupt Tote gegeben hat. So was durchschau ich! An anderen Tagen ist so viel los, daß die kleineren bösen Ereignisse nicht mal berichtet werden oder nur am Rande. Das tut mir leid. Es ist so, als würde jemand, der genauso gestorben ist wie die anderen, kein Grab abkriegen. Da bin ich für Gerechtigkeit. Mir fällt ein, auch ein Fährunglück mit einem überfüllten Boot im asiatischen Raum wäre möglich. Aber würde man es bei uns in den Nachrichten bringen? Ich glaube nicht, es ist nichts Besonderes. Es kommt, selbst wenn sie dort zu Hunderten ertrinken, einfach zu oft vor.«

Noch einmal rutscht die Socke aus den Falten ihrer Überwürfe zu Boden. Diesmal, nachdem ich sie ihr angereicht habe, steckt sie ihre Hand hinein, zuerst so, als wollte sie prüfen, ob Löcher drin sind. Dann läßt sie den Strumpf übergestreift wie einen Handschuh und macht damit tatzenartige Bewegungen in der Luft, scheint ihn zu vergessen, reißt ihn plötzlich von der Hand und wirft nach der Katze, die dem vorbeifliegenden, sie weit verfehlenden Geschoß ohne Gemütsbewegung nachsieht.

»Auch wenn man im Prinzip das alles kennt, Katastrophen, Massaker, Überschwemmungen, man muß doch immer neu erschüttert sein. Es kommt ja keine Ruhe in die Welt. Es ist eine Wut in der Natur und in den Menschen, das hört nie auf. Auch wenn ich das weiß, informieren, was es diesmal war, will ich mich doch. Ohne diese Mitteilungen geht es eben nicht. Außerdem ist es dann doch wieder anders, als man sich vorgestellt hat, es zeigen sich Abwechslungen. Bis es einem reicht. Dann will man nicht mehr, dann verlangt man nur noch Stille. Aus mit dem Kasten. Und wenn er erst mal aus ist, kommt mir das alles wie gesponnenes Zeug vor. Das ist ja das Gute! Will man wissen, woher der Wind an diesem Tag weht, drückt man auf den Knopf. Will man Frieden haben, drückt man wieder drauf. Nur manchmal bringen sie dort rücksichtslose Bilder, ohne Rücksicht auf uns alte Leute, die schon so viel gesehen haben und nicht mehr gut schlafen, Bilder, die man nicht erträgt. Dann muß ich nicht Baldrian nehmen, sondern viel Stärkeres, wie nach späten Filmen.«

Sie bittet mich, mit liebenswürdig herrscherlichem Lächeln, die Socke zurückzuholen. Aus ihren Decken kramt sie eine zweite, jedoch in der Farbe nicht passende, und steckt beide zu einem Ball ineinander. »Bei Erdbeben, beispielsweise«, sagt sie dann, »auch ein Erdbeben käme ja durchaus in Frage, geht mir das hinterher immer noch eine Weile im Kopf herum. Ich muß mir vorstellen, wie es ist, wenn nachts – man liegt vertrauensvoll in seinem Bett, schließlich ist das von allen Orten der sicherste – die Erde anfängt, Wellen zu werfen oder platzt, aufreißt. Auch schon das leichteste Beben des Untergrunds würde mich um den Verstand bringen. Die Erde, der Boden unter den Füßen, das muß seine Festigkeit bewahren. Niemals würde ich es aushalten in einem Land, wo man mit solchen Verrücktheiten rechnen muß. Nicht mit mir! Nach Sendungen über Erdbeben, wo ich mir den Vorfall beim Einschlafen dann ausmalen muß, träume ich anschließend immer vom Krieg. Das ist kein Vergnügen, wenn die Vergangenheit so von unten nach oben gekehrt wird.«

Sie hat den letzten Bissen in den Mund geschoben und packt nun mit derselben Hand, der rechten, den prallen Sockenball, um ihn noch einmal, mit vor Konzentration zusammengepreßten Lippen in Richtung der sich auf dem Teppich putzenden Katze zu werfen. Sie trifft wieder nicht, aber diesmal springt das Tier mit allen vier Beinen, strahlend entsetzt, in die Höhe. Jetzt ist die alte Frau zufrieden, die Katze hüpft auf ihren Schoß und schläft sofort ein.

»Auch ein Erdbebenbericht wird einem, wie eben gemacht, aus den entferntesten Gegenden der Welt, ins Zimmer geknallt. Das eigentlich Sensationellste, wenn auch nicht Wichtigste, wird uns manchmal bis zum Schluß vorenthalten oder an bequemen Feiertagen zur Strafe verabreicht. Recht so! Zwischen die Spielfilme rückt man die Wirklichkeit. Das ist wie ein Spaziergang in frischer Luft, wenn man zuviel gegessen hat.«

»Für den Notfall haben sie neue Zahlen zu Hungersnöten in petto«, höre ich noch. Immer saßen mir, auf Reisen in Liebesangelegenheiten, alte Frauen gegenüber, Zauberinnen am anderen Ende eines Fadens, als sollte meine Geschichte zu ihnen hin münden. Die Liebesgeschichten verbinden sich mit diesen betagten Reisebegleiterinnen, die von nichts anderem als ihren eigenen Kümmernissen mit sanft-brüchiger Stimme erzählten. Ich faßte Vertrauen und nahm es als gutes Zeichen, wenn eine dieser redelustigen Hexen bei mir war. Jetzt ist es nicht so, jetzt sitze ich in einem Haus und bewege mich nicht voran in einer Liebesaffäre, und nur sehr schwach dringt die sanft-brüchige Stimme der redelustigen Greisin an mein Ohr. Es ist die Stimme, die nichts mehr gemeinsam hat mit der Kraft, von der ich damals beinahe überfloß: Gier und Widerstand, die triebhafte, ja triebhafte Herausforderung an den Tod, den ich nicht fürchtete, anders als diese Stimme, die das Leben nicht mehr liebt, aber um keinen Preis das Gegenteil will. Darum ist sie keine Hexe, sondern nur eine alte Frau. Ich denke es für einen wohltuenden Moment beinahe haßerfüllt, wie einen Urteilsspruch. Dann begnadige ich sie, indem ich mich ganz abwende von ihr.

Wieder nämlich erscheint das Paar im Treppenhaus vor mir als unwiderstehliches Bild, das ich zugleich von innen als Darstellerin fühle. Nach der langen Phantasie der kurze Prozeß an der Mauer, das Vergnügen an dem derben, alles abschließenden Ausrufezeichen, dem der ausführliche Satz zustrebte, der Straßengang, die Treppen, bis zu diesem Winkel. Die knappe Tat, die nichts nachahmt, vielmehr ist. Diese Besessenheit ließe sich ausdehnen auf das Lehnen an einem Baumstamm, an einer den Körper kräftigenden Vertikale, einem dinglichen zweiten Rückgrat. Es ist einfach, sage ich mir in einer Erleuchtung unter der Wohnzimmerlampe: Der Mann muß fremd, die Frau immer ich sein. Zu gewährleisten ist die Nähe der Öffentlichkeit. Zu nivellieren ist der Vorgang darüber hinaus durch die Nähe anderer Paare.

»Eine Sache allerdings gibt es«, sagt die Frau, die meine Geistesabwesenheit so schnell wie ein Kind bemerkt, und betrachtet das Innere ihres Mundes in dem Spiegel, den sie halb unter ihrem Körper entdeckt hat, »es gibt eine Sache, da stehen alle Kopf. Dann ist auch in diesem Haus hier eine ganz andere Stimmung als sonst. Je länger sich der Fall hinzieht, desto freundlicher wird die Atmosphäre, jedenfalls desto gesprächiger sind alle, wenn man sich auf den Treppen begegnet. Das ist dann mehr als nur eine Gänsehaut wie sonst. Da halten die Leute schlagartig zusammen, von Tag zu Tag stärker, und stellen Vermutungen an. Insgesamt ist das verwunderlich, weil es sie ja überhaupt nicht kümmern müßte. Sie verlieren und gewinnen nichts dabei. Bei solchen Vorkommnissen ist es schon geschehen, daß ich vergessen habe zu essen. Da mußte ich mitten in der Nacht aufstehen und mir ein paar Krusten zusammensuchen. Und so was zieht sich ja gewöhnlich hin. Das Schöne aber: Kurz vor Toresschluß geht das öfter gut aus. Kindesentführung, meine ich! Unser ganzes Land hat gezittert und gebebt mit den Eltern sozusagen, so drücken es sogar die Sprecher aus oder Sprecherinnen. Schon wurde die Hoffnung aufgegeben und dann, wie ein Wunder, wird das Kind unversehrt, zumindest noch am Leben aufgefunden, und alle lachen. Von den Tätern, den Erpressern und so weiter keine Spur oder doch. Andererseits endet es manchmal tragisch. Dann will jeder die Täter hinrichten. Bei Kindern fackeln sie nicht. Nach uns Alten kräht dagegen kein Hahn, und wenn man uns noch so heimtückisch ermordet! Hat die Entführung eine Weile gedauert, habe ich die Nase gestrichen voll von der Aufregung. Auch den Vornamen, den doch jeder wußte, vergesse ich ruckzuck und die Gesichtszüge, die man so oft gesendet hat. Im übrigen sehe ich mir das alles an. Das Gehirn will sich ja mit diesem oder jenem beschäftigen, aber in Wirklichkeit betrifft es mich nicht. Nein, wie gesagt, vorbei, vorbei.«

Solche Berichte wechseln, wie Gäste oder Möbelstücke, je nach Wohnzimmer das Gesicht, denke ich noch. Da beginnt eine schnelle Angleichung zwischen diesem Raum mit dem Kronleuchter und mir. Ich leere mich oder verfette, wachse auf die Wände zu. Die Wände stellen sich auf meine Umrisse ein, nachgebende Abtrennungen, in denen ich jetzt, bei entschwindendem Gedächtnis, als Betrunkene schwanke, ein Zustand, der sich mir ankündigt durch die Unfähigkeit, zwischen dem Brotkrümel auf dem Teller und den Schrecknissen der alten Frau eine Reihenfolge herzustellen. Statt dessen werde ich gegen meinen Willen an die ungeschützte Oberfläche, an all die empfindlichen Hautfronten gerissen.

Wie gut und sicher war alles, als die Welt eine harte Außenseite zeigte und mich abtrennte und absonderte mit kalter Schulter. Das weiß ich jetzt, denn jetzt wirft sie die Deckschicht ab und alle Tiefen und Tafelberge liegen vor mir, kein Meeresspiegel, keine gnädige Haut darüber, eine zerklüftete Landschaft, zerklüftet wie die alte Frau, die Wahrheit unter der Wasser- und Fleischesoberfläche von Anfang an, weg mit der Körpertäuschung, sagt der Körper der alten Frau, so steht es um uns, schon immer, so rissig und ruinenhaft, so steht es um uns, sagt die Welt. Aber die Frau, führt sie nicht in die Irre mit ihren Furchen und Einkerbungen, ist sie nicht rundum gepolstert, ein wohlgenährter Säugling, eingewickelt und geschaukelt in der weltentrückenden Wiege des eigenen Schicksals, in ihrem stabilen Zimmer mit ihrer im Schreck zerbrochenen Flasche und der schlaflosen Stunde in der Nacht, lächelnd und unterhalten von den Ereignissen und doch nicht in sie vertieft? Ich jedoch in meiner Schwäche, mit verlorener Erinnerung an mich selbst (kann das stimmen?), Wand an Wand mit der Welt, werde ausgeweitet, aufgelöst in die Welt?

Überlebende auf Dachgiebeln und in Baumwipfeln, auf Leichen stehend, von Haustrümmern eingeklemmt, Tag und Nacht Wartende, Sterbende. An Balken festgeklammert, sich aufrichtend auf einer Insel aus Sträuchern und Baumkronen, aus Kaffeesäcken. Ich bin froh, von der Nacht und den eisigen Sternen durch das Dach abgeschnitten zu sein, doch die Hausmauern bieten immer weniger Sicherheit. Durch die Ritzen fährt Wüstensturmartiges, die Haare stehen zu Berge in schwarzer Zugluft, die ausdörrt und aufschwemmt. Alle Merkmale ausgelöscht, die Merkmale beinahe ausgelöscht an den Lebenden: von zentimeterdicker, gelber und brauner Kruste überall bedeckt, Haut, Kleider, Haar, alles eingefärbt, wie aus einem Stück. Die Augen als einzig Lebendiges, feucht und bloß und die Zunge im Mund, umgefallene Denkmäler, Statuen mit Moosen und Flechten überzogen, geborgen wie nach Jahrtausenden.

Die jungen Familien auf den Straßen, aufgesprungen von Familienfeiern, vom kleinen Luxus der Torten und Cognacs, geflohen vor den düsteren Nachrichten des geselligen Beisammenseins am Nachmittag, die jungen Familien auf den Straßen, verbissen und aussichtslos konzentriert auf ein rechtmäßiges Glück, schräg ankämpfend gegen die von allen Seiten anrückende Finsternis. Ich wehrlos zwischen den Zimmerwänden ankämpfend, sinnlos ankämpfender Teich gegen die Spiegelbilder der Welt. Zusammengesunkene Stadtstreicher, blau und rot gefrorene Trunksüchtige auf der Steinmauer im dünnen Zeug neben dem niedrigen Wall der Bierdosen, die Winkel der Stadt ausfüllend mit abwesendem Blick, Tümpel, in die man stürzt, Löcher, in denen man versinkt, die sich ausbreiten zum Horizont.

Die Schuldfrage, die Haßverkrampfungen überrennender Jammer. Ich, gedunsen, angeschwollen von fremden Unglükken, suche den Frieden des Jammers, des Weh- und Mitleids, ein nicht widersprechender, weder Rache noch Gerechtigkeit verlangender Schlund will ich sein, ein tröstlicher Schlaftrichter, der alles in sich nimmt und umschließt. Mitgefühl, das sich wundenlos zu den Opfern schleicht.

Der blühende junge Mann nähert sein Gesicht dem S-Bahnfenster, es ist blutüberströmt, von den Haaren über das linke Auge rinnt es auf die Jacke. Seine Hundeleine trägt er um den Hals, der junge Schweißer, Schmied. Ansteckende Einsamkeit, man merkt es zu spät. Ansteckende Angst, nein, Überfall einer fremden Todesangst, Aufrichten einer Furcht vor dem Untergang, dem Übergang in die Schwärze, plattgeschlagen vom Ende, vom schrecklichen Hammer, niedergewalzt von eisernen Rollen, Gedanken einer anderen, die zitternd in ihrer kleinen Küche sitzt. Herunterkrachen des Reckhammers, Herunterkrachen der Urwaldriesen. Abgewandt hilfefordernde Gestalten, die ich beschwichtigen möchte mit dezenten Todesbillets, die sie freundlich für immer zum Schweigen bringen.

Wie sie schreien, daß es ein Jammertal ist, die Schicksale, die sich entscheiden in diesem Moment, die vielen in dieser einen Stunde, Sekunde, die drei in der Nähe, vergebliche Schreie, Flut aus Asche, Geröll und Schlamm, alles erwürgend, mit sich reißend, brennend, erstickend, die Bankrotten und so herzlich Begrüßenden, die Ehebrecher und die Freien, die Verlassenen, die neu Vereinigten, Erfolglosen und Aufsteigenden und stolz Geschwellten und die in Verzweiflungsgrün, wie sie um ihr Leben kämpfen in der Finsternis und Hitze, schweißüberströmt und behende um das eigene Atmen ringen und hinsinken, Fassung und Weltanschauung längst verloren haben und das meiste des Lebens, und sterben müssen und zuckend niedersinken an der unnachgiebigen Tür, zerrissen die vergiftete Lunge. Die arme Haut, der gebrochene Schädel.

Herunterkrachen der Urwaldriesen, schutzloser Berggipfel im dunklen Schnee. Rascher Informationsfluß eines Gesamtorganismus, unterirdische Kanäle, die der Schrecken der Erdteile miteinander verbindet, bis er eintrifft in diesem Zimmer, unter diesem angriffslustigen Kronleuchter als zerstörerische Kraft.

Übermacht des Weltunglücks im ruhigen Gang des Lebens, im Leben, das trotzdem lächelnd ausschreitet, lautloser Schrei, Druckwelle bis zu mir hin, aber stumm, Weltunglück, dem man wie erforschten Tieren die Stimmbänder entfernt um des Überlebens anderer willen.

Durcheinander geraten die von verschwiegenen Anstandsregeln geordneten Zeiten, wo man weint oder lacht über die geraubte Mahlzeit, das geraubte Kleid, die den Flußläufen abgepreßte Energie, das verratene Tal, das übervorteilte Tier. Frauen zwischen Flieder und Orchideen, zwischen Wellen und Wogen zu ihrer Erntezeit flammender Blütenmeere, zwischen den schnurgeraden, endlosen Reihen in den Anbaugebieten vor der Trockenzeit. Wir wissen alles und beklagen es, und was uns entzweit, ist ein Kaugeräusch, ein Konjunktiv. Ihre Augen werden trübe, ihre Haut fahl und fleckig, alt vor der Zeit werden Leber und Nieren, tot oder zu früh gebären sie ihre Kinder. Was wir anfassen, fällt uns aus der Hand, was wir gründlich ansehen, lassen wir lieber fallen. Wir schließen die Augen, wir suchen die Spalten zum tiefen, zum lautlosesten Weltvernichtungsmittel, zum Schlaf.

Wir schlafen, lieben und essen, und uns läßt die Gleichzeitigkeit nicht los. Lebenfressende, spezifizierte Vergegenwärtigung. Weggespült und nutzlos die zarten Deiche eigener Haftung. Ein Dröhnen des ganzen, vom Kronleuchterlicht überfluteten Körpers.

Jedes Glück schließlich, jeder Augenblick des Aufschwungs, der Umarmung: Ein räuberisch an sich gebrachter Moment, erbeutet auf Kosten der Trauernden, so muß es sein, so erkenne ich es im zugigen Zimmer unter düsterem Himmel, weggeschmolzen ist mir das Dach, ist die Wand, ist das Haus, jedes Behagen, jede Verzückung verursacht Mangel jenseits der Achse. Selbst die erbitterte Leidenschaft nimmt dem Rest den fruchtbaren Wechsel der Witterungen.

»Ein Loch«, sage ich zu der alten Frau, »ein Loch wird gegraben von einer Oberfläche auf die andere zu, mitten durch die Erde, aber nur 14 km tief. Das ist nicht viel angesichts des Durchmessers und doch tiefer als alles bisher Dagewesene. Die Sowjetunion wird damit vielleicht übertrumpft. Ein kleines Dorf übertrumpft alles bisher Dagewesene, ein Sieg der deutschen Geowissenschaft in Bayern. Die erste Diamantbohrkrone kostet 40 000 Mark.« »Diamantbohrkrone«, wiederholt die Frau und greift sich ans Haar.

»Ja, damit dringt man in die Erde ein, aus einem Bohrturm heraus.« »Der Erde wird es gleichgültig sein«, sagt sie wegwerfend. »450 Millionen Mark kostet das Unternehmen voraussichtlich.« »Und was soll das?« fragt sie mich brummig oder wenigstens ungeduldig.

Ich weiß es selbst nicht, ich habe vielleicht zu lange nichts gesagt, ich weiß gar nicht, ob ich vorhin laut geredet habe, auch dachte ich wieder an die Tiefe unter dem Haus, ein Wegsinken, ein fahrstuhlartiges Hinabsinken von meinem Platz in den weichen Untergrund. Oder meint sie die Forschungsgemeinschaft und ihren Einfall? Das habe ich mir nicht umsonst gemerkt: »Es geht nicht nur durch fünf Erdschichten in eine Temperatur von 300 Grad hinab, sondern auch 300 Millionen Jahre hinein in die Vergangenheit von gewaltigen Erdbewegungen, ein Hin- und Hergeschiebe von Südkontinent und Nordkontinent hat stattgefunden. Aus viel größerer Tiefe sind Teile des Erdmantels aufgestiegen, durch all diese erstarrten Gesteinsmassen wird der Diamantbohrer, einer nach dem anderen, sausen und, auf dem Weg durch die Kontinentalschollen ...« – die Frau winkt mir zu, ich solle mich doch beruhigen, aber das mach' ich nicht, ich ereifere mich, es begeistert mich, wie es sich da so rücksichtslos von Menschenhand in die Erde fräst wie in einen kleinen massiven Weltenraum, der mühsame Weg der aus dem Bohrturm schnellenden, abgefeuerten Rakete, der steinerne Widerstand der Fremde auf jedem Millimeter – »durch die Kontinentalschollen, hören Sie doch, Lagerstätten von Erzen, Gas, Erdöl und mehr werden erkundet, Strukturen der Erdkruste, eine Unverschämtheit, diese Wühlarbeit, und doch!« »Der Erde wird es gleichgültig sein, mir übrigens auch«, sagt die Frau. »Ich würde mir wünschen, man könnte schließlich mit einem einzigen Blick von oben bis zum Ende des Bohrlochs sehen. Wenn das gelänge! Touristen aus aller Welt werden erwartet. Ob sie kommen? Man feierte bereits Volksfeste an Ort und Stelle.« »Aber bitte ohne mich«, sagt die Frau.

Schon sind die gradlinigen, die ablenkenden Abenteuer vorbei. Ich sollte lieber den Mund halten, es geht aber nicht, besonders sie muß es wissen mit ihren Decken, Kissen, mit ihrer Katze und der ausgeleierten Bluse und der Verstocktheit, rundumgepolsterter, wohlgenährter Säugling:

»Die Gefangenen in den Kerkern, den Verliesen der dickwandigen Burgen: Schon als Kind übertrug es sich auf mich, das Grauen der Vergessenen in den abgrundtiefen Gewölben, den Kellern im unzugänglichen, vielfach versperrten Inneren labyrinthischer Gehäuse. Wie sie anverwandelt wurden, verweht und verwirrt in Spinnwebenecken, wie sie sich vermischten mit dem Dunkel, dem Schimmel bis aufs Skelett!« »So«, sagt die Frau in ihrem Liegestuhl und stellt den einen Fuß auf die Zehen des anderen. Sie hustet vor Überdruß. »Na so was!«

»Ich sah es auf einer Bühne, man klatschte, ich stürzte im waagerechten Flug von meinem Sitz aus, und nichts war zu sehen für das Publikum von meinem Fall. Ich zweifelte auf meinem Samtsitz am Weiterbestehen des Sonnenlichts, angesichts der Auszehrung, die man mir vorführte, an jemals wieder zu erlangender Gesundheit für uns alle.«

Sie hat die Lippen fest zusammengekniffen, alle Zugbrükken sind eingezogen. Sie ahnt, worauf ich hinaus will mit den Kindskopfgeschichten. »Die Alptraumbilder, Bilder der an Füßen und Armen Aufgehängten, denen man die Haut verbrennt und abreißt, die sorgfältig Gefolterten, Löcher in der Welt, riesige Kessel, die sich auftun in der Nacht wie die leuchtenden Tiergestalten. Vielleicht muß man die Bilder betrachten, damit der Schmerz der wirklich Verletzten abnimmt? Blödsinn? Schwächer wird? Wird der Schmerz, wenn man etwas davon übernimmt, auf der anderen Seite der Erde schwächer?« Ich sehe die Frau jetzt nicht an. Ich will noch dies eine laut sagen und nicht in mir verschließen, es soll heraus. Sie soll meine Mitwisserin sein: »Aber die Zerstörung, die vollkommene Zerhackung, Zerlegung, Zerstäubung einer Person durch ausgeklügelte Zufügung von Schrecken und Schmerz läßt keinen Trost übrig für uns. Wir werden, sorglos in unserem Sessel träumend, bei jeder Foltermaßnahme, wenn auch als Umriß, als Figur überlebend, in tausend Teile vermahlen, weil der Beweis erbracht ist, daß es keinen Widerstand gibt, wie wir es doch gelernt haben, der Person, meine ich, im Prinzip.«

Da unterbricht mich die alte Frau. Wütend schlägt sie mit der Faust, der rührenden, auf den Tisch, so daß die Katze die Ohren anlegt und aussieht wie ein asiatischer Bauer: »Nun machen Sie mal einen Punkt! Jeder hat sein Päckchen zu tragen. Was hat man schließlich alles erlebt!«

Noch immer unerschütterlich im Glauben an die Zähigkeit, an die Stabilität eines vorwärtsschreitenden eigenen Lebensweges, hügel-, täler-, prüfungenreich, rettungenreich? Hat sie nie die Befürchtungen gekannt, es könnte sich bei ihr allenfalls um ein amöbisches, durch punktuelle Glücks- und Schmerzzufügungen gereiztes Geißeltierchen handeln, über dessen Existenzverlauf weder ein organisches noch mechanisches Gedächtnis Protokoll führt? Diese Vorstellung des Schlimmsten, die sie nicht einmal ertrüge bei den Tieren: die Unfeierlichkeit der verlorengegangenen oder nie dagewesenen Biographie, also der zumindest hinskizzierten Einmaligkeit? Bei den Tieren, würde sie vielleicht antworten, bei den Tieren ist es etwas anderes, etwas Besseres in jedem Fall. Was braucht ihr Kopf das Notieren, wo sie doch direkt leben und aufgezeichnet sind unter und von der Gnade des Instinkts? Bei den Menschen aber ist es nicht so einfach – und ich würde ihr mit labiler, aber gieriger Hoffnung jedes Wort von den Lippen ablesen, könnte sie es nur überzeugend aussprechen, ohne zweifelndes Schwanken der Stimme, mit schöner engstirniger Kraft –, bei den Menschen ist es eine Schufterei! Der ganze Lebenslauf ist ein verborgener Körper, ein Klotz. Man selbst ist nicht so wichtig. Die Gestalt, die unsichtbar von uns aus diesem Block geschlagen wird durch Voranleben, die man ahnt, deren Entwurf je nach Umständen immer wieder neu begriffen werden muß, ist das Entscheidende: Erst ganz am Ende, vor dem Tod etwa für uns erkennbar als gelungenes oder mißglücktes Werk unter dem kritischen Blick des Weltallauges.

Sie schweigt statt dessen und starrt aufgebracht geradeaus. Kaiserlich sitzt sie auf ihrem Thron, in Gedanken vielleicht umgeben von einer Kuppel, die ausgemalt ist mit Fresken ihrer Lebensgeschichte, der unverwechselbaren, und wartet, daß endlich die Verklärung zu legendärer Pracht, zur Legendenpracht um sie herum beginnt.

Aber ist mir nicht von Kindheit an eine Formel eingepreßt, Bilder, deren einritzende Gewalt kein späteres Wissen einholen konnte, aufgeschichtete Leiber, lästiger, ohne Gefühlsaufwand beiseite geräumter, überflüssiger Stoff, Abfall, der einen zu reinigenden Platz schleunigst verlassen mußte, an den Rändern sich stauende nackte und bekleidete Tote, wie Fische, die aus großen Schleppnetzen in Haufen auf die Bootsplanken stürzen. Einzelne, rasch ausgelöschte Einzelheiten, jeder Fingerabdruck einzigartig, jedes Haar, hatten wir doch gelernt, gleichzeitig gelernt, auf unserem Kopf war gezählt, doch hier die zu Kadavern Erloschenen, wehrlose Getreidekörner, Tierkörper in den Schlachthöfen, Plankton, das in die Fischmäuler weht. Die Masse der einzeln Gestorbenen – absurder Aufwand an Todesangst – bringt eine technische Verzweiflung hervor an Ort und Stelle: die der Helfershelfer, der Totengräber, die der anfallenden Ware im heißen Sommer nicht gewachsen sind. Seit der Kindheit in schwarz-weißen Bildern eingeritzt in uns und nicht überholt durch die Grausamkeit der Details.

Das Fleisch ist Gras, nichts als Grashalme, in den Boden zurückgetretene Grashalme die Einzelmenschen, in den Asphalt von Panzern gewalzte Vermischung des Fleisches mit Beton, vermahlen mit fremdem Material, zu Ziegeln gebakken, Produkte auf langen Transportbändern vom Anfang zum Ende. Wie fühlen wir die Verwandtschaft, die innige Nähe zu den Schachteln und Dosen, den Tuben und Gläsern auf Regalen aufgereiht, in Drahtkörbe gehäuft, eingeräumt, verdaut, weggeworfen, geschwind. Nach der Unordnung ist das Deck im Boot im Handumdrehen gesäubert vom Wasserstrahl, weggewischt die Spur, die Erinnerung an die tausend kleinen Fischleiber, die zappelten und dann still waren, die zertretenen, unbrauchbaren. Dreck, der über die Reling ins Meer fliegt, die feingearbeiteten Garnelenkörper zerquetscht zu Futter, Aufwand der jeweils einzelnen Todessekunde, immer dasselbe Zappeln, immer dieselbe, durch die Quantität lächerlich gemachte Todesangst der gleich weggeschaufelten Menschenleiber.

»Man muß sehen, daß man was zu lachen hat. Herzhaft lachen können, das ist etwas Seltenes. Das ist es, was ich brauche, jemanden, der mich aus vollem Herzen zum Lachen bringt.« Sie sieht mich jetzt an, beinahe haßerfüllt vor Sehnsucht nach dem, der für ein albernes oder glückliches, jedenfalls vorbehaltloses und leichtsinniges Gelächter sorgt. Wie eng sie die Decken um sich gewickelt hat, zum Zeichen ihrer Feindseligkeit!

Ich senke den Kopf, und zu meiner Überraschung kann ich im Augenblick nur flüstern vor Reue: »Man muß hoffen, daß einem die furchtbarsten Dinge erspart bleiben und die Augen und Ohren versperren. Wie soll man sonst leben? Ein bißchen unzurechnungsfähig muß man bleiben, als Sichtschutz nur.« Sie hat recht, die zarte, vom Alter verkleinerte Frau: In der Jugend strengte sie sich wahrscheinlich an, angesichts allgemein bekanntgegebener Unglücke eine angemessene Trauer möglichst lange durchzuhalten, aber ständig freute sie irgend etwas in der schönen, verlockenden, ablenkenden Gegenwart. Jetzt ist es umgekehrt. Jetzt ist es vielleicht für die ganze Erde umgekehrt.

»Manchmal wird man ja – Sie wissen es genauso wie ich – durch gute Nachrichten verblüfft«, fährt sie, als wollte sie mich stärken mit einem zweiten, nun metaphysischen Abendbrot, fort, mit geistlichen Mortadella- und Leberwursttrostschnittchen: »Auf einmal wird ein Selbstmörder hoch oben auf einem Dach im letzten Moment gerettet, irgendwas in der Art. Man hört davon direkt vor dem Schlafengehen, und damit ist der Tag ebenfalls gerettet. Etwas hat sich zum Besseren gewendet, und das ist ein guter Ausgang des Tages überhaupt!« Womöglich nimmt sie mich nicht im geringsten ernst.

Man schließt die Augen und schafft die Welt hinter eine schwach lichtdurchlässige Mauer, schafft sie ab, ein Trost am Tage, ein größerer Trost allerdings in der Waagerechten, die Lider so leicht auf den müden Augäpfeln wie die Decke auf dem Körper, das Dach über dem Kopf, die Nacht über der Erdhälfte, der Weltraum um den Planeten herum, ein gütiges System von Umschließungen nach der Erschöpfung bis zum Brechreiz.

Der einzige, und mich jetzt geradezu aufscheuchende Trost ist das Treppenhauspaar in seinem Winkel, das in Düsternis und Blässe trotzdem flammende Paar. Inzwischen weiß ich, daß sie es geschafft hätten bis zu einem Zimmer, von denen es in diesem Haus eine Menge gibt. Es mußte aber hier, in der dunklen Öffentlichkeit geschehen, im Durchgangsgebiet. Hier, wo ich mich auflöse in die Spinnweben und in die Schwärze der Mauern, wo ich der sich hingebende, rückhaltlos sich darbietende Treppenhauswinkel selbst bin, die ausgebreitete Falle gegenüber der vorüberziehenden, der festgehaltenen, der eingefangenen, in einem Gesicht, einem einzigen Mann gesammelten Wirklichkeit. In eindeutigem Trichter wollüstig geerntete Welt, in Gestalt der auf einen letzten Punkt konzentrierten Person, die sich verriet durch einen im Vorbeigehen ausgesandten, flüchtigen Geruch.

Oder war es das brutale, rasend schnelle Einverständnis unserer Körper über eine große Entfernung hinweg, ein gegenseitiger Anblick, bei dem unsere Köpfe samt ihren Bedenklichkeiten außer acht gelassen wurden, überrannt von den sich über die ganze Strecke aneinander messenden Körpern, die erkannten, daß sie einander ergänzend konstruiert waren, um einem angenehm eisernen Naturgesetz Folge zu leisten?

Es ist unerheblich, wie es anfing, da es zu diesem andauernden Bild gekommen ist. Ich schließe die Augen, um den einen Mann, dessen Gesichtszüge männlich, aber mir darüber hinaus unbekannt sind, an allen Hautfronten zu spüren. Ich glaube, es war so, daß er in ein Zimmer trat mit einem Widerspruch. Drängte er nicht entschieden und letzten Endes gewalttätig zielbewußt sogleich auf mich zu, ohne es zu ahnen, ohne mich wahrzunehmen zunächst, und doch von der ersten Sekunde an mit Geruch und Muskeln für mich? Mit lächelndem, noch unpersönlichem Gesicht: für mich!

»Was bleibt mir anderes übrig, als von einem Tag zum anderen zu leben«, sagt die Frau und versucht, sich vorbeugend, mit beiden Händen in die ausgestreckten Beine zu kneifen. »Die Ereignisse rauschen vorbei. Ereignisse ist übertrieben. Es ist anders als früher. Von einem Tag zum anderen, das ist nicht schön. Die Zeit geht zu schnell vorbei, aber was bringt mir die Zeit? Meine Beine machen mir Kummer, mit jedem Tag mehr. Was hat man nicht alles erlebt! Meine Beine sind mein Kalender. Man hat selbst genug zu tragen. Ich halte still. Die Alten haben ihren Zweck erfüllt, und die Natur macht sich nicht mehr die Mühe, sie mit Illusionen zu verlocken. Das ist gut, aber auch schade. Mit den Illusionen – was hatte man nicht für Träume! – war es doch schöner zu leben! War es viel, viel schöner. Jetzt kann man wenigstens nicht mehr enttäuscht werden, ein schöner Trost!«

Sie sieht zu mir herüber und lacht beinahe herzlich. »Es kommt, wie es kommt. Ist das nicht furchtbar? Es kommt, wie es kommt. Ist das Weisheit oder Quatsch? Auf jeden Fall ist es nicht falsch, und man kann es sich immer wieder sagen, von morgens bis abends. Lachen Sie ruhig mit. Meine Beine machen sich bemerkbar. Sie schlafen ein. Auch komisch. Sie machen sich immer öfter durch Einschlafen bemerkbar, und ich kriege sie nicht recht wach. Ich springe auf und falle einfach um, weil die sich totstellen. Dafür sind sie nachts putzmunter, als würden Funken darin herumtanzen, ausgerechnet, wenn sie stilliegen sollen.«

Das Treppenhauspaar versinkt, und sie fährt flüsternd fort, wie staunend, zu sich selbst: »Noch etwas anderes schläft ein. Ich weiß nur nicht, welche Körperstelle dafür zuständig ist. Deshalb kann ich sie auch nicht kneifen oder massieren. Komische Vorstellung. Was soll man dazu sagen, ich weiß es wirklich, wirklich nicht: Man verliert das Gefühl für die Schicksalsschläge, die einem zustoßen. Da gibt es gar nichts zu lachen, wenn das passiert. Die Beine machen mir ja trotzdem Kummer, es tut ja trotzdem alles noch weh, aber man sieht nicht mehr den Weg, wie so was sich genähert hat, wie man auf etwas Herrliches oder Schreckliches zugegangen ist oder, wenn es ganz überraschend kommt: Man erkennt auch nachträglich nicht, wie es ausdrücklich für einen bestimmt war, man verfolgt es gar nicht mehr, es ist bloß noch da oder weg.«

Sie trommelt auf die nun angewinkelten Beine, rüttelt an ihren Unterschenkeln: »Ich kenne eine Frau, alt, alt, sehr alt.

Was heißt das aber: alt! Das sagt sich so dahin. Ein kurzes Leben, ein unverschämt kurzes Leben, wenn man es bis dahin rechnet, wo man es noch Leben nennen kann. Sie sitzt den ganzen Tag an einem Fenster, auf einem Bett und wird von morgens bis abends nicht mehr richtig wach, auch wenn sie sich gegen den Kopf schlägt und die Augen weit aufreißt. Sie wird einfach nicht mehr hellwach. Es taumelt ihr sachte im Kopf. Da sitzt sie, so adrett frisiert, und hat die Hände mit den Ringen auf ihre Knie gelegt. Im Sommer ist es an ihrem Platz kühl und schattig, im Winter warm und sonnig, und immer ist es still um sie her. Man tritt in das Zimmer, solange man das aushält, besucht man sie, aber man erträgt es nicht immer, nein, ich glaube, man wird das nicht mehr lange ertragen. Wer will einmal in der Woche, ganz regelmäßig sturheil in die Zukunft sehen? Sturheil, sage ich, in diesen Jammer? Man weiß aber, man wird erwartet. Die Zukunft wartet, die sehr alte Frau wartet. Es wohnen ja lauter solche Leute in diesem Haus. Manche haben einen schönen Blick nach draußen, aber jeder von ihnen sitzt für sich. Jeder sagt von den anderen: ›Man kann mit den Leuten hier nicht reden. Sie sind so furchtbar alt. Sie reden immer alle dasselbe. Sie wiederholen sich und merken es nicht. Sie werfen alles durcheinander.‹ Ich gehe nicht mehr in den Zoo. Ich gehe wohl auch nicht mehr in dieses Heim. Umnachtet, das Wort kennen Sie. Treffend. Alles wird immer umnachteter.«

Sie prüft ihre Beine, ich weiß nicht, ob sie von sich spricht oder von den Bewohnern des Heims. »Eine solche Auflösung einer Person, in jedem Zimmer nichts als Krankheiten und Todesfälle, jeder einsam für sich: Ist das das Leben, ist das nicht das Leben? Es ist jedenfalls ein Ernst, der einem ans Herz geht, an Nieren, Galle, Leber geht. So viel Ernst einmal in der Woche ist gar nicht auszuhalten. Also bleibe ich hier. Alles andere ist Spielerei, die Jungen mit ihrem Auf und Ab. Das ist nett in den Filmen anzusehen. Es ist, möchte ich einmal sagen, malerisch, was sie an Problemen haben, und es unterhält ja auch mich, abends, in meinem Sessel, das Hü und Hott meiner Kinder, die sich Erwachsene nennen. Es lenkt mich ab. Aber der Ernst, der ist bei diesen traurigen Figuren, wenn man lebt und nicht mehr aufwacht dabei.«

Wieder versucht sie das herzliche Lachen von eben, aber sie lacht gegen ein zu großes Grausen mit ihrer kleinen Herzlichkeit an, so daß der Faltenwurf des angeblichen Vergnügens mühelos in den des Kummers übergeht, als handelte es sich lediglich um eine Vertiefung oder Beschleunigung derselben Gesichts- oder Gemütsbewegung.

»Meine Kinder? Ich weiß nicht, wie es einmal enden wird. Die Tochter empfiehlt mir Klavierspielen gegen das Lästigwerden. Der Sohn ist weit weg. Eines Tages wird man mich in meinem bequemen Lumpenstuhl finden, darunter oder daneben. Wär' das so schlimm? frage ich mich in der Nacht. Wenn ich ehrlich bin: Ich möchte, daß mein Leben nicht so unordentlich endet. Ich möchte nicht halbverwest entdeckt werden.«

Wie schnell sie spricht, so angespannt jetzt in ihrer verrutschten grünen Jacke mit der Granat- und Diamantbrosche. Wie jung das alte Gesicht und wie fanatisch und erschöpft die Augenschlitze! Sie möchte zurückfallen in die Kissen. Sie hat zu lange an einem Stück geredet und hustet ein bißchen, ein bißchen nur, aber der schmächtige Oberkörper schüttelt sich wild dabei.

»Hier im Haus«, sagt sie, nach Luft schnappend und noch nicht fähig, sich ausruhend anzulehnen, »Herr Kappermund, doofer Name, aber sein Schicksal ist ärger. Konnte kaum die Treppen steigen, kaum noch gehen, hatte aber ein Hündchen. Ließ keinen an sich ran, hat jede Hilfe zurückgewiesen. Mitleid fürchtete er wie Pest und Cholera zusammen. Dann hat man ihn nicht mehr gesehen, bis es roch auf dem Flur. Zuerst hat er den Hund vergiftet, dann sich selbst. Cognac? Ein Cognac ist jetzt das Richtige.«

Sie trinkt nicht, sie hat es nur so gesagt, als Gag. Wir beobachten beide die Katze, jeder weiß, was der andere denkt in diesem Augenblick. Und doch fängt sie sich hurtig: »Wissen Sie was? Das erschreckt mich nicht. Hier bleibe ich, an meinem Platz. Das hier ist wenigstens noch ein wirkliches Haus.

Manche ziehen ein, manche aus, und einige wohnen hier schon, so lange man denken kann. Es ist immer Abwechslung, wenn man aufpaßt. Sehen Sie die Katze, auch die wird ja von morgens bis abends kaum wach. Allerdings genießt sie diese Schläfrigkeit. Das ist der Unterschied.« »Die Katzen lauern schlafend die ganze Zeit auf den Moment ihres teuflischen Wachseins. Das ist auch ein Unterschied«, antworte ich.

Sie hört nicht zu. Würde sie sonst sagen: »Wie konnte ich einmal den feuchten, milden April loben und den kalten, trockenen verfluchen!«? Ich verstehe ihren Gedankengang nicht. »Ihr Mann mit dem Schweinecurry wollte früher einmal Tierpfleger werden im Zoo. Hier wohnen auch noch zwei Polen. Sie sollen sehr religiös sein und sind unzertrennlich. Wie die Vögel, die man die ›Unzertrennlichen‹ nennt.« Sie überlegt offensichtlich, sie konzentriert sich auf ganz anderes oder unterdrückt es nur, warum würde sie sonst so zornig mit den Augen funkeln und nun die Lippen so eidechsenartig einziehen? Ich habe ihr nichts getan, aber mich, mich fährt sie plötzlich an.

»Alles erträgliche Leute. Ich beklage mich nicht!« Sie starrt mich an, als hätte ich sie, im Gegensatz zu all den freundlichen Mietern, beleidigt. »Erträgliche Menschen, kein Wort gegen Familie Kasselberg und Kummer!« Erwartet sie denn eine Reaktion von mir? Soll ich etwa nicken oder widersprechen? Sie sucht nach Socken, nach Wurfgeschossen vielleicht unter ihren Decken, sie nimmt einen Zipfel und krallt die Finger darum. »Man kommt miteinander aus, sage ich.« Ich bleibe stumm, angesichts ihrer Wut, die nicht zu den Äußerungen paßt, fällt mir nichts ein. »Begreifen Sie, man kommt miteinander aus.« Ihr Atem ist noch krampfartiger geworden. Sie muß den Deckenzipfel fahren lassen und sich beide Hände an den Hals legen. Es ist einige Sekunden ganz still. Muß ich mich verabschieden, und das ist das Zeichen? Da sagt sie sehr leise: »Bis auf Frau Hussel!« Nun ist es heraus, das Geständnis, und sie blickt mich an, als wüßte ich damit alles. »Frau Hussel!« ruft sie, »Frau Hussel!« schreit sie und senkt sofort wieder die Stimme, sie scheint die richtige Tonlage auszuprobieren. »Ein schlechter Mensch.« »Warum das denn?« kann ich nun schnell dazwischen fragen, blitzschnell und ordinär, es wird kein Fehler sein. »Warum? Das ist es ja. Sie stiftet Zwietracht. Man ist empört, sobald man ihr begegnet, und die sorgt dafür, daß man sie trifft. Kaum hält man sich im Treppenhaus auf, begegnet sie einem.« Ich möchte nicht, daß sie sich weiter so anstrengt in ihrem Kampf, ich möchte sagen: »Aha!« Aber sie wird mich durchschauen, sie sucht noch. Ich betrachte, um sie zu beruhigen, die Höhensonne an der Wand und den Kronleuchter über mir. »Ihr Lächeln«, keucht die alte Frau. »Sie sagt: ›Einen schönen guten Morgen‹, und dazu lächelt sie hämisch vor sich hin. Das ist es. Ihr widerliches Lächeln auf den Treppen.«

»Auf den Treppen?« sage ich und muß mich sogleich einer anderen Sache zuwenden. Auf den Treppen, im dunklen Treppenhaus die Befleckung, die Verunreinigungslust und Zerstörungsfreude, das Niederreißen des Anstands, auch des ausgetüftelten Charakters im zweideutig durchlächelten Treppenhaus, im Schatten, schwarz-weiß das zur einfachen Triebhaftigkeit geläuterte persönliche Interesse. Schwarz von Mantel und Strumpf, Weiß des Fleisches, aus den Verkleidungen geschältes, in seiner Befleckungslust fanatisches Fleisch.

Empfindlicher, an alle reaktionsschnellen Hautfronten gerissener, niemals schlafender, von der vergänglichsten Berührung schon aufgebrachter Körper, der gegen seinen Willen jeden Blick, der ihn trifft, verstehen muß als Anspielung, jede zufällige Begegnung mit einer Hand als Finesse und Finte eines Verführungsplans, jeden Hautkontakt als Bemächtigung, Zugriff aufs Ganze, der sich nicht verschließen kann der überaus geschwinden, lauffeuerartigen Einstimmung, der sich, in panischer Abwehr, düster verhüllt.

Die Frau im Winkel des Treppenhauses, willentlich hingegeben einer grob vollzogenen Zeremonie, die Frau, an nichts anderes denkend als an das Verwerfliche einer büßenden Erniedrigung in überschaubaren Grenzen, in einem Winkel, in abschätzbarer zeitlicher Dauer. Unberechenbare Macht, die sie so über sich selbst ausübt, Stein, Stück, Ding mit zurückgeworfenem Kopf, die Augen auch in der Dämmerung geschlossen vor Sammlung, nicht auf die Vereinigung.

Es ist nicht die Vereinigung, die sie verlangt. Sie will das Gefühl der Spaltung, das sich nur einstellt über die täuschende Vereinigung, die einzige Lust, die es gibt in diesem, aus allen Beherrschungen brechenden Ritual. Es ist das laute, schreiende Nein! Nur hier stehen sich die Geschlechter als Plastiken gegenüber, im endlich aufblitzenden Umriß des Gegensatzes. Im intimen Hohlraum das genießerische Ablehnen der fremden Gestalt.

»Macht sie sich lustig über meine Zoogänge? habe ich mich gefragt. Aber obschon ich inzwischen zu Hause bleibe, amüsiert sie sich doch weiterhin, sobald sie mich sieht«, sagt die alte Frau, immer noch außer sich. Ich denke nicht mehr: die lange Zeit ihres Lebens! Plötzlich ahne ich, als hätte sie mich schon auf ihre Seite gezogen, daß es ein Hauch, ein Zehn-Sekunden-Lauf war, daß sie, vor mir sitzend, gewaltsam in einen anderen Zustand gepreßt wird, da hilft kein Sträuben, und doch umschließt sie den großen Tod, der sie längst bezogen hat, tapfer in ihrer Zerbrechlichkeit. Ihr Ohr, zierlich, abgenutzt, immer noch ein Widerstand der Welt, ein nervöses Bollwerk gegen das Entschwinden! Wie ein reifer Kern in einem zu geräumig gewordenen Fruchtgehäuse, so raschelt die Frau in ihrem Zimmer. »Ihr Mähnenwolf!« sage ich da voller Zuneigung wieder. Ist er nicht das Fundament unserer Freundschaft gewesen?

»Der Mähnenwolf! Was hat er mit Frau Hussel zu tun! Mein Mähnenwolf!« Sie dehnt das Wort bei der Wiederholung. Sie erinnert und besänftigt sich. Er taucht langsam vor ihr auf. Ich erkenne es an ihren Augen. »Man zieht die Wurzeln Stück für Stück aus dem Leben durch die Unglücke und Schläge und das Sterben der vielen. Man ist nicht mehr wohlig von allen Seiten eingebettet, wie man es in der Kindheit war. Ich wollte dieses Rundliche, Dickliche der Kindheit noch einmal spüren, auch habe ich mir gedacht, daß ich jetzt, so abgelöst schon von dem selbstverständlichen Aufstehen und Zubettgehen – das ist der Sinn, dachte ich mir, für den älteren, den späteren Menschen, der Sinn der Kindheit –, daß ich sie erst jetzt richtig und vollständig würde erleben können, gar nicht wie ein Zurück. Ich erkannte immer mehr darüber auf den Zoogängen. Ich genoß Tag für Tag meine Kindheit noch einmal, eigentlich so, wie noch nie. Dann kam die Angst, auch durch Frau Hussel, aber die Angst war etwas früher da als ihr Gesicht mit dem Lächeln, ich würde nicht mit der Kindheit, sondern mit dem Kindisch-Werden zu tun haben. ›Mutter wird wieder Kind‹, schrieb, wer weiß, meine Tochter an meinen Sohn. Sie und auch sonst niemand sah ja meine Gedanken. Sie sahen nur die infantilen Gänge einer steinalten Frau, die, wo es erlaubt war, die Tiere fütterte. Da habe ich aufgehört, auch den Mähnenwolf nie wiedergesehen.«

Die abgewetzten oder geschliffenen Schienen in der rostigen Gleislandschaft, das einzig Blanke und immer in die Zukunft Schnellende in all dem Rost, in den tabakfarbenen Vergangenheitsgefilden, und dazu die tollwütig in die Länge gezogenen, bis zum Zerreißen scheinbar gespannten Saiten mit dicken, rostigen, kautabakartigen Schrauben festgemacht an den kritischen Stellen, wo sie aufschnellen wollten in ihrer Gereiztheit, die silbrig schlanken, zur Symmetrie gebändigten Schlangen im großvater- und vollbartfarbenen Schotterrost.

»Mähnenwolf! Sie wollen in Wirklichkeit doch etwas über eine große Liebe wissen«, sagt die alte Frau und lächelt mich schlau an. Ihr Aufrichten im Liegestuhl ist jetzt nicht ein zorniges. Ganz gerade sitzt sie da und hat etwas abgeschüttelt, wer weiß, für wie lange, aber abgefallen ist es in diesem Moment, und friedlich leuchtend sind die Augen weit geöffnet.

Sie spricht stockend, aber nicht stockend vor Scheu oder Zerstreutheit, vielmehr vor Stolz, erzählt davon, wie jemand sich seine Krawatte unvergeßlich umzubinden verstand und wie, wieder dieser selbe Mann ruhig durch den strömenden Regen ging, ohne Mantel und Schirm. Sie sagt mir Sätze, eine in biblisches Licht versetzte Rekapitulation von Sätzen und Szenen mit immer demselben Mann, und alles tritt auf in diesem Zimmer mit bühnenmäßiger Wucht. Noch immer dauert es an, bis heute, in diesem Augenblick vielleicht auch nur neu entzündet, reichen ihre Reserven für Blitzfotografien. Als wäre der Raum jetzt schwarz wie draußen die Nacht, so stehen die Bilder, von mir aus der Ferne wahrgenommen, aufzuckend in ihrem Gemüt.

»Es hat sie gegeben, und es war die Mitte, es war wie bei einem Menschen die Taille in meinem Leben. Alles Vorherige faßte sie zusammen. Daran konnte ich merken, daß es tatsächlich die große Liebe, wie man es nennt, gewesen ist. Alles, was später kam, ist nur wichtig geworden in Verbindung mit diesem Mann. So habe ich es mir oft erklärt. Es ist ein Glück und ein Schrecken, das sage ich Ihnen, das glauben Sie mir nur, man sagt sich: Schrecken, komm über mich dieses eine Mal!«

Feuriger Schrecken des Erdinneren, komm über mich dieses eine Mal, so höre ich es unter den Aggressionen des Kronleuchters, sehe das Magma die Erdkruste durchstoßen, durch die errötenden Schlote der menschlichen Körper steigen und ins Freie treten. Aber schon sind die Menschen vergessen, und nur mein Platz auf dem Sofa ist noch in Sicherheit. Beinahe horizontal kriecht der Lavastrom über schnell erstarrtes Gestein, stürzt, die Welt ausfüllend und zermalmend, umwandelnd und versiegelnd, Abhänge hinab, hochgeschleudert in Fontänen, in Feuerschleiern und Feuerfetzen, ein brandender Glutsee, rasender Glutsturm: malerisch tobender Schrecken vor der Abkühlung und Verfestigung.

Aus dem Erdinneren von Schlangen und Seismographen erhorchte Signale, lockere Folge verräterischer Erdbeben und kleiner Eruptionen, schwarze Asche- und Dampfwolken, Glutwolken, harmonische Beben und Anschwellen des Vulkans. Welcher ist für immer erloschen, welcher Untätige schläft nur, Jahrhunderte, Jahrhunderttausende? Welcher gibt alle Zeichen des explosiven Ausbruchs von sich und klingt dann ab ohne Höhepunkt? Kilometerlange Schlammströme in den höheren Regionen, Ansteigen der Temperatur an der Erdoberfläche. Gasemissionen. Dann die triumphale Verausgabung. Hochspritzender und in tiefere Spalten ausfließender Gesteinsbrei, über tausend Grad heiße Materie.

Explodierende Berggipfel an den Pazifikrändern, sich selbst wegsprengende Bergkuppen, nicht hier, nicht unter dem Kronleuchter, Druckwellen aus magmatischen Gasen und Aschen, Asche, die in höheren Sphären rund um den Globus fliegt und die Sonnenuntergänge dramatisiert. Glutlawinen, dampfend aus dem Meer gestoßene Inseln. Heiße, ätzende Schlammfluten aus geschmolzenem Eis und zähflüssiger, giftiger Lava. Grabplatte für eine ganze Stadt.

Feuriger Schrecken des Erdinneren, den Kraterschlot hochjagend und zerplatzend in Asche-, Schlacken- und Bimssteinregen.

Als ich die Frau wieder wahrnehme, beugt sie sich zur Katze in ihrem Schoß, und beide, Katze und Frau, drücken ihre Stirnen gegeneinander. Beide lächeln, bei beiden das gleiche selig versunkene Anheben des Mundwinkels in der mir zugewandten Gesichtshälfte. Ich warte, bis sie fertig sind, aber sie brauchen lange und kümmern sich nicht um mich. Nachdem sie die Köpfe voneinander entfernt haben, sehen sie sich noch ein Weilchen in die Augen bis sie, beide im selben Moment, damit aufhören. Ist es eine Frage des zärtlichen Takts, hier keinesfalls den anderen zu besiegen?

Sie kommt mir zuvor, jetzt, als ich sie wieder von vorn sehen kann, während sie sich in nachlässiger Kontrolle an Haar und Ausschnitt greift: »Danach? Ach, danach!« Ich muß sie nun durch deutliche Aufmerksamkeit zur Konzentration zwingen, sonst wird sie sofort abschweifen in ein für mich stummes, unsichtbares Vergangenheitsgebiet. Und warum will ich es überhaupt wissen? »Vorbei, vorbei!« murmelt sie in zunächst ablehnendem Singsang. Allenfalls ihren Träumen will sie nachhängen, schweigend, aber zugleich auch noch dieses eine sagen, und nun sagt sie es:

»Es hat danach natürlich dieses und jenes Verhältnis gegeben. Aber wissen Sie, ich hatte damals gedacht, daß alle Kraft, von der Kindheit an gerechnet, in meiner wirklichen, schönen Liebe zusammenströmen würde. Es war alles auf einem Haufen in jener Zeit, gestaut, angeschwollen habe ich mich gefühlt vor Lebensenergie, aber ich ahnte nicht, daß sich auch der Pfeffer der späteren Jahre schon damit verbrauchte, ist alles verfeuert worden, und es tut mir keinesfalls leid. Man bezahlt, und es macht die kurze Zeit nur kostbarer, wenn man hoch bezahlt. Was danach kam, war ausgeblichen, letzten Endes. Ich mußte es mir insgesamt eingestehen, dabei habe ich so gern geliebt, aber nichts türmte sich mehr in mir, es war nichts mehr vorhanden.«

Sie macht eine Pause, wie nach einer Anstrengung, befeuchtet mit trockener Zunge die trockenen Lippen, es mißlingt. Als sie fortfährt, klingt ihre Stimme anders, aus einer Müdigkeit noch einmal hochgerafft zu einer wilderen Empfindung: »Eine Erfüllung, eine Erfüllung war die Liebe dann nicht mehr, eine Betäubung vielleicht, aber kein Glück, das Glück kannte ich. Was dann noch kam, war keins mehr. Im Bett, mit einem Mann, da fing die Trauer immer früher an, schon mittendrin. Der Höhepunkt war dann schließlich die einzige Lücke zwischen Trübnis und Traurigkeit.«

Noch einmal ändert sich die Stimme der Frau, die diesmal nicht abbricht, nur ein wenig kälter wird: »Ich glaube, alles, was später passierte, diese Bekanntschaften, war nur noch Tratsch, Klatsch, verglichen mit jedem einzelnen Wort, das ich aus der Zeit davor noch behalten habe. Das andere konnte ich mir schon kurz darauf nicht mehr merken.«

Die Katze verläßt den Schoß der alten Frau und geht durchs Zimmer, indem sie sich, wie vorhin schon einmal, an allen geeigneten Gegenständen streichelt. Die Frau, ohne das Gewicht des Tieres noch ein wenig schwächer geworden, wickelt die Decken enger um sich. Sie beobachtet die Katze, und ich höre, daß ein grausamer Unterschied zu früher der ist, daß nun die Schmerzen aller Art ohne Gestalt über sie herfallen, es sind nicht länger Schnitte scharfer Schwerter oder Lanzenstiche. Nur noch dumpfe Keulenhiebe schlagen aus einer nicht ausfindig zu machenden Richtung auf sie ein. Sie fühlt sich dabei in einen Sack gesperrt. Blind ist sie den Stößen ausgeliefert, die niemand überwacht, und das, sagt sie, sei das Alter, daß die Schmerzen chaotisch und ohne Feierlichkeit, ohne erkennbaren Ursprung und Sinn seien.

»Was bleibt mir übrig, als von Tag zu Tag zu leben«, sagt sie trotz der Erschöpfung in ihrem Gesicht. »Da, sehen Sie nur die Katze, wie sie ihren Weg, diesen ewigen Weg durch das Zimmer verschnörkelt, damit es ja was Besonderes ist.« Sie hustet ein bißchen vor Mattigkeit und nimmt noch einen letzten, kraftraubenden Anlauf: »Ich versuche mich zu erinnern, ich habe ein langes Leben gehabt und einen Schwerpunkt darinnen, um den ich alles, auch dieses komische Verbleichen herumstellen kann. Wie ein Berg, sage ich mir, es gibt einen Aufstieg und einen Abstieg«, ihre Augen blitzen noch einmal vor Erbitterung oder Stolz oder Spott. »Damit muß man sich arrangieren, wenn man einmal auf dem Berg oben war. Ohne den Abstieg hätte er gar nicht die Form eines Berges. Und das Dumpfe, das schrecklich Dumpfe jetzt, das ist bloß der Abstieg. Ich hatte es mir aber anders vorgestellt.«

Vielleicht, weil sie das Wort »Berg« gesagt hat, möchte ich, daß heute Vollmond ist, auch glaube ich, daß Vollmond ist. Ich frage, aber die Antwort bleibt aus. Die Frau will jetzt nicht mehr sprechen, nur sitzen und ausruhen. »Es ist Vollmond«, sage ich trotzdem, denn ich sehe ihn durch die Wände hindurch, das große Gegenüber am Himmel in Form eines Auges, ein unentwegter Blick auf mich gerichtet, unter dem ich zunehmend in Erregung gerate.

Was will sie noch unter den Menschen, wenn alles nur ein dürftiger Abglanz alter Liebesszenen für sie ist, alte Handlungen, schwächliche Echogeschichten? Armselige Spiegel sind die Pärchen auf den Straßen, mißlingende Interpretationen in den Hausfluren und auf den Parkbänken, in den dunklen Autos nichts als Nachäffungen einer langgezogenen, einmaligen, erstklassigen Leidenschaft.

Der Gedanke gefällt mir: Die Frau, die durch die Vollmondstraßen und durch die zweite Lebenshälfte geht, immer unter der Vollmondliebe durch die dicht bevölkerten Straßen. Wo sie hinsieht, entdeckt sie nichts als Paare, und plötzlich ist sie durch die Imitierenden nicht mehr erzürnt, sondern stellt fest, daß ihr restliches Leben mittels Nachahmender zu einer einzigen Liebesgeschichte wird, die nicht aufhört und sie nicht in die Kälte schickt. Und nun erscheint ihr die eigene Liebe nicht gemindert von den in leidenschaftlichen Posen großes Gefühl spielenden Paaren. In noch prallerem Bild leuchtet sie statt dessen auf, gar nicht durch den Kontrast zu den Fußgängern und sich Drängenden und Drückenden, vielmehr: in immer kräftigerem Prahlen. Weil sie das ganze Leben, nicht nur ihres, alles, die Welt, die sie wahrnimmt, auffrißt, sich unterwirft, einverleibt, und so schreitet die alte Frau zielgerichtet aus und stößt nicht an und nimmt nicht Anstoß am Gewühl um sie her, hat die Augen auf den runden Mond gerichtet. Wie eine Zahl steht er da, hinter die man alle Inhalte der Welt gesetzt hat. Wovon sollte er sonst so fett geworden sein?

Mir aber, im Wirbel der Vorüberströmenden, ergeht es anders. Erfolgreiche Männer schwärmen von Stärke und Intelligenz der St. Pauli-Frauen. »Wäre ich doch ein Musiker!« ruft ein Schriftsteller. »Wäre ich Rockmusiker!« schreit der Komponist unbeliebter neuer Musik. »Gut, daß ich Maler bin!« sagt der Maler und prüft die Beleuchtung des Straßenpflasters. »Ich bin häßlich«, behauptet eine Frau so feurig und weithin hallend, als erwartete sie ein göttliches Signal, einen wirkenden Einspruch des Universums. Weit hinaus ist sie über die Hoffnung auf geheuchelte Widerlegungen ihrer Begleiter. Überschüttet und betäubt werde ich mit ganzen Lebensentwürfen, Lebenssummen. »Immer habe ich mich am Rand der Auflösung befunden. Aber wie löst sich ein Mensch auf?« sagt jemand und macht ein Doppelkinn: »Äußerlich bleibt die Hülle bestehen.« In Gang setzt sich das majestätische Kreisen der Kneipengespräche, refrainartige Schicksalsverläufe. Es ist das Sakrament der Autobiographie, Magie und erhabene Langeweile, das hier jedem am Tisch gespendet wird, gemurmelt und gebrüllt, in immer gleichen Bruchstükken, pathetisch nach Stunden ergänzt und rundumgereicht. Wie soll ich mich verteidigen gegen das Einfluten der Mitteilungen aus vertrauensvoller Brust, gegen die ausgedünsteten Seelen theatralisch Schweigender? Wie droht zu mir herüber der Trotz einer schönen Frau, die sich stechende Augen geschminkt hat, weil sie heute als die Klügste von allen auftreten will. Wie verschmiert sich der junge, schwellende Mann mit dem Hundehalsband sein blutendes Gesicht. Wie verrät ein Freund eine ihm gewidmete Landschaft, indem er ihr für neue Betrachter Sehenswürdigkeiten abpressen will, wie wächst hier so steil und blond ein Haar aus der Nase bei einem, der mich belehrt über den Austausch von Nachrichten am Telefon, der befreit sei vom Kontext sichtbar werdender, quälender Kleinigkeiten und Nasenlöcher!

Durch Staunen und Entsetzen erweise ich dem Erzählten Reverenz, bin zehnmal die Ahnungslose aus Respekt vor den Geschichten, was meine Kräfte übersteigt. Keiner taucht tiefer ein als ich, keiner macht alles noch schlimmer als ich. An ein Thema geklammert, um an irgend etwas geklammert zu sein, schraube ich mich in lächerliche Maßlosigkeit.

Es ist nicht meine Schuld, meine Schuld ist es nicht, aber ich bin es, die die Rechnung bezahlt für den Leichtsinn, sich unter die Störaktionen der anderen zu begeben. Ich wiederhole ihre Stimmungen, wenn sie längst drüber weg sind. Ein Bassin, schlichtweg ein Bassin, in dem sich das Wasser aufschaukelt. Es sind keine großen Sachen, nichts, das sich lohnt, die mich aufreiben in der Nacht. Die Leute aber verschwenden dann keinen Gedanken mehr daran. Rücksichtslos haben sie sich eingeprägt mit ihrer Verlorenheit zum Beispiel, die sie vorzüglich vorzubringen wissen und die gleich schon wieder bei ihnen zu Ende ist. Bei mir dauert sie an und übertreibt sich, einmal so recht zum Zuge gekommen. Sie sind übereinander hergefallen und haben mit ihren Gesichtern gelächelt dabei, dreckige Flüssigkeit haben sie in mich Unschuldslamm reingeschüttet, ehe ich es vermeiden kann, ehe ich mich zudecke. Es ist meine Sache, ich weiß, eine Hysterie nämlich, so erfaßt zu werden von einem vielsagenden Stirnrunzeln, dem ich keinen Widerstand der Vernunft entgegenhalte. Dieses wütende Gegeneinanderdenken, dieses gereizte Wegsehen, Mienenverziehen in einem Raum, als würden sie alle in einem Wind stehen, so entstellen sie sich und gehen hierhin und dahin, und ich bleibe zurück in einem schlimmen Zustand. Ich bleibe zurück in einem Schwanken und Krampf, in einem argwöhnischen Strudel, der alles krümmt und mit sich reißt, der nicht der Wirklichkeit entspricht, aber eine Macht hat wie sonst die Wirklichkeit.

Diese verrückte, widerwillige Anteilnahme, kein Mitleid, nichts Freiwilliges oder Tugendhaftes. Diese erzwungene Anteilnahme läßt mir nur die Rettung der kalten Ferne, nein, des riesigen Sprungs von ihnen fort. Ich versuche sie in die trennende Gestalt aus mir heraus zurückzuschicken, in die spöttische Skizzierung, weit weg. Die weißen Blutkörperchen regen sich notgedrungen. Eine direkte Körpermaßnahme zur Abwehr der gefährlichen, bereits als Flächenbrand eifernden Infektion.

Hinter die Erdkrümmung der trennenden Gestalt habe ich sie geschickt und hole sie ein mit nun kraftvoll hochschießender, natürlicher Abneigung gegen alle Augenschlitze und Augenlöcher, alle Übergriffe und Einflußnahmen. Jemand in meinem Kopf hält den Atem an, und ich liefere ihm das Schauspiel einer Haßaufwallung, die neue Täler und Gebirge schafft und nichts an seinem Platz läßt, die sie alle fortreißt und frißt, ausspuckt und in scheußlichen Formationen erstarren läßt, unbeeindruckt von ihren Gesten des kleinen Glücks und großer Katastrophen. Jetzt wird mein eigenes Nein dagegen gezischt, mein zuverlässigster Überlebenstrieb, ein geradezu aufjauchzender Ekel, dem kein überdehnter Vokal entgangen ist, der jede eitle Sprechpause insgeheim notierte, um mir, wo die Zeit gekommen ist, beizustehen in meiner Schwäche zur Auf- und Abrechnung, um jedes gefälschte Stirnrunzeln, jede aufdringliche Qual anzuklagen und zu verdammen im stürmisch umspringenden Gericht.

Mit dem Rücken sitzen die Übelsten – sie sollen ins ewige Feuer fahren – unter einem mit nicht veraltender Inbrunst blühenden Baum und dozieren über die Unmöglichkeit, nackten Auges zu sehen, sagen vergnügt: Nie mehr! Nie wieder! Für immer vorbei! Und werfen keinen Blick hinauf in die schuftende, schäumende Baum-Maschine.

Inzwischen die ruhelose, glutflüssige Masse des Erdinneren, auf- und absteigend, aufsteigend aus der heißen Tiefe in Granit und Basalt der Erdkruste, steckenbleibend im die Kruste durchsetzenden Kanal, ausfließend und sich sammelnd in Seitenkammern weichen Gesteins. In seiner Kammer unter den Vulkanen lauernder, nach Auftritt und Höhepunkt gierender, nach seiner Arie vibrierender, unter hohem Druck stehender, seiner Eruption an Land und unter dem Ozean entgegenfiebernder Feuerstoß, tief unter dem Sofa, unter Familie Himmelmann, Hussel, Kasselberg, unter dem schwarzen, sich reckenden Treppenhaus, unter dem Keller, der übergeht, irgendwie einwächst in das Gestein, tief unter den alten gefluteten Bergwerkstollen, unter der harten Dunkelheit, der Finsternisdecke der Gesteine die Weißglut, magmatischer Ehrgeiz, sich zu verschleudern, die Kruste zu sprengen, den Weg im Schlot hochrasend zum Zustandswechsel. Besiedelt von Blaualgen, fruchtbar gemacht, das unterste nach oben gekehrt und unterworfen der Landwirtschaft, der Horizontalen, der Geduld. Vor dem Ausbruch anschwellender, nach der Entleerung zusammenbrechender Vulkan, seiner Festigkeit und aufblähenden Wut beraubter, resignierter Vulkan. Bett eines kalten Kratersees, unerreichbar sind Magma und Magmaenergie.

Die alte Frau blinzelt. Sie reißt gedankenlos beschämt über ihr Einnicken die Augen auf: »Wie gesagt, die Katze«, formuliert sie schlaftrunken, pflichtbewußt in dem Versuch, Anschluß an die Gegenwart des Zimmers und ihre letzten Sätze zu finden: »Sehen Sie nur, sagte ich, die Katze verschnörkelt ihren Weg, damit ja was Besonderes daran ist.« Die Katze aber liegt nicht rund zusammengerollt, sondern, auf andere Weise alles eng beieinander haltend, in Knospenform, desinteressiert an einem Aufblühen, zwischen den Oberschenkelzweigen der alten Frau.

Mir ist etwas schwindelig von meinem Strafgericht ohne Verteidiger, nach meiner Ausdörrung und Verwüstung der bedrohlichen Gestalten, die jetzt keine Brutkammern mehr sind für meine eigene Häßlichkeit. Ich kann langsam beginnen, sie wieder zu suchen und auszugraben aus dem plattgewalzten Acker, und sie richten sich auf unter meiner gleichmütigen Beobachtung, grashalmartig dürfen sie wachsen zur normalen Größe dank der gelassenen Anstrengungen meines gereinigten Gehirns. Sie werden mir keine Fallen stellen durch falsche Fragen und die Eigenart ihrer Augenschlitze, durch ihr Lächeln und den Schnitt ihrer Nasenlöcher. Vorbeiwehende Spaziergänger sind diese Halbfiguren, ein harmloses Schneegestöber von rechts und links, kleine Kalenderweisheiten in Splittern, Lebensfragmente im Vorübersausen, Fragmentgeschichten zur Unterhaltung, zu meiner und der Entlangtreibenden selbst:

»Bei jeder breiten Männerbrust wird sie wach. Ihr Katzeninstinkt sagt ihr, daß sie dort in Notzeiten sicher ist. Also schmeißt sie sich ran.«

»Verboten! Ermordet! Nicht! liest man auf der ersten Seite Eurer Zeitungen. Nichts als: Verboten! Ermordet! Nicht!«

»Ein dreißigjähriger Gelegenheitskellner, mit Leib und Seele an Ufos interessiert. Alles was er sieht, schnitzt er in Speckstein, besser als ein alter Chinese. Sein Vater ist Rechtsanwalt. Der lebt und stirbt für seine Brandmalerei. Verlobungsteller, Hochzeitsteller. Verkloppt sie auch, hortet horrende Mengen Holz.«

»Nellie stammt aus der Tschechei, hat in Kanada die Avon Lady gemacht, besitzt nur noch vier bis fünf Zähne, radelt auf dem Fahrrad rum, ist froh, wenn jemand sie reinläßt, ob für Avon oder eine Tasse Tee.«

Freundlich denke ich plötzlich an jemanden, an eine, die stets auftritt mit einem Blick, der die Zeit stehen lassen will, Bewunderung fordernd mit Pfauen- und Fasanenschreien, eine Rasende, ein sich drehender Derwisch im unsichtbar fliegenden Rad seines Gewandes, bis sie sich beruhigt im Laufe des Abends auf die wirklichen, handfesten Körperumrisse. Vorher weiß man nicht, immer aufgehalten von den immateriellen Krinolinen, wie man sich ihr nähern soll, obschon sie dem Augenschein nach doch am Tisch sitzt.

Da erinnere ich mich, wie ich von Kindheit an zu wechselnden Personen: »Sie muß eine Schönheit gewesen sein« hörte. Wie besessen versuchte ich dann in dem betreffenden alten Gesicht die Spuren vergangener Glorie zu entdecken, einem Gebot folgend, eine Hecke durchhauend, einen Wald durchdringend, ein Rätsel lösend. In diesem Moment weiß ich: Die angenehmste Phase kündigt sich an!

Jetzt lasse ich die einzelnen Grashalme blühen, und die allzeit Aufgekratzte an Leib und Gemüt: Hält sie ihr Gebaren einer Berauschten vielleicht für den notwendigen Service den Menschen gegenüber, um eine Stichflamme in ihnen zu entzünden, einen sie alle schmückenden Überschwang?

Ist nicht ein anderer, beleidigt Schweigender, alle Begeisterung Dämpfender einer, der, weiß ich plötzlich, ausgeschlossen ist von den reihum erzählten Familienstationen, die wiederholt werden als Königsschicksale, wie einer ins Wasser fiel und einer einen Baum bestieg, dabei eine freche Antwort gab, die man noch wörtlich hersagen kann. Aber von ihm, der später kam, ist nichts bekannt, und es fragt ihn keiner, als hätte er vorher gar nicht gelebt?

Und diese Rauhe und Strenge mit dem großen Männerschritt und den fidelen Alleingängen ohne die geringste Grazie, die so herb und laut die Dinge über einen Kamm schert, stößt sie sich damit nicht ab vom Bild einer hilflos Verlassenen, wildentschlossen vor Tapferkeit? Ach, wie sanftmütig sehe ich jetzt auf die füllige Wiese mit ihren sich behauptenden Gräsern. So wohlgelaunt bin ich und lasse ihnen viel Freiheit, jetzt, wo ich über meiner Prärie schwebe mit den von mir gebändigten Einzelgängern und Familien Hussel und Himmelmann, Kummer und Kasselberg.

Unendlich breite ich mich aus. Nichts tritt meinem Flug in dieser Zone verklärter Zerstreutheit entgegen. Ich ziehe meine Kreise über dem maßvoll wogenden Grasmeer, stoße herab zu einem auffälligen Exemplar, um es wohlwollend zu bestaunen, und gewinne schnell wieder an Höhe. Da werde ich unvermittelt aus meinem unbehelligten Steigen und Fallen herabgezwungen an eine sich gegenseitig belauernde Tischrunde mit geballten Fäusten. Alles beginnt von vorn, zurück muß ich in die eigene kleine Person, vorbei die Ausbreitungsillusion, keine Vereinigung mit der bekömmlichen Höhenluft mehr nach dem Absturz in die leidenschaftlichen Kleinigkeiten.

»Keine Zigarette vor Mittag«, höre ich jetzt wieder. »Ich frage immer zuerst, was für ein Mensch das ist«, von einem, der keine Handbewegung machen kann, ohne sie mit einer prinzipiellen Lebensregel zu verbinden. »Ich interessiere mich so für die Menschen, die Menschen, sie sind die Hauptsache!« rufen ahnungslos die junge Floristin, der Taxifahrer, ein in allen Berufen Scheiternder.

Ich wetze und scheuere mich an ihnen, anstatt meinen Weg klug durch sie hindurch und über sie hinweg zu nehmen, von den Schleifscheiben, dem Geruch und dem Herrschaftsbereich der anderen berührt und mitgerissen, modelliert und weitergeschoben. Mich wappnend vor dem Äußersten, schaffe ich da meine bösartigen Abriegelungen, die Straßensperren der Verneinung und Verdammung. Ich lerne nicht. Nicht die wenigen und wichtigen Dinge bestimmen mich jetzt, sondern die Störungen, das herausfordernde Knallen der Absätze, ein verschlagener Scheibenwischerrhythmus, der schrille Regierungsanspruch einer Stimme.

Auch das Sprechen, Urteilen, Wünschen dieses beigen, lautlosen und redseligen Paares, lautlos ihr Sprechen, Urteilen, Wünschen, mit dem Allgemeinen unterschiedslos verschwimmend, redselig auf einer Besonderheit pochend! Die laue Körpertemperatur ihrer Leiber, die alle Zacken der Welt vernichtet und mich einschläfern wird. Wie erwehre ich mich, wie ätze ich uns frei und heraus zu unserer wirklichen, ach, vielleicht doch wirklichen und letztlichen Substanz?

Schon mache ich wieder einen langen Hals nach irgendeinem möglichst hoch hängenden Stern. Da wird es von selbst mit dem Atmen besser, ach, und sofort stelle ich mir vor, unten zu leben und oben Spiralen zu fliegen, auch eine vorzügliche Idee für das beige Paar und Kasselbergs und so weiter. Unten schlagen wir uns durch und halten gleichzeitig, auf uns hinabsehend, himmlische Gemeinschaft?

Schnell gehe ich zwischen hohen Häusern, zu Pausen gezwungen auf der vielspurigen Fahrbahn, aber ich steige und steige, vom Klettern entzückt im zerrissenen Gebirge. Kein Schwindel befällt mich an fürchterlichen Abgründen, sicher ist mein Tritt an steilen Wänden, gleichgültig überschreite ich die gefährlichen Stellen. Mich schrecken keine Klippen, keine Geröllabstürze. Da ich schlau berechne, trifft mich kein Stein in der Menschenleere. Der Felsen ist mein Freund, mein Widerstand, meine zähe Himmelsleiter. Auf ihr tobe ich, geschickt und tollkühn bei jeder Witterung. Ich prüfe unermüdlich ihre Festigkeit im wilden, felsenfarbenen Kleid.

Der phasenweise Aufenthalt als Ziege in entrückten Regionen, wenn schon nicht als kreisender Vogel, hat meine Augen erfrischt. Mit professionellem Blick für Zierlichkeit und Gefahr erkenne ich von meiner Klippe im Gedränge die alte Frau. Es muß eine Tageszeit sein, wo sie nicht im Liegestuhl dämmert wie jetzt, vielmehr mit unsicheren Beinen, auf nicht zuverlässigen Füßen sich auf dem Bürgersteig bewegt. Jeder Schritt, den sie schafft, so aufmerksam, so ganz versunken ins Vorankommen, auf nichts konzentriert als auf das, ist ein Triumph. Offen bleibt der Ausgang insgesamt. Ein Kleinkind ist sie, dem jeder Schritt ein Weltereignis ist, und so verlegt sie Meter für Meter neu den Weg, die Stadt. Um die alte Frau verjüngt sich, die alte Frau mit den kranken Beinen macht flüchtig unschuldig, entdeckt mein regenerierter Blick, das Gedränge.

Die alte Frau, die hinter geschlossenen Lidern zu ahnen scheint, so heftig atmet sie auf einmal, daß sie vorsichtig und mit allem Mut durch die Menge geht, wo sie im nächsten Moment schon umfallen könnte, steigt, das ist das Geheimnis ihres Gehens! in der Waagerechten. In Wahrheit steigt sie eine Treppe hoch, das bringt sie fertig auf ebener Straße. Ich vergesse sie aber, sie vermacht mir das Treppenhaus, das dunkle unter mir, in das ich selbst nun eintrete, eine zwielichtige

Treppe hinter einem Vorhang, mir wohlbekannt aus meiner Jugend, bei einem Fest. Wer hinter dem Vorhang verschwand, kam erst viel später wieder, mit zerknittertem Kleid und lädiertem Ruf. Man stieg die Treppe hoch, und es geschah währenddessen nichts anderes, als daß man von einer Männerhand zur nächsten wanderte. Unterschiedlich lange hielt man sich auf, aber es war, als schlüpfte man immer neu aus einer Schale in die folgende Umschließung und kam gestrafft, gestärkt daraus hervor, von Mal zu Mal erschöpfter vielleicht, aber gestärkt von einer Verausgabung zwischen immer männlichen, immer fremden, immer anderen Händen in der Schwärze, im feuchten, riechenden Treppenschwarz.

Kein Wunsch bleibt übrig außer diesem, es kann nichts auf der Welt geben als diesen Willen, der nicht aufhört in der Auflösung, der von Stufe zu Stufe weitertreibt, alle Zutaten sind überflüssig. Und da steht in seinem Winkel schwarzweiß das Paar, die Frau, der breite Mann. Ein Tanzpaar in der akrobatischen Pose eines Liebesakts. Die Hauptfigur, das würde ich bemerken, auch wenn die Beleuchtung noch trüber wäre, ist die Frau aufgrund ihrer Entschlossenheit, sich zu verschleudern. Nur das macht ihr Vergnügen aus. Der Mann ist der Tänzer, der, wie es sich gehört, zufriedenstellt, wenn er ihr bei den Wirbeln aus seinen, in seine – stellvertretend für immer andere – Arme assistiert.

Schnell gehen die Gedanken zwischen dem Einnicken und dem ausdrücklich Wachheit beweisenden Räuspern der alten Frau. Es sind so kurze Intervalle, daß ich nicht weiß, ob ich sie unterhalten oder mich verabschieden muß. Wir zwei und das Tier stören uns nicht bei unseren Tätigkeiten. Also bleibe ich bei der meinen.

Warum das Bedürfnis, aus dem beigen Paar ein schwarzweißes zu zaubern oder es andernfalls fallen zu lassen? Ich kann nicht Ruhe geben, bis es herrlich oder schrecklich zugeht. Kaum tritt ein beliebiger Mensch auf, sehe ich sogleich die Konturen einer strahlenden, beziehungsweise diabolischen Möglichkeit für ihn. Das ist fürchterlich und nichts Besonderes. Alle machen es ja so, von Kindesbeinen an bis zum Grab. Und es ist ein Vergnügen und eine Lust! Eine Lebenslust, eine Gier nach Vergnügen, die womöglich tief aus den Eingeweiden kommt.

Ein Auseinanderklaffen in abscheuliche und hervorragende Gestalten wird auf Biegen und Brechen verlangt. Das ist unsere wilde Hoffnung an die Welt, Vision vom Kindergarten an. Anders wollen wir es nicht, nicht platt, nicht friedlich, nicht beiläufig und beige. Himmel- oder Höllenfigur ist verlangt, so oder so!

Wie beflügelt es unseren Verstand, wenn eine Person uns unversehens oder nach langem Sich-Zieren endlich den Grund zum Hassen gibt! Im Nu wird der ganze Mensch für uns neugeboren, aus dem Wasser gezogen als der schlechthin Hassenswerte. Jetzt ist nichts Zufälliges mehr an ihm, rundum, ohne Auslassung, ohne neutrale Flecken blättert sich in blanker Schlüssigkeit die verhaßte Erscheinung vor uns auf. Kein Detail, dem unser geschärfter, abgerichteter Blick nicht diesen innersten Wesenszug entreißt. Überstülpt ist, um einer mächtig stimulierenden Eindeutigkeit willen, der vor kurzem noch an allen Gliedern lebendige Bekannte mit einer abstoßenden Kruste, die man mit Begeisterung für schier hält und pur und durch und durch.

Wie er dasitzt, der Teufel, und stur den Mund zupreßt! Vorher war alles so nett, und jetzt ist stummer Krieg. Sitzt teuflisch mitten im Paradies, hat sein Ziel erreicht, und seine Wirkung ist noch viel schlechter als er selbst. Er hat sich behauptet und suhlt sich in seinen giftigen Dämpfen, glotzt in die Gegend, als würde er nichts gefragt. Unter seinem rechthaberischen Schweigen, von dem er sich offensichtlich wünscht, daß es ein »beredtes« ist, ein vorwurfsvolles Aufgeben jeder Argumentation, die sich nach seinen letzten Geistesblitzen erübrigt, verdorren alle freundlichen Augenblicke mit. Nun kann er die Beine ausstrecken und seinen Bauch streicheln. Hätte er nur einen, der intrigante Asket!

Wie er da sitzt und mit zugesperrtem Maul anhört, wie die Unterhaltung noch ein bißchen zuckt und darum kämpft, nicht unterzugehen! Er kennt aus langer Erfahrung die Erstickungssymptome. »Laß sie strampeln gegen ihr Geschick«, schreit jede Falte, »es ist besiegelt, auch wenn sie es nicht wahrhaben wollen. Nicht von mir unterkriegen lassen wollen sie sich, aber schon sprechen sie keinen Satz mehr zu Ende, futsch ist das Selbstvertrauen, untrügliches Zeichen. Das kommt von meinem im Raum stehenden Urteil, vom Stachel, mit dem ich ihnen ins Gemüt gestochen habe. Aufgewühlt sind sie in ihrer Hedonistenlaube, und es ist meine Aufgabe, meine Berufung in aller Bescheidenheit. Ein Prophet des Widerspruchs und Zweifels in der Wüste, in ihrer Paradieseswüste bin ich, ein Retter, ein Glücksfall, wie sie noch begreifen werden. Ihren augenblicklichen Zorn muß ich ertragen. Ich beobachte sie mit echter Zuneigung, wie sie in zerstörerischem Wettbewerb um ein Lächeln von mir buhlen. Das ist die Stufe eins zur Besserung, zur Vereinsamung und Wandlung.«

Später verständigen wir uns über den widerwärtigen Missionar, über diesen, trotz der Anfälle von Streitsucht doch emphatischen, manchmal ausgelassenen, tapferen Zwerg Naseweis und Allwissend. »Eine wankelmütige Natur!« sagen wir besänftigt, und ich wende mich, nachdem diese dornige Hecke durchschlagen ist, einem anderen Beispiel zu, einem ertappten Treulosen, der rot angelaufen und aufgeweicht bis in jeden Winkel seiner Seele da steht, auch die Augen scheinen vollständig ihre Substanz gewechselt zu haben, milchig schwimmende Dotter. Aber auch er, in seinen besten Minuten, ein Fels . . .

An anderen Tagen, die mit einem vage mißgelaunten Blick schlossen, versammeln sich innerhalb von ein paar Minuten alle Empfindungen in Zähnen und Fingernägeln. Alle Kraft schießt in Gebiß und Fingerenden, während die Augen Ausschau halten, gefesselt werden im Auftrag meiner Kiefer von den Signalen des Wehrlosen, Weichen, von den Lockungen des Opfers, der Beute, von zarten Nackenbeugungen, von den kindlichen Rundungen des Fleisches. Meine Waffen, Zähne und Nägel, rüsten sich für das ihnen Bereitete, Maß nehmen sie an dem, was ihnen versprochen und dazu bestimmt ist, von ihnen durchdrungen zu werden mit tödlichem Biß.

Ein endlich losbrechender Niederschlag nach einem trüb ziehenden, ein dreifaches Gewitter nach einem schwülen, eine Wollust nach einem in unschlüssiger Gesellschaft verbrachten Tag ist die Wahl des Sündenbocks! Alle unangenehmen Dünste und Schwaden verlassen uns auf einen Schlag und stürzen sich geballt auf die gekennzeichnete Person, auf den Stellvertreter, der es aus uns herausreißt plötzlich, ein finsterer Popanz, in dem wir mit Genugtuung entdecken: alttestamentarische Anmaßung, Eitelkeit und Pfennigfuchserei, Körpergeräusche, den ganzen Sündenkatalog, alle Unerträglichkeiten in den Dämmerzonen bringen wir unter in diesem einen, anschwellenden Umriß, wenn es sein muß! Bodenlos ist das Fassungsvermögen unseres schwarzen Schafes. Diesem unmöglichen Kerl, diesem Weib laden wir auf, was uns einfällt, und es fällt uns noch immer mehr ein, jede Regung des Opfers beweist uns Neues, bringt ans Licht. Wir stehen im Kreis, mit dem Rücken nach außen und besprechen uns.

Wunderbar ist die Erleichterung danach. Wir anderen sind gut und gläsern geworden, fast schweben wir nach solcher Entleerung. Im Kontrast zu uns in seiner Ecke das Opferlamm, so gemästet durch uns, daß unsere Herzen, sich von ihm abhebend, für kurze Zeit wahrhaftig gemeinsam aufsteigen von Unbeschwertheit.

In der Tiefe aber, zwischen den Kontinenten, noch unter den Wasserabgründen die tief eingeschnittenen Gebirge des Ozeans, geschwungene Ketten unter den Wassermassen, die in Verbindung stehen mit dem Erdinneren. Aus den Spalten der mittelozeanischen Rücken sprudelt hoch, steigt auf ins Meeresbett das geschmolzene Gestein und treibt, erkaltend, um der Erneuerung des Ozeangrundes willen, Zentimeter für Zentimeter in der Waagerechten die großen Platten der Erdkruste auseinander mit beharrlicher, pressender, schiebender Wucht. Um der Veränderung willen findet in der See und über die Meeresoberfläche hinaus ein vielfacher, schmetternder Ausbruch statt, auf oder – wie soll man es nennen – in der runden, soliden Erde, auf der wir mit beiden Füßen stehen und dieses Haus auch mit Frau Hussel und mir und der alten Frau, die in ihre ewige Liebe versunken ist, in den alten Liebesbrand, das alte, kaschierte Liebesfeuer.

Wie verliere ich mich wieder und wieder in den der Erde offenstehenden Kellern und Schloten dieses Hauses, und es ist nicht unberührt von den Schauspielen in der Wasserferne. Führen nicht die auf dem Erdmantel schwimmenden Krustenplatten die Kontinente mit sich, die langsam um die Erde driften ohne Halt und ohne eigenen Willen, einfach mit auf die Reise genommen, mittransportiert, mal hier, mal da zu Hause, unter den Sternen auf der immerzu kreisenden Erdkugel mitgeschleift?

In den Tiefseegräben, was kein Fisch berichtet, wo die unentwegt herangedrängten, an ihrem anderen Ende unentwegt neugeborenen Platten auf andere stoßen, schieben sie sich, tiefer und tiefer abtauchend, unter die Festlandrücken, sinken zurück ins Erdinnere, erinnern sie sich?, schmelzen dabei unter Reibung und Druck, hochjagend in die feurige Vertikale schließlich die so lange horizontal gezogene Erdkruste, in die Luft und auf trockenes Land berstend und vereinigt mit glühendem Tiefengestein, verheerend gestülpt an die Erdoberfläche unter das Sonnenlicht und die Sterne, von Forschergruppen, Forscherehepaaren studiert und benannt.

Die alte Frau gurgelt ein bißchen, ach nein, schnarchen will ich es nicht nennen, es ist ja nur ein kleines Knattern in ihrer Kehle, ein Prusten mit vollem Recht zu so später Stunde. Späte Stunde, gut. In anderen Situationen muß ich – es ist dann mein einziger und ausreichender Halt – unbedingt die genaue Uhrzeit wissen. Ich meine, im Zustand rücksichtsloser Anschmiegung an eine Person. Es kann ein Tisch zwischen uns sein, während ich mich allmählich ganz auf die Seite meines meterweit entfernten Gegenübers schlage. Dabei habe ich nur im Sinn, daß er sich, von keinerlei Einsprüchen zurückgestaucht, auftürmen kann. Fällt von mir ein Nein!, so nur als seine Expansion präzisierender Widerstand. Er darf zu

Gericht sitzen nach Gutdünken, und alles ist schön und recht. Überzeugungen, die zur Sprache kommen, also die leichteren, oben schweifenden – was weiß ich schon von den übrigen? – werfe ich Stück um Stück in die Zone zwischen uns, in der Hoffnung, daß die restliche Distanz zu brennen anfängt, und allerwenigstens entsteht eine Woge atmosphärischer Einigkeit, als säßen wir zusammen in einem warmen Bad. Vielleicht habe ich früher einmal völlig andere Dinge behauptet, aber jetzt, am Tisch, spüre ich nicht das geringste schlechte Gewissen, treulos zu sein. So stelle ich mir einen gelungenen, dem Partner mit Leib und Seele zustimmenden Walzer bei Tempo 100 vor.

Ich frage, solange ich die Uhrzeit weiß, nicht nach mir selbst, wenn ich der Neigung nachgebe, mich um eine Person herumzubiegen, wie Häuser um eine Dorfkirche, und alle Sympathie, die in anderen Augenblicken anderen gehört, an sie auszuliefern, als zärtlicher Regen dieses nach Bestätigung verlangende, dürstende Land zu überschütten. Ist die Person weg, fällt die zugetragene Welt von ihr ab, gehört wieder allen, rüstet sich für die nächste Magnetisierung nach kurzer Neutralisation.

Ist es etwa Verrat, wenn ich dem eben so bestärkten Partner nun den Hof des Wohlwollens entziehe und ihn betrachte wie Hinz und Kunz, wenn ich mein begeistertes Feiern seiner Eigentümlichkeiten, die er immer mutwilliger vorführte, was er durfte und sollte, jetzt abschneide und verleugne und keinen Grund und Boden mehr zur Verfügung stelle für solche Luftschlösser? Es ist nichts weiter als ein tiefes Ausatmen nach einer großen Anstrengung, das landläufige Vergnügen an einem Umklappbild. In der Sprache der Leidenschaft muß es natürlich hoch hergehen. Da heißt es: Abkehr! Rache! Erwachen!

Das Gesicht einer Todesgöttin sehe ich da, so große Flächen zwischen Stirn und Augen, Nase und Ohren, so hoch die Wangenknochen, so breit, aber nicht voll der verschlingende Mund. Das Gesicht zeigt sich nur von vorn, niemand kennt das Profil, die Augen schwarz, glatt und platt, eine platte Schwärze, eine Schwärze so bodenlos und nackt, nicht froh, nicht zornig, von Trauer keine Spur, aber voll glatter, platter Todesweisheit. Das müßte nicht sein, das war nicht immer so. Diese gefräßigen Gruft- und Grubenaugen könnten auch anders wirken, wäre nicht die künstliche Weiße der Haut, Schminke und Puder, die jeden ablenkenden Lebenshinweis auslöscht in der Absicht, dich und mich zu erschrekken und zu dämlich im Fleische stehenden Kindsköpfen zu machen. Vor diesem Gesicht, mit diesem Gesicht im Nacken wird sich niemand kugeln vor Vergnügen, das hat sie erreicht, schöne, langlebige Abgesandte des Todes! Bei soviel Schönheit ist es die Krönung.

In den Großraumabteils und den S-Bahnen die zurechtgemachten Sündenböcke und allgemeinen Lieblinge, Idole aller Arten, aufwendig frisiert, zu Raubtieren kostümiert und zu Opfern in Lämmerhell und Schafsbeige. Wellentäler und -kämme, das Relief der freiwillig oder einfach vom Kontrast erzielten Stilisierungen, alles markante Bilder, ob die Leute es beabsichtigen, kostet es, was es wolle, oder gerade nicht, um keinen Preis.

»Die Ärzte«, sagt plötzlich die alte Frau, ohne sich zu rühren, aber in Rage, als hätte sie noch eben von der Lächlerin Hussel geträumt, »die Ärzte nennen sich Doktor wie in Kindertagen. Aber sie haben nie Zeit. Sie trommeln mit den Fingern auf ihren Schreibtisch und springen mitten im Gespräch auf. Broschüren geben sie mit, als würden sie nicht bezahlt: Man soll alles selbst lesen. Aber sie, die Ärzte, vergessen die Medikamente, die sie verordnet haben und rattern die Dosierung herunter. Der Schweiß bricht einem aus. Man schämt sich, daß man überhaupt da ist. Blutuntersuchungen ordnen sie an, zum Verrücktwerden, keine ihrer neuen Maschinen lassen sie aus. Das Wort bleibt einem im Hals stecken. ›Machen Sie sich bitte frei! Gern, Herr Doktor!‹« Sie streckt der Katze, die offenbar den Doktor spielen muß, die Zunge raus.

Also doch nicht hinter den Lidern das alte, kaschierte Liebesfeuer. Schon sind ihr die Augen wieder zugefallen, ohne

Verbindlichkeit, als wollte sie für immer aus der Welt, ja, wäre, mit ablehnendem Ausdruck, soeben gestorben, nach schlaftrunkenem Aufruhr und einer schlingelhaften Grimasse zum Abschied. Was würde das bedeuten, wenn man es überlieferte als letzte Tat vor dem Tod, der doch eine vielsagende Gewichtigkeit zugesprochen wird?

»Sie hat als Abschluß von allem hier, in diesem Liegestuhl, in dem sie den Hauptteil ihrer Tage und eventuell sogar Nächte verbrachte, noch einmal kräftig die Zunge herausgestreckt«, könnte ich Sohn und Tochter hinwerfen und beobachten, wie sie nun, hinter ihren Trauermienen, vor einer Mauer stehen, gegen die das gesamte Leben, das ihnen beliebig erscheinende ihrer Mutter, prallt und, zurückfedernd von der Endgültigkeit des Ausgangs ein für alle Mal, in ein Muster von Episoden und Zielstrebigkeiten verfällt, durch den Tod unverrückbar fixiert. Und dieses Mit-der-Zunge-über-die-Lippen-Fahren der halbwachen Frau wäre, im Falle ihres Ablebens und wenige Minuten davor passiert, ein legendärer und charakterisierender Augenblick.

Wie die Blitzaufnahmen ihrer Liebesszenen würden unansehnliche Momente nun Standbilder ihres Unglücks und Glücks: Die gegen die Kachelwand gestoßene Schere, eine vom Schoß rutschende Zeitung, ein langer Gang im Dürresommer an Trümmergrundstücken vorbei, der eine Satz: »Das ist erledigt für mich.« Sie selbst, wenn es sie danach noch gäbe, würde erzählend das zurückliegende Leben effektvoll umarbeiten. Von selbst würde in einer düsteren Kindheit ein überschwenglicher Tag erscheinen. Es gäbe, unter der Hand entstanden, hervorragende und abscheuliche Passagen, jetzt, im Zusammenhang, käme ihr wahres, so oder so übersteigertes Wesen zum Vorschein, die Phasen wie einander berechnet oder absichtslos widersprechende Köpfe im Großraumabteil.

Geblieben von ihrer vielleicht schon vergessenen Eruption sind zwei tiefe Falten einer Verächtlichkeit, die jetzt, so erstarrt in den wie Schnitte nach unten gezogenen Mundwinkeln, dem kompletten Planeten zu gelten scheint, eine Verächtlichkeit, die, plötzlich in diesem Zimmer, sich der wieder schlafenden Greisin bedient und ihre Züge übermütig verunstaltet, so daß ich die Boshaftigkeiten des Kronleuchters übersehe. Aber ich übersehe auch die alte Frau, noch im Betrachten, ausgerechnet im scharfen Betrachten verliere ich sie aus den Augen. Eine andere glimmt aus ihr, gewissermaßen bengalisch, hervor: Die widerwärtige, nämlich rüde Alte, die strenge Ärztin, die Wärterin. Ich kann den Blick nicht davon wenden, so fürchte ich jetzt die Gemüsetütenfrau, die Zoogängerin, die Freundin des Mähnenwolfs. Es hilft nichts, das zu erwähnen. Etwas anderes hat sich niedergelassen auf ihr wie in den Träumen, wo ich gute Leute, von Herzen Unschuldige zu Übeltätern mache. Freunde zu Verrätern. Mörder tragen, wenn sie sich endlich zeigen, das Gesicht enger Verwandter. Geliebte Personen, Personen, von denen ich überzeugt bin, daß es von mir geliebte sind, geben nicht eher Ruhe, als bis deutlich wird, daß ich sie töten muß.

Es sind die Gefühle, sage ich mir, die Frau, deren Atem sich mit einem sachten Schmatzen verbindet, fixierend, die ich als verschlossene Töpfe bewahre und mitschleppe. Sie rumoren, sie halten stille in ihren Behältern, sie lauern auf den geringsten Anlaß, auszubrechen. Sie sind viel älter als alle Gründe, und jeder Grund ist ihnen recht. Sie verstehen ihn zu einem glaubwürdigen aufzuputzen. Sie wabern auch draußen, außerhalb, und halten Ausschau, in wem sie leibhaftig werden dürfen, in welches Opfertier, Liebesidol man sie zwängen kann.

Ich denke an Zittern und Schmerz vor dem drohenden Entzug einer bestimmten Gestalt und der darüber hinausgehenden Angst, sie würde, wieder auftauchend, den einmal ins Rollen gebrachten Schrecken durch das bißchen Trost und Anwesenheit gar nicht beseitigen: Das Gefäß wäre zu klein geworden für das inzwischen ausgewachsene Gefühl.

»Es ist ein Glück und ein Schrecken«, hat das nicht die alte Frau behauptet, als sie an die große Liebe und nicht an die Ärzte dachte, »und man sagt sich: Schrecken, komm über mich dieses eine Mal«? Drohender Entzug einer bestimmten

Gestalt im Dämmern, in der Schwärze des Treppenhauses. In einem Winkel als Teil des Paares, jemand, der sich die Krawatte umband, wie kein zweiter es tat, der ruhig durch den strömenden Regen ging, ohne Mantel und Schirm. Weggeschwemmt von der Finsternis, aber Glück und Schrecken breiten sich vielleicht weiter aus in der schummrigen Ecke, während die Einzelfigur zerplatzt. Die besondere Gestalt, verflüchtigt wie ein Vorwand, der seine Funktion erfüllt hat, gibt den Weg frei auf die Vielzahl, auf den Block, keine Einzelfälle, Einzelaffären mehr, sondern auf einen Schlag sie alle, das Gesamtgeschlecht, vollkommen ausgedrückt, von allem persönlichen Zierat gereinigt, das bis ans Ende der Welt gegenübergestellte?

Die Frau, Teil eines Paares, hat die Augen geschlossen, zurückgeworfener Hals, sie genießt mit der Inbrunst eines erneuerten Sündenfalls den Entzug einer bestimmten Gestalt. Vor einer riesigen Menge steht sie, alle Männer sehen sie an. Jetzt erst herrscht das notwendige Gleichgewicht. Allein reckt sie sich auf dem Podest, zeigt sich, weiß nur, daß es ausnahmslos Männer sind und erkennt kein Gesicht. Nur wie einen fortwährenden Schlag großer Glocken, wie ein Knurren bis zum Horizont spürt sie die Masse der Männer, die sie anstarren müssen, bis sie singt in lauter Schreien vor ihnen, bis sie ihren Körper ihnen zubiegt mit weit auseinandergerissenen Armen, bis sie Bluse und Rock, Strümpfe und alles, alles blind nach vorn wirft und mit knirschenden Zähnen, ein Ypsilon, ein X, noch immer hoch auf der Bühne in der Haltung exaltierter Hingabe verharrt. Als es vorbei ist, findet sie sich wieder, gegen die Wände des Treppenhauses gelehnt von einer in der Erschöpfung schwer lastenden, bestimmten Gestalt.

Ich denke – und gehe ein paar Schritte durchs Zimmer, ohne bei Katze oder schlafender Frau Aufsehen zu erregen – vor dem drohenden Entzug eines einzigartigen Gesichts: die beim Zigarettenanzünden zitternde Hand unter offenem Himmel und nichts als geschwungene Hügelketten ringsum. Es war der richtige und verdeutlichende Resonanzkörper zur

Nervosität meiner Hand. Hier war es nicht wie sonst, wenn man sich insgeheim doch immer auf anderes als das Vorhandene bezieht. Wie käme man auch an einen Maßstab, der Gefälle, Gefühle erst ermöglicht? Hier aber deckte es sich. Das Meer war Abglanz und Glanz, ich konnte mir nichts Besseres denken und rührte keinen Finger dazu. Im nächsten Moment schlug es um in einen grausigen, lichtlosen Platz. In Windeseile wirft die Natur ihre Gestalten, bietet auf engstem Raum Himmel- und Höllenorte an, kehrt eins ins andere.

Wie die Tiere, die ihre Ruhe- und Schlafstellen sorgfältig wählen, erkannte ich früher auf Anhieb Freundlichkeit oder Feindseligkeit von Flecken im Freien. Auch auf die Landschaft stürzen sich die flatterhaften Gefühle, ausgehungert nach einer Physiognomie. Aber liefert die Natur nicht selbst, würde ich jetzt gern Frau oder Katze fragen, die grundsätzlichen Übertreibungen von sich aus, wenn sie einen schönen Sommer umkippen läßt in das Bild katastrophaler Dürre, fast elegisch zunächst über verspielte erste Anzeichen, wenn sie, in einem anderen Fall, beziehungsweise Jahr für Jahr, die Emphase meinetwegen von Goldregen und Rotdorn ausdämpft, seelenruhig, im normalisierenden, Gelb und Rot erstickenden, harmlosen Präzedenzfallgrün?

Da holt die Frau mit einem Ruck den Spiegel aus ihren Laken hervor: »Das soll ich sein? Ach, verdammtes altes Frauengesicht! Zu alt, als daß sich ein Priester die Mühe macht, meine Sünden einzeln anzuhören. Versäumnisgefühle habe ich aber nicht, denken Sie das bloß nicht! Frau Hussel, die wird welche haben. Sie hat bestimmt zu spät gemerkt, was Gutes an den Männern dran ist. Was heute für eine Katastrophe passiert ist, sagt uns das Fernsehen auch nicht mehr, wir haben es versäumt. Gehen Sie mir bloß weg mit dem Radio! Die Hussel würde sich freuen, wenn sie wüßte, daß sie jetzt was weiß, was ich nicht weiß. Aber sie weiß es nicht.«

Sie ist wieder hellwach: »Meine Kinder, als sie sich noch nicht mit jedem Affen abgaben, was waren das für frische Dinger! Alles, was sie wußten, jedes Wort, wußten sie von mir. Die uralte Frau, Frau Bernheim – Altersheim, Pflegeheim – hat von ihrer Zimmergenossin, die auf dem Bett saß, gesagt: ›Das ist gar keine Frau. Ist ein Mann!‹ Da hat die andere den Mund aufgetan und gemeint: ›Und Sie sind nicht Frau Bernheim. Mir machen Sie nichts vor.‹ Trauen Sie mir so was zu? Aber fast wollte ich ›Frau Bernstein‹ sagen, und vor Wochen, vor vier oder zwei Wochen, stand ich in einer Straße ganz in der Nachbarschaft und wußte nicht mehr, wo ich war. Ich mußte mich erkundigen. Ich mußte mir den Weg zeigen lassen!«

Als sie zu gähnen anfing, sage ich: »Kürzlich habe ich erlebt, wie mehrere Kunden eine Verkäuferin für ihr gutes Aussehen lobten, und sie mußte dann jedesmal richtigstellen: ›Ich bin das gar nicht. Ich sehe der, die Sie meinen, nur ähnlich.‹« Schnell, wie die alte Frau aufgewacht ist, sinkt sie wieder zurück ins Dösen. Also behalte ich für mich, daß ich einmal ein mageres Tier sah mit schönem Gesicht und nach einer halben Stunde dasselbe Tier mit breiter blutiger Wunde über dem rechten Auge, die Hälfte der Stirn fast ohne Fell, und zehn Minuten später kam es wieder vorbei als das erste Tier, ganz heil. »Ich weiß ja selbst manchmal nicht, was zu wem gehört«, so könnte ich die alte Frau beruhigen. Herr Zahara, der nur noch Erinnerungen erzählt, als hätte er in den letzten zwanzig Jahren nichts mehr erlebt, und dagegen Karl-Paul, der alles Vergangene links liegen läßt, überhaupt nicht zur Kenntnis nimmt, immerzu ein Gestöber von Neuigkeiten, oder ist es umgekehrt? Nach langen Abenden reißen die Lebensläufe von ihren offiziellen Eigentümern ab und schweben losgelöst herum, lassen sich beliebig auf halbwegs passenden Personen nieder. Falsches Zusammensetzen, nur Eigenschaften, die sich unter falschen Namen anhäufen, Landschaften zwischen zwanzig und dreißig, Landschaften zwischen den Kriegen, Achtziger-Waldstück im Kopf einer Übermüdeten, eines sanft Betrunkenen?

Ist es nicht viel schlimmer, ein Witz? Wenn die Frau Kölnisch Wasser unter ihren Kissen hätte, würde ich gern mal meine Schläfen damit abreiben, denn auch die Lebenssationen werfe ich durcheinander. Ich kenne schließlich nicht mein Grab, aber die Grabsituation scheint ab und zu schon länger zurückzuliegen. Ein merkwürdiges Andauern alter Sachen ohne Sinn und Verstand oder eine Art Stapelung auf der anderen Seite der Todesachse, noch bedenklicher als das Verwechseln mit Leuten, die ich kenne, eine Summe hinter dem schwarzen Schlußstrich vor allem, ja, kurioserweise, was für ein Optimist bin ich denn eigentlich heute abend, ausschließlich glücklicher Augenblicke, ein jenseitiges Stabilisieren. Ein erwähnenswerter Moment ist hier schnell vergangen, husch oder zack, schon vorbei, je besser, desto rascher, aber gleichzeitig dieses Gefühl einer Ansammlung, ein übergangsloser Sprung von dem, was passé ist, in die Zukunft, so ein angedeutetes herrliches Wohlbehagen, ein paar Sekunden, wie angefacht plötzlich, nichts weiter als etwas blitzschnell Signalisiertes von längst Vorhandenem, nur eben mal vorgezeigt und mir schon aus der Hand gerissen und anderswo für unerschöpflichen Verzehr aufgetürmt. Wenn die Frau bloß ihr Kölnisch Wasser rausrücken würde!

Aber da sitzt und liegt sie mit geschlossenen Augen wie in einem Heilkurort in ihre vor rauhen Winden schützenden Decken gerutscht unter der Kronleuchtersonne, und eben haben wir noch etwas Ähnliches gedacht, so ähnlich im Grunde, als besäßen wir nicht zwei verschiedene Leiber als Gedankenbehälter, sondern wären eine einzige Flut oder Wiese, Wiese vielleicht im Zimmerviereck, Halme, die ein Sturm in dieselbe Richtung fegt, ein Wasser, von denselben Einflüssen gewellt, ausradiert der letzte Rest ohnehin unglaubwürdiger Körpergrenzen. Und jetzt schon wieder: Ach was, aus der Traum!

Da hinten sie, hier ich. Da hinten ihr zartes Greisinnengesicht, die Ohren, nicht mehr empfindlich in der Aufnahme von Geräuschen, aber um so nervöser im Ausdruck geworden, die faltigen Fleischtröpfchen, von ehemals getragenen Schmuckstücken mit noch wirksamer Schwere nach unten gezogen, der geöffnete Mund, jetzt, wo der Kopf in den Nacken gesunken ist, Mund einer eben Gestorbenen, jederzeit unberechenbar zum Leben Erweckbaren, mit schlaff hängenden, die Ermattung schamlos genießenden Schultern! Kleine, erst gerade bemerkte Blutergüsse zwischen Hals und Brust. Ob sie dabei von diesem Spiegelbild träumt oder nicht: Eine nicht zu durchschauende Gestalt auf ihrem Regentenstuhl ist sie in allererster Linie, ausgestattet von den Haaren bis zum ahnbaren Fuß mit Reiz und Belästigung der ein für allemal abgetrennten, mit dünner Haut dickwandig von jeder anderen abgeriegelten Person.

Was zählt eine Gemeinsamkeit angesichts dieser, ja, feindseligen Umschlossenheit, an der mein Auge Zentimeter für Zentimeter Anstoß nimmt, diese Bollwerke und Burgwälle, die mir etwas verbergen, das ich doch manchmal sehe wie Selbstverständliches, Nasenbein, Wangenknochen, Rückenlinie, Geruch und Aussprache: alles Abweisungen, einfallsreich modellierte Mauerringe um etwas Bekanntes, zu dem ich mich aufmachen möchte, zu durchschlagende Schalen über einer Frucht, null und nichtig zu erklärende Zeitabstände, eine Aufgabe gegenüber jedem x-Beliebigen, von jeder x-Beliebigen mir schon mit ihrem Auftauchen gestellt, unerschrocken zu sein und zielstrebig vor den bezaubernden und widerwärtigen Täuschungen der sich aufdrängenden oder entziehenden Kontur?

Sie schläft in dramatischer Pose, ohne Absicht eine Tote oder Verzückte nachahmend in zweifellos redlicher Erschöpfung, die Lider so leicht auf den müden Augäpfeln wie die Decke auf dem Körper, das Dach über dem Kopf, die Nacht über der Erdhälfte, der Weltraum um den Planeten herum, ein gütiges System von Umschließungen, in das ich, zusammen mit Hussel, Kasselberg und allen anderen, eingeschleust bin.

Unter dem Haus, durch die Gänge und Schächte auf das Erdinnere zu, eine andere Umschließung, Einschnürung, Schicht um Schicht und Verdichtung, Erhitzung, Schale um Schale. Das Innerste am weitesten von mir weg, von der alten Frau und den Hausbewohnern, die auf der Kruste leben, mit der Kruste – dick und graniten unter den Kontinenten, dünn und basaltisch über dem Meeresboden – träumerisch jahrmillionenlang um den Erdball segeln. Die Sprengungen in den Kohlebergwerken, den Diamant- und Goldminen auf das weit entfernte Erdinnere zu, auf das unerreichbare, nie gesehene, in der zerbrechlichen Faust der Erdkruste gehaltene. Annäherungen an die schnell steigenden Temperaturen der Tiefe, in der die geschwärzte und schwarze Haut der Arbeiter in der Finsternis wie unter einer Tagessonne zu glänzen und zu schwitzen beginnt, auf den von nicht vorstellbarem Druck zusammengehaltenen, also vermutlich in seiner rasenden Glut dennoch festen Erdkern zu, der unüberwindliche Hindernisse zwischen sich und die Außenwelt geschoben hat, getrennt von der Krustenwelt der Lebewesen, der fliegenden, schwimmenden, laufenden und wühlenden, durch den in Weißglut geratenen Erdmantel, Brei der Gesteinsmassen, tief unter dem zugigen Hausflur und doch, eine leichte Hitze jetzt in meine Füße aussendend. Zwei Mäntel trägt die zugemauerte Mittelpunktsonne übereinander. Sie selbst, so behaupten wir, machtlos von oben, befehlen es hinab in die Schwärze, nein, in die entsetzliche Gluthelligkeit, zerfällt in ein Äußeres und Inneres, flüssig die Hülle, starr das eiserne Herz. Nach der langsamen Erweichung das vom Druck gebändigte Innerste, feste Kugel, weißeste Glutkugel kreisrunder Feuerflüssigkeit.

Die Frau dagegen, wäre sie wirklich gestorben, käme nur ein geringes Stück hinab, wo die Erde noch kühl ist, in die Grube, ein bißchen größer als der Sarg und ein paarmal so tief, wie alle anderen, ich und Himmelmann, Hussel, Kasselberg, alle in gleicher Höhe oder Tiefe verstaut, keine Umstände, keine Stockwerke mehr. Wenn die Trauerdämpfe, Trauernebel verzogen sind, die Trauerkonzentrationen der Abschiednehmenden, ist der Tote für sich, unversiegelt hinter den Wolken, Flugzeugen, Vögeln, noch nicht zugedeckt ist sein Sarg. Allein ist der eben noch mit Tränen und Seufzern Gefeierte, abgestellt am Ankerplatz, wehr- und namenlos wie ein Sänger im Gedränge einer Stadt, abgeschnitten von der Gewalt seines Gesangs, eingeschrumpft auf den ernüchternden Leib nach seinem unerhörten Anschwellen. Hinter den Büschen in karierten Hemden und ungeduldig die Totengräber, mal gut, mal schlecht gelaunt bei der Arbeit. Es könnten Klempner, Elektriker, Fernfahrer sein. Der Traktor mit Kränzen tuckert freundlich, man baut die letzte gewünschte Erhöhung. Nach dem schwachen Moment nun beruhigend das den Toten bejubelnde Blumenlager.

Die alte Frau, der Sänger, Hussel, Kasselberg einsinkend ins Gedränge über und unter der Erde, die glänzende Hitze auf den Blättern, den Stirnen der Männer, den nackten Schultern der Frauen, ihrer Frauen, in den großen Augen ihrer kleinen Kinder, auf den künstlichen Blumen, den Ballons, die sie tragen. Die jungen, wohlgenährten, leuchtenden Frauen gehen mit ihren in Schweiß gesalbten Männern in der heißen Luft. Sie sind selbst die Hitze, die die Luft erwärmt, ihre kleinen Kinder begleiten sie als Abrundung, als Beweis und Triumph. So gehen die jungen Familien, atmende Architekturen, rollende Wogen in ihrer vollkommenen biologischen Pracht. Für den Einzelnen, der ihnen entgegenkommt, dem gleichförmigen, sich aneinander steigernden Gepränge – ein Auftauchen und Absinken aufsehenerregender Gebilde in ununterbrochenem Fluß – könnte es der wünschenswerte Sterbensaugenblick sein, wie Höhepunkt auf Höhepunkt folgt, Hübsche und Häßliche, wie das sich schärfende Auge natürlich erkennt, eine einzige Prozession von Helden und Herrscherinnen in der Sekunde der Passage, keiner dem anderen seinen Machtanspruch streitig machend, ein Aufsteigen und Einebnen mit jedem Schritt, eine lange Straße zwischen den Baumreihen voller rechtmäßiger Könige.

Hier, mir gegenüber, die schlafende Königin auf ihrem Thron, in dem die wesentlichen Schätze ihres Reiches untergebracht sind: Kamm, Spiegel, Katze, Kölnisch Wasser vielleicht. Die passionierte, jetzt pensionierte Zoobesucherin, die alte, träumende Frau, feist von Lebenserinnerungen, ein Speck, der, wenn sie vernünftig damit haushält und nur bedachtsam davon zehrt, reichen wird bis an ihr Lebensende: War sie nicht verdutzt, hätte sie nicht verlegen sein müssen, als sie sich noch zwischen den Massen auf den Straßen bewegte und aus wer weiß welchem Grund ausgewählt wurde, unmäßig bevorzugt, gewürdigt ausgerechnet bis in ihren letzten Fingerzeig und -zweig, bis zu den Ohrläppchen, den einzig nennenswerten auf der Welt mit einem Mal, durch das ihr in den Schoß fallende Geliebtsein?

Meine Aufmerksamkeit jedenfalls nimmt sie huldvoll hin. Ich beobachte sie, sie hält ein Nickerchen nach dem anderen, ich denke über ihr Leben nach, sie sagt hin und wieder ein paar abgerissene Sätze, aus dem Traum oder der Wirklichkeit gegriffene. Möglicherweise würde sie die auch zur Katze sagen. Aber es gefällt mir ja so, wie es ist. Wenn sie ihre Augen geschlossen hält, habe ich sozusagen eine Tarnkappe auf. Ich bin anwesend, aber zu nichts verpflichtet. Ich betrachte sie und muß dabei nicht groß Worte machen, keine Konversation, keine Bekenntnisse. Ich kann mich ausdehnen und zusammenfalten, bin trotzdem unter Menschen, verfälsche nichts, keine Zugeständnisse durch Äußerungen, die sonst immer etwas aufrecht erhalten müssen, eine dünne Bestätigung, eine Abwehr von Peinlichkeit. Ein schönes Schweigen größtenteils in diesem Zimmer, aber doch überfällt mich da der alte Schrecken: Werde ich überhaupt registriert? Vergißt sie mich nicht ganz? Ich sitze hier und bilde mir ein, vorhanden zu sein, in großen Zügen, in groben Zügen begriffen von ihr. Das bestätigt mir aber keiner. Unangekündigt und fast schon wieder gezähmt von mir: die dämliche Furcht, wie Wasser durch ein Sieb zu laufen, durchsichtig unter den Menschen, nicht mal ermittelt von ihnen und, ohne Kennzeichen, mich verflüchtigend.

Dabei ist es doch überhaupt nicht schwer: Andere Augendeckel als die der alten Frau bringen sich ständig ins Bewußtsein. Rot geschminkt, deuten sie mit jedem Niederschlagen ein heftiges Erröten an, eine plötzliche Verfärbung aus Scham oder Zorn. Oder sind sie von der Trägerin als Warnsignal, als drohende Bemalung gedacht? Unverwechselbar auch Herr Franz, der an alle Freunde seine besonderen Zusammenstellungen von Zeitungsausschnitten verschenkt! Und ist es nicht

Herr Kasselberg, er oder ein anderer gut und gern in diesem Haus, der ins Auge springt durch kühne Seidenschals im Hemdkragen statt der »ewigen«, wie er sagen wird, der »ewigen« Krawatte? Sammelt er nicht überraschenderweise seit einem energischen Entschluß Vogeleier und zeichnet sich als mühelos zu Beschenkender aus, der sich zudem, leutselig als Empfänger von Mitbringseln, eine Leidenschaft für Lakritz zugelegt hat? Beim jungen Herrn Hammel, warum soll es nicht einen jungen Herrn Hammel dort unten geben, gibt es einen ganz anderen heiklen Punkt in seinem sonst geduldigen Leben: Er akzeptiert nur wirklich frische Zigaretten, das ist seine Spezialität. Mancher weiß ja nicht einmal, daß es auch hier zwischen alt und neu zu wählen gilt, spricht höchstens von Markenunterschied, und damit hat sich's. Das ist Hammel ein Graus. Und dann das Ehepaar Mack in den Sechzigern, in einem nördlichen Stadtteil! Wie haben die Jahre an ihren Gegensätzen gearbeitet, so daß sie ein pittoreskes Paar ergeben. Jeder weiß, daß es sich bei ihm um den Bücherleser, den Metaphysischen, ja Phantasten, Idealisten handelt und bei ihr, in köstlichem Kontrast, um die ausgefuchste Köchin, mit beiden Beinen auf der Erde, die über dem Schwärmen des Mannes die Finanzen nicht vergißt.

Auf diese Art ergibt sich ein spielerisches Gegenübertreten der Individuen. Sie haben ihre Merkmale im Kopf, wie man in Hotels mit tüchtigem Manager vor dem angekündigten Besuch von Stammgästen rasch die Karteikarte studiert, auf der die Gewohnheiten und Interessen des Kunden notiert sind, so daß man ihn als Persönlichkeit begrüßt, dessen Eigenarten sich dem Empfangschef einprägten über Monate hinweg.

»Ich persönlich« werden die Sätze gern begonnen, ein Versuch, den Hals zu recken aus dem Gemenge.

Zwischen Hammel, Kasselberg und so weiter und uns beiden hier oben noch immer vermutlich in seinem Treppenhauswinkel das Paar, in die dunkelste Ecke gedrückt bei seiner Sonderbetätigung. Die hell aus ihren Kleidern geschälte Frau, die jemanden gefunden hat, irgendeinen Mann mit besonderer Eignung, wer weiß, ob sie dafür den Namen sagen könnte, aber ich habe es ja selbst gefühlt, zu spüren gekriegt auf einem Waldboden, bei einer Tannenschonung, kleine Nadelbäume auf jeden Fall in der Nähe, Sonne auf der Erde, alles rundum befahl die Paarung, jetzt, auf der Stelle. Ein Wunsch, der mich von außen kommend durchwuchs mit meinem vollen Einverständnis. Nur war es nicht der passende Mann, der neben mir lag, nämlich nicht der, auf den sich Moos, Licht, Geruch konzentrierten, so daß ich mich durch ihn mit all dem, worauf es ja doch ankam, vereinigt hätte. Ach nichts da, damals! Schwerfällig blieben die Gliedmaßen, nicht das erforderliche Brennglas zur Hand.

Die Frau aber, in gefräßiger Hingabe, hat den notwendigen Faun oder Zyklopen und läßt ihn nicht los, fragt nach nichts anderem mehr in ihrem tröstlichen Hinsterben, das sie stärkt, Lust, die sie eindrucksvoller erfüllt als jeder an ihr vorüberziehende Herr Abiszet, alle Hoffnung auf egal welche Auferstehung begrabend, durchbraust von einem Sturm der Auflösung, im letzten Moment vor einem Zustandswechsel der Vermischung in Erde, Land, Acker, zurück zu den verwesenden Lebensteilchen, ununterscheidbar einem Schlamm vermischt. Oder ein Gefühl in entgegengesetzter Richtung, scheinbar aber nur, auf dasselbe hinauslaufend, nämlich vollständig ausgemerzt zu sein, einzugehen in eine riesige Summe: die Empfindung, daß sich ein Vogel hinausschwingt aus ihr, aufsteigend, und sie kann ihm mit geschlossenen Augen zusehen, wie er sich höher schraubt aus ihr selbst, wie er sich verliert vor ihren Blicken in großer Ferne, kann ihn nicht länger verfolgen und fliegt doch, im Treppenhaus festgehalten, mit ihm seinem Verschwinden entgegen, zurückbleibend bei den Kacheln mit offenem Mund, als wäre das sein Ausflugsloch.

Die alte Frau klappt erschrocken, wohl über ihr leises Schnarchen und meine Taktlosigkeit, hier ungerührt auszuharren, den Mund zu. Noch einmal versucht sie, den Schlaf wegzuschütteln mit ein paar Sätzen, nein eine Tirade ist das ja: »Was sagte ich von der Nachbarschaft? ›Nachbarschaft‹

sagte ich doch eben noch. Sie kennen sich hier nicht aus. Was wissen Sie schon von der Hummelgasse. Sie glauben, das ist eine Nullachtfuffzehngasse, ist es aber nicht. Wir haben hier eine Königin. ›Königin der Hummelgasse‹ nennen die Leute diese Frau, eine schöne, eine reiche Frau, auch ›Engel der Hummelgasse‹ genannt. Attraktiv, das gibt jeder zu. Alle sind froh, sie hier zu haben. Jeder hat schon mit ihr zu tun gehabt. Verdient ihr Geld durch die Plastikfabrik, die liefern weiß Gott wohin, ein enormer Umsatz, eine gute Geschäftsfrau eben, Witwe mit drei Söhnen. Keiner, selbst Frau Hussel nicht, könnte schlecht über sie reden. Sie ist hier ein richtiger Stern für uns, wenn sie durch die Straße geht oder fährt mit ihrem schönen Wagen und freundlich winkt und oft genug anhält, um ein paar Worte mit dem oder dem zu reden. Bei Festen fährt sie mit einer Kutsche, dann sitzen prominente Leute neben ihr. Was alle bewundern, ist ihr gutes Herz. Sie spendet und stiftet für alle möglichen Bedürftigen, eine große Geschäftsfrau, die mit vollen Händen gibt.«

Sie sitzt aufrecht in ihrer Begeisterung mit einem unerwarteten Gesichtsausdruck. Nicht der geringste Spott ist in ihren Zügen, sie spricht als entflammter Untertan: »Wir wechseln öfter einige Worte, eine Frau in großem Stil, und doch meint man, sie würde ihrem Aussehen gar keine Beachtung schenken, als käme das alles von selbst, die schönen Kleider, der Schmuck. Es muß ihr in die Wiege gelegt sein. Was wäre unsere Hummelgasse ohne sie! Das gesamte Viertel würde seine Seele verlieren. Noch nie hat sie eine der wohltätigen Stellen enttäuscht. In ihrer Nähe knistert es immer. Das ist kein Scherz. Sie steckt immer jemandem, von dem sie weiß, daß er in Nöten ist, rasch einen Geldschein zu, unauffällig, man hört nur das Rascheln, und schon ist sie weiter. Sie kennt alle, die ihre Hilfe brauchen, tut Gutes im Verborgenen und auch im Öffentlichen, wenn sie Feste organisiert. Nur Erweiterungsbauten für ihre Fabrik, die sie sich so wünscht, die läßt man hier nicht zu. Das nebenbei gesagt. Diese Frau umgibt etwas Märchenhaftes. Auf ihrer Dachterrasse, die man von der Straße nicht sieht, feiert sie die sagenhaften Dachterrassenfeste. Sie geht als einfache Bürgerin durch die Straße, aber an solchen Abenden im Sommer zeigt sich, wer sie ist. Was es nur an Prominenz gibt in dieser Stadt, fährt dann vor und in das Eingangstor hinein. Dahinter feiern sie die ganze Nacht. Wir staunen und bewundern das alles, und an solchen Abenden sieht man endlich Menschen, die man sonst nur aus der Zeitung kennt.«

Ja, an Sommerabende erinnere ich mich jetzt, mit vielen Leuten an einem See in einem nagend-schwelgerischen Wind, an das heimliche Wittern nach jemandem, dem es gelänge, der ausdrucksvolle »Engel« des Abends zu sein. Eine gemeinsame Produktion von Stimmungen, diese noch nicht entdeckten, nicht an Namen vergebenen Gestalten eines aus uns hinausdampfenden Urwalds, der uns ein Gleichgewicht herstellen läßt zu den Milchstraßenmassen, die uns niederdrücken und vernichten würden, wären wir nicht durch den Mantel unserer Gefühlsausdünstungen geschützt gegen die Kälte über uns.

»Wissen Sie was«, sagt die alte Frau, nun schon keuchend, die grüne Jacke über den Ausschnitt ziehend, »wenn Sie gehen wollen – aber bleiben Sie nur, solange Sie wollen –, und ich schlafe schon, lassen Sie mich ruhig schlafen. Ich verbringe öfter eine Nacht in diesem Stuhl. Kümmern Sie sich dann nicht um mich. Es ist mir angenehm, gemütlich an meinem Platz in diesem Zimmer einzunicken, wenn Sie dabei sind. Lassen Sie das Licht nur brennen. Das bin ich gewöhnt. Die Katze kann aufs Klo und an ihr Essen, wenn sie will. Sie müssen nur die Wohnungstür von innen aufriegeln, der Schlüssel steckt, und von außen abschließen. Werfen Sie den Schlüssel durch den Briefkastenschlitz wieder in die Diele. Da finde ich ihn dann morgen früh. Nur jetzt kein hastiger Aufbruch. Warten Sie, bis ich hier friedlich vor mich hinträume, das ist mir am liebsten. So wollen wir es beenden.« Sie schüttelt, hustend vor Erschöpfung, mit den Händen die Unterschenkel und lehnt sich, bis zum Kinn in ihre Tücher gewälzt und gewickelt, in ihr Nest.

In den ersten Minuten, obschon mir doch nur verboten ist, aufzuspringen, wage ich kaum einen Finger zu regen, statt dessen beginne ich übertrieben regelmäßig zu atmen, als müßte ich ihr beim eben beschlossenen, endgültigen Einschlafen behilflich sein, ganz wie bei kleinen Kindern, die man in den Armen hält, um sich danach um so leichter wegzuschleichen.

Schon sehe ich sie, die mir im ungedämpften elektrischen Licht noch immer so grellbeleuchtet gegenübersitzt, daß ich zwischen den einzelnen Haarlocken die blasse Kopfhaut erkenne, als nicht nur von mir in diesem Zimmer übrig-, sondern auch von aller Welt im Stich gelassene, vergessene Gestalt, eine kaum auszumachende Schrumpffigur, rührendes, in seiner Einsamkeit frierendes, in seine Lumpen gerolltes Wesen, Hutzelkörper, vom Hauch eines kalten Windstoßes, sollte sich unter dessen Andrängen ein Fenster öffnen, zu erlegendes Geschöpfchen! Kleines Bündel, in einen Stuhl geworfen und liegen geblieben, nur ganz innen noch ein bißchen lebendig und warm, mit kaum fühlbarem Pulsschlag. Körperloses Köpfchen, das bald, wenn ich es nicht mehr im Auge behalte, abfallen wird. Zwergenweib in schreiender Unbeschütztheit in der falschen Umgebung, von diesem Haus, auch von dieser Wohnung, diesem Raum mit seinen Apparaturen an der Wand verraten.

Ich sehe hin mit meinem unverhältnismäßigen Mitleid, das sie, wüßte sie davon, empören würde, so wie eine Frau, gekleidet in schrilles Verzweiflungsgrün, das sie vielleicht trug als Zeichen sich schon kräftigender Zuversicht, erzürnen mußte, was sie in meinem Gesicht in aller Öffentlichkeit über sich las. Wie ich selbst auch, in einem Bahnhofsrestaurant unter dem leeren Gewölbe vor einem gemischten Salat für den Kellner ungefragt eine Unglückliche war, ohne daß ich ihn dafür zur Rechenschaft ziehen konnte. Auswendig kannte er all die Bewegungen, das zu eifrige oder wortkarge Danken für das hingestellte Essen bei dieser Art von Kummer. Sein täglich Brot, das zu beobachten! Unglücksraben machten ihm, Profi in solchen Taxierungen, nichts vor. Dabei sind ich und die alte Frau doch lediglich erschossen und bloß nicht überschwenglich gestimmt. Aber es nutzt nichts, kein Einspruch verfängt.

Doch da setzt sie selbst an zum schlagenden Gegenbeweis. Mit einer einzigen Geste, die sie kaum Anstrengung gekostet haben kann, dreht sie alles um. Über die Subtilität des winzigen Aufwands mit gewaltiger Wirkung ist sie sicher durch Frau Hussels Grinsen belehrt worden. Jedenfalls schwillt sie jetzt unverschämt an auf ihrem Thron, in dem sie für den oberflächlichen Betrachter bereits tief schläft.

Sie bläht sich in Windeseile vor mir auf. Es ist gar nicht leicht, überhaupt zu begreifen, was diese Umkehrung der Verhältnisse auslöste. Natürlich sind ihre Umrisse dieselben geblieben. Das ist ja ein Teil des Täuschungsmanövers, diese herzerweichende Hinfälligkeit, hinter der sie, im Kostüm der Zerbrechlichen, mit flexibler Stärke lauert, ein verwöhnter Balg, der durch Zauberei sein Alter von den Schultern stäubt und mit dem kleinen, erbarmungswürdigen, sogar reizenden Körper seine Giftgetränke braut, seine Netze spinnt, mit sanftem Stimmchen Todesurteile androht, kein Glück duldet in der Welt, im Unglück der anderen grast und dabei innig schnurrt, das alles sorglos ausübend, keine Hexenverbrennung fürchtend, die listige, Böses ausbrütende Frau, gedeckt von der Maske des kindlichen Greisinnenkörpers. Auch ich, das alles geradezu haßerfüllt durchschauend – aus allen Lebensphasen tänzelt das gefährliche Weibchen auf mich zu –, sitze gelähmt von den vielen zarten Knöchelchen, machtlos vor den schlaffen Ohrläppchen und all ihren Ausschmückungen.

Dabei hat sie mich nur damit erschreckt, daß sie mich, gewiß unwillkürlich, schräg aus bewimperten Schlitzen anblinzelte. Ein schläfriges und nur sehr schmales Öffnen der Augen, ein wenig von oben herab, mit zur Seite gerutschten Pupillen, die unnatürlich schnell, wie ertappt bei einer Tücke, von den Lidern wieder versteckt wurden. Und erst jetzt, als die Augäpfel sicher verwahrt hinter den faltigen Häutchen ruhen, kann ich an meine Zuneigung von vorhin anknüpfen und flüstere das Wort »Mähnenwolf«, allerdings ohne große Überzeugung, in ihren Traum.

Gingen die beiden durch die Stadt, wären sie ein spektakuläres Paar. Ein anderes aber, ein weniger aufsehenerregendes, von mir auf dem Weg vom Zoo in dieses Haus nur kurz studiert, ein beiläufig gemeintes, am Rande bemerktes, behauptet sich unverdrossen in meinem Kopf durch seine Schwere oder Dichte. Etwas fiel mir ja sofort an diesen Menschen auf, nicht an ihnen einzeln, in ihrer Zusammenstellung lag dieses Faustschlagartige und hat sich bis jetzt nicht vertreiben lassen. Die beiden beharren auf einer durch nichts zu rechtfertigenden Bedeutsamkeit, diese zwei bereits älteren Leute. Ein nervöser Vermummungsversuch der Frau, eine Flucht vor den Jahren in die übelsten Sehnsuchtsfarben vom Scheitel bis zur Sohle, etwas beinahe Explodierendes, das Herausflammen einer Glut, die in den Farben nur leicht parodiert widerscheint, etwas Kreischendes und Fauchendes, nuttenhaft Forderndes in Gang und Blick, was die ungehorsame Fleischeshülle zu müde, zu ungläubig zur Kenntnis nahm. Daneben der Mann, vom Alter schon kastriert, keinen Wunsch würde er ihr mehr erfüllen können außer dem, neben ihr Abzeichen des Männlichen zu sein. So kommen sie mir, ein aus der Kontrolle geratenes Symbol, bleierne Statuen, wieder und wieder entgegen.

Schlimmer aber der Anblick von Rücken, die plötzlich mir zugekehrten, sich entfernenden eben noch Zugeneigter. Freundliche Bekannte, die sich schleunigst mit einer einzigen Wendung, ohne es zu ahnen, ins um ein Haar Mythologische, machtvoll auf mich Einwirkende katapultierten. Große, finstere, die Sonne verdunkelnde Schilder, Türme ohne Öffnungen für einen Blick, lückenlos gefügte Mauern, grundsätzliche Abweisungen, durch kein Lächeln umzustimmen, durch nichts, nicht von mir. Aus der Nähe in die Ferne sich Entrükkende, aufgerichtete Wälle der Rücken vor der beeinflußbaren Front der Gesichter, das Unwiederbringliche ins Spiel bringend.

Wie still es jetzt ist! Viel stiller als zu der Zeit, wo die Frau nur in Intervallen schlief. Auf der anderen Seite, dachte ich eben, auf der anderen Seite: Was? Auf der anderen Seite, je mehr sich der Gegenstand zum Horizont hin verkleinert, von Tagen und pathetischeren Einheiten ständig weitergeschoben, beginnt er sentimentalerweise, nicht nur bei mir, so geht es allen, als Vergangenes, als sogenanntes »Für-immer-Verlorenes« in neuem, noch nicht dagewesenem Pomp aus allen Nähten zu krachen.

Das Anhalten auf einer Flußbrücke über dem schnell fließenden Wasser im Frühling oder Sommer oder, zum Teufel, Herbst, ein Fläschchen mit roter Flüssigkeit, jaja, wie sich jemand die Krawatte umband, ruhig durch den strömenden Regen ging ohne Mantel und Schirm. Weltereignisse: die angerauchte Zigarette in einer trotzigen Geraden zwischen die Schienen geworfen, ein Blumengärtchen in der Dunkelheit, Lampenlicht, das aus den Fenstern des Schrebergartenhäuschens auf die Rabatten mit Ringelblumen und Kapuzinerkresse fiel. Verklärte Kapuzinerkresse eines entschwundenen, großartigerweise entschwundenen Augenblicks. Kindheit und große Liebe, alte Hüte, was sonst.

Verdammter Kapuzinerkressenhumbug, ich bin hundemüde, die Frau hat's gut. Die muß nicht mehr hoch und ab durch die Nacht, oder wie man das mittlerweile nennen soll! Hundemüde, hundeelend. Alleingelassen auf dem Sofa. Die Katze, die sich bestimmt einbildet, alles bis ins Letzte mitzukriegen, schnarcht dickfellig vor sich hin. Schlaftrunkene Bewegungen der Frau gleicht sie aus mit der Routine eines Seemanns bei rollender See.

Die Blumengärtchen auf dem Erinnerungsgoldgrund, die gegenwartsdisqualifizierenden! Die Blumen- und Paradiesgärtlein, vor denen man sich in den Museen drängt als dem einmal Erhofften, längst Aufgegebenen. In ihrem Feuer vertausendfachte Kapuzinerkresse und Feinheit kleiner Frauenhand: Wie staut sich hier das Leben, verkleidet als praktisch ausgerüsteter und zeitgenössischer Reisender vor dem undurchdringlichen Glück, dem hermetischen! Wie klumpt es hier vor den Barrieren der Bildoberfläche zusammen und sieht mit dummen Augen hinüber auf das, was an jedem Wegrand womöglich noch gedeiht, hübsche Frauen sowieso, starrt mit offenem Mund die leibhaftige Verklärung eines Mistkäfers auf fauler Frucht an, als ginge es um ein in Kürze bevorstehendes, schon herangewitterndes Glück!

Auf der anderen Seite, jawohl, schon wieder auf der anderen Seite, der Friedhof – kein Wunder, daß ich angesicht dieser, den ewigen Schlaf darstellenden Frau nicht runter kann von Gräbern, Toten etc. – der Friedhof einer berühmten, als das Glück selbst, als das kriminell erkämpfte und nun tatsächlich betretbare Glück angekündigten Stadt. Dem, der den Bahnhof verläßt, liegt sie einen Moment lang hermetisch, zum Sammeln seiner Kräfte, als undurchdringliche Bildoberfläche gegenüber. Das vergängliche, unerhörte Aufblühen der Anblicke hier in massivem Material, ein maßlos übertriebener, hochstilisierter, mit brachialer Gewalt sich breitmachender Lebensaugenblick: hier in Steinen anwesend, Seelenverästelungen, seit Jahrhunderten anzufassen, immer zur Stelle. Auf der anderen Seite der Friedhof.

Die Kreuze mit den Fotografien der bis vor wenigen Jahren, ja Monaten teuren Toten auf einen Haufen geworfen, die Ampeln, Wachsblumen, in Stücke geschlagen die marmornen Gebetbücher, verbogen die Palmblätter aus Metall. Hinter den letzten Reihen der jüngeren Gräber, auf denen die leuchtenden Blumen in erneuerten Scharen inbrünstig vergehen zum niemals endenden Gedenken der Fotografierten. Bald zieht die nächste, die letzte Reihe vor dem abrupt beginnenden Gerümpelfeld in die zum zweitenmal tödliche, nun die steinernen Zeichen des frommen, des zärtlichen und leidenschaftlichen Gefühlsausbruchs betreffende Schlacht. Ein Kampf nicht von Leben und Tod, ein lautloser, immer schon entschiedener Kampf, ein ohne Geräusche tobender Krieg zwischen der Zeit der Empfindungen und der des Vergessens, ein glühendes Standhalten bis zur äußersten Sekunde und ein lakonisches, zuverlässig nach dem Kalender einsetzendes Abräumen bei unbefangenem Tageslicht.

In der Stadt – die alte Frau wird über sie dann und wann eine kleine Operettenmelodie gesungen und sie vor sich gesehen haben als phantastisches Panorama, als das Gefieder ihrer Paläste rauschend entfaltende, in Meer und Kanal gespiegelte Ansicht –, zwischen Schüben der fälligen Überwältigung beharrlich der Zweifel, mochte sich die Stadt noch so exaltieren mit Verblüffungen an jeder Ecke: War nicht gerade sie keineswegs das, was sie vorgab zu sein, vielmehr lediglich Nachahmung, Illustration einer lange vorher gekannten, zumindest für die Dauer eines Blitzes gesehenen sehr viel schöneren, noch sehr viel schöneren Stadt?

Ich werde sie noch nicht verlassen. Zu leicht ist bis jetzt ihr Traum. Die Katze zuckt mit den Pfoten. Es überträgt sich sofort auf die Lippen der Frau. Im Schlaf sind sie, wenn auch Unterschiedliches träumend, einander besonders verbunden, eine einzige, zusammengewachsene Figur, zu der sich ein überwuchertes Waldhaus im sonnenlosen Grün so freundlich ergänzen ließe. Zierliche Hexe, wer weiß, ob nicht Eulen in ihren Decken wohnen, ob sie nicht selbst, mit sachtem Schwenken der Tücher, sich als Waldkauz aufschwingen kann. Die Katze verwandelt sich ohnehin in das, was sie will. Eine von beiden schnarcht stotternd.

Ein zweimalzwei Meter großes Waldstück in der Nachmittagssonne, grün lodernder Boden zwischen langen Schatten: Schon würde das Waldurbild durchscheinen, aus dem man nie wieder zurückkehren, ein Tunnel, Trichter, auf dessen Grund man stürzen will. Ich wünsche der Frau, daß sie von ihrem zerfallenen, unentwegt jungen Liebsten träumt, daß sie ihn im Gezitter der huschenden Personen ihrer Nacht schließlich als das überaus deutlich Wirkliche erkennt, so wie sie vielleicht hinter seinem verschwundenen Lächeln, das ihr alle Sicherheit nahm, für die Dauer eines Blitzes ein zweites, älteres entdeckte, in dem sie untergehen konnte wie in einer konstanten Helligkeit.

Aus den zarten Andeutungen des Schreckens und der Furcht hemmungslos aufblühende, vervielfachte Ahnungen des Entsetzens, kaum feststellbares Beben einer Hand zum Zeichen erwählt, die Riesen- und Domglocken der Verzweiflung zu schlagen. Unterstellungen, zweifellos nicht begründbare Ausuferungen der Zuschauerin. Aber ist sie es nicht selbst, die am meisten geschoben und gerüttelt wird vom gewalttätigen Hall der Anblicke, von der nicht zu den Tatsachen passenden, aber von ihnen in Erinnerung gebrachten oder ausgesäten Wut der ins Monumentale schießenden Bilder? Es ist die Katze, die stotternd schnarcht.

Die Frau im Treppenhaus, wie sie geistesabwesend am Kopf des Mannes vorbei ins Leere sieht, oder als würde sie einem sich höher schraubenden Vogel nachblicken ohne weitere Beachtung ihrer nächsten Umgebung, während ihr Körper sich doch hingibt mit allem Eifer. Ja, würde man sie jetzt fragen, ob sie für Verlängerung und Anschwellen ihrer Lust den Weltuntergang in Kauf nähme, ob sie das Ende der Erde, in deren vernunftloser, laubfeuchter Masse sie doch in diesem Moment ausgelöscht werden will in rasender Verausgabung, ob sie das Ende der Erde für die Fortsetzung ihres Vergnügens also unterschreiben wolle, so könnte sie nicht anders, als es tun.

Ein Auf-den-Grund-Gehen will sie mit aller Energie, ein Ausleeren bis zur Neige. Zugleich aber, weil ihr die Liebe in dieser Nacht so glückt, kann sie hinausstürzen aus sich, ausschlüpfen durch Materialekstase. Der Mann fühlt sie mit seinen Händen und verbiegt ihre Knie, wie es ihm gefällt, spürt keinen Widerstand, keinen Vorbehalt, keine Gleichgültigkeit. Sie verstellt sich nicht. Sie greift zu, in seine Schultern gräbt sie die Nägel, wie es sich gehört. Es geschieht mit Überzeugung, aber selbst wenn sie sich voller Anstrengung auf die männliche Gestalt konzentriert, die Augen dabei schließt oder ins Schwarze starrt: Es reißt etwas auf vor ihr, die Figur des Liebhabers kann es nicht länger bündeln. Es ist eine Wahrheit, eine plötzliche Wahrheit, Frische über einem unendlichen Feld. Kein Hinsterben, kein Verweben und Verwesen mit Waldboden und Laub, kein süßes Einschlafen und Verkriechen in Moos und Schlamm. In diesem äußersten Augenblick, eingefroren in den lichtlosen Hintergrund des Treppenhauses, beinahe wie von ihr selbst hervorgebracht das Blitzen einer anhaltenden Helligkeit, ein Widerschein davon jetzt ihr weißes Gesicht.

Die Katze – auch sie will wohl das Einfädeln der alten Frau in den Tiefschlaf nicht verzögern – putzt sich dezent ein wenig hinterm Ohr. Vielleicht ahnt sie auch, daß sie mich erst los wird, wenn ich die Frau todsicher durch meinen Aufbruch nicht mehr störe und trägt das ihre dazu bei. Ich habe die Symbiose der beiden heute abend so lange betrachtet, daß es mich Tage verfolgen wird, nicht verfolgen, mir entgegenspringen wird. Sie holt die Pfote hinter dem Ohr hervor, leckt sie albern ab und zieht den Kreis von neuem. Stille, Stille, das stotternde Schnarchen hat die Frau nicht von der Katze übernommen. Ich höre das schnackende Geräusch der zurückklappenden Ohren. Aus den anderen Wohnungen, von Treppenhaus und Straße kein Laut.

Die Katze läßt nicht ihr Pfotenkreisen in schweigender Besessenheit, als sollte es mir unvergeßlich bleiben. Wäre meine Zuneigung zu ihr etwas größer, hätte ein einziges Mal genügt für das aus Maß und Gesetz geratene Aufblühen der Bilder. Bild eines Lächelns, eingestanzter Abdruck einer über die Schulter geworfenen Jacke, Finger an der Augenbraue, um die Welt in die Knie zu zwingen. Das Entblößen der Zähne, Entblößen eines Gedankens, Zuschlagen einer Hand.

Ist es nicht, hätte ich die alte Frau, die weiß, wovon ich rede, noch fragen sollen, ist es nicht so in der Liebe, in der sie schärfenden, an ihr sich schärfenden Eifersucht, als hätte die Person, auf die es ankommt, wie ein Dieb bei seiner Diebesprüfung einen Anzug an, unsichtbar hier, doch mit feinen Schellen über und über besetzt? Jede Bewegung verursacht für uns, nur für uns ein Läuten, ein Klingen, jeder Atemzug ein Schellengewirr. Nie entgeht uns eine Regung, eine hundertfach Resonanz erzeugende Zuckung der Gestalt, und wir denken, das Haus, die Stadt muß es hören. Das Ohr ist uns angefüllt von den silbrigen, metallischen Lauten, den feinen, kleinen, kalten Klängen. Wir hören nichts anderes mehr zwischen Himmel und Erde, nur das schreckliche Bimmeln, das zierlich böse Singen der Glöckchen bei einem Räuspern, einem Seitenblick.

Ich probiere das mit der Symbiose aus: Wenn ich auf die Tischplatte sehe, ist dort die Frau mit dem Tier.

Dann nicht mehr. Dann der eigenartige Wind, der sich von oben nach unten bewegt in Flur und Treppenhaus, der so riecht, als stiege er aber aus dem Keller herauf. Die Mauern fingen ja schon an, mitsamt der Decke einklemmend auf mich zuzuwachsen. Vielleicht wäre ich nicht nur steckengeblieben, sondern sang- und klanglos in die Mauern übergegangen. Etwas tiefer die Felsen, in allen Zuständen der Erwärmung, des Siedens und Kochens, Aufwallens und Überschwappens, erstarrt in allen Formen des Drohens, Stürzens, Zusammenbrechens, überall Löcher, Kavernen, aufklaffende und verschlossene Nischen. Das Reich der Erz- und Kohlelagerstätten. Die Bergleute mit den hellen, fiebrig glänzenden Augen in schwarzen Masken, die barbarischen Zähne, Schächte, Stollen, Tunnel. Druck und Hitze nehmen zu. Das Flackern der Grubenlampe, die furchterregende Dichte der Erde, Erde, die sich über den Bergleuten ballt. Es geht nicht nur durch fünf Erdschichten in eine Temperatur von 300 Grad hinab, auch 300 Millionen Jahre hinein in die Vergangenheit von gewaltigen Erdbewegungen, ein Hin- und Hergeschiebe von Südkontinent und Nordkontinent hat stattgefunden. Aus viel größerer Tiefe sind Teile des Erdmantels aufgestiegen. Aus dem Erdinneren von Schlangen und Seismographen erhorchte Signale, lockere Folge verräterischer Erdbeben und kleiner Eruptionen, schwarze Asche- und Dampfwolken, Glutwolken, harmonische Beben und Anschwellen des Vulkans. Magmatischer Ehrgeiz, sich zu verschleudern, die Kruste zu sprengen, den Weg im Schlot aus der Tiefe hochrasend zum Zustandswechsel. Nach der Entleerung zusammenbrechender Vulkan, seiner Festigkeit und aufblähenden Wut beraubter, resignierter Vulkan, Bett eines kalten Kratersees. Unerreichbar sind Magmahitze und Magmaenergie. Aus den Spalten der mittelozeanischen Rücken steigt auf, sprudelt hoch ins Meeresbett das geschmolzene Gestein, in den Tiefseegräben, was kein Fisch berichtet, wo die unentwegt herangedrängten, an ihrem anderen Ende unentwegt verjüngten

Platten auf andere stoßen, schieben sie sich, tiefer und tiefer abtauchend, unter die Festlandrücken, sinken zurück ins Erdinnere, erinnern sie sich?, schmelzen dabei unter Reibung und Druck, hochjagend in die feurige Vertikale schließlich die alte, so lange horizontal gezogene Erdkruste, in die Luft und auf trockenes Land berstend. Unter Kruste und Mantel in flüssiger Hülle das eiserne, starre, glühende Herz.

Ständig wachsendes, festes Herz, aufsteigende Feuerflüssigkeit der Hülle, abgekühlt herabsinkend, neues Erhitzen und Steigen, im Steigen sich abkühlend und wieder hinabtauchend, hinabregnend in die innerste Tiefe. Kreislauf der Konvektionsströme, unter der Kruste ein ruheloser Aufstieg und Fall.

Auf der Tischplatte wieder wappengleich die alte Frau und das Tier. Die beiden mir gegenüber wissen es nicht, es kümmert sie nicht, sie gehen getrennt ihren Träumen nach. Ich aber, wenn ich zu ihnen in ihrer Leibhaftigkeit hinübersehe, habe das Wappen vor Augen, wie eine Rüstung um sie herum das bedeutsame, bis auf den Baustoff mit ihnen identische Bild. Es scheint luftiger gemacht zu sein und ist doch an Dichte, Druck und Temperatur nicht zu übertreffen. Welche Stille! Wieviel schlafende Leute allein in diesem komischen Haus, sie alle, sobald man ihrer ansichtig wird, beteiligt am irreführenden Aufblühen der Bilder, Kasselberg, Hammel, Hussel, der Vetter aus Dingsda und Herr Zahara, auch Kussel, Hammelmann, Hummelberg – und Tal. Die eingebildeten Kränkungen ihres Schweigens und die Treulosigkeit ihrer Rücken, wenn ich mich unter sie mische. Sie ahnen nicht, welche Dramen die von ihnen unbefugt verübten, auswegslos symbolischen Rucks und Zucks in mir hervorrufen!

Höchste Zeit, Frau und Tier allein zu lassen! Das Kronleuchterlicht wütet auf sie herab. Es stört sie nicht im geringsten. Ich könnte sie jetzt aus der Nähe bequem betrachten. Sie zeigen keine Veränderung bei meinen Schritten, demnach spielt auch die Katze mit. Aber schnell bin ich an ihnen vorbei. Übermäßig, unangemessen würde mich der bleiche Haarboden rühren oder ein geheimer Verlauf der Mundwinkel erbittern.

Lieber halte ich wörtlich ihre letzten Anordnungen ein.

Fünftes Kapitel

Es ist ja schon hell! Von Nacht jedenfalls kann keine Rede sein. Ich stehe in einem Haus, zweiter Stock, erste Tür rechts, das mit dem gestrigen nichts zu tun hat. Nach beiden Seiten führt ein Gang, an den Enden selbstverständlich klar begrenzt. Ich muß keine Angst haben, daß es sich um einen flüchtigen Eindruck handelt. In aller Gemütsruhe ist der lakonische Anblick zu genießen in einem grauen Licht, das ohne Sperenzchen die Treppen rauf- und runtersteigt, durch Flurfenster, nehme ich an. Ich rühre mich noch nicht von der Stelle, ich habe noch das Poltern des Schlüssels auf dem Dielenboden im Ohr. Drinnen, in den Abdunklungen des Zimmers und unter den elektrischen Birnen, ist mir die Veränderung entgangen, so daß sie nun auf mich wie eine schlagartige wirkt, erst eingetreten mit dem Türöffnen. Gut, so ist doch das Herausfinden viel praktischer, aber eine ernüchternde Ohrfeige in seiner Plötzlichkeit ist dieses normale Dastehen oder Vorhandensein eben doch! Natürlich nichts Absichtliches, aber letztenendes bin ich wieder zum Narren gehalten worden. Ein Treppenhaus in der ersten, vernünftigen Morgentrübnis. Schon wieder nicht das Richtige?

Ich muß nur los und die Treppe hinunter in der Stille. Keine Geräusche hinter den Wänden, aber sehr fern das Pfeifen eines Zuges vielleicht, ein Rauschen? Was war es denn noch? Höchst pauschal, fast ein Naturlaut, aber trotzdem völlig rätsellos. Das kann hier auch gar nicht anders sein. Alle Effekthascherei durch zu wenig oder zu viel Licht hat einem untadeligen Gleichgewicht den Platz geräumt. Das einzig heimlichtuende Element bin ich. Auch das soll nun aufhören, schließlich komme ich nicht von einem Lotterbett. Ich spüre trotzdem die Neigung zu schleichen. Das liegt nicht an einer Rücksicht auf die Schläfer im Haus, vielmehr an dieser für Menschen nicht geschaffenen Gräue. Menschen sind hier überflüssig, das wird einem schonungslos mitgeteilt von dem glänzenden Holzboden und den moosgrünen Kacheln, aber sowohl das Glänzen wie das Moosgrün ist jetzt eher ein Kompliment meiner Erinnerung. Also mit sachlichen Schritten die Treppe hinunter auf das Flurfenster zu, durch das man nichts sieht. Das Glas ist milchig, wohl um ein besonders häßliches Panorama zu verbergen. Nur oben, wo kein Hals hinlangt, wird das Glas durchsichtig.

Kein Grund, stehenzubleiben! Gleich weiter in den ersten Stock, hier Geländer, da Kachelwand. Kein Grund zum Festhalten bei diesem Licht. Hier ist das Reich von Hussel und Kasselberg. Quasselberg auch, wie sie alle hießen gestern abend, das Reich der südlichen Essensgerüche und des Schweinecurrykochers. Was soll ich hier nachforschen? Es zeigt sich ja alles auf einen Blick. Immer der Treppe nach also, nun schon zur letzten Kehre, wo mein schwarz-weißes Paar im Dunkeln stand.

Sie sind noch immer da! Sie sind da, und ich gehe ihnen Stufe für Stufe entgegen. Allerdings ahnen sie das nicht. Sie schlafen fest. Auch diese zwei scheint man über Nacht ausgetauscht zu haben. Sie sind ausgewechselt worden vom Morgengrauen gegen ein bejahrtes und beleibtes Paar, auf dem Fußboden, unter dem Fensterbrett sitzend und kauernd. Die Frau, daran führt kein Blick vorbei, streckt mir – während ich sorgsam gegen ein mögliches Knarren der Stufen anbalancierend näherkomme, wird mir Detail um Detail präsentiert – ein nicht sehr pralles, aber massiges und bleiches Hinterteil hin. Sie hockt gekrümmt wie die Bären im Zoo, auf Knien, Unterarmen und Oberkörper, der zumindest am Rücken mit einer Jacke zugedeckt ist und, an den in der Ecke halbwegs sitzenden Mann gedrückt, unterhalb seiner nur in der Mitte nackten Brust, etwas umständlich, aber gar nicht unbequem aufliegt. Einige Haarsträhnen in der Farbe des Fußbodens berühren fast – natürlich suche ich sofort danach – das weggesackte, grämlich gerunzelte, ein bißchen wie von Rost befallene Glied des Mannes, der sich mit den Schulterblättern gegen die Wand lehnt, wobei ihm der Kopf mit willenlos offenstehendem Mund zur Seite gekippt ist. Die Beine sind gestreckt, in Schuhen, Socken, herabgerollter Hose. Die beiden schlafen nicht weniger friedlich als oben die alte Frau und ihre Katze. Die werden nicht allzu sehr frieren. Immerhin überlagert der Geruch nach Alkohol jeden anderen in dieser Ecke. Ihre Körper machen den Eindruck des vielfach Gebrauchten, Mürben, längst Abgedroschenen, ohne Furcht, von morgendlichen Beobachtern studiert zu werden, und doch merkwürdig bekümmert.

Es verblüfft mich, daß sie hier unbehelligt die ganze Nacht ausgehalten haben. Oder sind sie, einen Moment vertiefe ich mich in die Vorstellung, in Etappen alle Stockwerke rauf- und runtergewandert, um schließlich wieder hier zu landen mit dem Rest der ihnen verbliebenen Kraft?

Als ich schon mit der letzten Treppe anfange, höre ich hinter mir ein kurzes Röcheln, Knattern oder Räuspern. Warum sollte ich mich umdrehen? Es bleibt obendrein ohne Wiederholung.

Was noch mit dem gestrigen Abend zu tun hat, als einziger Treuebeweis, ist die Zugluft mit dem Kelleraroma und mittlerweile auch unter den Sohlen, rechts die Wohnungstür von Hammel, das Knirschen, das herrührt von einem bis auf die Stufen mitgeschleppten, groben Sand, ganz im Einklang mit der allgemeinen Gräue. Mörtelreste. Im Flur werden einige Kacheln rausgerissen und erneuert. Kein Hammel und kein Handwerker hat bisher aufgeräumt. Ich kann jetzt auch viel besser in den hinteren Bereich des Hausflurs sehen. Am Ende ist eine schmale Tür, die wahrscheinlich auf einen Hof führt, daneben beginnt ohne Zweifel der Abstieg in den Keller.

Eine Höhle umgeben von verrutschten, schwach farbigen, farbig aufglimmenden, glimmersplittrigen Felsadern, in einem gewaltigen Atmen die Luft einsaugend und aus der Tiefe wieder hochschickend in die Flure. Eine Höhle, die mich von allen Seiten verkleinern will. Der junge Schmelzschweißer, der Bergmann und das Grubenpferd! Die Höhle, Kellerhöhle unter den strahlenden Wasch- und Mangelräumen für Hussel, Himmelundhöllemann wird sich fallenartig aufsperren und schluckend verengen, sobald man eingedrungen ist.

Immer in die Tiefe gestiegen bin ich und durch das Treppenhaus gesaust, durch die Fundamente, durch Erdkruste, Erdmantel ins Erdherz hinab. Es reizt mich nicht, hier einmal bei Tageslicht nachzuprüfen, wie sich die Stufen nach unten fortsetzen. Es wird mir ergehen wie mit dem schwarz-weißen Paar. Ich bin es satt, ich bin den Weg, den Sturzflug nach unten leid. Aber warum zögere ich nun, wie es in der Reihenfolge der Dinge läge, geradewegs das Haus zu verlassen? Was reizt mich jetzt noch für eine Neugier trotz meiner Müdigkeit? Nichts Besonderes, es ist nur ein Einfall, über die alte Frau hinaus einmal bis ans Ende hochzusteigen.

Noch einmal also, wie am Abend von unten dem Paar entgegen, diesmal ohne Überraschung. Im Schlaf hören sie wohl meine leisen Tritte und regen sich ein bißchen, spüren die Kühle, rücken enger zusammen. Die Hände tasten nach Stoff, um nackte Körperstellen zu bedecken, geben es aber gleich wieder auf. Noch einmal dem Gang von Himmelmann, Schimmelmann und seiner Nachbarsippschaft entgegen. Mitten auf der Treppe wende ich mich um, sehe das von den Jahren gebeutelte Hinterteil der Frau und die jetzt beim Atmen sich aufblasenden Wangen und prustend aufspringenden Lippen des Mannes. Keine längeren Blicke für den ersten Stock, wer weiß, wieviele es noch werden, dem zweiten Flurfenster zu, der alten Frau zu. Da biege ich doch um die Ecke und lausche. Kein Geräusch, alles unverändert, denke ich mit einer unleugbaren Zärtlichkeit. Nun endlich hoch in unbekanntes Gebiet, drittes Flurfenster, dritter Stock, alles wie darunter, aber doch ein wenig anders, einfacher, ärmlicher, aber das ist nicht die Hauptsache. Es hat mit einer Empfindung des letzten Abends zu tun. Ein ganz leichtes Näherrükken der Wände nämlich, ein Heranschieben. Da, das vierte

Fenster, man sieht es schon, wenn man tiefer steht: Es ist niedriger, alles verkürzt, verengt hier. Ich steige nun Stufe für Stufe, werde langsam. Auch der vierte Gang kommt mir wie ein Stollen vor, alles wie für kleinere Menschen. Ich packe das Geländer der nächsten Treppe, und ist es nicht in Wirklichkeit so, als würde ich hinabsteigen in die einschnürenden, würgenden Kellerschächte dieser Nacht? Aber Unsinn, es wird ja heller hier oben, eng, aber hell. Es gibt kein Fenster, aber dafür eine regelrechte Tür aus dem milchigen Glas. Eine sehr schmale Treppe führt noch weiter zu einer uninteressanten Bodentür, vor der ein Schloß hängt, aber, die Glastür sacht aufstoßend, bin ich angelangt, denn zu meiner Verblüffung läßt sie sich nicht nur öffnen, sondern bietet mir einen umgitterten Vorsprung an als Aussichtsplattform, als Balkon. Ein Leichtsinn, nicht abzuschließen! Ein Sprung der Augen ins Freie.

Jetzt muß ich eine Weile atmen und nach oben, nur nach oben sehen. Wie leicht läßt sich mit den Augen eine Schneise schlagen in die atmosphärische Hülle! Troposphäre, Stratosphäre, Ionosphäre, Exosphäre, interplanetares Medium. Fünf Strophen im vagen, wolkenlosen Morgenhimmel. Keine Anstrengung, von einer Schicht in die nächste zu gelangen, kein kräftezehrendes Durchstoßen einer Denkgrenze. Ich denke ja nicht. Ich sehe nur durch alles hindurch, und die Luftzonen sagen sich von allein auf als festinstallierte Leitplanke für die Augen. Kilometersteine für den schnellen Augensprung nach oben. Mühelos stürmt man die Leiter hoch, fünf Sprossen, und will nichts Endgültiges mehr im Immerhöher-Schrauben lesen, ermitteln, erbeuten. Ich will nicht schärfer hinsehen, alles genügt, wie es ist. Dabei halte ich mich gut am Geländer dieses Liebhaberplätzchens: eventuell auch nur ein Stützpunkt für Handwerker oder der Einstieg zu einer alten Feuerleiter.

Noch kein Blick nach unten, statt dessen schnurgerade die Troposphäre durchschritten, durchschnitten, die Zone des Wetters, der Kalt- und Warmfronten, der Tief- und Hochdruckgebiete, der Winde und Wirbel, der Niederschläge und

Verdunstungen, nur knapp über dem Reich des Schweinecurrykochers das Reich der feuchten und trockenen Luftmassen, der Quell-, der Haufen-, der Federwolken, der Gewitterwolken.

Kein Blick nach unten. Darüber die Ozonschicht der Stratosphäre, über Freund und Feind, weit weg, in unsichtbarer Höhe, wankender Schutz, kein Blick nach unten, also weiter gestiegen zu den Meteoren, den Sternschnuppen der Ionosphäre, wie hoch ist das Auge?, wo findet er statt, der gleitende Grenzübertritt von einer atmosphärischen Schale zur anderen, wo hält sich der Blick gerade auf und fest, ohne Geländer in der Luft, äußerste Zone, Zone der dünnsten Luft, der letzten, höchsten Polarlichter, vierter Schleier, den die Erde um sich rafft, Exosphäre, Grenzbereich zum schonungslosen Raum.

Ich sehe nichts, es ist das Nichts, das ich sehe. Es ist das gütige System von Umschließungen, und es ist da, als wäre es nicht da.

Überall eine gut verteilte, leichte, schattenlose Gräue. Natürlich muß der Blick nun hinunter, und ich presse mich sofort gegen die Wand, so schwindelnd geht es nach der Eroberung des Luftraums, bei der ich nicht mit der Wimper zuckte, über die geringe Distanz von ein paar Stockwerken in die Tiefe ohne Schräge, ohne verbindlichen Übergang. Auf einer Art Felsnase stehe ich und in der ersten Sekunde über einem regelrechten Abgrund. Aber das erledigt sich schon, andere Häuser sind noch höher, so schlimm ist das hier nicht. Die Gegenstände sind dichte Knoten, Zusammenballungen im Grau. Manches also höher, manches niedriger als ich auf meinem Posten. Wenig Geräusche noch immer, das Naturlautrauschen hat aber seit Betreten des Plateaus zugenommen. In Wohnungen habe ich bis jetzt keinen Einblick, seitlich eine Baumreihe, ein schnell fallengelassener Versuch, links der Gleiskörper, ausgestorben. Vielleicht gehörte er zu der Fabrik, die vor der Plastikfabrik mit ihren Picknick- und Freizeitartikeln hier war. Schuppen sind da, eine Schuppengegend, manche klein wie eine Hundehütte, ein Kaninchenstall. Das wirkt liebenswert verlassen und treuherzig von hier oben. Eine Stillstandstunde. Mir wäre lieber, man könnte Abenddämmerung dazu sagen.

Keine Ahnung, wo von hier aus der Zoo liegt. Die alte Frau wüßte es sicher im Schlaf. Man könnte meinen, auf alles wären große Mengen feuchter Asche gestreut um einer Einheitlichkeit und grauen Gerechtigkeit willen. Um diese Zeit soll es aussehen als ob. Aber eine solche Morgenuniform aus trübem Filz täuscht über nichts hinweg, denn man wird durch nichts abgelenkt. Man sieht besonders gut, was groß und was klein ist, das muß nichts bedeuten, aber es hält die grundsätzlichen Unterschiede hoch. Das, was ich von der Stadt sehe, macht eigentlich den Eindruck des Verschwiegenen und betont Diskreten. Wenn ich mir Mühe gebe, sehe ich weit hinein zwischen die Anordnungen der taubengrauen Sichthindernisse, der Blöcke, der Bauten, taubengrau auch die Zwischenräume. Alles in diesem Ton tapeziert und ausgelegt, als würde von einem Horizont zum anderen das Bankgeheimnis herrschen.

Das Eigenartigste aber ist, daß dies, was doch niemand bezweifelt, die Wirklichkeit schlechthin ist. Aber warum dann dies prahlerische, zusätzliche Rausschreien der städtischen Anlage mit, beispielsweise, ihrem Müllnotstand und den geplanten Müllexporten, daß es bis hierher dröhnt: »Seht her, ich bin's, mit meinen Zwangslagen, die mir ins Gesicht geschrieben sind, das, woran keiner von Euch vorbeikann, das bin ich: die Nüchternheit in Person!« so, als hätte das unter der Hand als Vorzug zu gelten, unter der Hand bzw. unter Eingeweihten.

Ja, die Abenddämmerung wäre mir lieber, wenn ich wählen dürfte. Abends möchte die Stadt ja gern etwas anderes, sie möchte »unwirklich« sein. Das ist albern, aber wenigstens ein Anzeichen periodisch auftretender Scham. Was ich mir wünsche, sind eine westliche Sonne und Bäume, die sich im ersten nächtlichen Dunst blähen, während noch die Stämme leuchtende Schlitze in der Welt sind und die Blätter sich losreißen wollen im schrägen Licht. Ein einziger Baum in dieser Art genügte mir schon. Ich würde ihn unersättlich immerzu anstarren und einer Erinnerung nachforschen. Zwischen den Häusern diese Lücke für eine Entfernung von der Gegenwart, und warum denn überhaupt der ganze Abenddämmerungsaufwand?

Es ist eine Konstellation, die hier in der Stadt bei glückendem Sonnenuntergang nachgebaut werden kann zur Wiederholung eines Genusses, der mir an Ort und Stelle, bei reellrealem Anblick durch Unruhe nicht möglich war. Als er sich ereignete, in einer weitaus kühneren Landschaft als diese Filzstadt es je sein wird, war ich bekämpft und erschlagen von der Macht eines Eindrucks, vor dem ich nicht weglaufen konnte, nicht nach vorn und nicht nach hinten, ich sollte es aushalten, so einen Augenblick ohne Vorläufer. Etwas Drängendes ging davon aus, es zog und zerrte mich. Ich sollte es ertragen als der ideale Empfänger, als perfektes Gegengewicht, als jemand, der in der Lage war, das Tag und Nacht trennende oder in sich saugende oder übertrumpfende Schauspiel restlos auszuschöpfen, als es andauerte.

Dazu besitze ich nicht die Fasson. Ich habe mir statt dessen das Bild lediglich gemerkt. Vor einem solchen Anspruch hätte ich ohnehin viel zu schnell Hunger oder einen juckenden Rücken gekriegt. Ein einzelner Baum aber, hier, in die Klemme genommen von den Häusern, würde ausreichen – ohne die Augen zu überfordern, sie sehen ja nichts Übermäßiges, die Imitation wäre schwach genug, um mich nicht vom Platz zu fegen oder kopfscheu zu machen – für das verspätete Crescendo.

Wenn sich aber alle meteorologischen Launen des Tages verflüchtigt haben, zeigt sich das exemplarische Gewölbe der Nacht, von Gestirnen strotzend. Was könnte ich mehr verlangen, als hier, bis auf die Rückfront im freien Raum, sicher gehalten zu sein, mitten in der Nacht aufgehängt wie in einem Wiedertäuferkorb, ausgesetzt, um in die Nacht überzugehen, zu zerfallen, mich ihr hinzuzufügen, den sich auflösenden Leib, nichts mehr zu verbrauchen von ihr?

Mit einem Fernglas könnte ich die Milchstraße betrachten, wenn die Stadt ein einziges Mal erlöschen würde, das Aufreißen des Schleiers zu den blau glühenden Fetzen der Einzelsterne. Direkt am Glas begänne das Firmament, der Himmelsraum, der anziehende, magnetische Raum, so daß alle Geräusche, selbst naturlauthaftes Brausen, vernichtet und vergessen wären. Die Haut aber fühlt dann die atem- und herzschlaglose Stille der Sterne. Auch meine störende Hirnschale verschwände, und ich befände mich mitten unter den Himmelskörpern.

Hier oben könnte ich schlafen oder wachen. Im Kopf hätte ich die großen Landschaften und würde erkennen, daß mein Inneres vollkommen identisch ist mit den Savannen und Urwäldern und rauhen Gebirgsgegenden und den Waldeinöden. Das, was sich mein Gemüt nennt, wäre aufgegangen in ihnen ohne die erbitternd kleinmütige Scheu des Tages.

Es müßte hier oben eine Nacht auf die andere folgen, ohne Tage. Ich denke mir also eine gedehnte Nacht mit eremitenhafter Leere in der überaus ebenmäßigen Entrückung von allen.

In der Nacht würde ich von meinem Standort aus die Mündungslöcher sehen, die Depots und Anknüpfungspunkte unendlicher Räume, die kleinen Anknüpfungspunkte, die genügen für ein Grausen und Entdecken. Dafür ist der Nacht im Freien über Stadt und Vorstadt, Acker und Bahngelände jedes Ding ein gefundenes Fressen. Es müßte nur um einige Grade dunkler sein als jetzt.

Zu spät! Der Ausgang ist ja entschieden. Wenn es vor einer Weile noch auf des Messers Schneide gestanden hat, ob Tag oder Nacht aus diesem Grau schlüpfen könnte: Nach dem speziellen, unverkennbaren Ruck, gerade, als ich zu frieren anfing, nicht mehr.

Oder war es kurz vorher, als ich, gegen das sich ankündigende Frösteln vermutlich, mich darauf besann, daß ich hier auf einer in die Welt ragenden Kanzel stehe, über einer in ihre Häuser vor mir verkrochenen Zuhörerschaft? Ihre Filzmützen haben sie über die Ohren gezogen und träumen sich durch die Nacht wie Büsche in einer Buschlandschaft. Mir aber flößt der Platz in der Höhe Pflicht, Mut und Gabe zu predigen ein. So habe ich es kurz gefühlt und sage der Stadt, als reinen Extrakt aus der Differenz unserer Positionen, ein physikalisches Resultat gewissermaßen: »Ihr tut, als schliefet Ihr in Unschuld und wißt doch genau: Ihr habt Riemenschneider, den herrlichen Meister der Locken und Altäre geblendet und den Maler Ratgeb von Pferden bei lebendigem Leibe in vier Teile reißen lassen. Sagt nicht, das war eine andere Stadt!«

Das tut mir sofort gut, als es heraus ist. Da unten wird es nicht gleichgültig aufgenommen. Ein Zittern geht durch die Gräue, sie ist noch da, aber beginnt sich zu regen, eine eindeutige Veränderung, eine Zielrichtung ist bis hier oben zu spüren, in Gottes Namen, ein Erwachen. Es geht in Richtung Morgen und bewegt sich, sobald das begriffen ist, an vielen Punkten gleichzeitig mit anschwellender Begeisterung darauf zu, das ganze Heer der Einzelheiten, wie nach einer endlich ausgegebenen Parole, erleichtert und geeint.

Man könnte meinen, die Sonne wäre schon da, die Dinge schluckten Licht aus Leibeskräften und nur ich würde ihr Erscheinen verpassen. Wo sollte sie aber sein bei so viel vornehm fadem Morgengrau? In meinem Rücken. Natürlich: Wieder geschieht etwas hinter mir. Alle wissen davon, nur ich nicht! Während ich, ohne mir über Himmelsrichtungen Gedanken zu machen, geradeaus vor mich hinsehe, bereitet, weit hinter dem Haus, die Sonne mit Pauken und Trompeten ihren Auftritt vor. Am Himmel zuerst die Räumungsarbeiten des Rollkommandos.

Wenn ich mich vorbeuge, zeigen sich selbst in meinem Gesichtskreis schon Ausläufer, besonders links, des ersten, noch sonnenlosen Morgenglanzes, kein Zweifel: Da wird mit kräftigem Besen gekehrt. Mich wundert, daß es nicht dröhnt dabei. Bereits diese Randbezirke der Helligkeit, diese Ahnungen eigentlich doch nur, werfen sich in die Brust mit Huld und Schwulst, als hätte die Erde das große Los gewonnen durch ihre Anwesenheit und das, was sie annoncieren. Dabei wird schließlich nichts herauskommen, trotz der protzigen Eröffnung des Jubelfestes, als eine unmerkliche Schwere, eine Gedunsenheit, eine laufende Gewichtszunahme, bis man, gequollen zuguterletzt, in den Schlaf tappt. Das Leuchten der Frühe kennt seine Wirkung, man fällt leicht in der ersten Schrecksekunde darauf herein, läßt sich grundlos wie frisch geboren stimmen und steht dann dumm da, anfängerhaft verdutzt vor den schleunigst einsetzenden, niederschmetternden Meldungen des Tages.

Dabei ist es ein schematisches, ewiges Auf und Ab, mal schwarz, dann weiß, die Sonne kann nicht anders, die Erde kann nicht anders. Nichts als ein unaufhörliches Weg- und Entgegendrehen, nicht abbrechende Morgen- und Abenddämmerungen, vierundzwanzig Stunden lang. Fabrikschicht rund um die Uhr, ein Gekugel durchs All, eine maschinelle, bis zum Überdruß funktionierende Geschichte, starre Verhältnisse, keine Pause, schon wird die nächste Mannschaft der Sonne entgegengerollt, immer weiter so, Tag, dann Nacht, damit ein bißchen Ruhe ist zwischendurch. Die Menschen aller Erdteile drücken reihenweise die Augen zu und reißen sie wieder auf, einer Abwechslung wegen, ein Geschiebe, ein Kommen und Gehen, in die Welt geworfen, abgetreten. Das bringt ein bißchen, das bringt zuweilen allergrößte Spannungen herein und täuscht hinweg über dieses für lange Zeit unsterbliche Herumwälzen in seiner Sturheit. Keinen Atemzug ist die Erde einmal ohne die Sonne, immer wach, zählt die Stunden von ihr weg, zu ihr hin. Nur die Atmosphäre spielt kleine Überraschungen vor. Für alles andere müssen die Menschen selbst sorgen. Das lassen sie sich nicht zweimal sagen.

Kein Wunder übrigens, die frühe Dunkelheit gestern im Treppenhaus! Wenn hinter mir die Sonne aufgeht, muß die Seite der Flurfenster Westen sein. Dieses Haus ist ja richtig verbarrikadiert gegen den Sonnenuntergang! Bis zum dritten Stock, schätze ich, bilden die Rückseiten anderer Mietshäuser lückenlos nach Nordwesten einen Wall und sind verantwortlich für eine sicher schon am Nachmittag eintretende Hinterhofdämmerung. Lediglich nach Südosten, zum Gleiskörper hin, wird das Licht etwas Zutritt haben. Dort sind auch die Schuppen, die Ställe, dort will man nicht hoch hinaus. Es gibt die sehr kleinen Gärten, Feierabendbeschwörungen, wo man nach Dienstschluß die Aktentasche wegstellt und sein Bier trinkt mit tiefem Aufseufzen beim Absetzen des Glases. Dort lebt sich's besser als im Inneren dieses Häuserkarrees. Was soll hier auch gedeihen? Gerümpel, Kartons hat man aus den umliegenden Wohnungen wie in einen Abfallschacht geworfen. Durch die Milchglasfenster sieht ja doch keiner was. Aber dieses Haus ist das höchste, und ich stehe auf einer Felsnase mit freier Aussicht auf mein steinernes Revier. Die Finsternis gestern abend, so plötzlich über mich hereinbrechend, leuchtet mir trotz allem nicht ein. Eine Übertreibung, aber nicht von mir. Gibt es noch mehr Häuser, die so sind?

Im Gegensatz zu den Wohntürmen am süd-östlichen Horizont ist hier nichts einheitlich. Sonst könnte wohl auch kein »Engel der Hummelgasse« an Ort und Stelle überleben. Kein Schornstein gleicht dem anderen, jedes Dach ist anders geflickt mit jeweils variierten Luken. Wo die Dächer flach sind, zeichnen sich schon die Wasserflächen darauf ab. Im Licht werden sie blinken, zu ihrer Stunde, wie Scheiben oder Metallplatten. Am wildesten treibt man es mit den Fernsehantennen. Die schießen unbeaufsichtigt nach Lust und Laune aus den Häusern, stehen ihnen zu Berge, nicht wie Haare, aber als verwegene Haarnadeln auf unordentlichen Frühstücksköpfen, stolze Inbegriffe des Provisorischen. Ja, hier oben geht es ungeniert schlampig zu, es sieht ja keiner hin. Es ist auch wurscht, die Antennen sorgen in den Wohnzimmern für so viele perfekte Bilder, da können sie ihre Luftwurzeln ruhig wuchern lassen. Wenn sie wenigstens ab und zu tasten, fingern, suchen, mit ihren Tentakeln sich etwas wegschnappen würden! So starr in die Gegend montiert, haben sie nur das sich selbst Durchstreichende der für apokalyptische Weltcontainer zurechtgeschnittenen Einkaufszentren außerhalb der Städte.

Oben natürlich Tag und Nacht die Sternenhaufen, Spiralen, Nebel, das Flammen und Flackern der Sonnenoasen in den Allwüsten. Ja und? fragen die Leute in ihren Häuschen, unter ihre formgebenden Dächer geduckt. Die einen mit zuviel Empfindungen für die engen vier Wände, die anderen mit zu geringer Menge davon ausgestattet, die einen verdickt von Gefühl, die anderen schwankend in den viel zu großen Zimmerhohlräumen.

Erst dann, habe ich früher vermutet, werde ich ein nicht mehr leicht einzuschüchternder Mensch sein, wenn ich die Stadt, die große, die kalte, die wilde und verwaltete, begriffen habe. Ich sehe von meiner Aussichtsplattform Einzelteile und Komplexe. Überall, wo die Häuser bewohnt sind, haben sich die Schläfer, die bald erwachenden, verkrochen in ihren biederen, geduldeten Verstecken, um Abendessen, Schlaf und Frühstück der halbwegs Gerechten zu genießen, unterhalten von den perfekten Bildern und doch Säuglinge in ihrer Ohnmacht und Unwissenheit. Vorbei ziehen die Schrecken, Wetterlaunen des Tages, während man im Trockenen sitzt, und das Prasseln wird immer einschläfernder. Rosige Schlafsäuglinge noch einmal, unauffindbar für eine Schuld, die auf der Suche nach Behausungen ist.

Tief verkrümelt in die Polster und Kissen erholt man sich vom großen und furchtbaren Zusammenhang. Das Dach über dem Kopf ist ein Schutz gegen die viel zu ausgedehnte Erdkugel. Uns platzt der Kopf davon. Das ist nun vergeben und vergessen. Es gibt nicht den Waffenexport des eigenen Landes, nicht die industrielle Giftmischerei, nicht die Vielzahl krimineller Staatsgeschäfte zum Wohlbehagen der Staatsinsassen. In der Nacht, unter den steilen und flachen Dächern, müssen die Dinge nicht zuende gedacht werden. Die Indizienkette, die keinen als Schwerverbrecher ausläßt, wird von den Hauswänden gebrochen und abgeschmettert, dazu sind sie da. Atem schöpfen wir in einer kleinen Unschuld, die uns gewährt wird für ein paar Stunden.

Aber dann, am Vormittag, zeigt sich ein schönes, gelassenes Gesicht, ein Mann in den besten Jahren am hellen Tag, das Profil eines Dirigenten, durchfährt es manch einen Passanten. Wie kommt jemand dazu, jetzt, Auge in Auge mit den Weltvorkommnissen, als ein solcher Lebenssouverän vor uns zu erscheinen? Das muß eine delikate Form von Schwachsinn sein.

Tief unten in einer der Straßen in der Nähe oder näher am Horizont bald also wieder: die eisengrauen, über die Bordsteinkante gerutschten Haare, Brille auf den Gläsern stehend mit aufragenden Bügeln. Die Beine der Frau wie gebrochen und nebeneinandergeworfen. Ein Schlüsselbund, aus der Manteltasche gefallen, keine Papiere, kein Geld. Auch nach zehn Tagen kein Hinweis durch Anfrage, kein Fehlen, kein Vermissen, der Fall zu den Akten genommen. Alter und soziale Schicht erraten, der Name nicht. Tag für Tag aber saugt die Tote heimlich den Lebenden etwas weg, verlangt einen Ausgleich, in lautlosem Gerechtigkeitsdrang.

Welch ein Gepränge mit Schlüsselbund, Brieftasche und kleiner Scheckkarte! Das viel zu laute Sprechen, strammstehen die wachsamen Verkäufer, hin und her gehen die Frauen in charmanter Vergeßlichkeit zwischen den Warenregalen. Wie fegt der offen getragene Pelzmantel – eben nur aus dem Wagen gesprungen – schnoddrig an teuren Konserven entlang, welch ein Gepränge dieser verwöhnten älteren, nicht mehr wie ehemals geliebten Frauen! Sie können so kindlich männlichen Rat erbitten von jungen Verkäufern in weißen Kitteln. Ihre Tugend: Das Beste zu verlangen, unerschrocken die Nase zu rümpfen, weil etwas zu rot, zu reif oder roh ist. Sie spielen herrisch ihr altes Spiel, die Artigkeit der Verkäufer ist käuflich. Hier wüten, koste es was es wolle, die bitter auf ihrem Feld Verschmähten noch einmal mit düster-schelmischem Mund.

Immer schlechter gelingt das Vermeiden verräterischer Zeichen, ein nicht geschlossener Reißverschluß, der Strumpf verdreht, die Vergeßlichkeit vor den Warenregalen. Nur ein aufgefundener Gegenstand, aber kein Besitzer. Mitten im Gehen der letzte Schritt, wie ein Vogel hoch oben im Fliegen anhält, vom Schlag getroffen beim letzten Regen seiner Flügel, ohne Ausweis, Anschrift, Groschen auf dem Bordsteinpflaster zusammengesunken, nach vorn gekippt, die Brille auf den Gläsern stehend neben dem friedlichen Gesicht der auf der Stelle, vor aller Augen, für alle Augen, für immer in den Schlaf Gestürzten.

Blitzgeschwind ist aber immer schon der folgende Tag da, und eine Pflicht jagt die nächste. In den Häusern sitzen sich manchmal alte Freunde gegenüber, die aneinander mit Haltung den Verrat erkennen. Man hat die Dinge, die zählen, begriffen und macht sich dabei noch den Glauben vor an die Phantastereien der jungen, freundschaftsbegründenden Jahre der Stimmung, einer Beschwingtheit wegen.

Öffentliche Toiletten und Toilettenräume der U-Bahnstationen, ein Stück Pappe, Automatenwaschsalons: unerlaubte Schlafplätze der Nicht-Seßhaften, so warm, daß sie nicht frieren, so öffentlich, daß sie hoffen, nicht zusammengeschlagen zu werden. Auf Bänken verhindert man ihr Einschlafen in ausgestrecktem Zustand, indem man einzelne Sitzmulden anlegt. Die Obdachlosen, die nicht in den für sie vorgesehenen Heimen schlafen: manchmal abtransportiert von Polizisten irgendwohin außerhalb der Stadtgrenzen, egal, was dort mit ihnen geschieht, Abschreckungsprügel, manche dulden sie, manche bieten ihnen eine Zigarette an. Einen hat man in einem Abbruchhaus erschlagen, der trug noch sein Pappschild: »Erbitte Spende«. Einer zwischen fünfzig und sechzig hatte als sicheres Heim das Klo im Park. Ein junger Sozialhilfeempfänger hat ihn zu Tode geschnitten und gestochen. Der Kampf muß Minuten gedauert haben. Der Jüngere hat sich von den zahlreichen Wunden, vom Blut des Sterbenden nicht erweichen lassen. Kein Mensch hörte den Kampf des jungen und des alten Unglücklichen, dessen, der aus der warmen Wohnung seiner Eltern aufbrach zu seiner Tat und dessen, der still in den Straßen der Städte lebte und ohne Vorwurf alterte, der in den nächtlichen Toilettenanlagen seine Heimat hatte und sein Reich.

Das Herunterkrachen, das letzte, stürmische Rauschen der Urwaldriesen, aussterbende Rasse, abtransportiert die glatten, entmannten Leichname, unkenntlich, nützlich, für immer stumm gemacht in Türen und Fenstern, tropisches Hartholz aus Malaysia. Herunterkrachend, zum letzten Mal im Fallen den Schnee von den Zweigen werfend, die großen Bäume in hilfloser Kraft, heimlich gefällt, angesägt, durch

Vergiften der Stammrinde unrettbar verloren, kein Hinweis auf die Tätertrupps, keine Spur von denen, die sie gedungen haben, aber Licht und Luft erreichen nun die schattigen, mit dem Wachsen der Bäume verdunkelten Villen. Der Blick auf den Strom an den Hängen ist frei.

Fisch ohne Flossen, Ehepaar von hinten, leicht hinkend, das steife Bein links außen, das Bein des Mannes glücklicherweise. Immer untergehakt die zwei, ob schnell oder schlendernd von Kirche zu Wohnung, vor allem grüßend, hin und zurück. Fisch ohne Flossen, Ehepaar Holz, dem immer das Wichtigste fehlt zum Glück. Sein Fehler: ein unverschuldetes, stilles Fehlen, Jahr um Jahr, das zum Himmel schreit. Was ist dagegen das steife Bein, mit dem er doch beinahe rennen, knien, Schreibwaren verkaufen und alles Eheliche kann? Herzlichkeit hin und zurück, kein einziges schlechtes Wort in der Nachbarschaft, nicht von ihnen, nicht über sie. Dieses Fehlen aber, als hielten sie stets die Luft an, horchten vielleicht auf Verheißungen. Sie selbst sind eigentlich nicht vorhanden, die zwei Gestalten, das flotte Winken, das runde Bauerngesicht der Frau. Nur die Unfruchtbarkeit in ihren Zügen, die merkt man sich und fragt sich: Woran erkennt man die? Er kauft ihr ausgefallene Kleider, die sie, die Schlichte, jedesmal lächelnd beiseite legt. Nichts für mich, nicht für mich! Sie ist kein Luxusweibchen. Der Gute, so muß er sie nicht zu trösten versuchen.

Aber er, möchte er sie nicht wie ganz zu Anfang in den Mittelpunkt seines Lebens stellen? Es gibt nämlich eines an ihr zu bestaunen: das Mediale! Sie glaubt nicht an den Zufall. Herr Holz versucht sie manchmal zu foppen, es gelingt ihm zu seiner Beruhigung nicht. Selbst wenn sie die Verdutzte spielt, ein Lächeln in ihrem Bauerngesicht zeigt ihm ihre Seherkräfte an. Sie ist nicht zu erschüttern. Vielleicht, wenn er einmal wünschen dürfte, ganz heimlich für sich, rückte er damit raus: Sie sollte, im Kontrast zu ihm, nur als Gegensatz, nicht ganz so viel von Gott verstehen. Er müßte über sie zornig sein, kämpfen um sie, und sie würde die schönen Kleider tragen.

In ihren Betten rüsten sie sich für den neuen Tag, in ihrem altmodischen Doppelbett bäuerlicherseits, und niemand weiß, wann ihre Trauer am heftigsten ist.

Südlich oder westlich von meinem Balkon über der Stadt, tief unten oder auf gleicher Höhe zur Zeit, das Gesicht, noch fremd und schon aufgefallen in der Menge, die Locken dunkelrot, alterslos, tadellos. Das Gesicht bis auf die Augen braun gefärbt, überstrichen ohne Rücksicht auf das Gelände, alles, Berg und Tal der Runzeln, die ganze Ackerlandschaft, die Augen flink, eindeutige Spuren unklarer Laster. Der Pelzmantel raffiniert, alterslos, dazu der Mann. Solidarische Ruinenhaftigkeit des Paares, solidarische, veraltete Lasterhaftigkeit. Um sie herum in ihrem Laden wie Teile ihres gemeinsamen Lebens die Felle der Tiere, die herrlichen Hüllen geschmeidiger Räuber. Hier die Ideale der beiden um sie versammelt, Gütesiegel ihrer Weltanschauung: die Qualität des Pelzes, zärtlich über den Flor gestrichen, die Zeichnung der Jäger aus sterbenden Wäldern, die gestorbenen Jäger ferner Steppen, Feuer und Flamme, das Wunder der Zeichnung, Bravour der Verarbeitung, versteht sich.

Höher oder tiefer als ich liegt einer, egal welcher von beiden, warum nicht, gerade wach und begreift im kalten Morgengrauen zum ersten Mal in seinem Leben einen Spruch. Noch freut ihn die geschenkte Helligkeit seines Gehirns, da durchfährt ihn ein Beben, die Einsicht nämlich, daß dieses so preiswerte Erkennen, ein beliebiges Sprichwort kann es sein, durchaus kein gutes Zeichen ist.

Ihre Leidenschaft für das Schöne, die sie grob werden läßt bei unfähigen Kunden: geschäftsschädigende Opfer für ein Ideal. Wie sprechen sie, Feuer und Flamme, von edlen Tieren und meinen ihr Fell, das wie vom Himmel gefallene Fell nur. Die neue, unverständige Zeit läßt sie verbittern. Die Gesichter des Paares, egal, wer den Aphorismus begreift: nun schnell verwitternde Oberflächen über einer anderen Zeit.

Zeit des bewegungslosen gegenseitigen Anlächelns, Verlangsamung durch Begierde wie bei den königlichen Tieren.

Gestern abend, südlich oder nördlich, auch heute abend, westlich oder östlich von hier: Sie umarmen einander mit originellen kleinen Schreien, mit Küssen auf Wangen, Stirn, Haar in beflügelndem Wettstreit. Die Gesichter der sich versammelnden, miteinander lange Befreundeten, groß und klein werdend im Vorspringen und Zurückweichen, aufgerissen in der Sekunde des Kontakts, des Geständnisses, des geflüsterten Verschwörerbriefchens: Man ist ein Mensch! Zunächst die hinterhältige Glätte der Umgangsformen, dann plötzlich das heranschießende Großformat, das sich blitzartig ins überrumpelte Gedächtnis frißt, abgebrochen, ergänzungsbedürftig der Satz, das Schicksal, die gerunzelte Braue, die neuen Mundfalten. Die Unverschämtheit, die Zumutung eines nicht lang, keinesfalls lang vor sich hintrauernden Rückens, abgewandt, um den Eindruck zu verstärken, die Person also, mit dem Rücken kurze Zeit jammernd, daß es hinterher nicht zu beweisen ist. Mit einem Heiterkeitsausbruch fährt ja sogleich das Gesicht herum. Aber der Rücken, stellt sich nachher heraus, hat sein Ziel erreicht. Eingraviert ist er in das Gemüt der Schwachen, die flach liegt, schwer atmend unter dem Ansturm scharf aufzuckender Details.

Die Gesichter der guten, alten, gleichmütigen Freunde, vorspringend und zurückweichend. Ein Kalbshaupt, der weiße, kompakte Kopf eines Kalbes. Seit vielen Jahren das Zusammenspiel der kälbischen Flächen, der eisblauen Kalbsaugen. Das seelenruhige Kalbslachen hat sich verändert, eine Verdoppelung von etwas ursprünglich bereits darin Angelegtem, eine damals noch in zartem Maße ungehindert blühende, nun in die zähneknirschenden Züge gefurchte, in unsauberen Windungen eingefurchte, daher nicht verschärfend, sondern verschwommen sich äußernde, wütend unterdrückte Lebenslust. Neben einer Säule aber, doch die Säule an keiner Stelle berührend, so brenzlig unmittelbar neben die Säule gestellt und bahnhofstaubengrau die Unglücklichste und dennoch Gekommene. Ja, fast scheinen ihr auch die Augenwimpern grau geworden zu sein. Kein Fetzchen Farbe, nur der Pullover im schrillsten Verzweiflungsgrün. Als Relief hat sich die

Verlassene jahrelang gefühlt. Plötzlich ist sie ohne Hinterland, Hinterwand. Eine in der zugigen Welt stehende, von allen Seiten zu betrachtende Vollplastik.

Der junge Schuster, Schmied, Schweißer, Schlosser, wer von ihnen endet schließlich als bankrotter Kneipenbesitzer, wer von ihnen ist dieser ebenfalls rosige, fast unbedenklich wohlgenährte Mann, der sich taumelnd von der Plakatwand abstößt? Der blühende junge Mann nähert sein Gesicht den S-Bahnfenstern, es ist blutüberströmt. Von den Haaren über das linke Auge rinnt es rot auf die Jacke, er läßt es laufen, er tut, als wäre nichts, sieht nur mit gereizten Augen um sich, betritt den Wagen, hört die sogleich deutliche Stille an. Er ist der einzige, der steht, ein sehr gerades oder sehr geducktes Sitzen ringsum in der Bedrohlichkeit. Wo so unbehelligt Blut fließen darf, kann es leicht zu mehr davon kommen, das ahnt jeder, der sich auf nichts einlassen möchte. Aber ein höhnisches oder friedfertiges, wer kann das sagen, Gegröle, während die S-Bahn durch die schwarzen Röhren saust, dicht an den Wänden entlang, jetzt vom Ende des Wagens. Er geht, wie er muß, darauf zu. Er ist gemeint. Stimmen von Männern in seinem Alter, er hört ihre Fragen alle an, er sagt nichts. Er hat im Matsch gelegen. Am Bahnsteig geht er wieder auf und ab, eine Hundeleine trägt er um den Hals.

Die Stummheit, die gekachelte, zimmerartige Leere, träumerische Kahlheit der U-Bahnhöfe. Die so ausdrücklich künstliche Luft mit den wenigen Einzelnen, die, jeder für sich, feste Positionen eingenommen haben, wodurch eine Unübersehbarkeit der Distanzen entsteht. Allen Anwesenden scheint es auf der Zunge zu liegen, wenn ihr gesamter Körper die Gemütszunge wäre, die Abstände tätlich zu überspringen. Auf anzügliche Weise kokettiert hier jede Entfernung vom anderen damit, zugleich eine Nähe zu sein, die in eine äußerste Nähe umgewandelt werden will durch Aggression. Beliebig, dem Zufall überlassen ist die Rollenverteilung, Angreifer, Opfer, Entscheidung auf halber Strecke. Ein Stillstehen noch in den einmal beschlossenen Positionen, die Augen wandern, ein sich verstärkender, unerträglich verstärkender Zwang zum distanzverneinenden Überfall.

Inzwischen pumpen sich die Gegenstände, Dächer, Baumkronen auf. Ihnen schwillt der Kamm von einem doch noch gar nicht vorhandenen Licht. Es keimt etwas in den Bäumen, eine sachte Verfärbung, wie erste Anzeichen eines Herbstes. Schlammwüste, aus der manchmal Baumwipfel und Häuserdächer ragen. Die Stadt verborgen darunter, sechs bis acht Meter tief, abgeschlossen für immer, Vieh, riesige Felsbrokken, Kirche, Schule, Theater verschüttet, verschwunden für immer in wenigen Minuten einer Nacht. Zwanzigtausend Menschen getötet, erwürgt von schweflig ätzendem Morast aus Wasser und Geröll. Die Leichen nicht zu bergen, man wird die Stadt einplanieren und zum Friedhof erklären. Spülsäume aus halben Dächern, Betten, Toten, ein nackter Toter neben einem Bett, in dem er nie geschlafen hat. Eine ganze Stadt, durch Schlammlawinen für immer den Blicken entzogen. Die zur Masse Gehäuften, Zusammengeschlämmten, durch das zu gewaltige Schicksal alles eigene Schicksal ausgelöscht, getilgt Umriß und Name, das Gegenteil der Ekstase, die nackteste Nüchternheit. Aufgezählt werden Einzelschrecken in unterschiedlichen Reihenfolgen, die Wunden und Tränen eines Augenzeugen, die Klage eines Verlassenen unter zwanzigtausend Obdachlosen, der selbst herbeigeführte Tod eines Schwerverletzten mit einem Messer. Es weckt die Anteilnahme, die unbedingt geweckt sein will angesichts der großen Menge nicht vorgestellter Toter. Vor Augen geführt wird einer, der Rinder züchtete, eine, die ein Kind erwartete und ein rotes Hemd trug und in einer Nacht von Mittwoch auf Donnerstag versank mit Tausenden in einem unanständigen Tod. Aus den morastigen Schichten gräbt man C. N. Der verstümmelte Körper wird durch den Namen rekonstruiert, erstellt eine unverletzte Biografie, abgewaschen die schlammige Kruste des Massengrabs, so daß die besondere Fleischgestalt erscheint. So wird es vorgeführt in den Berichterstattungen und darauf geachtet, gegenüberzustellen das Intime einer Verletzung und das Öffentliche ihrer Bloßlegung, das

Individuelle eines Schicksals und das Allgemeine der Summe, das Innere der Todesangst, das zum Allgemeinsten geworden ist.

Die Überlebenden, die Retter, wie bleiben sie zurück nach Einbruch der wütenden Wirklichkeit, so ausgebleicht die Geretteten und die Helfer mit ihren roten Kreuzen, ausgehöhlt, verzehrt von einem Anblick, mitgerissenes Inneres, blaß dastehende Schalen in einer zurückgelassenen Zeit, in einem schwächer atmenden Raum.

Wieder dieses Verschwörerische! Wellen konspirativer Botschaften durchlaufen die Gegenstände von einer bestimmten Höhe an, eine heimliche Umwandlung, ohne die Gestalt zu ändern, eine Änderung der Materialstruktur, also nur ein subtiles Verschieben der Umrisse. Es ist aber einfach. Das Licht, die Sonne in meinem Rücken faßt Fuß in einzelnen Teilen der Stadt, die steifen Dinge wachsen ihr zu, alles bleibt mit dem Boden verankert, aber unverkennbar ist diese Strömung, die sie gar nicht verbergen können, als erlebten sie etwas zum ersten Mal, sanft drogiert, ein solch verschwiegener Rausch. Noch sehe ich sie nicht, noch sind keine Schatten da, noch erweckt das Licht den Eindruck, als rührte es sich inmitten der Laubkronen und Türme, würde erst schrittweise, wie eine Stimmung, zu den Oberflächen durchdringen, durch die Krusten unter Aufblähung der Leibesumfänge aller Betreffenden vor einer erst viel späteren, wenn auch schon in die Wege geleiteten Explosion, einem nur dem Spezialisten sich ankündigenden, silhouettenzerstörenden Ausbruch.

Es sind plötzlich weiter hinten große Vögel in der Luft, viele Vögel derselben Sorte. Wer weiß, was sie angelockt hat. Es wird wohl nicht die Sonne sein. Es sind Möwen, hier sind sie sofort alarmiert, wenn gefüttert wird. An Ententeichen, am Fluß, im Zoo oder wo mit beträchtlichen Abfällen zu rechnen ist. Ihr für diese Jahreszeit zunächst ungewöhnliches Kreisen ist nichts Besonderes, wenn es in der Nähe eine Müllhalde gibt. Man verschätzt sich leicht mit den Entfernungen, ich, meine ich. Da muß ich wieder »Mülldeponie«,

»Müllexport«, »Müllnotstand«, »Mülltourismus« denken. Die lauten See- und Küstenvögel über der Filzstadt, der graugrünen, angezogen und abgestoßen von irgendeinem Fraß, unter ihnen die Imbißstuben, der Hafen, Parkhochhäuser und höllische Tiefgaragen, Spielhöllen, in abgestellten Behältern aber, durstend, hungernd, schreiend das wie Möbel oder Müll im Stich gelassene Vieh, Rinder, Schweine, eingesperrt in ihren Kästen, in Lastern und Waggons auf dem Weg zu den Schlachthöfen.

Darüber, hoch darüber die Vögel, mal hier, mal da, wie es ihnen in den Sinn kommt, weit weg von jedem Zugreifen der jetzt in ihren Häusern nach einem langen Samstag noch immer in den Sonntag Schlafenden. Letzte Befreiungsträume der unten Zusammengepferchten. Oben letzte Mohikaner im Federschmuck, die vielschichtigen Luftsteppen durchstreifend. Delegierte der Filzstadt im Morgengrau, Bio-Antennen, mit denen das erste Licht eingesogen wird für Gerechte und Ungerechte, Spione, die Originalblicke in die Zukunft werfen, mit den Nerven der Stadt durch Sender direkt verbunden.

Natürlich machen die Möwen da oben, was sie wollen. Städtische Angestellte sind sie nicht. Nutznießer der Stadt, das ist alles. In der Luft arbeiten sie für niemanden, sie amüsieren sich und haben kein Interesse, sich mit der Welt unter ihnen zu beschäftigen, schon gar nicht als Zuträger. Allerdings stelle ich fest: Sie erfinden zwar ihre schönen, spurlosen Schwünge, den Schmelz, es gibt ja kein Straßenverkehrsnetz über den Dächern, deshalb ziehen sie den Luftraum dem Boden vor, aber trotzdem, ich sehe es doch und spüre es genau! Trotzdem fahren sie bereits bestehende, nur ihnen erkennbare Linien nach. Oder täuschen sie solche angeblichen Luftgleiswerke lediglich vor?

Wie kompetente Berichterstatter sind sie zu jeder Übertreibung bereit, aber nur, solange sie den Gegendruck ihres Elements fühlen, so daß sich eine präzise Richtschnur ergibt: ihr Wille, der die Phantastik von Bögen und Schleifen fabriziert, fabuliert und der Strom, die Außenkraft, die sie im Gleichgewicht hält. Nur in dieser Balance segeln sie, lässige und hochangespannte Maschinen, ohne Flügelschlag. Sofort beginnen sie zu flattern, wenn das Taktieren mit beiden Gewalten mißlingt.

Oder ist es nicht nur von den Druckverhältnissen gezügelter Übermut – Luftmusik, die ihrerseits auf das Feuer der Flieger zählt und angewiesen ist, damit etwas sichtbar werden kann –, sind vielleicht dort oben ungebändigte Luftschübe, an deren Spitze sie sich jeweils setzen, sie als Treibstoff nutzend und mit äußerster Anstrengung im schnellen Wenden, im elegischen Schweben unter Kontrolle haltend und dirigierend nach Wunsch? So ist ihr Fliegen eigentlich ein Bremsen, ein Zurückdämmen.

Kunst des Bremsens durch Umleitung, eine Kunst des figurenhervorpressenden Zurückdämmens? Aber da sinken sie, als hätten sie allen Anspruch zu lenken aufgegeben: Sie sinken langsam, stetig langsam. Sie werden in Abfall und Straßenschächten landen. Welche Anwandlung von Resignation verursacht den in seiner Verzögerung so endgültig wirkenden Sturz, dieses auf den ganzen Schwarm übertragene Gemütsleiden?: das plötzlich abgeschüttelt ist. Alles war nur zum Spaß, ein Witz, eine Parodie am Himmel, ein einziges heraldisches Flügelausbreiten, Stolzieren der Schwingen. Das Licht auf den Kehlen und massiven Hälsen beim Richtungswechsel gilt als Fanfare, ein Federstrich, frisch erwachter Wille zum Aufstieg. Sie hatten sich vor sich selbst verstellt, um dieses Vergnügen auszukosten.

Oder reizt sie die Zeichnung? Versuchen sie nicht, hoch über der Stadt, eine sich hebende und senkende Wasserfläche zu rekapitulieren, ein Wogen und Überschlagen, flüchtige Meeresspiegelformationen in der Luft, Gestaltüberfluß bewegten, von ihnen seit Kujapperzeiten studierten Wassers, durch ihr Manöver suggeriert? Vorschläge, lauter Behauptungen und Entwürfe für eine Wasserlandschaft, die sie mit allen Möglichkeiten ihres Konturenwechsels bis in die winzigen Strudel um einen Kiesel kennen.

Ist es nicht eine hier oder dort, über Meer, Wasserläufen, Seen und Müllhalden, über felsigen Küsten und küstennahen

Äckern allmorgendlich entbrennende Leidenschaft, etwas in den leeren Himmel zu ritzen, aufgestachelt von der Übermacht des ewig Unbeschriebenen, des sich mit seiner Wort- und Linienlosigkeit Brüstenden? Sie durchmustern die Luft und ihren blauen oder trüben Hintergrund mit einmaligen, kurzlebigen Arabesken, waghalsige Lebensläufe einer unverwechselbaren Spezies im Zeitraffer notieren sie, dem Verlöschen nur um Millimeter voraus.

Skizzen, Fragmente etwa? Wer weiß, das Auge müßte schneller sein und über ein besseres Gedächtnis verfügen. Vielleicht ist ihre Gründlichkeit unübertrefflich, und es ist die Felsenebene des Meeresbodens, die sie meinen und exakt wiedergeben, so wie der Wasserspiegel in seiner Nachgiebigkeit manchmal den erstarrten Grund darunter imitiert.

Ich kümmere mich nicht mehr um die Gegend unter mir. Wenn ich im stabilisierten Blau den Möwen zusehe, sackt die Stadt weg, eine längst vergessene und überflutete Häuseransammlung, von der man allenfalls an windigen Tagen, meinetwegen auch an toten Tagen, Staatstrauertagen, Sonntagen verwehtes Glockenläuten hört. Irgendwo ragt eine Turmspitze heraus, behaupten Leute mit scharfen Augen, aber ein Schiff hat dort seit Menschengedenken nicht anlegen können.

Ich verfolge nur den Flug der Vögel und weiß, und das reicht, unter ihnen entfaltet sich ein Meer, ein finsteres Meer und ein zischendes, ein stillstehendes, immer das Gegengewicht zu den Tieren bildend, ein hinterhältiges Meer bis zum Horizont voll träger Wellenkämme, die sich kaum von der Stelle rühren, ein hysterisches Abend- und ein plattes Morgenmeer, ein Meer weich und salzig, das die Möwen über sich scherzen läßt, ein ozeanischer Acker eben noch, unbeständige, unerschöpfliche Konzepte für alpine Regionen ausspuckend, jetzt eine glasig glatte Beschichtung der Erdkruste, durchsichtig sanft, ein mit dem Himmel verschwimmendes und dann zum Gegensatz aufstampfendes, auftrumpfendes und rollendes Meer. Es genügt, die Möwen zu betrachten, und es dauert immer nur Augenblicke, aber nie lockert sich die telepathische Verbindung zwischen ihnen und dem Wasser, und wenn die Flügel gestreckt sind zur vollen Spannweite, fordern sie – wer sie ansieht, sieht das Meer an – eine Welt von Horizont zu Horizont für sich. Sie schrauben sich hoch und sausen wie Bretter von Akrobaten benutzter Schaukeln und bewegen die Hälse suchend dabei, Ausschau haltend nach Plänen der Meeresoberfläche.

Ich sehe zu ihnen hoch von meinem Balkon aus, ich denke mir dies und das über die fremden, in die Luft geworfenen Wesen, aber eins ist die Wahrheit, und darum muß das Meer unter uns sein, solange die Möwen in der Luft sind. Ich spüre am ganzen Körper das Auflösen, das Durchspültwerden, den Austausch mit den kalten und warmen Meeresbezirken, und das Weltall ist horizontal gekippt. Es beginnt an der Küste. Das Meer ist der Anfang, der lakonische Anbruch des Weltalls.

Ich klammere mich stärker an das Balkongitter. Es ist eine Verdrehung im Gange, denn im Beobachten der Möwen – die jetzt fast betäubt, tranceartig kreisen, von einer schläfrigen Köchin mit einem kräftigen Löffel gerührt, Fetzen im Luftbrei – stürze ich in die Höhe. Es ist tatsächlich kein Aufstieg, sondern ein Fallen auf sie zu, während ich widerstandslos verhext bin von den pulsierenden, weitschweifigen, wie auf Öl gleitenden Bögen bei meinem Transport in ein anderes Zeitmaß inzwischen, so hoch ist mein Fall, schon regiert, wie die Vögel selbst es sind, von einer Geschwindigkeitswechsel begünstigenden Flüssigkeit.

Man verliert den Boden unter den Füßen. Ich stehe Kopf, auch wenn die Sohlen noch an der Plattform haften. Die Möwen, über den Himmel jagend, quer dadurch, sind gleichzeitig Fischschwärme unter Wasser, schwebend, fächelnd, vorüberschießend, herbeitaumelnd, von Licht getroffen, Rußflocken, Samenflocken. Ich sehe hoch zu den Fliegenden, und es ist, als sähe ich auf die schnellen, auf die benommen schwankenden Fische hinab. Ich liege an der Meeresoberfläche und beobachte die ein Stück unter mir furchtlos im freien Raum stehenden Möwen, denen ich entgegenschwimmen könnte. Es könnten die Gegenstände der Welt so allmählich davontrudeln. Der mich haltende Balkon besagt gar nichts mehr. Von jedem Ballast befreit, torkelt Ding für Ding davon, wobei sich die Zwischenräume rasch vergrößern, ein geruhsames Auseinanderstäuben der Gedanken in ein wäßriges, luftiges Universum. Ich liege mitten in der Meeresoberfläche, ein bißchen darauf und ein bißchen darunter. In die diffuse Unendlichkeit außerhalb meines Gesichtskreises zucken die Fische davon und schwingen, Teile meines umgewandelten Körpers, aus der Ferne in Gestalt von nun stählern im Licht gewendeten Möwen, aus Gletscherhöhen der Luft und dort neu gestärkt, wieder heran. Aus Gletscherspalten, aus den selbst entworfenen alpinen Reliefs, aus den Grotten und Gräben, aus dem Tanggewirr, den Weidegründen der unterseeischen Felsbrocken steigen sie auf, scheu und fluchtbereit, zu meinem flach daliegenden, wie Fisch oder Vogel in die Zange der beiden Elemente gestreckten Körper und schrauben sich zugleich in Spiralen über die Stadt, weder die Stadt beachtend noch mich.

Wären sie Fische, müßten sie allerdings zumindest für meine Ohren stumm sein. Nichts da! Die da oben geben keinen Augenblick Ruhe, geraten aber erst jetzt von Herzen in Fahrt. Vielleicht hören sie die Geräusche des Erwachens unter den Dächern, so gut ahmen sie das Gähnen der allein oder höchst vertraulich und daher schamlos gewordenen zu zweit Schlafenden nach, eine bösartige Karikatur des schäkernden Lachens der eben auf ihren Kissen zur Wiederaufnahme der nächtlichen Zärtlichkeiten sich Rüstenden: Die Verliebten, die Bekloppten, sie müssen verspottet werden, sagen sich die Rüpel am Himmel. Erste Selbst- und Zwiegespräche führen sie vor, taktlos, das Gelenkigturnen der Zunge, den Austausch, die Eigenermunterung mittels alter Spruchweisheiten, die Courage für den Tag machen sollen, sowie das Gurgeln beim Zähneputzen. Ach! Sie werden den Leuten etwas husten und vertreiben sich die Zeit mit Besserem. Im schneeigen Weiß altmodischer Gräfinnen probieren sie die Laute fluchender und schmeichelnder Teufelinnen sowie die der mitzaubernden, meckernden Katzen auf deren Schoß!

Aber ich weiß es ja besser. Im Hinhören wird es nur zu deutlich: Sie lassen kreischend – und zerreißen alle falschen, alle stümpernden und anmaßenden Betrachtungsweisen – Salz vom Himmel regnen. An ihnen soll man sich nicht mal insgeheim vergreifen.

Sie schreien so zügellos sie nur können, jeden Wohllaut verachtend. Es ist ein Wettstreit unter ihnen. Wer grölt heute die gleißende Lachgier, die fanatische Unschicklichkeit am besten heraus?

Ich jedoch, ich gehöre dazu! Ich lasse mich nicht abschütteln. Es sind meine Rufe, die sie ausstoßen, es ist meine Kraft, die ihre akustischen Empfehlungen so häßlich, eisig und wie von einem Sturm aus ihren Schnäbeln gepfiffen, in die Welt krächzt. Es gibt kein Geräusch, bei dem ich nicht folgen könnte, ich habe alles mit hervorgebracht, infolgedessen.

Wo sie schreien, und sobald sie schreien, errichten diese Seßhaften und Nichtseßhaften in eins, ihr Reich, Grenzausdehnungen und Abgrenzungen, die Möwe herrscht, wo man sie hört, das muß jedes Ohr und der verstockteste Verstand erkennen. Sie kreischen, als wollten sie die Himmelsschale verunstalten und eines Tages zum Splittern und Platzen bringen.

Aber sind sie nicht alle Einzelgänger, vervielfachte Einzelgänger, jede für sich und freigestellt im Raum?

Genügt nicht eine einzige, um mit ihrem selbstvergessenen, selbstgenügsamen Gedrehe, diesem unaufhörlichen und harmonischen Bestreichen eines illusorischen Himmelsgewölbes, das Wirken des ganzen Schwarms darzustellen? Sieht nicht, wer eine sieht, alle? Multipliziert sich nicht die eine mühelos selbst bei ihrer Flugschau, wenn sie den gesamten Raum für sich hat?

Und umgekehrt: Ist nicht der, das Einzelgängertum jedes Mitglieds nur bekräftigende, konsolidierende Schwarm, die Menge also, die jeder Vogel in unangetasteter Individualität übersteht, ist diese sich auseinanderspreizende Meute nicht zusammen erst recht ein komplizierter und elementarer Einzelner?

Jede Möwe riskiert unbekümmert die zeitweise Entfernung von den anderen, die sie benötigt für den immerwährenden Einklang mit der Luftbewegung, und fügt sich ohne Hast, ohne Verluste wieder in die Gruppenausflüge. Man sollte das Flattern, das gleichmäßige Flügelschlagen nicht verachten, mit dem sie, als unerschrockene Pilger, ihre Wege aufnehmen. So kommen sie auch von ihren Wallfahrten durch die Luft zurück, bescheiden, durch nichts brillierende, in sich gekehrte Wanderer auf langen Pfaden.

Aber segelnd natürlich, stillstehend segelnd sind sie eine Kongregation in Ekstase mit den Aufwinden. Nur dann sind sie wirkliche Himmelswesen, abgeworfen sind die frommen Pilgerschuhe, jetzt herrscht die vollkommene Erfüllung, Erfüllung jedes Wunsches durch Vollkommenheit. Geschnäbelte Engel sind sie in diesen Momenten, nein, ein Flügelpaar im heiligen Wahnsinn, Extrakt von Licht und Luftstrom im durch nichts verschlossenen Himmel.

Ein weißes, stürmisches Heer. Jede einzelne von ihnen eine Lachmöwe, die anpassungsfähigste von allen, im Winter tief in die Städte des Binnenlandes vordringend. Auch im Gefieder hat sie die Farben des Winterhimmels bei Sonne hinter Nickhaut, Kehle und Bauch sind weiß wie der Flügelvorderrand im Fluge, die Flügelspitzen schwarz, Schnabel und Beine rot.

Das Gefieder ist einfarbig schwarz mit leichtem Erzglanz oder purpurnem Schimmer, der Schnabel dunkel wie die Beine, mehr oder weniger schlank, mehr oder weniger gebogen. Es liegt wahrscheinlich an meinen übernächtigten Augen. Die wirbelnden Möwen sind weit weg, ich habe nicht eine von ihnen aus der Nähe gesehen, aber ich kenne sie, und ich kenne die Rabenkrähen und die Saatkrähen, die ihnen meine Augen als Schatten anhängen. Vielleicht erinnere ich mich auch bloß an ihr schwarzes Abbild auf Felswänden, wenn sie in der Sonne fliegen an den Küsten und plötzlich einen höchst aufmerksamen Begleiter haben, der ihnen vorausschwebt und hinter ihnen herrennt, ein finsterer Galan, der gut paßt zu ihren gefährlichen, Unschuld mimenden Schnee-Eulengesichtern mit grausamen Augen. Es ist ihre eigene, von ihnen selbst mit so viel Aufwand an kreidigem Weiß übertünchte schwarze Seele, der flache Tod, immer zur Hand. Ein schwarz-weißes Wesen fliegt am Himmel und berührt einige feste Teile der Stadt, Dächer, Mauern, eine Radikalisierung, die das Wesen in zwei spalten mußte, Möwe und Krähe, ausschwärmend über den Müllplätzen, ein Spielchen mit der Metaphysik treibend, die ihnen schnuppe ist. Es ist ein Paar, das miteinander zusammenhängt wie zwei Anblicke einer Sache. Aber die Krähen sind Schatten, Ergebnisse meiner unzuverlässigen Augen, Rußflocken, Müdigkeitsflocken. Wie sie dauernd ihre Plätze tauschen, die schwarze Möwe, die weiße Krähe!

Es ist ein Zusammenhang wie Tag und Nacht, also gut. Aus dem nächtlichen Haus sehe ich in den mit Glanz und Gloria begonnenen Tag. Weg mit den Krähen, den unseligen, widerspruchsüchtigen Verdoppelungen! Und doch bleiben hartnäckig im Verein die Möwe und ihr Nein!, die Möwe als Erzengel und die Möwe als dämonische Alte, der eine Anblick und der andere Anblick.

Es ist ein Balancieren, ein kunstvoller Segelflug zwischen Tag und Nacht, ein Gleichgewichthalten zwischen zwei Gegensätzen, die Möwen und ihr Schatten verwandeln sich, zumindest vorübergehend, in ein noch nicht ganz von mir enträtseltes Prinzip. Ist der lichtweiße Körper oder der rabenschwarze Scherenschnitt die überzeugendere Abstraktion?

Unter mir jedenfalls das Treppenhaus, ein schwarzer Strumpf, aus dem ich mich geschält habe, aus dem sich dieser helle Morgen schält wie ein Bein, ein Leib, der sich erweitert zum Möwenhimmel.

Es gibt einen unzugänglichen Bereich zwischen den höchsten Baumspitzen und den höchsten Gegenständen, auf die ein abendliches oder morgendliches Licht fällt, während alles Tiefergelegene unberührt davon ist. Ein elitäres Fest der Herausgehobenen, bei dem man unter sich bleibt in einer stillen, rasenden Entrückung, eine niemandem sonst erreichbare, aber doch erschienene Region.

Die Möwen nehmen teil an diesem Festakt. Sie sind umflutet und entflammt von einem Feuer, das ich nicht sehe, aber ich sehe es ihnen an, den freigebig Reflektierenden, auch wenn sie jetzt nichts mit den dunkleren Gegenden verbindet. Hoch über der Stadt errichten sie ihr Inbild, die Wirklichkeit eines der Zeit entrissenen Zwischenraums, eine siegreiche Verrückung und Zurechtrückung.

Man sieht ihre segelnden Flüge im verwandelnden Licht. Das eigene Herz wird hochgestemmt, als könnte man plötzlich gehen in der Luft, weil man eine alte Verwandtschaft spürt zu den beschwingten, ausgezeichneten Vettern. Man hält sich schlecht und recht auf seinem Posten und ist doch um ein Haar mitten unter ihnen.

Zwischen den ruhig stehenden höchsten Gegenständen der Stadt kreisen sie, ein überschwengliches Kommunikationssystem, und doch der gleichen, berauschten Sanftmut zugehörig wie die festverwurzelten Dinge. Die stehende und die fliegende Daseinsform befindet sich in einer einzigen, bis zur Lichtgrenze reichenden Scharfsichtigkeit.

Die von ihnen gekennzeichnete Schicht, Stadt über der Stadt, eine die untere Stadt häutende und auslöschende Stadt ist so gewiß, daß man fast eine Leiter dorthin anstellen könnte. Könnte man ihr so entgegensteigen, wie man sehr selten und nur zwei, drei Städten zum ersten Mal in seinem Leben entgegenreist, wo das Herz witternd zu klopfen beginnt, als wollte das Tempo des Herzschlags die Reisegeschwindigkeit des Körpers überholen, wie bei einer einschneidenden Liebe, nur, daß die Stadt nicht weglaufen kann! Man ahnt, daß man eine solche Stadt nicht kostenlos mit eigenen Augen ansieht. Man spürt das herrische: Alles oder Nichts! bis ins enge Zugabteil einige Stationen im voraus, und man sagt: Ja, koste es was es wolle, und kehrt – und man weiß, daß man nicht heil davonkommen wird – nicht um.

Gewiß nicht für lange, aber jetzt noch anhaltend, scheint auf die untere Stadt frischer Schnee gefallen zu sein, sofern man nicht in die Tiefe, sondern in die Höhe blickt, möwenweißer, verjüngender, auslöschender Schnee unter dem sachten, für die Ewigkeit geschaffenen oder aus ihr überlieferten Blau. Es ist eine arktische Landschaft im Morgenlicht, von keinem angetastet die Schneeformationen, immer aufstrahlend die Abbruchkanten der Eisberge, die Eisflocken auf dem himmelhellen, manchmal schwarzen Wasser treibend, ein leises Ziehen und von keinem Wind berührtes Verharren der menschenleeren Gebirge, der Wasserebenen in ihrem Leuchten, der klaren, sich auf keinen Abstand trübenden, häuser- und pflanzenlosen Welt, in der doch Burganlagen und Hauptstädte, Brückenschwünge, künstliche Schwimmbäder, touristische Sehenswürdigkeiten vieldeutig und folgenlos nachgeahmt werden. Ein schweigsames und wie nicht zur Erde in prangender Leere zählendes Gebiet in der Nähe der Pole, wo das Weltall den Planeten regiert, ein kaltes und mildes Befehlen, die eigentliche Überraschung, die die Erde bereithält, die Vertikalen und blendenden Flächen des menschenfernen Eises im riesenhaften Morgen, ein einziges Erwachen und Aufatmen. Die Erde wie die schweifenden Möwen in der Hand des Lichts, still kreisend zwischen Blau und Weiß, hier in den Farben, die sie dem Außenstehenden als ihren Zustand schlechthin vorspiegelt, wenn sie blauäugig, schlaflos ins Dunkle starrt.

Aber auch unter mir und mir gegenüber, zwischen Schornsteinen, Fernsehantennen und Mansardenfenstern läuft währenddessen alles, was sich im richtigen Winkel befindet, mit fliegenden Fahnen über, ein lächelndes Lauffeuer. Am wildesten das Laub: Das macht allenthalben den Vorreiter, Zeichen gebend zur bedingungslosen Kapitulation. Euphorische Kopflosigkeit im Anblick der meteorologischen Zukunft. So gehen nämlich Verliebte auf Bahnhöfen über beträchtliche Distanzen hinweg strahlend aufeinander zu, den ganzen Bahnsteig entlang, und ich sehe nur einen von beiden, das eine, unbändig im Glück sich aufplusternde Gesicht, und es reicht, ich weiß, was los ist, ich brauche den anderen wirklich nicht auch noch dazu. Es wird jetzt so getan, als wäre die Gegend erst soeben von meiner Kommandobrücke aus hin zum

Horizont ausgegossen oder entrollt worden, eine weitläufige Skulptur unter meinem Blick, eine der Wirklichkeit sehr ähnliche Plastik, aber doch dafür zu kompakt. Das gilt nur für den Ausschnitt, den ich im Visier habe, versteht sich. Hier wird durch die fortgesetzte Stadtumgebung nach allen Seiten nichts richtiggestellt. Daher die Schwere, die Kräftigkeit.

Zum Beispiel hinten, neben schon grellen Flächen eine kleine, gar nicht nennenswerte Dunkelheit, die sich natürlich leicht demontieren ließe, und aus wäre es mit dem Geheimnis. Bin ich aber verrückt? Ich lasse mich fesseln von diesem schwarzen Wildnissignal, wie jede Katze vom hypnotischen Schlund der magersten Andeutung einer Höhle und sich erbaut am Eingang eines schattigen Kästchens.

Ein einziger Baum, außerordentlich günstig vom morgendlichen Glanzausbruch bedacht: Wie er ausreicht, um mir eine Ferne zu verkörpern, als könnte man sich von hier aus einmal tief in sie hineintunken und sie haben und packen. Wenn man ihn wegschlüge, wäre nicht viel verloren an Masse, aber ein blanker Raum, blank und blöde, würde sich breitmachen, rasch auszumessen, und doch hatte vorher und dann spurlos verschwunden, eine komplette Ferne Platz in diesem Spalt.

Ich soll durch die ersten auffälligen Geräusche von unten abgelenkt werden, Autolärm und Hundegebell, aber das wird zur Zeit einfach weggesteckt vom Gehör. Der Baum als Große Magellansche Wolke, ein vielsagender Fremdkörper, ein vielversprechender Außerirdischer, mit mir nicht einmal durch eine intergalaktische Wolke verbunden, ganz nah das Feuer der Ferne, weiter nichts im Augenblick, von keiner Miene, von keinem Stern verstehe ich mehr, aber was ich sehe, ist mehr als genug.

Ein zusätzliches Rumoren jetzt aus dem Inneren des Hauses. Ich lehne mich ein Stück ins Treppenhaus zurück: Unterdrücktes Staunen, Husten und Kichern, das gleich gedämpft wird bei Bewußtwerdung der Notlage, Aufwachzeremoniell des leidenschaftlichen Paares. Ich kann nicht verhindern, daß ich an den nackten Hintern und das hingewelkte Glied des Mannes denke. Sie tappen in ihrem Winkel umher und müssen sich im Hellen betrachten. Ich beneide sie nicht. Gestern abend stellten sie sich, jeder unter dem anderen, vermutlich etwas anderes vor. Vielleicht nicht mal ein Kompromiß, sondern ein Inbegriff in der gönnerhaften, bestechlichen Dämmerung war einer dem anderen von der ersten Sekunde der Begegnung an, besonders in dieser ersten Sekunde. Die nächsten waren nur noch Erinnerungen an die allererste, wo sie wie unlösbare Rätsel aufeinanderprallten, höchst anziehende Verschlüsselungen. Jeder blieb mit diesem mimischen Abrakadabra zwischen Stirn und Kinn des anderen für sich allein. Das reichte aus, das war das Schönste. Egal das Dahinterverborgene, die wurschtigen, die zuwiderlaufenden Wahrheiten! Instinktiv haben sie die Seiten einer äußersten Wirksamkeit einander zugewandt. Machten das die Gräfin und ihr Muskelwunder, die alte Frau und ihr unvergeßlicher Mann im Regen, der begnadete Krawattenschlinger etwa anders?

Was geht mich ihr leises Lärmen an! Sie werden sich ernüchtert verschleichen, jetzt, wo ein Blick ausreicht, um dem anderen in die Seele zu sehen, auch das nur scheinbar, aber es kommt ihnen zu ihrem Mißvergnügen so vor, und unbegreiflich wird auf der Stelle der schwungvolle Abend, die Nacht an einer Kachelwand, auf einem Fußboden in seliger Triebhaftigkeit. Ich wiederum habe auf meinem Sofa bei der alten Frau hin und wieder von ihrer undeutlichen schwarz-weißen Erscheinung profitiert.

Also schön, ich weiß nichts von den Bäumen, nichts von der Milchstraße, nichts von den Kühen mit ihren Eutern, nichts von den Verliebten und Verdrossenen in ihren Häusern. Ich sehe nur die Oberflächen, die schönen und die verwüsteten. Sie sind das, was mir gilt, zu meinem Entzücken und Grausen, in unangebrachter Begeisterung, in unangebrachtem Mitleid. In nicht überbrückbarer Entfernung voneinander befinden sich Kruste und Kern. In den Schiffen wird geschuftet, der Spaziergänger schwärmt dem Fanal der Weite nach. Die Frau wird sich jetzt ihren großen Schlüpfer über die geriffelten Hinterbacken ziehen, zornig vielleicht und vielleicht mit einem rührenden Lächeln dabei. Ich weiß nichts von ihnen, ich unterwerfe mich der schrecklichen und reizenden, der rigorosen Herrschaft der Anblicke. In unendlicher Entfernung voneinander befinden sich Kruste und Kern. Hervorragend. Einen Fehler begeht, wer das zu ändern versucht. Dieses Auseinanderscheren ist meine Chance, hier oben, auf dem Balkon in kühler Morgenluft. Die von mir aus himmlischen, von mir aus apokalyptischen und sterbenslangweiligen Anblicke sind es, die mich prüfen und über Wasser halten. Was ich sehe, ist, so wie ich es sehe, auf mich gemünzt. Alles hat, an seiner Oberfläche, so oder so mit mir zu tun. Was die eine Hälfte des Treppenhauspärchens, bei Tageslicht betrachtet, mit der anderen gemacht hat, kann sich herausstellen als Einbruch einer unerwünschten, ja Verzweiflung hervorrufenden Macht. An einer dreckigen Pfütze aber erlebt Täter oder Täterin auf dem Heimweg, Zahnbürste und Frühstück entgegen, die Ekstase eines Wasserschimmers, wundert sich vor der Lache, daß man nicht in solchem Glück und Glanz verschwinden kann. Und die alte Frau, die doch recht gut in diesem Moment sterben könnte und aufgefunden würde nach Tagen zum Grauen der Verwandten im bedenklichen Zustand des Übergangs: Undurchdringlich sitzt sie in der Mitte ihrer Horizontscheibe. Bei ihr laufen die Fäden der Welt zusammen, und die Todesgrimasse ist nur für die anderen und war ein letztes Lächeln vielleicht nach innen. Was Sohn und Tochter jedoch betrifft, ist das Bild, von der Toten hinterlassen, jedem Gemüt ein anderes.

Wenn der Zweifel an der Schönheit gilt, dann muß auch der am Entsetzen gelten. Wegstäubende Geschichten, Nachrichten: Was sich in Flocken an mir absetzt, ist meins, für mich gemacht. Die Gerüchte über die globalen Vorkommnisse wenden mir die Seite einer auf mich zugeschnittenen Wirksamkeit zu. Die beiden unten werden ja wohl nicht die Stirn haben, noch einmal loszulegen, und wenn doch? Nein, nicht bei diesem Licht, das selbst durch die Milchglasscheiben dringen wird.

Ich sehe hinunter auf die Stadt. In den Betten richten sich die Familienmitglieder auf, die Toten bleiben liegen unter den

Schlammlawinen, die von vielen Messerstichen getroffenen Obdachlosen auf den öffentlichen Toiletten, die verendenden Tiere in den Transportern. Ich zähle mir keine Katastrophen mehr auf, ich lasse sie mir nicht zum Aufwachen oder vor dem Einschlafen vorrechnen. Zur Verfügung stelle ich dagegen ein Gesamtgefühl, das Gefühl eines nicht zur Ruhe kommenden Provisoriums. Es fällt mir schwer genug. Ich warte, bis die Schauspiele die besondere Physiognomie aufweisen, vor der es kein Entkommen für mich gibt. Bis dahin darf ich die Schreckensorte zusammenfassen unter dem Wort »Schrecken«, über einen Stein werde ich schließlich stolpern, wie ich über zwei, drei Gesichter gestolpert bin, Stellvertreter, Abgesandte. Auch der Mann mit dem rostigen Glied und den alten, aufblasbaren Wangen: ein Attaché, streng persönlich, eine objektive Kleinigkeit, subjektive Kriegswirren, wenn auch nicht für mich. Für mich nichts, für die sich in der Helligkeit genierende Frau unter Umständen auch nichts, eventuell aber Verlandung, Versalzung, Sandsturm, Feuerausbruch, früher Winterbeginn mit Kälteopfern.

Glücke und Unglücke, die aus den Häusern aufsteigen in Form kleiner Schicksale, wie sie einsickern in die Zimmer als europäische, ozeanische, planetarische Ereignisse, haben sich verschworen gegen mich. Ich habe mich unter der Bettdecke immer gern totgestellt. Das hat mir genutzt. Jetzt sehe ich hinunter auf die Stadt und in die Himmelsrichtungen vor mir: Habe ich nicht von allem unwillkürlich meinen Teil auf mich genommen, je nach Satzbau der Berichterstattung?

Der Magellansche Baum, der von meinen Augen bevorzugte, der Baum am Sommermorgen in seinem Sonder-Herbst, der bald schon enden wird und wieder im Sommervormittag landet, der Baum als goldener Nabel des Verheißungsvollen, der unerfüllbaren Annoncierung, ein Versprechen, daß er erst der Anfang ist, und doch weiß ich, daß kein Ort solche Ankündigung erfüllt, ein Mißverständnis, aber auf die Fährte ist man gesetzt, jeder Einsicht zum Trotz.

Diese schrebergartenähnlichen Erstreckungen hinter den Häusern, wo am Nachmittag die Aktentaschen stehen und sich hinuntergebückt wird zum Gesäten und schon längst Aufgegangenen und teilweise zu Erntenden, wo leise gegen die Erde gestöhnt wird und schließlich der Bierschaum behaglich vom Mund gewischt. Diese überwucherten Törchen und Laternen neben den Schuppen und Autoreifen: Was machen sie mir, zu meiner Irreführung, vor in der Nähe von Straßen, die kein Fußgänger ohne technische Unterstützung überqueren kann! Ich halte mich fest an einem Hortensienbusch in der Tiefe, ein Hortensienbusch wird es sein, und vermute, daß die Fortsetzung vertikal zu erfolgen hat.

Ist es anders mit der gewagten Biegung einer Nase in einem langsam sich umwendenden, siegesgewissen Gesicht, einmal, vor Jahren schon, und nie vergessen von mir, schon folgte die nächste Szene, aber dieser Nasenbogen, ein Hinweis? Ein Hinweis, mehr weiß ich nicht. Immer noch weidet sich meine Erinnerung hier an einer Andeutung.

Schöne Aussicht von meinem Balkon am beispielhaften Morgen in der guten Jahreszeit, eine ganze besänftigte Stadt mit errötenden Mauern und vergänglichen Gluten zwischen den Fensterrahmen der Hochhäuser. Still bis auf das, was das Gehör ohnehin wegsteckt. Also eine Beschwichtigung, verfälschende Stadtansicht, Verzückung, die auf einer Täuschung beruht, das ist klar, Vernebelungsmanöver des Morgenglanzes, Verheimlichung der unaufhörlichen Lebenskampfsignale bei jedem armen Wiesenstückchen angefangen. Ich erkenne die Stadt nicht, aber in der Stadt eine andere, die nicht zu leugnende Botschaften durch die morgendliche Filzstadt hindurch an mich schickt.

Wuchtige, aus der Filzstadt schnellende zweite Stadt, Stadt der übermächtigen Außenbilder, die tragende Säulen, Wappenzeichen sind eines anderen Zusammenhangs: Das blaue Leuchten beim Elektro-Lichtbogen-Schweißen, das Herunterbrechen, das letzte, stürmische Rauschen der Urwaldriesen, die Stadtstreicherin, gebückt, mit ihrem kleinen Gepäckwagen, die geschminkten Frauen in Sommerkleidern in ihrer vollkommenen biologischen Pracht, die Tote auf dem Bordsteinpflaster und ihre Brille, auf den Gläsern stehend, die lange Latte und ihr Wundertier, Ehepaar Holz, Fisch ohne Flossen, großer Magellanscher Baum, im schnellen und doch in den Ewigkeitshintergrund einstanzenden Morgenschimmer der Hortensienbusch, das arme Wiesenstück des Schrebergartens, wandernde Feuer der Fensterflächen. Einer von den beiden, wahrscheinlich der Mann, hustet sich die Seele aus dem Leib, Treppenhauspaare der Samstagnacht, flüchtige und wirksame Abglanzbilder, Sternbilder, Polarlichter, aus dem Zusammenhang gerissen, um einen zweiten sprunghaft anzuzeigen.

Zweite Natur der Natur. Der Mann röchelt bis zu mir herauf. Vielleicht erbricht er sich, vielleicht wird er ersticken in seiner Atemnot. Die Frau beruhigt ihn mit wimmerndem Singsang. Aber zweite Natur der Natur, die zu mir spricht! Jetzt spricht sie zu mir mit ihrer zweiten Stimme aus ihrem einzigen Gesicht. Wie immer, sage ich mir, weit übers Geländer der Tiefe und Ferne zugeneigt, wie möglicherweise immer, wenn sie gesprächig ist, redet die zweite unter den Zügen der anderen, wie die schönen Tugenden aus den Tiergestalten der Schlösser und Fahnen.

Sanftmütiger, zu mir sprechender Morgen, der unter den Dächern vereinzelt schon ein kreischender ist, sanftmütiger Morgen der Stadt, in den ihre Häuser von Kopf bis Fuß, vom Fundament bis zur Antenne hineingestellt sind, nicht leugnende, nicht lügnerische zweite Natur. Wuchtige, in Glokkenschlägen zu mir redende, in zerschmetternden Glockenschlägen, Hammerschlägen, feinstem Glockenspiel zu mir sprechende! Köder der funkelnden Lachen auf ebenen Dächern, aufflackernde Rinde der Hochhäuser, arktisches Leuchten über den Möbellagern!

Da, ein großer Vogel nimmt seinen Weg, vom bloßen Zusehen werde ich etwas besser, nimmt seinen Weg zügig durch den arktischen Himmel. Schon werde ich kurzfristig überschwenglich gut unter den ruhig schlagenden, einer Bestimmung folgenden Schwingen. Der arme Teufel unten würgt, als stände ihm das ganze Treppenhaus als Kehle zur Verfügung. Er übergibt sich in Stößen. Bald wird der erste Aufgewachte die beiden aus dem Haus werfen. Engster Raum, ein Schrebergarten, ein Baum im morgendlichen Herbstlaub, bietet das Konzentrat aller denkbaren Ansichten und theatralischen Techniken. Ich sehe die Stadt, wie sie einmal von einem phantastischen Kopf entworfen und nie ausgeführt, jedenfalls nie vollendet wurde. Mit der Befehlsgewalt mittelalterlicher Kirchenglocken taucht das Modell aus seiner schäbigen Verwirklichung empor. Sich einbrennende, herrische Pracht von außerirdischer Gewichtigkeit, wie sich in mich die glänzenden, nicht weinenden Augen eines in seiner trockenen Finsternis Ertrinkenden einbrannten in einem Autoinneren, ein Davonfahrender, dem ich nicht helfen konnte, jedenfalls nicht half. Ein unvergänglicher, auf mich gemünzter, jagender Glockenschlag.

Die zierlichen Wege neben den Schuppen, die kleinen Buchsbaumhecken neben den Autoreifen in dieser Stunde unauslöschlich ins Paradiesgärtchen versetzt, die dort jedem Ding zugeteilten, winzigen Schatten, Schatten der Gänseblumen, aus keinem anderen Grund fallend, so genau, so treu, so schwarz als um einer Erkenntnis willen.

Das nächtliche Paar aber, nun endlich den Abstieg zur Haustür erprobend, in weiß der Himmel welchem Aufzug: Ich möchte wahrhaftig nichts mit ihnen zu tun haben an diesem Morgen im Freien, in dieser weiträumigen Tageszeit. Froh bin ich, ja glücklich kann ich mich schätzen, daß mir ihr Anblick erspart bleibt nach dem schwarz-weißen Nachtauftritt vor meinen Augen, wo es loderte durch ihre Körper hindurch und über sie hinausschießend. Das ernüchterte Paar im trüben, nichts mehr verbergenden Treppenhaus! Die Arbeiter, die Ausführenden mußten sie sein, die Auskoster der Tatsächlichkeit, die sich nicht auf dem blendenden Schirm des exemplarischen Liebesprozesses sahen, obschon sie doch, in der Nacht, die Ahnungslosen, im Augenblick, im Beispiel verschwanden.

Ein schwarzes Pferd, ein Mähnenwolf vielleicht an einem anderen Tag, weit entfernt auf einer Weide, fest verwurzelt wie hier und da ein Busch oder Zaunpfahl, plötzlich mit dem gesamten Körperwerk in Bewegung gesetzt. Nichts rührte sich sonst. Aber das Pferd, erst jetzt fiel auf, wie totenstill alles andere stand, kam nicht schnell, nicht langsam, kam regelmäßig, sich der dafür notwendigen Maschinerie bedienend, heran, aus der Tiefe der Wiese, interesselos in seiner, jede Beschleunigung, jede Verzögerung ablehnenden Geschwindigkeit, legte eine Strecke zurück wie einen Auftrag, hielt wieder an, stand ohne Regung und hatte in der starren Ebene die Zeit vorgeführt, Sekunde für Sekunde, Schritt für Schritt in treuer Mechanik, damit ein Abschnitt der Zeit, ein zeitliches Lineal oder Echolot erschiene in seinem Fleisch, erstaunlich und nicht heimelig, in der in saftiger Gegenwärtigkeit lastenden Landschaft. Ein knöcherner Vollzug. Kein Vergleich zum prallen Auf- und Untergehen am Himmel.

Als gestaltgewordene schöne Tugend in königlicher Auffächerung reden die Tiergestalten, während sie an anderes denken, zu uns, nimmermüde Verkörperungen selbst im tiefen Schlaf, in ihren Käfigen, von Kraft, Stolz und Scheu. Als Abbild halten wir sie uns in den Zoos vor Augen, wie in einem anderen Zoo die legendären Liebespaare, die dauerhaften Idole, die verläßlich – was uns nie gelingt – sich immerzu auf der Höhe ihres Haupt-, Leib- und Magengefühls befinden, egal, durch welche Todesart sie hindurch müssen. Im Tode von ihrem Innersten singende Paare, vollendete, hundertprozentige Anblicke. Das allein gibt ihnen ihr Lebensrecht, zu diesem Zweck haben wir sie uns gemacht, ohne Innenleben also, ausgehöhlt zum reinen Bild.

Dabei habe ich nun allerdings die Augen geschlossen, weil mich die beiden, immer noch auf der Treppe Scheuernden und Schabenden, beschäftigten mit ihren zu mir hochsteigenden Lauten, bei denen ich vermute, daß ein bestimmtes, Ekel ausdrückendes Hä! von dem Mann ausgestoßen wird, der nun, nach dem Erbrechen, angewidert ist von sich selbst und dem Geschmack seines Mundes und das leise Pfeifen dazwischen, ein mausähnliches, einen Begütigungsversuch der Frau darstellt oder das Bekämpfen eines Schmerzes, eines Gelenkleidens vielleicht.

Die herrlichen und tragischen, in Standbildern verewigten Emphasen, Schloßalleen in gehörigen Abständen rhythmisierend, Lebensmomente, die uns von klein auf versprochen sind als wirkliche Wahrheiten, und die auf sich warten lassen und uns doch locken durch die Jahre hindurch, Fäden, an denen unsere Gefühlskristalle sich festsetzen! Welche Sehnsucht im Vorwärtsstapfen der städtischen Spaziergänger nach solchen vor Lust und Deutlichkeit berstenden Zuständen, von Kindesbeinen an, mit kleinen hölzernen Wagen über den Kies trottend, die Durststrecken zwischen den geheimnisvollen Figuren überbrückt von den vorwärtsstrebenden Augen, zugleich Kiesel und Kies übergroß wahrnehmend, die Ereignislosigkeit des Bodens, der die steinernen Ballungen und Übersteigerungen um so notwendiger machte, wie man selber im Säuglingsschlaf die Demonstration nicht-irdischer Zufriedenheit und vorzeitlicher Angst bot!

Von meinem luftigen und kühlen Platz aus, einem Platz im Schatten, sehe ich das überall, nein, springend, lückenhaft auftreffende Licht, und meine Augen sehen sich hungrig daran, an der Landschaft leuchtender Türme und Kräne, und doch ist ein Reißen darin, eine erst jetzt mit aller Wut einsetzende Unersättlichkeit. Es ist plötzlich etwas nicht Endendes in den Einzelheiten, als würde unter einer fahlen Herbstwiese die Tundra sichtbar, aber beunruhigender noch: Die Augen sind auf dem Weg in eine unaufhörliche Vergrößerung. Ein eben noch allenfalls geahntes Muster schnellt, zu keiner Grenze kommend, immer größer und zugleich immer ausführlicher, von einem Grashalm oder Fliegenbein zu einer Metropole aufschießend, mir entgegen, oder als würden über mir ziehende Wolken ihre horizontale Bewegung umwandeln in ein rasendes, alle Luftschichten durchquerendes Steigen.

Zu Standbildern verewigte Emphasen und Augenblicke: Wie lebt die alte Frau – wie möchte sie gelebt haben zumindest – vom Weggehen einer Person ohne Hut und Mantel, unbesorgt ausschreitend in die herabrauschenden Regenmassen zu einem bestimmten, unvergleichlichen Krawattenschlingen desselben Mannes! Wie muß die Gräfin nur die

Augen wieder schließen, den Blick zurück ins diesige, schaukelnde, glasige Wasser richten, und schon entfalten sich strahlend die Szenen der Vergangenheit. Sie entkommt mit ihrer Phantasie nicht deren Herrschaftsbereich. Sie kann nur in ihre Tiefe stürzen, nicht seitlich, ergänzend über die Umrisse der alten Bilder hinaus. Wenn sie wuchern will, einen Kuß verdoppeln nur, zum Mundwinkel hin verschieben, wird sie von der Eindeutigkeit des Geschehens zurückgesaugt, ein Kodex, eherne Gesetzestafeln. Schicht auf Schicht kann sie nur legen in der Rekapitulation als immer weitere Verfeinerung, Meßopfer auf Meßopfer häufen nach dem festgesetzten Ritual, aber mit sich schärfender Sicht, die Umstände eines Blickwechsels, eines kurzen Streits, Bahn seines Handrükkens von ihrem Hals zu ihrer Brustspitze.

Weisheit der gesammelten Liebesaugenblicke, des Aufbewahrens festlicher Verzweiflung in einer Fingerstreckung, im Zittern einer Hand, unerschöpflicher und fanatischer Hinweis zwischen zwei Hügelketten, das verräterische Beben eines an die Tischkante gestützten Handgelenks unter dem riesigen Himmel.

Der riesige Himmel in seinem Licht als unerbittlicher Hintergrund der Türme und Kräne. Es ist der Hintergrund, der mit allen Kleinigkeiten darunter seine Gewalt zu teilen bereit ist in dieser Sekunde, die bleiben soll. Da höre ich das Paar.

Sie sind unten bei der Tür angelangt, aber es macht sie nicht froh. Wollen sie den Schläfern auf den verschiedenen Stockwerken einen höhnischen Abschiedsgruß entbieten mit solch halbherzigem Rabatz? Es ist ganz einfach. Das Haus wurde gestern abend nach ihrem und meinem Betreten abgeschlossen, und man hat es, an diesem frühen Sonntagmorgen kein Wunder, noch nicht wieder geöffnet. Wir sitzen in einer harmlosen Falle.

Mir kann das hier oben, auf meiner Aussichtskanzel, egal sein. Für die beiden ist diese unerwartete Gefangenschaft etwas anderes. Sie kommen nicht drumherum, Hausflur und Treppenhaus, die schöne, öffentliche und geheime, die natürliche und abartige Liebesstätte, die Liebesstätte nach ihrem Geschmack, nach ihren Gelüsten der letzten Nacht, in der Dunkelheit und bis eben vor ihnen verhüllt von den verliebten Vorstellungen der jüngsten Vergangenheit, noch einmal zu betrachten, und es ist unwichtig, ob die Umgebung widerwärtig oder ansprechend ist, sie ist in jedem Fall neutral, hart, in sich gekehrt. Nichts hat sie mit ihnen zu tun. Jetzt wird es so für sie sein wie eben, als sie die ersten Blicke aufeinander warfen, aber noch die Erinnerung an ihr Vergnügen kräftiger in sich hatten als den erneuten Anblick, den ganz verschiedenen. Jetzt sind sie vollständig umschlossen von Kachel, Stein, Holz, ein Fall aus großer Höhe, eine Auslöschung ihres zugigen Liebesnestes, fast ihrer kurzen Liebe findet statt, wenn sie nun soweit sind, sich umzudrehen von der Tür zurück zur Strecke bis zur vordersten Stufe und die Treppe hinauf bis zum Milchglasfenster, wo es gestern so einzigartig, so gut, so rasend war.

Eine große, leuchtende Landschaft oder neblige Landschaft, weich, eine persönliche Umschließung kann so, als würde eine Bohne aus ihrer Schotenwatte gerissen, wegspringen und daliegen und glotzen in ihrer rüden Nüchternheit, glotzt mit allen Bäumen und Hügelketten, mit ihren Schatten und Fettaugenblumen am Bach, glotzt mit toten Sehschlitzen ohne die geringste nachweisbare Veränderung, liegt immer noch leuchtend oder neblig, klobig geduckt, sanft gestreckt und ist doch nichts als bösartiger, nie wieder zum Leben erweckbarer Stein, ein magischer Bahnhof eben noch, ein zusammenbrechendes Abbild im nächsten Moment mit unentwegt glänzenden Gleisen und lachenden Begrüßungen, den völlig schematischen Gleisen, den monströsen Begrüßungen, den soldatischen Wiederholungen, alles ausgelöst durch einen Weggang, einen Abschied, ein unverzeihliches Fehlen, und es zeigt sich, daß nichts, was zählte an der leichenhaft verharrenden Kulisse, geblieben ist.

Jetzt bemerken sie – und anstatt in die internationale Ferne zu sehen, horche ich hinab zu den zweien, die unschlüssig an den Wänden schürfen und nicht voneinander wegkönnen –

die weitere Umgebung ihres ehemals vom Dämmern zur Liebeshöhle gepolsterten Schlupfwinkels. Jetzt sind sie gezwungen, ausführlich den vollständigen, von der Nacht nicht länger abstrahierten und idealisierten Zusammenhang zu akzeptieren, den nicht abscheulichen, sondern bloß kahlen, in dem ihr Eckchen untergeht, den gefrorenen und nicht zu beeindruckenden der Jahre, ihrer Lebensjahre und Wochentage, den stumm und eilfertig korrigierenden. Was übrig bleibt, ist die Peinlichkeit. Da, wo sich eine Lache mit Erbrochenem ausbreitet – wenn sie es von unten nicht erkennen, so wissen sie es doch –, ist eine inzwischen unverständliche Übertreibung passiert.

Die größeren Zusammenhänge, wie sind sie aus auf Berichtigung zugunsten einer juristischen Gelassenheit, einer Einebnung der herrlichen und schrecklichen Übersteigerungen! Wie breitete der Partisan im weißen Hemd vor der Erschießung seine Arme aus, wohlverwahrt in seiner Legende, seine Legende um sich gerafft als Fahne und Gewand, als Lohn und enorme Konzertmuschel! Wie sank er hin unter der gerechten Begradigung historischer Umsicht, wie werden die noch immer entbrannten Laubmassen, Kräne und Mansardenfenster schwinden, obschon sie doch stillhalten wie für die Ewigkeit, in der auch sonntags von der Stadt ausgedünsteten, allseitigen Tatkraft und Trübnis!

Das Paar aber, wahrhaftig, das Paar scheint sich vor nichts zu fürchten, oder sucht es ein Versteck bis zum Öffnen? Sie tappen zurück zu ihrem Liebeswinkel, der kein Winkel mehr ist, keine Höhle, kein Nest, sie wagen sich die Treppe hoch, langsam, mit schweren Knochen, mit halblahmen Beinen nach ihrer Nacht, aber unverdrossen tun sie so, als wäre ein solcher Inbegriff, ein solch finsteres und wildes Treffen, nachdem das ganze Haus hell ist, wiederzufinden, als wäre dort Schutz zu suchen in einer ausgeatmeten Leidenschaft, bei Kachel und Fußboden. Der letzte Rest wird sich auflösen vor ihren Augen, und sie fürchten sich nicht, sie steigen, untragisch kichernd, hoch. Sie müßten angelangt sein. Sie halten nicht an.

Sie steigen weiter, lassen ihren Treppenabsatz links liegen. Er hat gar nichts mit ihnen zu tun, unbekümmert sind sie, obwohl sie nun doch einen Augenblick verlieren, leugnen und verlieren, nach dem man eigentlich nur in Schlaf verfallen oder sterben sollte als Abrundung. Mit dem Schlafen haben sie es weiß Gott probiert, nun ist der Fall erledigt, nun ist da nur noch ein ausgeworfener Speisebrei von einem Fremden, und sie sind auf Neues aus.

Was geht das mich an, ich trete lieber wieder auf meinen Balkon, wo der besondere Augenblick noch immer anhält, der unwiederholbare. Ich weiß, wie diese Minutenstillstände zu hüten sind, ich kenne die dreiste Macht der Sänger mit ihrem Überschwang und trügerischen Abenteuern geltenden Arien, den herzzerreißenden, betörenden Schluchzern, in denen Triumph und Niederlage sich aneinander steigern in einem Atemzug. Wer sie hört, dem geben sie die Jugend wieder, bildet sich der Hörer lächelnd ein mit schunkelndem Kopf, wie er die Jugend nie, als sie an der Reihe war, empfunden hat. Hatte er großes Glück, dann vielleicht einmal blitzschnell in einer Liebesaffäre, ein Blitz, der hier gedehnt wird, die Dehnung ist Ekstase und Paradies, ewige Seligkeit, was zählt das bißchen Schmerz, das nun mal dabei fällig ist.

Dieser Augenblick also, in dem ich mich mit der Stadt gemeinsam noch immer befinde, ist das eine raffinierte Zeitverzerrung mit psychologischem, psychologisch-optischem Ergebnis, Vorspiegelung eines Zustandes, der nicht zu spiegeln ist, weil es ihn gar nicht gibt? Oder scheint durch diese allerengste Fassung, durch die punktförmig pressende Klammer das uferlose Gegenteil, die Entsprechung auf der anderen Seite, die Aufhebung aller Zeit als metallischer Bildhintergrund? Ein sich stärker präzisierender Untergrund auf dem Boden der voranhetzenden Zeit? Fährt nicht manchmal, in Minuten wie diesen, ein Sturm in die kleinen Handlungen, der sie bläht, daß sie dastehen, in Bronze gegossen? Ein Morgen, eine Stadt, ein Leben, ganzes Leben der alten Frau aus lauter Mikrodramen in einem biografischen Rosenkranzstaccato resümiert?

Wenn ich mich nicht irre, nähern sie sich, dabei häufig schnaufend eine Pause einlegend, dem ordentlichen Stockwerk des Schweinecurrymannes. Es ist mir nicht angenehm. Ich würde hier oben keineswegs heimlich zu ihnen halten, wenn er plötzlich, schon eine Weile auf der Lauer hinter seiner Türe, in einem Überraschungscoup, wie ich es an ihm kenne, heraussprānge, die pralle Boxernatur, vor das ausgelaugte Pärchen, und ihnen seine Meinung sagte als Morgenpredigt, daß die Milchglasfenster zittern würden vor Andacht.

Mittlerweile wird es mir ein bißchen schwer, die Stimmung auf meinem exklusiven Platz aufrechtzuerhalten. Ich kämpfe gegen eine Nervosität in mir oder im Panorama an, in diesem Stadtpanorama, das mir gar nicht in verläßlicher Entfernung zu bleiben scheint. Jetzt ist es vogelperspektivisch steil unter mir, gleich fast mit mir auf einer Höhe, aber wahr ist, daß sich eine endgültige Landschaft herausgeschraubt hat, glänzende Inseln aus der Befangenheit der vernünftigen Zusammenhänge. Auf die kommt es mir an, auf diese Inselberge, darum stehe ich hier. Zwischen Tankstellen und Parkplätzen gibt es in dieser Stadt ein großes Lager von Grabsteinen und an anderer Stelle ein kleines Grab mit einem solchen Stein, zu dem man hingehen kann und es anstarren, und indem man starrt, erkennt man einen Scheitelpunkt und weiter, da hinten nämlich, der dünne Turm mit goldener Uhr, rot flammend die Turmnadel bei diesen Lichtverhältnissen: Es ist ein Schienbein, an dem etwas zerbrochen wird in zwei Stücke. Worum es geht, ist eine Gleichzeitigkeit, die man unbedingt im Auge behalten sollte. Sie lassen sich vom Schweinecurryflur nicht fesseln. Unverschämt dringen sie höher in dieses fremde Haus ein, sie sind schon auf der nächsten Treppe, vielleicht öffnen sie dort schließlich das Fenster, um ins Freie zu sehen. Eine Gleichzeitigkeit. Die Dinge stehen auf des Messers Schneide, das ist es, schneidende Anblicke, Ewigkeitsfunken – sie lassen sich zu dieser oder jener Seite schlagen – oder vorangewälzte Partikel im unklaren Strom der Vorkommnisse.

Wenn sie so weitermachen, dauert es mit meinem Frieden nicht mehr lange. Es ist mir nun doch sehr wichtig festzustellen, daß sie am Fenster zur Besinnung kommen und mit dem Griff experimentieren. So sind sie beschäftigt und abgelenkt. Was hätten sie auch davon, bis zur alten Frau hochzuklettern, vor ihrer Wohnung zu lärmen, die Gute zu erschrecken, die ihnen völlig gleichgültig sein kann. Wovor fürchte ich mich? Wären sie, statt zwischen dem ersten und dem zweiten Stockwerk das Öffnen der Haustür abzuwarten und dabei unverfänglich die Hinterhöfe zu betrachten, sogar – aber was sollte sie dazu treiben? – bis zu mir hochgestiegen, hätte ich, nicht der Currymann, die Gardinenpredigt zu halten, dem Don Giovanni mit seinem rostigen Glied, mit den Würgelauten und den aufblasbaren Backen, diesem kläglich anhänglichen, sich selbst so schändlich untreu gewordenen Ekstatiker des flüchtigen Anblicks vor dem Vertrautwerden, der in biederer Schläfrigkeit, übermannt von einem voraussehbaren Umstand, außer acht läßt bei seiner kindischen Kletterpartie, daß keine Sache ihren Zauber halten kann, keine Nacht, kein Treppenhauswinkel.

Die Frau soll ruhig alles mit anhören, es gilt ebenso für sie, auch wenn sie hier momentan mythologisch ohne Adresse ist. Dieser Unglücksdongiovanni, der seinen heiligsten Genuß, die nie zu rekapitulierende Zerstörung der Fremdheit, die Wahrheit der Betrachtung reizender Oberflächen vor der vulgären sogenannten Erkenntnis, Wahrheit der mit viel Schminke und Dämmerung erzeugten Reize, vergessen hat. Verrotteter Don Giovanni beim Katerfrühstück in abgedroschener Gemeinsamkeit, dem keine Frau mehr verfallen kann, wenn er sich nicht darauf beschränkt, nichts als ihren unvermischten Außenanblick zu reflektieren und ihr also das bietet, was sie sonst nie erfährt, die reine amoralische Reaktion, die Frau, die zum einzigen Mal, wäre er ein wahrer, ein asketischer, ein fliehender, den Abschied suchender und von ihm lebender Liebhaber, ein durch nichts deformiertes Echo auf die Sprache ihrer Gestalt wahrnähme: sich selbst im Funkeln des Magellanschen Baumes, des un-irdischen Augenblicks. Was fürchte ich übrigens? Womit könnten sie mich, bei einer Gegenüberstellung, noch erschrecken?

Sie erschrecken die alte Frau nicht, sie sind schon an ihr vorbei, und während sie weitersteigen, sehe ich vor mir die kleinen, samtigen Landschaften, durch die ich kürzlich gefahren bin, mitten durch Angelegenheiten, die in vollem Gange waren. Ich sah, im Vorbeisausen, die Handelnden nicht in Bewegung, nur in den verräterischen, bedeutungsvollen Abständen, bei denen ich sie überrascht hatte, zwei, drei Kühe und eine Leiter, ein Bagger, ein Kind in einem Faß, eine Gruppe von blauen Säcken und jungen Hunden, eine Ente auf einem gekrümmten Weg, ein Fahrrad, aus einem Teich ragend, rasch wechselnde Zusammenstellungen, und ich nahm meine Geschichte immer mit, und die Dinge, müßte ich in meiner Ansprache fortfahren, geben das Durchscheinende nur eine Zeitlang her, dann sind sie stummer Stoff, undurchsichtig, die Fotos, Briefzeilen, Gräber. Was sich offenbaren will, ist weitergewandert. So holt man ja auch die magischen Ziele von Kindheit an ein und lebt und legt sie ab, ein Lob, einen Sieg, ein Gefühl. Die Flamme dahinter, die anziehende, sich entziehende läuft voran und läßt ein Freudengerippe – nach außen keine Miene verzogen, versteht sich, kein Gramm Fett verloren – nach dem anderen zurück und haftet nicht an ihnen.

Habe ich nicht selbst in den Gegenständen gewütet und mich angeklammert und verbissen und knirsche noch heute mit den Zähnen? Steht nicht vielleicht wenigstens einer von den beiden zwischen zwei Feuern, sieht rückwärts auf das der letzten Nacht und kann nicht wieder dahin, aber außerhalb ist es unerträglich ohne den körperlichen, jetzt schon zu Asche gesunkenen Brand?

Wie sollen die zwei denn da nicht, wenn sie unten nicht hinauskönnen, nach oben rennen! Nur sehen will ich sie nicht. Wenn sie noch höher kommen, spüre ich fast, werden sie Lust haben, mich mit ihrem Aufstampfen und der gewalttätigen Fülle über die Brüstung zu drängen.

Ich hier oben will noch ein Weilchen ungestört einige Gedanken haben, denn ich halte eine spezielle Wache. Entscheidend ist, nicht zu vergessen beim Betrachten der von den Ampeln weg und zu ihnen hin jagenden Autos, wie auch der übereinandergestapelten Fenster, die in Gruppen zu Wohnungen gehören, daß die Leute dahinter einen geradezu primadonnenhaften Stolz besitzen, gegen den Augenschein dieser Pkws und gleichförmigen Fensterschnüre. Etwas entwickelt sich und reift dahinter wie in den anonymen Gehäusen ihrer Körper, es ist so schwer zu behalten, darf aber nicht vom Tisch gewischt werden, dieser Gedanke, der ein Gegengewicht ist. Sie alle bestehen auf einem Wappen, das ihnen keiner aus Schleimhäuten, Eingeweiden, Blutbildern ablesen kann, ein Geheimnis in unterschiedlichen Beleuchtungen der Lebensalter, das nur in Bruchstücken nach außen dringt, eine allen anderen unzugängliche Geschichte, während die Außenflächen und -kanten aneinanderstoßen und leise, gedämpft die Informationen weiterleiten, umgewandelt, fermentiert, so daß ihr Inneres, ein unendlicher Hohlraum, wer weiß, damit weiterarbeiten kann an seinem privaten Thema.

Diese manchmal haßbegünstigenden Auto-, Haus-, Körperwände, die abgrenzenden und feindlichen, zwischen denen die folgenreichen Taten zum Ausbruch kommen, sondern unzugängliche Rätsel ab, die Mauern der Einzelnen und der großen Herdenverbände, Rätsel, über die kein Muskelspiel dem Beobachter ein Zeichen gibt. So träume ich in die schöne Weite über der Stadt bis zum Horizont hinaus, und jedermann müßte begreifen, daß man in dieser Position, so ersprießlich zwischen Himmel und Erde gehalten, nicht belästigt sein will.

Über die alte Frau, die sie nicht, um meinetwillen, hat bremsen können in ihrer Entdeckerwut, sind sie also hinaus. Jetzt ist es, als sähe ich sie schon, und ihre Schritte, so unaufhaltsam, kommen herangehämmert, lauter und wohl auch schneller, trotz des Ächzens dazwischen, so nah dem Ende, dem Engerwerden der Wände, der Ärmlichkeit des Stockwerks für die kürzer gewachsenen Menschen, angelockt von der zunehmenden Helligkeit. Das Dröhnen ihrer Schuhe und ihres hechelnden, übereifrigen Atmens muß ich hören, ich ziehe, noch ist es eben Zeit, sachte die Glastür hinter mir zu, das wird sie nicht stoppen. Was ich höre, ist in Wirklichkeit mein eigener Atem, mein schnelleres Herzschlagen. Warum fürchte ich mich?

Die Berichterstattung der Fakten, der falsche, vorgefertigte, stets auf der Hand liegende Zusammenhang – ich habe die beiden in der Nacht als schwarz-weißes Paar so nah und scharf beobachtet, warum jetzt das erbarmungslose, das schnöde Näherkommen der Gesichter, das Auge-in-Auge-Starren? Ich wünsche so sehr, daß es mir erspart bleibt –, es ist dieser den unendlichen Hohlraum auslassende, negierende Zusammenhang, die aufdringliche, als endgültig sich ausgebende Reportage der Ereignisse, die unglücklich macht und in den erstickenden Schlaf treibt.

War es nicht der vierte Gang, den man für Pygmäen, Zwerge, Kinder oder Gebückte gebaut hat? Ich weiß es nicht mehr, sie bleiben stehen, sie gehen weiter. Sie horchen, wie ich horche an der geschlossenen Glastür, horchen auf mich, haben mich längst da oben vermutet, müssen jetzt an der letzten Kehre sein, entdecken also die Tür und meinen Umriß dahinter. Das verwirrt sie nicht, doch sie stoppen noch einmal die Expedition, lachen, sprechen unverständlich im Dialekt, ein Dialekt wahrscheinlich oder eine eigene Sprache, kehren um, kehren wirklich, nur einige Stufen von mir getrennt noch, um. Ich atme aus, das ganze Haus atmet aus. Jetzt weiß ich es. Man hat da unten geräuschvoll aufgeschlossen. Nichts hält sie länger. Im äußersten Moment machte man unten den Ausweg frei. Ich könnte auf der Stelle ein Liedchen singen. Wie schnell sie hinunterlaufen, kichernd, ein Wettspiel, um sich draußen zu zerstreuen in alle Winde.

Jetzt kann ich mich wieder meiner nach wie vor glänzenden Aussicht zuwenden, aber ich bemerke es gleich: Vorbei! Verstrichen der lange Augenblick, wo sich die Dinge unter dem Fluchtpunkt des Morgenlichts präsentierten, als wäre es ein zugänglicher Sinn, vorbei Einbruch und Durchbruch einer aufstachelnden Schönheit und Vertreibung aller Hinfälligkeit, vorbei die sich immer kühner konstruierende fünfte

Jahreszeit, vorbei die Staffelung der Welt über den fleischigen Lebenskern hinaus, vorbei die Beschwörung inbrünstiger Perspektiven. Die Erinnerung beweist nur den Kontrast zur Gegenwart. Ein entscheidender Duft, Luftstrom, ein Flattern oder Schwitzen fehlt, die Kraft ist erschöpft. Deshalb liegen sich Stadt und Weltall bürokratisch gegenüber, wo sie eben noch keinen Blick voneinander wenden konnten. Erloschen die Stadt über der Stadt, die Stadt in der Stadt, hingewelkt die zweite Natur der Natur.

Der lange Augenblick ist verstrichen, und die Pracht der Aussicht kränkt mich, weil sie mich so ohrfeigenartig ausgeschlossen hat. Die Frist ist abgelaufen, nichts hält mich mehr hier oben. Plötzlich wird mir die geöffnete Haustür wichtiger als alle Abbilder und Anblicke, die mich nicht satt machen. Ich möchte mich endlich fallen lassen nach einer großen Anstrengung, das wird mir nun klar, in einem Schwindel von Mattigkeit. Noch ist das Paar nicht ganz unten angelangt. Ihr Lärm müßte leiser werden mit der Entfernung von mir. Aber ausgelassen verdoppeln sie ihn, je näher sie dem Ausschlupf kommen. Es zieht mich hinterher.

Noch einmal also, nicht zu schnell, muß das Haus vertikal durchmessen werden, dieses Haus mit seinen Flurfenstern und Kacheln, mit den in der Dämmerung veränderlichen Gängen, mit dem Liliputanergang und dem ärmlichen Gang, mit dem der alten Frau, und noch bin ich nicht tiefer, noch halte ich bei ihr an, und schon rührt es sich hinter den Türen, und in mir selbst ist ein Abwärtssteigen, eine absinkende Erregung, eine Abkühlung und Verfestigung, eine Ernüchterung und Entschlossenheit, meine Tage fortzusetzen wie gewohnt, mit der Sehnsucht schon morgens nach dem guten, dicklichen, schlauen Schlaf, nach dem Schlaf im Wurzelwerk bei den mikroskopischen Tieren, in der Erde, immer poröser werdend ohne Erwachen, kein Laut aus der Wohnung der alten Frau, also weiter hinab zum Flur der südlichen Gerüche, durch das Treppenhaus der lächelnden Frau Hussel, das sich nach unten zu strecken scheint, zu längen in verzögernder Absicht. Soll ich veranlaßt werden, noch einen anschließenden oder abschließenden Gedanken zu fassen? Dabei müßte ich die Abfolge der Senkrechten beziehungsweise der Schrägen und der Waagerechten in diesem Fall längst auswendig kennen, aber zweifellos liegt diesem Treppenhaus ein organisches, ein rhythmisches Prinzip zugrunde, es ist eine Schleuse, ein sich dehnender und verkrampfender Schlauch, während ich sinke und abkühle, weg von den unbegrenzten Augenblicken und Einsichten, vom Hochreißenden und Erkennenden, absinke zu den Spaziergängern mit den kleinen Hunden in der Frühe an zärtlich-zimperlich gehaltenen Leinen demnächst, zu der halb verwischten Lache mit Erbrochenem vorerst, zu den Mörtelbrocken, die von den Handwerkern nicht weggeräumt wurden, der Haustür entgegen, der ich mich heute morgen schon einmal genähert habe, dann aber umkehrte und innerlich immer heißer und leichter werdend, mich hochtragen ließ im Kreislauf der Konvektionsströme zum Blick über die Stadt und den Bildern über der Stadt, so wie ich nun, im selben Kreislauf, hinab muß, planktonartig hinabregne in die nährstoffarmen Gefilde der leeren, hellen Straßen und nun anders das ansehe, was ich eben von oben sah. Da öffne ich mit Schwung die Tür und stehe draußen. Ein Mann geht eilig nach rechts weg, eine Frau nach links, noch weiter hinten bleibt ein Paar stehen, ein anderes, auch dieses könnte das schwarz-weiße sein, liest, unter Verrenkungen, durch die spiegelnden Scheiben eines parkenden Autos hindurch vermutlich die Uhrzeit ab.

»So muß Verführung aussehen.«

Julia Schröder / Stuttgarter Zeitung

Brigitte Kronauer:
Teufelsbrück
Roman

---

507 Seiten, Leinen mit
Schutzumschlag, Lesebändchen
ISBN 3-608-93070-1
www.klett-cotta.de

Teufelsbrück« ist der Roman eines Liebesabenteuers, einer Verzauberung und ihr Ende. Ein reiches, auch märchenhaftes Buch, das in die Tradition der deutschen Literatur und in aktuellste Gegenwart tief eingelassen ist.

»Dieses wild und hell blühende Buch, tief verträumt, verschwärmt und doch topwach, immer geistesgegenwärtig... Dieser Roman wird Literaturgeschichte machen.«
Reinhard Baumgart / DIE ZEIT

»Brigitte Kronauer hat einen glänzend konstruierten und höchst gegenwärtigen Roman über die Verwirrungen und Erstarrungen des Gefühls geschrieben, in dem Liebe und Begierden zu einem unergründlichen See gestaut werden.«
Matthias Kamann / Die Welt

Klett-Cotta